新釈漢文大系 補遺編

季報

No. 4（列女伝 上）

令和7年1月発行
東京・新宿・大久保
株式会社　明治書院

女の忍従とは

牧角悦子

「女性の社会進出」という言葉を目にする度に、女性が社会に進出することが、一般的かつ常識的ではない事柄だと認識する日本の現状に苦笑いする。自分自身が社会的に一研究者として認識されるに至るまでに経験した多くの理不尽や苦渋は、既に過去の経験値となり、怒りも湧かない。それは、諦めではなく智慧なのだと思いたい。抗っても抗いきれないとき、女性には忍従という武器がある。それは屈することでも忘れることでもなく、現状を許容しつつも、現状とは異なる世界で自己充実を図る智慧なのである。

劉向の『列女伝』は、およそ「女性の社会進出」とは真逆の方向で、女性の理想的生き方を推奨する。「男は外、女は内」という形を、社会秩序の基本に置くのだ。それは、忠孝という父子・君臣の秩序を根本とした儒教的国家経営の基本であった。乱倫と欲望の成就が社会を堕落させていた前漢末という時期に、それは人間の精神性に価値を置く理想の思想でもあった。ただ、人間の精神性を大きく掲げる漢代儒教において、女性という存在は社会的地位の枠内には無かった。

儒教が、そしてそれを根付かせようとした劉向が掲げた理想の女性像は、「家」の秩序を堅持することに心身を捧げる姿で描かれる。それは「家」という世界に限定されつつも、精神性の高さが求められるという意味で、決して女性を蔑視した思考ではない。家のために献身することを、「身を立て名を挙げ」という男の生き方と同価値のものとして評価しているからである。

さて、ここには女性観をめぐって二つの問題が存在する。一つは、女性という存在を人として尊重しているかどうか、ということ。いま一つは、女性という存在の社会との関わりを認めるかどうか、である。劉向の『列女伝』は、女性の社会進出などというものは全く想定していない。しかし反対に、儒教的価値の根本にある「家」を守る存在として、女性の人としての存在を大きく価値付けている。翻って、「女性の社会進出」を推進する（しようとしているように振る舞う）現代社会において、女性たちが社会において、女性として尊重されているかというと、私にはそうは思えない。女性は結婚し子供を産み育てる中で、社会の、そして家庭内での、見えざる社会通念に直面する。それは無意識かつ無自覚の社会通念である。その問題は「男性の育児休暇」を推奨したところで、簡単には解決できないものを含む。

劉向の『列女伝』は、女性の「分」を定めている分だけ潔い。「家」の経営という枠内に限り、一個の人格としての女性の働きと言動とが、評価の対象になっているのだから。例えば、「母儀伝」の中に孟子の母の話がある。よく知られるのは「孟母三遷」と「孟母断機」であり、孟母の強烈な教育への情熱が語られるが、「鄒孟軻母」と題するこの段には、この他に二譚を載せる。第三譚は、孟子の妻が夫の行動を咎めて実家に帰ろうとするのを諭す、姑としての孟母を描く。これはこれで面白い話なのであるが、最後の第四譚が、上の二つの問題に絡んで示唆に富む。それは、孟子が斉の国に出仕していた時の話である。孟子が仕事上のストレスを顔に出し、察した母が訳を問うと、無道な斉の国に仕えていることと、老母を養うため仕事を辞めることができないことの板挟みなのだ(今道不用於斉、願行而母老、是以憂也)、と孟子が言う。顔色ひとつで息子の悩みを察知したことも然る事ながら、孟母の答えは予想を超える。「そんなに辛いのだったら辞めてしまえばよいのです。」あるいは「家人を養うためです。我慢して仕事を続けなさい」また「人としての道の無い国に仕えることは正義に悖ります。辞めるべきです」などなど、想定できる答えを孟母は裏切るのだ。「婦人の礼云々」から始まる孟母の台詞は、婦人たる者の仕事と礼儀と振る舞い、さらにはその根拠として『易』までを引用しつつ長々と続く。そして最後にこう言うのだ。「お前はもうよい大人、私はもう老人です。お前はお前の義を行いなさい。私は私の礼を行うだけです(今子成人也、而我老矣。子行乎子義、吾行乎吾礼)」と。これは、息子の悩みにむきあう母の言動ではない。慈母でも賢母でもない。母子という関係性を超えた、一個の人間として、自身の果たすべき「分」を自覚的に果たすことを求める、何と厳しい、しかし何とも潔い言葉ではないだろうか。

いま、それが良いとか悪いとかいう判断を下すつもりはない。またこの四段の話は恐らくフィクションであろう。しかしここで劉向の描き出した晩年の孟母は、儒教的女性像の一つの頂点である。与えられた分を飽くまでも守り、分を守る中で人としての精神性を純粋に結晶化すると、きっとこのような言葉になるのだろう。

鄒孟軻母の話には、強い作為を感じる。そこには母性や人間としての情感がまったく感じられないからだ。悩める息子に礼を説く母は、実際に存在したとしたら恐ろしい。人は感情の生き物であるから、理性通りに義や礼に生きているわけではない。ではなぜそのような極端な造形を劉向は作り出したのだろうか。

『列女伝』を紐解いていると、時に激しい怒りに襲われる。「あり得ない」と憤怒に堪えない話もある。しかし重なり合った膨大な話を通読しているうちに、劉向は、男を正しく導くのは女だと言っているようにも見えてくる。実際としてはあまりにも不自然な、わざとらしい、あざとい話も、劉向の語りの見事さによって、何かを物語り始める。劉向がこの長い物語を通じて伝えたかったもの、それは、分という制限の中で、己の生き方を認識し、覚悟を持ってそれを生きる女性たちの姿だったのではないだろうか。

それを女の忍従と呼ぶのであれば、忍従とは自覚的に選び取られる態度である。男性から与えられたり、社会から保証されたり、また反対に一方的に抑圧・卑下の対象になるようなもので、それはないのである。力では男性に及ばない女性たちが、男性と「対等」であろうとするための、それは一つの智慧なのかもしれない、とも思うのだ。
　さて、現代社会の求める理想の女性像とは如何なるものなのだろうか。それとも「女性像」という言葉そのものの中に問題を感じなければならないのだろうか。ジェンダーに敏感な昨今、『列女伝』を語ることは簡単ではない。

（二松学舎大学教授）

女の空はまだ低い？

平石　淑子

　久々に『列女伝』を読んだ。以前読んだ時はカビ臭い話ばかりで全く面白くなかったが、今回は少し違い、登場する女性たちに寄り添える部分が少し増えたような気がする。たとえ作られた話であっても、限りのある中で精一杯、自己実現を図った女性の姿もあるように思えたからだ。
　最近、アメリカ大統領選挙が行われた。下馬評では「歴史的な大接戦」と報じられ、ハリス氏が「ガラスの天井」を突き破る可能性について大いに期待させられたが、蓋を開けてみればトランプ氏の圧勝に終わった。日本にとってどちらの勝利がメリットが大きいのかは分からないが、ハリス氏が天井を打ち破れなかったどころかひびさえも入れることができなかったことにだけは大きな失望を感じた。その後、各世間の関心はトランプ氏の政策、アメリカの動向に移り、ハリス氏の敗因及び「ガラスの天井」に関するコメントは嘘のように鳴りを潜めている。敗因は「ガラスの天井」だけではないのだろうが、大きな要因の一つであったに違いない。
　中国近現代文学専攻の筆者が特に関心を持っている蕭紅（シャオホン）（一九一一～四二）という女性作家がいる。中国黒龍江省の地主の家に生まれ、教育や結婚をめぐる因習に反発して家を出、作家として歩き始める。時はまさに「満洲国」成立直後で、当局の追及を逃れるため当時のパートナーと共に故郷を離れ、その後、国内を放浪、その中で最初のパートナーと別れ、新たなパートナーと共に香港に行き着いたところで体調を崩し、落命した。「満洲国」成立という歴史的事件によって故郷を追われたという物理的な放浪に加え、二人のパートナーとの出会いと別れに見られる精神的な放浪が「男性に頼らざるを得ない、か弱く薄幸な女性の、歴史に翻弄された流転の人生」として今でも中国の人々の同情を集めている。作品から見られる彼女の自立した精神世界を措いて、相も変わらず「強い男に弱い女」いう旧態依然とした評価に対し、筆者は様々な場で異議を唱えてきた。
　「女の空は低い」というのは彼女が最初のパートナーと別れた後、友人に洩らした言葉である。「飛べよ、蕭紅！　金の翼を持った大鵬のように、高く、遠くへ、空を駆けろ、自由に。誰も君を捕まえてはおけない」という友人の言葉に彼女はこう答える。「知ってる？　私は女性なの。女性の空は低いし翼も薄いのに、まとわりつく煩わしさはどうしようもなく重い。それに本当に嫌なのは、女性には自己犠牲の精神がありすぎること。それは勇敢なんかじゃなく、むしろ臆病なのよ。長く何の助けもない犠牲的な状態の中で作られた犠牲に甘んじようとする惰性に過ぎない。

（中略）ええ、私は飛ぶわ、でも同時にわかる……落ちるだろうって」（聶紺弩「在西安」）。蕭紅が西安に滞在していたのは一九三八年、今から八十六年前のことである。空に向かって飛び立とうとする女性の枷となったのは、社会の女性に対するある意味理不尽な「期待」の押し付けであったと言っていいだろう。

ところで「淑子」という筆者の名前、漢字を口で説明することがたいへん難しい。二十年程前までは「ヤマグチヨシコのヨシコ」と答えたものだが、最近では、かつて李香蘭として一世を風靡し戦後は国会議員も務めた山口淑子さんを知る人も少なくなった。しかし適当な熟語としては「淑女」か「貞淑」ぐらいしかなく、筆者にはいささか重い。「淑女」の方がまだましなのだが、口にするたびに訳もなく謝りたい気持ちになる。後者は恐らく一生使わないと思う。ちなみに『広辞苑』によれば「貞淑」は「女性の操が固くて、しとやかなこと」と女性限定の用語である。更に「操」とは「定めた意思を固く守ってかえないこと。志を立ててかえないこと」とあり男女の別はないように見えるが、油断は禁物。この後に「（特に、女性の）貞操。貞節」と、括弧があるものの限定がつけられている。「操」が志だとすれば女性の志は男性の志とは違うのか。違うとすれば何が違うのか。男と女に生物的な違いがあることは百も承知だが（LGBTQについては今は措く）、それが志にまで及ぶとなれば穏やかではない。

かつて、学生の関心を引くためによくこんな話をした。「娘」は日本では一般的に「若い未婚の女性」を指すが中国語の「娘」の第一義は「母親」。「日本では良い女を娘というが中国では良い女は子どもを産んだ女」で中国語の方がずっと理に叶っているなどと胸を張り、更に勢いに乗じて、埴輪などに見るように豊かな乳房は子孫繁栄の象徴だが「中国では馬のように働く女（媽）はお母さん、男の子を産んで家庭の頂点に立って初めて『奶（おっぱい）』と呼んでもらえる」と嫁姑問題から「ただし母方のおばあさんは『姥』――年取った女としか呼ばれない」などと儒教的家族制度にまで噛みついたものだが、あながち外れてもいまい。親族間の呼称には社会が期待する役割が濃厚に現れている。例えば日本語の「嫁（ヨメ）」という言葉である。「嫁に行く」と言えば生家を離れて夫の家に入ることを意味する。夫の側からすれば「嫁を取る」ということになる。言葉の上だけではあるが、これが「両性の合意にのみ基づく結婚」と言えるだろうか。「嫁」は親族間の関係性を一言で表すのに大変便利な言葉であるが、自分の立場をそれで置き換えてしまうと、その言葉の背景にある社会的役割、義務などを無条件に容認することになる気がして極力使いたくない。しかし不便なのは、この言葉を使わないと関係性を理解してもらえないことが往々にしてあることだ。また自分の配偶者を何と呼ぶかということも悩ましい。筆者は大分前から「夫」だが、まだ世間の主流は「主人」、あるいは少々くだけて「旦那」である。困るのは他人の配偶者の呼び方だ。まさか「〇〇さんの夫」とは言えまい。何とも悩ましい。

近年、夫婦別姓問題が取り沙汰されている。自分が名乗りたい姓を名乗れる自由はあっていいと思う。しかし考えてみればいわゆる「旧姓」は父親の氏、相手の姓は相手の父親の氏である。どちらにしても男の氏であることに変わりはない。女性の空は『列女伝』の頃に比べ、どれほど高くなっただろうか。二千年を超えた今でもなお、解決すべき問題は山積しているように思う。

（日本女子大学名誉教授）

新釈漢文大系 補遺編 3

明治書院

列女伝 上

山崎純一 著

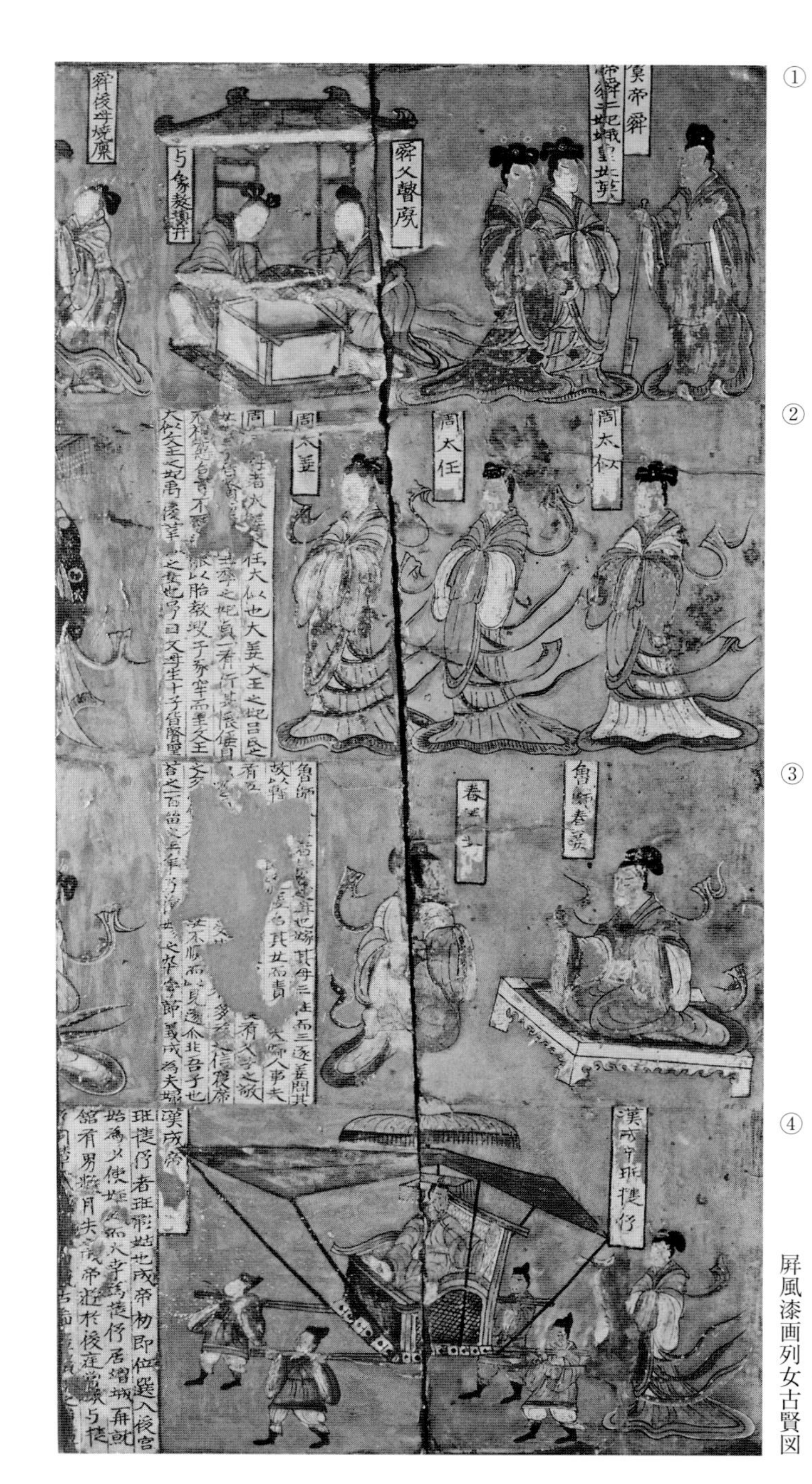

屛風漆画列女古賢図
（山西博物院蔵）

本画は、一九六五年に司馬金龍墓（四八四年下葬）より出土。タテ八一・五cm、ヨコ二〇・五cm、厚さ約二・五cm。現在は国宝。東晋の著名な画家・顧愷之（三四四〜四〇五）作『女史箴図』と描き方が一致していること、及び墓主の下葬年代が顧愷之の年代と近接しているところから、顧愷之の作であるかも知れず、南北朝絵画芸術の優れた作品であると評価されている。

①右から、「虞帝舜／虞帝之妃娥皇女莫／舜父瞽叟／与象数填井／舜後母焼廩」と記されているのが読み取れる。右から舜とその二人の妃が向かい合っている絵が、中央には父瞽叟と彼の後妻が産んだ象の二人が共謀して舜を井戸の中に生き埋めにしようとしている絵が、右には舜の継母の絵が描かれている。「数填」の二字は「リョウテン」と読んで生き埋めにするの意。すべて本書、母儀伝一「有虞二妃」に題材を取っている。

②右から、「周太似／周太任／周太姜」と三人の名が読み取れる。画の左に残欠の甚だしい漢文が見えるが、本書では「能以胎教溲於豕牢而生文王」とあるのに、この画の三行目には「□以胎教□子豕而生文王」とあり、本書では「太似者武王之母、禹後有莘姒氏之女」とあるのに、四行目には「太似文王之妃禹後莘□之女也」とあるなど、行文に異同が見える。本書、母儀伝六「周室三母」参照。

③右から、「魯師春姜」「春姜女」の二人の名が読み取れる。左の漢文は残欠がひどく読み取れないが、一行目から二行目にかけて「魯師□…□母也嫁其母三往而三逐姜問其故以軽□…□召其女而責…」と読み取れる。これは本書母儀伝十五「魯師春姜」冒頭の「魯師春姜者、魯師氏之母也、嫁其女三往而三逐。春姜問故。以軽其室人也。春姜召其女而笞之曰…」とある文に対応するが、本書は「笞」とあるのに「責」となっている。

④「漢成帝斑捷伃」と読み取れ、また左の漢文は「漢成帝□／斑捷妤者斑□姑也成帝初即位選入後宮／始為少使□□而太宰為捷伃居留城而説／…」と読み取れる。輿に乗った成帝とこれに後から徒歩で従う捷伃が描かれている。『列女伝』の遺文ではないが、成帝は、劉向が彼の行状を諫めるために『列女伝』を著したとされることから、本書の意義を強調する意図が窺われる。本書「序章第二節その二」参照。

（写真提供：シーピーシー・フォト）

序

前漢末の大儒劉向の撰になる『列女伝』（別名『古列女伝』）。この書は中国・朝鮮（韓）半島、日本等の東アジア儒教漢字文化圏において、後漢の「女聖人」曹大家（たいこ）班昭の『女誡』以下四点の書から成る『女四書』とともに、女性の道徳教科書―女訓書―の双璧として長く読みつがれ、さまざまに語りつがれてきた古典である。『女四書』については、筆者はすでに一九八六年に、『教育からみた中国女性史資料の研究―『女四書』と『新婦譜』三部書―』（明治書院刊）の中で、その文献研究と通釈を発表した。本書はその姉妹篇ともいうべき『列女伝』正編七巻の通釈書であり、通釈の前提となる校・註や文献研究、各譚の内容検討やこの書が中国や日本の文化や人心に及ぼした影響等を考察した研究劄記（余説）もそえてある。

『列女伝』は中国古代の女性たちの言動が織りなす痛快な、あるいは悲壮な、あるいは淫蕩猟奇の世界にもわたる奇譚集であり、史伝や擬似史伝によって語られた説話集である。譚の多くは史実をつたえ、また中国の古小説や古典詩―漢詩―、戯曲、日本の草紙類や戯曲の話原となったものもある。前近代の東アジア社会にあっては、教育書としてばかりでなく、史書としても文学書としても読まれ、日本では明治以降も余命を保って読みつがれたが、第二次大戦以後はにわかに顧みられなくなり、今日ではその存在を知る人も稀になった。その一因はこの書が男尊女卑の儒教道徳を説く人権抑圧の書、女性解放の障碍となる悪貨として無視されたことによろう。『列女伝』が儒教の男尊女卑の道徳を語ることはまぎれもない事実である。だが儒教の男尊女卑の道徳思想は女性を愚物化しようとする思想ではない。賢母賢妻を理想の女性像とし、女性の知性に信倚し、母性を尊重し、男性中心社会の根底を支える強靱な意志力と行動力を女性に期待する思想であった。女性抑圧の前近代的な社会機構や風習が崩壊・消滅した現代にあっては、『列女伝』をはじめとする女訓書は、むしろ過去の女性たちの精神や言動をつたえる記録、過去の社会がいかなる言動を女性に期待したかを知る記録として冷静に読まるべきであろう。しかく冷静にそれらの文献を読むとき、そこには女性抑圧の社会にあって、厳しく男性を導き、巧妙に男性に抵抗し、社会の土台を支えてきた女性の実像が発見され、鮮烈な感動をおぼえるはずである。

今日、読書界に『列女伝』は蘇生しつつある。この書を女性史や文学史の資料、儒教思想を客観的に理解するための資料として評価し、活用しようとする読者が現れるようになったからである。だが読者がこの書にむかうとき、従来刊行の書にしたがう限り、伝文の造作の粗さや意味不明の語句の頻出に戸惑われるのではなかろうか。この戸惑いは筆者も卅数年昔の学生時代、この書を初見したときに経験したことであった。『列女伝』は意外に難解な文献なのである。戦後、急激に読者を失っていった他の一因はこの難解さにもある。日本では従来通釈本は皆無であった。中国でも白話の通釈本が刊行されたのは、一九九〇年の張濤氏の『列女伝訳注』が最初である。遠く江戸時代は明暦の昔、北村季吟の『仮名列女伝』が刊行されているが、奔放達意の仮名草紙書き替え本であり、この書から原文は理解できぬであろう。大正九年（一九二〇）有朋堂刊・服部宇之吉解題『古列女伝・女四書』も簡単な校訂・語注本にすぎなかった。

『列女伝』は一時期、伝文に大きな欠落と混乱が生じた。今日の伝本は宋代の再編本を祖とするが、伝文自体の欠落・混乱が解消されたわけではない。後漢から六朝にそえられた古註も散逸した。だが中国では清朝の考証学者たちが、この書を学問対象とし、他文献に見える各譚の出典に比定される文や、この書の遺文に相当する語句を対校し、伝本の旧態推定・復原の作業を進めたために、欠落の一部が埋められ、混乱の一部が訂された。各譚の内容検討のための多数の鍵も遺されたのである。また、江戸時代の儒者も貴重な訓読をつたえてくれた。本書はその先蹤を逐い、最近の先学研究家の成果にも関心を払いつつ、伝文の確定と各譚の内容理解に資するための詳細な語註を加えて通釈を施したものである。

本書の成書にあたり、筆者が最も意を用いたのは通釈のもととなる校異である。校異は無用の条も含まざるを得ぬが、意味の通る伝文を確定し、明晰な通釈を得るためにこそなさねばならない。明証や根拠乏しき校改は慎まねばならぬ。だが慎重なる学風に拘り、確実に脱落や混乱、失韻をおこしている伝文を改めぬ校異は無益の舞文である。たとい校改が誤ろうとも原伝文は示してあり、読者諸賢の明察によってそれは訂し得る。筆者はそう考えて校異を進めた。次に筆者が意を用いたのは、余説中に示す各譚の内容要約と異伝の提示、その後世への流伝のあり方の解説である。『列女伝』に登場する人物の言動は今日の感覚では理解し難くなったものが多い。だが、儒教がつたえた戦前・戦中の道徳の余風を自明の常識事として覚えている日本人ならば、理解し得るものも少なくはない。筆者はかかる常識に立って譚成立時の思想状況を客観的に検討し、内容の要約につとめた。あえて小説・戯曲の梗概調にしるした箇所もあるが、いたずらに篤学の風を誇示して論を難解にせぬためである。『列女伝』は解読しにくい語句はあっても、元来は興味に任せて読み語られる平易な教訓史譚集。難解・難渋な分析の言辞で深淵な思想書のごとく粉飾してはならない。読者諸賢が余説により、各分野の研究の資材を採りあげて下されば幸いである。

一九六九年に荒城孝臣氏が本格的な語註本『列女伝』（中国古典新書）を上梓。一九八二年に宮本勝氏が三橋正信氏と共編の『列女伝索引』を刊行。翌年、宮本氏はさらに「列女伝の刊本及び頌図について」（『北海道大学文学部紀要』三十二ノ二）を発表。一九八九年には下見隆雄氏が『劉向〈列女伝〉の研究』なる大著を出版。そのじつ戦後にこそ『列女伝』の研究は進んでいる。本書はそれら先賢の多大の教益により成立したものである。一点の学術書の刊行には多くの方々の援助が欠かせない。下見隆雄氏は大著完成以前より、『広島大学文学部紀要特刊』に連載の試稿を発表のつど恵送され、筆者の試稿づくりを激励されつづけた。東海大学教授の渡部武氏には主に名物考証に、早稲田大学教授の古屋昭弘氏には上古韻の考証にご教示をいただき、試稿発表時には、大東文化大学教授の遠藤光正氏より訓読の批閲をお受けした。その他、貴重なご意見を寄せられた國學院大學教授の赤井益久氏、和光大学教授の橋本尭氏をはじめとする多数の教友のご助力とともに以上各位の学恩を特記し、感謝の意を捧げます。また本書刊行をお許し下さった社長三樹譲氏をはじめとする明治書院主脳の各位、同社に本書刊行を進言下さった元桜美林大学教授加藤道理（みちただ）氏、出版実務の重任を担当された同社企画編集部の相川賢伍氏のご芳情、校正の繁務にあたってくれた妻恵齢の献身に対し、厚くお礼を申しあげます。

一九九六年　九月一〇日　上巻初校終了の日

山崎純一　誌す。

凡例

―付・主要対校文献　近年刊参考文献一覧―

一　序章に解説篇を展開。①『列女伝』（別名『古列女伝』）の語義と中国古代の女性の地位、②撰者劉向と『列女伝』の構想、③『列女伝』の伝本の変遷史と校註史、④中国・日本における後世の『列女伝』の受容と後続各種『列女伝』のあり方、等の問題につき、付註とともに詳説。第④の問題については韓国における女訓書のあり方にも付註内で言及。研究の便に供した。なお後続の諸種『列女伝』と区別するため、劉向撰の『列女伝』は、以下『古列女伝』と称ぶことにする。

二　第一章より第七章までの間に『古列女伝』正伝七巻の一〇四譚を配し、第一章には巻一の今は逸した第十五話魯師春姜譚の試行復原譚をそえた。付録には宋代に誌された曽鞏・王回の二点の『古列女伝』目録の序文と巻八「続列女伝」中より第十五話漢趙飛燕、第十四話班女婕妤の二譚を加えて、『古列女伝』の伝写・刊行史、撰述背景を知るための基礎資料を提供した。目録序文、「続列女伝」の二譚をそれぞれ底本の順次を変えて配列したのは、理解の便をはかったからである。

三　第一章より第七章にいたる通釈篇は、本文・訓読書き下し文・通釈・校異・語釈・余説の順に配し、余説においては、譚の主題・内容の解明、校異上の特別問題点、同一説話の起源・発展、他文献との影響関係、等の諸点を明示した。

四　『古列女伝』正伝には各巻に頌義小序、各譚の後部に頌がそえてある。頌義小序は現行各伝本では前記宋人の序の次や目録内に収めてあるが、本書は各巻の内容理解に直接効果をもたせるために各巻先頭にこれを配した。また頌義小序・頌は、本文中に引用される韻語・詩句とともに、前漢時代の音韻研究の重要資料である。よってその註記には上古韻の指摘をそえ、研究の便に供した。その表記は藤堂明保氏編『学研漢和大字典』（学習研究社・一九七八年四月刊）によった。

五　『古列女伝』正伝七巻は前漢時代における『詩経』受容のあり方を示す重要な研究資料でもある。よって付録には七巻中所収の『詩経』句・篇題の一覧表をそえ、研究の便に供した。

六　用字について。本文・訓読と校異中の諸文、余説中でも校異にかかわって提示した原文の漢字は旧字体を用い、通釈・語釈・余説の漢字は藝（げい）・辯（べん）（芸（うん）・弁（べん）は別字）を除き、原則的には新字体を用いた。なお本文と校異対象の諸文は版本の癖字、特殊異体字はむろんのこと、とくに先人校異者が問題にせぬ文字は、第六章斉管妾婧譚中の甯（本来は譌字）のごときを除き、無断で現行の本字に改めた。また叢書本（説明後出）使用の漢代の旧本字、礼・与 等と現行の本字たる禮・與 等の校異のごときは省略した。また備要本系諸本と叢刊本・承応本（説明後出）との間における於字・于字の対立異同や両系諸本間における於字・于字の異同についても、原則的に校異対象からはずした。

七　仮名遣いについて。本文の訓読書下し文や引用文原文の送仮名・振仮名、その書下し文は旧仮名遣いにより、語釈の振仮名は新仮名遣いによった。

八　語釈中の伝説時代の人物の推定生没年、在位年は、台湾学生書局『五千年中国歴代世系表』（同上出版社・一九七三年九月刊）、柏楊氏『中国帝王皇后・親王公主世系録』上（中国友誼出版公司・一九七七年九月刊）によった。

九　語釈中の地名現在地比定は譚其驤氏主編『中国歴史地図集』第一冊・第二冊等（地図出版社・ともに一九八二年十月刊）によった。

十　語釈中の度・量・衡の換算は、原則的に小川環樹氏等編『角川新字源』（角川書店・一九六八年一月刊）付録「中国度量衡の単位とその変遷」によった。

十一　校異は、備要本『列女伝校注』を底本とし、第一に諸種伝本、第二に類書類を対校した。本校異は原本の復元・確定を試行するものである。備要本を底本に選んだのは今日最も入手しやすい伝本たるのみならず、確証を挙げて無理のない校改を加え、校改の道筋を明示してくれているからでもある。

◎底本・対校伝本・清朝考証家『古列女伝』専校本の書名とその略称は以下のとおり。（＊書誌事項詳細は序章第三節その三参照）。○梁端『列女伝校注』（四部備要所収）＝備要本。○叢書集成初編所収（文選楼叢書原収）『古列女伝』＝叢書本。○顧広圻『古列女伝』付『攷証』＝考証本。○王照円『列女伝補注』（郝氏遺書本）＝補注本。○臧庸『列女伝補注校正』（前掲補注本付）＝『補注校正』。○王紹蘭『列女伝補注正譌』（叢書集成続編所収）＝『補注正譌』。○孫詒譲『札迻』（瑞安孫氏籀廎刊本）。○蕭道管『列女伝集注』（別名『列女伝集解』・広島大学所蔵）＝集注本。○四部叢刊所収『古列女伝』＝叢刊本。○日本・承応二年・京都二書肆同時出版『新刻古列女伝』＝承応本。

◎対校類書の書名とその略称は以下のとおり。○唐・虞世南『北堂書鈔』（台湾宏業書局・一九七四年刊影印本）＝『書鈔』。○唐・欧陽詢『藝文類聚』（中華書局・一九六五年刊・排印本）。○唐・徐堅『初学記』（台湾鼎文書局・一九七六年刊排印本）。○唐・白居易、宋・孔伝『白孔六帖』（明〔嘉靖〕刊・内閣文庫所蔵）＝『六帖』。○宋・李昉・扈蒙等『太平御覧』（台湾・大化書局・一九七七年刊影印本）＝『御覧』。○宋・呉淑『事類賦注』（中華書局・一九八九年刊排印本）。宋・祝穆『古今事文類聚』前・后・続集（多福文庫旧蔵・明刊・内閣文庫所蔵）＝『事文類聚』。（＊類書引文は各書の主題別部門に必要な原文を恣意に抄出したもの。原文そのものではないが、細心の検討を加えることで原文を時に推定し得る重要資料たることを付記しておく）。

十二　校異には諸種の書を対校したが、一部単行書の他はほぼ四部叢刊・四部備要・叢書集成初編所収の書によった。原則的に各譚初出のさいは全称を、再出後は略称を示した。以下に頻出度の高い書名の例五点を挙げておく。○漢・韓嬰『韓詩外伝』＝『外伝』。○漢・許慎『説文解字』＝『説文』○唐・余知古『渚宮旧事』＝『旧事』。○宋・司馬光

『司馬温公家範』＝『家範』。〇宋・朱熹『儀礼経伝通解』＝『通解』。また春秋三伝のごときは『左伝』『公羊伝』『穀梁伝』の通称を用いた。（＊五点中、『渚宮旧事』のみ叢書集成初編所収本。他は単行本）。

十三　本校異は原本の復元・確定を試行しつつ、清朝考証家の校異史を批判的に記述することをも目的とする。冗長にわたる近人の校異の紹介や批判はこれを省略した。近人の校異には、中国（大陸）に、張濤氏『列女伝訳注』中の校異、台湾に欧纈芳氏『列女伝校証』（叢刊本と備要本系諸本の対校を主とする）の校異、日本に荒城孝臣氏・語註『列女伝』中の校異、下見隆雄氏の『劉向〈列女伝〉の研究』中の蕭道管校・欧纈芳校を中心にして自身の校異も付した校異がある。これら諸書と本書の校異の異同の是非判断は読者諸賢ご自身の査閲にお任せする。

十四　校異の課題は各譚によって異なる。また清朝考証家の校異は課題未整理のままに行なわれていることがあり、その追跡にはいったん課題を整理する必要もある。よって各譚校異のうちには小序を加えたものがある。

十五　近年のわが国出版界の趨勢にかんがみ、序章以下の文中における近人研究者の氏名に付す敬称・学位号はこれを省略した。

＊近年刊の『古列女伝』の語釈・校異・研究・教養書・索引には次のごときものがある。

中文・張　濤『列女伝訳注』山東大学出版社・一九九〇年八月刊。全訳書。

　欧纈芳『列女伝校証』台湾大学『文史哲』第十八期・一九六九年五月刊。学術誌所収本だが特に示す。校異書。

　劉殷爵編『古列女伝索引』（先秦両漢古籍逐字索引叢刊）香港商務印書館・一九九三年十一月刊。底本は叢刊本。


日文・荒城孝臣『列女伝』（中国古典新書）明徳出版・一九六九年二月刊。語釈書。

　下見隆雄『劉向〈列女伝〉の研究』東海大学出版会・一九八九年二月刊。校異・研究書。

拙　著『〈列女伝〉―歴史を変えた女たち―』五月書房・一九九一年六月刊。教養書。

下見隆雄『儒教社会と母性―母性の威力の観点でみる漢魏晋中国女性史―』研文出版・一九九四年十二月刊。研究書。

宮本勝・三橋正信編『列女伝索引』（北大・中国哲学資料専刊第五号）東豊書店・一九八二年八月刊。底本は備要本。

英文　O'HARA ALbert Richard　*The Position of Woman in Early China.* ―*According to The Lieh nü chuan.* "*The Biographies of Eminent Chinese Woman*―. Published in 1945 by Catholic Univ. of America Press, Washington. D.C. Hyperion reprint edition 1981 全訳書。

＊なお旧本中、往々『古列女伝』の注解書として紹介される抄本・松本万年標注・荻江校正『標注参訂劉向列女伝』万青書屋・明治十一年（一八七八）五月刊は、劉向の名を冠するとはいえ、別の『列女伝』も含めた恣意的な編纂本である。序中既述の『古列女伝・女四書』有朋堂刊の語注とも、その注は今日ではとくに紹介するまでもない。本書では特に紹介すべき邦文語注として、荒城孝臣『列女伝』の注のみを援引した。

目次

下巻 目次

序章　解題『列女伝』（＝『古列女伝』）の成立と後続書

第一節『列女伝』の語義と中国古代の女性の地位について

中国女訓書の濫觴をなす劉向の撰になる『古列女伝』（原名『列女伝』）は東アジア儒教漢字文化圏において広く読まれた古典である。この書は壮烈な言動で世人を圧倒し、美徳・悪徳双方の発揮によって名を成した女性の事蹟を、顕彰・訓誡の賛語・頌句を添え、史伝を装う説話として語る奇書であり、劉向の「志尚」に出た「正史」ならぬ「雑伝」（『隋書』巻三十三経籍志）と評されながらも、史書としての権威もそなえ、史書・教育書・文学書として読まれてきた。[1]

『列女伝』の名称の語義は、『説文解字』の「列とは分解なり」の説やこの書の七巻からなる美徳・悪徳七項目提示の体裁から考えると、七種に分類された徳目のもとに生きるさまざまな女性の伝のように解される。だが「列女」の原義はそれのみでなく、劉向撰の別本『説苑』の臣術篇に説くところの王者の輔佐たる、「忠正にして強いて諫め、私を去りて公を立つ」の義に生きる臣下、「列士」に相当する女性をも意味したのであろう。この書は礼と公義のために、子を誡め、夫を諫め、みずからは夫家の存続と名声の犠牲となって活躍する女性の佳話がひしめいている。『説文解字』の段註には、列は烈の仮借の説も挙げられている。「列女」とは徳の世界に壮烈に生きる女性をも意味するのであり、後世の単行の諸種の『列女伝』や正史や地方志中の「列女伝」では、「列女」をほぼこの義に用いている。ただし「烈女」なる女性や『烈女伝』なる書もまた存在した。この「烈女」とは『史記』巻八十六刺客列伝の聶政の姉や唐代伝奇『李娃伝』のヒロイン李娃のごとき傑出した女性の意に用いられたこともあるが、一般に中国では貞烈婦女のこと。すなわち女性のみに片務的に課された性道徳の「烈」の徳（具態相は後述）に死をもって殉じた女性のことであり、中国において『烈女伝』と命名される書は、かかる「烈死」を遂げた女性の顕彰伝なのであった。[2]

ところで劉向は「列士」に相当する「列女」の意味を含む『古列女伝』中に、「忠正強諫」「去レ私立レ公」と正反対の邪念によって男性を悪徳に誘い、みずからも破滅する悪女―孼嬖―の伝をも設け、奇書をいっそう奇書たらしめた。それは何故か。彼がこの書を撰したのは、元帝劉奭（七五～三三B.C.）や成帝劉驁（五二～七B.C.）の前漢末期二朝の後宮や人臣の閨房の乱れ、就中、慈弱の元后王政君の教育・後見に誤られた成帝の外戚尊重、寵姫との乱行に心痛したからにほかならない。天子をはじめとする男性に対する女性の影響力、一王朝の興廃に対する女性の絶大な影響力に対する認識が、前漢王朝の滅亡の危機を前に、劉向をして、賢母・賢婦女の顕彰譚のみならず、孼嬖伝とよばれる悪女の懲罰譚を含む奇書を撰せしめたのである。『古列女伝』中の女性は抑圧の世界の中にあっても、礼教の体現者、蹂躙者の別なく強者であり、一見婉順、曲従の姿勢に生きようとも、強靱にわが道を貫く強者である。しかし、『古列女伝』中の女性のみが強者であったのではない。周代に成立した宗法社会という男性支配の社会は女性を抑圧したが、その抑圧の機構の中にも、母子関係によって生じる、女性をある種の優越者たらしめる社会構造と性感情の世界が存在した。抑圧は女性に耐え抵抗する強さもあたえた。また宗法社会を支える礼教としての儒教が女性を規制し得るほどの力を持たなかった時代もあったのである。

宗法社会とは宗法制度に規律される社会だが、その解説には長紙幅を要する。細説は他の専門研究書に譲って、ここでは当面必要な最重要点のみを論ずる。[3] 宗法・宗族の宗とは家廟を意味し、宗族とは同祖信仰で結ばれた祖先崇拝と財産共有の保障によって結ばれ、女系血統者を排除した、家の上に位する一族の結合体であり、一宗一家を祖先祭祀の執行権者として統率するのは男性の家父長である。家父長の祭る祖霊と、家父長や、家父長につながる族の上位者に対する献身の徳が孝であり、この社会は孝道で規律された。女性は、この制度下では、母家本来の成員ではない。女性は「父子一体」（『儀礼』喪服・子夏伝）の関係に結ばれず、夫家側の聘礼の等価物のごとく夫家に嫁す。「夫妻一体」（同上）の関係に結ばれて、はじめて社会的存在と見なされ、夫家の祖先を祭る権利を得、また夫と墓をともにして夫家の祖妣として祀られる権利を得たのである。ただし女性は母家と絶縁するわけではない。『左伝』桓公六年春の条の疏中、後漢・鄭玄は「女子雖レ適レ人、字猶繫レ姓（女性は夫に嫁しても、字はやはり母家の姓による）。明レ不レ得下与二父兄一為中異族上」と述べている。されば女性は夫家における孝道の発揮のみでなく、母家に対する孝道の発揮も要求されたのであった。劉向は、こうした女性の徳行をも『古列女伝』の仁智伝・許穆夫人譚、節義伝・晋女懐嬴譚等にしるし、さらに夫と父のために生命を献げる節義伝・京師節女譚をしるしている。女の父に対する孝の念は、文献上には指摘されずとも、そのじつ妻の夫に対する母性愛に通じるものであり、それが女の母家に対する孝道の感情面の基底をなしていた。

宗法社会における婚姻は男女ともに己の意志によらず、父母の意志により執行され、「取レ妻如レ之何、匪レ媒不レ得」（『詩経』斉風・南山）といわれるごとく、媒人による包弁婚として行なわれた。婚姻礼の諸礼の保障なしに嫁す女性は、「聘則為レ妻、奔則為レ妾」（『礼記』内則）といわれて正妻たりえず、「奔女」の汚名すら負った。しかく夫家に嫁した女性は、夫亡き後は夫家にとどまり、その子とともに暮らし、「母子同居共財」の保証を得ることが必要とされた。

『儀礼』喪服・子夏伝は、喪礼論の一節中で、次のごとく女性の一生を規定していた。

婦人有二三従之義一、無二専用之道一（自分の一存で専断するという道義）。故未レ嫁従レ父、既嫁従レ夫、夫死従レ子。故父者子之天也、夫者妻之天也」。

同主旨の規定を『大戴礼記』本命は次のごとく述べていた。

女子者、言如二男子之教一、而長二其義理一者也。故謂二之婦人一、婦人伏二于人一也（女子とは、言うなれば、男子の教に如って義理の不足点を長ばす者だ。故にこれを婦—伏と同音—人というのは、人に伏する者だからである）。是故無二専制之義一、有二三従之道一。在レ家従レ父、適レ人従レ夫、夫死従レ子」。

さらに『礼記』郊特牲は、夫亡き後の女性の身の処し方を次のごとく述べていた。

信、婦徳也。壱与レ之斉、終レ身不レ改（ひとたび之—夫—と婚礼の食事をともにしたからには、生涯寡婦ぐらしを完うする）。故夫死不レ嫁。男子親迎（男子が新婦を親ら新婦の母家に迎える婚礼の儀式のさいに）、男先二於女一、剛柔之義也（男性が女性の先に立つのは、剛き者が先、柔き者が後という原則なのだ）。天先二乎地一、君先二乎臣一、其義一也。

いずれも男女間の身分差を天地・主従・君臣間の差と見なしている。これを要約するかのごとく、『易経』坤・文言は、次のごとく述べている。

陰雖レ有レ美、含レ之以レ従二王事一、弗二敢成一也。地道也、妻道也、臣道也。地道無レ成、而代有レ終也（地の道―臣・妻の道義―は、みずから物事を計画・完成させずとも、天―君・夫―に代って有終の美を遂げさせるのだ）。

かかる宗法社会のあり方と、その維持のための礼教―儒教―が女性に要請した道徳を見ると、古代中国の女性はつねに劣位者として抑圧されきってきたかのごとく誤解されやすい。しかし女性は夫家の中にあっては夫と一体となって祖先の祭祀を執行する重要な役割をになっており、時には亡夫の忌日の主祭者ともなった。『春秋公羊伝』荘公元年三月の条には魯の桓公姫允夫人文姜が、夫の練（一周忌）の祭を主宰したことがしるされている。女性は祖妣として祀られる者であり、自分の人生の主宰者・主人公としての権利を奪われながらも、男性の強力な協助者としての責務を期待される存在であったことが理解されよう。「父は子の天」「夫は妻の天」という道義を敷衍するならば、「夫妻一体」とされる妻は、夫の人格を帯びて、「母者子之天也」とも観念されることになろう。事実、『詩経』（鄘風・柏舟）には、「母也天只、不レ諒レ人只（母は天なるも、されど人を諒したまわず）」の語が見え、『易経』下彖伝・家人には、「家人有二厳君一、父母之謂也」の語が見える。子（男子）にとって母は厳君というべき存在であり、旧中国にあっては、孝道のもとに、子は母のもとにひれ伏し、成人になっても母の機嫌をそこねれば、母の前に跪かされ、わが身を笞うたれるに任されたのである。[4] 婚姻の相手も父無きときは母の命令により決定された。『儀礼』士昏礼は、「宗子無レ父、母命レ之、親皆歿、己躬行レ之」と述べている。「夫死従レ子」という規定は、母の子に対する強大な影響力を制肘するために論じられたようにさえ思われる。『古列女伝』自体にもこの語はくり返し語られるが、巻一母儀伝の鄒孟軻母譚④話では、子との一体的関係下に、いつまでも子を後見・援助する意味に解されていることをあらかじめ述べておく。

ちなみに鄒孟軻母譚の②話は当今なお識られている軻母断機譚だが、俗諺に「男耕女織」というごとく、女性は歴史上、紡織・裁縫等の女工（巧・紅）、養蚕業の担手であり、一家一国の富の重要な形成者であった。みずからこれを収入の業として営めば、じつは自活することも可能であった。『古列女伝』は鄒孟軻母譚のみでなく、貞順伝・魯寡陶嬰譚をはじめとする諸話で女工・養蚕に従事する強者の女性譚を語っている。母儀伝・魯季敬姜譚の②話では敬姜は織機をもって政治の要諦を子に教えている。織機は女性、母・主婦の力の象徴でもあった。

古代中国の母が子に対して、いかに母の優越する地位に拠って我欲を押しとおしたか、四例を挙げ示しておく。①は『春秋左氏伝』（以後『左伝』と略称する）隠公元年の条に見える鄭の武姜の例、②は同書荘公廿八年、僖公四年等、『国語』『史記』等他書にも見える晋献驪姫の例、③は同書成公十六年・襄公九年に見える魯宣繆姜の例であり、④は『史記』巻八呂太后本紀、『漢書』巻三高后紀等に見える例である。④は特殊例であるが、同一基調をもつ史実である。

①鄭の武公夫人（諸公の正室）の武姜は荘公・共叔段の二子を産んだが、荘公を憎んで武公に共叔段を世嗣に立てるよう強要。武公が荘公を世嗣に立てて亡くなると、荘公に要害の地「制」を共叔段に与えるよう強要し、反乱を策した。孝子にして賢明な荘公は制の地の重要性にかんがみ拒絶したが、次に武姜が要求した「京」を諫臣の反対をおしきって共叔段に与えた。共叔段は反乱を起こす。これを予測していた荘公は京を攻めて共叔段を追放し、母の武姜を幽閉したが孝道にしたがって和解した。

②晋の献公の寵姫驪姫は先妻斉姜の子にして太子たる申生や庶出の重耳（後の晋の文公）・夷吾らを滅ぼし、己が子奚斉を太子に立て、その身を安泰にすべく、献公に蠱惑力を駆使して迫る。ついに太子申生を継母の立場を利用して奸計に嵌め、彼を自経させ、重耳・夷吾らを国外に逐い、奚斉の立太子を成功させる。だが献公亡き後、国君位に即いた奚斉は臣下の里克に弑され、驪姫自身も里克により殺害された。太子申生は継母驪姫の奸計を見ぬきながらも、孝子故に、父の慰めとなっている驪姫の非道を暴けず自経したのである。後、晋の国内は重耳が帰国するまで内乱が続いた。

③魯の宣公の夫人繆姜は成公を産したが、成公の幼時より重臣の一人叔孫宣伯と私通し、季孫・孟孫二氏を滅ぼし、成公をも失脚させ、魯の国権を奪おうとする。宣公亡き後、晋・楚戦に晋救援の軍を起こした成公に、一は季孫・孟孫二氏を滅ぼすべく、二は成公に参戦を遅延させ、晋の魯に対する信用を失わせるべく、二氏討伐を命じる。成公が晋救援の戦を先決することを言上すると、自分は魯の国君位を取りあげて弟たちに与えることもできると威嚇した。しかし叔孫宣伯の反乱計画はことごとく失敗。宣伯は斉に亡命、繆姜は幽閉の地で、自分の非を認めて死んだ。

④漢の高祖劉邦の皇后呂雉（?～一八〇B.C.）は、劉邦の微賤時よりの賢妻。夫の挙兵後は、後方にあって後に恵帝となる幼子劉盈と劉氏

一族を守り、夫が漢帝に即位すると、重臣との政略に加わり、漢王朝の創建の功臣ながら保全には妨げとなる黥布・韓信を謀殺した。しかし夫劉邦が亡くなると、夫生前の寵姫の一人戚夫人を惨殺。子の恵帝に惨状を見せ、恵帝を精神錯乱により早逝させた。呂雉が戚夫人を惨殺したのは、彼女が戦地前線に夫に伴われて寵愛され、その子如意を漢王朝成立後に、わが子恵帝に替えて太子にせんと夫に媚態を尽して迫っていたからである。彼女の暴逆は前三例とは異なる理由によるが、その後呂雉は夫の寵愛あつかった衆妾を幽閉し、成人した夫の庶子諸王を帝位に即けず、恵帝の子少帝劉恭を帝位に即け、太皇太后として輔導せずかえって幽殺。その侄児常山王劉義（少帝弘）を即位させ、三帝の上に君臨し、漢王朝のじつの女帝として権勢を振った。その間彼女は呂氏一族の権勢を強化したが、その死により、高祖の遺臣たちはやっと呂氏一門を倒して代王劉恒を新帝に立て（文帝）、漢王朝の実質を回復した。かくのごとく一時漢王朝は「大母」とも称すべき呂雉なる一女性によって政権が壟断されていたのである。

古代中国の母親はしかく子に対して優越者であり、子に母を制肘する意志なく、他の夫家の族員も彼女の意志・言動を尊重せざるを得ぬばあい、寡婦たる母はときに夫家の主宰者たり得たのであり、寡婦たらずとも夫を籠絡した妻は子に我欲をおし通し強力な支配者たり得た。逆にかかる優越者なればこそ、母は成人後の子の強力な後見人たり得たのである。一例として『史記』巻四十六田敬仲完世家にその事蹟が語られる戦国末、斉の襄王の王后たる君王后を挙げておこう。彼女は襄王田法章の亡命中に密通、一子建を産し、襄王亡き後、田斉最後の王となった建を輔導して秦の斉併呑を防いだ女性であった。なお前述②、③の例は、劉向も着目、『古列女伝』孽嬖伝中に譚を構成している。

宗法社会は母の子に対する支配権によって維持される社会であり、経典は子・媳婦の「天」として、父母・舅姑をつねに併称しており、いわば父（母）権社会なのである。この社会構造自体が強き女性を必要とした。ゆえに女性は我欲をおし通す強さをもち得た。上述の五例は異常性はあっても、程度の差はあれ、特殊例ではなかったのである。

古代中国の女性が宗法社会の婚姻の礼制下に主婚権を奪われ、わが意による結婚・離婚・再婚が禁ぜられていたことは既述したが、さらに夫家がわからの随意の離婚請求に従うべきことも定められていた。「七出（法）」の制度がそれであり、出典の一書『大戴礼記』本命には、「不レ順二父母一」「無レ子」「淫」「妬」「有二悪疾一」「多言」「窃盗」の諸理由を挙げている。この制度は逆に離婚理由を限定する「有因離婚」の精神を示すものであり、さらにこの制度は「三不去」の規定をともなって一層離婚請求を制限するものでもあった。同書は「有レ所レ取、無レ所レ帰（娶っても、帰す母家がないばあい）」「前貧賤、後富貴（夫の微賤時に結婚し、後に夫が富貴になったばあい）」「与二更三年喪一（夫と与に舅・姑の三年の大喪に服したばあい）」の三条を挙げている。妻の夫に対する協助者の立場・功績を重視しており、とくに祖霊祭祀の基本たる父母の喪服に従った功績を重視している点に注目せねばならない。夫家に嫁さねば社会的存在たり得なかった女性にとり、わが意によることを許されぬ婚姻の礼制は桎梏事であったが、古代中国の女性は、じっさいは「奔女」となることを恐れず恋愛し結婚し、夫家の請求によらず離婚し、夫の死後、寡居生活が不利とみれば、随意に母家にもどり再婚していた。離縁された女と再婚することも、そのじつ男性は厭わなかったのである。

『荀子』非相には戦国末の風俗を歎く次のごとき一段が見える。

今世俗之乱君、郷曲之儇子、莫レ不二美麗妖冶一、奇衣・婦飾、血気・態度、擬二於女子一。婦人莫レ不レ願レ得二以為一レ夫、処女莫レ不レ願レ得二以為一レ士、棄二其親家一而欲レ奔レ之者、比レ肩並起。

当世のお偉方、田舎の軽薄な士は、みな美しく悩ましく、奇抜な着物に女性風の装飾、気分も態度も、女性風に柔弱だ。婦人はこんな男を夫にしたいと思わぬ者はなく、処女はこんな男を恋人にしたいと思わぬ者はなく、家をとび出て、こんな男のもとに奔る者が、あいついでいる。

秦末動乱時に活躍した張耳の妻は、『史記』巻八十九張耳・陳余列伝によれば、うだつのあがらぬ日傭いの夫を妻の側から棄てて張耳と結ばれており、『漢書』巻六十四上の朱買臣伝によれば朱買臣の妻は生業に就かず貧窮の中で学問に熱中する夫に耐えきれず、夫を棄てて別の男と結ばれている。『史記』巻一一七司馬相如伝によれば、相如の妻卓文君は寡婦の身で母家にもどり、そのうえ相如に誘惑されて「夜奔」を敢行したが、世人はこれを咎めなかったという。『淮南子』説山訓には、「嫁二女於病レ消者一、夫死則〔言二女妨一〕後難二復処一也（女を消渇―糖尿―を病んだ者のところに嫁ると、〔女の多淫のせいといわれ〕、後で再婚させにくくなる）」といい、『戦国策』巻三秦策一には「出婦嫁二郷曲一者、良婦也（出もどりでも郷曲で再婚できる者は、よい婦だからである）」といっている。寡婦も出もどりの婦人もしかく再婚は自由であった。許婚者のあいつぐ死後に後宮入りして皇后に冊せられた元帝劉奭の皇后王政君のごとき女性もいたのである（『漢書』巻九十八元后伝）。本書第四章貞順伝には亡き許婚者に敢えて嫁して喪に服し、寡居を守った衛寡夫人の譚があるが、かかる譚こそが異例事なのであった。

宗法(そうほう)社会の礼制は春秋・戦国時代には混乱しており、儒教経典が文献上で観念的に礼制を整頓・確立するのは前漢朝に入ってからのこと。それらがたとい古制に託してしるされていたとしても、実態は違っていた。『左伝』には春秋時代の厳格な守礼の女性たちの美譚が散見するいっぽう、女性の悖徳譚がひしめいているのである。かかる事態は春秋時代のみならず、戦国・前漢のどの時代にも見られたことである。『古列女伝』の壮烈な女性譚のかなりの部分は、『左伝』や同時代の記録『国語』からも採られている。『古列女伝』を読むさいには、かかる観念上の礼制と実態、現実の女性の言動のあり方を認識しておく必要がある。春秋時代には、賢哲の女性・守礼の女性に対する尊崇の気風もあったが、一般的に女性に道徳実践の主体者たることを期待しなかった。女性に夫や夫家に対する一片の責務も問わず、夫を死なせるも随意、再婚も随意、女(むすめ)や妻に重要事を知られてしまった愚をこそ問題視する譚が『左伝』桓公十五年春の条に見える。鄭の厲公姫突の権臣祭仲(ママ)の女(むすめ)の譚がそれである。

権臣祭仲は横暴。鄭伯（厲公姫突）はこれを憂い、祭仲の婿雍糾(ようきゅう)に殺害させようとし、郊の地で宴を開いて祭仲を招くことにした。祭仲の女(むすめ)はその計略を知って、母に「父与レ夫孰親」と問う。母はいう「人尽夫也。父一而已。胡可レ比也（男はみんな夫にできる。父は一人きり。比較にもならない）」。かくて女(むすめ)は鄭伯と雍糾の密謀を父に告げ、祭仲は雍糾を殺して屍を「周氏之汪(いけ)」に暴(さら)した。鄭伯は「謀及二婦人一宜二其死一也（謀が女に知られるようでは、殺されるのも当然だ）」といい、蔡へと亡命した。

譚中の祭仲の女(むすめ)も妻も夫に対する貞節、父に対する孝の二徳を考慮の外においている。本書第五章の節義伝には、夫と父の両者の死に対して責任を負った女性が貞節・孝の二徳の達成にわが身を犠牲にする京師節女譚が語られているが、『左伝』の世界の女性の多くはかかる道徳観念とは無縁の存在であった。彼女たちは夫を殺されても、烈死も復讐も遂げず、わが身に懸想(けそう)し夫を殺した男に嫁した。（『左伝』桓公元年夏・二年春の条の宋・孔父の妻の例）。彼女たちは近親相姦(インセスト・タブー)も平然と犯した。『古列女伝』孽嬖伝・魯桓文姜譚も採りあげる魯の桓公姫允(きいん)夫人はその一例。彼女は実兄斉(せい)の襄公諸児(しょげい)と通じていた（『左伝』桓公十八年の条）。国君たちの中には母子・姉弟関係にある年上の女性と「烝」と称ばれる淫事を行なう者もいた。女性を道徳の主体的実践者と認めてはいなかったからである。

『左伝』僖公廿四年夏の条にはこういう句も語られている。

女徳無レ極、婦怨無レ終（女の性質ぞ恐しや、わがまま気まま極まらず、婦の怨みも恐しや、妬おこせば涯りなし）。

句中の徳とは「会箋」に「徳謂二婦女性情一」と説かれている。道徳の主体的実践者として認められず、知性による自己規制を期待されていなかった当時の女性は、わが身を守り、我欲を貫徹するためには手段を選ばなかった。その強烈な我欲の発散が、ときに一家を、その女性が権力の坐に連なる者であれば一国を混乱に陥らせたのである。右の俗諺はその脅威を語っている。孽嬖伝とよばれる悪女の懲罰譚を含む『古列女伝』は、前漢末一時のみでなく、それ以前にも共通したかかる現実から産まれた書であった。撰者劉向はこの強き女性に道徳実践の主体者たることを求め、強きままに礼制の世界に善導しようとした人物だったのである。

本節を終えるにあたって、いま一つ論じておくことがある。宗法制度下における家は、祖先と子孫との祭り祀られる関係の中にあり、子孫、それも男子を儲けることが至上の道徳課題であった。「不孝有レ三、無レ後為レ大」（『孟子』離婁上）という。夫家に入った女性に求められる孝事は子を産すことであり、子を産すことが「母子同居共財」の地位と権利を女性にあたえた。「無子」が「七出」の一理由となるのも、それが最大の不孝事だからであった。子の確保のための蓄妾制も孝道を貫徹するための礼制である。「女君」として衆妾に君臨する正妻の地位は原則として子の有無に無関係に保全されたが、わが子が廃嫡されることは屈辱的事態を往々惹起した。子の処遇によって、夫歿後の地位・権勢に影響が生じる以上、後妻が先妻の子を迫害したり、衆妾間に争いが起こることは必然事であった。妬忌は夫婦間の愛の独占欲求によるだけでなく、利害関係によって激烈化した。前述の晋献驪姫や呂后の妬忌の情による犯罪は起こるべくして起こった惨事である。前述の「婦怨無レ終」という俗諺は至言であろう。妬忌の世界を生きねばならぬ女性は、わが身わが子に対する私愛から我欲をおし通すにせよ、夫家安定という公義のために我欲を厳しく制御するにせよ、強者たらねばならなかったのである。かかる事態も『古列女伝』が撰されねばならなかった一面の背景であり、『古列女伝』は、賢明伝・晋趙衰妻のごとき、夫家安定・繁栄のために堅忍、我欲を自制する女性を理想の女性として描き示している。

第二節　撰者劉向と『古列女伝』の構想について

その一　劉向の家系と最初の仕官生活

『古列女伝』の撰者劉向（七九～八B.C.）は、もとの諱は更生、字は子政という。成帝劉驁（在位三三～七B.C.）の朝廷にあって護三輔都水使者（国都長安周辺の地のすべての管理役）、光禄大夫（皇帝側近の顧問・応待役）に任ぜられ、中塁校尉（北軍の営門の管理役。のち西域の業務も管承）をもって官を終えた。ゆえに中塁校尉の名で称ばれることもある。劉向の諱の向はキョウ（漢音）、上古・中古音ともhiaŋと読むのが正しい。唐代には餉ショウ（漢音・呉音とも）中古音ʃiaŋと読み誤るようになっていたが、顔師古は無根拠と斥け、「当に本字に依るを勝れりと為すべし」と指摘している。

劉向は古代中国の書誌、目録学の精華『七略別録』の編者である。戦国縦横家の活躍の記録『戦国策』の散乱しかけた原本を再編、『戦国策』の名をもって今日につたえた校定学・史学の大家でもあった。また辞賦文学の総集『楚辞』の編者でもあり、みずから伝・屈原作「九章」にならって「九歎」を創作、『楚辞』中に収めた辞賦作品の大家でもあった。劉向の家系は前漢の高祖劉邦の末弟劉交にはじまる楚元王家につらなり、その伝は『漢書』巻三十六楚元王伝にある。以下同伝を主資料とし、適宜、他資料を加えて、劉向の家系と人となり、『古列女伝』をいかに構想したかを論じておこう。[6]なお本節の文中、資料、書名の『漢書』は省略。紀伝等の篇名のみをしるした。

楚元王家の始祖劉交は「好レ書、多二材藝一」と評された人物。秦の支配下にあった若年より魯の穆生・白生・申培公らとともに孫卿（荀子）の門人浮丘伯に『詩』（『詩経』）を学び、前漢開国後の太后呂雉専政の時代に、申培公とわが子郢客を長安に遊学させ、浮丘伯の詩学を修了させた。文帝劉恒（在位一七九～一五七B.C.）の時代に申培公が『詩』の博士に立てられると、申培公が訓詁（字句解釈）を口伝でとどめて伝（義理解釈）を遺さなかったのに対し（巻八十八儒林伝）、交は自分の『詩』を編輯し、『元王詩』と称ばれて、その書は一時、世に広められたらしい。子にはみな『詩』を学ばせたが、その子の一人が劉向の曾祖父たる休侯（のちの紅侯）劉富である。楚元王家本宗自体は夷王郢客が嗣いだが、夷王郢客の継嗣の王劉戊は景帝劉啓（在位一五七～一四一B.C.）治下に呉・楚七国の乱をおこして敗北、自殺し、再興楚元王家も五代を重ねて滅んだ。だが申培公と同系の詩伝たる魯詩は、この楚元王家に列なる宗室の劉富の家の家学として継承された。

『古列女伝』は、おおむね各譚の後部に「詩賛」（『詩経』句による譚の評語）を附し、決疑論（カジュイストリー）の手法で訓話に権威をあたえている。（もっとも仁智伝、楚武鄧曼の『易経』豊卦・象伝や節義伝・魯孝義保譚の『論語』泰伯等の語による賛も少数まじっている）。それら「詩賛」の中には、母儀伝・棄母姜嫄（魯頌・閟宮）孽嬖伝・周幽褒姒（小雅・正月）のごとく譚の内容と一致する詩句もあるが、多くは原詩全体の意味とは無関係の断章取義・触類引伸の手法で詩句が譚に結びつけられているに過ぎない。と同時に『古列女伝』の譚の中には、①母儀伝・衛姑定姜譚（邶風・燕燕）、②賢明伝・周南之妻譚（周南・如墳）、③仁智伝・許穆夫人譚（鄘風・載馳）、④貞順伝・召南申女譚（召南・行露）、⑤同・蔡人之妻譚（周南・芣苢）、⑥同・息君夫人譚（王風・大車）等のごとく、『詩経』句をもとに譚が構成され、さながらその詩篇が譚中の史話から出来たかに思わせる「歌物語」（歌謡起原説話）の譚もある。劉向が「詩賛」を各譚に配し、「歌物語」として譚を構成したのは、先行する『韓詩外伝』や遡っては『左伝』からの触発もあろうが、始祖劉交の『元王詩』以来、『詩経』を家学とした楚元王家の一員としての強烈な自負があったからであろう。だが劉向は経典に対して一経一派の立場を採らなかった。『詩経』については魯詩のみならず、韓詩を兼修したことは確かであり、古文の毛詩からもその説を吸収していたことは、古文推奨の子の劉歆（りゅうきん）との関係からも想定される。それのみでなく、劉向は「歌物語」をつくるときでさえ、魯詩の解とは別に断章取義の手法を駆使して独自の史話の異説を創作しているのである。

事実、例挙六例のうち①⑥は『古列女伝』独自の解によってつくられているが、②③④は細部に相違はあるものの基調は毛伝の解と同様につくられている。かつ④は『韓詩外伝』巻一第二話が原話となっており、⑤は『文選』巻五十四所収の劉孝標『辯命論』李註引『韓詩』序、『太平御覧』巻七四二疾病部五悪疾引『韓詩外伝』附注によって、『韓詩外伝』（佚文）を原話としてつくられていたことがわかる。①や⑥にしても、魯詩の解なるものからつくられず、断章取義的に創作されていることは、詩篇全体の内容と譚が一致せぬことから諒解されよう。[7]

劉交の学友申培公は楚元王家の師傅（しふ）に聘されたが、申培公は漢王朝の博士官としては『詩』のほかに『春秋』（穀梁伝）

を伝授した学者であった（儒林伝）。楚元王家につらなる劉向が「穀梁学」を継いでいたことは疑いない。のち宣帝の時代に『穀梁春秋』（穀梁伝）を学官に立てたさいには、徴されてその研修にあたり、甘露三年（五一B.C.）に『公羊春秋』との異同討論が石渠閣で行なわれたさいには、『穀梁伝』がわの主力となって論戦に加わっている。『古列女伝』の編輯にも『穀梁伝』は強い影響をあたえており、貞順伝・宋共伯姫譚、同・楚平伯嬴譚、孽嬖伝・魯桓文姜譚、同・魯荘哀姜譚等にそれが見られる。『古列女伝』の基調をなす強烈な礼教意識も家学たる「穀梁学」によって培われたものであろう。ただし「春秋学」においても向は一経一派の人ではなかった。彼は『穀梁伝』のみでなく、武帝劉徹朝（一四一～八七B.C.）に公孫弘・董仲舒らによって漢王朝の主流の学問となっていた「公羊学」は当然兼修していた。前述の四譚はみな『公羊伝』にも根拠をおいて造られており、節義伝・郃陽友娣譚のごとき復讐譚の背景には『公羊伝』隠公十一年・定公四年各十一月の条に見える復讐鼓吹の思想があると見られる。

さらに劉向は宣帝劉病已朝（七四～四九B.C.）の忠誠の能臣張敞・張禹・蕭望之らが上奏の根拠に用いた『左氏春秋』（左伝）も併修した。「左氏学」が向の家の家学と化していたことは、彼よりやゝ後学の桓譚（生歿年未詳・後漢初期に活躍）の『新論』（『北堂書鈔』巻九十八誦書・婦女読誦）が「劉子政・子駿（歆）・伯玉三人、尤珍二重『左氏』一。下至二婦女一、無レ不二読誦一」といい、王充（二七～ca.一〇〇）『論衡』案書が「劉子政、玩二弄『左氏』一、童僕・妻子皆呻二吟之一」といっていることからも伺える。ちなみにこの評判記によって、劉向が家内における熱心な女子の知育の実践者であったことも判明する。向が『古列女伝』のごとき女訓書を編輯した心情も、かかる日常生活と無関係ではなかったであろう。向の『古列女伝』の輯校作業の助手たる末子劉歆は傑出した『左伝』の学者であり、向・歆父子が『穀梁伝』『左伝』の是非をめぐって争ったことが楚元王伝にはしるされている。向は穀梁第一の立場を採りながら、実質的資料性を重んじて『左伝』を重用し、第一節に述べた晋献驪姫譚や魯宣繆姜譚をはじめ、多数の『左伝』種の諸譚を『古列女伝』中にしるしている。

ところで劉富の子辟彊も「好レ読レ詩、能属レ文」の士であり、武帝朝にあって高官に伍して論議を戦わせ、宗室第一等の才を示したが、「清静少レ欲」の人となりから出仕を好まず、昭帝劉弗陵（在位八七～七四B.C.）のとき、宗室尊重の人事を進めた大将軍霍光の政策により、齢八十で官に就き、宗正（漢王朝の宗室劉氏一族の戸籍と裁判をつかさどる官。宮内庁長官級の大官）の官をもって卒した。

辟彊の子は劉徳。彼こそは劉向の父親である。彼は儒学のほかに「黄老の術」を修めて「智略」があり、若年にはしばしば政事に対して発言し、昭帝朝に官にあって活躍したが、〈老子〉の「知足の計」を堅持して出世を望まなかった。「黄老の道」とは道家思想のこと。『漢書』巻三十藝文志（以下『漢志』と略称する）に、

「道家者流、蓋出二於史官一。歴二記成敗・存亡・禍福・古今之道一、然後知二秉レ要執一レ本。清虚以自守、卑弱以自持。（心を清虚にして自分を守り、態度を卑弱にして自分を支える思想だ）。此君人南面之術（人君が南面して民を治める術である）」

と述べるごとく、それは個人の明哲保身の生き方の指針たるとともに為政者の融通無碍の統治術の指針を示すものでもあった。劉向が経世の情に逸って諫争をくり返しながらも、「康レ生楽レ道、下交二接世俗一」の心境に生き、老獪に身を保全し、『説老子』の書を撰したのは、この父の感化によるものであったのであろう。徳は妻の死に当たって大将軍霍光の女との縁談をもちかけられても拒絶し、その縁談拒否から失脚して庶人に貶され、山間の田地を耕す身となったが、彼の才を惜しむ霍光により再び官にもどされ、父辟彊と同様宗正の地位に就いている。向が『古列女伝』賢明伝の中に隠逸とその妻の譚を語るのも、父の庶人時代の生方が影響している可能性も考えられよう。以後、劉徳は昭帝崩御後の官界にあって、宣帝の擁立に加担、その功により爵関内侯を賜ったのであった。「黄老の術」の真髄を体得した劉徳は老獪な遣手であり、一族中より彼の手引きで宮中宿衛の士にのぼった者は二十人余に達している。劉向が強敵、外戚王氏一門を敵にまわして屈辱を嘗めながらも挫けず、子の歆を王莽と同期に黄門郎（天子側近の顧問・応待の官）に即けた手腕も父親譲りの渡世の才によるものであったろう。徳はまた「寛厚、好二施生一（人に施し、生命を救うことを生きがいとしていた）」と評される至仁廉潔の士でもあった。

晩年、彼は不幸にして後述する向の黄金造りの偽証事件に遭遇する。向の罪は「棄市」（汝淳の説）（棄市は顔師古説によれば市内中で死刑に処すこと）と判決されたが、徳はあえて「上書訟罪」の挙に出た。「訟」とは「冤訟」（無実の罪たることをうったえる）と訟告（罪を告訴する）の両義があるが、向の罪は明白事。冤訟による助命歎願はなし得ない。ここは後者であろう。子の罪を父の側からも立証したのは、酷薄の父の汚名と代償の罪を己が受けて、あわよくば子を生かすという考えがあったからであろう。彼は果敢に常識破りの助命

活動を行ない、みずからは繆公の悪謚をこうむり、心痛のうちに歿したのであった。本書には、第三章仁智伝の趙将括母のごとく、わが子の非を告訴し、酷薄の母の汚名を己が受けて一家を救う女性の譚があるが、かかる譚を語る劉向の背後にはこうした父がいたのである。

さて劉向はこうした好学と好政論、廉潔の士の家に生を享けたが、生年は、近人銭穆氏の『漢劉向・歆父子年譜』（以下は年譜と略称する）によれば、昭帝の元鳳二年（七九B.C.）である。四歳のとき父劉徳も擁立に加担した宣帝が即位した。向は十二歳で父の保任により新帝側近の輦郎（天子の御輦を挽く官）となり、神爵二年（六〇B.C.）二十歳で「行修飭」をもって諫大夫に抜擢された。宣帝は前漢中興の英主といわれる。少時より『詩』を東海の澓中翁に学び「高材好ㇾ学」「操行節倹」「慈仁愛ㇾ人」と評された人物であった。地節四年（六六B.C.）には、彼は親子・夫婦間の犯罪の隠匿を下位者の上位者に対するそれは赦免し、上位者の下位者に対するそれを死罪にするという制度を定めている。この一例から知られるごとく、宣帝は儒家の礼と法家の法を折衷し、社会秩序の確立に努めている（巻九宣帝紀）。彼は厳しく臣下に対して忠誠と法の履行を求めた。その苛酷な臣下の操縦に異を唱えた太子劉奭（元帝）に対し、「漢家自有㆓制度㆒。本以㆓覇（法）・王（儒）㆒雑ㇾ之」と叱った話は有名である（巻九元帝紀）。五鳳二年（五六B.C.）には「夫婚姻之礼、人倫之大者也。酒食之会、所㆖以行ㇾ楽也」と述べて、婚礼会飲を禁ずる地方官に戒告を加えている（宣帝紀）。宣帝は礼楽の徒でもあった。向はこの天子のもとで、公義履行の監視役たる諫争官として官界活動を開始した。

ただし劉向にも蹉跌はあった。宣帝も武帝同様に神仙・方術に興味があり、錬金術にも関心があった。向は父の徳が淮南王家より得た『枕中鴻鳳苑秘書』を幼少時に暗誦しており、この書を献上して「黄金可ㇾ成」と上奏。実験の結果効がなかったため、虚偽の責任を問われて下獄、「棄死」の刑に処せられることとなった。さいわい前述のごとく父の徳の己が名声・生命を賭けた助命運動が効を奏し、兄の陽成侯劉安民が所領の租税の半額を上納して事なきを得たが、父はこの事件の最中に亡くなった。翌五鳳三年、二十五歳の向は家学の『穀梁伝』が学官に立てられたため徴されて同書を研修し、甘露三年には既述のごとき活躍をなし、ふたたび諫争官たる散騎諫大夫の職に復した。

やがて黄龍元年（四九B.C.）宣帝が崩じ、翌初元元年、新天子元帝劉奭のもとで三十二歳の劉向は散騎宗正・散騎常侍に抜擢された。宗正は漢王朝宗室構成員の統率の官、散騎常侍は騎乗して皇帝の御輦に供奉する諫争官であり、向の漢王朝保衛の義務感・自負心はつのった。ときに宮中に権勢をふるい、前漢王朝を弱体の危機にさらしていたのは、宣帝以来重用されて法に精通していた中書（天子の秘書、謁見取つぎ役）の宦官弘恭、石顕らである。外戚の許氏・史氏も放縦をきわめていた。その専横に対決し、前漢王朝の綱紀を正そうとした人物に、大傅蕭望之・小傅周堪らがいる（この大傅は皇太子の輔導官。小傅はその次官職である）。彼らは前将軍光禄勲・光禄大夫（ともに天子の顧問官）となり、政局の刷新をはかり、経学に精通している向を一党に加えた。蕭望之は后倉から斉詩を学んだ儒者であった（巻七十八蕭望之伝・八十八儒林伝）。しかし儒者派は石顕らの巧妙な手口、諫言を汲み得ぬ元帝自身の優柔不断の態度によって敗北を重ねた。「剛毅」な蕭望之は服毒死を遂げ、周堪も瘖を病んで死んだ。向は下獄を経験しながらも「春秋学」を駆使し、災異説によって封事・上奏をくり返したが、永光四年（四〇B.C.）四十歳で官を廃され、十余年にわたって政界から離れたのである。

ところで元帝朝のかかる宦官・外戚跋扈の悪風もその根は宣帝朝にあった。この時期には、人心を腐敗させ、やがて王朝を根底から混乱・滅亡に導くような事態も、諸王の後宮や権臣の閨房からはじまっていた。劉向が宣帝朝に出仕する前年の本始三年（七一B.C.）、広川国より相・内史（諸王国の丞相・郡守相当官）らの上奏があり、広川王劉去と王后昭信の淫乱残虐の事跡が告発された。去は『易経』『論語』『孝経』に精通し、詩文・音楽の才にも恵まれていたが、嗜虐淫蕩の性癖があり、寵姫陽成昭信に対する痴愛から、彼女が嫉視する他の寵姫を猟奇的な残虐行為によって殺害するという事件を惹起した。事件の概要は孼嬖伝・殷紂妲己譚の〔余説〕に紹介してある。かかる非道事は広川王家の後宮の特例事ではなかった。他の王家にも往々見られたのである。二人は流罪となり、去は自殺、昭信は加罪されて棄市となった（巻五十三景十三王伝）。この頃、膠東頃王劉音の後宮では太后王氏が礼制を破り、田猟に熱中していた。この事件はその相として赴任した張敞により解決され、王氏は張敞の譏諫に改悛したというが（巻七十六張敞伝）、上流女性の放縦や奢侈を夫や子は制肘できなかった。母親の権勢や妻妾に対する性感情から、男性が女性の我欲に屈する世風が形成されていたのである。

武帝・昭帝・宣帝三代に仕えた権臣霍光は謹飭の忠臣であったが、その夫人顕は、宣帝の皇后許氏を奸計で毒殺、夫に毒殺の下手人の女医淳于衍を無罪にすべく画策させ、わが子成君を宣帝の皇后に立てた。霍光歿後、顕は夫の塋を盛大に改造、夫の寵妾を墓守として閉じこめ、日夜　奢侈のかぎりを尽し、奴隷の馮子都と姦通している。子の博陸侯霍禹もこれに同調、専横放縦をきわめ、母子はついに宣帝の弑殺を策するにいたった。むろん事は発覚、霍氏一族は腰斬、顕夫人は棄市、霍皇后は廃位された（巻六十八霍光伝、巻九十七上外戚伝上）。前漢王朝の女性の礼制蹂躪は男性の妻妾に対する女色の惑溺、母親に対する自立心の欠如から深刻事となっていた。

元帝朝期にいたると、『後漢書』巻八十九南匈奴伝や『西京雑記』巻二で著名な王昭君の悲話の一事からも知られるごとく後宮は糜爛し、権臣の家庭にあっても漁色による閨房の紊乱は平常事と化していた。8 とくに母親や妻妾一族が夫家の権力を実質的に握る現象が拡がっていった。元帝朝の『詩経』（斉詩）の博士匡衡は、元帝に対して次のごとく上奏している。

今、天下俗貪レ材賤レ義、好ニ声色一。廉恥之節薄、淫僻之意縦。綱紀失レ序、疏者踰レ内（家の秩序は失われ、夫の一族より疎遠なはずの妻妾の一族が夫家の一族をしのいでおります）。親戚之恩薄、婚姻之党隆、苟合徼幸、以レ身設レ利（親戚の者同士の恩愛は薄れ、結婚相手の家の者の結合は強まり、彼らは苟合で幸運を得ようと、身を挺して利益を貪っています）（巻八十一匡衡伝）。

劉向はかかる事態を厳しく観察していたであろう。―ちなみに、上奏中の「疏者踰レ内」の訳は顔師古の註にもとづいている。顔師古はこの語を妻妾の家が同姓骨肉（夫家の身内）を凌ぐことと解している。また「苟合」とは相手の意を迎えて正論せざることをいう。―次の成帝朝における再出仕時には、向もこの問題に取組み、『古列女伝』なる女訓書を撰することになる。

その二　成帝朝出仕と『古列女伝』の撰書

建始元年（三二B.C.）、新帝成帝劉驁の治政下、九卿（太常・光禄勲・衛尉・太僕・廷尉・大鴻臚・宗正・大司農・小府等の九種の重要職）の要員として、劉向は政界に復帰し、やがて光禄大夫（宮中の顧問官）に任ぜられた。成帝は「尊厳若レ神」とも「受ニ容直辞一」とも評されたが（巻十成帝紀・賛）、酒色宴楽の徒。太子時代は廃位されかかった人物である。「受ニ容直辞一」の人柄も主体性の不足と表裏しており、決断力に欠けた。母の元后王政君は既述のごとく許婚者の重なる死後に元帝の後宮に入り、皇后に冊せられた女性である。「婉順得二婦人道一」と評されたが（巻九十八元后伝）厳格に、熱狂的に道義を貫徹する意志力をもちあわせなかった。外戚王氏の権力伸張を抑止しようとする見識は備えていたが徹底せず、班彪により「婦人の仁は悲しきかな」と評され（同上）、また好色の徒成帝のために後宮を良家の女で充実させようとした慈弱の婦人であった。彼女のこの処置は兄王鳳の下僚杜欽より、『公羊伝』荘公十年九月の「一娶二九女一」の礼制説による后妃九人論の反対意見に遭いながらも実施されたのである。杜欽は「声色」と「音技」の能ある妃嬪は天子を惑わせる、九妃は「有二行義一之家」より詳択し、「淑女之質」を求めねばならぬと述べ、「后妃之制、夭寿・治乱・存亡之端也」とも再説したが退けられている（巻六十杜欽伝）。9

成帝の後宮形成については彼の太子時代の小傅であり、建昭三年（三六B.C.）以来丞相の位にあった斉詩学者匡衡も上奏、天子の婚姻こそは「綱紀之首、王教之端」であり、天子の妃匹選択には「釆（採）二有徳一」「戒二声色一」「近二厳敬一」「遠二技能一」が必要であると述べていた（匡衡伝）。だが慈弱の母王政君は彼らの上奏を活用する見識・意志力に欠け、成人した子への後見力も欠いていた。成帝を後述するごとき最悪の悖徳漢たらしめたのは、王政君の母としての指導力の欠如がかかわっていたのである。『古列女伝』が厳格な父性原理に生きる、強力な指導・後見力を備えた母親像を提示するのは、劉向がこうした事態を見すえていたからであろう。

「謙譲無レ所レ専」の成帝の治下にあって、元舅王鳳は大将軍として国権を専断し、兄弟七人はみな列侯に封ぜられ、いっぽう「通達有二奇異材一」を謳われた劉向の子歆が中常侍に任じられようとしたとき、鳳により差しとめられるという事態もおこった（元后伝）。歆はのち黄門郎に抜擢されて官界に地歩を占めるが、当時は外戚によって宗室が押さえられるような情況が生まれていたのである。当時は大異変が頻発。劉向はそれが外戚の貴盛と王鳳兄弟の執政による天譴と考えた。河平三年（二六B.C.）、ときに向は五十四歳。宮中の府庫に書籍を集めていた成帝により諸書の校合を命ぜられていたさいであった。彼はこの任務によって、『七略別録』制作の大業をなし遂げ、碩学鴻儒の名声を高めてゆくことになるが、外戚王氏排除のための学説の構成にも精力を傾けたのである。劉向は『尚書』洪範篇に、箕子が武王のために五行・陰陽休咎の応験を述べた記事があることに着目、上古以来秦漢にいたる祥瑞・災異の記録を集めて条目を分け、『洪範五行伝論』

という十一篇の書物を撰して上奏している。だが成帝はこの書が外戚王氏排除の意図から作られたことを見抜きながらも、優柔不断、王氏を制肘できなかった。王氏の権力が伸張する中で、成帝は継嗣に恵まれず、皇統は絶えるかに見え、災異は頻発してやまなかった。事態を憂える向は友人の陳湯に、こう胸中を打ち明けている。

災異如レ此、而外家（外戚）日盛、其漸必危二劉氏一。吾幸得二同姓末属一、絫世蒙二漢厚恩一。身為二宗室遺老一、歴二事三主一（宣・元・成帝）。上以二我先帝旧臣一、毎二進見一常加二優礼一。吾而不レ言、孰当レ言者。

この「吾にして言はずんば、孰か当に言ふべき者ぞ」という前漢王朝の宗室の重鎮・忠節の諫臣としての強烈な自負と外戚王氏に対する警戒心から、向は以後もしばしば、外戚の害、宗室の防衛を力説し、災異による前漢王朝の危機を警告しつづけた。前漢王朝はその創始期において高祖劉邦の皇后呂雉による帝室簒奪の危機を経験していた。さらに武安侯田蚡、霍光夫人顕・霍禹母子らの外戚の専横もあった（巻三高后紀・巻五十二田蚡伝等）。王氏一族による帝室の権勢蚕食はそれ以上の危機をもたらしている。向は、しかく判断して極諫の筆鋒を揮い、指斥は成帝や皇太后王政君にまで及んだ。

王氏与二劉氏一亦且レ不二並立一。（略）陛下為二人子孫一、守二持宗廟一、而令三国祚移二於外親一、降為二阜隷一。縦不レ為レ身、奈二宗廟一何。婦人内二夫家一、外二父母家一、此亦非二皇太后之福一也。孝宣皇帝不レ与二舅平昌・楽昌侯権一、所三以安二全之一也（宣帝陛下は舅ー母がたのおじー平昌侯、楽昌侯に権力を与えませんでした。漢王朝を安全ならしめたゆえんであります）。

真正面からのこの非難の上奏文に対し、成帝は向の意中を汲んで「歎息悲傷」しつつ、「君且く休め。吾将に之を思はんとす」と述べ、彼を中塁校尉に退けたのであった。ときに陽朔二年（二三B.C.）、向五十七歳のことである。翌年に王鳳は卒したが、その従父弟音が鳳の遺言によって大司馬車騎将軍となり、国権を専断し、鳳の姪児王莽も黄門郎に任ぜられ、王氏一族を将来において統領する一歩を踏みだしたのであった。

成帝は国権を王氏に委ねただけではない。自分の死後の陵墓造営に多大の経費と膨大な労力をつぎこみ、民衆を疲弊させ、かつ民衆の墓地を容赦なく潰して彼らの孝道を踏みにじる暴挙を行なっていた。この陵墓造営は権勢家の間に奢侈の風を蔓延させていった。礼制は到るところで崩壊していた。劉向は陵墓造営にも諫言を行なっているが、成帝の受容する所とならなかった。[10]

成帝の最大の失態は、好色によって後宮の秩序を紊乱させ、寵姫に迫られて我が子を自分の命令により殺し、皇統を絶ったことである。成帝の最初の皇后は能書家の才媛許氏。元帝朝の権臣許嘉の女(むすめ)たる彼女は寵愛を独占して、他の妃嬪を近づけず、太子妃時代に一男を儲けたが夭折させ、以後継嗣を産めなかった。奢侈の振舞いも多かった。向は彼女の専横について諫争したが、建始三年（三〇B.C.）には王鳳に加担する谷永(こくえい)も災異説によって諫争、成帝が両名の意見によって許后の奢侈を諭し、彼女が理をもってこれに反駁したため、二人の仲は疎遠となっていった（巻二十七下之下五行志下之下・巻八十五谷永伝・巻九十七下外戚伝下等）。

替って抬頭したのは、鴻嘉元年（二〇B.C.）、微行の慰安をおぼえた成帝が陽阿公主の邸で手に入れた細腰の舞姫趙飛燕姉妹である。下賤の出身の趙飛燕は生活苦に喘ぐ両親が口減らしのために水漬けにしたが、三日も生きとおしたので育てられたという悪運強い女性である。姉妹は成帝の心を征服すると、協力して後宮の権力独占にかかった。成帝の寵愛を失いつつあった許皇后、成帝の寵愛を姉妹となお競っていた倢伃(しょうよ)の班氏という良家出身の后妃に挑戦し、彼女らが媚道を使って後宮の女たちを殺そうとし、祟を成帝にまで及ぼしていると讒言したのである。許皇后の姉は、事実、妹のライバル除去を焦って媚道を行なっていた。許皇后はかくて廃位され、班倢伃は自分の潔白を論じて赦されたが、姉妹の奸智と成帝の痴愛に弱い人となりを思って倢伃の位を辞した（外戚伝）。

班倢伃は趙飛燕姉妹が後宮に召された頃、卑賤の身から採りたてた自分の侍女李平を成帝の枕席に献げていた。成帝の李平に対する寵愛は異常をきわめた。位を彼女の主人班氏とおなじ倢伃に進めたのみでなく、この礼制に逸脱した行為を武帝が女奴隷の衛子夫を皇后にまで抜擢した先例を踏んだものだと強辯し、李平に武帝の寵妃衛氏の姓を賜わったのである。班倢伃はこうした成帝に絶望していた。班倢伃も一時は成帝の熱愛を受けて一男を出産したが、数か月で夭折させた不幸な女性である。成帝から輦(れん)同乗を誘われ、天子の輦は賢臣の同乗すべきもの、妃嬪同乗は亡国の君の振舞いだと述べて峻拒し、皇太后王政君よりその賢れた人格を絶賛されたこともあった。彼女は趙飛燕姉妹の再攻勢を恐れて成帝の後宮を去り、以後皇太后づきの女官として一生を終えた（同上）。

皇太后王政君は趙飛燕の倢伃抜擢に対しては、卑賤の出身ゆえに反対したが、成帝は彼女の父趙臨を成陽侯に封じて、王政君の口を封じた。宗室の一員で当時諫大夫の任にあった劉輔はこの成帝の偽瞞的行為に立腹、当時頻発していた災異に言及、「今乃触レ情縦レ欲、傾二於卑賤之女一、欲三以母二天下一。不レ畏二于天一、不レ媿二于人一、或莫レ大レ焉」と上奏したが、掖庭の秘獄に収檻の身となり、死一等を減ぜられて庶人に貶された（巻七十七劉輔伝）。過熱した男女問題への容喙ほど危険なものはない。老獪な劉向はこのときは黙止したようである。皇后許氏を廃した成帝はついに永始元年（一六B.C.）、趙飛燕姉妹を皇后・昭儀の高位に進めた。成帝の寵愛はのちに妹の昭儀に移ったが、妹は姉の皇后を傀儡として後宮に君臨し、礼制を逸脱した豪奢な昭陽殿を建てさせて住まい、一族の欽・訢二人の男子を侯に封じさせた（同上）[11]。

奢侈淫乱の風、礼制蹂躪は成帝の後宮のみにとどまらなかった。黄門の名倡丙彊・景武らが富を得て名を顕わし、王氏一門の五侯をはじめとする権門各家が、歌妓を帝室と争いあうに至ったのである（巻二十二礼楽志）。向が『列女伝』等の説話集を撰したのは、そうした風潮下のことであった。

向睹下俗弥奢淫、而趙・衛属起二微賤一、踰中礼制上。（劉向は世の風俗がいよいよ奢り淫らとなり、趙飛燕・昭儀姉妹や衛倢伃―班倢伃の侍女李平―が微賤より起って、礼制を蹂躙するのを目にした）。向以為王教由レ内及レ外、自二近者一始。故採二取『詩』『書』所レ載賢妃・貞婦、興レ国顕レ家法則、及孽嬖乱・亡者一、序次為二『列女伝』一（劉向は、王教は宮中より外なる世間に及び、王者の近親者から始まると考えた。そこで『詩』『書』―『詩経』『書経』に代表される典籍―が載せる賢妃・貞婦の国を興し、家名を顕かにして世の法則となる女性、また孽嬖らの国家を混乱させ、滅亡させた女性を採取し、『列女伝』を編輯した）。凡八篇。戒二天子一。及采二伝記・行事一、著二『新序』『説苑』一凡五十篇。奏レ之。）

その後も向は書翰を上奏して成帝を諫めつづけたが、成帝は嗟歎するのみで改悛できなかった。成帝は向を九卿に戻そうとも望んだが、痛烈な指弾を王氏にむける向の九卿登用を王氏一門が許すはずがなく、綏和元年（八B.C.）、七十二歳の向は、後述の前漢王朝の最大悲劇をも経験し、失意のうちに他界したのである。彼の最後の封事上奏は王教確立のための辟雍建設の議であったが、丞相・大司空の賛同を得られながらも翌年成帝の急逝に遭い、事は成就しなかった（礼楽志・成帝紀）[12]。

のち十三年後の居摂元年（A.D.六）、前漢王朝は王莽によって簒奪された。だが王莽の「新朝」による政権簒奪に先だち、元延二年（一一B.C.）、前漢王朝の滅亡はすでに決定づけられていたのである。成帝は趙昭儀の妬忌を恐れながらも、漁色をとめどもなくつづけ、皇后づきの史の曹宮や、美人（紀嬪官名）の許氏に男子を出産させた。だが事は趙昭儀にみな知られ、その画策・強要で継嗣たるべき二児はあいついで殺されたのである。許美人の男子出産のさいは戦慄すべき異常事態となった。この年のある夜、成帝は嫉妬に逆上する趙昭儀を宥（なだ）めるために、嬰児を篋づめにして検死し、後宮の獄垣の下に埋める現場に立ちあわされたのである（外戚伝下）。既述のごとく、「不孝有㆑三、無㆑後（継嗣）為㆑大」（『孟子』離婁上）という。成帝は国父たる天子の身で、実子殺しという最大の悪徳を犯し、みずから皇統を絶ったのである。前漢王朝最大の不祥事であった。向はときに六十九歳。成帝諫争の企図という一点からのみ論ずれば、『古列女伝』はいかなる効果も産まなかった。王氏は爾後意のままに外藩から哀帝・平帝を迎えて前漢王朝を嗣がせてゆく。だが二帝はみな短命で世を去り、孺子嬰を擁立した王莽は天命降下の芝居を演じ、みずから仮皇帝と称して玉座にのぼり、ついで嬰を廃して真皇帝となり、前漢王朝を滅ぼしたのである。

その三　『古列女伝』の構想に見える劉向の女性観

『漢書』楚元王伝は『古列女伝』の編集（序次）目的を「以戒㆓天子㆒」にあるとしるしている。それは表面的には事実である。しかしそれのみを目的に編輯した書であれば、母儀・賢明・仁智・貞順・節義・辯通（べんつう）・孽嬖（げっぺい）の婦徳の七項目にわたって、多彩な女性の道徳譚を語る必要もない。向の婦徳を検討する目は緻密である。『古列女伝』は、君臣関係と同様の主従関係により、夫対婦関係、父母対女子関係、舅姑対媳婦（せきふ）関係を捉え、公義・礼制の規範によってそのあるべき姿を豊富に展開している。また母の子に対する指導後見・誡告の力、妻の夫に対する内助・諫言の力の必要を多角的に周到に提示している。それは皇后の天子・諸王に対する指導、皇太后の天子に対する後見の力、后妃の天子に対する内助・諫言を要求するものである。[13]また『古列女伝』は、后妃の天子に対する蠱惑（こわく）の自己規制を求める書である。男性に対する女性の強烈な影響力、とくに男性の好色の情慾に乗ずる女性の凄絶な蠱惑力を、天子に代表される男性に思い知らせるという一面を、この書は確かにもっている。しかしこの書は天子や男性一般に後宮操縦、閨房操縦の術を教えるものではない。劉向の『古列女伝』序次撰述の目的は、従来包括的に検討されることのなかった女性の道徳、女性にかかわる（男性の女性への対処法をふくむ）教訓の範例（パラダイム）を、史伝を装う説話によって組みたて、説法伝達の「語り」の藝・説教によっても教訓を広めることにあったのであろう。この点は筧久美子の説（七四ページ・註18Ｂ）も参照されたい。

既述のごとく『新序』『説苑（ぜいえん）』『古列女伝』は同一の事態から産まれた書であり、前漢王朝存続のための君道・臣道（妻道）を説くという共通の基調をもつ。『説苑』臣術には臣道を論じて、「無レ所二敢専一、義不二苟合一。必有レ益レ国、必有レ輔二於君一」という。これは『易経』坤・文言の「陰雖レ有レ美、含レ之以従二王事一、弗二敢成一也。地道也、妻道也、臣道也。地道無レ為、代有レ終也（地道は自分で専断しないが、天に代って物事をなしとげる）」の説に即応する。この認識のもとに、向は忠信の士（女）の節義を重んじ、『説苑』に立節篇をもうけるように『古列女伝』に節義伝を立て、君（夫）の危亡を救う忠臣（妻）の諫言を重んじ『説苑』に正諫をもうけるように『古列女伝』に辯通（べんつう）伝を立て、さらに各伝にわたって諫争の美譚を配したのであろう。辯通伝は諫争譚のみを収めるものではない。むしろこの伝は後に再説するように、説得力の技術の必要を説く『説苑』の善説篇にも照応する。基本的には両書にはこうした対応関係がある。[14] なお内容の系統的整理にふじゅうぶんな『新序』中において、向は雑事篇一・二に女性の譚を収めたが、『古列女伝』において、それらを賢明・仁智・辯通・孼嬖（げっぺい）の諸伝に別出している。[15]『古列女伝』は破局的情況にあった成帝に対する諫戒の真情から編輯された書ではあっても、それを超えた書であった。それは男性読者を対象にした男性本位の道徳の範例を輯めた『新序』『説苑』に対置される女訓書として、当初からあったのである。「以戒二天子一」という楚元王伝の『古列女伝』の序次撰述目的を示す句は、当面の前漢王朝の破局の救済を目的にした「戒」を中心に考えるべきではなく、以上のごとく理解されねばなるまい。

前漢王朝における後宮・閨房の紊乱は成帝朝のみのものではなく、遠くは礼制なお整わざる高祖朝以来のものであり、中興を謳われた宣帝朝下でも深刻な事態が生まれていた。元帝朝の初期において、すでに人臣の家の閨房の紊乱は目にあまるものがあったことは既述のとおりである。かの匡衡（きょうこう）の上奏中に指摘された「綱紀失レ序、疎者踰レ内」という風習が下は民間から上は漢王朝にわたり、成帝朝における外戚王氏の専横や趙昭儀の淫虐に発展したのであった。ところで匡衡は既述の上奏文において国風の周南・召南、雅・頌の『詩』教による失俗匡正の効果を説いているが、だが、その基調は楽天的であり、『詩』教を具体化する方法にまで論は及んでいない。匡衡はこうもいっている。

臣聞、教化之流、非二家至而人説一之也（教化が流れつたわるのは、〔教訓を述べる者が〕家ごとに至り、会う人ごとに説くからではない）。賢者在レ位、能者布レ職、朝廷崇レ礼、百僚敬譲。道徳之行、由レ内及レ外、自二近者一始。然後民知レ所レ法、遷レ善、日進而不二自知一。（匡衡伝）

この一節中に見える「道徳之行、由レ内及レ外、自二近者一始」という認識は、向の「王教由レ内及レ外、自二近者一始」という認識と一致するものであり、『詩』教による失俗の匡正という考えも、劉向・匡衡ともに一致している。おそらく向は、匡衡のこの上奏も念頭に置きつつ『古列女伝』を編輯したのであろう。しかし彼は匡衡のごとく楽天的ではなかった。「賢者在レ位」や「朝廷崇レ礼」が成帝とその朝廷・後宮では実現し得ぬことを彼は見とおしていたであろう。『古列女伝』編輯における成帝諷諫はどこまでもポーズであり、『列女伝』は後世への「王教」の遺言として撰されたのである。

ところで既述のごとく成帝朝の破局的な後宮事情に対し諫争を行なった者に谷永（こくえい）がいる。「博学二経書一」と評されても、もと長安の小吏の出身であった永には、劉向のごとき思考の幅がなかった。彼の諫争は当面の改善効果をあくまで狙うものであった。その主張は一面向とは異なり、一面向と接近する面をもっていた。建始三年（三〇B.C.）の永の最初の上奏は次のように述べられている。[16]

内寵大盛、女不レ遵レ道、嫉妬専レ上、妨二継嗣一与。古之王者廃二五事（貌・言・視・聴・思）之中一、失二夫婦之紀一、妻妾得レ意、謁行二於内一、勢行二於外一、至下覆二傾国家一、惑中乱陰陽上。昔褒姒用レ国、宗周以喪。閻（艶）妻驕扇、日以不レ臧。此其効也。〔略〕夫妻之際、王事綱紀、安危之機、聖王所レ致レ慎也。昔舜飭二正二女（娥皇・女英）一、以崇二至徳一。楚荘忍二絶丹姫（夏姫）一以成二伯（覇）功一。幽王惑二於褒姒一、周徳降亡。魯桓脅二於斉女一、社稷以傾。誠修二後宮之政一、明二尊卑之序一、貴者不レ得二嫉妬専一レ寵、以絶二驕嫚之端一、抑二褒閻（褒姒・艶妻）之乱一、賤者咸秩進、各得二厥職一、以広二継嗣之統一、息二「白華」（『詩経』小雅の篇名）之怨一。後宮親属、饒レ之以レ財、勿レ与二政事一、以遠二皇父（西周の幽王時代の卿士）之類一、損二妻党之権一。未レ有二閫門治而天下乱者一（巻八十五谷永伝）。

後宮の寵愛が盛んで、女が道に遵わず、嫉妬して主上を独占し、継嗣の出生を妨げているからでしょうか。いにしえの王者も、容貌の恭み、言葉の順当、観察の透徹、評判聴取の聡敏、思索の徹底の中正を損い、夫婦の紀を失うと、妻妾が意をほしいままにし、請托（裏口からの依頼等）が内に行なわれ、権勢はその手を離れて外に移り、国家を傾け覆し、陰陽の調和が乱されるに至りました。むかし褒姒（周の幽王の妃）が国家を私して、宗周は亡びました。妖艶な寵姫が驕って力強く、日蝕がおこりました。これがその効験です。〔略〕夫妻の際は、王事の綱紀、安定・危険の機、聖王が慎んできたところです。むかし舜帝は堯帝から配された娥皇・女英の二女を躾けて、その至徳を高め（て堯帝から帝位を譲られ）ました。楚の荘王羋侶は妖姫の夏姫を後宮に入れることを断念し、覇業をなしとげました。周の幽王は褒姒に蠱惑されて、周の徳は下降して亡びました。魯の桓公姫允は斉から迎えた文姜のいいなりになって、社稷を傾けたのです。もし後宮の政教を修め、尊卑の序列を明らかにし、上位の后妃が嫉妬したり寵愛を独占したりできぬようにし、嬌慢の端緒を絶つならば、褒姒のごとき妖姫の乱を抑えられましょう。下位の妃嬪もみな序列にしたがって寝所に侍し、おのおのその職責をまっとうでき、継嗣の統を広め、妾が皇后に抑えられて寵愛を得られぬという「白華」の怨みも絶てます。後宮の親属には豊かにするために財をあたえるが、政事に与らせぬようにすれば、褒姒を擁して権臣結托して政権をほしいままにした皇父の類を遠ざけ、妻方の一党の権勢を減殺できるのです。閨門が治まって天下が乱れた例はありません。

この上奏は成帝の寵愛を独占していた皇后許氏の失脚と当時の外戚の一方の雄許氏の勢力を排除するためになされたものだが、主旨は天子の後宮操縦術に終始している。『列女伝』のごとき賢妃の出現を望む姿勢はない。その母儀伝・有虞二妃譚の中では妬忌の情なく協力して舜を補導した娥皇・女英の二賢妃も、ここでは逆に舜の「飭正」を受けた者とされている。向がもしこの程度の意識で天子を「戒」めようとしたのなら、『古列女伝』は生れなかったであろう。

谷永はこの上奏の他にも、成帝が継嗣を得ることを急務とすべきであるとして、上奏をくり返したが、このうちには、容貌の「好醜」を択ばぬことや、「微賤の間」よりも母を選ぶべきことを説いている。これらの主張は、後述する『古列女伝』辯通伝の斉鍾離春や趙津女娟等の身分無視、容貌の好醜不問の賢夫人の嫁娶譚と共通する発想を示すが、大きな相違点もある。谷永の主張は生殖の具としての妃嬪の必要性が語られるだけで、賢母賢婦の必要性に対する発言がまったく見られぬことである。劉向が求める理想の女性は賢母であり賢婦女であった。当時は天子の後宮や賢臣・士大夫の閨房では杜欽の指摘するごとき「声色（嬌声・艶姿）」と「音伎（音曲・歌舞）」の能ある女性、それも卑賤・無学な女性が迎えられ、蠱惑の力で家内を乱していた。向はこうした現実を視すえて、身分制度に捉われぬ賢婦女の礼賛、極度に戯画化された賢醜女の称揚を『古列女伝』の中に展開したのである。『古列女伝』は、谷永のごとき当時の識者の現実認識と接点をもちつつ、女性の知性に期待する独自の思考の上に成立した書であった。

劉向の『古列女伝』の編輯目的は、「王教は内より外に及び、近き者より始まる」という認識のもとに、天子の後宮に厳格な婦道を確立し、その婦道を天下全体に及ぼし、帝室・民間上下を挙げて礼制に規律される社会を築くことにあった。婦道の基本は公義に規制された知的な母性の発揮にある。母性はじつの母子関係の間のみでなく、女性の対他人関係のあらゆるところに発揮されるもの、とくに対夫関係、ときにはその延長線上にある女の対父関係においても発揮されるものとも認識された。子は哺育・養育の間のみ母に結ばれるのではない。子の成人後も母に結ばれる。宗法社会は「母子一体」の社会であり、成人後も母子関係は緊密である。母なる者は子の後見者であり、外なる公の世界、職域に身を投ずる子の背後にあって、子にとって私の世界たる家を己が公の場として守り、子を公の世界に自立・献身せしめる責務を負う者である。妻もまた夫家を己が公の場として守り、夫を公の世界に自立・献身せしむる責務を負う者である。女もまた家長たる父の生命と名誉を保全すべく、無私の献身をなすべき責務を負う者である。向によれば、かかる家の守りもまた母性の発揮とされたのである。

『古列女伝』の巻頭は母儀伝。母儀伝の母とはじつの母子関係に結ばれる母の意のみではない。この伝を通覧すれば、向の認識する母とは、妻をはじめとする諸種の母性発揮者としての女性一般の意であることが諒解されよう。母儀伝巻頭の有虞二妃は天下万民の母たる国母譚であり、夫のために知力と滅私の情をもって献身する妻の譚である。「母儀」の「儀」とは同伝頌義小序中に示される儀表であり、規範総則の意味である。つまり母儀伝とは女性の美徳総則というべき史伝・説話集なのであり、その美徳の本質は公義に規制された母性の発揮である。向はこの総則を提示した上で、諸種の母性の発揮、婦道の貫徹に直進した女性たちの言動譚を美徳各論の賢明伝以下の各巻に配した。彼女たちの身分は上は天子の后妃・国君夫人から下は庶民の妻女、それも年少者に及んでいる。向が庶民の妻女まで書中に収めたのは、王教は天下万民に及ぶという認識によるものであるが、后妃や権臣の婦女に、より強烈に覚醒を促そうとしたからでもあろう。各伝の譚の多くは諫争譚や訓誡譚である。また孝女の救父譚が重層した譚や貞婦の救夫譚も見える。

賢明以下の諸徳の内容は複雑である。いまは最少限度の解説にとどめる。詳細は第一章以下の各伝、各譚によって検討されたい。賢明・仁智の二徳は、事理に通じ、将来に予測される禍福の変転に知的に対処することをいう。とくに注目すべきは、仁智の仁が前漢人の一部に認識された「致ㇾ利除ㇾ害、兼愛無ㇾ私」（『漢書』巻五十八公孫弘伝）の意による功利的な内容を含むことである。貞順の徳は、婚姻の礼制に厳格に従い、死を賭けて女性の尊厳を確立することをいう。節義の徳は、「公を先に立て私を後にする」という道義に従い、死を賭けて己の上位者に忠節を尽すことをいう。貞順・節義の二徳も、中には反知性の愚行と断ぜらる事例譚も語られているが、総じて死の尊厳―死によって貫徹される生の尊厳―を知性をもって確立することを意味することが諸譚から判明しよう。貞順・節義の二伝の女性たちの自己犠牲の多くは徒為無益の犠牲ではない。その行為には周到怜悧な功利の計算や批判精神がこめられている。辯通の徳は「連ㇾ類引ㇾ譬」（同伝・頌義小序）の議論をなし得る辯才発揮の徳をいう。『説苑』善説が「夫談説之術、（略）譬称以論ㇾ之、分別以明ㇾ之、歓欣憤満以送ㇾ之（譬喩で諭し、事を詳細に分解して説明し、歓喜と感激を演出し、相手の心中にわが意を伝送する）」といい、各種の辯論例を提示するごとく、辯通伝は女性の特性に即し地位に応じた辯論例を提示している。それらの辯論は強靱な知性を欠いては為し得ない。以上、劉向の認識する婦道・婦徳がいずれも女性の知性の信倚の上に構成されていることが諒解されるであろう。なお辯通伝は、后妃や権臣の妻たる者の夫に対する諫争の当然の帰結として女性も国政に関する見識・知力をもつことが望まれている。賢明・仁智の二伝にも后妃や国君夫人の夫の失政、暴政に対する諫言譚や呪詛譚が収めてあるが、この伝にはかかる諫言譚が集中している。儒教はとかく漢・戴聖の『礼記』が語る「内言不ㇾ出二於梱一（しきみ）」（曲礼上）や「女不ㇾ言ㇾ外（女性の発言は家内の問題に限れ）」（内則）の語や『易経』家人・六二の爻辞が説く「无ㇾ攸ㇾ遂、在二中饋一（女性は自分の意向を遂げてはならぬ。中―家内―の飲物・饋―食物づくり―にだけあたればよい）」の語、『書経』牧誓が説く「牝雞之晨、惟家之索（牝雞が晨を告げたなら、その家は必ず索だ）」といった語によって、女性の外事・政治へのかかわりを拒絶し、女性の知性を抑圧する道徳と見なされがちである。それは一面の否定し得ぬ事実であるが、全面的には該当しない。本来、儒教は女性の知性に信倚する道徳なのである。『古列女伝』では、かかる女性の表層における主体的知性発揮の誡めが男性を公事に邁進させるための女性の自己規制、女性からの男性への外事精勤の督責・激励の語として語られている。この点については母儀伝・鄒孟軻母譚④話を参照されたい。

『古列女伝』は巻末に孼嬖伝（げつぺいでん）を配する。孼とは災孼（わざわい）、嬖とは「邪僻を以て愛を取る」女（『国語』鄭語・韋昭註）のこと。天子の後宮・権臣の閨房に媚態と蠱惑力をもって愛欲を縦いままにする、いわゆる妖姫・毒婦をいう。この語を徳目に移して解すれば、女性の悪徳のすべてということになろう。前漢王朝を混乱に陥し入れ滅亡に瀕せしめた婦道の退廃を匡正すべく撰された『古列女伝』において、女性の悪徳は必ず提示さるべきものであった。この悪徳総伝は巻末に位置して、巻頭の女性の美徳総伝たる母儀伝に対応しているのである。劉向は、女性の悪徳を、公人の最高権力者ゆえに肥大化した権勢から私情に溺れやすい天子・国君に苟合（こうごう）し、天子・国君をして狂気の快楽に誘い（いざな）、公人の自覚を失わしめる蠱惑力の発揮、公義を忘れて妬忌の私情に捉われ、己が子に君主位を得させて己の栄耀を図ろうとする、あるいは他の妻妾を陥し入れて己れが後宮・閨房の第一人者たらんとする私利の追求、婚姻の礼制を蹂躪し、女性にとっての公の場たる家を守る責務を棄てて夫以外の男性との私愛に趨る淫欲の追求、夫を犠牲に供しての己が一族の利の追求、等と見なしている。孼嬖伝の諸譚に描かれる淫虐・妖艶の猟奇図に眩惑されず、男性の好色の狂気を捨象してそれらの悪徳を凝視するとき、この悪徳の本質が臣道・妻道に対する反逆、公義・礼制に規制された母性の放棄にあることが見えてくる。劉向は女性の悪徳をかかるものと認識し、孼嬖伝の諸譚を男女主人公の破滅譚として語り、天子・権臣に好色の狂態を誡め、王教の主導者たる責務を自覚せしむるとともに、后妃・権臣の妻妾に臣道・妻道に拠って、公義・礼制に規制された母性の発揮者として自己を律することを要請したのであった。ただし孼嬖伝の諸譚は他伝のそれとは異なり、王教の主持者たる天子・国君・権臣等の男性に対する勧誡を主意とするものが多い。

かつて北宋の名相王安石・字（あざな）介甫（一〇二一～八六）は『古列女伝』の再編者の一人王回に「諸狂女を述べて書と成す」（王回「古列女伝序」）とこの書を評した。孼嬖伝の悪女たちの言動は凄まじい。だが婦道の確立に勇往直進する賢婦女たちの自己犠牲の言動も狂気に満ちて壮烈である。劉向は女性の知性に信倚するとともに、この狂おしいまでの道義貫徹の気力に期待した人物でもあった。婦道の根底にある母性とはかかる狂気を含んだものであろう。

第三節　『古列女伝』の伝本と校註の変遷について

その一　『古列女伝』の現行本と当初の形態

現存の『古列女伝』は八巻本であるが、うち七巻一〇四譚（旧一〇五譚・本書も復原試稿一譚を加えてある）が劉向自身の撰たる『列女伝』、最後の一巻が劉向ならぬ別人が加えたと考えられる二〇譚から成る続伝である。両者の区別のために正伝七巻分を『古列女伝』と称し、続伝一巻を『続列女伝』と称するが（北宋・王回「古列女伝序」、清・紀昀等奉勅撰『四庫全書総目提要』巻五十七史部・伝記類等）、伝本によっては、この八巻分の『列女伝』全体を『古列女伝』と命名し、目録中において続伝を「巻八続列女伝」として示す書がある。（顧広圻考証本『古列女伝』、叢書集成本『古列女伝』、四部叢刊本『劉向古列女伝』等）。後世続続とつくられた同名の『列女伝』と区別するために、いちいち撰者名を付して『列女伝』と称ぶよりも、むしろ八巻分すべてを『古列女伝』と称び、とくに続伝に言及するばあいにのみ、これを「続列女伝」と称ぶ方が便利である。本書ではしかく劉向撰『列女伝』を称んでいる。現行諸本は大枠として以上のごとき構成をとるが、また細部に相違がある。本書は通行本の一点・叢書の四部備要が収める清・梁端校注の『列女伝校注』を底本とするが、体裁を一部替えてある。序文を除き、目録以下の構成を示し、併せて『古列女伝』の部分構成単位について解説しておこう。

①目録　列女伝目録と題名をしるし、漢・護左都水使者・光禄大夫・劉向編撰と撰者名をしるす。撰者を編撰としるすことに注意されたい。次に第一巻母儀伝としるし、伝全体を綜括する『詩経』頌の四言斉言体詩に擬した「頌義小序」という詩をしるす。次に各譚（伝）の名を並べる。巻一は十四話、巻二以下巻七までは各十五話をしるす。巻二以下、巻七までこれに同じ。巻八は第八巻「続列女伝」としるし、「頌義小序」を欠き、各譚（伝）の名を並べるが、各譚名の下に巻一～七の巻題をそれぞれ付す。例えば巻頭第一話は、「周郊夫人　続仁智伝第十二」、第二話は「陳国辯女　続辯通伝第七」のごとくである。題名の下の第十二、第七等の数字は、旧本では巻一～巻七の各伝中にこれらの譚が入れられており、巻三仁智伝の第十二話、巻六辯通伝の第七話として位置づけられていたことを示

すものである。なお本巻の各譚名提示は、第十二譚「漢馮昭儀　続節義第十八」で一度切り、「右十二伝漢成帝前人」の説明の語をしるし、つづいて第十三譚以下第二〇譚までの八話の名をしるして、「右三伝成帝同時人、五伝後時人、而皆班氏前人或同時人」としるす。班氏とは『古列女伝』古本に注した曹大家班昭のことである。つづいて南宋嘉定七年甲戌歳（一二一四）十二月初五日日付の蔡驥の「頌識語」がしるされている。

②本文　各伝巻名を列女伝巻之一のごとくしるし、銭塘梁端無非校注のごとく校注者名をしるし、有虞二妃のごとく譚題名をしるす。つづいて本文の展開に、本文の末に「君子曰」ではじまる「君子賛」と称ぶ譚の賛評をしるし、さらに『詩』（詩経）句による賛語「詩賛」をしるす。最後に『詩経』の頌の四言斉言体詩に擬す「頌（まとめうた）」をしるし、この詩によって各譚の綜括を行ない、各譚の記誦の便をはかっている。ただし巻八には「頌」はない。また巻一から七の正伝の中でも、「君子賛」の賛りに「史書曰」の句を用いる巻二賢明伝・楚荘樊姫譚や「書経曰」の句を用いる巻七孽嬖伝・殷紂妲己譚、譚中においてヒロインを激讃する孔子の評をもって「君子賛」に替える巻六辯通伝・阿谷処女譚のごときがある。「詩賛」の替りに「易賛」をおく巻三仁智伝・楚武鄧曼②、（『易経』豊卦・象伝）「論語賛」をおく巻五節義伝の魯孝義保（泰伯）・珠崖二義（子路）・京師節女（衛霊公）、「詩賛」を欠く巻五晋圉懐嬴がある。なお「君子賛」の君子とは「成徳の君子」なる「権威者」の仮面をつけた撰者劉向にほかならない。「向曰く」といわずに「権威者曰く」という『古列女伝』の「君子賛」は、『史記』の太史公賛に一捻りを加えた賛評である。「詩賛」は、既述のごとく、原詩の詩篇の内容とは一致せぬ断章取義・触類引伸の手法でつくられている。

以上が現存書のもっとも基本的な形であり、この『列女伝校注』本の原拠本たる付清・顧広圻『攷証』の『古列女伝』と叢書集成所収の清・阮福刊・無註・挿図本の『古列女伝』では、目録の第一巻母儀伝の巻名の下に細字で、「古列女伝頌義大序一篇・小序七章・頌一百単五章、云〻劉歆撰。大序見ㇾ前」の句を挿入し、後部、蔡驥の頌識語の前に、北宋・王尭臣奉勅撰・清・朱彝孫校訂『崇文総目』序を挿入している。清・王照円校注『列女伝補注』も、以上二点の『古列女伝』と同形式の目録であるが、これを書の後部に設けた叙録の中に分置している。通行本の他の一点、四部叢刊所収の『劉向列女伝』（挿図本）は「頌義小序」を「小序」とのみ称して目録に収めず、これを目録の前に七伝一括して別出、巻八続列女伝各譚譚名下の順序番号はしるさず、『崇文総目』序は収めず、蔡驥の頌識語はその文のみを目録の前に掲げる。

これを要するに、後代に付せられた目録中の序や識語を外した『古列女伝』の構成単位は、（一）全巻の序たる「頌義大序」、毎巻の序たる「頌義小序」、本文、各譚の要約たる「頌」があり、（二）、本文は原則的に「本文」「君子賛」「詩賛」から成るのである。しかし現行諸本には「頌義大序」が失われている。また巻七まで、「頌」は各譚の後部に配され、「頌」を欠く二十譚が巻八に「続列女伝」の名をもって分置されている。かかる現存八巻本の体裁は、北宋の仁宗・嘉祐年間（一〇五六～六三）に蘇頌（字は子容一〇一九～一一〇一）、曽鞏（そうきょう）（字は子固・一〇一九～八三）、王回（字は深文・一〇一四～六五）らによって再編され、南宋の寧宗・嘉定七年（一二一四）に蔡驥（さいき）（字?孔良・伝未詳）によって編定されたものである。旧本はこれとは違っていた。

以下当初の旧本から現行本に至る伝本変遷の跡を見てゆこう。ところで現存の『古列女伝』にも挿図本があるが、この書は当初屏風図をともない、後には絹本絵図を生み、今日の挿図本に発展したものであり、この書の伝本の変遷史を辿るときには、この点も問題にせねばならない。さいわいかかる点にわたる伝本の先行研究には、周到明快な宮本勝『列女伝索引』の序や「列女伝の刊本及び頌図について」があり、下見隆雄も『劉向「列女伝」の研究』序論篇において、明・清刊本について再考を加えて補説しているので、これらの先行研究を土台に筆者の知見も加え、この書の伝本変遷史を要説することにする。[17]

『古列女伝』に言及する最古の書誌は『漢書』（巻三〇）藝文志（げいもんし）（以下『漢志』と略称）の諸子・儒家類。そこでは「劉向所レ序六十七篇（班固自註）新序・説苑・列女伝頌図也」としるしている。―〔　〕―は補記。巻数は不明である。いっぽう既述の楚元王伝では、「序次為二『列女伝』一、凡八篇」、「及レ采二伝記・行事一、著二『新序』『説苑』一凡五十篇」と巻数を篇数として示し、八巻本たることを明示している。また劉向撰『七略別録』の「古列女伝叙録」遺文（『初学記』巻二十五器物部・屏風。＊『太平御覧』巻七〇一服用部・屏風にもほぼ同文を収める。）には「臣向与二黄門侍郎歆一所レ校『列女伝』、種類相従為二七篇一、以著二禍福栄辱之効・是非得失之分一、画二之屏風四堵一」としるしている。ここにいう「之を屏風の四堵に画く」の堵の原義は『説文』に「垣也、五版（板）為レ堵」と説かれ、牆垣を意味するが、屏風に即していえば、一面あるいは一面中に区割りされた四面（齣）と考えねばなるまい。宮本も指摘するごとく、『古列女伝』は教訓書としての効果を考え、視覚教材としても考案されたものであった。[18A] おそらく『漢志』にいう「列女伝頌図」とは、『古列女伝』の本文と頌・屏風図の三点一套をいったものであろう。事実、解放後かかる屏風図が中国において発見されている。[19] かつ後述するように、後宮女性が絵図屏風をめぐらして鑑戒の資とする風習もあった。しかく考えるならば、楚元王伝にいう「凡て八篇」の意は、図像を含めぬ本文七篇と頌一篇から成る体裁をいったことになる。『列女伝校注』の清・汪遠孫の序は、『漢志』の不明点を補い、「劉向列女伝、有レ頌有レ図。拠二漢書藝文志一、当二是九篇一。伝（本文）七篇、頌一篇。本伝言二八篇一者、図不レ数也」という。図の実態を明らかにせぬものの、妥当な解といえよう。さて『古列女伝』の古本では、「頌」は一篇（巻）を為していたが、この「頌」とは、南宋時代、旧本を最終的に現行本のごとくに改めた蔡驥の言（既述の頌識語）によれば、「頌義大序」、「頌義小序」、各譚の「頌」のすべてをいうのである。「頌」をこのように分巻したのは、これは宮本や箟が力説するごとく、劉向が『古列女伝』を朗誦教材に適するようにしたためであろう。[18B] 旧時代の中国の教育は徹底した暗誦注入の学習法が取られており、暗誦には韻文が最適であったからである。当初の『古列女伝』は、読者が教訓の主旨や各譚の要約を一連の「頌」によって暗誦し、各譚の具態的内容を想起するように仕組まれた書であった。

以上、『古列女伝』の当初の構成についての推定をしるしたが、かかる構成を劉向は無から有を産みだすように産みだしたのではない。向がこの書を撰した時代には、『詩』の女訓詩を絵図屏風に描いて鑑誡の資とし、詩句を復誦して修養する風習が一部後宮女性の日常生活の中に形成されていたからである。既述の成帝の寵姫班倢伃は『漢書』外戚伝下によれば、つねに『詩』の「窈窕（周南・関雎）」「徳象（家）（召南・鵲巣。）」「女師（周南・葛覃）」を誦んじ、必ず之を三復していたといい、[20]「自悼賦」中において、己の日々の修養をこう詠じている。

陳二女図一而鏡鑑兮　顧二女師一而問レ詩　賢女の図ならべて鏡鑑とし、女師を顧みて『詩経』の教えを問う

悲二晨婦之作一戒兮　哀二褒姒之為一尤　晨婦妲己の誡となれるを悲しみ、寵姫褒姒の罪をなせるを哀む　（＊晨婦は牝鶏の晨の婦・かかあ天下）

美二皇・英之女一舜兮　栄二任・姒之母一周　娥皇・女英の舜に嫁ぎたるを讃え、太任・太姒の周王の母となるを羨む

雖二愚陋其靡一及兮　敢舎レ心而忘レ兹　愚かなる我の及ばざることといえども、あえて心に賢女の行跡を忘れんや

ところで『古列女伝』は、楚元王伝をはじめとする『漢書』の関係諸篇、『古列女伝』自体の一貫した思想性をもつ内

容を読むかぎり、劉向の主意に出た自撰本のごとく見なされる。しかし、楚元王伝には「序次為二『列女伝』一」といい、『漢志』には「劉向所レ序」といい、『初学記』屛風引「列女伝叙録」遺文には「与二黄門侍郎歆一所レ校『列女伝』、種類相従為二七篇一、（略）画二之於屛風四堵一」という。（なお同文は『太平御覧』巻七〇一服用部三・屛風に収めるが「所校」二字を「以」一字につくっている）。楚元王伝も『漢志』も、表面から見るかぎり、序・序次・種類相従（編輯）といって撰とは述べていず、「叙録」遺文にいたっては、校（校訂）というのみならず、それが子の劉歆との対等協力作業であるかのごとくしるしている。現行本『説苑』に付される「説苑叙録」にも「所レ校中書説苑雑事及臣向書・民間書、（略）除下去与二『新序』一復重者上、（略）令二以レ類相従一、（略）号曰二『新苑』一」、といい、『説苑』が劉向の自撰本ではなく、某人作の『説苑雑事』なる書を、劉向が校（校訂）し、以レ類相従（編輯）して、新たなる『説苑』を造り出したかのごとくしるしている（なお、『新序』の「叙録」は佚している）。こうした事態は清朝人沈欽韓によって注目され、『新序』『説苑』は「向重為二訂正一、非レ剏レ自二其手一也」（『漢書疏証』巻二十七）という説が生まれ、近代には、民国・羅根沢の「『新序』・『説苑』『列女伝』不レ作二始於劉向一考」（『図書学館季刊』第四巻原載、『古史辯』第四冊上所収）という有名な議論を産んだ。羅氏の議論及び諸家の反論は摘要をしるすにも長幅を要する。註にその一部を紹介するにとどめる。[21]結論をいえば、『古列女伝』も『説苑』『新序』も輯本であり校本であるが、たんなる旧来本を編輯しなおした書でもなければ、その字句の異同を校訂した書でもない。近人銭基博『古籍挙要』巻十四西漢・劉向所序六十七篇の条は「所レ序云者、明二其述而不一レ作」と評するが、これも当たらない。第一章以下の各章各譚を検討すれば諒解されるが、劉向の「所校」「編輯」はことごとく「述べて作る」ものである。『古列女伝』における「校」とは、近代におけるような資料の純粋客観的検討による校訂作業をいうのではない。婦道確立・王教流布のための自己の思想を語るに適した主観的・恣意的な資料操作をいったのである。なお『初学記』屛風引「列女伝叙録」の信憑性を疑う先人もおり、[22]筆者も、叙録の文例にあまりにも遠い短文ゆえに基本資料とは見なさない。ただし一定の重要事実をつたえた傍証資料として挙げておく。ここに語られる劉歆との協同の輯校作業の記事は、それが対等に行なわれたことを意味しない。「左氏学」の劉歆が『左伝』種の譚づくりに何らかの協力をし、他の書からの資料の輯校にも協力したことは考えられぬことではないからである。

その二　伝本・註釈の宋代までの変遷

『古列女伝』は後漢に入ると、第四代皇帝和帝劉肇（七九〜一〇五）の皇后鄧氏以下、後宮女性の師範をつとめ、鄧氏の太后垂簾臨朝期には、その政務にも参画した班昭により註が施された。後宮女性の婦道確立の絶好の勧誡書として重視されたからであろう。班昭は十四歳で曹寿、字世叔に嫁し、夫に先立たれたが堅貞の生涯をまっとうし、兄班固が『漢書』の八表・天文志を未完のまま亡くなると、和帝の命により、その続成の任に就き、大儒馬融（七九〜一六六）に句読を授けた才媛。曹家の偉大なる姑の意によって曹大家（家は姑と通音）と尊称されたが、既述の成帝の倢伃班氏の兄弟孫女にあたり、彼女の従祖祖父の一人斿は劉向と宮中秘庫の書の校勘にあたった人物である。（『漢書』巻一〇〇上叙伝上）。『古列女伝』とは宿縁があった。残念ながら、その註の遺文は史書・類書等の中に散見するが、片々たるもので、それによって、彼女の思想を伺うことは出来ない。班昭は『女誡』（『女誡』という書は他にもあるので『曹大家女誡』と称ばれる）という短編の新婦の日常訓もしるしている。曹大家と『女誡』については拙著『教育からみた中国女性史資料の研究―「女四書」と「新婦譜」三部書―』（明治書院・一九八六年刊）拙稿「曹大家『女誡』と撰者班昭について―後漢における戒女書の成立と発展―」（『中国文学論叢』第廿一号・一九九六年刊）を参照されたい。馬融もまた『古列女伝』に註を添えている（『後漢書』巻六〇上馬融伝）。

曹大家注本は当初の体を失い、現行「続列女伝」中の二十譚を正伝七巻中に混入、その七巻を上・下二巻に分割した本文と頌一巻から成る十五巻として六朝より隋代にわたり、かつ頌一巻は一部に劉歆の撰と誤伝されるようになった。『隋書』巻三十三経籍志（史部・雑伝）には、十五巻・劉向撰・曹大家注と著録され、北斉・北周・隋の三朝に生きた顔之推（五三一〜?）の『顔氏家訓』書証は、「『列女伝』亦（劉）向所レ造、其子歆又作レ頌。終二于趙悼后一。而伝有二更始韓夫人・明徳馬后・及梁夫人一、皆由二後人所一羼、非二本文一也」と述べている。この十五巻本は『新唐書』巻五十八藝文志（史録・雑伝記類）北宋『崇文総目』巻二伝記類上にも著録された。北宋朝までつづく一方の伝本となったのである。

しかしその一方では七巻本の『古列女伝』も隋・唐の間には存在した。その一本は三国・呉の趙母（虞韙）の妻（虞貞節の号あり）注『列女伝』であり、いま一本が晋・綦毋邃注『列女伝』である。ただし『隋志』新・旧『両唐志』の著録は不正確であり、前者については『隋志』が『列女伝』七巻趙母注としるすが、『旧唐書』巻四十六経籍志上（史部雑伝記類）ではこれをしるさず、『新唐志』では趙母列女伝七巻としるすのみ、他の後続『列女伝』の中に同一形式でしるされ、註本・撰本の区別はつかない。後者については三志すべてに見えるが、『隋志』『旧唐志』はいずれも、『列女伝』七巻綦毋邃撰とするし、『新唐志』は綦毋邃列女伝七巻としるすのみである。趙母は班昭とおなじく「賦数十万言」という詩賦・文章を為した「才敏多覧」の才媛である。寡婦の身で呉の大皇帝孫権により文才を敬され、その宮省に出仕し、孫権の公孫瓚討伐の北征にあたって上書諫言したことでも知られるが、とくに新婦となる女に「好尚不レ可レ為、其況悪乎（善事すらしないこと。―善事は人の嫉みを呼ぶ―。まして悪事はしては駄目。―悪事は指弾と罰を招ぶ―）」という明哲保身の処生訓を贈ったことで有名な賢母である。卒年は呉の赤烏六年（二四三）であった。（『世説新語』賢媛及び同篇引撰者未詳の後続書『列女伝』）。彼女が『古列女伝』の解をつくり、世に「趙母注」本と称されたことは、上記の『列女伝』中にしるされている。その遺文も『文選』巻四十九所収・范曄「後漢書皇后紀論」の「故康王晩レ朝、関雎作レ諷」の句に付されている（第三章仁智伝・魏曲沃婦譚参照）が、この一条からでは、彼女の思想を伺うことは、むろん出来ない。綦毋邃の伝は不明だが、彼も『古列女伝』に注したことは、『史記』巻四十三趙世家・武霊王十六年の条引集解中の二条が孽嬖伝・趙霊呉女譚の註たることを顧広圻や梁端が検証している。『趙母列女伝』『綦毋邃列女伝』なるものが『古列女伝』の註本であったことはまちがいない。これらの書は「頌」を劉歆の撰と見て分離したものであったろう。

なお「頌」も含めた八巻本『古列女伝』も存在した可能性もある。『隋志』のみが著録する『列女伝』八巻・高氏撰や『新唐志』のみが著録する劉熙『列女伝』八巻がそれであり、清朝の女性学者王照円は高氏『列女伝』も女性による『古列女伝』の註本と見ている（『列女伝補注』叙）。だが検証の資はない。いまは存疑としておく。

こうした『古列女伝』註本がつくられるいっぽう、皇甫謐撰『列女伝』六巻（遺文が『説郛』弓五八に所収）や項原撰『列女後伝』十巻（撰者名を『旧唐志』は顔原に、『新唐志』は項宗につくる）をはじめとする後続書『列女伝』も生まれた。それらは『列女伝』の名称のほか、『内範』のごとき別称を付するものがあるが、相当数にのぼる。その概略は本稿第四節・一に後述する。また『列女伝頌』や『賛』なる書も『古列女伝』や後続書『列女伝』とは別に単行されるようになった。『隋志』には劉歆の『列女伝』一巻のほか、曹植撰『列女伝頌』一巻、繆襲撰『列女伝賛』一巻が、『旧唐志』には孫夫人撰『列女伝賛序』一巻が、『新唐志』は上掲書のうち曹植と孫夫人の書がそれぞれ著録されている。かかる『列女伝』や『列女伝頌』の刊行は後世の書誌学者を困惑させて誤伝を生むこととなった。その人物は南宋初期の人晁公武（ちょうこうぶ）である。彼は『郡斉読書志』巻九伝記類において、すでに南宋流伝の『古列女伝』を再編していた王回の後述校記を批判し、「公武按、『隋経籍志』有二劉向『列女伝』十五巻一、又有二劉歆『列女伝頌』一、又有二項原『列女後伝』一。今〔王〕回刪二此書一為二八篇一、以合二『漢志』一得レ之矣。至三於疑二「頌」非二劉歆作一、蓋因二顔籀（がんちゅう）（顔師古）之言一爾。則未二必然一也。（続列女伝）二十伝豈項原所レ作耶」と述べている。彼はまず『漢志』の班固自註の「列女伝頌図」の句を顔師古の註と誤認し、王回が不確かな顔師古註によって「頌」を劉向の撰と見なして子の歆の撰でないというのは誤りだと退けている。さらに「続列女伝」の二十譚は、項原の『列女後伝』のことではないかと推定しているのである。（ここの「豈項原所作耶」は文脈から考え、反問句ではなく、「おそらく項原の作るところだろうか」という推定の疑問表現の句であろう）。しかし項原撰『列女後伝』は十巻の書。二十譚のみの「続列女伝」ならぬことは自明である。紀昀奉勅撰『四庫全書総目提要』巻五十七史部伝記類一（以下『提要』伝記類と略称）はこれを駁正し「舛謬弥甚（せんびゅう）」といっている。晁公武は『古列女伝』の「頌」を劉向の撰ならぬ劉歆の作と見なしているが、これも誤りであり、『提要』はこの説も退けているが、検証の詰めを欠き、加えて、かかる「頌」劉歆撰の誤伝は既述の『顔氏家訓』の説（四九ページ）からはじまるという指摘も行なっている。

『隋志』所載の劉歆撰『列女伝頌』が『古列女伝』の「頌」とは別本の「頌」たることは清・顧広圻により確証され、姚振宗（ようしんそう）も同様の確証を行っている。顧広圻は王回の「列女伝序」に校註記を添え、その中で「曹大家（たいこ）註『古列女伝』が通題を向の撰と題しつつ『頌』には劉歆の撰と題するのは『漢志（原文は史）』と合わぬ」という条に対し、「浅人の誤題に過ぎず」といい、劉歆撰『列女伝頌』の「材（才）女修レ身、広観二善悪一」という二句が『文選』巻十五（張衡）「思玄賦」（双材悲二於不一レ能兮、並詠レ詩而清歌の句）の註に引かれており、それが『古列女伝』の「頌」句と一致せぬことを証明した。（なお「双材」とは李善註では玉女・宓妃である。）さらに彼は、『顔氏家訓』が「其子歆又作レ頌」と述べていることに言及、とくに「又」字があることに注目して、「言レ又者、又向頌也」と解している。（この句の意は「又というのは、〔劉〕向の『古列女伝』の「頌」の上にさらに又（ということだ）」であろう）。劉歆は向の『古列女伝』の頌とは別の頌をつくったというのである。後に顧広圻のこの卓論を知らざる姚振崇は、やはり「思玄賦」注引の劉歆の「頌」遺文に注目し、異国日本の藤原佐世の『日本国現在書目』に曹大家註・劉向『列女伝』十五巻（＊「頌」を含む）と劉歆『列女伝頌』一巻が併記されている事実にも着目、劉歆『列女伝頌』は『古列女伝』とは別書たることを確証したのであった。

宋・曽鞏のいうごとく、唐代の乱世（＊安史の乱。黄巣の乱・五代の乱）においては多くの書が破傷・滅亡した。（「古列女伝目録序」）。五代・後晋の劉昫撰『旧唐書』の経籍志では曹大家・趙母・綦毋邃の『古列女伝』註本はいずれも著録されていない。だが辛うじて十五巻・七巻の二系統三本の註本は、完本たるか部分破傷本たるかは不明であるが趙宋朝秘庫につたえられた。『新唐志』は三本をともに著録している。（再説すれば劉歆『列女伝頌』は旧・新両『唐志』ともに著録されず、おそくも五代時において、劉歆のそれは亡んだのである）。いっぽう王堯臣奉勅撰『崇文総目』巻二伝記類上は曹大家註十五巻本のみを著録している。かかる情況下に、既述のごとく、曹大家註本以来、当初の形態を失っていた『古列女伝』を旧態にもどす事業が、北宋の蘇頌・曽鞏・王回らにより進められ、南宋の蔡冀にいたって現行本のごとき形態が確定されたのであった。この事業は宋朝秘庫―朝廷書庫―蔵本の校定にあたっていた集賢校理の蘇頌や編校館閣書籍の曽鞏が先鞭をつける。彼らは「頌」をとどめる曹大家注十五巻本に拠って、これを『古列女伝』正伝七篇（巻）、「頌」一篇（巻）、続伝一篇（巻）の九巻に改めた。ついで王回が続伝の構成を確定し、当初本復原を完成させた。この伝本の最終編定者は王回であるが、伝本の名は曽鞏編定本という。曽鞏は「古列女伝目録序」、王回は「古列女伝序」という校定の識語を今日に遺した。この二文献は付録に入れてあるので併読をお願いしたい。曽鞏の「目録序」は「続列女伝」の該当譚を『崇文総目』の記事を襲って十六譚と誤認していることや、これら諸譚が曹大家註本ができたときに挿入されたかのごとき速断をしるすという迂濶事を犯している。（その可能性はあるが、検証すべき確たる資料はない。『提要』伝記類は「其説無証」と退けている）。これに対し、王回の「古列女伝序」は『崇文総目』の見解に拠らず、「頌」無き譚（二十譚）を後人増補と見なし、かつそれら諸譚が魏・晋諸史にはない格調があることをもって、「続列女伝」の名のもとに一括し、正伝七篇、「頌」一篇

「続列女伝」一篇の九篇（巻）の形に『古列女伝』を再編したことを述べている。かつ王回は、この時点で曹大家註十五巻本『古列女伝』が「頌」一篇を劉歆撰と誤記するに至っていることの非も明言した。この曽鞏編定本（王回編定本）が出現すると、十五巻本『古列女伝』はしばらくして亡び、南宋・晁公武撰『郡斉読書誌』九巻、同陳振孫撰『直斎書録解題』七巻、元・托克托奉勅撰『宋史』巻二〇三藝文志二、元・馬端臨撰『文献通攷』巻一九八経籍攷の各伝記類はいずれもこの九巻本を著録することになった。しかし、南宋・嘉定七年（一二一四）、蔡驥は意をもって「頌義大序」を目録の前に小序七篇を目録中間に、各譚「頌」を各譚の後部に分散させて八巻本に改め、ほぼ現行本の形に直したのである。

時代はすでに写本の時代より刊本（版本）の時代に入っている。この蔡驥編定本はやがて余仁仲（伝未詳）なる人物により南宋・建安余氏本として刊刻され、南宋末・元初、元末・明初の二次の大戦乱の間にも亡びず、明朝の内府・民間につたわり、清朝においても覆刻され、その系統を今日につたえることになる。ただし、構成の旧体復原はなされたが、それまでに生じた伝文の乱れや部分散逸が訂補されたわけではなかった。曹大家班昭の註文も削去されて他書に片々たる遺文をとどめるのみとなった。また再述するごとく余氏は〔頌義大序〕を付さず、これも佚文となったのである。

その三　明・清刊本と考証家の校註・原文復元事業

『古列女伝』の明・清間における刊本の一系統は、明朝内府に入手珍蔵された南宋・建安余氏刻本の大枠を崩さずに翻刻を重ねた、いわゆる覆宋本系統本である。他の一系統は、おそらく建安余氏本を底本としながらも、明代に坊間本として恣意に変更の手を加えて刻され、翻刻を重ねた、いわゆる明刊本系統の書である。

明朝内府蔵本には、清・銭曽・字遵王の『読書敏求記』や既述の『提要』に解説がある。それらによると、この書は蔡驥編定の八巻本に、晋・顧愷之・小字虎頭（永和・義熙年間西暦四・五世紀頃の人）作の絵図を各譚に配した美本であり、巻首に晋・大司馬・参軍顧凱之図画と標題されていた。銭曽は、王回の「古列女伝序」に、集賢校理蘇子容らが江南人家でその絵図本の一部を見たと述べている記述（付録一参照）に照らして、「定為二古本一無レ疑」と激賛し、『提要』の担当識者も銭曽所蔵・所見のこの書に言及し、「題識・印記並存、験二其版式・紙色一、確為二宋槧（版）一、誠希覯之珍笈」と絶賛している。絵図は、建安の余氏なる人物が当時なお江南に残っていた曹大家注・十五巻の『古列女伝』の絵図版本から抜き出して配したものであろう。この内府本は後に二種の刊本を生んだ。その①は清・顧広圻（一七六六～一八三五）考証の『古列女伝』であり、〔劉向〕「古列女伝」七巻、「続列女伝」一巻、「攷証」一巻の構成。絵図は抜いてある（理由は後述する）。乾隆六十年（一七九五）付梓・嘉慶元年（一七九六）刊。「元和顧氏攷二南宋建安余氏勤有堂本一重刻」と称する。（以下、この書を考証本と略称する）。その②は阮福（『十三経注疏』校刊で有名な阮元の子。生没年未詳）刊の『新刻古列女伝』であり、〔劉向〕「古列女伝」七巻、「続列女伝」一巻の構成。道光五年（一八二五）の刊。「漢・劉向撰、晋・顧凱之画」「楊州阮氏攷二南宋建安余氏刊本一重刻」と称する絵図本である。（文選楼叢書、叢書集成初編所収。以下、この書を叢書本と略称する）。

①考証本は、顧広圻の兄顧之逵、字抱仲の重刻古列女伝跋が付され、そこに建安余氏勤有堂本自体すでに「頌義大序」と巻一の魯師氏母（春姜）譚が失われていたという指摘があり、絵図は余氏が補ったものに過ぎぬので模刻しなかったという見解が述べられている。顧広圻の『考証』は広く『古列女伝』各譚の関連文献を参検、脱文・誤字を指摘し、段玉裁の校語も付し、確実に勘定を要すると断じた語句は、これを要考証句の条文自体において訂している。この書は『古列女伝』の文献学的研究の嚆矢となった。②叢書本は江藩（一七六一～一八三一）の跋、阮福の跋が付され、阮福の跋文において、阮氏が顧抱仲より嘉慶二五年（一八二〇）に建安余氏本を入手した経緯記、絵図の重要性の指摘と詳細な解説があり、江藩の跋文において、顧広圻が絵図を刪ったのは、王回の「古列女伝序」に、「好事〔者〕為レ図レ之」の語があったがためであることが明らかにされている。字体は往々通行の繁体字と異なる別体字を多数用いるが、そのじつ「礼」「与」等の字は、「禮」「與」字の本字たることを洪邁が『容斉随筆』巻五字省文で論証している。阮福の跋文には「余本全摹二宋式一、糸毫不レ改」と覆刻の業を誇っているから、これが建安余氏本の字体だったのである。絵図は生動感に富むものの稚拙をきわめ一見画聖顧愷之の模刻とは思えぬが、そのじつ故宮博物院蔵の伝顧愷之筆・宋模刻本「列女伝仁智図」と構図が酷似し、顧愷之の縮尺原画をしのばせる宋代模本の簡略模刻たることはまちがいなかろう。服装も宋人の一部に流行した復古調のものが取り入れられている。――阮福跋文によれば、絵図は彼の九妹季蘭が「毫髪畢肖（髪一筋もすっかり似せる）」ように

描摹したものと称するが叢書本のそれは粗末である。現行叢書本の絵図は季蘭所模のものではなく、その概見を版木職人が稚拙に翻刻するうちに形を変えたものにちがいない。この絵図と阮福跋文については、宮本勝が既述の論稿の中で詳細な検討を加え、跋文には平易な訳文を添えている。なお宮本が挙げる故宮博物院蔵の「列女伝仁智図」と叢書本の図との比較図一葉を掲げる。[23]

さて①の考証本が刊行され、『古列女伝』の文献学的研究がはじまると、この無絵図本によって次の三点の校註づきの刊本が生まれた。③清・王照円『列女伝補注』八巻（郝氏遺書本。以下、補注本と略称する）。④清・梁端『列女伝校読本』『列女伝校注』八巻（銭塘汪氏振綺堂補完本、現台湾中華書局四部備要所収本。前者は『校読本』本と称し後者は『校注』本と称する。以下特定のばあいを除き備要本と略する）。⑤清・蕭道管『列女伝集注』＝『列女伝集解』十巻（扉に『集解』といい、自序に『集注』という。以下集注本と略称する）。

③の補注本は、「劉向古列女伝」七巻、「続列女伝」一巻、「叙録」一巻、付・「（清・臧庸）列女伝補注校正」という叙録（含目録）、本文逆の構成。嘉慶十六年（一八一一）秋七月戊子日付臧庸序、同十七年（一八一二）三月望日日付馬瑞辰序を付す。④の備要本は「劉向古列女伝」七巻、「続列女伝」一巻の構成。日付なしの梁徳縄序、道光十三年（一八三三）立秋日日付汪遠孫序、光緒元年（一八七五）冬日日付潘介繁跋等を付す。銭塘汪氏振綺堂補完本。⑤の集注本は、扉には『列女伝集注』十巻とするが、「劉向列女伝」七巻、「続列女伝」八巻の後は巻号を付さぬ「集注補遺」二十条と王照円・梁端各本序跋、曹元忠跋文（後出）が続いている。壬辰（光緒十八年一八九二）十二月日付蕭道管自序、戊申（光緒三四年一九〇八）十二月日付曹元忠列女伝集注叙（跋）を付す。

これら三点の校注諸本はいずれも女性学者の校勘学の成果を示すものである。[24] ③補注本の撰者王照円、字瑞玉、号安人・婉佺は『爾雅義疏』『山海経箋疏』の撰者郝懿行、字恂九、号蘭皐（一七五五〜一八二五）の妻（生没年未詳）。『詩説』『詩問』という『詩経』の研究書もある。自序によれば、幼時父に死別、母林夫人より学問を授かり、佚書『曹大家注列女伝』を補えという母の遺命により『補注』をつくったという。顧氏の考証本を底本にしたことは明記せぬが、母儀伝・斉女傅母譚、孽嬖伝・陳女夏姫譚には「或曰」、貞順伝・宋共伯姫譚には「説者曰」のような語をもって「攷証」の語を引く。各譚後部に校注記を配するが、誤字・脱文等を指摘しても本文は改めない。語註は出典註にとどめず、直接的語義解説を比較的多く加えている。後部に付した「校正」には臧庸の説のほか、王念孫・馬瑞辰・王紹蘭等八家の説を列ねる。また夫郝懿行の説も採用している。

④校注本撰者の梁端、字無非は『史記志疑』の撰者梁玉縄（生没年未詳）の孫女（生没年未詳）。彼女は蔵書家汪憲（書斎号・振綺堂）の曽孫、『詩考補遺』の撰者たる汪遠孫・号小米の妻であり、汪遠孫の序によれば、幼時に祖父玉縄に侍して『古列女伝』を学んで大義に通じ、祖父の顧之逵重刊の建安余氏本の審定のさいに自分も校勘記をつくり、祖父より「汝欲レ為二班（昭）・趙（母）之業一耶」と哂れながらもその業を継続、汪氏に嫁して後は、夫も相談役に加えて家事の寸暇にその業を続行したという。没年は道光五年（一八二五）。この刊本の最初の刊はこの汪氏序によれば道光十三年（一八三三）であるが、潘介繁の跋文によれば、庚（戌）辛（酉）の冦（一八五〇～六一の太平天国革命の戦時）の間に書版が損失したので補刊されたものである。汪氏序により顧氏考証本に拠ったことは明白である。校註記は本文中に割註で示し、誤字・脱文の補訂は指摘のみにとどめず、一部、確信をもてるものは本文改訂に及んでいる。参検する関連文献は広く、諸家の説を多引、出所も明らかにし、補訂は補注本よりも精確。改定された本文伝文は読みやすくなっている。

⑤集注本撰者の蕭道管、字君佩（一字道安）は、『石遺室詩集』の撰者、清朝の学部主事、民国時代には北京大学教授もつとめた陳衍の妻（一八五四～一九〇七）。自序によれば、当初「郝氏遺書本」（『列女伝補注』）を借覧鈔写し、これを旅行中の夫陳衍に送って「銭塘梁氏校注本」（『列女伝校注』）を購入せしめ、両本参照の上で校註の業を進めたといい、伝文はほぼ備要本と一致するが、一部、梁端の校訂を疑い、旧にもどしている箇所がある。校注記は梁端と同様、本文中に割註として示し、ほぼ逐一王・梁二校注をそれぞれの名を挙げて紹介、さらに清朝諸考証家の校注記を集積、自身も関連文献を広く参検、その校註記は繁瑣で不要の言もあるが、透徹した考証の言も少なくない。自序には、撰書意図を語って大要次のようにいう。『古列女伝』の学問は、曹大家（班昭）・虞貞節（趙母）・綦毋邃注等の註は佚文となったが、なお他書に少数は散見し、清朝には詮釈に長じた王照円、校勘に長じた梁端の業績があり、盧（文弨）校（『鍾山札記』）、顧（広圻）校、段（玉裁）校、孫（詒讓）校（『札迻』）、馬校（未詳）に加え、臧庸・王念孫・王引之・馬瑞辰・胡承珙・陳奐・洪頤宣、牟房・王紹蘭の業績もある。これらの衆家の業績を広く羅ねて「集解」を為り、裴駰や顔師古が『史記』に校註を

加えたような研究をこの書に加えねばならない。云云」。撰者のこの書の原名『列女伝集解』はかかる意図のもとにつけられ、のちに夫陳衍により王照円の『補注』、梁端の『校注』にならって『集注』と改名されたのである（陳衍『列女伝集注』凡例）。この書はさらに陳衍の友人曹元忠の校注記が添えられ、蕭道管の校注記の誤を訂し、不足を補っている。なお上記五本はいずれも王回・曽鞏の序を付すが、備要本（『校注』本）の別本たる『校読本』本は曽序・王序の順に序を配する。また備要本の中には序の配列に乱丁をおこしているものがあるので、注意を要する。覆宋本刊本は、しかく刊を重ねて、いわば「古列女伝学」とも称すべき考証学を形成していったのであった。

『古列女伝』の明・清刊本の別の一系統をなす明刊本の一書は、⑥嘉靖・崇文書局彙刻所収本『劉向古列女伝』八巻である。「劉向古列女伝」七巻、「続列女伝」一巻の構成。嘉靖三十一年（一五五二）八月朔日付の黄魯曽の序あり。刊年はこの年であろうか。巻七までの各譚に「頌」につづき四言八句の黄魯曽所撰の賛がつき、朱景固の校正。序目の配列は覆宋本系統の書と異なり、王回の「古列女伝序」蔡驥の「頌識語」、黄魯曽の「序」「頌義小序」七巻一括、曽鞏「古列女伝目録序」「目録」となっている。奇異に感じられるのは、「頌義小序」を「目録」各伝の間に散じたと述べる蔡驥の「頌識語」を掲げつつ、実際は異なる構成をとっていることである。覆宋本系統との違いは「目録」各譚の順序にもあり、巻一・二・四・六・八においては部分的に順序が変っている。この書には絵図はない。（以下、黄魯曽本と略称する）。

明刊本系統の第二は、⑦上海涵芬楼借印長沙葉氏観古堂蔵明刊本『劉向古列女伝』（扉は『古列女伝』）。四部叢刊所収のこの本は刊行関係者の序跋はなく、刊年は未詳である。序目は草体字刊刻の王回「古列女伝序」・曽鞏「古列女伝序」（目録伝序にはつくらない）の二序を先頭に置き、以下は楷書体刊刻の「頌義小序」七巻一括、蔡驥「頌識語」、「目録」を配する。「目録」各譚の順序は覆宋本系統と違い、巻一・二・四・六・八の五巻において部分的に異なっている。また各譚標題が四字に統一されず、部分的に三字題、巻八には五字題のものすら混入している。この書は絵図本。絵図は優雅。院派美人画を想わせるが、現実感を欠く。（以下、叢刊本と略称する）。

明刊本系統の第三は、わが国において訓点を施して翻刻され流行した⑧万暦刊黄嘉育序、日本書肆訓点本『劉向列女伝』八巻。訓点本は『新続列女伝』上・中・下三巻を付している。『新続列女伝』は原刊行者黄嘉育が関知せぬ異国製の後続書『列女伝』。この点については後述する。元来この書は「劉向古列女伝」七巻、「続列女伝」一巻の構成。万暦丙年（三四年・一六〇六）孟春日付黄嘉育の序あり。刊年はこの年であろうか。校正はこの方面で名を成した胡文煥があたっている。序目の配列は、「新刻古列女伝序」なる黄嘉育の序、叢刊本と借用関係にある草体字刊刻の王回・曽鞏の二序（曽序は「古列女伝序」につくる）、楷書体刊刻の「頌義小序」七巻一括、蔡驥「頌識語」の順、ついで本文巻一母儀伝の標題、巻一の「目録」につなげている。巻二以下の「目録」は各巻巻頭、巻標題に分置する。「目録」各譚は覆宋本系統と巻一・四・六の三巻で異なる。叢刊本と借用関係にある優美な絵図を付す。（以下、日本刊刻の年号にちなんで承応本と略称する）。この書は一見、叢刊本自体の日本書肆刊本のごとく見えるが、上記のごとく序目の配列、各譚の配置順の違いのみならず、本文伝文自体において叢刊本と異なり、覆宋本に近い箇所も多数散見し、しかく断ずるわけにはゆかない。この書が先行、叢刊本が後続して覆宋本から遠ざかったのか、叢刊本が先行、この書が後続し、胡文煥や日本書肆から依託された日本人校正者が覆宋本を校して改めたのか、いずれかの判断は後日の検証を待ちたい。

なお、承応本が付す『新続列女伝』は、一部図書館目録が誤るように明・黄希周等の撰による書でもなければ、先賢が誤るように黄嘉育増輯本でもない。この書は各譚の拠出資料を明示し、初出の資料ごとに、例えば巻頭譚・衛共伯妻に、閨範図集・明・黄希周偕商山州来氏諸子所輯也・凡六巻、としるし、上巻第四譚・光烈陰皇后に古今列女伝・明永楽皇帝命二儒臣一所二編次一・凡三巻、としるすように、出典註を添えているのであり、通巻の編撰者は別に存在するのである。さらにこの出典註を黄嘉育註と見るわけにはゆかない。黄嘉育序にはこの註について一言も語っていない。書中には、明朝の正朔を奉じ、明朝を国朝と称してその元号を用い、自国を本国・東国と称した李氏朝鮮王朝の偰循編『三綱行実』（宣徳三年一四三一刊）から採った韓国人婦女の譚も多数収められている。『新続列女伝』は李氏朝鮮船載本に手を加えて日本の書肆が恣意に付した書であろう。[25] この書には絵図がない。

承応本を刊刻した日本書肆は、京都室町通鯉山町小島弥左衛門、同二条通玉屋町上村次郎衛門等であり、二書肆はともに『劉向列女伝』八巻を承応二年（一六五三）に、『新続列女伝』三巻を翌承応三年に出版している。日本で刊行されたこの承応本はたんに多数の読者に読まれ版を重ねただけの書ではない。明暦元年（一六五五）以降の大量の和製女訓書出版の先駆となった書でもあった。

黄魯曽本以下の明刊本系統『古列女伝』は有識の蔵書家が古善本の保全を期し、考証家が学問研究の対象として家刻した書ではない。好事の蔵書家により家刻され、一般読者の通俗的女訓書・教養書・娯楽書の要求に応えて坊刻されたものであろう。よって序目の配列は杜撰、本文伝文は校正を受けてはいても不備であった。とはいえ、稀に覆宋本系統の諸本よりも原文をつたえているように思われる伝文もあり、検討の価値はやはり存する。なお唐代まで後続書『列女伝』が続成されつづけたように、明・清間にも解縉（かいしん）撰『古今列女伝』三巻や劉開撰『広列女伝』二〇巻等多数の『列女伝』型女訓書が続成されている。その概略は本章第四節で後述する。

第四節　後世における『古列女伝』の受容について

その一　中国における『古列女伝』の受容と後続『列女伝』

劉向は、『古列女伝』の編撰によって女性に道徳実践の主体者となることを要請した。だがかかる意識は少なからぬ女性の間にすでに醸成されていたものである。劉向はその事例に虚構の筆を加えて感動的美譚とし、類似の美譚を彼自身も構想し、婦道を厳格な規範として女性に提示したのであった。

前漢、成帝の寵姫班倢伃は『詩』の女訓の絵屏風を見て修養の資としたが、『古列女伝』の絵屏風ができると、同様の修養法はその女訓の絵図によって行なわれるようになった。後漢第八代皇帝順帝劉保の皇后梁妠（りょうのう）は、少時より女工を善くし、史書を好み、九歳で『論語』を誦し「韓詩」を修めた才媛であったが、つねに「列女図画」を左右に置いて「監戒」の資としたという（『後漢書』巻十下皇后紀下）。『古列女伝』の教訓は儒教の礼制が社会を厳しく規制した後漢朝にあって、後宮・権臣の閨房の女性のみならず、民間にも広く浸透した。『古列女伝』貞順伝・梁寡高行譚は、国君に妃嬪として聘せられた美貌の寡婦が夫家を守るために鼻を割（さ）き、改嫁を峻拒した凄惨な譚だが、沛国の孫去病の妻、梁郡の夏文闓の妻たちに割鼻の壮挙による改嫁拒絶の実践例を生みだしている。（第四章梁寡高行譚余説をとくに参照されたい）。作為の美譚は往々しかく激しい感動を喚び、人々を狂気の徳行実践に走らせるのである。

後漢時代のみならず、かかる『古列女伝』の教訓の実践例は後世の史書にも見られる。隋・唐時の四例を挙げて一端を示そう。

①母儀伝・斉田稷母譚は、子が下吏の給金を操作して己が俸給のごとく母に貢ぐのを母が叱正、国君に罪を自首せしめた美譚だが、唐朝の李畬の母も、役人たちが私利を追求、禄米を嵩増し、運搬人をただ働きさせている情況を見て、子を叱正、不正を子に糾弾させている。（『新唐書』巻二〇五列女伝）。

②仁智伝・密康公母譚は、密国の国君康公が周の共王伊扈の巡幸に従ったさい三人の美女を妾として手に入れると、母が共王の嫉妬からわが子と密国が破滅するのを予測、康公に美女を共王に献上するよう諭した明哲の保身保家譚だが、唐の高祖李淵の即位前の夫人竇氏（太穆皇后）も同様の諫言を夫李淵に行なっている。隋王朝に臣従していた李淵が良馬を蓄えるのを彼女は咎め、これを隋帝に献上、圧迫をかわし処罰を免れるよう李淵に説いているのである。おなじ仁智伝の晋羊叔姫譚②話中には、叔姫が兇相兇徴をもって生まれた孫の食我（成人後反乱に及ぶ）の将来を予測して、その抹殺の命令を仄かす冷徹の保身保家譚だが、竇氏もまた醜い容貌をもって生まれた異腹の子巣王李元吉（成人後反乱に及ぶ）を出生時において殺すよう周囲に命じている。竇氏は北周帝室の一員。北周の武帝宇文邕に才智を愛された賢媛。少時に『女誡』『列女伝』を読んで堅く心中に銘記、武帝が政略を忘れ、突厥から迎えた皇后を疎んじているのを見て、北斉・陳との対決のために突厥の援助の必要を力説、公人たる帝は私情を抑え、突厥后を寵愛すべしと諫言した早熟の政略家であった。彼女はおそらく国主間における婚姻が政略の公事を目的としたものであることを仁智伝・許穆夫人譚等から学びおぼえていたのであろう。北周滅亡後は夫家の唐公李氏の家の保衛に尽砕したのであった。（巻三仁智伝・密康公母、許穆夫人、晋羊叔姫等の諸譚ならびに『新唐書』巻七十六后妃伝上、『新唐書』巻七十九高祖諸子伝等を参照）。

③節義伝・京師節女譚は夫の殺害を謀る男に父を拘留され、父の助命のために夫の殺害の手引きを強要された堅貞の孝女が、父と夫に対する義理の板ばさみとなって死ぬ悲壮な孝女・節婦譚だが、隋・唐交替の群雄抗争時、唐朝側に立った楊慶の妻は、叔父の鄭王王世充が唐朝に敵対したため、夫と叔父に対する義理の板ばさみから死によって、孝・貞（節）両徳を全うしている。（巻五節義伝・京師節女譚、『旧唐書』巻一九三列女伝『新唐書』列女伝を参照）

④節義伝・蓋将之妻譚は、戎との戦に敗れた蓋国の部将が戦死した国君に殉ずることもならずに生還したとき、夫を督責、みずから先に自決して夫の殉死を促した壮絶な譚だが、淮西節度使李希烈の乱（七八二～七八六）に、項城県令李侃の妻楊氏は、形勢不利とみて逃

亡をはかる夫の李侃に対して、守備の任を督責。李侃が流矢に傷ついて帰還しても宥さず、城壁に登らせて守備の任を全うし、唐朝への忠義を貫徹させた。（『新唐書』列女伝）。

これらの婦道の完遂者のうち『古列女伝』からの直接的影響が確認できるのは②の李淵夫人竇氏のばあいのみであるが、他の女性にしても『古列女伝』が語るごとき婦道の流布・定着の中で、かかる行動に直進したのであろう。『古列女伝』は后妃や権臣の妻たちに政治に対する積極的発言を望む書である。儒教の女訓には、これと対立する既述の「内言不レ出レ梱」（『礼記』曲礼上）、「女不レ言レ外」（同・内則）、「牝雞之晨、惟家之索」（『書経』牧誓）のごとき女性の才識抑圧の思想もあるが、劉向のそれは違っていた。竇夫人以前に政策上の諫争をした女性にはほかならぬ『古列女伝』の註者の一人、三国・呉の趙母がおり、唐代には太宗李世民の賢妃（女官名）徐氏がいる。彼女は四歳にして『論語』『詩経』に通じ、辞賦の文才に秀でた才媛だが、太宗の高句麗遠征や宮室土木の工事を堂々たる上奏文をもって諫めている。（『旧唐書』巻七十六后妃伝上、『新唐書』后妃伝上）。太宗李世民の皇后長孫氏は高祖李淵夫人の竇氏同様、『新唐書』によると『図』（列女図?）、『伝』（列女伝?）に親しんだ賢后である。彼女は政治への容喙には慎重、相談をもちかける夫には彼の専断を勧めているが、外戚の勢力伸張抑止のために、兄の長孫無忌の重用に反対し、魏徴の諫言の受容を勧め、逝去直前の太宗・房玄齢間の衝突時にも太宗を諫める遺言を行なっている（『旧唐書』『新唐書』両后妃伝上）。明代の太祖朱元璋の皇后馬氏（孝慈高皇后）や成祖永楽帝の皇后徐氏（仁孝文皇后）は積極的に夫の政策に容喙し、孝慈高皇后は太祖の怒りを買っても屈せずに失政を諫め、仁孝文皇后は権臣の妻たちに、生民の生活に心を留め、つねに夫の政務に対し諫言するよう督励している（『明史』巻一一三后妃伝上）。唐の長孫皇后や明の仁孝文皇后はいずれも『古列女伝』を襲うかのように自分も女訓書を編纂している。『古列女伝』はかかる興国の賢后たちの言動を続出する土壌をもつくったのであった。

正史の列女伝は『古列女伝』的な雰囲気を漂わせるが、意外に『古列女伝』や後続『列女伝』を女性が読んだことを示す記事は乏しい。[26] それでも、『明史』巻三〇一列女伝一の父から『孝経』『列女伝』を教授されたという欧陽金貞の記事、幼時に『孝経』『列女伝』に通じたという会稽・范氏の二女の記事によって士大夫・読書人家庭の一部で『列女伝』が幼少時の女訓の教材として用いられていたことがわかる。[27] また同上巻三〇三列女伝三の寡居後の寂寥感の慰めのために図史や『劉向列女伝』を読み、結局は夫の死に殉じた蔣烈婦の記事から、読書人家庭成人女性の慰安・娯楽の教養書となっていたことも窺われる。さればこそ『古列女伝』もその後続書『列女伝』もあいついで続成されたのである。王照円・梁端・蕭道管らのような『古列女伝』の女性考証家が輩出する背後には、この書や類似の書を通俗女訓書として記憶味読し、日常の精神生活に活かした多数の女性がいた。『古列女伝』の中には、仁智伝・魯漆室女譚のごとき庶民女性も国政に関心をもてと主張するかに見える奇譚も見える。かかる奇譚も近代揺籃期の清末には、有識女性の政治意識を高揚させたのであった。女流革命家秋瑾、字璿卿（一八七七～一九〇七）の八か国連合軍の北京占領のさい詠じた憂国詩「杞人憂」はその一例を示している。[28]

幽燕烽火幾時収　聞道中洋戦未レ休　漆室空懐二憂国恨一　難下将二巾幗一易中兜鍪上

北の京に戦火の収まるはいずれの日か　わが中華と洋夷の戦　いまだやまずと聞く
漆室の女の我は空しく国を憂うるのみ　巾幗を兜鍪に易えて出陣すること叶わざれば

『古列女伝』は晋・皇甫謐撰『列女伝』、同・項原撰『列女後伝』以下、明・馮夢竜（号・猶竜子。一五七四～一六四五）撰『列女演義』六巻のごとき白話混淆演義小説風の書まで諸種の後続『列女伝』を産んだが、今日、見ることのできる完本は明・清の少数の書に過ぎない。それらの中には『古今閨範』（明・黄希周撰。『閨範図集』とも『閨範十集』ともいう。五巻）『女範捷録』（明・王相母劉氏撰・王相箋注。十一篇）のごとき別名称の列女伝型（史伝・説話型）女訓書もある。これら後続書『列女伝』や『列女伝』型女訓書の刊行概況については、前掲拙著中の「中国女訓書刊行概況一覧表試稿」（同書二四～四五ページ）を参照されたい。いまは女訓書刊行史上重要な次の四種の書について簡紹しておく。

①明・解縉奉勅撰『古今列女伝』三巻（二巻本の存在をつたえる書誌もあるが誤りであろう）。儒臣解縉が成祖永楽帝の命を奉じて編撰。永楽帝は母の孝慈高皇后が女訓書刊行を企図して果たせずに崩じたので遺志を嗣ぎこの書を編撰せしめた。ちなみに同様の意図から仁孝文皇后の方もみずから『内訓』を撰し、数点の女訓書を刊行させている。歴代后妃（巻一）より、士庶人の妻にいたるまで、漢代以前は『古列女伝』より、後代は各史の記録より事跡を採り、孝慈高皇后以下、明初の人びとを加え、一五八人の譚を収録。永楽元年（一四〇三）の刊。王朝自体による教化事業の典型的書である。

②明・茅坤撰『増補全像評林古今列女伝』八巻と明・汪氏増輯・仇英（号十州）『絵図列女伝』十六巻。いずれも挿図本。前者は巻一〜巻四に母儀・賢明・仁智・貞順・節義・辯通の六伝を配し、巻五〜巻八に同様六伝を配し、前半四巻は『古列女伝』正伝の文を採用。後半は『古列女伝』正伝のほか、「続列女伝」の文、明代人を含む後代各史の記録を加えている。絵図は、教訓書にふさわしい廟の祭神説話解説壁画を想わせる構図。上方に四字一句の賛、両側に基本二十・二二字、最長二八字の対聯を刻した額縁様の枠の中に描かれ、遒勁（しゅうけい）重厚。万暦一九年（一五九一）刊。近年台湾・広文書局が影印洋装本を刊行。後者は宮本の研究によれば、汪氏とは汪道昆、刊年は万暦癸酉（きゆう）（三七年・一六〇九）以後と推定される。徳目別に伝を編成せず、時代順に三一二譚を配するが、孽嬖伝相当の譚はない。漢代以前は『古列女伝』から採用。以後は後代の記録により万暦年間まで譚を及ぼしている。絵図は教訓譚の格調を欠くが優雅繊細。近年、台湾・正中書局が、大正十二年（一九二三）大邨（おおむら）西崖校輯「図本叢刊」本を影印洋装本として刊行。この書は最近大陸の古書店でも線装本の複製を並べるようになった。上述馮夢竜撰『列女演義』と同様、民間刊行の慰安・娯楽本を兼ねた典型的な通俗女訓書である。茅坤（一五一二〜一六〇一）は馮夢竜同様、明代きっての文人。仇英は「仕女（宮女）図に尤も秀でた」と称される院画の名手。かかる一流文化人も出版に加わるほど、明代には通俗的な『列女伝』型女訓書の需要が高まっていた。

③明末・王相母劉氏撰・王相箋註『女範捷録』十一篇。この書は唐・李瀚撰『蒙求』同様、本文は説話の概要を示すにすぎず、註とあい俟って譚の内容が理解される。当初より本文・註一体の構成であったのであろう。統論・后徳・母儀・孝行・貞烈・忠義・慈愛・秉礼・智慧・勤倹・才徳の徳目別編成。『古列女伝』の女性から明代の女性まで延べ一六一人の美譚を収める。「智慧篇」を設けては「有レ智婦人、勝二於男子一」と述べ、「才徳篇」を設けては「女子無レ才、便是徳（女は学才なければ、それこそ徳ありというもの）」（明・陳継儒『安得長者言』の語）という当時の流行語に反駁し、「経済之才、婦言猶可レ用」と論じて、政治世界にも発揮される女性の知性・学力の認識を迫り、「忠義篇」を設けては、女性の国家への忠誠の必要を訴えている。だが「貞烈篇」においては「忠臣不レ事二両国一、烈女不レ更二二夫一」（『史記』巻二十八田単伝）の教訓を重視、「慷慨（激情）」によって、夫の死に殉じ夫の身替りになって死ぬことを女性に要請している。総じて『古列女伝』の婦道訓を極限にまで徹底して示した書だが、女性の知性、国政への関心の必要を説く撰者にしても、当時の貞烈鼓吹の通念からは脱れられなかった。王相はこの書を班昭撰『女誡』や仁孝文皇后撰『内訓』等と一括、『女四書』なる女訓書の総集に編集している。この書も前掲拙著を参照されたい。

④清・汪憲撰『列女伝』一巻。明・清両朝における節・烈二徳、とくに烈の徳の強調の世風を端的に示す烈女のみの顕彰譚集。北宋の道学者程頤（ていい）、号伊川の「餓死、事極小、失レ節、事極大」（『二程全書』巻二十五）の語は、後世、女性を大いに苦しめることとなった。明・清二朝は節婦・烈女の旌表（顕彰）制度を完備。夫に対する殉死者のみでなく、強姦拒絶による死者、性の調戯（セクシャル・ハラスメント）に対する抗議のため

の死者をも顕彰、死者の家に賞賜したので、礼教とは縁の薄い貧困庶民の女性にまで節烈の徳をひろく浸透せしめた。（注41の文献も参照）この書はかかる烈死者一〇三名余の旌表記録集。女訓書たるとともに、男性の性犯罪に対する警告・勧戒の書になっている。撰者汪憲は『古列女伝』の校註家梁端の夫汪遠孫の祖父。この書と撰者の紹介については拙稿がある。[29]

『古列女伝』は後世にはかかる各種単行の後続『列女伝』、『列女伝』型女訓書を産み、婦道を広めていった。そのいっぽう『古列女伝』は史書としても受容され、六朝劉宋・范曄（はんよう）（三九六～四四五）によって『後漢書』（巻八十四）列女伝が編纂されることになった。范曄が『後漢書』列女伝を撰した当時は才女の活躍・言動が目を魅いた時代であり、彼と同時代人の劉義慶（四〇三～四四四）も『世説新語』の中に賢媛篇を設けている。『世説新語』は礼教反発期にしるされたゴシップ集。一見したところ反礼教・非礼教的な世の人の奇矯な言動の記録集の観があるが、賢媛篇中の気丈な女性たちの言動は、例えば母儀伝・魯季敬姜譚を想わせる魏の文帝曹丕の母卞后（べんこう）譚や晋の韓康伯の母殷氏譚、田稷子母譚を想わせる陶侃の母湛（たん）氏譚等、礼制と公義の達成に生きる『古列女伝』中の女性の言動と通ずるものが多い。[30]『後漢書』列女伝の編撰ののちには、『魏書』『隋書』『北史』『晋書』『旧唐書（くとうじょ）』『新唐書（しんとうじょ）』『宋史』『遼史』『金史』『元史』『明史』等の正史が同様に「列女伝」を立て、『明史藁』『清史稿』『清史』も「列女伝」を立てている。これらの「列女伝」もやはり『古列女伝』が備える礼教の鑑戒書としての性格をも受けついでいった。ただし女性の才知の発揮や公事への貢献等の記事よりも、後代になるほど烈死の敢行の記事が増え、『明史』に至って、この傾向は極点に達している。『明史』（巻三〇一）列女伝の序には次のごとく述べている。

劉向伝二列女一、取二行事可レ為二監戒一、不レ存二一操一。范氏（『後漢書』）宗レ之、亦采二才行高秀者一。非三独貴二節烈一也。魏隋而降、史家乃多取二患難顛沛、殺レ身殉レ義之事一。（略）明興、著為二規条一、巡方・督学、歳上二其事一。大者賜二祠祀一、次亦樹二坊表一（記念の牌楼（とりい）や華表（装飾柱））。（略）乃至二僻壌下戸之女一、亦能以二貞白一自砥。其著二於実録及郡邑志一者、不レ下二万余人一、雖下間有中以二文藝一顕上、要レ之節烈為レ多。嗚呼何其盛也。豈非二声教所レ被廉恥之分明一。故名節重而踏二義勇一歟。

『明史』列女伝の編者は、女性の徳行が烈死の敢行、性道徳の遵守の一点にあるかのごとく論じ、烈死の記事の豊富さを誇っている。

後世の中国においては、『古列女伝』が提示する賢母・賢妻の女性の理想像や女性の知性の発揮・公事への献身を核とする女訓の思想は、一部識者や女性たちの間に強い影響をあたえていったが、婦道の内容の中核を構成できずに終ったのである。むしろ『古列女伝』自体の中に提示されていた貞順・節義の女訓が異常に発展・変容し、歪曲され、無思慮・機械的な烈死敢行重視の婦道を構成し、女性を苛酷に抑圧することになっていった。

その二　日本における『古列女伝』の受容と後続『列女伝』

ところで『古列女伝』は朝鮮（韓）半島や日本にもつたわったが[31]、本節を終るにあたり、とくに日本における流入と後世への影響を概観しておくことにする。

日本における『古列女伝』の輸入が確認されるのは、九世紀末の寛平年間撰と推定される藤原佐世の『日本国見在書目』が始めであり、この書には既述の劉歆撰『列女伝頌』一巻や『列女伝讃』二巻『列女伝図』十二巻等の「列女伝」の名を付す書六点や曹大家撰『女誡』一巻等とともに、曹大家註十五巻本の『古列女伝』が著録されている。九世紀初期の勅撰漢詩集『経国集』（天長四年八二七編）には、すでに女流漢詩人が作品を列ね、十一世紀には漢文の仏経を誦んじ写す女性が多数生まれていた。紫式部や清少納言等のごとき女房文学者たちは、漢籍に博通しており、『古列女伝』が示す宗法社会に立脚する女訓の思想を受容せずとも、書物の内容自体を読み知っていた可能性はあろう。近年、田中隆昭は『古列女伝』の賢女・貞女の理想が『源氏物語』の製作にも影響を及ぼし、末摘花の容貌の構想に辯通伝の醜女像がヒントをあたえていることを推定している[32]。むろん『古列女伝』の読者は漢学の担手たる男性にもわたっていた。十三世紀成立の『源平盛衰記』巻十九文覚発心（付）東帰節女の段には、節義伝・京師節女譚が唐国の類似の奇譚として紹介されており、この事は、服部宇之吉の『古列女伝・女四書』（有朋堂・一九二〇年六月刊）の解題以来、広く知られている。文覚発心譚が京師節女譚から構想された可能性も考えられよう。これらは『古列女伝』が古代・中世の日本文学にあたえた影響であるが、十三世紀半ば、六波羅二﨟左衛門入道の撰になったと推定される教訓書『十訓抄』には、「朋友選ブベキノ事」において母儀伝・鄒孟軻母譚、辯通伝・斉宿瘤女譚、賢明伝・陶荅子妻譚が、「忠直ヲ存スベキノ事」において「続列女伝」の漢馮昭儀譚、母儀伝・有虞二妃譚等が語られている。『古列女伝』は女訓書としてのみでなく、男性に対する妻選びの教訓としても受容されたのであった。

しかし中国の宗法社会の規制のために編撰された『古列女伝』をはじめとする中国女訓書が教訓としての威力を発揮するのは、十七世紀の江戸時代以後のことである。この時代には父系家族制と嫁取婚制がすでに確立しており、武家も庶民も家職の世襲と家系の相続を一体化し、男性家長とその他の族員の関係、夫婦関係に、中国の宗法社会にも共通する主従の身分関係が貫徹された。商人・農民も、その労働は家職への奉公と観念され、武家を中心に家名・家風が重んぜられて、女性は夫家を公の場として婦道を尽くすことが望まれたからである[33]。中国女訓書は中国から舶載されただけでなく、訓読が施されて和刻され、さらに和文本・漢文本の後続書を産みだしていった。承応二・三年（一六五三・五四）には既述のごとく明刊本『古列女伝』が朝鮮（韓）半島からもたらされた韓国人婦女の伝を含む『新続列女伝』と合冊して訓読を施して出版され、翌明暦元年より二年にかけ、北村季吟がこのうちより『新続列女伝』を削り、その巧妙な要約和解本をつくった。教訓説話集たる仮名草子の傑作『仮名列女伝』である。翌三年には、林羅山の門人、松江藩々儒黒沢弘忠が日本女性の徳行伝たる『本朝列女伝』をつくった。古代より慶長・元和（げんな）時代に至る通計二一七人の女性を身分・年令階層に応じて十巻に配した漢文本の大作。日本女性の徳行伝はその後仮名草子作者浅井了意作と推測される『本朝女鑑』十二巻が寛文元年（一六六一）に刊行されたほか、源鸞岳（松平頼紀（よりのり））撰『大東婦女貞烈記』三巻や撰人未詳の『仮名烈女伝』三巻の刊行がつづいている。『本朝女鑑』は『古列女伝』に倣った徳目別巻分けにより賢明・仁義・節義・貞行・辯通各上・下二巻の十巻に、古代より慶長・元和時代に至る女性を配し、さらに『女誡』風の教説語りの女式上・下二巻を添えているが、『大東婦女貞烈記』『古今烈女伝』各三巻は、徳目別編輯法をとらず、「列女」の字様を「烈女」に改めている。ちなみに前者は古代より江戸幕政期に至る通史、後者は江戸幕政期に限った断代史の構成をとっている。日本女性の『列女伝』はしかく「烈女伝」の名による仮名和文本化の方向をたどったが、幕末の天保・弘化交替の年（一八八四）、二本松藩々儒安積（あさか）信（しん）が漢文本の『烈婦伝』一巻を完成させている。また単行の女訓書としての日本女性「列女伝」が刊行される中で、明暦三年に着手され、嘉永年間（一八四八～五四）に紀伝修訂本の出版に至った準正史の「日本通史」ともいうべき『大日本史』も、その巻二二四に「列女伝」を立てたのであった。さらに貞享四年（一六八七）には、『訓蒙図彙』のごとき絵図事典も編輯した朱子学者中村之欽、号惕斉の中・日両国の賢貞婦女伝『比売鑑』（和文。全三十一巻中、後篇紀行十九巻が「列女伝」型女訓書になっている）も刊行されている。

江戸時代には貝原益軒の名を撰者に騙った『女大学』に代表される『女誡』系統の教説型女訓書も夥しくつくられ、その中で日本独自の中国種の儒教女訓書の精華を蒐めた『女四書』の仮名本がつくられている。既述の王相編註『女四書』の刊行は明末・天啓四年（一六二四）のことだが、三十二年後の明暦二年に儒者にして仮名草子作者たる辻原元甫が漢・班昭撰『女誡』、唐・侯莫陳（三字姓）邈の妻鄭氏撰『女孝経』、伝・唐・宋尚宮『女論語』、明・仁孝文皇后徐氏撰『内訓』の改作四点を一括、『女四書』と名づけて刊行したのである。『女論語』にいたっては辻原の創作に近く、『古列女伝』からも多くの例話を採って付説したから、『古列女伝』の諸譚は『仮名列女伝』のみでなく、この書からも女性たちの間に広められていった。[34] なおこの書も訓点本『劉向列女伝』（付・『新続列女伝』）と同様、京都書肆小島弥佐衛門が刊行している。

『古列女伝』は浮世草子の中にも摂取され、翻案作品を生みだした。井原西鶴の『武家義理物語』の中には、織田・浅井両軍が激突した姉川の合戦に、七歳ばかりの男子の手を牽き赤児を負うて避難してゆく女が、兵士に追われて捕われそうになると、赤児を捨て男の子を背負って逃げ、ついに捕われ、その異常行動の理由を問われると、赤児は自分の姪、男の子は夫の甥、夫への義理立てのためにそうせざるを得なかったと答えたという譚がある（巻の五の二「同じ子を捨てたり抱たり」）。これは節義伝・魯義姑姉譚の翻案であろう。讃岐藩士細和梅若が、大病の主君の死期が迫ったとき、美人の妻小吟に、主君薨去のさいは自殺の覚悟と打ち明けると、小吟は賛成して自分はそうなれば「後夫を求むる心ざし（志）」と答える。不貞の妻の言に憤慨した梅若は主君が薨ずるとただちに殉死した。小吟も夫の殉死を見届けると自尽してその後を追う。小吟の不貞の言は夫を憤死せしめて忠義をまっとうさせるためのものだったという譚も見える（巻五の三「人の言葉の末見たがよい」）。これも情節をかなり変えてあるが、節義伝・蓋将之妻譚の翻案らしい。[35]『古列女伝』はかかる類似の奇譚を生みだしては、その教訓の主旨を男女双方の人心に浸透させていったのである。『古列女伝』は女性に知性と「公義」に殉ずる自己犠牲を要求する。『武家義理物語』中の女性の自己犠牲譚が歓迎される世風のもとにおいて、貞順伝の陳寡孝婦のごとき老齢の舅姑の世話のために改嫁をせぬ女性や梁寡高行のごとく美貌をみずから傷つけて再婚の愛欲を克服する女性が日本でも現実に生まれたのであった。[36]

江戸時代の日本女性の識字率は世界に冠たるものがあり、都会地の庶民の女は寺子屋で、武士の女は家庭で、商家に下女奉公する女さえ主人の家で手習いを学び、読物の暗誦に励み、手紙すら自筆していた。江戸時代の代表的女訓書『女式目』は、「女子は高き低きによらず、〔略〕まず手を習い物書き給うべきことなり。〔略〕ことに商人の女房などは第一の用にたつことなり」と説き、『女実語教』は、女性にとり、「学びおぼえて助けとなるは読書・糸竹（音曲）・しきしまの道（和歌の学問）」と述べていた。女性抑圧の世相をもって、江戸時代の女性の知性・知育を低位にあったと見なすのは誤りである。こうした中で女性たちは諸種の書物を読破し、上は『源氏物語』や『伊勢物語』より、下は各種の草紙（小説）類のごとき、恋愛至上、往々家の守手の責務を女性に忘れさせる非礼教的書物にも親しんだのである。[37] また江馬細江・梁川紅蘭・原采蘋に代表される女流漢詩文家が活躍したのであった。[38] 為政者の側に立つ有識者は当然この非礼教的情況を黙認せず、読書の「善導」について発言するようになる。『古列女伝』をはじめとする各種「列女伝」は彼らの絶好の推薦書となった。荻生徂徠は、「学問ハ文字ヲ知ルヲ入路トシ、歴史ヲ学ブヲ作用トスベシ」といい、庶民には『孝経』『列女伝』『三綱行実（図）』を読ませよと論じ（『太平策』）、山鹿素行は、女性は「柔和随順」を本とせよと述べつつ、「夫を諌め」「母儀を完うする」任務を説き、貞節の徳の厳守を論じ、「常に講読せしむべきは経伝（漢籍の儒教経典）、規範とすべきことは『列女伝』に出づる処の事業（『山鹿語類』巻十六父子道、教誡の十四・訓女子）と主張した。前者は広範な庶民を含む女性の読書について、後者は有識の武家の女性の読書を論じたものであろう。[39]

山鹿素行は、女性にも漢籍の読書を勧めたが、黒沢弘忠撰『本朝列女伝』の刊行ののち絶えていた漢文本単行列女伝は、幕末に安積信（号艮斎）撰『烈婦伝』となって復活した。この書が漢文でしるされた理由の一は、当時の武家を始めとする知識人家庭の女性が、訓読を施された明快な達意の擬古文による漢文文献を和文同様に容易に読みこなせたからである。

第二の理由は、仮名草子本の『列女伝』では、とかく娯楽本として受容され、諸譚は珍奇な物語として鑑賞されて教訓の実をあげにくいと考えられたからであろう。『古今烈女伝』の撰者のごときは、序に「此『烈女伝』は実況に相違もなく、珍事たるに依て、婦女杯の一夕話（いっせきわ）に成りなんと思ひ、写しおく」と述べている。教訓譚はそのじつかかる娯楽・慰安事からこそ人心に浸透する。しかし儒業のみに生きる硬骨の淳儒たちにとっては、かかる娯楽・慰安事の必要性は意識の外にあったのである。安積信の友人、金沢藩々儒の西坂衷（ちゅう）（号天錫）は、女性の才知の必要に国政への関心・公義への尽忠の必要を訴える『女範捷録』を含む王相編『女四書』に注目し、嘉永六年（一八五三）に訓読を施して刊行した。西坂はその序文の中で、和文本の辻原編『女四書』について（ただし撰者辻原元甫の名は明示せず）、「国字訳」本の非を衝いて、以下のごとく述べている。

殊不レ知下以二易レ読故上、不レ生二敬畏・尊奉之心一、反嫚二弄之一、与二稗官・野乗一（通俗時代小説）不レ異。

この指摘は、辻原篇『女四書』の一点に対する批判のみにとどまらず、和文本の「列女伝」型女訓書すべてに対する不満の表明であったであろう。

ところで、日本における後続書『列女伝』や『列女伝』型女訓書はおおむね、「列女」の字様を「烈女」に改めている。この「烈女」とは中国におけるごとき、たんなる夫に対する殉死や性の調戯に対する抗議の自殺を遂げる貞烈婦女をいうのではない。貞烈の意味自体、内助の功を核とする夫や主君に対する忠誠・子の教導等の広い意味をあたえられており、『古列女伝』の母儀・賢明・仁智・節義・辯通の諸伝にわたる徳行の発揮者すべてをこの語が含んでいることは、諸書を読めば諒解されよう。いまは『烈婦伝』の中から四話のみを挙げ、全容概観のよすがとしておこう。[40]

一、末盛城主奥村永福妻と加賀亜相前田利家夫人。（イ）秀吉に敵対する佐々成政が能州末盛城を攻略。将士は疲労困憊して自決をはかるに至ったが、奥村の妻はこれをゆるさず、みずから兵士の施粥にあたり、陣頭に立って雄辯をふるって決戦を続行させた。（ロ）急を聞き救援に出発する利家・利長父子を送る利家夫人は別れの宴で、夫には「城若陥、公勿二復見一妾」と宣し、子には「今夕即死別也」と述べて出陣させた。

二、佐竹義隆夫人。

義所・義長二児の母たる夫人は、長幼の序・主従の分を軸として彼らの仲を強固にし家を安泰ならしめるために、病弱な弟義長を風雨寒暑にかかわらず三日ごとに長子のもとへ伺候させ、見かねた家臣の諫言を斥け、躾けを完うした。

三、酒井忠直夫人　忠隆・忠相二児のほか、側室の子もみな平等に愛した。

（イ）幼少の忠隆が痘を患い、夫と姑が感染を恐れて夫人を隔離しようとしたさい、「人之為レ母、〔略〕雖ニ伝染発一痘、不レ悔」と申し出て看病をつづけた。

（ロ）近隣失火のさいも、避難の轎が具えられぬ倉卒の間にも悠然として、病身の一侍女を巨櫃に入れて退避させた。

四、真田信之夫人

豊臣・徳川両家の争いの中で、真田家は昌幸（まさゆき）、信之（のぶゆき）父子が帰属を異にした。夫に替り沼田城を守った夫人は舅（しゅうと）の昌幸来城のおり、児孫会見の希望は拒否。臣下の動揺を防ぐために、城中の宴に集めた彼らの妻妾を人質にし、真田の家を戦後も安泰ならしめた。

安積信は「烈」の意味を、かかる熱狂的、反面冷徹なる知性の発揮として捉え、「賢烈」の語によって説明してもいる。日本における「烈女」の語は「賢烈婦女」ともいうべき女性を指す語に変った。江戸時代の「列女伝」型＝説話・史伝型女訓書も、限界状況における美徳達成のための死の犠牲を賞讃し要請したが、無思慮・機械的な棄生を常識事として勧めるものではなかった。日本では、中国における烈死女性の旌表のごとき奇習・悪制度も産まれなかった。[41]

日本の近世の女子教育は、『古列女伝』や曹大家（たいこ）『女誡』の女性の知性に信倚し、知育を必要視する基調を承けつぎ、自国製の女訓書を夥しく産み出すとともに、女性の才知による顕名や国政への関心、公義への忠誠心の必要を特に力説する『女範捷録』の訓読本刊行に見られるように、同期の中国女訓書をも活用し、今日的評価・女性の幸不幸はともかく、列強激突の近代における国民国家の家庭の担い手たる女性―良妻賢母―の教育を準備していったのである。[42]

註

1 『古列女伝』の記述に史実としての権威を認めたり、この書を史伝と見なした者に、後漢・趙岐（?～二〇一）や唐・劉知幾（六六一～七二一）がいる。趙岐は母儀伝・鄒孟軻母譚の記事を信じ、かつ一部を誤読して、『孟子』題辞において、孟子が「夙喪二其父一、幼被二慈母三遷之教一、長、師二孔子之孫子思一」と述べ、貞順伝、斉杞梁妻譚の記事を信じ、告子下の「杞梁之妻」の記事に注して、「其妻哭レ之哀、城為レ之崩」といっている。「夙喪二其父一」は鄒孟軻母譚を誤読した結果たることは同譚とその〔余説〕を参照されたい。孟子が子思に直接師事したという説は、班固も信じて『漢書』藝文志に孟子は「子思の弟子」としるしている。劉知幾は、『史通』巻十一外篇・史官建置において、女史（女性の史官）の存在の立証に節義伝・楚昭越姫の記事を用い、後宮の宴席中における昭王の史官に対する姫妾の発言記録の命令の言や、姫妾の発言自体が書きとどめられたのは、女性の史官がその場にいたからだと述べている。また巻十八外篇雑説下において、『古列女伝』のみでなく、劉向の書には虚説が多いことを指摘、節義伝・周主忠妾譚や辯通伝・斉女徐吾譚等の出典を明らかにして史実にあらざることを非難している。上記二譚、とくにその〔余説〕を参照されたい。なお清朝の考証家たちも、この書を基本的には史伝と見なし、不要の考証を加えることが少なくない。

2・29・40 「列女」の意味を「さまざまな」意に解する見解には、張敬「列女伝与其作者」（李又寧・張玉法編『中国婦女史論文集』台湾商務印書館一九八二年七月刊所収）がある。氏は「列女」の意を「諸女」「那些女子」と述べている。同上書五二ページ。「烈女」の中国旧社会と日本の江戸時代における意味の違いや、日本の「烈女」の好例を示す安積信『烈婦伝』十四話の全梗概については、拙稿「近世中・日両国の『列女伝』と「烈女」の意味―汪憲『烈女伝』と安積信『烈婦伝』を中心に―」（江森一郎監修『江戸時代女性生活研究』大空社・一九九四年六月刊所収）を参照。なお節婦・烈女の旌表については註41を参照されたい。

3 宗法・宗族の意味は複雑で時代とともに変化している。研究文献は多い。ここでは古宗法の厳密な意味や明・清・民国にまでつづいた慣行について概観するために、第二次大戦前・大戦後の日本人先学の業績中、戦後刊行・復刻された書の代表的な書を挙げておく。滋賀秀三『中国家族法の原理』創文社・一九六七年三月刊、牧野巽「中国家族制度概説」「儀礼及び礼記における家族と宗族」（同氏著『牧野巽著作集』巻一所収、御茶の水書房・一九七九年十月刊）、仁井田陞『中国身分法史』東大出版会・一九八三年二月刊、多賀秋五郎『中国宗譜の研究』上・下、日本学術振興会・一九八一年十二月・八二年二月刊等。

4 桑原隲蔵「支那の孝道、殊に法律より見たる支那の孝道」（同氏著『桑原隲蔵全集』第三巻・岩波書店・一九六八年四月刊所収、一五～一六ページ）。

5 春秋時代の女性の背徳行為については、宇野精一「春秋時代の道徳意識について」の二、男女関係（同氏著『宇野精一著作集』第四巻・明治書院・一九八七年一月刊所収）、牟（潤）遜「春秋時代母系遺俗公羊証義　二、女子不嫁与婚姻自主」（鮑家麟編著『中国婦女史論集』牧童出版社一九八〇年十月刊所収）、楊筠如「春秋時代之男女風紀」（李又寧・張玉法編『中国婦女史論文集』第二輯、台湾商務印書館・一九八八年五月刊）等を参照されたい。宇野が同書に挙げる烝五例のうち、『古列女伝』には1・2・5が孽嬖伝の衛宣公姜譚・晋献驪姫譚・陳女夏姫譚にも採りあげられている。3に挙げられている衛の昭伯頑が父の夫人宣姜と烝して産(な)した子の一人が仁智伝の許穆夫人であるが、この賢女にふさわしからぬ出生は譚中では消してあり、許穆夫人の父は懿公赤に改竄されている。前漢時代の女性のあり方とその『古列女伝』撰述に対する影響については張濤「従『列女伝』看劉向対漢代史学発展的貢献」（中国歴史文献研究会編『歴史文献研究』一九九二年七月刊所収）をも参照されたい。

6　劉向の先駆的伝記研究には町田三郎「『劉向』覚書き」（『日本中国学会報』第二八集』一九七六年十月刊所収）があり、改稿の「前漢末期の思想　四、劉向論」が同氏著『秦漢思想史の研究』創文社・一九八五年一月刊に所収されているので、後者を参照されたい。『古列女伝』と絡めて論じた論稿については、宮本勝「劉向と列女伝」（北海道中国哲学会『中国哲学』第十一号一九八二年八月刊、参照。劉向の全般的思想を点検した論稿、説話による思想表現を論じた論稿については、池田秀三「劉向の学問と思想」（『東方学報・京都』第五〇号一九七八年二月刊所収）、野間文史「新序・説苑攷―説話による思想表現の形式―」（『広島大学文学部紀要』第三五号・一九七五年一月刊所収）を参照されたい。年譜は銭穆『漢・劉向・歆父子年譜』を参照。王雲五主編『新編中国年譜集成』第七輯の同名年譜、台湾商務印書館・一九八〇年四月刊、顧頡剛編『古史辯』第五冊・上海古籍出版社・一九八二年十一月刊が入手・閲覧しやすい。

なお劉向は思想家たるとともに文豪でもあり、自作の辞賦作品「九歎」を収める『楚辞』も編輯した。『楚辞』と『古列女伝』の編輯の意図の相関関係を論じ、岡村繁は、「劉向『列女伝』における女性の行動と倫理」（石川忠久編『中国文学の女性像』汲古書院・一九八二年三月刊所収）において、「祖国の衰運を救うべき道を、厳格な婦道の確立と、忠誠な士道の作興に求め、その結果、〔略〕編述した救国の典籍が、一つはこの『列女伝』八篇(ママ)であり、他の一つは、往昔の忠臣屈原を詠じた『楚辞』十六篇であった」という。同書八一ページ。

7　一般に劉向編撰書所引の『詩』篇は、彼が魯詩を家学とした楚元王家の出身の故に、魯詩の訓詁（文）や伝（解）をつたえたものと考えられやすい。『四庫全書総目提要』巻九十一子部儒家類一『新序』も、劉向は「本学㆓魯詩㆒」と断じるのみである。しかし『古列女伝』の『詩』篇は、文自体、伝写・翻刻の過程で全文をつたえる毛詩のそれによって改められたらしい語句を含み、毛詩との原文の相違を指摘できる語句は僅かである。（付録「『古列女伝』所引詩・篇題別詩句一覧」）。解にいたっては、全詩篇にわたって詩序を添え、詩序によって一篇の詩句全体にわたる解釈を貫徹させている毛詩に比し、『古列女伝』の詩篇には、その独自の解を示しうるものは、ほとんど無いかにさえ見える。清末の魏源は『詩古微』一の「魯・韓・毛異同論」所引（『皇清経解続篇』巻一二九一所収）において、毛序のみでなく、韓・斉・魯詩にも各々序が存在していたといい、貞順伝・息君夫人譚の君子賛中の「夫人説二（＝悦）于行一レ善、故序二之詩一」の句があることや『新序』の書名によって劉向が魯詩独自の序による解をつたえているかのごとく論じているが、誤りであろう。息君夫人譚所引の王風・大車の詩は、「大車檻檻、毳衣如レ菼（車はからから駆けてくる、大夫の衣は菼い色）」ではじまるが、全文を息君夫人譚に密接させて句解するのは不可能である。同譚は第三節の「謂二予不一レ信、有レ如二皦日一」の句のみを採って、断章取義的に夫人の決意を語らせているにすぎない。『新序』が『詩』篇の新たなる序を誌した書ならざることも一目瞭然であろう。

　劉向が伝統的な魯詩の解によって自著を編纂したと見ることに対しては宋人范処義『逸斉詩補伝』巻六や王応麟『詩攷』後序等も疑念の語「蓋」を添えて「蓋本二魯詩一」と述べるにとどまり、清・全祖望『経史答問』巻三は劉向がどの派の『詩』を師承したかを『漢書』儒林伝が明らかにしていぬことを論じ、王引之『経義述聞』巻五や馬瑞辰『列女伝補注』（王照円著）序は、劉向が韓詩を学んだと論じている。近人余嘉錫は『四庫提要辯証』巻十子部『新序』（北京・科学出版社・一九五八年十月刊本・五四九〜五五三ページ）において、これら先人の説を紹介、さらに王端履『重論文斎筆録』巻五の説を挙げ、劉向撰『説苑』、『新序』、『列女伝』における引詩証明の説は、じつは多く『韓詩外伝』の文を襲っており、劉向所引『詩』篇が皆魯詩の証たりえぬ第一の証であり、『漢書』儒林伝には、申培公は浮邱伯に『詩』を教授され訓詁をつくったが「伝」は亡かったというのに、『説苑』所引の詩説には「伝曰」を冠し、これも劉向所引『詩』篇が皆魯詩の証たりえぬ第二証であり、劉向は『穀梁春秋』を受けたが『新序』『説苑』中には『公羊』『左氏』を雑引しているので、所引詩も斉・魯・韓三家の説を雑引しているに違いなく、これが劉向所引『詩』篇が皆魯詩の証たりえぬ第三の証であると述べている。このうち第二証として挙げる申培公の「亡レ伝」の説は、楚元王伝に劉交の『元王詩』の所在がしるされ、儒林伝の顔師古注に「亡伝」とは「口説二其旨一、不レ為二解説之伝一」といい、藝文志に『魯故』二十五巻『魯説』二十八巻といっており、必ずしも証たり得ぬし、第三証も情況証拠を述べるにとどまるが、第一証は重要である。貞順伝・召南申女や同・蔡人之妻、辯通伝・阿谷処女等、『古列女伝』には『韓詩外伝』を原筋（プロット）としかつ同一『詩』篇を使用する譚もある。『古列女伝』所引の『詩』篇がそのじつ殆んど毛詩や韓詩と共通する解により成りたち、また劉向独自の解を加えていることは本書各譚当該箇所を参照されたい。下見隆雄前掲書も第三章に「『列女伝』と三家詩の関係について―『列女伝』魯詩説への疑義―」を設け、余嘉錫説も含めて、この問題に根底的な疑義を呈している。同氏著九八〜一一二ページ。

8　王昭君、字嬙は「良家子」で掖庭待詔の身となり、豊容の美女ながら宮女多数をもって数歳元帝に召されず、悲怨のあまり、みずから願いでて南匈奴の呼韓邪単于の閼氏（単于正室。えんしとも訓む）となった。『西京雑記』では元帝は宮女を画録によって枕席に召し、ために宮女は画工に賂して己を美貌に描かせたが、王昭君はこれを嫌い、呼韓邪単于が妃匹を元帝に求めたさい、彼女の美貌を知らざる帝によって匈奴の地に送られたという有名な物語に発展している。いずれにせよ元帝後宮の靡乱を伺うに足ろう。

　ただしかかる天子の後宮、権臣・富民の閨房の靡乱は、武帝にはじまり、中興の英主宣帝の時代も同様であった。元帝に対する貢禹の諫言中には「至二孝宣皇帝時一、（略）諸侯、妻妾或至二数百人一、豪富・吏民畜二歌者一、至二数十人一。是以内多二怨女一、外多二曠夫一」という言が見える。淫靡の風が家内を触んだだけではない。諸侯・富民の家では同時に、公主（皇帝のむすめ）翁主（諸侯のむすめ）の降嫁によって夫妻の地位が逆転し、家の秩序が乱れる情況も深刻化していた。王吉の宣帝に対する上奏中には「漢家、列侯尚二公主一、諸侯、則国人承二翁主一。使二男事一レ女、夫詘二（屈）於婦一、逆二陰陽之位一、故多二女乱一」という言が見える。（『漢書』巻七十二王吉・貢禹伝）。

9・11　前漢朝の後宮の制度・紛争については、鎌田重雄「漢代の後宮」（『秦漢政治制度の研究』日本学術振興会・一九六一年十月刊所収）、藤川正数「后妃選入制度と問題点」（『漢代における礼学の研究』風間書房一九八五年六月刊所収）参照。『公羊伝』荘公十九年の「一娶九女」の制度の概説は前者五六三ページに見え、天子の最高側妾号「儀を昭かにす」という昭儀号の由来については後者四〇六ページに見える。

10　成帝の陵墓造営についての経緯はとくに鎌田重雄「漢代の帝陵」、前掲書五二六～五三〇ページ。劉向や谷永の陵墓造営に関する上奏に言及する詳論は町田前掲書二八九～二九〇ページ参照。

12　劉向の辟雍の建設建議については町田三郎前掲書二九四～二九五ページが詳しい。池田秀三前掲論文・前掲誌一六五ページにも言及がある。

13・14　劉向は漢の宗室の一員として君臣関係を重視し、『説苑』において巻一・巻二を君道・臣術篇に構成している。これは『荀子』の君道・臣道二篇の編成と共通した発想を示すものであるが、『古列女伝』において、夫婦・男女間を君臣関係と同様に捉えるのは、本文中に示した『易』坤の文言の「陰雖レ有レ美、含レ之以従二王事一、弗二敢成一也。（略）妻道也、臣道也。云云」の説や『韓非子』忠孝の臣事レ君、子事レ父、妻事レ夫。三者順則天下治、三者逆用則天下乱」の説によって示される当時の通念によったものであろう。ただし劉向は、夫婦関係を君臣関係と同一に見なすことで、妻の夫に対する諫争を不可欠の責務と認め、『説苑』正諫に「孔子曰、良薬苦二於口一、利二於病一、忠言逆二於耳一、利二於行一。（略）君無二諤諤（うるさく極諫する）之臣一、父無二諤諤之子一、兄無二諤諤之弟一、夫無二諤諤之妻一、士無二諤諤之友一、其亡可二立而待一。云云」と述べている。さらに彼は、『礼記』曲礼下の「為二人臣一之礼、（略）三諫而不レ聴、則逃レ之」の礼制によって、あえて諫争のためにみずから離婚を申し出る賢明伝の斉相御妻や陶荅子妻のような女性をも賢婦として賞揚している。詳しくは二譚を参照。

15　賢明伝・楚荘樊姫、仁智伝・孫叔敖母、孽嬖伝・陳女夏姫（『新序』雑事一）辯通伝・斉鍾離春（同・雑事二）等の諸譚がそれである。ただし『新序』雑事一の楚荘樊姫譚には第一段に、「禹之興也以二塗山一、桀之亡也以二末喜一、湯之興也以二有莘一、紂之亡也以二妲己一、文武之興也以二任・姒一、幽王之亡也以二褒姒一。是以『詩』正二関雎一、而『春秋』褒二伯姫一」という句が列なり、『古列女伝』を貫く王朝の興廃、一家の盛衰が賢后妃・賢婦女の内助にかかり、一国の風紀の興隆が死をも辞せぬ賢婦女の婦道の実践にかかっているという思想の核が語られていることが注目される。句中、最後の「『春秋』は伯姫を褒む」とは貞順伝・宋共伯姫譚に見える宋の共（恭）公子瑕の夫人姫氏の守礼の焚死を『公羊』『穀梁』の『春秋』二伝が賞讃したことをいう。詳しくは貞順伝・宋共伯姫譚を参照。

16　谷永のこの上奏中、「楚荘忍二絶丹姫一」の「丹姫」とは、『列女伝』孽嬖伝に見える陳女夏姫のこと。「白華之怨」の「白華」とは『詩』小雅・白華を指す。原意は周の幽王が妾の褒姒に迷って、皇后の申后を黜けたことを非難する語。顔師古は「息二白華之怨一」の句を注して成帝が趙昭儀を寵した誤りを指すというが、時期的に合わない。当時許皇后が成帝の寵愛を独占していたので、文脈から考え、原意と異り、「妾が皇后に抑えられ、帝の寵愛を得られぬ怨み」として語られているのであろう。

17・18A・18B・25　宮本勝・三橋正信編『列女伝索引』東方書店一九八二年八月刊中の宮本序、宮本の「列女伝の刊本及び頌図について」（『北海道大学文学部紀要』三十二ノ一・一九八三年十一月刊、所収）は、こうした問題を論ずるにあたっての基本的書誌類、版本類、書誌・識語・原文等を周到・明快に提示し、『古列女伝』の基本たる女訓書としての性格に応じた朗誦教材・視覚教材面からの検討も的確に行なっている。前者『列女伝索引』は原文提示の出版史上最初の語句索引。『古列女伝』の内容研究上の不可欠の工具書。後者は『古列女伝』の伝本史整理にとどまらず絵図史を最初に整理し、ともに『古列女伝』研究に礎石を据えている。ただし後者『北大紀要』誌五ページ中の明刊本⑧『古列女伝』八巻、『新続列女伝』の解説は誤りであり、明・黄嘉育増輯本でなく、朝鮮編纂本であろう。中村幸彦「仮名草子の説話性」（『近世小説史の研究』桜楓社、一九六一年五月刊所収・五三ページ）もそう推定している。下見隆雄『劉向「列女伝」の研究』東海大学出版会・一九八九年二月刊の序論篇第一章は宮本の研究を補充、伝本史の検討に、蕭道管『列女伝集注』（倣宋本・清刊）を加え、絵画史の検討に、後条19に述べる北魏司馬金竜墓出土の列女絵図屏風にも言及、章末に付した補（四一ページ）には、「列女伝図」主要作品と研究の紹介が添えてある。

なお、『古列女伝』が各巻巻頭に頌義小序を、各譚譚末に頌を配したことについては、筧久美子「『列女伝』ノート」（『近代』第五三号、一九八七年六月）もつとに透徹した推論を下している。筧によれば、後宮にはまともに教育を受けていぬ「文字を読めるはずのない」女性がおり、直接には文字を読む成帝への誡めとして撰したにせよ、後宮女性を対象としては、文字の読めぬ女性への説話（説教）として「エピソードの語りと、唱の要約反復」とが有効な形式であり、前おきとしめくくりを朗誦吟詠にふさわしく四字句韻文とし、本譚を「講釈」する形にしくんだのだという。『古列女伝』の撰述形式は、後宮女性の一部の文盲の者たちの教育にも適していた。本譚語りの部分があまりに簡単なのは説話の書の通性によるが、有識の読者を前提とすると同時に、かかる読者が行なう語釈・説教の台本として適宜変形し活用されることを期待したからであったのであろう。

19　列女絵図屏風の実物は一九六六年十一月、山西省石家寨で発見された北魏司馬金竜墓（延興四年四七四～太和八年四八四建造）より出土している。木板漆画（朱地）じたてで五块が発掘されたが、各块とも一枚四層の画面に列女・孝子・高人・逸士が描かれ、図柄が判明する絵図の中では列女図がもっとも多く、十三面におよんでいる。口絵に挙げた四面は第一块の正面図。上から有虞二妃・周室三母・魯師春姜（以上『古列女伝』母儀伝）・班女婕妤（『続列女伝』）である。（『中国美術全集―絵画篇Ⅰ原始社会至南北朝絵画―』人民美術出版社・一九八六年八月刊所収。雪湧の図版解説。屏風は山西省博物館・同省大同市博物館分蔵）。注目すべきは有虞二妃図において舜の淩井受難の場の説明が、「舜父瞽叟（叟）与象敖（傲）塡井」につくること。『文物』通巻一九〇号一九七二年第三期所収の山西省大同市博物館・同省文物工作委報告「山西大同石家寨北魏司馬金竜墓」二五ページによれば、この図にはさらに左側に一婦女の站立仰望図があり、標題に「舜後母焼レ稟」としるされているという。『古列女伝』には「瞽叟与レ象傲塡レ井」の記述はなく、「焼稟」の場面の記述は「瞽叟焚稟」につくっている。『古列女伝』とは異伝の伝承によって描かれているのである。

なお列女絵図屏風は必ずしも女性の鑑戒修養の資としてのみ用いられたのではない。『後漢書』巻二十六宋弘伝には「（宋）弘当二讌見一、御坐新屏風図画二列女一。帝（光武帝）数顧二視之一。弘正レ容言、『未レ見二好レ徳如レ好レ色者一』。帝即為徹レ之。云云」といい、『新唐書』巻一〇二虞世南伝にも、「（太宗）嘗命レ写二列女伝於屏風一。於レ時無レ本。世南暗二疏之一、無二一字謬一」という。

20　『漢書』外戚伝中の班倢伃伝の文は「続列女伝」中にもほぼ同文が収められ、窈窕・徳家（『漢書』は徳象）女師の『詩』篇三首の名も見える。梁端『列女伝校注』はそれぞれ周南・関雎（詩句中に「窈窕淑女」の句あり）、召南・鵲巣（詩序に、「鵲巣、夫人之徳也、（略）夫人起レ家而居二有之一」の句あり）、周南・葛覃（「言告二師氏一＝女師」の句あり）の別名といい、かかる『詩』篇の別称例として、「白圭」（大雅・抑）、「肆夏」（周頌・時邁）を挙げている。いまはこれによる。

21・22　羅氏説の大要は次のとおりである。『説苑』叙録には「所レ校中書説苑雑事及臣向書・民間書」といい、『列女伝』叙録には「臣向与二黄門侍郎歆一所レ校列女伝」という。「所校」というから、この二書は劉向以前に成書があり、定名があったのである。劉向はこれを校訂しただけで作始したのではない。『説苑』叙録には、『新序』についても「除下去与二新序一復重者上」といっているから、

『新序』も劉向以前に存在した。また「臣向書」というのは劉向所持の書ということである。よって今本の『説苑』は劉向が旧来の成書を増補した『新苑』である。班固がこの三書を劉向の撰著としたのは、彼が『七略』の「所レ序」(『漢書』藝文志・劉向所レ序六十七篇の文)を撰著と誤解したためである。所序とは次序の乱れを整理したという意味で、「編輯」の意味である。班固はそれを撰者と誤解したのみか、楚元王伝にも「劉向以為王教由レ内及レ外、云云」の句までも付したのである。この説に対しては諸氏の反論があり、野間文史は「新序・説苑攷―説話による思想表現の形式」(『広島大学文学部紀要』第三五号・一九七六年一月刊所収)において、『説苑』叙録を今日につたわる『管子』『晏子』『荀子』『戦国策』等の書式と著しく異なることをもって仮託の書として斥け、『列女伝』叙録も「佚文」であり、「資料としての価値は一段落ちるのではあるまいか」と論じ、羅氏説の根拠をくつがえし、班固は「劉向所序六十七篇」を現に手に取って見ることも可能であり、彼が著作物と編纂物を混同することはあり得ない、「所序」の意味は叢書であるという。野間は、さらに以上をもって『列女伝』等三書をもって劉向の撰とする『漢書』の記事の確実性はくつがえせぬと断じている。『管子』『晏子』『荀子』『戦国策』等と『説苑』の叙録の書式の相違は前者の諸書が劉向とは別人の編書の校定記であり、後者が劉向編書の校定記であれば当然相違するから、野間氏説自体も疑義がもたれる。池田秀三の前掲論文はその点から逆に、『晏子』『荀子』『戦国策』の「所校」と『説苑』の「所校」の相違を詳察し、現行本『説苑』(『新苑』)は増補を加え、主観的意図をもって全面的に改編したものであり、『漢志』の「所序」とは「所校」ならぬ「改編」の意であり、これは『新序』『列女伝』にも該当するという。これが妥当な見解であろう。羅氏説に対する諸家の評論は下見前掲書が詳しい。下見は野間の見解をさらに進めて『列女伝』叙録を簡略・変形された類書の引文の故をもって史料として使うことは不可能と評している。下見前掲書七～十二ページ。

23　宮本注17前掲「『列女伝』の刊本及び頌図について」二六～三三ページ。ただし宮本論文は下段の遽伯玉図と頌を割愛している。注19前掲『中国美術全集―絵画編I―』所収94図により補った。

24　『古列女伝』の校注にあたった三女史の具態的な事蹟・著作の紹介は、戦前の著作で台湾中華書局が一九五九年再刊した梁乙真『清代婦女文学』の第三篇第三章婦女著述家に、王照円に関して些少の記事を収めるほか、胡文楷『歴代婦女著作考』商務印書館・一九五九年十一月刊が王・梁二女史の『古列女伝』の校註書を著録(清代一・清代八)、さらに蕭道管の詩文集を著録し、生歿年を明示している(清代十三)にすぎない。梁乙真によれば、王照円には『古列女伝』『詩経』の校註・研究書のほかにも『女録』『女校』『夢書』各一巻の著作があり、詩集『婉佺詩草』がある。胡文楷によれば蕭道管には、『道安室雑文』『蕭花平安室詞』『戴花平安詞』『平安室雑記』各一巻等の著作がある。小野和子は「『鏡花縁』の世界―清朝考証学者のユートピア像―」(岩波書店刊『思想』

一九八四年七月号所収）において、夫郝懿行とともに名をなした王照円の存在が、「中国における最初の女権問題を論じた小説『鏡花縁』の製作に及ぼした影響に言及し、同書の作者李如珍は「考証学者に独得な学問至上主義の立場を貫徹することによって、却って新しい思想的展開を導き出した。学問をもつものとして人間は平等だとする考え方であって、この場合、学問は、性・人種・身分をのりこえるための普遍的な価値として積極的な役割を担った」という。三女史の校注活動の意義はこうした点からも考察・評価さるべきであろう。

25　前註17の条に示す。

26　なお旧・新の両『唐書』列女伝に見える女性の事跡については、拙稿「両唐書列女伝と唐代小説の女性たち―顕彰と勧誡の女性群像―」（石川忠久編前掲書所収）を参照されたい。『古列女伝』は文学、とくに伝奇小説の形成にも影響をあたえた。同稿は『古列女伝』の末裔たる正史列女伝とヒロイン登場の唐代伝奇の関係について論じている。『旧唐書』と『宋史』の列女伝については山内正博「『旧唐書』烈（ママ）女伝と『宋史』列女伝」（『宮崎大学教育学部紀要』第二九号・一九七一年三月刊）を参照。以上三史の列女伝には『古列女伝』を読んだことを明示する記述はない。

27　しかし『古列女伝』や続成書の『列女伝』が慣行的に女子の幼少時の教訓書として読まれたのではない。清・曹雪芹の『紅楼夢』は明代の権臣賈家の物語として曹家の事を語った小説だが、その第九十二回では、賈宝玉が読書好きの姪の才女賈巧姐に『列女伝』の講釈をする一段がある。この『列女伝』には晋の陶（侃）母や宋の欧（陽修）母まで登場してくる。考証学者は『古列女伝』を学問研究の対象とするに至ったが、世人の多くは『古列女伝』も他の『列女伝』も区別はしなかった。通俗的教養書・教訓書として意識し、慰安・娯楽事として読み、論じあい、その講釈を聴いていたからである。女訓書の教訓はこうした活動からも人心に滲透した。なお賈家は史太君という大母が君臨する寡婦支配の典型的な父（母）権社会であった。

28　中華書局上海編輯所原編『秋瑾集』上海古籍出版社・一九六〇年七月刊六〇ページ所収。この詩は二四歳の作（郭延礼『秋瑾年譜』斉魯書社・一九八三年九月刊）。秋瑾は二八歳で離婚を敢行、日本に留学。革命運動に身を投じ、光復会、ついで中国革命同盟会浙江支部に属したが、故郷紹興における反清蜂起に失敗して刑死した。彼女の詩詞については関係文献に梁乙真前掲書、遊国恩主編『中国文学史』（四）人民文学出版社・一九七九年刊等があり、この二点は蕭善因「近代女革命詩人秋瑾」とともに郭延礼編『秋瑾研究資料』山東教育出版社・一九八七年二月刊）に所収。鄭雲山・陸徳禾編『秋瑾評伝』（河南教育出版社・一九八六年六月刊）も第四章一代革命女詩人の一章を設けている。

29　前註2の条に既出。

30　近年の『後漢書』列女伝や『世説新語』賢媛篇の女性の研究には下見隆雄『儒教社会と母性―母性の威力の観点でみる漢魏晋中国女性史―』（研文出版・一九九四年十二月刊）や豊福健二「『世説』賢媛編と『晋書』列女伝」（『小尾博士退休記念・中国文学論集』第一学習社・一九七六年三月刊）等がある。『世説新語』賢媛篇は、豊福がいうように一見「解放的で自由な、時には奔放な女性の話を中心に集めており」（同上書二八九ページ）、『古列女伝』の貞順・節義伝の諸譚のごとき凄惨な女性の犠牲譚はない。だがその基調は『世説新語』の一方の基調と共通し、道家的な保身譚も含めて礼教的である。賢媛篇の大部分の登場人物は、いわゆる六朝貴族の女性である。貴族の貴族たる所以は家格による官位取得が保障されていることにある。礼教逸脱、超・俗・簡傲の言動を誇れるのも、その保障があればこそであり、その家格を形成する実体が礼教に基づく各家の家礼であった。かかる家礼の守手が気丈な女性たちだったのである。賢媛篇第十六話の王湛の妻郝氏・王渾の妻鍾氏を賛美する「東海の家内は郝夫人の法に則り、京陵の家内は鍾夫人の礼を範とす」の評は端的にかかる状況を明示している。『世説新語』自体、とかく反礼教的な言動譚のゴシップ集と見なされがちだが、この書がじつは解放的な方外思想とともに、厳格な礼教思想を併存させていることは、すでに宇都宮清吉「世説新語の時代」（『漢代社会経済史研究』弘文堂書店・一九九五年二月刊）が縦横に分析・解明し、大矢根文次郎も「世説と教化性」（『東洋文学研究』第八号・一九六〇年三月刊）において、この書が濃厚に儒家の教化思想に彩られていること、賢媛篇が「婦人の鑑」たる女性たちを多く収めていることを適確に指摘している。

31　朝鮮（韓）半島においても、中国女訓書が翻訳されたり、中国女訓書に倣ったいわゆる諺文（韓文）女訓書が多数つくられたのは、儒教一尊の時代となった近世の李氏朝鮮王朝下のことであった。この時代には支配階級を構成する両班社会の日常生活は儒教の礼俗で規律され、両班の女性たちも書物により儒教の女子道徳を学ばねばならなかった。（崔龍基・江守五夫『韓国両班同族制の研究』第一法規・一九八二年刊―第四章中のとくに二〇六～二三〇ページを参照）この時代までに朝鮮にもたらされた中国女訓書は、李能和『朝鮮女俗通考』（韓国研究所・一九七七年復刻。一九二七年原刊）第二十六章によれば、漢・劉向撰『古列女伝』、晋・皇甫謐撰『列女伝』、後漢・曹大家撰『女誡』、唐・薛蒙妻韋氏撰『続曹大家女訓』、唐・鄭氏撰『女孝経』、唐・宋尚宮撰『女論語』、元・許熙載撰『女教書』、明・蔣聖皇太后撰『女訓』、明・王相編『女四書』（ただし『女孝経』の撰者名は鄭氏に誤刻され、『女訓』『女四書』等は撰・編者名をしるしていない）等がある。李氏朝鮮王朝時代ともなれば、宣祖朝の名相李浚慶（一四九九～一五七二）の母申氏や同期の名儒李珥（一五三六～八四）の母申氏（号は師任堂。書画の名手としても知名）のごとく己が学才により子を教えて科挙登第をはたさせた賢母や、宣祖朝党争期の政治家許曄の女の蘭雪軒のごとく詩人として名声を馳せた才女や、景宗朝（一七二一～二四）の申光裕の妻任氏（号は允摯堂）のごとく『允摯堂遺稿』二巻を書きのこした女性文人もおり、両班社会の女性にも漢学を学び漢学に秀でた女性も輩出したが、それでもその大多数は諺文・閨房文と軽視された韓文の中に暮らし、閨房歌辞のごとき女性文学をつくっていったのである（権寧徹「閨房歌辞について」『朝鮮学報』一一〇輯・一九八四年一月刊）女性の教育には諺文の女訓書がやはり必要とされたのであった。

かくて李氏朝鮮王朝時代には、徳宗妃照恵王后韓氏の『内訓』（成宗朝六年・一四七五刊行）や伝・李滉（一五〇一〜七〇）撰『閨中要覧』、宋時烈（一六〇七〜八〇）撰『尤庵先生戒女書』、李徳懋（生歿年未詳）撰『士小節』婦儀篇（高宗朝七年・一八七〇刊）等の朝鮮製の女訓書の古典がつくられ、そのいっぽうで中宗朝期（一五〇六〜四四）には劉向撰『古列女伝』の翻訳が具態的に議論されたり、英祖十二年（一七三六）には王相編『女四書』の翻訳・刊行がなされたりしたのである。孫直銖『朝鮮時代女性教育研究』成均館大学校出版部・一九八二年刊には、この他にも国立中央図書館の古書目録等から三十四点の朝鮮製の女訓書名が挙げられている。（ただし、この中には『新続列女伝』の名は見えない）近世朝鮮社会も『族譜』によって規律される宗法社会であり、女性をそうした夫家の一員として訓練することを基調とした中国女訓書の女子訓、儒教の女子教育思想は、その社会を維持するうえで、多大の威力を発揮したのである。

32　平安時代の女性の地位・生活・教育の諸相についての包括的・古典的な概説書としては志賀匡『日本女子教育史』玉川大学出版部・一九七〇年三月刊のⅡ古代の第三章より第八章があり、第四章には「外来の教学と女子教育」が論ぜられている。平安時代の上流女性の漢籍の教養がきわめて高かったことを立証する近年の研究としては志村緑「平安時代女性の真名・漢籍学習―十一世紀頃を中心に―」（『日本歴史』一九八六年六月号）を参照。しかし漢籍に親しんだ女性の間に『古列女伝』等の儒教倫理を語る中国女訓書が日常訓として読まれた形迹はなく、彼女たちの主関心は仏典の写経にあった。とはいえ『源氏物語』の形成に『古列女伝』の影響があったことは田中隆昭が『源氏物語―歴史と虚構―』勉誠社・一九九三年六月刊・第一章3女性列伝と『列女伝』において推定している。おそらく一部の女性には読まれていたものであろう。

33・37・38　江戸時代の女性の地位・生活・教育の諸相についての包括的・古典的な概説書としては、前掲志賀著のⅣ近世・第一章より第八章、福尾猛一郎『日本家族制度史概説』第六章近世（江戸時代）の第一〜九節。とくに第七節男女の地位と婚姻（吉川弘文館・一九八二年二月刊）を参照。近年の研究文献としてはR・P・ドーア著、松井弘道訳『江戸時代の教育』第二章中の女子教育（岩波書店・一九七〇年十月刊）、関民子『江戸後期の女性たち』第一部Ⅰ・Ⅱ・Ⅳ・第二部Ⅱ（亜紀書房・一九八〇年七月刊）、海原徹「三従七去主義の教育」（同氏著『近世の学校と教育』思文閣一九八八年二月刊所収）、江森一郎「近世の女子手習図を読む」（同氏著『勉強時代の幕あけ―子どもと教師の近世史―』平凡社・一九九〇年一月刊所収）を参照。江戸時代の女性が男尊女卑の抑圧状況下にあり、知育の面でも学問の主流をなす漢学の面では、はなはだしい規制を受け、「女はすべて文盲（まな＝漢文が読めぬこと）なるをよしとす。〔略〕かな本よむほどなればそれにて事たるべし」（松平定信『楽翁公遺書』修身訓）といわれ、「まな（漢文）しらぬ女」（山崎闇斉『大和小学』序）のままでよしとされながら、そのじつ漢詩文の学藝に親しむ武士・儒官・医師等の知識人家庭の婦女は漸増していた。和文の読書・手紙書きのごときに至っては商家の下女までも日常事としていた。関民子前掲著第二部Ⅱ「幕末漢詩壇と女性詩人の自立への動向」は女性の漢詩文に対する教養の一端を、江森前掲論文は庶民女性の高水準にあった和文の教養の一端を立証している。女性漢詩人の伝記や伝記研究としては門玲子『江馬細江』（ＢＯＣ出版・一九七九年十一月第一刷、一九八四年十一月改訂第一刷刊）、志村緑「江戸末期知識人女性における自立と葛藤―原采蘋の場合―（『藝林』第四〇二号・一九九一年五月刊）多賀秋五郎「白川琴水について」（『飛驒史学』第五巻・一九八四年十一月刊）を参照。白川琴水（本名青木幸。現岐阜県高山市在の願生寺住職白川慈摂の女。安政三年一八五六～明治二三年一八九〇）は、明治前期の代表的女性漢詩人であるが、幕末文久二年（一八六二）には、「七歳作二韻語一」とつたえられた才女。明治十二年（一八七九）に自作の漢詩賛、画を添えた和文の『本朝彤史烈女伝』（注42も参照）を刊行しており、とくに紹介しておく。

34　江戸時代の列女伝型女訓書の刊行史については註2の前掲拙稿参照。ほかに女訓書一般の刊行状況については船津勝雄「『女大学』の成立と普及」（『大阪市立大学文学部紀要・人文研究』第二〇巻第九分冊歴史学・一九六九年二月刊所収）、「わが国独自の女四書の成立と展開」（大阪私立短期大学協会『研究報告集』第八号・一九七一年三月刊所収）、「近世における儒教的女性論の展開と性格」（『愛泉女子短大紀要』第十号・一九七五年三月刊所収）、石川松太郎編著『女大学集』（平凡社・一九七七年二月刊）を参照。とくに仮名草子系女訓書の研究としては青山忠一『仮名女訓文藝の研究』桜楓社・一九八二年二月刊を参照。

35　麻生磯次・冨士昭雄訳註『西鶴武家義理物語』（明治書院・一九七六年四月刊『対訳西鶴全集』八）。この二篇は一一五～一一八、一一九～一二四ページに収録。解説によれば本書にはこの他にも「死ば同じ浪枕とかや」が節義伝・梁節姑姉譚の、「身がな二つ二人の男」が同・郃陽友娣の影響を受けてつくられているといい、「丸綿かづきて偽りの世渡り」の中の「操を守って自殺する話は『古列女伝』などに伝える中国古代の義婦・節婦などの面影を移すものと見ることができ「身がな二つ二人の男における遊女の義理」や「同じ子ながら捨たり抱たり」の農婦の義理など、女性に関する話が『武家義理物語』の中に位置づけられているのは『列女伝』の素材に執着が残ったためではなかろうか」という。また『武家義理物語』は「自己一身の感情や利益を捨て、自己を犠牲にしてまでも、義理に生きようとする美しい心情を描きだそうとし」た作品であるともいう。同書一六二～一六七ページ。西鶴のごとき浮世草子作家も女性に武士同様の義理（節義）に殉じる心情を求め、『古列女伝』中の「列女」の言動に共感したのであった。

なお、延享二年（一七四五）初演、並木宗輔・三好松洛・竹田出雲合作の人形浄瑠璃『夏祭浪華花鑑』の徳兵衛の女房お辰が自分で顔に焼鉄をあてる三婦内の段には貞順伝・梁寡高行の影響があり、安永三年（一七七六）初演、那河亀輔作歌舞伎狂言『伽羅先代萩』の乳母政岡がわが子を犠牲にして幼君鶴喜代を守る政岡忠義の段には節義伝・魯孝義保の影響があるかも知れない。

36　前掲関民子著第一部Ⅳ「幕府権力の対応と知識人の女子教育構想」中に天保改革（天保十二年・一八四一開始）のさい幕府が刊行した『御触書集覧』に「孝女」の名で表彰された老舅姑奉養の一例が見える。「かつ」という女性はある家の養子と結婚、夫家に入ったが、当の夫は不身持で勘当（原文は離縁）された。かつはその後に残って夫を二度そわされたが、姑に嫌われた後添いの夫はつぎつぎに追放され、ついに彼女は寡婦の身をもって養父母（舅姑）の世話にあたった。養子制度のある日本ならではの例であるが、『古列女伝』中の貞女に通じる自己犠牲の徳行実話である。また『肥後先哲偉蹟』隆文館・一九一一年刊には熊本藩の砲隊長で儒学者でもあった藪慎菴（延享元年・一七四四歿）の第四女の孀居実話が見える。彼女は嫁して四か月、夫が病死したが、十七歳の身で寡居を守り、路上の男性がみな目送する美貌ゆえに、志を完うすべく顔を火器で傷つけ、学問一途の生活で一生を終えたという。これも『古列女伝』中の貞女に通じる自己犠牲の徳行実話である。

37・38　前註33の条に既出。

39　『荻生徂徠全集』第六巻（河出書房・一九七三年七月刊）一六六ページ。『山鹿素行』集上（日本教育思想大系、日本図書センター・一九七九年二月刊）一六九ページ。なお辻原元甫の『女四書』中の『女論語』も『古列女伝』種の例話を引いて女性訓につとめたのみでなく、山崎闇斎も『大和小学』中に母儀伝・周室三母の胎教譚、同・鄒孟軻母の孟母三遷譚（以上立教）、賢明伝・晋趙衰妻譚、貞順伝・衛宗二順譚（以上明倫）等の『古列女伝』種の例話を引いて女訓につとめている。『山崎闇斎』集上（日本教育思想大系・日本図書センター・一九七九年二月刊）二～三、三九ページ等。

40　前註2の条に参照文献既出。

41　節・烈旌表については、拙稿「清朝における節烈旌表について、同期列女伝刊行の背景」（『中国古典研究』第十五号・一九六八年刊）、陳青鳳「清朝の婦女旌表制度について—節婦・烈女を中心に—」（『九州大学東洋史論集』第一六号・一九九〇年刊）を参照。節とは夫あるいは婚約者の死後、孀居を厳守すること、烈とは夫あるいは婚約者の死に殉じ、または貞操の危機にあって死を賭してこれを固守すること。節婦・烈女とはかかる行為の実践者の呼称とされた。二徳を総称して貞烈ということもある。旌表とは為政者がこれらの徳行の実践者に対し、祠坊や牌楼（とりい）を建てたり、当人ないし一族に給銀三十両のごとき経済的特典を授けて顕彰し、後続者の出現を奨励する制度である。明・清時代に整備され、強姦・性的調戯に対する抵抗後の自殺や、孝道実践に明らかに反する夫の遺児がありながらの殉死までもが、旌表対象とされるに至った。名門や寒士の読書人家庭の女性はわが身と家の名声のために守節し、貧家の女性はわが身の名声、家計の救済のために烈行にはしった。なお貞烈の語は、中国でもふるくは『隋書』（巻八十）列女伝序に、女性の厳格・壮烈な徳行全体の賛辞としてつかわれている。稀なる例といえよう。

清朝最末期や民国時代五四革命運動期、明治体制下の近代における『古列女伝』やその後続書の提示する、「男尊女卑」のいわゆる「封建的」女性観に対する受容・抵抗の諸相を具態的に書の内容や社会背景にわたって検討した研究書は、管見のかぎり現在はない。その研究は今後の課題であろう。概観的に論ずれば、旧社会の女性抑圧が残酷をきわめた中、革命運動により徹底した社会変革を目ざした中国の知識人社会では、『古列女伝』やその後続書の内容は仔細に検討されることなく無視され、その女性観は総体的に否定された。しかし前近代の遺制を取りこみ、立憲君主制下の「明治民法」の家族制度の枠組みのもとで社会改革を目ざした日本の知識人社会では、これらの書も「良妻賢母主義」の教条のもとで活用された。総体的否定は第二次大戦後のことである。この問題については、拙著『列女伝ー歴史を変えた女たちー』（五月書房・一九九一年六月刊）の終章をも参照されたい。

なお近代に入っても『列女伝』の後続書は刊行されているが、とくに明治時代には女子の学校において修身や漢文の教材中に孟母譚や斉宿瘤女譚の一部をはじめとする『古列女伝』中の諸譚が入れられるいっぽう、明治八年（一八七五）には村松伯陰・堀重修編『新撰列女伝』（東京・烏屋儀三郎、越後・同上重郎発兌）が、十二年には既述の白川幸（琴水）編『本朝彤史（とうし）烈女伝』（京都・大谷仁兵衛、杉本甚助発兌）、榊原芳野閲・松原直温編『小学勧善本朝列女伝』（大阪・宝積堂刊）が、明治十五年には、高師聖編『本朝古今閨媛略伝』（東京・大倉孫兵衛発兌）等の和文版日本女性の「列女伝」が刊行され、明治十七年（一八八四）には、林正躬編『大東烈女伝』（大阪・浪華文会発兌、日柳政愬出版）のごとき漢文版日本女性の『列女伝』も刊行されている。明治二十年（一八八七）には宮内省が全六巻から成る日本・中国・欧米の女性を網羅する『婦女鑑（ふじょのかがみ）』（宮内省蔵版・御用書林吉川半七刊）を出版し、華族女学校に下賜しただけでなく民間にも広め、昭和に入っても岡村利平注解『謹解幼学綱要・婦女鑑』春陽堂・一九三九年八月刊のごときを後印させた。この書には『古列女伝』からも、斉太倉女譚（巻一）をはじめとして楚野辯女譚・斉女徐吾譚（巻六）にいたるまで、鄒孟軻母譚（巻四）のごとき賢母譚、蔡人妻譚（巻二）、晋文斉姜譚（巻五）のごとき良妻・賢妻譚等をまじえて十九譚の『古列女伝』中の佳話が収録されている。ただし華族女学校自体では『婦女鑑』は修身教材として活用されずに終った。（西谷成憲「『婦女鑑』に関する研究ー草稿本の検討を中心にしてー」『多摩美術大学紀要』第九号・一九九四年刊。西谷のこの論稿は『婦女鑑』に関する克明な総体的な研究だが、華族女学校での教科書段階で研究を終えている）。『古列女伝』自体も、大正九年（一九二〇）にいたって、有朋堂・漢文叢書中に承応本の全文が訓読書き下し、語釈付き本として刊行され、江戸時代の和文版日本女性の『列女伝』も、大正三年

（一九一四）には『本朝女鑑』（抄）『比売鑑』が『婦人文庫』二・三に所収されて同文庫刊行会から、昭和十二年（一九三七）には『大東婦女貞烈記』のごときが厚生閣から刊行されており、第二次大戦中にいたるまで『古列女伝』は日本人の女性観・女子教育観の形成に多大の影響をあたえつづけたのであった。今日もその影響は一見温和な日本女性の中になお一部に余風をとどめている。

巻一　母儀傳

小序

惟若母儀、賢聖有智。○行爲儀表、言則中義。◉胎養[1]子孫、以漸教化。◉既成以德、致其功業。◎姑母察此、不可不法。◎

惟れ若の母儀、賢聖智有り。行儀表と爲り、言則ち義に中る。子孫を胎養し、漸を以て教化す。既に成すに德を以てし、其の功業を致す。姑母此れを察し、法とせざるべからず。

通釈　この母の儀こそは、賢女や聖女の智恵。行は女の儀表、言は道義に外れず。子孫を胎に育み、じわじわと教え矯めぬ。徳により身を飾りて、子育てと内助の功業を遂げぬ。姑よ母よ、これをよく察て、おのれの法となすべし。

校異　1胎養　叢刊本のみ養胎につくる。

語釈　○母儀　儀は儀表。手本、法則のこと。　○賢聖有智　賢女聖女の智恵ある言行である。　○胎養　胎内で養い育てる。
○以漸教化　漸は、しだいに、急がずにじわじわと。教化は教え矯正すること。

韻脚　○智　tɪeg　◉義　ŋɪar・化　huăr（15支部・18歌部通韻）　◎業　ŋɪap・法　pɪuap（29葉部）換韻格押韻。

一　有虞二妃

有虞二妃者、帝堯之二女也。長娥皇、次女英。[1]舜父頑、母嚚、父號瞽叟。弟曰象、敖游於嫚。舜能諧柔之、承事瞽叟以孝。母憎舜而愛象、舜猶內治、靡有姦意。[2]四嶽薦之於堯。堯乃妻以二女、以觀厥內。二女承事舜於畎畝之中、不以天子之女故而驕盈怠嫚。猶謙讓恭儉、思盡婦道。[3]

瞽叟與象謀殺舜、使塗廩。舜歸告二女曰、「父母使我塗廩。我其往。」二女曰、「往哉。時唯其戕汝。時唯其焚汝。鵲如汝裳衣、鳥工往。」舜既治廩。乃戕旋階、瞽叟焚廩。舜往飛出。[4]象復與父母謀、使舜浚井。舜乃告二女。二女曰、「俞。往哉。時亦唯其戕汝、時唯其掩汝。去汝裳衣、龍工往。」舜往浚井。格其出入、

有虞の二妃なる者は、帝堯の二女なり。長は娥皇、次は女英。舜の父は頑、母は嚚、父は瞽叟と號す。弟は象と曰ひ、敖游於て嫚る。舜は能く之を諧柔し、瞽叟に承事するに孝を以てす。母は舜を憎んで象を愛するも、舜は猶ほ内治し、姦意有る靡し。四嶽之を堯に薦む。堯乃ち妻すに二女を以てし、以て厥の内を觀る。二女しゆんに畎畝の中に承事し、天子の女の故を以てして驕盈怠嫚せず。猶ほ謙讓恭儉、婦道を盡さんと思ふ。

瞽叟　象と舜を殺さんと謀り、廩を塗らしむ。舜歸りて二女に告げて曰く、「父母は我をして廩を塗らしむ。我其れ往かむ」と。二女曰く、「往けよや。時れ唯だ其れ汝を戕はんとす。時れ唯だ其れ汝を焚かんとす。汝が裳衣を鵲の如くし、鳥工もて往け」と。舜既に廩を治む。乃ち階を戕旋し、瞽叟は廩を焚く。舜往きて飛びて出づ。象復た父母と謀り、舜をして井を浚はしむ。舜乃ち二女に告ぐ。二女曰く、「俞。往けよや。時れ亦た唯だ其れ汝を戕はんとす、時れ唯だ其れ汝を掩はんとす。汝が裳衣を去り、龍工もて往け」と。舜往きて井を浚ふ。其の出

從掩。舜潛出其旁。[5] 時既不能殺舜。[6] 瞽叟又速舜飮酒。醉將殺之。舜告二女。二女乃與舜藥浴汪。遂往。舜終日飮酒不醉。舜之女弟斅手憐之、與二嫂諧。父母欲殺舜、舜猶不怨。怒之不已、舜往于田、號泣、日呼旻天、呼父母。惟害若茲、思慕不已。不怨其弟。篤厚不怠。[7]

既納於百揆、賓於四門、選於林木、入於大麓。堯試之百方、每事常謀於二女。舜既嗣位、升爲天子。娥皇爲后、女英爲妃。封象於有庳、事瞽叟猶若焉。[8] 天下稱二妃聰明・貞仁。舜陟方、死於蒼梧。號曰重華。二妃死於江湘之閒、因葬焉。俗謂之湘君・湘夫人也。[9]

君子曰、「二妃德純而行篤」。『詩』云、「不顯惟德、[10] 百辟其刑之」。此之謂也。

頌曰、「元始二妃、帝堯之女。嬪列有虞、承舜於下。以尊事卑、終能勞苦。瞽叟和寧、卒享福祜」。

入を格みて、從って掩ふ。舜潛りて其の旁より出づ。時既に舜を殺す能はず。瞽叟又舜を速きて酒を飮む。醉へば將に之を殺さんとす。舜二女に告ぐ。二女乃ち舜に藥浴汪を與ふ。遂に往く。舜終日酒を飮むも醉はず。舜の女弟斅手之を憐み、二嫂と諧ぐ。父母舜を殺さんと欲せしも、舜猶ほ怨みず。之を怒りて已まざれば、舜田に往き、號泣して、日ゝ旻天に呼び、父母に呼ぶ。惟れ害せらるること茲の若きも、思慕して已まず。其の弟を怨みず。篤厚怠らず。

既に百揆に納れ、四門に賓せしめ、林木に選らしめ、大麓に入らしむ。堯之を百方に試み、事每に常に二女に謀る。舜既に位を嗣ぎ、升りて天子と爲る。娥皇は后と爲り、女英は妃と爲る。象を有庳に封じ、瞽叟に事へて猶ほ焉に若へり。天下 二妃は聰明・貞仁と稱ふ。舜陟方し、蒼梧に死す。號して重華と曰ふ。二妃は江湘の閒に死し、因りて焉に葬らる。俗に之を湘君・湘夫人と謂ふなり。

君子曰く、「二妃德純らにして行篤し」と。『詩』に云ふ、「顯かならざんや惟の德、百辟其れ之に刑る」と。此の謂ひなり。

頌に曰く、「元始の二妃は、帝堯の女。有虞に嬪列し、舜を下に承く。尊を以て卑に事へ、終に能く勞苦す。瞽叟も和寧し、卒に福祜を享く」と。

通釈 虞舜の二人の妃は、尭帝の女たちであった。上が娥皇、下が女英である。舜の父はわからず屋、母は心がねじけていた。父は瞽叟とよばれていた。弟は象といい、気ままに暮し怠け放題だった。舜は彼らとうまくやり、瞽叟には孝をつくした。母は舜を憎んで象を愛したが、舜はそれでも家をよく治めて、悪い気をおこさせぬよう努めた。四方の諸侯は、舜を尭に推賞した。尭はそこで二人の女を彼に嫁がせ、その私生活を見とどけさせたのである。二人の女は野良仕事をする舜に仕え、天子の女だからといって威張って派手に暮らしたり怠けたりはしない。やはり謙虚に人を立てて倹しくし、婦道をつくしたのであった。

　瞽叟は象と相談して舜を殺そうとし、舜に廩の外壁を塗らせることにした。舜は帰ってきて二人の女に告げた、「両親がわしに廩の外壁を塗らせようとなさる。わしは行こうとおもう」。女らは「おいでなさいませ。これはどうやらあなたを殺すつもりのよう、どうやらあなたを焚き殺そうというのでしょう。お召物を鵲の形になさり、鳥の技でおいでなさいませ」といった。舜が〔櫓にのぼり〕廩の外壁を塗りにかかる。そこで梯をひっくりかえし、瞽叟が廩に火をつけた。舜は無事火中から鳥のように飛んで出た。象はまた両親と相談し、舜に井戸浚いをさせようとする。舜はそこで二人の女に告げた。女らは「かしこまりました。おいでなさいませ。これもどうやらあなたを殺すつもりのよう、どうやらあなたを井戸にとじこめようというのでしょう。お召物を脱いで、竜の技でおいでなさいませ」といった。舜が出かけて井戸浚いをする。その出入りをはばみ、蓋で掩って閉じこめてしまった。舜はわきの脱け孔から潜って逃がれでる。もはや殺すことはできなかった。瞽叟はまた舜を呼んで酒を飲ませようとした。酔ったら殺そうというのである。舜は二人の女に告げた。女らはそこで舜に酔い消しの薬湯につからせる。かくて出かけていった。舜は一日ぢゅう飲んでも酔わなかった。舜の妹の敤手が舜を憐れがり二人の嫂と仲よくするようになる。両親が舜を殺そうとおもっても、舜はやはり怨まなかった。彼らの舜に対する怒りはやまないので、舜は田に出て号泣し、毎日大空に訴えさけび、両親に〔対する思慕を〕訴えさけびつづけた。こんなに苛められても、舜の両親への思慕はやまなかった。弟を怨みもしなかった。誠実に怠ることなく彼らに接しつづけたのであった。
尭は百官の長を率いる地位に舜をつけると、四方の門に参上する諸侯たちのもてなしをさせ、林に入らせ、山裾の森に乗りこませて開拓にあたらせた。尭はこのようにあれこれ舜を試して使ったが、舜は事ごとに二人の女(むすめ)に相談した。舜が位を嗣いで、天子になる。娥皇は皇后となり、女英は妃となった。舜は象を有庳(ゆうひ)に封(ほう)じ、瞽叟にはやはり従順に仕えつづけた。世間は、二人の妃を聡明だ、貞淑で情(なさけ)あり出来た人だと讃えた。舜は巡察の旅に出て蒼梧の野に死ぬ。重華(ちょうか)の号でよばれることになった。二人の妃も、長江・湘江のまじわるあたりで殉死した。そこでこの地に葬られた。世に二人を湘君・湘夫人とよんでいる。

君子はいう、「二人の妃の徳は純粋、行ないは誠実だった」と。『詩経』にも、「すぐれし徳は顕(あら)われぬことなし、百国(もろくに)の君侯(きみ)たちもみな見習いぬ」といっているが、この話のことを詠っているのである。

頌(しょう)にいう、「人倫(みち)の元始(もと)示せる二妃は、帝尭のみ子たる身なり。二人して舜にかしづき、下(しも)にありて舜を助けぬ。尊き身もて賤(しず)き家に仕え、生涯の苦労に耐えたり。瞽叟もついには心うちとけ、大いなる幸(さち)ついには亨(う)けぬ」と。

校異 ＊下記の問題點四點を先に整理しておく。①ヒロインや傍役の他文獻における別表記の紹介。②對校類書の取捨選擇。③第二段のヒロインのセリフの校增方針。④第三段のヒロインの身分表示に對する蕭校批判。①舜妃女英の名は、『漢書』巻二十古今人物表には女罃(音は於耕の反・オウ)に、『史記』巻一五帝本紀・正義註引『系本』には女罃に、『大戴禮記』帝繋に女匽につくる。蕭校は、とくに女英の名は娥皇の名とともに、傳・戰國・秦相尸佼撰『尸子』にもとづくものとする。しかし、『藝文類聚』巻十一帝王部一帝舜有虞氏引『尸子』には、『〔堯〕於レ是妻レ之以レ娥、媵レ之以レ皇』、『御覧』巻一三五皇親部一舜二妃引『尸子』には、『堯妻レ舜以レ娥、媵レ之以レ皇。娥・皇、衆之女英』とするす。堯の舜に對する二女降嫁の記事は『書經』虞書・堯典まで溯れるが、娥皇・女英の名はどこにも見えない。蕭校指摘の『尸子』にも、この名は示されていない。劉向が『御覧』引系の『尸子』の文字を組みあわせ、他書に傳わる近似音の女罃(罃・匽)を吸收して創造した可能性がある。舜の妹の名は原文繫。前掲古今人表には敤手につくり、顔師古註が流俗書に擊につくるのは誤りという。『說文解字』敤には敤首、『史記』五帝本紀・舜紀・正義註には敤手につくる。首・手は同音字。顧・梁二校は敤手↓擊↓繫の傳寫誤記過程說を立てる。よって改める。②については『御覧』巻一三五皇親部一引『列女傳』十八句八十四字の問題がある。この遺文は『重校說郛』巻五十八が晉・皇甫謐『列女傳』として收めるものと同一(原文は省略)。本譚と近似する部分もあるが、對校文獻としては採りあげない。③は本譚の最重要點にわたる問題。後述のごとく、第4條より第5條にわたる舜の弟象や父瞽叟の舜殺害計畫に對し、今本諸本では、三回目を除き、娥皇・女英の二女は舜に何らの救命策もあたえず、「往哉」、「兪、往哉」という愚直な別れの挨拶を送るのみ。賢女の活躍譚の態をなさない。かつ第三回の舜殺害の計畫に臨んでは二女は策を授けているのだから、第一・第二回でも、二女が救命處置を講ずる句が原本にあったと想定するのが當然。事實、その事を示す他文獻の遺文が現存している。よってこれらにより大幅な校増を加え、各條文を原型に極力近づけることにする。この處置は本譚の女訓の特質把握に不可缺だからである。④については、蕭校は娥皇爲后、女英爲妃の句に付して、『禮記』檀弓上に、「蓋三妃未之從也」とあり、鄭註に、「帝嚳而立四妃矣。象后四星（星の名。一番明るい星を正妃、後の三星を次妃という）。舜不告而取（『孟子』萬章上の説）、不立正妃、謂之三夫人」というと説く。孔疏はすでに『帝王世紀』により、三夫人の名を、長妃娥皇、次妃女英・癸比と説くが、『世紀』には癸比は登北につくる。蕭校は、『竹書紀年』帝舜三十年の條に、「葬后育于渭」とあり、註に后盲（＝育）は娥皇と説いており、『楚辭』九歌・湘君の王逸註に「二女從而不反。道死江湘之中。因以爲湘夫人」というのが、あるいは女英のこと、『山海經』にいう癸比氏も湘夫人と稱するといい、三人の名を娥皇・女英・癸比氏としている。ただし蕭道管の王逸註の記憶・解釋は誤り。「二女」の王逸註原文は「堯二女娥皇・女英」、王逸註では二女は二人の女の意。蕭校のごとく、湘君＝娥皇（『紀年』の后育）、二女（二番目の女）＝女英という解釋をとらない。『山海經』本文にも、管見のかぎり癸比氏の名は見えぬ。（巻十二）海内北經の登比氏のことであろう。蕭校のかかる校異作業は、本譚の正文確定・思想檢討の目的に添わぬ無益の業である。よって校異史上の一説として、後述諸條とは切り離して紹介しておく。蕭校には、『史記』舜帝紀の「踐帝位三十九年、〔略〕崩於蒼梧之野」の句についての繁瑣な批判説もあるが、同様の理由により、その存在のみを紹介しておく。劉向が「娥皇爲后、女英爲妃」としるしたのは、『尸子』の「堯妻舜以娥、媵之以皇」（『御覽』引）のごとき姉妹を正妻・媵妾に序列づける傳承、漢王朝の后妃の序列を念頭においてのことであろう。◎1有虞二妃者、帝堯之二女也、長娥皇、次女英　本譚を吸收してつくられたと目される傳・梁・孝元帝蕭繹撰『金樓子』（巻二）后妃は、第三句の長字、第四句の次字の後に各〻曰字があるが、いまはこのままとする。

2舜父頑、母嚚、父號瞽叟、弟曰象、敖游於嫚、舜能諧柔之、承事瞽叟以孝、母憎舜而愛象、舜猶内治、靡有姦意　『金樓子』はこれらの該當句なし。『書經』虞書・堯典は、堯の引退のさいの四嶽の推薦の句に、嶽曰、「瞽子、父頑、母嚚、象傲、克諧以孝、烝烝乂、不格姦」としるす。『史記』（巻一）五帝本紀の堯帝紀にほぼ同文が見え、嶽曰、盲者子、父頑、母嚚、弟傲、能和以孝、烝烝治、不至姦につくる。『史記』同上舜帝紀には、第八句の該當句として、瞽叟更娶妻而生象、象傲、瞽叟愛後妻子、常欲殺舜の句が見える。蕭校も本條にこの四句を擧げている。なぜ父母や象が舜を烈しく憎み迫害したか、その理由は母が後母、弟が舜とは異腹の子であったからである。今本はこの事實を語る句を缺くが、あまりにも不自然。もとは該當の句があったはずである。第十句は、「（迫害されながらも）舜が姦意を抱かなかった」とも解される表現になっているが、『書經』『史記』の該當句では、父母・象を「不格姦（惡事）」と明言している點に注意すべきであろう。

3四嶽薦之於堯、堯乃妻以二女、以觀厥內、二女承事舜於畎畝之中、不以天子之女故而驕盈怠嫚、猶謙讓恭儉、思盡婦道　第一句の薦字を叢刊・承應の二本は廌につくる。第六句の謙讓二字を諸本はみな謙謙につくる。『金樓子』は四嶽薦舜于堯、堯乃妻以二女、以觀厥內、事舜于畎畝之中、事瞽叟、不以天子之女故而驕盈怠嫚、猶謙讓恭儉、思盡婦道の八句四十七字につくる。『金樓子』中第四・第五句の事字は『古列女傳』の承字を省いたものであろう。『古列女傳』に本來この第五句があったか否かは疑問。『孟子』萬章上では舜は〔瞽叟〕に「告げずして娶」ったのであり、堯帝も舜に「妻せども〔瞽叟〕に告げ」なかったのである。當初は、瞽叟とは別室（棟）にあった二女は、瞽叟に親事しなかったと見るのが自然である。第六句の謙謙は『金樓子』の謙讓が原形であろう。これは校改した。『書經』堯典は、帝曰、「我其試哉。女于時。觀厥刑（禮の手本を示す）于二女。」釐降二女于嬀汭、嬪于虞。帝曰、「欽哉」とするす。『史記』五帝本紀・堯帝紀は、於是堯妻之二女、觀其德於二女、舜飭下二女於嬀汭、如婦禮につくる。舜帝紀は、於是堯乃以二女妻舜、以觀其內、使九男與處以觀其外、舜居嬀汭、內行彌謹、堯二女不敢以貴驕事舜親戚、甚有婦道、堯九男皆益篤につくる。舜帝紀では、堯帝は二女を降嫁せしめて舜に躾けさせただけでなく、九人の男も舜にあずけて躾けさせ、その成果を觀察しようとしている。『書經』『史記』は譚の內容においても『古列女傳』とは大きく異なっている。

4瞽叟與象謀殺舜、使塗廩、舜歸告二女曰、父母使我塗廩、我其往、二女曰、往哉、時唯其戕汝、時唯其焚汝、鵲如汝裳衣、鳥工往、舜既治廩、乃戕旋階、瞽叟焚廩、舜往飛出　諸本は第七句までこれにおなじ。第八句以下を舜既治廩、乃捐階、瞽叟焚廩、舜往飛出の四句十五字につくる。『金樓子』は瞽叟使塗廩、舜歸告二女、父母使塗廩、我其往、二女曰、衣鳥工往、舜既治廩、瞽叟焚廩、舜飛去につくる。『史記』舜帝紀は、瞽叟尚復欲殺之、使舜上塗廩、瞽叟從下縱火焚廩、舜乃以兩笠自扞而下、去、得不死につくる。同上索隱引は、二女教舜鳥工上廩の一句につくる。この遺文は原文でなく、要約説明句につくり變えた句であろう。同上正義引『通史』（逸書、梁・武帝蕭衍撰）は、瞽叟使舜滌（ママ）廩、舜告堯二女、女曰、時其焚汝、鵲汝衣裳、鳥工往、舜既登廩、得免去也につくる。〔校異〕序に既述のごとく、今本諸本の本條は奇妙。一讀、缺落が推測される。本譚を吸收したと想定される『金樓子』は本條と出入があるが、ほぼ同文、そこに、二女曰、衣鳥工往の句を加えている。また舜を超人の聖天子、堯の二女と九男の躾けに當たったとしるす『史記』の本文は、當然、みずからの創意工夫で焚殺を免れたように譚をつくっているが、その索隱・正義兩註引には、賢女の二女が焚殺避難の技を舜に授ける遺文を遺している。二女の聖蹟を語る本條には焚殺避難の技を二女が舜に授ける句が元來あった。ただし、上記三點の諸句は不完全である。宋・洪興祖『楚辭補注』巻三天問、「舜服厥弟、終然爲害、云云」の補註引『列女傳』には、瞽叟與象謀殺舜、使塗廩、舜告二女、二女曰、時唯其戕汝、時唯其焚汝、鵲如汝裳衣、鳥工往、舜既治廩、戕旋階、瞽叟焚廩、舜往飛につくる。また宋・曽慥『類説』巻一『列女傳』は、瞽叟使舜塗廩、舜告二女曰、我其往哉、二女曰、往哉、鵲汝裳衣、鳥工往につくり、「習㆓鳥飛之巧㆒以往。鵲錯也」と註する。両者の遺文は、二女の授秘技の句の前後は、本條と出入・異同はあるが、ほぼ同文、本條が缺く授秘技の句は『楚辭補注』引の句がもっとも整い、かつそれは『類説』引の句と一致點をもっている。（なお『類説』の鵲字に對する曽慥の註は、曽慥所見の『列女傳』に鵲如の如字が缺けていたために生じた誤りであろう）。『類説』引の往哉の句も本條に見える。よって『楚辭補注』引により、時唯其戕汝の句以下四句を校增、乃捐階の句は乃戕旋階に校改した。すでに顧校は『史記』舜帝紀本文、同索隱引『列女傳』の文を擧げており、梁校は『類説』『楚辭補注』引『列女傳』を擧げているが、曽慥の補注が曽大家注であるという憶説を述べるのみで、「今本已失㆓劉氏舊㆒」と述べるのみにとどめる。なおこの梁校は蕭校も襲う。　5象復與父母謀、使舜浚井、舜乃告二女、二女曰、俞、往哉、時亦唯其戕汝、時唯其掩汝、去汝裳衣、龍工往、舜往浚井、格其出入、從掩、舜潛出其旁　諸本はみな第六句までこれにおなじ。第七句以下を舜往浚井、格其出入、從掩、舜潛出につくる。『金樓子』は舜入朝、瞽叟使舜浚井、舜告二女、二女曰、往哉、衣龍工往、舜往、浚井、石殞于上、舜潛出其旁につくる。なお『金樓子』は後句の時既不能殺舜、以下、篤厚不怠にいたる十九句九十一字なし。『史記』舜帝紀は、後瞽叟又使㆓舜穿㆒井。舜穿レ井爲㆓匿空㆒旁出。舜既入レ深、瞽叟與レ象共下レ土實レ井、舜從㆓匿空㆒出去とするす。同上正義引『通史』は、舜穿井、又告二女、二女曰、去汝裳衣、龍工往、入井、瞽叟與象下土實井、舜從他井出去也につくる。『史記』本文、正義引『通史』では、舜は浚井ではなく穿井にあたっている。ただし『通史』は浚井説をしるす『金樓子』同様、二女の授秘技の句があり、とくに、後記『楚辭』補注引とほぼ同様の去汝裳衣、龍工往の二句七字があることが注目される。宋・洪興祖『楚辭補注』天問引は、前條につゞき〔瞽叟〕復使浚井、舜告二女、二女曰、時亦唯其戕汝、時其掩汝、汝去裳衣、龍工往、俟往浚井、格其出入、從掩、舜潛出につくる。『補注』天問引の第五句の時其掩汝は唯字を脫落、第六句の汝去裳衣は汝去二字を顚倒したものであろう。また第九句の出字の後には元來『金樓子』のごとく其旁の二字があったものであろう。よって脫字の補完、顚倒字の改置の処置をした上で、『楚辭補注』引の第四・五・六・七句を校增、『金樓子』より其旁二字を校增した。『類説』列女傳は前條につづき、反使舜浚井、舜告二女曰、我其往哉、二女曰、去汝衣裳、龍工往につくり、「龍知㆓水泉脉理㆒也」と註する。梁校は『楚辭補注』『類説』の引文と曽慥の補註を擧げているが、前條4のごとき綜括にとどめている。蕭校はこの梁校を襲う。なお第十三句は『孟子』萬章上に該當句あり。從而揜之につくる。王校はこれにより而・之二字の脫文を指摘するが採れない。『孟子』の文そのものを借りていないからである。　6時既不能殺舜　上述の他の諸文獻中にこの句なし。王校は、この句の前に前條4に既述の『史記』舜帝紀・索隱引の二女教舜鳥工上廩の句があったものと推測する。ただし王校は舜鳥工上廩の句につづけて龍工入井の句をつづけているが、龍工入井の句は舜帝紀・索隱引の文中にはない。　7父母欲殺舜、舜猶不怨、怒之不已、舜往于田、號泣、日呼旻天、呼父母、惟害若茲、思慕不已、不怨其弟、篤厚不怠　『史記』舜帝紀は前條2の瞽叟愛後妻子、常欲殺舜の句につづけて、舜避逃、乃有小過、則受罪。順事父及母與弟、日〻以篤謹、匪有解としるす。また『孟子』萬章上には、舜の大孝をしるす㋑舜往于田、號泣、于旻天、于父母の句がある。本條はおそらくこれらの句をもとに構想されたものであろう。王校は夫の郝懿行說によって第四より第六句にいたる三句が『孟子』にもとづくといい、語釋にわたって、吁・于は古字通じ、吁・呼は聲近く、ともに歎息の義という。蕭校は王校を襲うが、一說を立て、『書經』(『僞古文尚書』)大禹謨の帝(舜)初于歷山、日〻號泣、于旻天、于父母とあるのは『孟子』にもとづき、『孟子』の㋺句より日字が一字多いのは『列女傳』にもとづくという。

8既納於百揆、賓於四門、選於林木、入於大麓、堯試之百方、每事常謀於二女、舜既嗣位、升爲天子、娥皇爲后、女英爲妃、封象於有庳、事瞽叟猶若焉　第十二句の猶若焉の三字、備要・集注の二本は猶若初焉につくる。梁校は〔校異〕序②に既述の『御覽』皇親部引の『列女傳』(『重校說郛』所收皇甫謐『列女傳』)によって初字を校增する。備要・集注二本の措辭はその結果であり、採れない。王校は語釋にわたって若は順の意、二妃は貴位にありながらも猶お舅姑に和順したのだという。ここは校改は無用であろう。『金樓子』は第三句までを、迨既納于百揆、賓于四門、選林木につくるが、第四句より第十一句まで、於字を于につくる他はこれにおなじ。第十二句の該當句はない。『書經』舜典は、愼徽五典(父の義・母の慈、兄の友、弟の恭、子の孝)、五典克從。納于百揆、百揆時敍。賓于四門、四門穆穆。納于大麓、烈風雷雨、不迷、としるす。『史記』五帝紀においては舜帝紀にまとまった一節なく、堯帝紀に、乃使舜愼和五典、五典能從、乃偏入百官、百官時序、賓於四門、四門穆穆、〔畧〕堯使舜入山林川澤、暴風雷雨、舜行不迷につくる。舜の度重なる試鍊に對する二女の內助の記事は『書經』『史記』二書のどこにも見えない。

9天下稱二妃聰明貞仁、舜陟方、死於蒼梧、號曰重華、二妃死於江湘之閒、因葬焉、俗謂之湘君湘夫人也　諸本は第六句の三字、第七句の湘夫人也の四字なし。『史記』(卷六)始皇本紀・始皇二十八年の條の正義引は第五句該當句の閒字下に因葬焉の三字あり。『後漢書』(卷五十九)張衡傳の李賢註引は第七句該當句の君字下に湘夫人也の四字あり。よって七字を補う。『金樓子』引は第一句の天下稱の三字なし。第五句の下に也字あり。第六・第七句なし。『書經』堯典は、五十載陟方、乃死、としるす。『史記』舜帝紀は、踐帝位三十九年、崩於蒼梧之野、葬於江南九疑、是爲零陵につくる。二書は二女の死に觸れない。その集解註は『禮記』〔檀弓上〕に舜葬蒼梧、二妃不從につくるという(ただし『禮記』の下句原文は蓋三妃未之從につくる)。『藝文類聚』(卷七十九)靈異部下神引は舜陟方、死於蒼梧、二妃葬於江湘之閒、俗謂之湘君につくる。すでに顧校は『史記』始皇本紀・正義引、『後漢書』張衡傳・李賢註の七字の存在を指摘、脫文を主張、その根據を詳說する。王校も脫文を主張。梁校は七字の存在を主張するが、『藝文類聚』靈部引の措辭に言及、『御覽』もおなじといい(ただし『御覽』(卷八八一〜八八二)神鬼部、神上・下には該當句見えず。『御覽』皇親部一引は皇甫謐『列女傳』の遺文)、「蓋し當時自ら二本有り」といい、脫文や校增の要を指摘せぬがおかしい。『藝文類聚』引は不完全な遺文なのであり、不完全ながらも原文により近いことが想定される前記二書の遺文の七字は活かさるべきであろう。なお、

『史記』始皇本紀では、始皇嬴政に「湘君、何神」と問われた博士が「聞之、舜之妻而葬此」と答えているように、たしかに二女を一括して湘君と称することもあった。（逆に『楚辞』九歌の王逸註では、湘君は水神、湘夫人は彼の二人の妃の称とされている）。蕭校は梁校のみを擧げ、かつその『藝文類聚』引等についての言及を削って紹介。さらに『楚辞』九歌・湘夫人の〔王逸〕註に繁評をくわえている。

10不顯惟德　毛詩（周頌・烈文）は惟字を維につくる。梁校はこの毛詩の措辭に言及、王應麟が、楚元王劉交は『詩』を浮丘伯より受け、劉向こそはその楚元王の孫（ママ）であり、彼の述べた所は蓋し魯詩説である（『詩攷』後序）と説いていると指摘、その例證として魯秋潔婦傳（巻五節義傳第九話）引の〔魏風・葛屨〕の惟是褊心の句は『石經魯詩殘碑』（『隸釋』巻十四）と合うという。

語釈　〇有虞・舜　堯と併称される儒家の聖天子。虞は氏号・国号、有は国号等に冠する接頭辭。姓は姚、音ヨウ（エウ）。五帝の一人、帝顓頊の六世の孫。諱のごとくつたえる号は重華。諡は舜（諡法によれば「仁聖盛明」を舜という）。推定在位二二五七 or. 二二五五～二二〇八B.C.。二十歳で孝の徳をもって有名となり、三十歳より帝堯に後継者たり得る人物か否かを試され、五十歳で帝事を代行。六十一歳で帝位に即いた。名人事で治績を挙げている。なお生母の名は握登。（『史記』巻一五帝本紀およびその三家註）。〇帝堯　五帝の一人帝嚳の子。氏号・国号は陶唐氏。姓は伊または伊祁。諱は放君。諡は堯（諡法によれば翼善伝聖を堯という）。推定在位二三五七～二二五八B.C.。天文・暦数を定め、群臣の議を重んじ、賢者を重んじて事を任せ、治績を挙げている。（同上文献）。〇頑　頑冥。わからず屋。〇母　断書きがないが後母であろう。〇嚚　音ギン。愚蠢拗強（愚かで心がねじけている）におなじ。一説に口うるさいこと。〇瞽叟　舜の父。瞽は無目。また道理分別のわからぬ者。瞽瞍ともしるすが、瞍も無目の意。なお瞽には瞽矇という楽官の意味があり、蕭註は『周礼』春官・宗伯の官制と『呂氏春秋』仲夏紀古楽に、「瞽叟拌五弦之瑟、作以為十五弦之瑟」（五絃の瑟を基礎にして別に十五弦の瑟を作りだした。＊なお下句を蕭註は作以為一十五弦につくっている）の句があることも示している。〇敖游　気ままに遊び呆ける。〇於嫚　於は以におなじ。嫚は慢におなじ。怠ること。〇諧柔　諧は和、柔は安におなじ。仲よくする。王註は柔安（やさしくなごませる）と解く。〇承事　よく仕える。〇内治　家内をよく治める。〇靡有姦意　悪い考えをおこさない。〇四嶽　四方・四季の仕事を分承する官。義仲・義和・和仲・和叔の四人が堯により任じられた。（『書経』堯典）。〇以観厥内　この譚の中では、〔二女に〕舜が家の中をどう取りしきるかを観察させたの意。〇畎畝　田間の溝と田の畝。転じて田畑。〇驕盈　威張りかえって贅沢をする。〇婦道　婦たる者の道。たとえば後漢・班昭の『女誡』婦行章には、「女に四行有り」といい、婦徳（しとやかに貞操固く、折目正しいこと）、婦言（人に嫌われぬよう言葉づかいに気をつけること）、婦容（身ぎれいにすること）、婦功（紡績に専念してふざけはしゃがず、酒食づくりに励むこと）等が挙げられている。〇塗　壁を塗る。〇廩　米倉。〇時唯其　時は指示代詞。是（こレ）におなじ。唯は表示範囲の副詞（ただ～だけ）其は測度副詞。恐怕（おそらく）におなじ。これはどうやら〜らしい。　○戕　戕賊（そこないころす）におなじ。殺害する。　○鵠如　鵠のように。飛ぶ鳥のように。　○鳥工　鳥の技。　○戕旋　ひっくりかえす。戕は乱す、旋は回らすの意。　○浚井　井戸の泥浚いをする。　○俞　『礼記』内則、「〔子〕能く言へば、男は唯し、女は俞す（子どもがしゃべれるようになったら、男には「唯」と返事させ、女には「俞」と返事させるよう教える）」とある。女子の返事の語。「はい（かしこまりました）」。　○竜工　竜の技。竜は曽慥が註するように「水泉脈理（地下水の水系）を知る」霊獣だからである（〔校異〕5・九二ページ参照）。なお二妃が竜工（技）を舜に教えられたのは、彼女らが竜神としての性格をもっていたからであろう。『山海経』（巻五中次十二経）に二妃は「出入必以飄風・暴雨」といわれており、彼女らの住む山の神々は「鳥身」「竜首」であったともいわれる。二妃が鳥工も教えられたのは、彼女らが竜神たるとともに鳥状をそなえる女神だったからであろう。二妃は本譚では人間の女性として語られているが、神話上では女神（〔余説〕参照）。その古層における性格は竜神であったらしい。
○速舜　速は招致（まねキよセル）。舜をよびよせる。　○薬浴汪　王註は「薬は葛花の属。能く酒毒を解く。汪は池なり」といい、汪字の解につき、『左伝』桓公十五年春の条に見える「周氏之汪」の例を挙げている。酔い消しの薬湯。　○女弟　妹のこと。　○二嫂　嫂はあによめ。　○呼旻天　呼は呼号・呼叫（さけブ）。旻・天ともに天空をいう。これは天に対する畏迫（ひたすらなる訴え）の行為である。　○納於百揆　納は入におなじ。揆は官人の長（つかさ）におなじ。百官の長を率いる地位につける。　○賓於四門　賓は賓客を接待すること。四門は四方諸侯来朝の門。　○選於林木　選は『広雅』に「納入」という。（王註）林木は樹林。この句は『史記』五帝本紀の「尭使舜入山林川澤」の句を承けている。（〔校異〕8・九三ページ参照。山林の開拓事業にあたることをいう。　○入於大麓　王註は、選於林木の句と句義重複といい、『文選』（巻三十五張景陽）「七命」の「時娯観於林麓」の句に付された曽大家（班昭）の『古列女伝』の註により、「竹林には林と曰ひ、山足には麓と曰ふ」と説く。梁註もおなじ。山裾の森に入る。　○封有庳　封は領土をあたえて諸侯にとりたてる。有庳は湖南省の地名。『史記』五帝本紀・正義註によれば、現在の湖南省道県のあたりに象を祀った鼻亭神があったという。なお有庳は有鼻ともしるされる（正義註）。庳は音ビ。　○猶若焉　王註によれば、若は順（したがウ）におなじ。やはり従順であった。　○貞仁　貞は貞淑。仁は孝悌・忠恕（まことと思いやり）等多くの内容を含む。いわゆる「情あり人ができている」ことをいう。　○陟方　天下視察の道にのぼる。一説に天にのぼる。死ぬ。　○死於蒼梧　蒼梧は山の名。湖南省零陵県の南。『史記』五帝本紀には、「崩於蒼梧之野」とあるから、舜は蒼梧山の麓の野で死んだとつたえられているのであろう。　○重華　文徳ある尭のあとを嗣いでその光華を重ねたのでこういう。　○江湘　長江（楊子江）と湘水。　○君子　ここは見識をそなえた評者。劉向の代弁者。以下の各伝・各話みなおなじ。　○詩云　『詩経』周頌・烈文の句。句意は通釈のとおり。　○百辟　辟は君。多くの諸侯。　○刑　手本として見習う。　○元始二妃　人倫のはじめたる夫婦の道のあり方を示した二人の妃。王註は、元は大なり、始は初なり、夫婦は人の大始（人倫のはじめ）なりと説き、劉向の『古列女伝』述作は、この点に始めを託したのだと評する。
○嬪列　二人で妻妾として仕える。　○承　烝（たすケル）におなじ。　○福祜　二字ともに幸いの意。

韻脚 ○女 niag・下 ɦag・苦 k'ag・祜 ɦag（12魚部押韻）。

余説 『書経』虞書、『史記』五帝本紀、『孟子』万章上、『楚辞』天問等、『列女伝』に先行する舜と娥皇・女英に関する文献資料においては、二女の主体的な働きは皆目描かれてはいない。尭帝が二人を舜に降嫁させたのは、舜が二女に「刑し（礼の手本を示し）」、「婦礼」を鮮けてくれることを願ったからであり（『書経』尭典）、舜はその期待に応えて、二女を「飭下（鮮け）」し、「婦礼」を体得させているのである（『史記』尭帝紀）。（以上〔校異〕3・九一ページ）。二女に主体的な働きをあたえ、みずから「婦道」につくす賢女、舜の良導役・救援者として描いた文献は『古列女伝』をもって嚆矢とする。かつ二女の名を娥皇・女英に固定させたのも『古列女伝』である。（〔校異〕序①・八九ページ）。女性の男性に対する影響力の偉大さを語った本譚は、中国の古代神話・説話の世界に例を見ない特異なものに見えるが、他国の神話には、麗しの女神と媾った美形の男神が女神の父から難題を課されるが、彼に身も心も捧げる女神に秘策を授けられて試練を克服、女神を妻にするという「難題婿」譚がある。例えば『古事記』巻上に見える大穴牟遅は、須佐之男命の女須勢理毘売と結ばれるが、須佐之男は彼を蛇の室、百足と蜂の室に入れ、自分の頭の虱（じつは百足）をとらせ、彼を亡き者にしようとする。だがそのつど、大穴牟遅は須世理毘売から秘策を授けられ、災難を避けて逃亡に成功、ついに須勢理毘売を妻としている。――この種の儒教倫理とは隔絶した神話伝承も古代の中国には口伝されており、女性の智性、才能を高く評価する劉向はそれを先行文献中の舜と尭帝二女の説話とに結びつけたのである。中国古代神話にも神婚儀礼神話があり、女神（二妃）と田神（舜）との婚礼が儀礼（劇）として演じられ、説話化されたことは、中鉢雅量「詩経における神婚儀礼」（同氏『中国の祭祀と文学』創文社・一九八九年刊一五五ページ）が論じている。塗廩・浚井の二段における『楚辞補注』引『類説』引から補訂された二妃・舜の応答の語が歌唱劇の台詞のごとくであるのはその一証であろう。劉向は夫に対する妻の強力な援助を求めるいっぽう、聖天子たる舜さえもが、妻妾の智性・徳性に信倚し、「女は外を言はず」（『礼記』内則）といわれる外事にすら助言を求めた事実を示し、そうした智性・徳性をそなえた配偶者を選び迎えることを帝王以下、為政の任にあたる男性に望んだのである。

妻妾の活躍を語る本譚は、一見母儀伝の名にふさわしくないようだが、天子は万民の父、后妃は万民の母であり、万民の母たる娥皇・女英が万民の婦女に率先して「婦礼」「婦道」を示したという点で、母儀伝の巻頭に置いたものと思われる。頌賛の元始二妃の句に対する王註の指摘（〔語釈〕50・九五～本ページ）も頷けよう。妻は夫の臣たり友たるとともに、第二の母ともいうべき存在である。舜は事あるごとに二女の良導を受け、試練を克服している。『古列女伝』は妻たる者に対して夫に対する母性の発揮を要求する書であり、母儀伝は解説に述べたごとく、たんなる母の儀を示す伝ではなく、女性の美徳――公義と礼制にかなう母性の発揮――を総則的に示す伝なのである。

二 棄母姜嫄[1]

棄母姜嫄[1']者、邰侯之女也。當堯之時、行見巨人跡、好而履之。歸而有娠。浸以益大。心怪惡之、卜筮禋祀、以求無子、終生子。[2]以爲不祥而棄之隘巷。牛羊避而不踐。乃送之平林之中。後伐平林者、咸薦之覆[1']之。乃取置寒冰之上。飛鳥傴翼之。姜嫄以爲異、乃收以歸。因命曰棄。[3]

姜嫄[1']之性、清靜專一、好種稼穡。及棄長而教之種樹桑麻。棄之性、聰明而仁。能育其教、卒致其名。堯使棄居稷官、更國邰地、遂封棄於邰。號曰后稷。及堯崩、舜卽位、乃命之曰、「棄、黎民阻飢、汝居稷、播時百穀。[4]」其後世世居稷、

棄母姜嫄なる者は、邰侯の女なり。堯の時に當たりて、行きて巨人の跡を見て好んで之れを履む。歸りて娠有り。浸みて以て益々大なり。心に怪みて之れを惡み、卜筮・禋祀し、以て子無きを求むるも、終に子を生む。以て不祥と爲して之れを隘巷に棄つ。牛羊避けて踐まず。乃ち之れを平林の中に送る。後平林を伐る者、咸く之に薦し之を覆ふ。乃ち取りて寒冰の上に置く。飛鳥之を傴翼す。姜嫄以て異と爲し、乃ち收めて以て歸る。因りて命けて棄と曰ふ。

姜嫄の性、清靜專一、種・稼・穡を好む。棄長ずるに及んで之に桑麻を種樹するを教ふ。棄の性、聰明にして仁あり。能く其の教を育し、卒に其の名を致す。堯棄をして稷官に居らしめ、更に邰の地に國し、遂に棄を邰に封ず。號して后稷と曰ふ。堯崩じ、舜位に卽くに及んで、乃ち之に命じて曰く、「棄よ、黎民飢ゑに阻まば、汝稷に居りて、百穀を播時せよ」

至周文・武而興爲天子。[5]
君子謂、「姜嫄靜而有化。」『詩』云、「赫赫姜嫄、其德不回、上帝是依。」又曰、「思文后稷、克配彼天、立我烝民。」此之謂也。
頌曰、「棄母姜嫄、清靜專一。履跡而孕、懼棄於隘。[6] 鳥獸覆翼、乃復收恤。卒爲帝佐、母道既畢。」

と。其の後世世稷に居り、周の文・武に至って興って天子と爲る。
君子謂ふ、「姜嫄靜にして化有り」と。『詩』に云ふ、「赫赫たる姜嫄、其の德回ならざれば、上帝是れ依る」と。又曰く、「思れ文あり后稷、克く彼の天に配し、我が烝民に立あらしむ」とは、此れの謂ひなり。
頌に曰く、「棄の母姜嫄、清靜專一。跡を履んで孕み、懼れて隘に棄つ。鳥獸覆翼すれば、乃ち復た收め恤む。卒に帝佐と爲り、母道既に畢せり」と。

通釈　棄の母姜嫄は邰侯の女であった。尭帝の時代、おもてに出かけて巨人の足跡を見、おもしろがって履んだ。帰ってくると妊娠の兆があった。しだいにお腹が大きくなる。気味悪くなって、占いやらお祈りやらして子が産まれぬよう願ったが、ついに子どもが生まれた。不吉だと思ってこれを路地に棄てる。だが牛も羊も避けて践まなかった。そこで林に送る。だが後で林の木を伐る者たちが、みな子どもに薦をあたえたり、覆いをかけてやったりした。そこで拾い取って冷たい氷の上に置く。すると飛ぶ鳥が翼でおおって温め育てた。姜嫄は不思議に思い、そこで連れて帰った。棄て子をした経緯にちなんで「棄」と名づけた。

姜嫄の生まれつきは、心は澄み落ちついて一つ事に専念できた。植樹や農作業が好きだった。棄が成長すると彼に桑や麻を植えることを教えた。棄は生まれつき聡明で情あり人が出来ていた。母から受けた教えを伸ばし、ついに名声を博した。尭は棄を稷官（農政監督官）の地位に即け、さらに邰に領国をあたえ、ついに棄を邰に封じた。棄は后稷とよばれることになった。尭が亡くなり、舜が帝位に即くと、そこで彼に命じていう、「棄よ、人々が飢饉に苦しむようなことがあったら、稷官の地位にあって、あらゆる穀物の種を播け」。その後、代々稷官の業をつとめ、周の文王、武王にいたって

〔子孫は〕勃興し、天子となった。

君子はいう、「姜嫄はおちついていて、子を教化する力があった」と。『詩経』にも、「功かがやく姜嫄は、徳あくまでも堅ければ、上帝精霊憑せ子を生ます」という。また「文徳あふるる后稷は、功は天に並び立ち、民に穀物あたえたもう」ともいっているが、この話のことをいっているのである。

頌にいう、「棄の母なる姜嫄は、心は静かに澄みて一筋。巨人の跡を踏みて孕り、懼れては子を路地に棄つ。鳥に獣ら覆いかばえば、連れもどし恤み育む。子は帝の補佐役となり、母の道すでに畢せり」と。

校異　1・1′棄母姜嫄　棄字、『書經』虞書舜典もこれにつくる。『史記』巻四周本紀は弃につくる。嫄字、叢刊・承應の二本は、1は源に、1′はすべてこれにつくる。『詩經』（毛詩）大雅・生民はこれにつくる。『史記』周本紀『漢書』古今人表は原につくる。顧校は他書（『史記』のことであろう）には原につくり、『説文解字』（嫄）はこれにつくると指摘する。　2當堯之時、行見巨人跡、好而履之、歸而有娠、浸以益大、心怪惡之、卜筮禋祀、以求無子、終生子　第二句跡字を補注本が迹につくる他、『詩經』大雅・（毛詩）生民は、厥初生民、時維姜嫄、生民如何、克禋克祀、以弗無子、履帝（毛傳・高辛氏之帝、鄭箋・上帝）武敏歆、攸介攸止、載震載夙、載生載育、としるす。『史記』は第一句該當句なく、その位置に、姜原爲帝嚳之元妃の一句あり。その後は、姜原出野、見巨人跡、心忻然説、欲踐之、踐之而身動如孕者、居期而生子につくる。この一條、第二・第三句は『史記』に、第七・第八句は『詩經』により、雙互參照しつつつくられたものであろう。ただし第七・第八句の字・義ともに毛詩とは異なる。顧・王・梁・蕭四校はこの點に注目、顧・王二校はこれは魯詩説によるものかと疑うが、梁校は毛詩と異なれりというのみ。蕭校は王校を採らず、梁校のみを襲う。王先謙『詩三家義集疏』巻二十二は『古列女傳』を検討しながらも、この點を無視、三家詩は毛詩の弗字を祓につくると註するのみ。その理由を『御覽』巻五二九禮儀部八の『五經異義』鄭記引が克禋克祀、以祓無子につくることに求め、陳喬樅の「弗は祓の假借」の説をそえている。ところでこの一條には、本譚の構想・思想を検討する關鍵がある。姜嫄は、既述のごとく『史記』周本紀では帝嚳之元妃となっているのに、ここでは夫がしるされず、子を娠った時點も帝嚳の時ならぬ、帝嚳の子の堯の時のこととされている。『史記』巻一五帝本紀本文自體でも帝嚳が娶ったのは陳鋒氏の女と訾娵氏の女の二人のみ。有邰氏の女姜嫄を帝嚳の元妃としるすのは正義引・晉・皇甫謐の『帝王世紀』である。『詩經』生民も本文自體には姜嫄の夫をしるしてはいない。毛傳が姜嫄を「高辛氏帝に配す」と註し、鄭箋が、「姜姓者、炎帝之後、有女名嫄。當堯之時、爲高辛氏之世妃（後の世代の者の妃）」と註しているにすぎぬ。姜嫄は帝嚳の元妃という『史記』周本紀説は通説のごとく普及しているが、じつは世傳の上からは合わず、姜嫄の夫は特定できない。劉向は鄭玄に先だって、この點に氣づき、彼獨自の主張から父の名を示さず、さながら天の意志にもとづき父なし子を彼女が生んだようにしくんだ。かつ、この『史記』説の否定の上で、母儀傳の第一話に帝嚳より後代の有虞二妃譚を配し、本譚を第二話に、さらには契母簡狄譚を第三話に配した。本譚、また母儀傳の構想、思想を検討するさいに、鄭箋の指摘は重要である。（事のおこりを「當堯之時」とする鄭箋自體、あるいは『古列女傳』に據っている可能性もあろう）。蕭校はこの鄭箋の重要性を指摘、上記の鄭箋の文を示した上、毛詩の正義が提起する疑問をしるし、その疑問を解くためにも、鄭箋の指摘に従うべしと綜括するが、本譚検討の目的にそれる補説を要する長文を含むので、鄭箋の重要性指摘の功のみを紹介するにとどめる。　3以爲不祥而棄之隘巷、牛羊避而不踐、乃送之平林之中、後伐平林者、咸薦之覆之、乃取置寒冰之上、飛鳥傴翼之、姜嫄以爲異、乃收以歸、因命曰棄　『詩經』生民は、不レ康二禋祀一、居然　生レ子（祈りにやすらかに守られ、無事出産した）。誕　寘二之於隘巷一、牛羊腓二字　之一。誕　寘二之平林一、會レ伐二平林一。誕　寘二之於寒冰一、鳥覆二翼之一。鳥乃去矣、后稷呱　矣。實覃　實訏、厥聲載路、としるす。『史記』は、居レ期而生レ子。以爲二不祥一、弃二之隘巷一。馬牛過　者皆辟　不レ踐。徙二置之林中一。適〻會二山林多一レ人、遷レ之。而　弃二渠中冰上一。飛鳥以二其翼一覆二席之一。姜原以爲レ神、遂收容長レ之。初欲レ弃レ之、因　名　曰レ弃、としるす。この條では、劉向は事の進展を具體的には『詩經』の語句によって述べるが、事のもつ意味を『史記』にそって語っている。本譚では后稷は『詩經』のごとく祝福の徴をもって生まれ、鳥獸より靈力を増强さるべく棄てられているのではない。『史記』の「以爲不祥」の句にそい、不吉な出生ゆえに忌まれて棄てられている。ところで第七句の傴字について、顧校引段校は嫗につくるべしといい、『禮記』〔樂記・煦二嫗覆二育萬物一の句〕の鄭註が〔以レ　氣曰レ煦〕、以レ　體曰レ嫗としるしており、毛傳〔『詩經』小雅・巷伯・成二是南箕一の句〕に、嫗　不レ逮二門之女一とあることを證とする。王照圓は、傴字を背曲がるなりと註し、第七句の一句を、飛鳥身を曲げ、翼を以て其の上下を蔽うなりと解する。梁校は顧校の擧げる『禮記』樂記の鄭註を引くとともに、傴は嫗と古時通用すといい、『莊子』人閒世の傴二拊人之民一（人は君主。君主の人民を故意に溫かく憐み養う）の句と「釋文」崔譔の「傴拊猶二嘔呴一（＝煦）一。謂レ養」の解をそえ、校改におよぶ必要のないことを示す。蕭校も王説を承けて、牟校の傴は嫗につくるべしの論をそえるが、牟説が傴・嫗兩字は同聲假借の字たることも、嫗・覆兩字は古字通用の關係にあることも、第七句の『詩經』生民の該當句が鳥覆翼之につくり、〔巻六孽嬖傳〕齊威虞姬が柳下〔惠〕覆二寒女一の句を載せ（下巻參照）、これと關係ある『詩經』巷伯・毛傳の句が嫗不逮門下（前掲・顧校引と同一句）につくることを述べていることも紹介、『禮記』樂記の〔鄭〕註、煦嫗覆育萬物の句（前掲・顧校引と同一句）とともに、これらはみな「以レ體親レ之」の意であるといい、梁校も併記、校改の不要を指摘する。いま梁・蕭二校にしたがい、傴字はこのままとする。　4姜嫄之性、清靜專一、好種稼穡、及棄長而教之種樹桑麻、棄之性、聰明而仁、能育其教、卒致其名、堯使棄居稷官、更國邰地、遂封棄於邰、號曰后稷、及堯崩、舜卽位、乃命之曰、棄、黎民阻飢、汝居稷、播時百穀　諸本は第七句の聰字なき他はこれにつくる。第二句を『書鈔』巻二十四后妃部二德行引、宋・羅泌『路史』

後記巻九上高辛紀上引は清淨專一に、第三句を『路史』引は而好稼稷につくる。『詩經』生民は、誕實匍匐、克岐克嶷（智恵あり）以就口食、蓺之荏菽。荏菽旆旆、禾役穟穟。〔略〕誕后稷之穡、有相之道。茀厥豐草、種之黄茂（五穀）。〔略〕實穎實栗、即有部家室（部の地に封ぜらる）、としるす。『史記』周本紀は、弃爲兒時、屹如巨人（成人）之志。其遊戲、好種樹麻・菽。麻・菽美。及爲成人、遂好耕農、相地宜、宜穀者稼穡焉。民皆法則之。帝堯聞之、擧弃爲農師。天下得其利、有功。帝舜曰、「弃、黎民始飢。爾后稷播時（蒔）百穀」。封弃於部、號曰后稷、別姓姫氏、としるす。『書經』舜典は、第十四句以下を帝曰、弃、黎民阻飢、汝后稷・播時百穀につくる。第一句より第八句にいたる姜嫄の后稷に對する農耕の教授は『詩經』生民、『史記』ともに語られていない。いずれも后稷が天與の靈性によっておのずから農耕の技術を身につけたように述べられている。詩贊が引く周頌・思文はひたすら后稷の業跡を頌え、姜嫄・后稷兩者の讃歌たる魯頌・閟宮も、もっぱら姜嫄の后稷出産を讃美しているにすぎない。

この一段は劉向の母教の重要性に對する認識から、彼獨自の合理主義によって生みだされたものであろう。王照圓は『荀子』解蔽の「好稼者衆矣。而后稷獨傳者、壹」の句を擧げ、后稷の性專一なるも亦た母教の然らしむるなりと評註をそえている。蕭校はこの王説を紹介するが、その前に、后稷が天與の靈性により、農耕の技術を身につけたと述べる『春秋元命苞』〔『御覽』巻九五四木部三〕の校記をしるしている。これについては、〔餘説〕（一〇三ページ）で再述する。なお本條の第五句は諸本みな聰字なし。梁校は陳奐の説を引き、聰字の脱文を指摘、第七句までの三句は第三話契母簡狄傳と同文であるという。これにより聰字を校增する。蕭校は馬校が『路史』〔後紀・疏仡紀・帝辛紀上〕の注引『列女傳』に性敷而仁とありというのを紹介するが、この『列女傳』が劉向輯校本ならぬことは、この文が、性敷而仁、簡狄教之時（蒔）藝桑麻としるされていることにより明らかである。第十六句以下は完全に『書經』舜典の借用だが、汝后稷の三字については、顧・王・梁・蕭四校はみな后字は居の誤り、今本『尚書（書經）』とは異なり、鄭註『尚書』は后字を居につくっていたという主旨の指摘をしている。この指摘は『詩經』周頌・思文の正義引鄭註に汝居稷官、種時百穀の句が見え、君主の號たる后を臣に施すことはないという理由による。蕭校は王校を襲ういっぽう、臧校が、『史記』も汝后稷につくり、古は天子・諸侯・卿大夫にみな君の稱があり、君とは主の稱ゆえに夔にも后夔と稱する、〔略〕后稷の號は古くから存在したと述べることも紹介する。ただし蕭校は臧説を駁し、後人は后夔・后稷と稱せても、官任命にさいし、しかく任命することはない、云云とも論じている。ところで四校はみな『書經』舜典と本譚の第十七句が播時百穀につくり、『詩經』思文・正義引鄭註が時（蒔）百穀につくることを指摘しない。后字の要改校を指摘するならば、同樣に播字の要改校も指摘すべきであろう。いま、臧校により后字はこのままとする。　5其後世世居稷、至周文武而興爲天子　『詩經』生民には、これらの該當句なし。魯頌・閟宮には、〔后稷〕奄有下國、俾民稼穡、〔略〕奄有下土、纘禹之緒（夏の禹の治水の功のあとをつぎ）、〔略〕至于文・武、纘大王之緒（后稷の末裔古公亶父の開墾の功のあとをつぎ）、致天之屆于牧之野（天罰を牧野で殷の紂王辛に加えて天下を奄有した）、という句が見える。『史記』周本紀も、后稷の末裔、公劉・大王（古公亶父）・文王（西伯）らが后稷の業を修めて、周王朝を開いたことを述べている。劉向は、こうした『詩經』や『史記』の句にそって、この一節を構想したものであろう。ただ、『史記』周本紀では、后稷の子不窋の末年に、「夏后氏の政衰へ、稷を去りて務めず」という事態に、不窋が「其の官を失ひて戎・狄の閒に犇」ったとしるされ、不窋は后稷の子ならず、後世の人という索隠や正義の註も生まれている。もし不窋が后稷の直接の子であり、「世世居稷」の句が歴代すべて稷官に就いたの意に解されるならば、この句は嘘言となろう。そこで「世世居稷」の句を、せまくその意に解する蕭道管は特に他書の『史記』にわたって、「世世稷に居る。故に夏の太康、國を失ひ、稷の官を廢すれば、不窋始めて官を失ふ」と論ずる。この論は必ずしも不要の冗言ではない。だが「世世居稷」の解釋は他意にもとれるであろう。子孫がつぎつぎに后稷の業を嗣いだの意にとればよい。また夏の太康の祖父は禹であり、后稷とほぼ同時の神人であることも考慮されねばならない。　6懼棄於隘　諸本はみな隘字を野につくるが、顧校・王校は韻が合わぬので誤字だろうという。臧校は、『詩經』生民の前掲「誕眞之隘巷」の隘字をあてるべきことを主張、「一・恤・畢、皆脂部、隘從二益聲一、屬二支部一」という。梁校は臧說を支持し、『荀子』賦篇の隘字と狄字等との押韻、『楚辭』離騷の隘字・績字との押韻を證據に擧げている。蕭校も臧校說を襲うが、本文中に「棄之隘巷」の語があり、必ずしも生民の句に據らずともよいと付說する。押韻の不一致、本文中の「棄之隘巷」の句との不一致を訂すべく、臧・梁・蕭三校により、野字を隘に改めた。

語釈　○姜嫄　姜原ともしるす。有邰氏の出身。通説では五帝の一人帝嚳の元妃というが、じつは帝嚳より後の世代の帝辛氏の妃。〔校異〕2・九九ページを参照。姜は姓。嫄が字だとも、姜嫄二字が諡号だともいう。『史記』周本紀の集解註参照。　○邰侯　邰（有邰）氏という部族の長。炎帝神農氏の末裔。姜姓。邰は陝西省武侯縣の西南。　○好而履之　履は踐踏（ふム）。〔校異〕2・九九ページ参照。　○有娠　妊娠する。　○浸　しだいに。　○卜筮　亀卜（亀甲による占い）と占筮（筮による占い）。　○禋祀　身をきよめて恭敬の思いをこめてまつる。なお祀は前掲生民の集伝註によれば郊禖（天子の子授け祈願のまつり）。ただし、ここは逆に子が生まれぬよう祈る意につかわれている。　○隘巷　せまい路地。　○平林　平地にある林。　○薦　薦席（むしろ）。また薦席を敷くこと。　○傴翼　鳥がかがんで翼でおおって温める。　○因命　命は命名（なづく）。棄て子をした経緯に因んで名づけた。　○清靜專一　清靜は心が澄んで落ちつきがあること。專一は一つ事に專念する。　○種稼穡　種は種樹。桑・麻等の植樹。稼・穡は穀物の植えつけと收穫。農作業をいう。　○能育其教　育は養（やしなう）、長（のばす）におなじ。王註は、「能く母の教を長育し服習す（母から受けた教えを伸ばし育くみ、習慣づけて身体におぼえこませた）」と說く。　○稷官　農政をつかさどる官。　○国邰地　邰（前条2参照）の地に領国をあたえる。　○后稷　后は君におなじ。稷官の長だったのでこう号することになった。稷は、コウリャン（段玉裁・程瑤田説）、アワ（篠田統説）の二解があるが、アワのこと。ともにイネ科の一年生草。コウリャン（タカキビ・モロコシキビ。中国名蜀黍・高粱）はアフリカ原産、元代ごろ中国に流入の外来種。アワ（中国名小米）は中国在来種。（篠田統氏『中国食物史の研究』五穀の起原・一九七九年・八坂書房刊参照。　○黎民　庶民。黎は黒色。庶民は冠をかぶらず黒髪を露出していたのでこういう。　○阻飢　『書経』虞書・舜典の僞孔伝・孔疏ともに阻を難（難儀する）の意にとるが、兪樾は『群経平議』巻三において、薦（しきりに）の意にとる。いまは難の意にとっておく。飢えに苦しまされる。　○播時　播時は播蒔（種をまく）におなじ。　○世世居稷　棄（后稷）の子孫は代々稷官の業務を継いだ。　○周文武　周の文王姫昌、武王姫発の父子。詳しくは周室三母譚〔語釈〕11・31（一三一・一三二ページ）参照。　○有化　人を教化する力がある。　○詩云　『詩経』魯頌・閟宮の句。　○赫赫　功績がかがやくさま。　○其徳不回　回は回邪（よこしま）。鄭箋は其徳貞正不回という。姜嫄の徳があくまで堅く正しいこと。　○上帝是依　鄭箋によれば、依とは「其の身に依る」ことであり、天が「馮依して精氣を降す」こと。上帝は姜嫄に馮依いて精霊を彼女にあたえ、子の棄を生ませた。　○又曰　周頌・思文の句。　○思文　思は助辞。惟におなじ。文は文徳があること。　○克配彼天　配は匹敵する。棄（后稷）の功績は天に匹敵する。竝びたつ。　○立我烝民　立は鄭箋に粒（穀粒をあらしめる）という。集伝も「我が烝民をして以て粒食を得しむ」という。烝は衆（おおい）におなじ。わが民衆に穀物をあたえて暮らしを立てさせた。　○隘　隘巷（せまい露地）におなじ。　○爲帝佐　佐は助けること。舜帝の補佐役となった。　○母道既畢　畢は完成する。母の道はすでに達成された。

韻脚　○一 iet・畢 piet・恤 hiuet（25至質部）　◎隘 .eg（15支部）　＊至質部・支部合韻の一韻到底格押韻。

余説　中国における農耕文明の女性による開発の伝承を語る棄母姜嫄譚。だが管見のかぎり、『古列女伝』を除く今日残存の文献資料には、男性神人后稷が農耕技術をおのずからなる霊性により体得したことが語られるのみ。その母なるヒロインが農耕技術を発明し、子に教授したことを述べるものはない。本譚に話原を提供した『詩経』大雅・文明や『史記』周本紀だけでなく、漢代緯書の一つ『春秋元命苞』には、「神始従レ道、必有レ跡。而姜原履レ之、意感遂生二后稷於扶桑之下一。出二之野一、長而推二演種生之法一、而好レ農、知レ為二蒼帝所一レ命也」（〔校異〕4・一〇一ページの蕭校も引く『御覧』巻九五四木部三・安居香山・中村璋八両氏校『緯書集成』春秋上―漢魏文化研究会・一九六三年刊―所収）とするされ、男性神人后稷の霊性・感神による農耕技術の体得は、すでに漢代人の通念となっていた。本譚は、そうした中で、母教の重要性を深く認識する劉向その人が異常出生譚と一体的に語られてきた后稷の農耕開発伝承に、一半の合理性を加えて脚色した創作なのであろう。文献による実証の権威づけを『古列女伝』に付加しようとする清朝人王照円は、ことさら『荀子』解蔽の語により、后稷の功の背後にある姜嫄の教化の存在を指摘、劉向の本譚構想の来源を説明しているかに見受けられるが、『荀子』解蔽自体に母教にかかわる句は述べられていない（〔校異〕4・一〇〇ページ）。ただし劉向の母教観から本譚が生れたことを王照円は的確に捉えているのである。なお、中国における農業創始の伝説上の神人は『易経』繫辞下にも語られ、神農氏とされている。

本譚と第三話契母簡狄譚は、漢民族に、かたや農桑・衣食の文明をあたえ、かたや政治・道徳の文化をあたえ、それぞれ周・殷（商）王朝を開いた祖妣神女の創作伝説である。子らの出生は、いわゆる帝王感生神話として述べられている。ヒロインはともに無夫の女性のごとくに語られ、子らの功業は天賦の霊性に加えて母教の然らしむる所とされ、「…之性、聡明ニシテ而仁、能ク育バシ其ノ教ヲ、卒ニ致ス其ノ名ヲ」と共通の評語によって綜括されている。二話が相似形で構想されていることは、一読で諒解されよう。話原はともに『詩経』『史記』にあるが、二話は『史記』に影響されつつ、『史記』と異なった形につくられている。後に成立した周王朝の祖妣神女の譚を第二話に、先に成立した殷王朝の祖妣神女の譚を第三話に配したのは、周本紀に姜嫄が帝嚳の元妃とあり、殷本紀に簡狄が帝嚳の次妃とあり、『史記』では、二人の間に序列関係があることに、帝嚳と彼女らの関係を抹消しながらも、なお影響されたからであろう。〔校異〕2（九九ページ）のごとく、世伝の上からは姜嫄は帝嚳の妃たりえない。同列に立つ簡狄ともども、帝嚳の後世代の高辛（氏某）帝の妃とされねばならぬ。だが劉向はそのようにもしるさず、夫の名を抹消し、ヒロインを無夫の女性たるかのように設定した。『古列女伝』においては、文王・太姒夫妻がともに子の教育にあたったことを明記する母儀伝第六話周室三母のごときは例外例。題名のヒロインの名に夫の名が冠せられても、子に対する夫の教育は一切語られなかったり、子の教育者たる父が登場しなかったり、中には母儀伝第十話の楚子発母や第十一話の鄒孟軻母の二譚のごとく、夫が登場せぬだけでなく、本譚とおなじく題名自体において、夫の名が抹消され、母・子関係のみで示されているものもある。劉向がヒロインを無夫の女性のごとくにしるすのは、彼女らの主婦としての苦労を言わず語りに訴え、子に対する母親の絶大な影響力を鮮かに印象づける意図から出た作為・工夫なのである。

ところで本譚には、神人の出生にまつわる捨子譚（神人が異常出生をしたため、捨てられるが、何度捨てられても、天意によって鳥獣や人びとに救われ、みずからの神性を証明。試錬をのりきり大をなすという譚）が、子の命名縁起譚と一体になって語られているが、話原の一つ、『詩経』大雅・生民とその毛伝の解のごとき神話としての性格を、本譚はすでに失っている。生民の詩における神人棄＝后稷の出生や捨子の行為は、すべて讃歎と祝福の辞「誕（おお）いなるかな」を添えて詠われ、毛伝は、「以て其の霊を明らかにせんと欲」して、捨子が行なわれ、「天異有るを知って、往きて之を取」り、育てることにしたのだという。しかし本譚では『史記』周本紀に示された司馬遷の合理的解釈をとり、捨子の行為を「不祥」を除くためのものとしている。いかなる子の生命にも生きる価値を等しく認め、尊厳視する人間観が普遍的価値として認められるに至ったのは、先進国においてさえ、つい近年のこと。家族・部族・国家にとって災厄となる可能性をもつ異常児が、古代社会の一部では捨子という行為によって生存・養育の価値・適否が問われ、生命を絶たれ、それが正義とされたのである。『古列女伝』では、巻三仁智伝第十話晋羊叔姫に、みずから出産した異常児の世話を見ず、媳婦（よめ）の産（な）した異常児の顔も見ず、彼らの将来を呪って周囲に処分を暗示・督促する賢母の譚がある（中巻所収）。おそらく劉向は、姜嫄をこの種の冷徹峻厳な母親としても描いたのであろう。母の徳は「慈」とされるが、母儀伝のみならず、『古列女伝』の母親たちの「慈」は、我々の意識にある慈とは異質である。彼女らは「舐犢之愛」によって行動してはいない。家の防衛・礼の遵守のために、厳格であり、ときに冷酷である。不祥の子は育てぬという厳しさに徹し、捨子をくりかえす姜嫄。これもまた劉向が理想とする母親像、母儀（母の模範）の一つであった。＊第二話の棄母姜嫄伝説の感生神話・捨子譚　第三話の契母簡狄伝説の感生神話についての考察には、森三樹三郎『中国古代神話』・帝王の感生伝説―周の始祖伝説―・一九四四年・大雅堂刊、一九六九年大安再刊、松本信広『東亜民族文化論攷』・支那古姓とトーテミズム・一九六九年・誠文堂新光社刊を参照。

三　契母簡狄[1]

契母簡狄者、有娀氏之長女也。當堯之時、與其妹娣浴於玄丘之水。有玄鳥銜卵、過而墜之。五色甚好。簡狄與其妹娣競往取之。簡狄得而含之、誤而呑之。遂生契焉[2]。

簡狄性好人事之治、上知天文、樂於施惠。及契長、而教之理順之序。契之性聰明而仁、能育其教、卒致其名。堯使爲司徒、封之於亳。及堯崩、舜即位。乃勅之曰[3]、「契、百姓不親、五品不遜。汝作司徒、而敬敷五教[4]。在寛」。其後世

契母簡狄なる者は、有娀氏の長女なり。堯の時に當たり、其の妹娣と玄丘の水に浴す。玄鳥有りて卵を銜むも、過ちて之れを墜す。五色にして甚だ好し。簡狄と其の妹娣と競ひて往きて之れを取る。簡狄得て之れを含み、誤ちて之れを呑む。遂に契を生む。

簡狄　性　人事の治を好み、上天文を知り、惠を施すを樂しむ。契の長ずるに及んで、之れに理順の序を教ふ。契の性聰明にして仁、能く其の教へを育ばし、卒に其の名を致す。堯司徒たらしめ、之れを亳に封ず。堯崩ずるに及びて、舜即位す。乃ち之れに勅して曰く、「契よ、百姓親まず、五品遜はず。汝司徒と作りて、敬みて五教を敷け。寛に在れ」と。其の後世世

世居亳。至殷湯、興爲天子。
君子謂、「簡狄仁而有禮。」『詩』云、「有娀方將、立子生商。」又曰、「天命玄鳥、降而生商。」此之謂也。
頌曰、「契母簡狄、敦仁勵翼。呑卵產子、遂自脩飾。教以事理、推恩有德。契爲帝輔、蓋母有力。」

亳に居る。殷湯に至り、興りて天子と爲る。
君子謂ふ、「簡狄は仁にして禮有り」と。『詩』に云ふ、「有娀方に將いにして、子を立て商を生む」と。又曰く、「天は玄鳥に命じ、降して商を生む」と。此の謂ひなり。
頌に曰く、「契母簡狄、仁に敦く勵み翼く。卵を呑み子を產し、遂に自ら脩飾す。教ふるに事理を以てし、恩を推して德有り。契 帝の輔けと爲るは、蓋し母に力有らん」と。

通釈 契の母簡狄は有娀氏の長女であった。尭帝の頃、その妹たちと玄丘の川で水浴びをしていたときのことである。玄鳥が現れて卵を口に銜えていたが、過って墜とした。五色に彩られていとも見事である。簡狄は妹たちと駆けくらべをして往きこれを取った。簡狄は手に取ると口に含み、誤って呑みこむ。かくて契を生んだのであった。

簡狄は生まれつき世の人それぞれの関係をしっかり取りしきることが好きだった。天体現象の示す意味を知り、人々に恩恵を施すことが好きだった。契が成長すると彼に道理の筋道を教えた。契は生まれつき聡明で思いやりがあり人が出来ており、母の教えを伸ばし育て、ついに名声を馳せた。尭は彼を司徒に任命し、亳に封じた。尭帝が亡くなり、舜が即位する。そこで彼に勅語を下していった、「契よ、民はたがいに親しまず、五品（父・母・兄・弟・子の間の道徳的秩序）も守らなくなった。おまえは司徒となって五教（父の義・母の慈・兄の友・弟の恭・子の孝）をひろめよ。寛容を忘れぬことだ」。その後〔契の子孫は〕代々亳に住んだが、殷の湯王のときに、興隆して天子となったのであった。

君子はいう、「簡狄は誠実で思いやりがあり礼をそなえていた」と。『詩経』にもいっている、「有娀の女（簡狄のこと）はいとも偉大なるかな、天は子を賜り商（契のこと）を生ませたもう」と。「天玄鳥に命じ、子を降して商（契のこと）を生ませたもう」ともいっている。これはこの話のことを詠っているのである。

頌にいう、「契の母なる簡狄は、仁徳敦く、みずから励み天を翼く。玄鳥の卵を呑みて子を産し、みずからの行ない修む。事の道理わが子に教え、子により民に恩徳をひろむ。契が帝舜の輔となれるは、おもうに母の力によらん」と。

校異　1簡狄　『史記』（巻三）殷本紀本文もこれにつくる。索隱註には、狄字を『史記』舊本が易（易・狄は音同じ）湯につくるという。『漢書』古今人表には湯につくる。顧校はこの索隱註の別表記を紹介する。『淮南子』墬形訓は翟につくる。　2契母簡狄者、有娀氏之長女也、當堯之時、與其妹娣浴於玄丘之水、有玄鳥銜卵、過而墜之、五色甚好、簡狄與其妹娣競往取之、簡狄得而含之、誤而呑之、遂生契焉　第四句の妹娣二字を叢刊・承應の二本は妹姊に、同句の玄丘二字を考證本・補注本は元邱に、第五句の玄字を考證本・補注本は元につくる。第一句のあとに、梁校は『初學記』（巻九）帝王部〔總敍帝王・事對〕引には帝嚳之小妃の句あり、『太平御覽』（巻一三六〇）人事部一敍人・孕〕引には同箇所が帝嚳之次妃につくられているといい、蕭校はこれを襲うが、前者はさらに有娀之女の句を、後者は妃字の後に也字を配し、さらに妃有娀氏之女の句を措いている。前譚〔餘說〕（一〇四ページ）に綜括したように、本譚は前譚と相似形、ヒロインの夫の存在をしるさぬ形につくられたはずである。かつ、『初學記』、『御覽』兩引の遺文はそれぞれ別箇所でも異なっている。これらの遺文は劉向輯本ならぬ、別本『列女傳』のもの。對校の必要はない、梁校は第十一句の誤而呑之の後に『御覽』引は有妊の二字ありと指摘するが、これも對校に價しない。なお、他文獻との對校に關して、第四句の妹娣につき、顧校は『史記』（巻三）殷本紀〕には三人といい、『呂氏春秋』〔季夏紀〕音初には有娀氏有二佚女につくり、『淮南子』地（墬）形訓には長女簡狄・少女建疵につくり、高誘註には娣妹二人というと指摘し、王校は『史記』の措辭をあげ、簡狄と其の妹および娣の三人と解をそえている。梁校は、妹の名は『淮南子』墬形訓に見えて建疵というが、『御覽』（前揭）は姊妹につくり、『史記』の三人說と合うという。第四句の浴於玄丘之水については、顧校は、浴字について、『史記』は行浴につくるといい、玄丘之水四字について、『楚辭』天問は簡狄在臺につくり、『呂氏春秋』（前揭）は九成之臺、『淮南子』（前揭）高誘註には瑤臺につくるという。（高誘註は、簡翟・建疵姊妹二人在瑤臺。帝嚳之妃也。天使玄鳥降卵。簡翟呑之、以生契。是爲玄王、殷之祖也。云云、という）。だがこれらの指摘は、異說に對する注意書であり、正文確定には不要。とくに後半は餘談にわたる。王・梁二校はその見解によってか、校をくわえぬ。『史記』は本譚と同系統の、『楚辭』『呂氏春秋』『淮南子』墬形訓・高誘註は別系統の傳承である。『楚辭』以下の三文獻の檢討は本譚の思想檢討にも資せぬ餘談事であるが、梁校（第六句についても言及）・また後述の蕭校も提起する問題ゆえ、その代表として『呂氏春秋』音初の該當箇所①を『史記』のそれ②とともに示しておく。①有娀氏有二佚女（美女）。爲之九成（九層）之臺。飲食必以鼓。帝令燕往視之。鳴若謚謚。二女愛而爭搏之、覆以玉筐。少選、發而視之、燕遺二卵、北飛、遂不反。二女作歌、一終曰「燕燕往飛」。實始作爲北音。②殷契、母曰簡狄。有娀氏之女、爲帝嚳次妃。三人行浴、見玄鳥墮其卵。簡狄取呑之、因孕生契。蕭校は、妹娣二字を妹一字の意にとり（理の當然。

蕭道管は『史記』の三人の三字を二の誤りと見ている)、王校の『史記』三人説の解説論、梁校の『史記』三人説と他文獻との整合論を非とし、『淮南子』墜形訓と、今ここに示した『呂氏春秋』音初の該當箇所を擧げ、兩者は二女としるすに過ぎずと斷じている。(ただし『史記』『列女傳』は各自獨自の記述をしており、こうした整合、非整合論自體、無意味である)。蕭說によれば妹の意の妹娣なる語は近人が姑姊や姑妹)いずれも父方のオバ)〔をそれぞれ二字でよぶべきところを〕姑とよぶ〔ような關係〕で、古人の閒に存在していたのだという。(〔語釋〕4・本ページを參照。)蕭校はさらに馬校が『路史』〔後紀巻九下〕の次妃有娀氏、曰簡狄の句の註引に姊娣浴妹於玄邱(備要本は丘)之水につくるというのを駁し、もし姊妹とするなら、上(本條第四句)の與其(簡狄を指示)と應ぜず、下文(本條第八句)の簡狄與姊妹(ママ)(妹娣の誤記であろう)の記と合わぬとも指摘する。馬校の意圖は見馴れぬ妹娣の語を『路史』引『列女傳』の姊妹の語によって校改せよというのであり、蕭校は妹娣を妹一字と同義と見る立場から、これに反對しているのである。第四句の妹娣二字は第八句ともども姊妹に改める必要はない。このままにする。第六句の過而墜之について、梁校は『史記』は墜其卵につくると指摘、また『呂氏春秋』が前揭①のごとき句を連ねていることを指摘する。　3敕之　叢書本のみ勑之につくる。勑(音ライ)を敕(勅)に轉用するのは誤りである。　4五教　叢刊本のみ王教につくる。　5有娀方將、立子生商　『詩經』(毛詩)商頌・長發は下句を帝立子生商につくる。顧校は『呂氏春秋』前條2前揭①(一〇七ページ)の北飛、遂不反の句の高誘註が『列女傳』引の長發の句には帝字がないことを指摘するが、王應麟『詩攷』がこれを載せていぬという。顧校はこの立子生商の措辭を魯詩の句と考えているのであろう。梁校も高誘註に言及、毛詩には下句立字上に帝字があることを指摘するが、魯詩の句にわたる發言なし。蕭校は梁校を襲う。王校は毛詩には下句立字の上に帝字があるといい、一歩踏みこみ、この四字句を蓋し魯詩の句ならんと指摘する。ただし馬校は梁校と同様の指摘にとどめる。　6敦仁勵翼　補注本のみ勵字を厲につくる。蕭校は『書經』虞書・皐陶謨には庶明勵翼につくるという。これは皐陶の禹に對する發言。本條とは無關係だが、語釋の基礎になる。　7脩飾　備要本、叢刊・承應の二本はこれにつくる。他の諸本は脩字を修につくる。

語釈　○契　音セツ。禼ともしるす。高辛氏の出身。舜の五臣の一人。子姓を賜わり、殷の祖先となった。帝禹のもとでは、治水を助けて功があった。　○簡狄　簡翟・簡逿ともしるす。『史記』(巻三)殷本紀によれば、帝嚳高辛氏の次妃とあるが、帝嚳よりも後の世の高辛氏の妃。　○有娀氏　古の国名。また部族名・根拠地は不周山(崑崙山の西)の北にあった(『淮南子』墜形訓。殷本紀・集解註も引く)ともいわれるが、蒲州(山西省永済県の西)にあった(同上・正義註)。　○妹娣　蕭校は妹一人のことというが(〔校異〕2・一〇七ページ)たんなる妹のことではない。娣とは同母・異母姉妹、族姉妹に関係なく、おなじ夫に嫁した姉妹のうちの妹をいう。また広く、おなじ夫に嫁した妻と妹分の妾のうちの後者をいう。古代の貴人は一時に複数の配偶者を娶った。妹娣とは、おなじ夫に嫁した同親族の妹。『淮南子』墜形訓には建疵の名があげられている。　〇人事之治　王註には、人事とは五教の属。人のあらゆる事という。五教については後条12を参照。人間関係の秩序にかかわることの取りしきり。　〇知天文　天文は天体の現象。天体現象の観察で自然界・人間界の変化を予知する。　〇理順之序　道理の筋道。　〇致其名　名声を馳せる。　〇司徒　官名。礼教をもって人を導くことを掌る。　〇亳　音ハク。河南省偃師県（西亳）、河南省商丘市（南亳）の二つがあるが、これらは契の子孫たる殷の湯王の都。王註は南亳のことというが、殷本紀には、契は商（正義註にいう南州ー陝西省南県の東南ー）に封ぜられたとある。　〇勅曰　勅は天子の命令。この勅令は『書経』虞書・舜典に見える。　〇五品不遜　今文『尚書正義』に、品は品秩（身分秩序）といい、一家のうちの父・母・兄・弟・子の五者の道徳だという。遜は和順（むつみ従う）におなじ。　〇五教　同上『正義』は『左伝』文公十八年〔冬十月の条〕により、父の義・母の慈・兄の友（弟への愛）・弟の恭・子の孝をあげている。　〇殷湯　殷（商）王朝の開祖。寵姫末喜に迷わされて虐政を行なった夏の暴君桀王を放伐、万民の苦しみを救ったという。詳しくは巻七孽嬖伝第一話の〔語釈〕26参照（巻下）。　〇仁而有礼　情があり人が出来ており、厳しく礼を守った。　〇詩云　『詩経』商頌・長発の句。　〇有娀方将　毛伝に有娀は簡狄のこと。方は表態副詞、いとも。将は毛伝に「大（偉大）なり」と解する。有娀氏の女簡狄はいとも偉大なるかな。　〇又曰　同上、商頌・玄鳥の句。　〇励翼　『書経』皐陶謨・孔伝によれば、励はみずから勉励すること。翼は上命を翼戴する（輔翼ける）ことであり、ここでは天の意志の実現につとめること。　〇脩飾　梁註は飾は飭に読む。古字通ずという。修飭におなじ。わが身を修め正す。　〇推恩有徳　子の契を教育することにより恩愛を人びとに推しひろめ、徳を人びとに体得させた。

韻脚　〇狄 dek（16錫）　◎翼 diək・飾 thiək・徳 tək・力 lɪək（2職）。　＊錫部・職部合韻一韻到底格押韻。　＊＊楊雄「大司農箴」（『藝文類聚』巻四十九職官部立）中にも食（職部）・易（錫部）の押韻例がある。（とくに古屋昭弘の示教による）。

余説　本譚は第二話と相似形につくられ、前段は『史記』殷本紀に倣って帝王感生神話の一系統卵生（燕卵）伝説で語られている。『詩経』商頌・長発、同上玄鳥の契出産にかかわる句は詩賛にもちいられている二聯のみ。その本文自体には、譚の詳細は語られていない。〔校異〕2（一〇七ページ）に挙げた『楚辞』天問、『呂氏春秋』季夏紀音初、『淮南子』墜形訓本文自体には契の出産すら述べられていない。『楚辞』には、他に離騒、思美人にも簡狄のことが詠われるが、ここにも、契の出産は語られていない。契の出産を感生神話・卵生伝説で語る最古の文献は、管見のかぎり『史記』らしい。

四 啓母塗山

啓母者、塗山氏之長女也。[1] 夏禹、娶以爲妃。既生啓。辛・壬・癸・甲。啓呱呱泣、禹去而治水、惟荒度土功。[2] 三過其家、不入其門。[3] 塗山獨明教訓、而致其化焉。及啓長、化其德、而從其教、卒致令名。禹爲天子、而啓爲嗣、持禹之功而不殞。

君子謂、「塗山彊於教誨」。『詩』云、「釐爾士女、從以孫子」。[4] 此之謂也。

頌曰、「啓母塗山、維配帝禹。辛・壬・癸・甲、禹往敷土。啓呱呱泣、母獨論序。教訓以善、卒繼其父」。

啓の母なる者は、塗山氏の長女なり。夏禹、娶りて以て妃と爲す。既に啓を生めり。辛・壬・癸・甲。啓呱呱として泣くも、禹去りて水を治め、惟れ荒いに土功を度る。三たび其の家を過ぐるも、其の門に入らず。塗山獨り教訓を明かにして、其の化を致す。啓長ずるに及び、其の德に化して、其の教に從ひ、卒に令名を致す。禹天子と爲りて、啓嗣と爲り、禹の功を持して殞さず。

君子謂ふ、「塗山教誨に彊めたり」と。『詩』に云ふ、「爾に士女を釐はり、從ふるに孫・子を以てす」と。此の謂ひなり。

頌に曰く、「啓が母塗山、維れ帝禹に配す。辛・壬・癸・甲、禹往きて土を敷つ。啓呱呱として泣き、母獨り序を論ず。教訓するに善を以てし、卒に其の父に繼ぐ」と。

通釈 啓の母とは、塗山氏の長女のことである。夏の禹が娶って妃とした。啓が生まれる。〔だが生後、禹が家にいたのは〕、辛の日、壬の日、癸の日、甲の日の四日だけ。啓がオギャー・オギャーと泣くのもかまわず、禹は家を去って治水事業に従事し、土木工事に没頭した。三たび家の前を通りすぎながら、敷居をまたぐこともない。塗山氏は、ただ一人で啓をしっかり躾けて、感化をおよぼしていった。啓は成長すると、母の徳に感化され、その教訓どおりに行動し、ついに名声を得たのである。禹が天子となると、啓がその位を嗣いだが、禹の功績を維持して名声を殞さなかった。

君子はいう、「塗山は子の教育につとめた」と。『詩経』には、「なんじ禹に士の行そなうる女をあたえ、秀でたる孫・子を産させ、つたえしむ」といっている。これはこの話を詠っているのである。

頌にいう、「啓の母なる塗山氏は、これ帝禹の伴侶たり。子生まれて辛・壬・癸・甲の四日、禹は家去りて土木に従う。騒がしく啓泣きつづけ、母はひとり教誨につとめぬ。善なる道をしかと躾けて、父なる禹の帝位継がしむ」と。

校異　1啓母者、塗山氏之長女也　諸本は氏・長二字間の之字なし。他話の諸例に照らしていま補う。啓母塗山者とせず、啓母者のごとく主語二字＋提示語氣詞の者字の三字のみで冒頭にヒロインを紹介する例は巻一母儀傳第七話齊女傅母、巻二賢明傳第二話齊桓衞姫、巻三仁智傳第十話晉羊叔姫以下多數あり、通例と見るべきである。いまこのままとする。顧校は塗山の塗字は『說文』に嵞につくるという。『說文』の嵞字は會稽山の別名の塗山につかう古字。段註が『左傳』〔哀公七年夏の條〕の禹が諸侯を會合させたという塗山は當塗山のことらしい〔語釋〕1（一一四ページ）。いまはこのままとする。なお『楚辭』天問・本文では嵞字がつかわれている。さらに顧校は、ヒロインの名に關して、『大戴禮記』〔帝繫〕は、下文に之謂女憍といい、『漢書』古今人表は女趫につくり、『史記』〔巻二夏本紀〕・索隱引『系本』は女嬌につくる（じつは女媧につくる）という。梁校は『藝文類聚』〔巻十五〕后妃部引は下文に曰女嬌の三字ありといい、『路史』〔後記巻十二疏仡紀・夏后氏〕の啓母后趫（じつは后趫生啓及均）の句の註引に趫字を嬌につくるといい、今本は〔曰女嬌の句を〕脱していると指摘する。蕭校は梁校を襲うとともに『大戴禮記』（前掲）の措辭を指摘する。この句の下句（下文）に曰女嬌の句の該當句があったことは想定できるが、正確な措辭を特定できない。梁校の擧げる『藝文類聚』引『列女傳』の遺文は今本『古列女傳』と措辭の懸隔がある。別本『列女傳』の遺文と思われる。いま曰女嬌一句の校增はしない。ちなみに『藝文類聚』皇妃部引（『太平御覽』巻一三五皇親部一總序皇妃引もほぼ同文）『列女傳』の全文は次のごとし。啓母塗山之女者（『御覽』引は之女二字なし）、夏禹之妃、塗山女也、曰女嬌、禹取（『御覽』引は娶）四日而去治水、啓既生、呱呱而泣、禹三過其門、不入子之（『御覽』引は子之二字なし。またこの後の六句なし。子字は孳におなじ。子として愛する）、塗山獨明教訓、啓化其德、卒致令名、禹爲天子、啓嗣而立、能繼禹之道。　2夏禹娶以爲妃、既生啓、辛壬癸甲、啓呱呱泣、禹去而治水、惟荒度土功　『藝文類聚』皇妃部引（『御覽』皇親部一引）は前條のごとくにつくるが、別本『列女傳』のもの。對校には資せず。本條のみに該當句をもつ『書經』皋陶謨（益稷）の帝舜に對する禹の發言は、予創レ若レ時、娶二于塗山一、辛壬癸甲、啓呱呱而泣、予弗レ子（孳）。惟荒度二土功一、とする。『史記』夏本紀は同上の科白を、予辛壬娶塗山、癸甲生啓、予不子につくる。本條は平心に讀めば、通釋のごとく、禹は塗山と結婚──→啓出生──→四日（辛・壬・癸・甲の日）後治水に出發という筋で語られていることが諒解されよう。疑問を挿む餘地はない。いっぽう『書經』では、禹は塗山と結婚↓四日（辛・壬・癸・甲の日、泊數にして三日）後治水に出發↓子の面倒が見られなかったという筋で語られている。啓が出生したことは語られても、どの時點で出生したかは不明。『史記』では、禹は辛壬の兩日で結婚↓癸甲の兩日で啓出生↓啓出生後に土木事業に出發↓子の面倒が見られなかったという筋で語られている。合理主義者の司馬遷も、禹・塗山夫妻による啓出生譚に關しては神祕主義の觀點に立ち、聖賢の異常出生譚としてまとめたのであり、司馬遷がかかる異常出生譚を語ったのは、啓出生時に言及せぬ『書經』の古解に、そうした說があったからとも想像される。しかし、『書經』や『史記』が、いかなる解をとるにせよ、『古列女傳』は別の解釋でしるされている。ところが王校（後述）を除き、清朝先學の諸校は、この基本的觀點を忘れ、『書經』の解や『書經』にまつわる他書の引文、類書の引文に拘泥、次のごとく論じてきた。顧校は『史記』（夏本紀・前掲）を擧げ、索隱註には『今文尚書』『書經』正義引鄭註が、始娶于塗山、三宿而爲帝所命、治水、というと述べ、みな此（本條）と義を異にすと指摘する。（ただし索隱註は『史記』が『今文尚書』により誤記したことを指摘している）。王校は『書經』は、禹は塗山を娶り、甫めて四日後に治水に往くというのみだが、本條は、啓を生んで、始めて四日後に家を去ったといっていると指摘する。この單純な指摘が適解なのだ。だが「補注校正」引馬校は、『路史』後紀〔巻十二〕疏仡紀・夏后氏）註引『列女傳』に、娶四日而去治水、啓既生、呱呱とあるから（じつはない。馬校は『路史』本文―后趫啓及均―に對する註の『列女傳』が趫字を嬌につくるという指摘により曰女嬌の句をもつ（校異）1前掲の『藝文類聚』皇妃部引の『列女傳』―一一一ページ―を想起し、出典を確認せず、『路史』註引と誤記したのではなかろうか。この遺文は上述のごとく『古列女傳』のものとは思えない）、『古列女傳』の）古本では、辛壬癸甲の下に、禹去而治水、啓既生、呱呱云云の句が續いていたと見るべきだが、今本では既生啓を辛壬癸甲の上に移し、禹去而治水を誤って、啓呱呱泣の下に移しているといい、頌では、辛壬癸甲、禹往敷土の句が、維配帝禹の下に續いていることから考えても、劉向は、禹が塗山を娶って四日後に治水に往ったと見ていたことが證される、今本には脫誤があると指摘。今本は語句を誤倒したものと解する。さらに馬校は『路史』后趫の句の趫字を註引の『列女傳』が嬌字につくっているが、今本にはこの字がないという（前條1の梁校―一一一ページと同指摘である）。梁校は、『書經』正義引鄭註（顧校紹介中前掲の句）を擧げ、これは古文家の說だといい、『史記』夏本紀本文（前掲）を示し、索隱註が、これは蓋し『今文尚書』の說というのを擧げ（梁校も索隱註の指摘どおりではない）、さらに『吳越春秋』〔巻四〕の禹（因）娶塗山。謂之女嬌。取辛壬、癸甲禹行。十月、女嬌生子啓。の句（後句に啓生不見父、晝夕呱呱啼泣の句がつづいている）や『水經注』〔巻三十〕淮水注・〔東過當塗縣北〕の條引『呂氏春秋』の禹娶塗山氏女、不以私害公。自辛至甲四日、復往治水。故江淮俗、以辛壬癸甲、爲嫁娶日也、や『楚辭』天問注の禹以辛酉日娶、甲子日去而有啓の句を擧げ、これら今文家の說では、みな娶後四日で治水に往ったとしているという。梁校はまた『藝文類聚』（『御覽』皇親部一、前揭）引、禹娶四日而去治水。啓既生、呱呱而泣。禹三過其門、不入子之、の句も『書經』と合致するといい、頌の義を玩味すれば、これも、娶後四日〔に禹が治水に出た〕の説を述べていると見るべきであるといい、今本は誤ならんと斷ずる。禹娶塗山四日後往治水説の別表現にすぎぬ鄭註の禹娶塗山三宿後往治水説をことさら相違あるもののごとく説く點や、『古列女傳』の遺文ならぬ『藝文類聚』皇妃部引『列女傳』の遺文を對校する點は非として、『書經』の禹娶塗山四日後往治水説が、往治水後啓出生説をともなう合理的なものであることを論じた點は頷ける。また頌が塗山配禹→四日後禹往治水→啓出生呱呱泣の筋をしるしているという解も一讀贊同に誘われる妙論といえよう。しかし、たとい『書經』がそう解されたにせよ、それは『書經』の解にすぎず、しかも『書經』本文の解ではなく、『書經』の語る禹娶塗山四日後往治水説の中での啓出生の位置に關する諸家の解を堀りおこしたものにすぎない。また頌の啓呱呱泣句が禹往治水句の下にあることをもって、劉向が啓の出生を禹往治水の後と考えたと機械的に推論するわけにもゆかぬのである。辛壬癸甲、禹往敷土の二句を一聯に、啓呱呱泣、母獨論序の二句を一聯にまとめたのは、押韻の技巧上のためであり、禹往敷土と啓呱呱泣の句を入れ換えても、意味上變化はおこらぬであろう。蕭校は、まず梁校を檢討、梁校の擧げる諸資料を吟味するが、とくに『楚辭』天問註の禹以辛酉日娶、甲子日去而有啓の有字が有身（みごもル）の意なることを確認、これと對應する句を有する『史記』の辛壬娶塗山、癸甲遂生啓の説を道理上斷じてなきことと批判、禹行治水後、十月の妊娠期間を經た女嬌（塗山）の出產をしるす『吳越春秋』の合理性を支持している。蕭校はまた、本條の既生啓の句の既字は一逗（ひとくぎり）を表す既而の意、本條は〔禹が〕塗山を娶って妃となし、それから啓が生まれたということだといい、以下、はじめて禹の治水精勤が塗山の全面的な子の教訓によってなされたことを本譚は論じているのだと付說する。本條の句法についての付說は適解である。蕭校はつづいて『補註校正』の馬校の今本の語句誤倒說を檢討、馬校は『路史』〔後紀・夏后の註〕と本譚の頌によって啓呱呱の句が禹去而治水の句の下にあるべきことを證したものだが、既生啓の句は必ずしも辛壬癸甲の句の下になくともよいといい、『路史』〔註〕引は娶四日につくって、〔本譚のごとく〕辛壬癸甲の字はなく、既生啓の句は啓既生につくり、呱呱の下に泣字もなく、省改した所が多く、『〔古〕列女傳』の原文にあらず、ことごとくは據れないと斷じている。これらの句法からの檢討も適解であろう。蕭校も出發點は『書經』『史記』と本譚のおのずからなる違いを認識せずに施されたものであるが、終結點は本條と頌自體の句法吟味により正解に達している。これを要するに王照圓を除く先學諸家は、『書經』說に關する他書の知識に拘り、平心に本條を讀みえず、かかる校說の堆積を築いたのであった。ただし、これによって、本譚よりも自己犧牲を徹底させた禹往治水後啓出生說という異傳が形成されていたことも明らかにされている。なお次條も參照。

3 三過其家、不入其門　蕭校は梁校が擧げる『藝文類聚』引＝『御覽』引『列女傳』は、禹三過其門、不入子之につくり、この點でも、本譚と文を異にするという。蕭校補曹校は、『藝文類聚』〔巻十五皇妃部・贊〕引曹植「禹妻贊」が禹娶塗山、土功是急。聞啓之生、過門不入。女嬌達義、明勳是執。長成聖嗣、天祿以襲、と詠っていることからも、啓の出生は禹の往治水・度土功の後であることが證明されるといい、『隋書』（巻三十三）經籍志二雜傳類に、曹植『列女傳頌』があるから、「禹妻贊」の言も『列女傳』の説にもとづくものであるとも指摘する。（頌・贊は同一ジャンルの別名。おそらく「禹妻贊」は『列女傳頌』群各歌の中の一篇ではなかろうか）。禹往治水後啓出生説の廣がりや深化がわかる。　4蠢爾士女、從以孫子　顧・王・梁・蕭四校は上句の士女は毛詩・〔大雅・既醉〕に女士につくると指摘。顧校は王應麟『詩攷』がこれを載せぬと付説する。顧廣圻は本條の措辭をもって魯詩の傳文の可能性ありと疑っているのであろう。梁校は上句の句意の解にわたり鄭箋が「予女以女而有士行者」と説くといい、意味上からもここは女士たるべく、かつ上句の士と下句の子が韻をなすはずで、これは誤倒と指摘する。蕭校は梁校を襲う。王先謙『詩三家義集疏』（巻二十二）は、本條を魯詩の傳文と見なし、馬校が小雅・都人士にも「彼君士女」のごとき用例があり、今の「毛詩」が士女を女士につくるのは鄭箋の文によって誤ったのだという説を支持、士女といえば實字が下にあり、虚字が上にある。〔略〕もし女士につくれば、實字がかえって上になる、古人にはこの屬の句法はないと斷ずる。しかし梁端の押韻から見た誤倒説も、王先謙の實字下位説も頷けない。今本・既醉の詩の最終二聯は、其僕維何、釐爾女士。釐爾女士、從以孫子、につくっているからである。もし第三句の女士を〝古人〟の句法によって絶對に士女とせねばならぬというなら、第二句の女士もまた士女に改めねばならず、第二・第四句間に失韻が生じることになる。また押韻は第二・第四句間で成立すればよく、第三句を今本「毛詩」の措辭に揃える必要はない。「女而有士行者」の意の女性は女士とも士女ともよばれてさしつかえないのではなかろうか。いまこのままとする。

語釈　○塗山　山にちなむ古の部族名、又国名。女嬌（僑・趫）とも女媧とも名をつたえられる女は、その部族長の女であったのであろう。安徽省蚌埠市西、浙江省紹興市南、四川省巴県東が禹が啓母を娶った地と称するが、安徽省蚌埠市西の当塗山のことらしい。○夏禹　夏の禹王。一名を文命ともいう。尭・舜の世に大洪水がおこり、尭帝に登用された父の鯀の治水失敗による誅殺後、舜帝に登用されて治水に尽力し、その功をもって舜より帝位を譲られ、夏后（夏）王朝を創設。姓を姒とした。母の名は女志。推定在位二二〇七～二一九八B.C.。　○既生啓、辛壬癸甲、啓呱呱泣、禹去而治水、惟荒度土功　既は既而（それから）におなじ。既生啓の一句は、結婚してから啓が生まれた、の意。辛・壬・癸・甲は、辛の日・壬の日・癸の日・甲の日の四日間をいう。禹は啓の出産後四日しか家にいなかった。呱呱の中国音は、Kuag Kuag（wāwā）。泣声の擬声語である。荒は広・光（おおイナリ）におなじ。度は音タク。土木工事の基礎となる測量を行なうこと、土功は土木工事だが、度土功で土木工事に従事する。五句全訳は〔通釈〕のとおり。　○教訓　躾ける。○致其化　徳化をおよぼす。　○令名　よき名声。　○啓為嗣　嗣はここでは帝位。禹の歿後、禹に帝位を授けられた賢臣の益が隠棲し、諸侯の推戴を受けて啓が禹の帝位を継承したことをいう。　○持　しっかり維持すること。　○彊於教誨　彊は強におなじ。

教・誨ともに「おしエル」。啓の教育につとめた。　○詩云　『詩経』大雅・既酔の句。毛伝では、周の成王姫誦が淑賢の妃を天から賜ったことを歌ったもの、鄭箋では、その結果、賢知の子孫に恵まれるであろうことを歌ったもの。　○釐爾士女　釐は音ライ。賚（たまウ）におなじ、士女は「毛詩」には女士につくる。「女にして士行（成徳の男性同様の徳行有る者）有る者」（鄭箋）をいう。爾は、ここでは「毛詩」とは異なり、帝禹の意にとられている。　○配　配偶者になる。　○敷土　敷は展（のべひろゲル）におなじ。土木工事を展開する。　○論序　道理の順序を教える。教誨につとめたことをいう。

韻脚　○禹 ɦɪuag・土 tʻag・序 dɪag・父 bɪuag（12魚部押韻）。

余説　禹と啓母塗山氏のこの佳話こそは、儒家の主張する「男は内を言はず、女は外を言はず」（『礼記』内則）という男女分業の徳の徹底した実践例を描くものであり、職域における男性の滅私奉公の徳の典型的な実践例を示し、家政・育児を公務として生きる女性の滅私奉公の徳の典型的な実践例を示すものである。かかる男女分業と男女それぞれの滅私奉公の徳は日本にもたらされ、近現代の日本的な高能率の企業社会を規律し、今にいたっている。女性の家庭公域・滅私奉公の徳は、とくに明治民法下の〈家族制度〉のもとに形成された近代家庭の担い手として、良妻賢母主義教育により育成された日本女性において血肉化された。主婦業を〈女性自立〉の対極に位置づけ、母性も女性の天性ならずと主張する急進的な女性解放論がマスコミや教育界を席圏し、家庭の崩壊も進行しつつある今日も、日本女性の中に―しかも有識の企業人の夫人たちにおいて―、この徳はなお生きつづけ、女性たちは子の教育に奮励、夫の厳しい外なる働きを支えぬいている。世襲王朝をはじめて実現したとされる夏王朝の偉人啓も、じつは聖人禹の感化によって徳を完成したのではなく、「独論序」と頌えられる塗山氏一人の、幼少時からの教育によって完成したのだという本譚は、夫の内助者、子の教育者として献身する女性に、その当否の今日的議論はともかく、自己犠牲の誇りをあたえるものであった。

ところで、「娶以為妃。既生啓。辛壬癸甲、啓呱呱泣。禹去治水、惟荒度土功」の句は、『書経』の原文に、わずかに「既生啓」の三字を加え、「予弗子」の語を「禹去治水」の語に替えるのみで、「結婚し、子の啓が生まれそれから、四日後に禹は嬰児をかえりみず、治水にむかい、土木事業に没頭した」という合理的な解釈がとれる文になった。『尚書正義』引鄭註では、「始娶于塗山、三宿（三晩家に泊まって四日で）而為帝所命治水」という解釈がとられ、結婚後四日で啓が生まれたことになる。これでは不自然きわまる。劉向は最少限の工夫で『書経』原文の神怪譚とも思える不自然さを解消したのである（〔校異〕2・一一一～一一三ページ参照）。しかし、『呉越春秋』巻四のごとく、『書経』本文の不備を別角度から補った他の論者の説は、本譚以上に深い感動を禹・塗山夫妻の自己犠牲譚に加えた。「禹娶塗山、土工是急。聞啓之生、過門不入。女嬌達義、明勲是執。云云」という曹植の「禹妻賛」（〔校異〕3前掲）では、啓出産前に公務に就いた禹は、啓出生の報にも家にもどらぬ。この賛も劉向の本譚本文と頌とを圧倒し、公義のために克己自制する夫妻の姿勢の意義を三聯の四字句の中に説いている。

五　湯妃有㜪

湯妃有㜪者、有㜪氏之女也。殷湯娶以爲妃。生三子。太丁・外丙・仲壬。亦明教訓、致其功。太丁早卒、丙・壬嗣登大位。有㜪氏之妃湯也、統領九嬪、後宮有序。咸無妒媢逆理之人。伊尹爲之媵臣、與之入殷、卒致王功。[1]

君子謂、「妃明而有序」。『詩』云、「窈窕淑女、君子好仇」。言賢女能爲君子和好衆妾。其有㜪之謂也。[2]

頌曰、「湯妃有㜪、質行・聰明。[3] 媵從伊尹、自夏適商。[4] 勤慤治中、九嬪有行。化訓内外、亦無愆殃」。

湯妃有㜪なる者は、有㜪氏の女なり。殷湯娶りて以て妃と爲す。三子を生む。太丁・外丙・仲壬なり。亦た教訓を明かにし、其の功を致す。太丁は早卒するも、丙・壬嗣いで大位に登る。有㜪氏の湯に妃たるや、九嬪を統領し、後宮序有り。咸く妒媢逆理の人無し。伊尹之が媵臣と爲り、之と殷に入り、卒に王功を致す。

君子謂ふ、「妃明にして序有り」と。『詩』に云ふ、「窈窕たる淑女は、君子の好仇」と。賢女能く君子の爲めに衆妾を和好するを言ふ。其れ有㜪の謂ひなり。

頌に曰く、「湯妃有㜪、質行・聰明なり。媵從伊尹、夏より商に適く。勤慤にして中を治め、九嬪行有り。内外を化訓し、亦た愆殃無し」と。

通釈　湯王の妃有㜪とは、有㜪氏の女のことである。殷の湯王が娶って妃とした。三人の男の子を生んだ。太丁・外丙・仲壬である。やはり躾けをきっちりとつけ、教育の効果を挙げたのである。太丁は早く亡くなったが、外丙・仲壬があいついで王位に登った。有㜪が湯王の妃となると、九嬪たちを束ねひきい、後宮に秩序をあたえた。嫉妬に狂い道理を踏みにじる人を一掃したのである。伊尹も媵臣となり、彼女とともに殷にのりこみ、ついに湯王に王者の功業をなしとげさせたのであった。

君子はいう、「妃は聡明で秩序をもたらした」と。『詩経』にいう、「しとやかな淑女は、君子の好き仇」なれと。出来た女が、夫たる人のために、多勢の嬪妾たちを仲睦くさせ〔一家を繁栄させた〕という意味である。これは有㜪氏のことを詠っているのである。

頌にいう、「湯の妃なる有㜪は質実にして聡明なり。媵従の伊尹もまた、夏の国より商に身を寄す。つとめて誠もて後宮を治め、嬪妾らは徳行おさめたり。宮中の内外みちびき、愆・殃 またあらしめず」と。

校異 ＊今本の本譚本文は次のごとくわずか十一句五十四字。湯妃有㜪者、有㜪氏之女也、殷湯以爲妃、生仲壬外丙、亦明教訓、致其功、有㜪之妃湯也、統領九嬪、後宮有序、咸無妒娼逆理之人、卒致王功。これに對し君子贊・詩贊・詩贊評・頌の文は原文欄上記のごとく合計十六句七十字。本文には脫文が感じられる。それに本文には、本文の要約たる頌中の伊尹に言及する句もない。脫文は確實。本譚は大幅な校增が必要とされよう。原文欄の本文はその校增により得られたものである。文中の有㜪氏の㜪字は別表記あり。『漢書』古今人表も㜪だが、顔師古註は㜪・莘同字という。『史記』巻三殷本紀は莘、『呂氏春秋』孝行覽本味は侁（高誘註に侁は莘に讀む）。蕭校は『墨子』尚賢の侁字を擧げる。梁校は他書引『列女傳』の表記として『史記』殷本紀・集解註引の侁字を擧げる。◎1湯妃有㜪者、有㜪氏之女也、殷湯娶以爲妃、生三子、太丁外丙仲壬、亦明教訓、致其功、太丁早卒、丙壬嗣登大位、有㜪氏之妃湯也、統領九嬪、後宮有序、咸無妒娼逆理之人、伊尹爲之媵臣、與之入殷、卒致王功　諸本はみな〔校異〕序のごとくにつくる。近本は本文の字數極少のみでなく、第一に男子の出產と養育の功を語る一段にも問題がある。補訂が必要。有㜪氏の生んだ子は三子、太丁・外丙・仲壬であり、二子ではない。相續の順序も兄外丙・弟仲壬であり、仲壬　外丙ではない。ここは劉向が粗雜に構成したことも想像しうるが、顧校の、『漢書』古今人表に湯中妃生太丁とあり、『金樓子』巻二后妃三に生三子、太丁・外丙・仲壬（原文は外丙・仲壬を誤倒）とあるという指摘、王校の『孟子』〔萬章上〕に外丙・仲壬の前に太丁の名があり、出生児は三子という指摘には注意せねばなるまい。『史記』殷本紀にも、湯崩、太子太丁未乚立而卒。於乚是迺立二太子之弟外丙一、是爲二帝外丙一。帝外丙卽位三年（『孟子』は二年）、崩。立二外丙之弟中壬一。是爲二帝中壬一。帝中壬卽四年、崩、とある。梁校は本條全文に『太平御覽』巻一三五皇親部一引の全文を對置、脫文を指摘するが、その中に生三子、太丁・外丙・仲壬、教誡有成の句がある。ただし『御覽』引『列女傳』は、後に示すごとく、本譚に近い別本『列女傳』の遺文であっても、

『古列女傳』自體の遺文ではない。語順が大きく異なっている。顧校の擧げる『金樓子』引は『古列女傳』の遺文の斷書きはないが、措辭はほぼ本條に一致し、本文のみならず君子贊・詩贊・詩贊綜括の句の措辭も後條再述のごとくほぼ本條と一致。『古列女傳』の遺文と認められる。その『金樓子』引は生三子、太丁・仲壬・外丙、亦明教訓、致其功、太丁早卒、丙・壬嗣登大位につくる。圏點部は本條とおなじく世代を誤倒するが、後部の世代順序は正しい。（『御覽』引の教誡有成の句は、本條やこの『金樓子』引の亦明教訓、致其功の句の該當句であろう）。よって外丙・仲壬の誤倒を正した上で『金樓子』引により生仲壬外丙の句を生三子、太丁外丙仲壬に校改、太丁早卒、丙壬嗣登大位の二句を校增した。近本が第二に補訂を要するのは〔校異〕序既述の伊尹に關する句である。ここで梁校が擧げる『御覽』皇親部一引の全文を示しておく。湯妃、有莘之女也、德高、而伊尹爲之媵臣、佐湯致王、訓正後宮、嬪御有序、咸無嫉妒逆理之人、生三子、太丁・外丙・仲壬・教誡有成、太丁早卒、壬嗣登大位。梁校はさらに『後漢書』〔巻八十上〕文苑傳上の崔琦傳・李賢註引（『藝文類聚』〔巻十五〕后妃部引におなじ）、『北堂書鈔』〔巻二十五〕后妃部三（梁校は〔巻二十三〕后妃部一に誤る）同上〔巻二十四〕后妃部二引等を擧げているので、前掲『金樓子』引と對照、以上二點の補訂を進めてゆく。『金樓子』引は男子の出產と教育に關する句の後を、妃領九嬪、後宮有序、咸無妒娼逆理之人、伊尹爲之媵臣、與之入殷、卒致王功、につくる。『金樓子』引は、ここでも本條原文（〔校異〕序前掲）と句の配置、語彙の使用において一致する。第一句の妃領九嬪の句は本條原文の有嫛之妃湯也、統領九嬪の二句を一句に省改したもの。頌との關係からいえば、伊尹爲之媵臣、與之入殷の句は、媵從伊尹、自夏適商と表現がほぼ一致、九嬪の語も頌中に活きている。伊尹入殷の句が、後宮統御の句より後にくる點が、頌の順序と逆になるが、本譚の頌は粗雜。ヒロインの男子出產と教育の功に對する言及もない。本文の語順を踏まえぬ要約をしても不思議ではない。いっぽう『御覽』皇親部引は本條原文と句の配置・語彙の使用において一致せず、補訂の根據たりえない。『後漢書』崔琦傳・李賢註引は湯娶有嫛女、德高而明、伊尹爲之媵臣、佐湯致王、訓正後宮、嬪御有序につくる。顧校はこの伊尹爲之媵臣の句に注目、これは『金樓子』引のごとく本條の卒致王功の句の上にあるべきではないかと疑うが、李賢註引自體が『古列女傳』の引文か否かを考慮していない。この遺文は『御覽』皇親部引の德高、而伊尹爲之媵臣の二句の不自然さを訂せても、本條原文の補訂には資さない。『書鈔』后妃部三・明賢引には有嫛高明、質行聰明とあり、同上后妃部二・德行引には訓正後宮、嬪御有序とある。いずれも本條原文の補訂の資たりえない。いま『金樓子』引より伊尹爲之媵臣、與之入殷の二句十字を校增する。蕭校は梁校を襲う。蕭校補曹校は、『初學記』〔巻十〕中宮部（皇后・頌）の曹植「母儀頌」に、「殷湯令妃、有莘之女。化教內修、度義以處。淸二謐後宮一、九嬪有レ序。伊爲二媵臣一、遂登二元輔一」とあるのを擧げ、その所說は必ず傳文（本譚本文）に本づくならんという。この「母儀頌」は後宮統御・伊尹入殷の順に詠われている。校增適正の證となろうか。

2君子謂、妃明而有序、詩云、窈窕淑女、君子好仇、言賢女能爲君子和好衆妾、其有嫛之謂也　第五句の仇字を逑につくる他、諸本はみなこれにつくる。『金樓子』引は第二句の妃字を有嫛二女につくり、第五句の仇字を逑につくり、第六句の能字なし。王校は『詩經』の解におよび、これは魯詩の解、毛傳と義を異にし、鄭箋の本づく所と指摘。この句に關し、毛傳は逑字を解して匹といい、句解について、「言后妃之有二關雎之德一、是有開貞專之善女、宜レ爲二君子之好逑一」と述べる。鄭箋は逑字を仇につくって意を解し、「怨耦曰レ仇」といい、句解について、「言后妃之德和諧、則幽閒處二深宮一。貞專之善女、能爲二君子一、和二好衆妾之怨者一。言皆化二后妃之德一、不二嫉妬一、云云」という。文中には「和二好衆妾之怨者一」の句があり、本條と一致する。蕭校は鄭箋の語を引き、鄭玄はもと韓詩を師受しており、魯詩の説もあるいはこれとおなじならんという。王先謙『詩三家義集疏』巻一關雎は、魯・韓・齊三家の『詩』説の資料となる語解・句解を廣く例證、逑字は魯詩では仇につくったといい、本條原文の君子好逑の逑字も仇を後人が毛傳により改めたのだという。王先謙は鄭箋を魯詩自體の解と見なしている。いま逑字を仇に改める。

3質行聰明　備要・集注の二本、叢書本はこれにつくる。他本は質字を賢につくる。梁校は『書鈔』后妃部〔三・賢明〕引（前條參照）により賢字を質に校改する。蕭校は梁校を襲う。　4自夏適商　諸本はみな商字を殷につくる。ただし顧・王・梁の三校は押韻上、殷ianを商tsiaŋに改むべしという。これにより商字に改める。蕭校は王校を襲うとともに、夏字の語釋にわたる證をそえるが、これは〔語釋〕12（一二〇ページ）で後述する。

語釈　○湯妃有㜪　湯は殷（商）の開祖。第三話登場の契の十四世の孫にあたる。姓は子、名は履。成湯・太乙・天乙ともいわれ、また武王ともいう。後出の名宰相の伊尹の助力を得て暴君たる夏の桀王を倒し、殷王朝を開き、仁政を布いたといわれる。『書経』商書・湯誓、仲虺之誥、湯誥等に彼の言と事跡が見え、『史記』巻三殷本紀に伝がまとめられている。推定在位、一七六五～一七六〇B.C.、or.一七八三～一七五四B.C.。妃の有㜪は有㜪氏の出身ゆえの呼称。名は未詳。『漢書』巻二十古今人表では元妃ならぬ中妃としるされている。　○有㜪氏　夏の時代に存在した部族名、国名。またその族長の一族をもいう。有莘ともしるされる。夏と同姓。所在地は『史記』殷本紀・正義註引・唐の『括地誌』によれば、汴州陳留県東の故莘城（河南省開封近在）という。　○太丁・外丙・仲壬　この三者は有㜪氏の腹になる兄弟。殷の帝位を嗣いだ外丙は名は勝、推定在位一七五九～一七五八B.C.、or.一七五四～一七五二B.C.。仲壬は名は庸、在位一七五七～一七五四B.C.、or.一七五二～一七四八B.C.　○教訓　躾け。　○統領九嬪　統領は束ねひきいる。九嬪は天子の多数の嬪御。『礼記』昏義には天子の嬪御の制につき、員数も挙げ、三夫人・九嬪・二十七世婦・八十一御妻といい、『周礼』天官は九嬪・世婦・女御を挙げ（世婦・女御は員数をしるさず）、同書・天官・内宰は、その任務として「陰礼（女性の礼）を以て九嬪に教ふ」「婦職（紡・織等女の手仕事）の灋を以て九御に教ふ」ともいう。鄭註は「夫人・世婦に教ふと言はざるは中を挙げて文を省く」と適切に解している。王註は、「九嬪は九御なり。三夫人の下」というが、しかくせまく解する必要はない。蕭註は上述『礼記』昏義の制を詳説し、『周礼』天官・内宰の前掲二条を挙げて、九嬪・九御は別というが、これも不要の説である。　○有序　序は秩序・規律。　○妒娼逆理　妒娼二字ともに嫉（ねたム）におなじ。蕭註は、『説文』により、妬は婦が夫を妬むこと、媢は夫が婦を妬むこと、二字は対にすれば異義、散らせば同義と対異散同で解するが、ここでは誤り。二字は意味強調のための連文。後宮女性たちの烈しい嫉妬をいう。逆理は道理にそむくこと。○伊尹為之媵臣　伊尹は名は摯。湯王に仕えて宰相となり、阿衡（公平な政治のよりどころ）と敬称され、夏を倒して国運の隆盛につくした。湯王歿後も、外丙・仲壬・太甲の三王に仕えたが、太甲が悪政を行なうと彼を追放、太甲が改悛するまでの間はみずから政権をとった。『史記』殷本紀には有娎氏の媵臣（国君の女が他国に嫁すとき随行する臣）となって殷に乗りこみ、料理技術をもって湯王に認められて政権を担当したとも、湯王が五回も使臣を派遣したのちはじめて湯王に仕え、殷を強大ならしめたともいう。『書経』には伊尹の教訓の言として伊訓・太甲上・中・下・咸有の諸篇がつたえられている。○詩云　『詩経』の巻頭をなす周南・関雎第一段の句。毛伝に「窈窕は幽閒（しとやか）なり。淑は善きなり。逑は匹（配匹におなじ。つれあい）なり」という。一句の訳文は通釈のとおり。次条も参照。

○言賢女能為君子和好衆妾　和好は仲睦くさせること。一句の訳文は通釈のとおり。なお、王・蕭二説、王先謙説がこの句をもって魯詩の解とすることは〔校異〕2（一一九ページ）に既述したが、『詩経』大序自体も、次のように『周南』関雎を評する。是以關雎〔賢妃〕楽下得二淑女一、以配中君子上。憂在レ進レ賢。不レ淫二其色一、哀二窈窕一、思二賢才一、而無二傷レ善之心一焉。是關雎之義也（かくて関雎は、〔賢妃が〕淑女を得て、夫たる君主に側妾として添わせるのを楽しむことを詠っているのだ。側妾が賢女であって欲しいと心配する。己れは君主に対する愛欲に溺れず、しとやかな側妾たちをいたわり、その賢才を思って、悪気をおこさない。これが関雎篇の意義である」）。鄭箋が韓・魯の両『詩』説の影響下に『古列女伝』のこの句によって関雎を解したか否かを問うまでもなく、毛伝自体、賢女（妃）が君子（夫たる君主）のために衆妾を仲睦くさせたという主旨で関雎を解していたことがわかろう。○質行　行為が質実なこと。本文中にこれを具態的に説明する句はないが、劉向は有娎氏の人物を質実・節倹の女性として設定しているのである。○媵従伊尹、自夏適商　適は適帰（身をよせる）。夏は、本文と対応して考えると、ここでは夏と同姓の有娎氏の国をいうのであろう。『史記』殷本紀には、伊尹が一時湯王のもとを離れて夏におもむき、夏の無道を醜んで戻ってきたことをしるす。『孟子』告子下には、伊尹が五たび殷の湯王に身をよせ、五たび夏の桀王のもとに身をよせたともしるしている。しかし蕭註は、この句は、伊尹が一時五たびも〔夏の〕桀王に就いたことを主張するものではなく、有娎と夏が同姓なのでこういう、と説き、さらに『詩経』〔大雅・大明〕に「纘女維莘（妃の位を嗣ぐ女は莘－有娎－）」とあり、毛伝が莘は太姒（周の文王妃）の国と註するをいう。○愆殃　愆は過失・犯罪、殃は過失による災い。○化訓内外　化訓は教化にほぼおなじ。上から教えみちびく。内は後宮内、外は天下。

韻脚　○明 miaŋ・商 thiaŋ・行 ɦaŋ・殃 ʔaŋ（14陽部押韻）。

余説　殷の湯王子履のために三子を儲けて教訓の実を挙げ、外丙・仲壬の兄弟に祖業を守らせた有娎氏。だが劉向によれば、彼女の特奨さるべき功業は後宮の統御にあった。『漢書』古今人表に湯王の中妃としるされる彼女は、当初は後宮の最高権力者ではなかったであろう。だが本譚ではその有㜪氏が九嬪を統御するようになると、「後宮有レ序、咸(ことごとク)無(シ)二妒娼逆理之人一」の状況が実現したという。簡潔に過ぎる行文ながら、嫉妬渦まき暗闘絶えぬ後宮の廓清が、彼女の我欲を抑え和好衆妾の姿勢に徹した政治力により成就された事が諒解される。本譚が語る母儀とは、子に対する教育者としての模範よりも、衆妾に対する正妻の指導者としての模範を核とするものである。『易経』繋辞伝上には、「乾(けん)は大始を知(つかさど)り、坤は成物を作る」といい、物事を実際なしとげてゆくのは坤の働き、援助者の働きをなす婦(つま)であり臣なのだという。本譚では、賢妃有㜪氏と賢相伊尹の働きが併称されている。聖人湯王の殷王朝創建の偉業も、この二人の助力があればこその事であったというのである。劉向が後宮に和好衆妾の徳の発揮によって秩序(すじ)をとおした賢行の賢妃有㜪氏を激賛した背景には、権臣平恩侯許嘉の女(むすめ)許皇后の専横・奢侈・妬忌の情から破局へと向かっていった成帝劉驁の後宮の風紀紊乱があったことはいうまでもない。なお中鉢雅量「神婚儀礼説話の展開」（同氏前掲書一七一～七五ページ）によれば、湯妃有㜪の説話はもと湯王・伊尹の二神婚姻神話に有㜪の神女が加わり、伊尹がその媵臣(ようしん)と化したものだという。

六　周室三母

三母者、太姜・太任・太姒。[1]

①[1′]太姜者王季之母、有台氏之女。[2] 大王娶以爲レ妃。生二太伯・仲雍・王季一。[3] 太姜有レ色而貞順、率二導諸子一、至二於成童一、靡レ有二過失一。大王謀レ事、必於二太姜一、[1′]遷徙、必與二太姜一。[4] 君子謂、「太姜廣二於德教一」。[5]

詩云、「古公亶父、來朝走レ馬。率二西水

三母(さんぼ)なる者(もの)は、太姜(たいきやう)・太任(たいじん)・太姒(たいし)なり。

①太姜(たいきやう)なる者(もの)は王季(わうき)の母(はは)、有台氏(いうたいし)の女(むすめ)なり。大王(だいわう)娶(めと)りて以(もつ)て妃(きさき)と為(な)す。太伯(たいはく)・仲雍(ちうよう)・王季(わうき)を生(う)む。太姜(たいきやう)色(いろ)有(あ)りて貞順(ていじゆん)、諸子(しよし)を率導(そつだう)し、成童(せいどう)に至(いた)るまで、過失(くわしつ)有(あ)らしむる靡(な)し。大王(だいわう)事(こと)を謀(はか)るに、必(かなら)ず太姜(たいきやう)に於(お)てし、遷徙(せんし)も必(かなら)ず太姜(たいきやう)と與(とも)にす。君子(くんし)謂(い)ふ、「太姜(たいきやう)、徳教(とくけう)を廣(ひろ)む」と。

『詩(し)』に云(い)ふ、「古公亶父(ここうたんぽ)、來(きた)りて朝(つと)に馬(うま)を走(はし)らす。西水(せいすい)の滸(ほとり)

滸㆒、至於㆓岐下㆒。爰及㆓姜女㆒、聿來胥㆑宇[6]」。此之謂也。

②太任[1″]者文王之母、摯任氏之中女[7]也。王季娶爲㆑妃。太任[1′]之性、端一誠莊[8]、惟德之行[9]。及㆓其有㆑娠[10]、目不㆑視㆓惡色㆒、耳不㆑聽㆓淫聲[11]㆒、口不㆑出㆓敖言[12]㆒。能以㆓胎教㆒。溲㆓於豕牢㆒而生㆓文王㆒。文王生而明聖、太[1″]任教㆑之以㆑一而識㆑百。卒爲㆓周宗[13]㆒。君子謂、「太[1″]任爲㆑能㆓胎教㆒。古者、婦人姙㆑子、寢不㆑側、坐不㆑邊、立不㆑蹕[14]。不㆑食㆓邪味[15]㆒、割不㆑正不㆑食、席不㆑正不㆑坐。目不㆑視㆓於邪色㆒、耳不㆑聽㆓於淫聲[16]㆒。夜則令㆔瞽誦㆑詩、道㆓正事㆒。如㆑此則生子形容端正、才德必過㆑人矣[17]。故姙㆑子之時、必愼㆑所㆑感。感㆓於善㆒則善、感㆓於惡㆒則惡。人生而肖㆓萬物[18]㆒者、皆其母感㆓於物㆒、故形音[19]肖㆑之。文王母、可㆑謂㆑知㆓肖化㆒矣」。

③太[1″]姒者武王之母、禹後有莘姒氏之女[20]。在㆓郃之陽㆒、在㆓渭之涘[21]㆒。仁而明㆑道、文王嘉㆑之、親㆓迎于渭㆒、造㆑舟爲㆑梁。及㆑入、太[1″]

に率ひて、岐の下に至る。爰に姜女と、聿に來って宇るを胥る」と。此の謂ひなり。

②太任なる者は文王の母、摯任氏の中女なり。王季娶りて妃と爲す。太任の性、端一誠莊、惟德のみ之行ふ。其の娠有るに及んで、目は惡色を視ず、耳は淫聲を聽かず、口は敖言を出ださず。能く胎教を以てす。豕牢に溲して文王を生む。文王生れて明聖、太任之に教ふるに一を以てすれば而ち百を識る。卒に周の宗と爲る。君子謂ふ、「太任は胎教を能くすと爲す。古者、婦人子を姙むや、寢ぬるに側かず、坐するに邊らず、立つに蹕せず。邪味を食はず、割正しからざれば食はず、席正しからざれば坐せず。目邪色を視ず、耳淫聲を聽かず。夜には則ち瞽をして詩を誦し、正事を道はしむ。此の如くすれば則ち生まるる子は形容端正、才德必ず人に過ぐ。故に子を姙むの時、必ず感ずる所を愼む。善に感ずれば則ち善に、惡に感ずれば則ち惡なり。人生まれて萬物に肖る者は、皆其の母物に感じ、故に形音之に肖る。文王の母『肖化』を知ると謂ふべし」と。

③太姒なる者は武王の母、禹の後有莘姒氏の女なり。郃の陽に在りて、渭の涘に在り。仁にして道に明く、文王之を嘉して、渭に親迎し、舟を造べて梁と爲す。入るに及んで、太姒は太姜・太任を思媚し、旦夕勤勞して、以て婦道を進む。太姒號し

姒[22]思媚太姜・太任[1]、旦夕勤勞、以進婦道。太姒[1]號曰文母[23]。文王治外、文母治內[24]。太姒[1]生十男[25]。長伯邑考、次武王發、次周公旦、次管叔鮮、次蔡叔度、次曹叔振鐸、次成叔武、次霍叔處、次康叔封、次冄季載[26]。太姒[1]教誨十子、自少及長、未嘗見邪僻之事。言常以正道持之也[27]。及其長、文王繼而教之、卒成武王・周公之德[28]。君子謂[29]、「太姒[1]、仁明而有德」。詩曰、「大邦有子、俔天之妹。文定厥祥、親迎于渭。造舟爲梁、不顯其光」。又曰、「太姒[1]嗣徽音、則百斯男」。此之謂也。

　頌曰、「周室三母、太姜・任・姒。文・武之興、蓋由斯起。太姒最賢、號曰文母、二姑之德[30]、亦甚大矣」。

て文母と曰ふ。文王外を治め、文母内を治む。太姒十男を生む。長は伯邑考、次は武王發、次は周公旦、次は管叔鮮、次は蔡叔度、次は曹叔振鐸、次は成叔武、次は霍叔處、次は康叔封、次は冄季載。太姒十子を教誨し、少より長に及ぶまで、未だ嘗て邪僻の事を見しめず。言は常に正道を以て之を持せしなり。其の長ずるに及んで、文王繼いで之を教へ、卒に武王・周公の德を成す。君子謂ふ、「太姒は、仁明にして德有り」と。『詩』に曰く、「大邦の有子、天の妹に俔ふ。文もて厥の祥を定め、渭に親迎す。舟を造べて梁と爲せし、顯かならざらんや其の光」と。又曰く、「太姒徽音を嗣ぎて、則ち百斯の男あり」と。此の謂ひなり。

　頌に曰く、「周室の三母、太姜・任・姒。文・武の興るは、蓋し斯れに由りて起る。太姒最も賢にして、號して文母と曰ふも、二姑の德も、亦た甚だ大なるかな」と。

通釈

〔周王室の〕三母とは、太姜・太任・太姒をいう。

①太姜とは王季（歴季）の母で、有部氏の女であった。大王（古公亶父）が娶って妃とした。太伯・仲雍・王季を生んだ。太姜は見目うるわしく身持ち正しくすなお、子らの先頭に立って彼らを導き、成童の歳（十五歳以上）になるまで、彼らに過りをおかさせなかった。大王が事を謀るときには必ず太姜に相談し、周の部族を移動させたときも必ず太姜とともに相談したもので

ある。君子はいう、「太姜は徳の教えを国ぢゅうに広めた」と。

『詩経』には、「大王の古公亶父は、急ぎ来たりて馬を馳す。西水の滸にそいゆき、岐山の麓にいたる。太姜とここに謀りて、ついにこの地を根城と見定む」と。これは太姜のことをいっているのである。

②太任とは文王の母で、摯任氏の中の女であった。王季が娶って妃とした。太任は生まれつき、まっすぐに心一筋、誠実で落ちつきはらっており、ただ徳行のみを実践した。妊娠したときには、目は悪しきものは見ず、耳は淫らな音曲を聴かず、口は傲った発言をしなかった。胎教をやってのけたのである。厠所で用を足しているときに文王を生んだ。文王は生れつき聡明であらゆる事に通じ、太任が一事を教えるだけで百事を心得た。ついに周の大黒柱となったのである。君子はいう、「太任は胎教をなしとげたのだ。むかしは、婦人が子を姙んだときは、寝るときは横むきにならず、坐るときは隅にかたよって坐ることなく、立っているときも二本足で地を踏みしめて立ったものだ。味の悪いものは食べぬ、切目の崩れた肉は食べぬ、坐席が歪んでいれば坐らなかったものだ。目は邪悪なものは見ず、耳は淫らな音曲を聴かなかったものだ。夜には盲人の楽官に『詩経』の句を朗誦させて、正しい事を説き聴かせたものである。このようにしたから、生まれた子は姿は端正、才徳は必ずなみ秀れたものになったのである。ゆえに子を姙んだときには、必ず感覚を慎重にすることだ。〔母が〕善事に感じれば〔子は〕善い子になり、〔母が〕悪事に感じれば、〔子は〕悪い子になる。人が生まれつき何かに似るのは、みな母が何かに感じて〔子に伝え〕、ゆえに姿や声色がこれに似るのである。文王の母は、『肖化（伝染の教育法）』、を心得ていたといえよう」と。

③太姒とは武王（姫発）の母で、禹の子孫有莘姒氏の女である。郃水の北の地、渭水の涘に住んでいた。仁あり道に明るく、文王が気に入り、渭水の涘までみずから花轎で迎え、舟をならべて橋をかけて花轎を渡したのだった。周に乗りこむと、太姒は太姜・太妊を敬愛し、日の出から夜になるまで働きつめ、婦道を尽したのである。太姒は文母（文王の偉大なる妃）と称ばれた。文王が〔天下の〕外事を治め、文母が内事を治めた。太姒は十人もの息子を産んだ。長子が伯邑考、次が武王発、次が周公旦、次が管叔鮮、次が蔡叔度、次が曹叔振鐸、次が成叔武、次が霍叔処、次が康叔封、次が耼季載である。太姒はこの十人の息子を教えさとし、幼い頃から一人前になるまで、いまだかつて邪悪なものは見せなかった。発言もつねに正道を

堅持した。一人前になってからは、文王がひき続いて教え、ついに武王・周公の徳をつくりあげたのである。君子はいう、「太姒は仁あり道に明かるく、徳があった」と。

『詩経』にいう、「大邦の俾れし女太姒は、天神の妹にも譬うべし。納徴さかんに祥き婚儀をさだめ、文王みずから渭水に迎う。舟ならべ橋梁をつくりて花轎渡せし、その栄光のいかで滅ゆべき」と。またいう、「太姒は周室の徽音を嗣ぎて、多くの男子を産しませり」と。これは太姒がいかに文王から敬愛され、婦道を尽したかを詠ったものである。

頌にいう、「周室の三人の母は、太姜・太任・太姒。文王・武王の周室を興せるは、おもうに彼の母らの力に依らん。太姒はもっとも賢れ、号して文母というも、二人の姑の徳も、やはりともに偉大なるかな」と。

校異　1・1′・1″太姜・太任・太姒　備要・集注の二本は太字を大につくり、他の諸本はこれにつくる。『史記』巻四周本紀、巻三五管蔡世家、『太平御覽』巻一三五皇親部一は太につくる。『史記』以下諸本により改む。なお『御覽』皇親部一には太任を太姙につくる。　2有台氏之女　有台二字、備要本のみ、これにつくる。他の諸本は有呂につくる。『藝文類聚』巻十五后妃部引は有台氏之女につくる。『御覽』巻一三五皇親部一引は有台之女につくる。『史記』巻四周本紀・集解引は有邰氏之女につくる。王校は『書鈔』引には女字の下に也字ありといい、脱文を指摘するが、管見のかぎり、『書鈔』巻二十三后妃部一～巻二十六后妃部四の該當部に、この句なし。前掲『藝文類聚』引には也字があるが、後條4で明かにするように、これは『古列女傳』の遺文そのものとは見なせない。いまこのままにする。梁校は『藝文類聚』『御覽』『史記』集解註引により呂字の台への校改を指摘、校改する。かつ台字と邰字はおなじと補説する。この『御覽』引も、後條4で明らかにするように『古列女傳』の遺文そのものとは見なせない。蕭校は梁校を駁し、呂もまた姜姓といい。集注本を呂字にもどしている。『國語』巻二周語中の、齊・許・申・呂、由大姜（齊・許・申・呂四か國の建國は大姜によった）、の句の韋昭註に、四國皆姜姓也、四嶽之後、大姜之家也。大姜、太王之妃、武王之母也、とあり、『史記』周本紀・正義註もこの註を引く。蕭校はこれにもとづくものであろう。しかしこの註は姜姓の太姜を娶ったために、同姓の姜姓四國が周の封建體制下の國々となったことをいったもの。この註から太姜の出身國を有呂とはいえぬのではなかろうか。『古列女傳』の遺文と見なし難い『藝文類聚』『御覽』の二引を對校文獻から除外しても、なお梁校には却け難きものがある。いま梁校・備要本のままとする。　3太伯　備要本・集注本は大伯につくり、他の諸本はこれにつくる。『史記』周本紀もこれにつくる。他本・『史記』により校改する。　4大王娶以爲妃、生太伯仲雍王季、太姜有色而貞順、率導諸子、至於成童、靡有過失、大王謀事、必於太姜、遷徙、必與太姜　備要・集注の二本は大王娶以爲妃、生大伯仲雍王季、貞順率導、靡有過失、大王謀事、遷徙必與大姜の六句三十一字につくる。他本も大王・大伯・大姜の大字を太につくる他は、上記二本におなじ。『史記』周本紀・正義引はほぼこれにつくる。『藝文類聚』后妃部・『御覽』皇親部の二引、『後漢書』巻八十上文苑傳下崔琦の傳・李賢註引には、賢而有色、生太伯仲雍季歷、（『御覽』引は王季）、化導三子、皆成賢德、太（ママ）王有事、必諮謀焉の六句二十七字につくる。『書鈔』巻二十四后妃部二・母儀引には化導三子、皆成賢德の二句八字あり。唐代には、『列女傳』と稱ぶ書に、①『史記』周本紀・正義引系と②『藝文類聚』引等三文獻系の二種の傳本（テキスト）があったことがわかるが、①は今本『古列女傳』に酷似し、②は同内容を語りながらも、語句に相當な違いがある。②は『古列女傳』ならぬ他の『列女傳』の遺文か、たとい『古列女傳』の遺文でも省改のはなはだしいものと見なすべきであろう。本條は『史記』周本紀・正義引の遺文より脱文を生じた形で傳寫されたものと認められる。よって條文のごとくに校改する。顧校は『史記』周本紀・正義引、『後漢書』文苑傳（崔琦傳）引の一部を擧げ、王校もおなじく兩引の一部を擧げるのみ。梁校は『史記』、『藝文類聚』、『御覽』、『後漢書』李賢註、『書鈔』四引の全文を擧げ、さらに後條6にわたって、『藝文類聚』引には、詩曰、爰及姜女、聿來胥宇、此之謂也の十四字があり、今本には脱文あらんと指摘する。蕭校は王・梁二校の各一部を併擧する。　5君子謂、太姜廣於德教　叢刊・承應の二本は德教の下句に德教本也、而謀事次之の二句九字あり。叢刊・承應二本の二句は、おそらく本來は註文であったものが本文に誤入したものであろう。　6詩云、古公亶父、來朝走馬、率西水滸、至於岐下、爰及姜女、聿來胥宇、此之謂也　叢刊・承應の二本はこれにつくる。他の諸本はこれらの句なし。『藝文類聚』后妃部は、前條4に梁校が指摘するごとく、詩曰、爰及姜女、聿來胥宇、此之謂也の句があり、『古列女傳』にせよ、他の『列女傳』にせよ、この位置に詩贊がおかれた傳本（テキスト）が存在していた。いま叢刊本により十六字を校增する。叢刊・承應の二本はさらに續けて、葢太姜淵智非常、雖大王之賢聖、亦與之謀、其知大王仁恕、必可以比國人而景附矣の三十四字があるが、「葢し云云」の句構成からみて、後人が評註として竄入したものであろう。いまは採らない。　7文王之母、摯任氏之中女也　『藝文類聚』后妃部引、『御覽』皇親部一引には、王季之妃、摯任之女につくる。　8端一誠莊　『藝文類聚』后妃部もこれにつくるが、『史記』周本紀・正義引は一字を壹に、『御覽』皇親部一引、『後漢書』文苑傳・李註引は懿につくる。顧・王の二校は『史記』正義引、『後漢書』李註引の措辭を指摘、王校は一字を非なりという。梁校は『御覽』引の措辭についても指摘するが、校改に言及せず。蕭校は王校を襲うが、一につくるは非なりの說はとどめず。なお、ここより本文敍述に入る『御覽』巻三六〇人事部一引はこの一句を專一の二字につくる。　9惟德之行　諸本はこれにつくるが、惟字を『史記』周本紀・正義引、『御覽』皇親部一引は維に、『藝文類聚』后妃部引は唯につくる。『御覽』人事部引はこの句なし。この句、もとは『詩經』大雅・大明の、乃及王季、維德之行を承けたものであろうが、『古列女傳』は、これを自由につかっている。校改は不要。　10有娠　『御覽』皇親部一引もこれにつくる。『史記』周本紀・正義引、『藝文類聚』后妃部引、『御覽』人事部引、『後漢書』文苑傳・李註引は有身につくる。顧校・王校は『史記』正義引、『後漢書』李註引が、梁校はさらに『御覽』人事部引も有身につくることを指摘する。蕭校は王校のみを襲う。

11淫聲　諸本はこれにつくる。『史記』周本紀・正義引、『御覽』皇親部一引、『後漢書』文苑傳・李註引もこれにつくる。なお『後漢書』文苑傳・李註引は後句に而生文王の四字一句をつくって本段をむすんでいる。『司馬溫公家範』（巻三）母引は、目不視惡色を起點に、具體的記述に入るが、この二字を、やはり淫聲につくっている。『藝文類聚』后妃部引、『御覽』人事部一引は惡聲につくる。梁校は『後漢書』李註引、『御覽』人事部引が惡聲につくるというが、『後漢書』李註引は上記のごとくにつくる。蕭校は梁校を採らず。

12敖言　『家範』引もこれにつくる。『史記』周本紀・正義引は傲言につくる。『藝文類聚』后妃部引、『御覽』皇親部一引は放言につくる。同人事部一引は惡言につくる。なお『史記』正義引は後句を能以胎教子（ママ）、而生文王でむすび、『御覽』人事部一引は後句を以胎教也の四字一句でむすんでいる。梁校は『御覽』皇親部一引が放言につくり、同上人事部一引が惡言につくることを指摘、さらに『大戴禮記』保傅（北周・盧辯）註に惡言につくることにも言及する。蕭校は梁校を採らず。『大戴禮記』保傅本文には、胎教之道、書之玉版、藏之金匱、としるしていると指摘する。

13文王生而明聖、太任教之以一而識百、卒爲周宗　備要・集注の二本はこれにつくる。他の諸本は第三句なし。『御覽』皇親部一は第二句を太姙教以一而知其百につくり、第三句はこれにつくる。『家範』引は第二句なし。梁校は第三句について、この四字脫す。『御覽』（皇親部一）引により校補するという。さらに『家範』引に、文王生而明誠、卒爲周宗につくるのは此に本づくという。蕭校は梁校を襲う。

14古者婦人姙子、寢不側、坐不邊、立不蹕　『家範』引は第一句の姙字を任につくる。朱子撰定（劉子澄原撰）『小學』（巻一立教）は、ここを起點とし、第一句の姙字を任につくる。『大戴禮記』保傅、賈誼『新書』雜事・胎教―（　）は『新書』のみの句―は、周后妃任成王於身、立而不跂（跛）、坐而不差、（笑而不諠）獨處而不倨。雖怒而不詈。胎教之謂也、としるしている。周之后妃とは王聘珍註に武王妃邑姜のことという。倨は踞におなじ。劉向はこの一段中から二句の該當句を抜き、『古列女傳』に挿入したのであろう。そのさい劉向は、『大戴禮記』や『新書』の第一句を、故意に、周后妃（太）任成王身、と讀んでこの擧におよんだ可能性も考えられるが、そう考えずとも、登場人物を恣意に變えるのは説話づくりの常套手段。彼はこの常套の手法により、大任有身、生此文王、の句がある太任贊歌の一首『詩經』大雅・大明に上記二文獻の説をつなげ、大任胎教説話を創作したように思われる。顧校は『賈子（新書）』胎教（雜事）に、坐而不蹉（ママ）、立而不跂につくるといい、段校が蹕は蹕につくるべく、跛字におなじと述べるという。梁校は坐不邊の句については『大戴禮記』、『賈子（新書）』胎教（雜事）に、邊字を差（ママ）につくること、立不蹕の句については『賈子（新書）』が蹕字を跛につくることを指摘する。蕭校は梁校を擧げるが、これを駁して、對校資料の適否を問題とし、『大戴禮記』や『新書』は太任について述べたものにあらずという。原太任説話と胎教論が元來は別物たることを示唆する點で好指摘である。

15不食邪味　梁校は一本が不食を食不につくるというが、管見のかぎりかかる傳本は見あたらない。蕭校はこれを採らず。

16目不視於

邪色、耳不聽於淫聲　諸本はみなこれにつくる。『大戴禮記』保傳〔盧辯〕註引、『溫公家範』引、『小學』立教は、いずれも前句、後句の於字なし。梁校もこれらを指摘、蕭校は梁校を襲う。　17才德必過人矣　『家範』引は才藝博通矣につくって引文を終え、彼其子尚未生也、固已教之、況已生乎、と論評をそえている。『小學』立教引は才過人矣につくる。　18萬物　叢刊・承應の二本は父母につくる。　19形音　叢刊本のみ形音を形意につくる。　20武王之母、禹後有莘姒氏之女　叢刊・承應の二本は莘字を萋につくる。『史記』巻三十五管蔡世家・正義註引は下句を禹後姒氏之女也につくる。『後漢書』巻八十上文苑傳上崔琦の傳・李註引は文王之妃、號曰文母につくる。『藝文類聚』后妃部引、『御覽』皇親部一引は文王之妃、莘姒之女也、號曰文母につくる。なお『御覽』引はこの三句をもって終えている。王校は、主語の太姒者の後に『後漢書』李註引によれば文王之妃の一句が脱していると指摘する。蕭校も王校を襲う。しかし、太姜・太任の體例では、この部分においては母子關係と出身部族のみを述べて、夫婦關係を述べない。元來、本譚のヒロイン紹介は某者、某某之母、某氏之女の體例で統一されていたのではなかろうか。いまこのままとする。王校はまた『史記』正義註引には句末に也字ありと指摘し、脱文を主張する。蕭校は王校の指摘は襲うが、脱文説に言及せず。いまこのままとする。『後漢書』李註引といい、『藝文類聚』引といい、いずれも『古列女傳』とは句の順序を轉倒、後出の思媚太姜太任、旦夕勤勞、以進婦道の後につづくべき號曰文母の句をこの位置に措いている。この措辭も、これらの引文が『古列女傳』の遺文自體でない證明となろう。これらの引文に也字があっても、『史記』正義引の傍證にはならない。　21在郃之陽、在渭之涘　諸本はみなこの二句なし。『史記』管蔡世家・正義引にはあり。王・梁二校がこれを指摘するが、蕭校は梁校を襲っている。この八字二句は『詩經』大雅・大明の語。劉向にとって、本譚の史實性を訴えるために、必要な句であったはずである。またこの二句があってこそ、後句の親迎於渭、造舟爲梁が語りおこされるのではなかろうか。いま『史記』正義引により校增する。　22太姒　諸本はみなこれにつくるが、『後漢書』文苑傳・李註引にはなし。『藝文類聚』后妃部引は亦につくる。　23太姒號曰文母　諸本はみなこれにつくる。『史記』管蔡世家・正義引もこれにつくる。『後漢書』文苑傳・李註引・『藝文類聚』后妃部引措字は前條20（本ページ）を參照。　24文王治外、文母治內　叢刊・承應二本は、文王理陽道而治外、文母理陰道而治內につくる。『史記』管蔡世家・正義註引は文王治外の句のみ文王理外につくる。『後漢書』文苑傳・李註引は二句の治字をともに理につくる。『藝文類聚』后妃部引はこれにつくる。　25太姒生十男　叢刊・承應二本は太姒生有十男につくる。『史記』管蔡世家・正義註引はこれにつくる。『後漢書』文苑傳・李註引は太姒の二字なし。『藝文類聚』后妃部引は生十子につくる。　26長伯邑考、次武王發、次周公旦、次管叔鮮、次蔡叔度、次曹叔振鐸、次成叔武、次霍叔處、次康叔封、次冄季載　第二句以下第十句まで、叢刊、承應の二本は次字を次則二字につくる。第七・第八句の人名、諸本はみな霍叔武・成叔處の順につくる。第十句の冄字、叢書本、考證本、叢刊・承應の二本は躭につくる。なお補註本は聃につくるが、聃は冄の俗字である。前條前掲の『史記』正義註引以下の三引にこれらの該當句なし。本條の兄弟・順位については異傳・異説あり。周公旦・管叔鮮の順位については、『白虎通』巻三姓名引詩傳はこれにつくる。『孟子』公孫丑下、『史記』管蔡世家本文は管叔鮮・周公旦の順につくる（『孟子』には、周公弟也、管叔兄也としるす）。霍叔武・成叔處の順位・名稱については、『白虎通』引詩傳は成叔處・霍叔武につくる。『史記』管蔡世家本文、『漢書』古今人表は成叔武・霍叔處につくる。さらに季子の冄季載の冄字については、『白虎通』引詩傳は南につくり、『史記』管蔡世家本文は冄につくり、同索隱註は冄・那につくる。この異傳に對し、第三・第四句、第七・第八句の一律校改を説くのは顧・王二校。①顧校は、管叔鮮・周公旦の順につくる『史記』本文と『孟子』の一致を指摘し、言外にこれを是とし、成叔武・霍叔處の名稱と順につくる『史記』本文と『漢書』表を支持、本譚の傳寫の誤りを指摘、『左傳』僖公廿四年（春）の條に郕・霍の順にしるすことを傍證とし、郕・成は同一字と補説する。さらに冄季載の冄字について、『史記』本文の冄、同索隱註の那、『左傳』前掲ならびに定公四年（春）の條の冄を示し、みな同一字と指摘、『白虎通』引詩傳の南字に言及、これは采邑をいうと論じ、『左傳』定公四年の條に對し、杜註が誤って冄を名とし、毛叔鄭に牽合して毛叔冄と謂うのは規すべきだと餘談におよんでいる。王校は周公旦・管叔鮮の順位が『孟子』、『史記』本文では逆につくること、霍叔武・成叔處の名稱と順位が、『史記』本文では成叔武・霍叔處に互易していることを指摘、本譚は誤なりと疑っている。いっぽう第三・第四句の一方校改を説くのは梁・蕭二校。②梁校は『白虎通』引詩傳を擧げて、霍叔武・成叔處を成叔處・霍叔武につくり、冄季載の冄字を南につくる他は本譚におなじ、といい、周公旦・管叔鮮の順位が本譚と一致していることを言外に示し、これは蓋し魯詩の説ならんと指摘する。さらに『史記』本文により周公旦・管叔鮮の順位の逆轉、霍叔武・成叔處の名稱・順位の互易を示し、成叔武・霍叔處につくることを示し、『漢書』表により成・霍二人の名稱・順位を確認、本譚と『白虎通』引詩傳は、ともにこの二人については傳寫の誤りを生じていると指摘する。蕭校は王校を擧げて、これを駁し、太姒十子説にはもと二説あり、㋑管叔を以て兄、周公を以て弟とするものに、『孟子』『史記』（ともに前掲）、『書經』周書・金縢の鄭註がある。㋺周公を以て兄、管叔を以て弟とするものに、『鄧析子』無厚の「周公誅二管・蔡一、此於レ弟無レ厚也」、『傅子』通志の「管叔・蔡叔、弟也、爲レ惡、周公誅レ之」、同擧賢の「周公誅レ弟而典型立」、『孟子』（前掲）趙註の「周公惟二管叔弟一也、故愛レ之。管叔念二周公兄一也、故望レ之」、『白虎通』誅伐の「『尙書』（周書・大誥）曰、『肆、朕誕以レ爾東征』。誅レ弟也」、『呂氏春秋』開春の高誘註の「管叔、周公弟」があり、同察微の註もおなじである、周公を以て兄とする説は『鄧析子』がもっとも先である、と指摘する。蕭校はまた梁校の成叔武・霍叔處の順位説を擧げて駁し、『漢書』表は『史記』（管蔡世家本文）とおのずからおなじ。本傳（譚）は詩傳にもとづくもの、けだし（管・成、成・管）の兩説があったのであり、『左傳』（僖公廿四年）は郕を霍の前に措くが、管・蔡・郕・叔を魯（周公旦）の前に措いており、ことごとくは據るわけにはゆかないという。蕭校は王校への駁議では梁校の周兄・管弟轉倒不要説を側面から適切に補充しているが、梁校への駁議では成兄・霍弟轉倒必要説を否定しきれてはいない。梁校の最大根據の『白虎通』詩傳引自體の批判におよんでいないからである。いま第②説梁・蕭二校により周公旦・管叔鮮の順序はこのままとし、梁校によって、霍叔武・成叔處を轉倒するが、その典據『白虎通』詩傳引の名稱を『史記』『漢書』表によって訂し、これにつくる。　27太姒教誨十子、自少及長、未嘗見邪僻之事、言常以正道持之也　諸本はみな第四句の八字なし。『史記』正義註引は教誨自少及長、未嘗見邪僻之事、言常以正道持之也の三句二十一字につくる。なお『史記』正義註引はここで終える。『藝文類聚』后妃部引は太姒教誨十子、自少及長、常以正道押持之の三句十七字につくる。梁校は『藝文類聚』后妃部引に常以正道押持之の句のあることを指摘（押字を梁端所見本は捭につくる。梁端は譌字という）。蕭校は『史記』正義註引に、やはりこの句があることを指摘。ここは前條16太任胎教の句、目不視於邪色、耳不聽於淫聲（一二七～一二八ページ）の下句を発展させた句、視覚のみでなく、聴覚の教育（すでに感性の教育から理性の教育に移っている）に留意したことを述べる重要句。原本には必ずあったであろう。いま八字を補う。　28卒成武王周公之德　叢刊・承應の二本を除く諸本、『藝文類聚』后妃部引はこれにつくる。叢刊・承應の二本はこの下に二二六字を加える。梁校は、明刻本二二六字多し、後人の羼入なりと指摘する。蕭校は梁校を襲う。一讀、これらは、太姒の子育ての精華たる武王・周公の偉業を詳述して彼女の功をより明らかにし、太姒の子育ての惡果たる管・蔡二叔の失敗因を寸評して彼女を辯護する後人の追記たることが諒解されよう。じつは冒頭より第二十五句の無貴賤一也までが『禮記』中庸（『中庸章句』第十八章）の句。出典明記の第三十四句の『易經』繫辭下の句とともに、この一段は大半を借用句で構成した付評である。ちなみに一段二二六字を示しておく。　＊武王續太王・王季・文王之緒、壹戎衣而有天下、身不失天下之顯名。尊爲天子。富有四海之內。宗廟饗之、子孫保之。武王末受命。周公成文・武之德、追王太王・王季、上祀先公、以天子之禮。斯禮也、達乎諸侯・大夫及士・庶人（この禮は〔周侯が祖先を祀るだけでなく〕諸侯・大夫・士・庶人にまで、およぼすものとしてつくられた）。父爲大夫、子爲士、葬以大夫、祭以士。父爲士、子爲大夫、葬以士、祭以大夫。期之喪達乎大夫、三年之喪達乎天子。父母之喪、無貴賤（期―一年―の喪は天子・諸侯を除き、庶人から大夫におよぶようにし、三年の喪は庶人から天子までおよぶようにした。父母の喪は身分の貴賤を問わず、同一にしたのである）一也。蓋十子之中、惟武王・周公成聖。要其安民以播烈光、制禮以廣達孝、而言之則盛德自然著矣。若管・蔡監殷而畔。乃人才質不同。有不可以少加重任者。易曰、「力小而任重、鮮不及矣」。反思其受教之時、未必至於斯也。豈可以累大姒耶（必ずしもこうなるとはかぎらなかった。どうして大姒のせいにできようか）。　29君子謂　叢刊・承應二本は上に故字あり。　30二姑之德　二の字、諸本はみな三につくる。この句は上句の太姒最賢に對し、他の二母がどうであったかを語るための句。さればこそ、下句に、「もまた」「やはり」の意を表す亦字あり。意味上から三たり得ない。蕭校も三では「無義（意味をなさず）」といい、あるいは誤ならんと指摘する。二に改める。

語釈　○王季　公季ともいう。武王姫発のとき王季と追尊。名は季歴。生没年不明。大王古公亶父の末子で文王姫昌の父。『史記』巻四周本紀によれば、古公には太伯・仲雍（虞仲）・季歴の三子がいたが、季歴が太任を娶って昌を産したときに聖瑞があり、ために古公は長・仲子に替えて王季を世嗣に定めたという。末子継承正統化の伝説であろうが、この伝説は太任という女性の生得の聖性を物語っている点でも興味ぶかい。末子王季が周の嗣子たり得たのも太任のお陰であった。彼は古公の遺業を修めて周の信望を高めた。周本紀ほか『詩経』大雅・皇矣、大明等諸篇参照。　○有台氏　国名。有は美称接頭辞、台は邰におなじ。邰は第二話の註2（一〇二ページ）参照。周の祖妣姜嫄の生国でもあった。　○大王　古公亶父という。生歿年不明。季歴の父。武王のとき追尊して大王という。始祖后稷（第二話九七～一〇三ページ参照）から第十二代目。遊牧民狄人の難を避けて豳（陝西省邠県近在）から岐山の麓周原（同・鳳翔県近在）に周の部族を移した。周の国名は周原に因んでの命名。周本紀のほか、『詩経』大雅・緜をとくに参照。緜篇は彼とその聖妃太姜の共同の国造りの讃歌である。　○有色而貞順　有色は見目うるわしいこと。貞順は身もち正しくすなおなこと。　○成童　『礼記』内則に「成童象（舞いの名）を舞わせ、射御を学ぶ」といい、註に「十五以上」と説く。また『春秋穀梁伝』昭公十九年に「羈貫（髪型の名）成童、師傅に就けざるは、父の罪なり」といい、註に「八歳以上」と説く。十五・八歳両説あるが、ここは十五歳説によっているのであろう。
○遷徙　二字ともに移ること。前註のごとく豳から周原へ周の部族を移動させたこと。　○詩云　前掲緜篇の句。　○来朝走馬　鄭箋に「其の悪（狄人侵冦）を避くること早く且つ疾なるを言ふ」と説く。古公亶父・太姜、周の部族が急いで移動してきて馬を走らせつづけたことをいう。　○率西水滸　率は循（したがう）におなじ。西水は水の名。滸は水涯（かわのほとり）におなじ。一句訳文は通釈のとおり。　○聿来胥宇　胥は相（みる）、宇は居（おる）におなじ。ここに来てこの地を宇（根拠地）と見さだめた。　○文王　名は昌。生歿年不明。出生時に聖瑞があったと特書される。長じて、祖業をよく継承、老人を敬い、少者を慈み、賢者を優待して太公望呂尚らの人材を集め、豊邑（陝西省西安近在）に都を定め、西方の一大勢力となり、西伯と号した。その勢力拡大を恐れる殷の紂王に迫害されても、殷支配下の三分の二の諸侯を従えても、臣下の分に甘んじて叛かず、有徳者の声望を高めた。子の武王東征の偉業も父の築いた国力・声望のもとになされた。『史記』巻三殷本紀、巻四周本紀のほか、『詩経』大雅・文王、大明、棫樸、思斉、文王有声等の諸篇参照。
○摯任氏之中女　摯は任姓の国（河南省汝南県近在）。殷の湯王の左相仲虺の後裔である。中（仲）女は次女。　○端一誠荘　端一はまっすぐで心一筋、誠荘は誠実でおちつきあること。　○悪色　色は様子。邪悪なもの。　○淫声　淫らな音曲。　○敖言　傲った発言。　○胎教　妊娠中の胎児に施す教育。　○豕牢　圂ともいう。豕の囲いの一角に設けた厠所。汚物は豕が飲食して始末する。
○溲　尿のこと。　○明聖　明は聡明、聖はあらゆる事に通じぬものなき知徳をいう。　○周宗　宗は本宗（もと）、また頭。指導者たる中心人物をいう。周の大黒柱。　○為能胎教　胎教をなしとげた。能は出来る。なしとげる。　○坐不辺　辺は端（はし）におなじ。敷物の隅に坐らない。この句は前漢・賈誼『新書』雑事・胎教、同上・戴徳『大戴礼記』保傅両篇の坐而不差の句を承ける。○立不蹕　蹕は跛におなじ。陂は陂倚（もたれること）。蹕は「かたあしだつ」と訓じるが、たんに一本足で立つというのではなく、胎児の重みで疲れても、大地に二本の足を踏みしめ、物にもたれたりせぬことをいう。この句は同上二書胎教・保傅両篇の立而不蹕を承け、後世には唐・鄭氏『女孝経』胎教章にもとられた。『女孝経句解』の註者、明・黄治徴は「立つに正しくし、跛倚せず（もたれかからぬ）」と註している。　○割不正不食　割は肉の切目。この句は『論語』郷党篇に見える。　○瞽　盲人の楽官。　○道正事　道は説道（いう）。正しい事を説く。　○形容　姿。　○感於悪則悪　母親が邪悪な物事に感じると、それが胎児につたわり子は悪い子になる。この上の句はその逆をいう。　○形音肖之　肖は似る。形は姿、音は声。　○伯邑考　『史記』巻三十五管蔡世家によれば、才薄く太子に取り立てられず、早逝した。　○武王発　一〇二七B.C.、殷軍を牧野（河南省淇県近在）に破り、周王朝を開国。『史記』周本紀のほか、とくに『書経』周書泰誓三篇、牧誓等参照。　○周公旦　武王の遺児成王姫誦を輔佐。周王朝発展の基盤を築いた。子の伯禽が魯の開国の君主となる。『史記』周本紀・同巻三十三魯周公世家のほか『書経』周書の五誥等参照。　○管叔鮮　管（河南省鄭県）に封ぜられたので管叔鮮という。武王歿後、殷の遺民武庚禄父を擁して叛乱、周公に討滅せられた。とくに前掲管蔡世家参照。　○蔡叔度　蔡（河南省上蔡県）に封ぜられた。武庚禄父の乱に加わり　郭（虢）鄰に遷されて死んだが、その子の胡の行ないに見るべきものがあり、蔡国が新蔡（同省新蔡県）に再建された。とくに同上書参照。　○曹叔振鐸　曹（山東省定陶県）に封ぜられた。　○成叔武成（＝郕・山東省寧陽県）に封ぜられた。　○霍叔処　霍（山西省霍県）に封ぜられた。　○康叔封　当初は若くして封地なし。武庚禄父の乱平定後、殷の遺民をあたえられて衛（河南省湯陰県）を建国。馴（善）行あり、司寇（官名）に任ぜられて令名があった。とくに『史記』巻三十七衛康叔世家参照。　○冄季載　当初若くして封地なし。後、冄（湖北省荊門県）に封ぜられて善行あり。司空（官名）に任ぜられて令名があった。『史記』管蔡世家参照。　○自少及長　幼少のときから成人に達するまで。長は『公羊伝』隠公元年の「隠は長じて卑し」の註に「長とは已に冠するなり」とあり。冠礼の行なわれる歳を意味する。また『礼記』曲礼下に、「国君の年を問へば、長には能く宗廟社稷の事に従ふと曰ふ」とあるように「宗廟や土地神・穀物神の祭祀をつかさどり、一国の国政を担当できる歳をいった。○詩曰　『詩経』大雅・大明の句。　○大邦有子　大邦は有莘氏をいう。小国を大邦というのは尊称。有は美称の接頭辞。有子とは偉れた女性の意。太姒を指す。　○俔天之妹　俔は毛伝に磬という。譬えられること。天神の妹に譬えられる。　○文定厥祥　文は礼。ここでは婚礼の一段納徴（婚姻する女の名の吉祥断定報告の後、男家から女家に贈物をすること）を盛んにすること。定厥祥とは、祥は吉祥事、結婚の儀。結婚の儀の段取りを定めること。　○親迎于渭、造舟為梁　親迎とは婚姻六礼（六段からなる手続の礼・巻四貞順伝第一話・語釈4・中巻を参照）の一つ。婚礼の日、婿がみずから花嫁の家に出かけ、綏　を手渡して花轎に花嫁を乗せ、婿みずからしばらく花轎を引いて安全性を確かめてから家にもどり、花嫁を待つという儀式。儒教の女性（家の守手たる女性）尊重観を端的に示す礼であろう。『礼記』哀公問において、孔子はこの儀式の重要性を力説するが、儒教の礼に反対する墨家は、これを夫が婦に仕える「僕礼」だとして非難している（『墨子』非儒下）。渭は渭水（陝西省内を西東に流れる黄河支流の一つ）。梁は橋梁。ただし、ここは浮橋。二句訳文は通釈のとおり。蕭註は造舟を解し、『説文』では造字の古文は艁、段註に「並レ舟成レ梁」というと指摘、造舟の語自体に梁造りの意ありとする。蕭註はまた毛伝を引き、「天子造レ舟。（諸侯維レ舟、大夫方レ舟の二句が前にある。天子・諸侯・大夫によって花轎渡河のため舟をつかうさい等級がある。）造レ舟、然後可三以顕二其光輝一」といい、鄭箋を引き、「太姒更為レ梁者、欲四其照著、示三後世敬二昏礼一也。天子造レ舟、周制也。殷時未レ有二等制一」という。文王姫昌は、毛・鄭などの漢儒たちからも、親迎に新制度を設け、その礼制の確立に貢献した人物と見なされている。　〇不顕其光　其光とは結婚の儀の栄光。文王・太姒の結婚の儀の栄光は滅えて顕かにならぬことがあろうか。滅えずに顕かになろう。　〇又日　『詩経』大雅・思斉の句。　〇纘音　名声。ここは太姜・太任二妃の周室に添えた名声。　〇則百斯男　百は多くの子を産むこと。一句訳文は通釈のとおりだが、太姒自身が百斯男と称される多勢の男子を儲けたのではむろんない。太姒は妬忌の情を去り、夫姫昌のため衆妾に男子を産させたのである。一句は彼女のその佳行をも賛えている。蕭註は毛伝を引き、「衆レ妾、則宜二百子一也（多くの男子に恵まれる）」という。ちなみに、後世この句によって「文王百子図」という吉祥図がつくられている。　〇二姑　太姒のしゅうとめ（婆婆）太任とそのしゅうとめ（太婆）太姜の二人をいう。ただし姑は母とおなじく女性の尊称。（文王妃太姒を文母といい、『女誡』の撰者班昭を曹大家―家は姑と同音同義字―というごとし）。訳文には、その意味の「はは」の振仮名をそえた。

韻脚　〇姒 diag・起 kiag・母 muag・矣 ɦiag（一之部押韻）。

余説　儒教の理想とする唐・虞・三代の聖世を築いたのは男性の聖天子・仁人だけではなかった。唐陶氏の女で虞舜に嫁した娥皇・女英以下の聖人にも比すべき賢后妃たちの活躍があった。本譚はその賢后妃伝の絶頂をなす、三代最後の周王朝を築いた女性たちの伝である。儒教は社会を成りたたせ、王朝を存立させ、歴史を動かす根底に女性の力のあることを認め、記録している。『古列女伝』の輯校者たる劉向の思想的立場は、その女性の力を鮮烈に顕示することにあった。彼はその記録の一部を、すでに『詩経』大雅・思斉に「思斉大任、文王之母、思媚周姜（大姜）、京室之婦、太姒嗣徽音、則百斯男」と併称されていた太姜・太任・太姒のあり方に則して三母伝の形にまとめ、その形式によって女性の側に立つ周王朝開基伝に仕立てたのである。

ところで大王・王季・文王三代にわたる周室の興隆が賢妃との夫婦協同の事業たることを詠う詩篇は思斉にとどまらない。とくに大王と太姜の協力を賛える緜においては、「爰に姜女と、聿に来りて宇るを胥る」と詠って、部族の移動・根拠地の建設という外事までも、妻の策謀があったことを賛えている。太姒の子育ての精華たる武王は、妲己に誤られて暴政を行なった殷の紂王を討ったさい、「牝鶏の晨ぐるは、家の索くるなり」（『書経』牧誓の語。後出巻七孽嬖伝・第二話参照）と述べ、女性の外事への容喙を誡めているが、そのいっぽう「予に乱（反訓・治におなじ）十人有り」（『論語』泰伯の語）と誇っている。句中「十人」の語を解して、孔子は「婦人（文母太姒のこと）有り。九人のみ」と語っている。彼は太后太姒の政治への参与、外事への貢献を評価していたのであった。孔子は「文王は王季を以て父と為し、太任を以て母と為し、太姒を以て妃と為し、武王・周公を以て子と為し、泰顚・閎夭を以て臣と為す。其の本美なるなり」（『孔子家語』致思の語）と述べたともいわれ、太姒とともに太任の周室勃興に尽した貢献に言及している。劉向は『説苑』君道にこの語を引き、君主が后妃・太后の助力のもとに好政治を展開しうることを、そこでも明言している。儒教の女性観は、女性の地位を男性の協力者、従者として枠づけても、その高い知性と強靱な能力を求める面を本来的にそなえているのである。ただし、そのような女性の力を鮮烈に立証し、強力に女性にその発揮を要請した儒者・思想家は劉向が最初であった。周室三母の記録・顕彰の一点についていえば、漢の高祖劉邦の皇后呂雉の業績を本紀の中にしるした司馬遷でさえも、『史記』周本紀では、太姜・太任について「皆賢婦人ナリ」の四字の評語をあてるのみであり、太姒については一言も触れなかったのであった。

なお、本譚は『新書』雑事・胎教、『大戴礼記』保傅に説かれる母の胎教の責務を女訓書中において最初に説いたものとしても注目される。

七　衞姑定姜

①衞姑定姜者、衞定公之夫人、公子之母也。公子既娶而死。其婦無レ子。畢二三年之喪一、定姜歸二其婦一、自送レ之至二於野一。恩愛哀思、悲心感慟、立而望レ之、揮レ泣垂レ涕。乃賦レ詩曰、「燕燕于飛、差二池其羽一。

①衞姑定姜なる者は、衞の定公の夫人にして、公子の母なり。公子既に娶りて死す。其の婦子無し。三年の喪を畢ふれば、定姜其の婦を歸し、自ら之を送りて野に至る。恩愛哀思、悲心感慟し、立ちて之を望み、泣を揮って涕を垂る。乃ち詩を賦して曰く、「燕燕于に飛び、其の羽を差池す。之の子于に歸る、

之子于歸、遠送于野。瞻望[1]不及、泣涕如雨。送去歸、泣而望之。又作詩曰、「先君之思、以畜寡人[2]。」

君子謂、「定姜爲慈姑。過[3]而之厚。」

②定公惡孫林父[4]。孫林父奔晉。晉侯使郤犫爲請還。定公欲辭。定姜曰、「不可。是先君宗卿之嗣也。大國又以爲請。而弗許將亡。雖惡之、不猶愈於亡乎。君其忍之。夫安民而宥宗卿、不亦可乎。」定公遂復之。

君子謂、「定姜能遠患難。」『詩』曰、「其儀不忒、正是四國。」此之謂也。

③定公卒。立敬姒之子衎爲君。是爲獻公。獻公居喪而慢定姜。既哭而息、見獻公之不哀也、不內酌飮[5]。嘆曰、「是將敗衞國。必先害善人。天禍衞國也夫[6]。吾不獲鱄也使主社稷。」大夫聞之皆懼[7]。孫文子自是不敢舍其重器[8]於衞。鱄者獻公弟子鮮也。賢而定姜欲立之而不得。後獻公暴虐、慢侮定姜。卒見逐走出亡、

遠く野に送る。瞻望するも及ばざれば、泣涕雨の如し」と。去るを送りて歸り、泣いて之を望む。又詩を作りて曰く、「先君をぞ之思ひ、以て寡人に畜せり」と。

君子謂ふ、「定姜は慈姑たり。過れて之厚し」と。

②定公、孫林父を惡む。孫林父晉に奔る。晉侯、郤犫をして爲めに還さんことを請はしむ。定公辭せんと欲す。定姜曰く、「不可なり。是先君宗卿の嗣なり。大國又以て請を爲せり。而るに許さざれば將に亡びんとす。之を惡むと雖も、猶ほ亡ぼさるるに愈らざるや。君其れ之を忍べ。夫れ民を安んじて宗卿を宥すは、亦た可ならずや」と。定公遂に之を復す。

君子謂ふ、「定姜能く患難を遠ざく」と。『詩』に曰く、「其の儀忒はざれば、是の四國に正たり」と。此の謂ひなり。

③定公卒す。敬姒の子衎を立てて君と爲す。是獻公なり。獻公喪に居りて定姜を慢る。既に哭して息ふに、獻公の哀まざるを見るや、酌飮を內れず。嘆じて曰く、「是將に衞國を敗らんとす。必ず先づ善人を害せん。天、衞國に禍するかな。吾鱄を社稷に主たらしむることを獲ず」と。大夫之を聞きて皆懼る。孫文子是より敢て其の重器を衞に舍かず。鱄なる者は獻公の弟の子鮮なり。賢にして定姜之を立てんと欲すれども得ず。後獻公暴虐にして、定姜を慢侮す。卒に逐はれて走りて出亡し、境に

至境使祝宗告亡、且告無罪於廟。定姜曰、「不可。若令無罪、神不可誣。有罪、若何告無罪也[9]。且公之行、舍大臣而與小臣謀、一罪也。先君有冢卿、以爲師保而蔑之、二罪也。余以巾櫛事先君、而暴妾使余、三罪也。告亡而已。無告無罪。」其後賴鱄力、獻公復得反國。

君子謂[10]、「定姜能以辭教」。『詩』云、「我言惟服」。此之謂也。

④鄭皇耳、率師侵衞。孫文子卜追之、獻兆於定姜。曰、「兆如山陵[11]。有夫出征。而喪其雄」。定姜曰、「征者喪雄、禦寇之利也。大夫圖之」。衞人追之、獲皇耳於犬邱。

君子謂、「定姜達於事情」。『詩』云、「左之左之。君子宜之」。此之謂也。

頌曰、「衞姑定姜、送婦作詩。恩愛慈惠、泣而望之。數諫獻公、得其罪尤。聰明遠識、麗於文辭」。

至りて祝宗をして亡ぐることを告げしめ、且つ罪無きを廟に告ぐ。定姜曰く、「不可なり。若し罪無からしむとも、神誣ふべからず。罪有れば、若何んぞ罪無しと告げんや。且つ公の行ふとき、大臣を舍きて小臣と謀るは、一の罪なり。先君冢卿有りて、以て師保と爲せども之を蔑にするは、二の罪なり。余巾櫛を以て先君に事ふ、而れども暴もて余を妾使するは、三の罪なり。亡ぐるを告ぐるのみ。罪無しと告ぐる無かれ」と。其の後鱄の力に賴って、獻公復た國に反るを得たり。

君子謂ふ、「定姜能く辭を以て教ふ」と。『詩』に云ふ、「我が言をば惟れ服とせよ」と。此の謂ひなり。

④鄭の皇耳、師を率ゐて衞を侵す。孫文子之を追はんことをトし、兆を定姜に獻ず。曰く、「兆は山陵の如し。夫有りて出で征す。而るに其の雄を喪ふ」と。定姜曰く、「征する者雄を喪ふは、寇を禦ぐの利なり。大夫之を圖れ」と。衞人之を追ひ、皇耳を犬邱に獲たり。

君子謂ふ、「定姜は事情に達せり」と。『詩』に云ふ「之を左し之を左す。君子之に宜し」と。此の謂ひなり。

頌に曰く、「衞の姑定姜、婦を送りて詩を作る。恩愛慈惠、泣きて之を望む。數々獻公を諫め、其の罪尤を得らしむ。聰明遠識、文辭に麗し」と。

通釈 ①衛姑定姜とは、衛の定公姫臧の夫人（正室）で、さる公子の母親であった。公子は結婚してから亡くなった。その妻には子がなかった。夫に対する三年の大喪を終えたので、定姜はその妻を実家に帰すことにし、みずから彼女を送って遠い郊外までいった。可愛さ不憫さに、胸は悲しみに痛み慟く。〔彼女が去ったのちも、その場に〕立ちすくんで〔遠ざかる〕彼女の影を眺め、涙をふるい頬を泣き濡らした。かくて詩をつくって、「燕 飛び去りゆき、ひらひらと羽ばたきゆく。嫁たりし子いま去れば、遠く野に送りゆく。遠ざかる影追うても見えず、涙は雨と降りそそぐ」と詠う。また詩をつくり、「亡きわが夫をしたいつつ、姑の我に尽しぬけり」とも詠ったのであった。

君子はいう、「定姜はやさしい姑であった。その情は裕かで厚かった」と。

②定公（姫臧）は孫林父（文子）を憎んだ。孫林父は晋に亡命した。晋侯（厲公姫寿曼）は郤犨（苦成叔）に彼を送還することを請わせた。定公がことわろうとする。だが夫人の定姜が、「いけません。あの方は先君の重臣の後嗣ぎでございます。大国の晋がさらに口をきいておられるのです。それなのにお許しにならなければ〔晋に〕滅ぼされてしまいましょう。たといあの者を憎んでいらしても、やはり国を滅ぼされるよりはましでしょうに。殿にはどうか忍耐あそばされますよう。民衆を安らかに暮せるように、重臣を宥しておやりになるのは、なんと立派なことではございませんか」という。定公は、そこで彼をもとの地位に戻したのであった。

君子はいう、「定姜が衛の国難を払いのけたのだ」と。『詩経』にも、「一筋にその義守れば、いずこの国の長もつとまる」という。これは定公の国君としての姿勢を正した定姜の諫言について詠っているのである。

③定公が亡くなった。側妾の敬姒の子衎が立てられて国君となった。これが献公である。献公は喪に服したときも定姜を侮っていた。定姜は自分が哭礼をささげおわって休息したとき、献公に哀悼の気がないのを見て、〔憤激のあまり〕三日断食後の玄米粥や水を攝らなかった。慨歎して、「この者がやがて衛の国を滅ぼしましょう。きっと正義の士をまっ先に迫害します。なんと天は衛の国に禍を下したもうたのです。私は鱄を国君にしてやれませんでした」といった。大夫たちはこの発言を耳にすると皆〔ゆく末を案じて〕ぞっとした。孫文子（林父）も、これより大切な器物を、あえて衛に置かぬことにして〔晋への亡命に備え〕た。鱄とは献公の弟の子鮮のことである。出来物なので定姜は彼を国君に立てようとした

が成らなかったのである。以後も献公は横暴・残虐、定姜を軽んじ馬鹿にした。ついに彼は国を逐われて亡命することになり、国境にたどりつくと神官に亡命を報告させ、かつ祖廟にはわが身の無罪を告げさせようとしたのであった。だが定姜はいった、「いけません。もし無罪にしてやっても、神は欺せませんよ。有罪ならば、どうして無罪と告げられましょうか。というのも、献公が事を行なうとき、重臣たちをさしおいて、つまらぬ臣下たちと相談したのが、第一の罪です。亡き父君には首席の家老方がおられ、彼らを師保に付けてくださったのに蔑ろにしたのが、第二の罪です。私が正室として亡き父君のお世話にあたりましたのに、横暴にも私を下女同様にあしらったのが、第三の罪です。亡命を告げるだけのことです。無罪だなどと告げてはなりません」と。その後、弟の鱄の力によって、献公はまた国に戻ることができた。

君子はいう。「定姜は名言をもって真実を教えた」と。『詩経』には、「わが言こそは急いでおこなえ」という。これは定姜の真実を衝いた名言について詠ったものである。

④鄭の皇耳が、軍をひきいて衛に侵入した。孫文子（林父）は鄭の軍を迎撃することをうらなって、兆辞を定姜にささげた。辞は、「兆は山陵のごとしと告ぐ。武夫出でて攻むとも、その将師は必ず失わる」といっている。定姜は、「攻め手が将師を失うというのは、敵を防ぐがわの利です。大夫よ、策を練りなさい」といった。衛の人びとはかくて鄭の軍を迎撃し、皇耳を犬丘で捕虜にしたのであった。

君子はいう、「定姜は事の実情を見とおしていた」と。『詩経』には、「賢れし人の傍に控え傍に立てば、君子は彼の人に適しき助けを受く」といっている。これは定姜の名判断と適確な人材使用をのべたものである。

頌にいう、「衛の定公の姜夫人、実家に返す婦を送りて歌う。恩愛と慈恵あふれて、泣き濡れて遠ざかる影を望む。しばしば献公を諫め、罪を深く身に悟らしむ。聡き智恵・遠くを見抜く目、真実を告ぐる文辞麗し」と。

校異　＊本譚は二大段四話から成る。第一大段は『詩經』邶風・燕燕の詩に因む「うた物語」。燕燕の詩は、毛詩では衛の莊公姫揚未亡人についての莊姜説話で解せられるが、本譚ではおなじ衛の定公姫臧未亡人についての定姜説話で解されている。これによりヒロイン定姜は情も涙もある姑としての一面をも具えた人物となった。清朝の考證家たちは、この定姜説話を何學派の解かという議論を校異作業の中で展開しているが、本校異では紹介せず、後の〔餘説〕中に略説する。第二大段は『左傳』の記事を抜抄した三段からなる賢夫人の名言集。こちらはヒロインの果敢・冷徹・俊敏な妻・母・國母としての定姜像をつくっている。典據はすべて『左傳』。よって記述には書號を一部省略。書中の年・季・月號のみでしるす。　◎1瞻望不及　毛詩には不字を弗につくる。梁校はこれを指摘する　2以畜寡人　承應本のみ畜（孝養する）字を勗（つとメル）につくる。承應本は毛詩により改めたのであろう。顧・王・梁　蕭四校みなこれを指摘、これを三家詩の傳文とし、その學派の歸屬を論ずる。　3定公惡孫林父、孫林父奔晉　成公七年の條は、衞定公惡孫林父、冬、孫林父出奔晉、衞侯如晉、晉反戚焉につくる。第五句は、晉では衞から定公が孫林父の返還を求めに來たのに、その封邑の戚のみを返還、彼を庇ったことをいう。　4晉侯使郤犨爲請還　成公十四年夏の條は、晉侯使郤犨送林父而見之、衞公欲辭につくる。　5定公卒、立敬姒之子衎爲君、是爲獻公、獻公居喪而慢定姜、既哭而息、見獻公之不哀也、不內酌飲　諸本は第七句の酌字を食につくる他は、これにつくる。成公十四年の條は、衞侯有疾、使孔成子甯惠子立敬姒之子衎以爲太子、冬十月、衞定公卒、夫人姜氏既哭而息、見太子之不哀也、不內酌飲につくる。意味上、これにより、食字を酌に校改する。　6嘆曰、是將敗衞國、必先害善人、天禍衞國也夫　叢刊本のみ第四句の天字を夫につくる。成公十四年十月の條は歎曰、是夫也、將不唯衞國之敗、其必始於未亡人、嗚呼、天禍衞國也夫につくる。梁校は第三句の善人につき、陳奐が寡人の誤りということを紹介し、『左傳』が前後を含む一句を上記のごとくつくることも指摘する。蕭校は梁校を襲う。しかし劉向は『左傳』に卽して改字したり、『左傳』をそのまま襲っているわけではない。いまこのままとする。　7皆懼　前掲の條は無不聳懼につくる。　8孫文子自是不敢舍其重器於衞　前掲の條は、この下に盡寘諸戚（孫文子の封邑の名）、而甚善晉大夫の二句十字を加う。

9若令無罪、神不可誣、有罪、若何告無罪也　諸本はみな若令無神、不可誣、有罪、若何告無罪也につくる。これではじつは意味をなさぬ。襄公十四年夏四月の條は、無神何告、若有、不可誣也、有罪、不可誣也につくる。第一句、王校は無字を有となすべしという。梁校は無字の下に罪字を補うべしという。二校ともに『左傳』の措辭にも言及。蕭校は王校を襲う。占いは神の存在を前提とする。ことさら有神の句をつくる必要はない。いま梁校により改める。　10我言惟服　毛詩は惟字を維につくる。梁校はこれを指摘する。『石經』によれば惟は魯詩の傳文である。　11獻兆於定姜、曰、兆如山陵　諸本はみな下句の陵字を林につくる。襄公十年六月の條は、曰字の上に姜氏問繇（兆辭）の一句あり。曰字以下はこれにつくる。兆如山陵、而喪其雄の二句は兆辭の形式により押韻が必要。梁校はこれを示し、後句の雄 ɦiuəŋ との押韻關係から林字を陵 lıəŋ に改むべきことを指摘する。いまこれにより改める。蕭校は梁校を紹介するが、古辭中では烝韻 əŋ と東韻 uŋ が叶韻すると述べ、他詩の句例を擧げるが本譚檢討にはずれた贅言である。詳細は省略する。

語釈　〇衞姑定姜　＊衞は第六話中の太姒の子康叔封が殷の遺民をあたえられて開いた姫姓の国（河南省）。前八世紀の武公和の時代には、西周を滅ぼした犬戎を討ち、東周の再興に貢献して国威を揚げたが、のち懿公赤の九年（六六〇B.C.）には翟（てき）の侵入により滅亡。再興後も国勢はほぼ衰退の一途をたどった。＊姑、原意はしゅうとめ、ただし女性の尊称として用いられる語。＊定姜は定公夫人（諸侯の正室）

姜氏の意。斉から迎えられ、夫の定公をよく補佐、異腹の子献公衎の失政を救い、滅亡の危機に瀕した衛の存続に貢献した。　○定公　衛第二十代の国君。諱は臧。在位五八八－五七七B.C.。『史記』巻三七衛公叔世家を主に参照。　○公子　諸侯の子。この献公の子の名は王梁二校も指摘するごとく伝わらない。　○三年之喪　旧時、中国では、妻は夫の死にあたって三年（二十五箇月）の大喪に服した。○帰　ここは大帰。離縁して実家に戻ること。　○野　国都から遠く離れた郊外の地。『爾雅』釈地には、邑(国都)の外なる周辺を郊、郊の外なる周辺を牧、牧の外なる周辺を野という。　○恩愛哀思　荒城註は可愛さと不憫さという。　○悲心感慟　心は悲しみに打たれ、感情が昂ぶって慟哭すること。　○賦詩曰　詩は『詩経』邶風・燕燕をいう。　○燕燕　二字で鳦鳥のこと。　○差池其羽　羽をひらめかせて飛ぶさまをいう。　○瞻望不及　瞻望は遙かを望みみる。不及は目がとどかない、遠ざかる姿が見えない。　○又作詩　詩は前掲の燕燕篇。　○先君之思、以畜寡人　先君は亡き父。定姜にとっては夫、公子の婦にとっては舅にあたる定公をいう。畜は音キク。孝養をつくす。寡人は君主の自称だが、ここは寡婦となった定姜をいう。二句訳文は通釈のとおり。なお、この詩は毛詩・詩序では、衛の第十二代の荘公揚の夫人姜氏が側室戴嬀を実家たる陳の国へ戻すときのことを歌ったものとする。戴嬀は嗣子完を産しても傲らずに荘姜につくしたが、荘公なきあと別の側室の子に完は殺され、戴嬀も里帰りさせられたという。毛詩は畜字を勗（つとめる）につくり、「先君をぞしのびつつ、至らぬ我（荘姜）を励ましぬ」の意に二句を解している。後出第八話も参照。　○過而之厚　（情愛が）ありあまるほど裕かで厚かった。　○孫林父　衛の大夫。良父の子。文子ともいう。生歿年不明。封邑は戚（河南省濮陽県近在）。定公に憎まれて晋に亡命。郤犨（次条参照）に伴われて帰国したが、新君献公衎の無礼に憤慨、甯恵子とともに反乱、献公を斉に放逐した。殤公秋を立てて相となったが甯恵子の子喜子の攻撃を受け、封邑戚をたずさえて晋に帰属。晋にあって衛の討伐を主張しつづけた。『左伝』成公七～十五年、襄公二～二七年の該当年月条参照。　○晋　周第二代の成王誦の弟叔虞が封ぜられた姫姓の国。春秋時代の大国である。　○郤犨　晋の大夫。歿年五八三B.C.。封邑の苦（山西省運城市近在）にちなんで苦成叔ともいう。『左伝』成公十一～十七年の該当年月条参照。　○辞　ことわる。　○宗卿　一門の家老。重臣。　○能遠患難　能は出来る。患難は晋により滅ぼされる国難。　○詩曰、其儀不忒、正是四国　『詩経』曹風・鳲鳩の語。鄭箋に「儀は義（道義）なり」「忒は疑ふなり」「正は長（指導者）なり」といい、また「義を執りて疑はざれば、則ち四国の長と為るべし（道義を疑うことなく一筋に守りぬけば、四方の国ぐにの指導者となれる）」という。　○敬姒　定公の側妾。　○献公　衛の第二十一、二十三代の君主。諱は衎。在位五七六～五五八・五四七～五四五B.C.。傲慢な振舞い多く、嫡母の定姜のみでなく重臣孫林父・甯恵子を侮辱して斉に放逐され、のち斉より晋におもむき、晋の平公彪、弟の姫鱄（子鮮）・甯恵子の子喜子らの助力で国に帰ったが、甯喜子の勢力を恐れて彼を誅殺した。主に前掲衛公叔世家、『左伝』襄公二六・七年ほか該当年条参照。　○居喪而慢定姜　居喪は喪中。慢はあなどる。定姜を馬鹿にしたこと。　○既哭而息　哭は哭礼。葬儀のさいに死者を悼んで哀哭する礼。息は葬儀三日目、納棺後に休息をとること。　○酌飲　勺飲ともいう。葬儀中三日の断食ののち少量の粥や水を摂ること。『礼記』喪大記に、「君の喪には、（略）三日食はず。子（世子）・大夫・公子（庶公子）衆士は粥を食ふ。（略）夫人・世婦・諸妻（庶公子・大夫の妻妾）は皆疏食（玄米粥を摂り）水飲す」という。なお『礼記』問喪によれば、死後三日目が斂（大斂）すなわち納棺の日である。　○鱄　衛の献公の同母弟。字子鮮。歿年五四五年B.C.。母敬姒の強い要請で、亡命中の傲慢・横暴な兄献公を甯喜子と協力して晋から帰国せしめたが、献公が甯喜子を誅殺したことを憤り、晋の木門（河北省邯鄲市近在）に亡命。晋の出仕の勧告も退けて死んだ。『左伝』襄公十四・廿七年等の該当年条参照。　○主社稷　社は国君の宗廟合祀の土地神、稷は穀物神。両者合わせて国家を意味する。国君の位に即けること。　○誣　事実に反することを欺き告げること。　○大臣　重臣。　○冢卿　冢は大におなじ。首席の家老。ここは孫林父と甯恵子。　○師保　君主を教え補佐する守役。　○以巾櫛事　巾櫛は手拭いと櫛。事は事奉（つかえる）。妻が手拭いと櫛をささげて夫の身のまわりの世話をする。ここは定姜が亡夫定公に妻としてつかえたことをいう。　○妾使　下女のように扱う。　○以辞教　辞はここでは名言。名言をもって真実を教え告げた。　○詩云、我言惟服　『詩経』大雅・板の句。鄭箋に「服は事なり。我が言う所は、乃ち今の急事なり」という。一句訳文は通釈のとおり。　○鄭　周の第十一代宣王靖の弟桓公友が封ぜられた国。　○皇耳　鄭の卿皇戌の子。生歿年不明。皇耳の衛侵入の事件は『左伝』襄公十年夏六月の条に見える。　○献兆于定姜　ここの兆は繇（音チュウ・兆辞）そのものをいう。訳文は通釈のとおり。　○兆如山陵　ここの兆は繇の文中の語。繇（兆辞）は譬喩で示される。山陵は吉兆の盛んなもの。訳文は通釈のとおり。　○出征、而喪其雄　雄は支配者。軍中では将帥。訳文は通釈のとおり。定姜は卜う側の衛に示された山陵の吉兆から判断、出征した失敗する者を、いま出征する衛軍ではなく、当初攻めこんできた鄭軍と見、雄を鄭の将皇耳に見たてたのである。　○禦寇　禦は防禦。寇は敵軍。　○犬邱　位置は不明、河南省の一角にあったろう。『左伝』前掲条の杜註によれば、もとは宋に、当時は鄭に属していた地。　○詩云、左之左之、君子宜之　『詩経』小雅・裳裳者華の句。左之左之とは、左は毛伝に「朝祀の事」といい、朝政・祭祀面の賢臣を左傍に控え立たせて、その輔佐を受けること。君子は毛伝に「其の先人（祖先）を斥す」という。ここは定姜に当てている。訳文は通釈のとおり。　○達　通達におなじ。精通する。　○得其罪尤　得は暁（さとる）におなじ。罪尤は罪郵（つみ・とが）におなじ。献公に自己の罪を認識させたこと。

韻脚　○詩 thiag・之 tiag・尤 ɦuag・辞 diag（1之部押韻）。

余説　本譚は母の一つのあり方たる姑の道を「慈姑」の道として示すとともに、国君夫人―ひいては天子の皇后・皇太后―のあり方を教えるものである。夫君の失政を匡し、長じても道を誤る子を叱正し、子に政局・戦局指導の力なきときは、みずから変事の対策を判断、輔佐すべき臣下に指針をあたえられる力。劉向はそれらの力を彼女らに望んだのである。なお姑のあり方を示す譚は第十一話鄒孟軻母③

話、第十二話魯之母師にも説かれ（一八七～一九一ページ、一九五～二〇二ページ参照）、いずれも娘婦の身を思い遣ることを訴えている。

ところで本譚第一大段につき、諸校は次のごとくいう。王校は証拠を論ぜず、本譚をただちに魯詩と断ずる。顧校は『礼記』坊記の鄭註「此衛夫人定姜之詩也。定姜無レ子、立二庶子衎一。是為二献公一。畜孝也。献公無レ禮二於定姜一、定姜作レ詩、言丙献公當レ思二先君定公一、以孝乙於寡人甲」の第一句のみを引き、『釈文』に此は魯詩というのを是とし、王応麟『詩攷』後序が、楚元王は『詩』を浮邱伯に受けており、元王の孫劉向の述べる所は魯詩なのだという説を傍証としている。だが『礼記』鄭註は、燕燕の詩を定姜と献公との確執を詠うものと見ているのであり、本譚のごとく、定姜が「慈姑」の情から去ってゆく娘婦を思って詠った詩とは見てはいない。梁校はこの鄭註全句と『釈文』の此は魯詩という説を挙げ、『鄭志』巻上に、「（鄭玄）答二炅模一云、為二記注一時、就二盧君一、先師亦然。先師謂二張恭祖一也」とあるのを引き、『後漢書』巻三十五鄭玄伝に「先師」が張恭祖であり、鄭玄が張恭祖から韓詩を受けたことをしるしてあることを指摘、『礼記』坊記の鄭註は韓詩の解を述べたもの、本条は魯詩の解を述べたもの、故に解はおなじからずと指摘する。蕭校はこれを襲う。王先謙『詩三家義集疏』巻三上は、斉詩の伝文をつたえると見なされる『易林』萃之賁の文と本譚の適合から斉・魯の義同一と見なし、韓詩説についても周到に触れる清・陳喬樅の説（『斉詩遺説考』『韓詩遺説考』）をも勘案、韓詩説には疑義を呈しつつ、燕燕詩註の娘婦追美の語中には献公深責の意が含まれていることを論じている。いずれにせよ、魯詩の学家から出た劉向が採った解釈は、斉詩中でも説かれ、韓詩学派に『詩経』を学んだ鄭玄にも、一時期はそれに近い形で受け入れられていたものであった。上掲『鄭志』は、後につづけて、「然後乃得二毛公傳記一。古書義又且然。〔禮〕記注已行、不レ復改レ之」という。

では鄭玄が何故、斉・魯・韓に行なわれていた定姜説話にもとづく燕燕詩の解を棄てて、荘姜説話にもとづく毛詩の説に即して箋註を『詩経』に加えたか。文献の確証たりうる史譚が㋑『左伝』隠公三年冬、㋺同四年春の条にあったからである。

㋑衛荘公娶二于斉東宮得臣之妹一。曰二荘姜一。美而無レ子。衛人所三為賦二「碩人」一也。又娶二于陳一曰二厲嬀一。生二孝伯一。早死。其娣戴嬀生二桓公一。荘姜以為二己子一。公子州吁、嬖人之子也。有レ寵而好レ兵。公不レ禁。荘姜悪レ之。㋺衛州吁弑二桓公一而立。

荘姜は定姜と、子を州吁に殺されて失った寡婦の戴嬀は子無き某公子の寡婦と、嫡母と対立する暴君州吁は献公とそれぞれ対応、名なき者には名があたえられ、寡婦の大帰が大喪終了のためというより暴逆の新君の策謀によるものとされている（おそらく鄭玄の学んだ韓詩学派の説はこうだったのであろう）。荘姜説話は、惜別の詩の背景を説くにはうってつけであった。定姜説話は、亡逸した文献や口碑中に存在していた可能性も考えられるが、鄭玄の時代には、登場人物の寡婦の名さえ明らかにせず、大帰の理由に夫の大喪終了しかしるさぬ『古列女伝』しか存在しなかったのであろう。かくて、鄭玄は、「衛荘姜送二帰妾一也」という毛伝・詩序の解に与したのであろう。

八 齊女傅母

傅母者、齊女之傅母也。女爲衞莊公夫人、號曰莊姜。姜交好。[1]始往、操行衰惰、有冶容之行、淫泆之心。[2]傅母見其婦道不正、諭之云、「子之家、世世尊榮、當爲民法則。子之質、聰達於事。當爲人表式。儀貌壯麗、不可不自修整。衣錦絅裳、飾在輿馬、是不貴德也」。乃作詩曰、「碩人其頎、[3]衣錦絅衣。[4]齊侯之子、衞侯之妻、東宮之妹、邢侯之姨、譚公維私」。以砥厲女之心、高其節。[5]以爲、人君之子弟、爲國君之夫人、尤不可有邪僻之行焉。女遂感而自修。

君子善傅母之防未然也。

莊姜者、東宮得臣之妹也。無子、姆戴嬀之子桓公。公子州吁、嬖人之子也。有寵、驕而好兵。莊公弗禁。後州吁果

傅母なる者は、齊女の傅母なり。女衞の莊公の夫人と爲れば、號して莊姜と曰ふ。姜交好たり。始めて往くに、操行衰惰、冶容の行、淫泆の心有り。傅母其の婦道正しからざるを見て、之を諭して云ふ、「子の家、世世尊榮、當に民の法則と爲るべし。子の質、事に聰達す。當に人の表式と爲るべし。儀貌は壯麗に、自ら修整せざるべからず。錦を衣 裳を絅にし、飾輿馬に在るは、是德を貴ばざるなり」と。乃ち詩を作りて曰く、「碩人其れ頎たり、錦を衣て絅衣す。齊侯の子、衞侯の妻、東宮の妹、邢侯の姨、譚公は維れ私なり」と。以て女の心を砥厲し、其の節を高くせしむ。以爲へらく、人君の子弟は、國君の夫人となりては、尤も邪僻の行有るべからざるなりと。女遂に感じて自ら修めたり。

君子は、傅母の未然に防ぐことを善しとするなり。

莊姜なる者は、東宮得臣の妹なり。子無きも、戴嬀の子桓公に姆たり。公子州吁は嬖人の子なり。寵有りて、驕りて兵を好む。莊公禁ぜず。後 州吁果して桓公を殺す。『詩』に曰く、

殺桓公[6]。『詩』曰、「毋[7]教猱升木」。此之謂也。
頌曰、「齊女傅母、防女未然。稱列先祖、莫不尊榮[8]。作詩明指、使無辱先。荘姜姆[9]教、卒能脩身」。

「猱に木に升るを教ふる毋かれ」と。此の謂ひなり。
頌に曰く、「齊女の傅母、女を未然に防ぐ。稱ひて先祖に列し、尊榮ならざるは莫し。詩を作りて指を明かにし、先を辱むること無からしむ。荘姜　姆教せられて、卒に能く身を脩めたり」と。

通釈　傅母というのは、斉公の女の傅母のことである。女は衛の荘公の夫人となったので、荘姜と号した。姜は媚びをふくんで妖美である。いよいよ嫁入ることになったときには、品行はふしだら、艶やかに粧い甘え、淫らで我儘であった。傅母は彼女の婦道が成っていないのを見て諭し、「あなたさまの家は、世世やんごとなく、民の心の拠所となるべき家柄なのです。あなたさまの資質は、聡明で物事に精通しておられます。人びとのお手本とならねばなりません。身づくろいはおごそかな美しさを心がけ、徳がにじみ出るように整えなければいけません。錦の上着をそのまま召して絅の透けた裳を召されたり、輿や馬を飾りたてるのは、徳を貴ばれぬ振舞いです」といった。そこで詩をつくり、「才色すぐれし女は背丈もすらりと、錦の上着に薄絹かけるゆかしさよ。それは斉侯のひめぎみにて、衛侯の奥方たるお方。斉の太子の妹ぎみにて、邢侯の奥方のご姉妹なる方。譚伯も邢侯の義兄弟なるお方ぞ」といって聴かせた。こうして女の心を励まし磨き、その節操を気高くしたのであった。人君の子弟が、国君の夫人（諸侯の正室）となるときには、とりわけ邪まな行ないがあってはならぬと考えたからである。女はかくて感じいり　みずから徳を修めるようになった。

君子は、傅母が未然に斉公の女の誤りをふせいだことを賛えるものである。

荘姜とは、斉の太子得臣の妹であった。子は産せなかったが、戴嬀の子桓公の嫡母であった。公子の州吁は、荘公気に入りの婢妾の子である。可愛がられ、増長して戦好きであった。荘公は悪癖を禁じてやれなかった。のちに州吁は、はたして桓公を殺した。『詩経』には「猱に木のぼり教えるな」という。これはこの事をいっているのである。

頌にいう、「斉公の女の傅母は、女の誤り成らぬうちに摘み、女の徳は先祖に称いて列び、げにもやんごとなし。詩をつくりて婦道を明かに示し、先祖の名声をけがすことなし。荘姜は傅母の教えのもと、ついに我が身に徳を修めぬ」と。

校異　1交好　承應本のみ狡好につくる。顧・梁二校は交は古字、姣は今字という。王校はただ二字同一を指摘。蕭校は王校を襲い、『說文』より「佼は交なり」、『詩經』小雅・桑扈の鄭箋「交交猶佼佼」、衞風・碩人の鄭箋「長麗佼好」とその『釋文』の「佼本作姣」を引く。ただし桑扈詩の鄭箋は、その後に「飛往來貌」と説明句がつづき、この語の解に適合しない。　2有治容之行、淫泆之心叢刊・承應の二本は淫泆之容の一句につくる。　3作詩曰、碩人其頎　顧・王二校はこの詩「衞風・碩人」を魯詩といい、顧校は王應麟『詩攷』後序にしかくいうことを紹介。王校は傅母の作といい　蕭校は王校を襲う。碩人の詩は、次條4に示すごとく、傳文の一部に本譚と毛詩の間に相違がある。しかし內容面で第二節以降の全詩幅を貫く解を求めれば、莊姜に對する規諫の語たりえない。　4絅衣毛詩は褧衣につくる。梁校のみ、これを指摘する。　5以砥厲女之心、高其節　諸本はみな砥厲女之心、以高節につくるが、『文選』巻二十一顔延年「秋胡詩」李註引は厲字を礪につくる他、これにつくる。構文上、李註引により校改。ただし厲字は『說文』在中の古字に據る。顧・王二校は李註引の下句の措字のみを指摘。梁校は上・下二句を分割、それぞれ李註引の措辭を指摘するが、下句を以高其節と四字に誤る。　6莊姜者、東宮得臣之妹也、無子、姆戴嬀之子桓公、公子州吁、嬖人之子也、有寵、驕而好兵、莊公弗禁、後州吁果殺桓公　『左傳』隱公三年冬の條は、衞莊公娶于齊東宮得臣之妹、曰莊姜、美而無子、衞人所爲賦碩人也、又娶于陳、曰厲嬀、生孝伯、早死、其娣戴嬀生桓公、莊姜以爲己子、公子州吁、嬖人之子也、有寵而好兵、公弗禁につくる。同上隱公四年春の條には衞州吁弒桓公而立につくる。本條については〔餘說〕一四七ページも參照。　7毋　考證本のみ母に誤刻する。　8尊榮　顧・王二校は舊本の誤倒を主張。顧廣圻は考證本の頌自體はこれにつくるが、攷證の條文は榮尊に改めている。王校は榮尊とすれば上・下諸句と押韻しうるという。尊はtsuen（23文部）。だがこの句は本文傅母の世世尊榮に對する句。梁校は『楚辭』遠遊には榮・人、東方朔「答客難」（『漢書』巻六十五東方朔傳・『文選』巻四十五所收）には身・榮の押韻例があると指摘する。榮はɦuĕŋ（17耕部）、人はnien、身はthien（ともに26眞部）。蕭校は梁校を襲う。　9姆教　諸本はみな姆妹につくる。これでは意味不明。顧校引段註は「當是母桓」（きっと桓公の母親をつとめたということなのであろう）」と解する。一見、君子贊後の挿入句中の姆戴嬀之子桓公との對應を考慮した正解のごとく思われるが、妹一字をもって戴嬀ならぬ、その子までを意味させるのは無理がある。また〔餘說〕に說くように、この挿入句自體、後人の竄入句らしい。王校は妹字は嬀の誤なりといい、嬀氏（戴嬀）の子の母親役をつとめたの意に解し、段校の言を或說として紹介する。これに對し梁校は清・黄丕烈の「妹は宋本模糊として是れ教字に似たり」と指摘する。蕭校は梁校を襲い、王校の妹・嬀改字論を駁し、嬀氏の子〔といえども、父方衞國の姬氏の子〕、嬀とは稱せないという。いま意味・論脈上から、黄說により改める。

語釈　○傅母　君侯の女性の指導にあたる守役。しつけうば・もりやく等と訓じる。　○斉女　斉は周開国の功臣太公望呂勝が開いた姜姓の国（山東省）。女はその第十二代の国君荘公購（贖）、在位七九四～七三一B.C.の女。彼女の事蹟は、『史記』巻三十七衛康叔世家・荘公五年の条、『左伝』隠公三年冬の条に見え、『詩経』（毛詩）邶風・緑衣、燕燕（『古列女伝』は第七話に見るように荘姜ならぬ定姜の事とする）、日月、終風や衛風・碩人等にうたわれている。　○衛荘公　衛の第十二代の国君姫揚。在位七五七～七三五B.C.。　○交好　姣好におなじ。狡さを加えた美しさ。蠱惑美をいう。　○操行衰惰　品行がふしだらである。　○冶容之行　艶やかで媚びをふくんだ行為。　○淫泆之心　淫らでしたい放題をしようとする心。　○尊栄　尊く栄光に輝くこと。げにやんごとなきこと。　○民法則　法則は手本・きまり。民の心の拠所。　○聡達於事　聡は聡明。達は通達・精通。聡明で物事に精通する。　○表式　手本。　○儀貌壮麗　儀は立居振舞い、貌は容貌。壮麗は交好（妖美）とは異質の荘厳な美しさ。身づくろいをおごそかにする。　○脩整　徳を修めて身づくろいを整える。　○衣錦絅裳　衣は動詞、きル。絅も動詞で、透けた薄絹で仕立てる。きらびやかな錦の上着をむきだしに着けて人目を魅き、薄絹の裳を着けて人を悩殺する。　○飾在輿馬　輿や馬を豪華に飾る。　○乃作詩　詩は前掲の碩人篇。毛伝・詩序によれば、衛に輿入れした、荘姜が「賢なれども荅ひられず、終に以て子無し」という状況に、国人が同情して作った詩とされる。　○碩人其頎　鄭箋に碩は大なりという。才徳・姿態（色）にわたって豊かに大きいこと。頎は毛伝に長き貌という。才色すぐれた美人はスラリと丈も高い。　○衣錦絅衣　絅（褧）衣とは褧襌（薄絹の短衣）を上着の上にかけること。錦の上着のきらびやかさを重ね着の薄絹で控え目にぼかすこと。前出の衣錦絅裳とは異質の上品な美の演出をいう。　○東宮之妹　東宮は太子。荘姜は斉の太子の妹であった。『左伝』隠公三年冬の条によれば名は得臣。会箋によれば夭折した人物、斉の第十三代国君僖（釐）公禄父ではない。　○邢侯之姨　邢は周公旦の子が封ぜられた姫姓の侯国、姨は夫から見た妻の姉妹。「いもしゅうとめ」と訓じる。荘姜は邢侯の正室の姉妹にあたる。　○譚公維私　譚は毛詩・孔疏によれば子爵の国。公は周王に臣従する国君の総称。私は夫から見た妻の姉妹の夫。あいむこと訓じる。譚伯は邢侯の義兄弟にあたる。　○砥厲女之心　砥厲はとぎみがく。荘姜の心を励まし磨いた。　○高其節　節操を気高くする。　○防未然　悪癖が誤りとなって現われぬように防ぐ。　○姆戴嬀之子桓公　姆は梁註に清・段玉裁の説を引き、母の意という。戴嬀は衛の荘公が陳から迎えた側室厲嬀の妹で桓公完を産んだ。荘姜は嫡母として己が子のように彼を愛した。　○嬖人　寵愛を受ける卑しい側室。　○後州吁果殺桓公　州吁は魯の隠公四年（七一九B.C.）二月に桓公を弑殺した。州吁自身は同年九月、衛の忠臣石碏の策謀にかかり、周王に覲する手づるを求めて陳に出かけて捕えられ、殺されて公位を認められずにおわった。　○詩曰　『詩経』小雅・角弓の語。句意は猱（猿の一種）に木のぼりを教えるような愚かなことはするな。〔木のぼり上手な猱は、ますます木のぼり上手になる。人も同様、小賢しい人間に智恵をつけるとますます小賢しくなる〕。＊この句、現行『列女伝』諸本が本来の型をつたえたものとするなら、猨に譬えられている人物は州吁、木のぼりを教える人物に譬えられる者は衛の荘公となるが、斉女傅母伝の詩賛としてはそぐわない。この譬喩については［余説］を参照されたい。　○称列先祖　荘姜の徳は斉の先祖の徳に称い、先祖とともにならぶものである。　○明指　指は旨（主旨）におなじ。婦道の主旨を明示する。　○姆教　傅母の教訓。

韻脚　○然 nian.（20元部）　○栄 ɦiuɛ̂ŋ（17耕部）　○先 sə̄n（23文部）　○身 thien（26真部）　四部合韻一韻到底格押韻。

余説　聖天子の后妃やそれに準ずる人物、国君夫人について語ってきた劉向は、この譚から身分を下げ、まず国君夫人の指導にあたる傅母（もりやく・しつけうば）の理想像を語る。一国の女性の鑑たるべき国君夫人、ひいては天子の后妃の人格・徳性を形成するのは、じつの母親よりも傅母の力である。母儀のあり方の一つ、この傅母の重要性を劉向は忘れなかった。本譚の典拠は未詳。魯詩を家学とする劉向が『詩経』衛風・碩人の第一節のみに注目、荘姜説話を結びつけて創作したものであろうか。王先謙『詩三家義集疏』巻三下が、碩人の詩が荘姜の輿入れの事のみを詠っていることから、明・何楷の言も引き、魯詩の解たる本譚こそがその正解であると断ずるのは、誤りである。本譚の傅母の規諫の言は、碩人の詩の全幅にわたれない。

ところで本譚は、君子評賛を曰字ならぬ善字で構成し、頌との間に、荘姜者以下四十五字の一段を挿入している。かつこの挿入句の内容は斉女傅母伝としての本譚とは無関係。衛の荘公（同時にその正室荘姜）の庶公子教訓の失敗譚で構成されている。詩賛が「猨に木に升るを教ふる毋かれ」とあり、それがいかにも荘公（猨に木のぼりを教える愚者）、州吁（猨）と譬喩関係が一致するようなので、一段の構成の不自然さが看過されがちである。だが、この四十五字は伝写のある時点で、何者かが、『左伝』隠公三年・四年の伝文を抄節、縮約して竄入したものであろう。三年冬の条を例示しておく。＊（　）が削除部分、〔　〕が縮約部分、《　》が追加部分。

（衛荘公娶二于斉一）東宮得臣之妹。（曰二荘姜一。美而）無レ子。（略）〔其娣戴嬀生二桓公一、荘姜以為二己子一＝姆戴嬀之子桓公〕。公子州吁、嬖人之子也。有レ寵、《驕》而好レ兵、《荘》公不レ禁。

斉女傅母の荘姜善導説話は右の一段をのぞいてこそ、そのじつ整然と完結するのであり、詩賛や頌とも自然に一体化するのではなかろうか。頌の語句がすべて傅母の賞賛のみでおわっていることにも注意すべきである。

おそらく『列女伝』原本においては、君子評賛の後に、「毋教猨升木」の句か、この句を含む複数の詩句が直接つづいていた筈である。「交好」で「治容の行ひ、淫泆の心有り」と評された小賢しい魔性の女荘姜こそが「猨」に譬えられているのであり、「毋教猨升木」の句はその魔性を摘みとった斉女傅母の心を賛えるために引かれているのである。現行の諸本は、堅貞の女と化した薄幸の諸公夫人を「猨」に譬えていることに抵抗を感じた何者かが、当時の伝本の真を疑って改竄したものと思われる。「毋教猨升木」の句をもって、女性の虚飾・淫泆の誡めとする例は、後世のものながら清・陳確『新婦譜補』序文中にも見られ、不自然なことではない。拙著『教育からみた中国女性史資料の研究—女四書と新婦譜三部書—』（明治書院刊）四六四・四六七ページ参照。

九　魯季敬姜

①魯季敬姜者、莒女也。號戴己。[1] 魯大夫公父穆伯之妻、文伯之母、季康子之從祖叔母也。博達知禮。穆伯先死、敬姜守義。[2] 文伯出學而還歸。敬姜側目而盼[3]之、見其友上堂。從後、階降而郤行、[4] 奉劍而正履、若事父兄。文伯自以爲成人矣。敬姜召而數之曰、

「昔者、武王罷朝、而結係袜絶。[5] 左右顧無可使結之者。俯而自申之。故能成王道。桓公坐友三人、諫臣五人、日擧過者三十人。故能成伯業。周公一食而三吐哺、一沐而三握髮、所執贄而見於窮閭・隘巷者、七十餘人。[6] 故能存周室。彼二聖・一賢者、皆霸・王[7]之君也。而下人如此。其所與遊者、皆過己者也。是以

(1)魯季敬姜なる者は、莒の女なり。戴己と號す。魯の大夫公父穆伯の妻、文伯の母にして、季康子の從祖叔母なり。博達にして禮を知る。穆伯先に死するも、敬姜義を守れり。文伯出で學びて還歸す。敬姜目を側めて之を盼るに、其の友の堂に上れるを見る。後に從ひ、階降して郤行し、劍を奉じて履を正し、父兄に事ふるが若し。文伯自ら以て成人と爲す。敬姜召して之を數めて曰く、

「昔者、武王朝を罷めて、袜の絶つるを結び係がんとす。左右を顧みるに之を結ばしむべき者無し。俯して自ら之を申ぬ。故に能く王道を成せり。桓公は坐友三人、諫臣五人、日ゝ過ちを擧ぐる者三十人あり。故に能く伯業を成せり。周公は一食して三たび哺めるを吐き、一沐して三たび髮を握り、贄を執りて窮閭・隘巷に見ゆる所の者は、七十餘人。故に能く周室を存せり。彼の二聖・一賢なる者は、皆霸・王の君なり。而るに人に下ること此の如し。其の與に遊はる所の者は、皆己に過ぐ

日益而不自知也。今以子年之少、而位之卑、所與遊者、皆爲服役。子之不益、亦以明矣」。

文伯乃謝罪。於是、乃擇嚴師・賢友而事之。所與遊處者、皆黄耄・倪齒也。文伯引衽・攘捲、而親饋之。敬姜曰、「子成人矣」。

君子謂、「敬姜備於教化」。『詩』云、「濟濟多士、文王以寧」。此之謂也。


る者なり。是を以て日〻益せられて自ら知らざるなり。今子年之少くして、位之卑きを以て、與に遊る所の者は、皆服役を爲す。子の益せられざること、亦た以て明かなり」と。

文伯乃ち謝罪す。是に於て、乃ち嚴師・賢友を擇びて之に事ふ。與に遊處する所の者は、皆黄耄・倪齒なり。文伯衽を引き・攘捲して、親ら之に饋りす。敬姜曰く、「子は成人なり」と。

君子謂ふ、「敬姜教化に備なり」と。『詩』に云ふ、「濟濟たる多士、文王以て寧し」と。此の謂ひなり。

通釈 ①魯の季孫氏の敬姜とは、莒の地の女であった。戴己といわれた。魯の大夫公父穆伯の妻で、文伯の母であり、季康子の従祖叔母（祖父の兄弟の妻）である。ひろく物事に通じて礼をわきまえていた。穆伯はさきに死んだが、敬姜は寡婦暮らしを守った。文伯が家を離れて学んでもどってきたときのことである。敬姜が横目で観察していると、彼の友人たちが堂にのぼってゆくのが見えた。〔文伯の〕後について、階段をのぼり降りして道を譲り、剣をささげもってやったり履きものを揃えてやったり、父や兄につかえるようにしている。文伯は一人前だと思いこんでいるのであった。敬姜はよびよせて責めていった、

「むかし、武王が朝政を終えられたとき、袜の紐が切れたのを結びなおされようとしたことがあります、左右を見まわしても、結ばせてよい者がおりません。うつむいて自分でゆわえられたのでした。だから王道をなしとげられたのです。〔斉の〕桓公は対等に坐って談じあう友人が三人、ご意見番の臣下が五人、日〻過ちを挙げて指摘してくれる方が三十人もおられました。だから覇業をなしとげられたのです。周公は一度の食事中に三度口にしたものを吐きだし、一度の洗髪に三度髪を握って水を拭い、〔つぎつぎと押しかけ面会を求める客に応待され〕、贈物を持って貧しい村里・隘い路地奥で

会って意見を求められる方が七十人あまりもおられたのでした。だから周の王室を後世におつたえになれたのです。かの二聖人（周の武王と周公）・一賢者（斉の桓公）は、みな覇者・王者となった殿さまでいらっしゃる。それなのにかくも人に対し謙虚にふるまわれたのです。その付きあわれた方もみなご自分以上の人物です。だからご自分でも気づかぬうちに日々徳を増し加えられたのでした。なのに今あなたのように年若く、地位も低いのに、つきあう者は、みなあなたに従いつかえる者ばかりです。あなたが徳を増し加えられずにおわるのは、やはり明らかです」。

文伯はそこで詫びを入れた。かくて、厳しい師・賢れた友人を選んで彼らにつかえるようになった。日頃つきあう者たちは、みな髪黄ばみ歯も抜けかわった老人たちとなる。文伯は袂をからげ腕まくりして、みずから彼らの世話にあたる。敬姜はいった、「あなたも一人前になったわね」と。

君子はいう、「敬姜は感化による教育に手抜かりがなかった」と。『詩経』には、「威儀そなわれる多くの逸材よ、文王のみ霊も安からん」といっている。これは文王亡きあと多くの逸材がその霊を安んじたように、多くの逸れた老人が文伯を教え、穆伯の霊を安んじたことを詠っているのである。

校異　1魯季敬姜者、莒女也、號戴己　姜姓出身のゆえに敬姜と稱ばれるヒロインが己姓の戴己を號することはない。王校はその誤りのみを指摘するが、顧校は戴己が『左傳』文公七年（秋八月）の條に見える穆伯（公孫敖）の妻、文伯（公孫穀）の母たる人物であることを指摘。『左傳』には、穆伯娶于莒、曰戴己、生文伯（杜註・穆伯公孫敖也、文伯穀也）としるす。顧校はまた本譚①話が『國語』巻五魯語に見えぬことも指摘する。七話から成る本譚のうち①②話を除く五話までが『國語』に見える。『國語』中の敬姜は公父穆伯（季孫靖）の妻、公父文伯（公父歜―韋昭註―）の母である。顧校は、ヒロインが夫・子の號の一致から別人の戴己と混同したというのである。梁校は顧校を要約して襲い、蕭校は王・梁二校を併記する。もしこの①話を語る戴己説話が劉向の時代まで傳えられていたとすれば、劉向が登場人物を戴己から敬姜にすり替えるさいに犯した手落ち、かかる説話がなかったとすれば、劉向が創作過程で混亂して犯した誤りであろう。　2敬姜守義　諸本はみな守義二字を守養につくる。傳寫者が下句中の文伯を賓語と見なして誤記、それが踏襲されたものであろう。梁校は盧文弨の說を引き、養は義の譌字とする。蕭校は梁校を襲う。意味上これに改む。　3盼　叢刊・承應の二本は盻につくる。　4從後、階降而卻行　叢刊・承應の二本は階字を堦につくる。集注本は從後階で斷句、後階二字を特定の階段を意味する名詞と見なす。承應本も同樣に見なし、從後堦降、卻行と訓讀する。集注本の蕭校は本條につき、語釋にわたって次のごとく解する。

—後階とは北階。『儀禮』士昏禮の記に、「婦洗在二北堂一」といい、〔鄭〕註に「北堂、房中半以北」という。大夫・士は東房（北に牆の無い空間）、西室（周囲に牆のある空間）があり、東房の北半分が北堂である。同上・大射儀に、「工人士與二梓人一升レ自二北階一」とあり、同上燕禮の鄭註に、「羞レ膳者、從而東、由二堂東一升レ自二北階一」というから、北階とは東房の北堂の下にあることになる。だから、この北階を後階と稱するのであろう。文伯の友人は文伯に諂事えて、自分を客人の地位に居いて西階より升ろうとせず、後（北）階から升ったのである。—だが北階＝後階という解の適否も問題ならば、特殊な礼の解釋で前後の論脈に適合するかも問題である。文伯が堂の南正面の階段を升り降りしているとき、友人たちは堂の北東隅にまわって、堂の後階段を後ずさりしながら降りているとは、どういう事なのか。これで、護身用の剣をあずかったり、履物の世話が出來るのか。事實に適合しない、文獻の權威に機械的に頼る考證の惡例といえよう。斷句を上記のごとくし、階を升の意にとれば、すなおに意味がとれるのではなかろうか。

5武王罷朝、而結係絑絶　諸本はみな下句を結絲絑絶につくる。顧校は本條の說話の典據を『呂氏春秋』不拘論不拘の武王至殷郊譚、『韓非子』外儲說〔左下〕の文王伐崇・晉文公與楚戰譚とし、絲字の該當字を『呂氏春秋』が係に、『韓非子』が繫につくることを指摘、『呂氏春秋』による係字への校改を主張する。また絑字を段校を引いて韈とおなじという。王校も『呂氏春秋』による絲字の係への校改を主張、さらに夫郝懿行の說として、『韓非子』〔前揭〕に韈繫解、因自結とあるので、絑は韈のことと證據づけられるといい、『玉篇』に襪は袜にもつくっており、袜・絑二字は或體字であるともいう。梁校も絲字を係の誤りといい、かつ衍字なり（＝結袜絶の三字で可）と斷じ、『漢書』〔巻五十〕張釋之傳に、張釋之が王生老人の「爲レ我結レ韈」という命令に、跪いて韈を「結」ぶ一段があるが、顏師古は、「結は讀みて係と曰ふ」といっており、係字は傳寫のさいに正文に誤入したのだと說明する。梁校はまた『漢書』〔巻十一〕哀帝紀に韈係解とあり、『韓非子』（前揭）に韈繫解につくっており、絑はおそらく韈と同意の袜につくるべきであろう、『玉篇』に袜は脚衣とある、絲旁は上下の文字に牽かれて誤ったのだという。蕭校は王校と梁校の『漢書』哀帝紀・『韓非子』外儲說左下とによる校異を併記、梁校を駁して、『淮南子』說林訓の鈞之縞也、一端以爲レ冠、一端以爲レ絑。冠則戴致レ之、絑則履二履之一の句や『後漢書』〔巻四志〕禮儀志上の絳袴絑の句によって絑字を袜に換える必要のないことを示し、結字は下文〔の係字〕にわたって衍したもの、係絑絶は襪係解とおなじ、それゆえ、絲は係の誤りで衍文であると見なす梁校は誤りだという。しかし結係二字は同義重層の連文であろう。結絲では意味はとおらない。いま顧・王兩校により、『呂氏春秋』、『韓非子』（ともに前揭）にしたがい、結絲二字は結係に改める。袜・絑は韈の或體。よってこのままとする。なお主要典據と思われる『呂氏春秋』の該當句、王校のその該當句に付した訂議、關連文獻『韓非子』についての要說は〔語釋〕13（一五二ページ）參照。

6所執贄而見於窮閭隘巷者、七十餘人　蕭校は本條の典據に、『尚書大傳』〔巻五周傳・雒誥〕『韓詩外傳』〔巻八第三十二話〕を擧げ、前者の該當句は所執贄而見者十二、委質而相見者三十、其未執贄之士百につくり、後者は所贄而師者十人、所友見者十二人、窮巷白屋先見者四十九人、時進善者百人につくると指摘する。　7覇王　叢刊・承應の二本は覇字を伯につくる。

語釈　○魯季　魯の三桓氏の一つ姫姓の季〔孫〕氏をいう。ただしここは季悼子の子季靖・字公父・謚穆伯（生歿年不明）が開いた公父氏のこと。　○莒　音キョ。国名。山東省莒県。　○文伯　諱は歜。文伯は謚。生歿年不明。後出の季康子の父桓氏（季孫斯）とともに、魯・定公五年（五〇四B.C.）、陽虎の反乱で捕われ、追放されて斉に亡命。のち帰国して哀公につかえた。『左伝』定公五年冬九・十月の条、哀公三年夏五月の条。　○季康子　諱は肥、康子は謚。歿年は四六八B.C.。父は、斉の女楽を受けとって孔子を憤慨させ、魯を去らせた季桓子（季孫斯）。隣の小国邾に侵攻し、逆にその同盟国の大国呉に伐たれるような失敗もしたが、孔子の弟子冉有を将として対斉戦に勝利し、孔子を魯にもどして（四八四B.C.）、政務の相談役にした人物。『左伝』哀公七・八・十四・二三・二五・二七年の諸条に彼の事蹟が、『論語』為政・雍也・先進・顔淵・憲問等の諸篇に彼と孔子の問答が見え『史記』巻三十三魯周公世家、同巻四十七孔子世家にも事蹟が見える。なお公父文伯は彼の堂叔（父の年下のいとこ）にあたる。　○博達　ひろく事理に通じる。　○守義　貞節の義を守る。寡婦暮らしを守る。　○側目而盼之　側目は横目づかいをすること。盼（音ハン）はよく観察すること。　○従後、階降而郤行　従後は文伯の友人が〔文伯の〕後に従うこと。階降の階は上り進むこと、階段をのぼり降りする。郤行は後ずさりする、文伯の友人が後ずさりして〔文伯に〕道を譲ること。　○正履　履は履きもの。履きものを揃える。当時の中国は敷物坐りの生活。入室のさいは履きものを脱いだのである。　○成人　一人前の人物。　○数　責める。　○武王　周王朝開国の聖王。姓は姫、諱は発。母儀伝第六話の語釈33（一三二ページ）参照。　○結係絑絶　結係は結びつなぐこと。絑は襪（たび）におなじ。なお周の武王が自分で襪の結目を直したという話しは、校異6に既述のように、『呂氏春秋』不苟に見えるが、殷の紂王討伐のさいの殷都での出来事になっている。原文を示しておく。武王至二殷郊一（都の郊外）、係堕（襪の結紐が解けた）。五人（重臣五人）御二於前一、莫二肯之為一（原文誤到）。曰、「吾所二以事一君者、非レ係也。」武王左釈二白羽一（白い羽で飾った旗）、右釈二黄鉞一（黄金飾りの儀仗用のまさかり）、勉而為レ係（襪の結紐を結んだ）」。文中の勉字につき、王校は俛の譌字という。類似の譚は『韓非子』外儲説左下に二話に見え、一は文王姫昌、二は晋の文公姫重耳が主人公になっており、内容にも違いがある。　○自申　申は束におなじ。みずからくくる。　○桓公　斉の桓公姜小白。春秋五覇の一人。詳しくは賢明伝第二話の語釈1（二二九ページ）参照。　○伯業　伯は音ハ。覇業（覇者としての事業）におなじ。　○周公一食而三吐哺、一沐而三握髪　周公は周公姫旦。母は母儀伝第六話に見える太姒。同母兄の武王姫発を輔佐して殷を倒し、武王亡きあとは、幼主の成王姫誦を後見。殷の遺民武庚・禄父の乱を平定、礼制を整えて、周建国の礎石を固めた。儒家の尊崇する聖王の一人。一食而三吐哺、一沐而三握髪とは、魯王に封ぜられた子の伯禽に対する周公の戒告中の語。『史記』巻三十三魯周公世家によれば、周公は伯禽に、「我は文王の子、武王の弟、成王の叔父なり。我　天下に於て亦た賤しからざるなり。然れども我は一沐に三たび髪を捉み（一度の洗髪に〔来客のたびに〕三度も髪を握って水を拭い）、一飯に三たび哺めるを吐きて（一度の食事に〔来客のたびに〕三度口中の食物を吐き）、起ちて以て士に待するも、猶ほ天下の賢人を失はんことを恐る。子　魯に之かば、慎んで国を以て人に驕る無かれ（くれぐれも国君だからとて人に威張ることのないように）」と誡めたという。蕭註は典拠として『荀子』〔堯問〕『韓詩外伝』〔巻三第三十一話〕を挙げている。　○執贄　会見にゆくとき敬意をあらわすために手土産をもってゆくこと。　○窮閻隘巷　閻は閭門（むらざとの門）。巷は村や町の小路。貧しい村里や隘い路地。なお周公が窮閻隘巷に殷勤丁重に識者の意見を求めてまわったという典拠は〔校異〕6（一五一ページ）を参照。
○彼二聖・一賢者、皆覇王之君也　覇は覇者（覇道により天下に君臨する者）、王は王者（王道により天下に君臨する者）。二聖は王者たる武王・周公、一賢は覇者の桓公を指す。　○所与遊者　遊は交遊（まじわる）。つきあっている者。　○服役　服はしたがう、役は使われる。従いつかえる。　○益　徳を増し加えられる。　○黄耇倪歯　黄は老齢で髪が黄ばむこと。耇は八十・九十、あるいは七十歳の老人。倪歯は一度脱けてさらに生じた老人の歯。なお老人はこの時代には有識の老成人と見なされ、尊敬すべき存在であった。王註は、『詩経』（毛詩）〔魯頌・閟宮〕に黄髪児歯という句があり、これと同意だという。顧・蕭二註も倪歯が『説文』『爾雅』等では、齯・兒等につくられていることを説く。　○引衽攘捲　袂をからげまくる。王・梁二註は捲は巻の意『准南子』原道訓に短レ袂攘レ巻の句があり、高誘註に巻は巻レ臂也というと説く。　○教化　感化力で教えて良導すること。　○詩云　『詩経』大雅・文王の句。済済の語は毛伝に「威儀多きなり」という。句意は通釈のとおり。

②文伯相レ魯。敬姜謂レ之曰、
「吾語レ汝。治國之要、盡在レ經矣。[1] 夫幅者、所三以正二曲枉一也。[2] 不レ可レ不レ彊。[3] 故幅可三以爲二將。畫者、所三以均二不レ均、服二不レ服也。[4] 故畫可三以爲二正。物者、所三以治二蕪與一レ莫也。[5] 故物[5'] 可三以爲二都大夫一。[6] 持交而不レ失、出入不レ絶者梱也。[7] 梱可三以爲二大行人一也。[8] 推而往、引而來者綜也。綜可三以爲二關內之師一。[9]

②文伯　魯に相たり。敬姜之に謂ひて曰く、
「吾汝に語ぐ。治國の要は、盡く經に在り。夫れ幅なる者は、曲枉を正す所以なり。彊ひざるべからず。故に幅は以て將と爲すべし。畫なる者は、均しからざるを均しくし、服さざるを服する所以なり。故に畫は以て正と爲すべし。物なる者は、蕪と莫とを治むる所以なり。故に物は以て都大夫と爲すべし。持交して失はず、出入絶えざらしむる者は梱なり。梱は以て大行人と爲すべきなり。推して往き、引きて來る者は綜なり。綜は以

主多少之數[10]者枃[11]也。枃[11']可以爲內史。服重任、行遠道、正直而固者軸[12]也。軸可以爲相。舒而無窮者樀也。樀[12']可以爲三公。

文伯再拜受教[13]。

③文伯[14]退朝、朝敬姜[15]。敬姜[15']方績。文伯曰、「以歜之家、而主猶績。懼干季孫之怒[16]。其以歜爲不能事主乎」。敬姜歎曰、

「魯其亡乎。使童子[17]備官。而未之聞耶。居。吾語[18]汝。昔聖王之處民也、擇瘠土而處之、勞其民而用之。故長王天下。夫民勞則思、思則善心生。逸則淫、淫則忘善。忘善則惡心生。沃土之民不材、淫也[19]。瘠土之民嚮義[20]、勞也。

是故、天子大采朝日、與三公・九卿祖識[21]地德[22]。日中考政、與百官之政事、使師・尹維旅牧[23]、宣敍民事。少采夕月、與太史・司載糾虔天刑。日入監九御、使潔奉禘・郊之粢盛[24]、而後即安。諸侯朝修天子之業命[25]、晝考其國職[26]、夕省其典刑、

て關內の師と爲すべし。多少の數を主る者は枃なり。枃は以て內史と爲すべし。重任に服し、遠道を行き、正直にして固き者は軸なり。軸は以て相と爲すべし。舒びて窮り無き者は樀なり。樀は以て三公と爲すべし」と。

文伯再拜して敎を受く。

③文伯朝より退き、敬姜に朝す。敬姜方に績げり。文伯曰く、「歜の家を以てして、主猶ほ績ぐ。季孫の怒りを干さんことを懼る。其れ歜を以て主に事ふる能はずと爲すか」と。敬姜歎じて曰く、

「魯は其れ亡びんか。童子をして官に備へしむ。而未だ之を聞かざるや。居れ。吾汝に語げん。昔聖王の民を處らしむるや、瘠土を擇んで之を處らしめ、其の民を勞せしめて之を用ふ。故に長く天下に王たり。夫れ民勞すれば則ち思ひ、思へば則ち善心生ず。逸すれば則ち淫に、淫すれば則ち善を忘る。善を忘るれば則ち惡心生ず。沃土の民不材なるは、淫なればなり。瘠土の民義に嚮ふは、勞すればなり。

是の故に、天子は大采して日に朝し、三公・九卿と地德を祖識す。日中するも政を考へ、百官の政事に與り、師・尹をして旅〻の牧を維ね、宣く民事を敍べしむ。少采して月を夕し、太史・司載と天刑を糾〻しく虔む。日入りては九御を監して、

夜儆百工、使無慆淫、而後即安。卿・大夫朝考其職、晝講其庶政、夕序其業、夜庀其家事、而後即安。士朝而受業、晝而講肄[27]、夕而習復、夜而討過[28]無憾、而後即安。自庶人以下、明而動、晦而休、無自以怠[29]。

王后親織玄紞、公・侯之夫人加之以紘・綖、卿之內子爲大帶、命婦成祭服、列士之妻[30]加之以朝服。自庶士以下、皆衣其夫。社而賦事、烝[31]而獻功。男女效績、[32]否則有辟、古之制也。君子勞心、小人勞力、先王之訓也。自上以下、誰敢淫心舍力。今我寡也。爾又在下位。朝夕處事、猶[33]恐忘先人之業。況有怠惰、其何以避辟。吾冀汝[34]朝夕修[24']。我曰、『必無廢先人』。爾今也曰、『胡不自安[35]』。以是承君之官。余懼穆伯之絕[36]嗣也」。

仲尼聞之曰、「弟子記[37]之。季氏之婦不淫矣」。『詩』曰、「婦無公事、休其蠶織」。言婦人以織績爲公事者也。休之非禮也。

禘・郊の粢盛を潔かに奉ぜしめ、而る後に安に即く。諸侯は朝に天子の業令を修め、晝には其の國職を考へ、夕べには其の典刑を省み、夜には百工を儆め、慆淫すること無からしめ、而る後に安に即く。卿・大夫は朝に其の職を考へ、晝には其の庶政を講じ、夕べには其の業を序で、夜には其の家事を庀め、而る後に安に即く。士は朝には而ち業を受けて、晝には而ち講肄し、夕べには而ち習復し、夜には而ち過ちを討ねて憾み無からしめ、而る後に安に即く。庶人より以下、明くれば而ち動き、晦るれば而ち休ひ、自ら以て怠ること無し。

王后は親ら玄紞を織り、公・侯の夫人は之に加ふるに紘・綖を以てし、卿の內子は大帶を爲り、命婦は祭服を成し、列士の妻は之に加ふるに朝服を以てす。庶士より以下、皆其の夫に衣す。社には而ち事を賦し、烝には而ち功を獻ず。男女績を效し、否んば則ち辟有るは、古への制なり。君子は心を勞し、小人は力を勞するは、先王の訓へなり。上より以下、誰か敢て心を淫して力を舍てん。今我は寡なり。爾は又下位に在り。朝夕事に處してすら、猶ほ先人の業を忘れんことを恐る。況や怠惰有れば、其れ何ぞ以て辟を避けんや。吾冀くは汝が朝夕に修めんことを。我曰く、『必ず先人を廢する無かれ』と。爾今や曰く、『胡ぞ自ら安んぜざるや』と。是を以て君の官を承く。余穆伯の嗣絶えんことを懼るるなり」と。

仲尼之を聞きて曰く、「弟子之を記えよ。季氏の婦は淫ならざるなり」と。『詩』に曰く、「婦は公事無きも、其の蠶織を休む」と。言は婦人は織績を以て公事と爲す者なり。之を休むは禮に非ずとなり。

通釈　②公父文伯が魯の宰相となった。敬姜が彼にいった、

「お前に教えてあげましょう。国を治める要は、〔織造に喩えれば〕ことごとく経面（たていとを張った水平な面）をつくることにかかっています。そもそも幅（伸子）は経面の曲枉を正すためのものです。しっかりと経面の幅を張らねばなりません。だから幅は将軍に喩えることができます。画（工具名）は経糸の不均等な部分を均等にし、秩序にしたがわぬ経糸を秩序どおりに張らせるためのものです。だから画は役人の長に喩えることができます。物とは蕪（織っているさ中にまつわった糸）と莫（織っているさ中にかさなった糸）をとりのぞくためのものです。だから都大夫に喩えることができます。緯糸（よこいと）を手にもって経糸に連続的に交叉させ、絶えまなく出入りさせるものは梱（刀杼）です。梱は〔外賓接待役の〕大行人に喩えることができます。経糸を推しあげてゆき、引き下げてくるものは綜絖です。綜絖は〔人民の動員の責任者たる〕関内の師に喩えることができます。多数の経糸をつかさどるものは杓（筬）です。杓は〔国の大法をつかさどる〕内史に喩えることができます。重い任務に従って遠い道を進み、出来上がった布をよじれぬように固く捲きとるものは軸（巻布軸）です。軸は宰相に喩えることができます。〔織造の最中に〕たえまなく経糸を放出して舒ばしてゆくものは樀（巻経軸）です。樀は三公に喩えることができます」。

文伯は丁重に挨拶して、この教えを受けたのであった。

③文伯は朝廷から退くと、敬姜に挨拶にうかがった。敬姜がちょうど糸を績いでいるところであった。文伯は、「このわたくしの家だというのに、母上がなお績いでいらっしゃる。季孫ご本家を怒らせてしまうのが怕い。このわたくしが母

上のお世話ができないとでも思っていらっしゃるのですか」という。敬姜は歎いていった、
「魯は亡びてしまうのではないかしらね。訳知らずの小僧っ子を役人にしてしまったわ。お前はまだ聞いたことがないのですか。お坐り。お前に話してあげましょう。むかし聖王が民を定住させなさったときは、痩せた土地をえらんで住まわせ、その民を苦労させてから土地を使わせたものなのですよ。だから長く天下に王者として君臨されたのです。そもそも民は苦労すれば考え、考えるようになればまともな心も生まれるのです。気ままにすればふしだらになり、ふしだらになればまともさを忘れてしまうのです。まともさを忘れれば悪い心も生まれましょう。肥えた土地の民が出来そこないなのは、ふしだらのせいです。痩せた土地の民が正しく生きようと前むきに暮らすのは、苦労のせいなのですよ。

ですから天子さまも〔春分には〕大采の礼式によって太陽を朝に拝み、三公・九卿の方々と大地の徳を学び修められ、正午になっても政務を考え、百官の行政に加わり、師・尹の二長官に諸大臣を連席させ、民政をあまねく取りしきらせたもうのです。〔秋分には〕小采の礼式によって月を夕べに拝み、太史や司載らの〔天文担当官〕と天が示される法を恭々しく占いたもうのです。日が沈めば後宮を監視し、〔天帝に対する〕禘・郊の祭りのお供えのきびを潔めて奉献させるようにしてから、やっと休みたもうのです。諸侯は朝は天子さまからのご命令を修め、昼に国の職務を考え、夕べには常に守るべき大法を反省し、夜には百官に注意をあたえ、怠慢・ふしだらがないようにさせてから、やっとお休みになるのです。卿・大夫たちは朝はその職務を考え、昼には多くの政務を検討し、夕べには業務を整頓し、夜にはわが家の事務を取りかたづけてから、やっと休むのです。士らは朝に出仕して仕事をいただき、昼には仕事に通じるようにつとめ、夕べには仕事をおさらいし、夜には一日の過りを反省して心残りがないようにしてから、やっと休むものなのです。庶民から下の者たちも、夜が明ければ働き、日が暮れれば休み、怠けたりはしません。

王后さまもみずから玄紞（冠のたれひも）を織りたまい、公・侯の夫人（正室）もさらに紘・綖（冠冕のひもと板をつつむ布）をこしらえられ、卿の妻は大帯をつくり、大夫の妻は祭りの服をこしらえ、上士の妻たちはさらに朝廷で〔夫が〕着る服をこしらえるものなのです。下士から庶民の妻にいたるまでも、みな着物をこしらえて夫に着せているのです。〔仲春の〕社の祭りには農事が割りあてられ、〔冬の〕烝の祭りには穀物・織物の収穫をお上にささげます。男女みな成果をささげ、そうできぬとき

には処罰を受けるのが、むかしの制度でした。君子は心を働かせ、小人は体力を働かせるのが、先王の遺された教えなのです。上から下まで、誰が心弛んでふしだらに怠けたりしてよいでしょうか。さて わたしは寡婦の身です。おまえはその上まだ下大夫なのですよ。朝夕仕事にとりくんでいてさえ、なお先祖の業績を忘れることを恐れます。まして怠けていては、どうやって罪を免れましょうか。わたしはお前が朝夕身を修めてくれるのをのぞんでいます。〔日ごろ〕わたしは『ご先祖の業績を廃らせてはならぬ』といいつけてきましたね。なのにお前は今『どうして楽をなさらぬのですか』というのです。こんな気がまえで殿の役職をいただいているのです。わたしは穆伯の家が絶えてしまうのが怕いのですよ」。

仲尼(孔子)はこれを聞いていった、「弟子たちよ この事をおぼえておくのだ。季氏の嫁は筋を通しているのだ」と。『詩経』には、「女は公事にたずさわらぬに、養蚕に紡み織り休んでばかり」という。その意味は、婦人は織り績ぐことを公事とするものである。これを休むのは礼にはずれることだというのである。

校異 1矢 『御覽』巻八二六資産部六・織引は耳につくる。 2曲枉 『御覽』引は曲字なし。梁校はこれを指摘、蕭校は梁校を襲う。

3不彊 叢書本・考證本は不疆につくる。『御覽』引は不强につくる。備要本・梁校はこれにより校改する。 4書者、所以均不均、服不服也 『御覽』引は書者、所以均不服也の二句につくる。梁校はこれを指摘、蕭校は梁校を襲う。 5・5′・6物者、所以治蕪與莫也、故物可以爲大夫 『御覽』引も莫字を莫莫二字につくる他、これにおなじ。物字、蕭校引洪煊校は譌字といい、衆を總べる都大夫の職に譬えられるこの機器の名は總の古字惣たるべし。『詩經』〔召南・羔羊〕に、素絲五總の例ありというが、總の古字は『說文解字』では惣ならぬ總、『詩經』の例證も不適當。このままとする。莫字、梁校は、衆を理める都大夫の職には通ぜず、本條文には譌字ありといい、『御覽』引とその註（〔語釋〕②4・一六一ページ）を擧げる。莫莫（衆多の意）を支持するらしいが、莫の意（〔語釋〕②4）から不適當。このままとする。王照圓は物字に言及せず。蕪・莫二字は語註を論じ、莫字については『禮記』内則の〔擣珍の註まで援引するが、（〔語釋〕②4參照）、不適切。蕭道管は王註のみを擧げ、梁校に言及せず。 7梱也 梱字、叢書本のみこれにつくる。他本は捆につくる。『御覽』引は悃につくる。捆では意味をなさず。悃は譌字。文意により梱に改める。梁校は『御覽』引は捆を梱につくるというが、『御覽』引は上記のごとくつくる。梁校は『御覽』引には也字がないというがある。蕭校は梁校を襲う。 8梱可 この二字『御覽』引になし。梱字、叢書本のみこれにつくる。他本は捆につくる。 9闕内之師 備要・集注の二本はこれにつくる。闕字を叢書・考證・補注の三本は開につくる。叢刊・承應の二本は開につくる。承應本は師字なく、下句の主につないで斷句し、開内之主につくる。『御覽』引はこれにつくる。備要・梁校は『御覽』引により校改。ただし梁校は舊本が闕字を開に誤ると指摘するが、舊本諸本は上述のごとく開（音ヘン・杜のますがた）につくる。　10主多少之數　承應本のみ主字を前句につなぎ、多少之數者につくる。　11・11′杓　諸本ならびに『御覽』引は均につくる。梁校は『廣雅』釋器の「經梳（經絲の梳具）、謂二之杓一」、隋・曹憲の音釋「子允の反」、『廣韻』去聲廿一震・杓の「凡織先レ經（經面を先につくり）、以レ杓梳レ絲、使レ不レ亂。出二（魏・張揖撰）『埤蒼』一」により、校改を示唆するが、校改せず。蕭校も梁校を襲う。梁校により校改する。　12・12′樀也・樀　諸本・『御覽』引ともに、樀字を摘につくる。樀也の二字、『御覽』引は摘者につくる。梁校は『集韻』入聲廿三錫・樀の「樀、器上卷絲」により樀にすべしと指摘。これにより改める。　13文伯再拜受教　『御覽』引はここまでを收め、再字を載につくる。　14文伯　『國語』卷五魯語下は公父文伯につくる。以下③話は蕭校指摘のごとく『國語』（魯語下）を典據とする。　15・15′敬姜　『國語』は其母につくる。　16懼干季孫之怒　干字を叢刊・承應の二本は于につくる。『國語』明道本は懼忓季孫之怒也、公序本は懼干季孫之怒也につくる。　17童子　叢刊・承應二本は吾子につくる。『國語』は僮子につくる。　18汝　備要・集注の二本はこれにつくる。他の諸本は女につくる。『國語』も女につくる。　19淫也　今本『國語』もこれにつくるが、梁校は『左傳』成公六年（春三月の條）襄公廿五年（冬十月の條）引『國語』には淫字は逸につくると指摘。校改を主張するが、今本『國語』に從う。　20嚮義　『國語』は莫不嚮義につくる。　21祖識　諸本は組織につくるが、『國語』はこれにつくる。顧・王・梁三校は『國語』により校改を主張、顧・梁二校は意味上からも、韋昭註引虞翻註により祖は習、識は知と說いて校改說を採り、王校は字形近似による誤りの發生を指摘する。蕭校は梁・王二校を併擧する。　22地德　叢書本と叢刊・承應の二本は施德につくる。　23日中考政、與百官之政事、使師尹維旅牧、宣敍民事　備要・集注の二本はこれにつくる。第三句を承應本は使師尹維旅牧相につくる。『國語』は第二句と連ねて一句とし、與百官之政事師尹維旅牧相につくる。顧校・梁校は相字の校增を主張、梁校は使字の衍字たることも指摘するが、この措辭は劉向自身がつくった可能性もある。いまこのままにする。蕭校は梁校を襲う。宣敍二字、備要・集注の二本はこれにつくり、他の諸本は宣敬につくる。『國語』は宣序につくる。『初學記』卷十三禮部・祭祀事對引『列女傳』正文は全四句を日中考正、敍人事につくる。梁校はこれが政字を正につくることを指摘、顧・王・梁三校はこれにより敬字を『國語』の序と同意の敍に校改すべしと主張、備要本・梁校は校改する。序ならぬ敍に改むべき理由として、王校は字體の近似を指摘する。蕭校は梁校を襲う。　24・24′修　叢刊・承應の二本は脩につくる。　25業令　『國語』は業命につくる。顧・梁二校はこれを指摘する。蕭校は梁校を襲う。　26其國職　承應本のみこれにつくり、他の諸本は其國につくる。『國語』はこれにつくる。顧・王・梁三校は職字の脫文を指摘。蕭校は王校を襲う。『國語』により職字を校增する。　27講肄　承應本のみこれにつくる。他の諸本は講隸につくる。『國語』は講肄（講習）と同義語の講貫（貫も習の意）につくる。顧・王二校はこれを示し、隸は肄（字體近似）の誤りと指摘する。梁・蕭二校は王校を襲う。四校の指摘により校改する。　28討過　『國語』は討過につくる。王・梁二校はこれを指摘するが、王校は、討字を是とし、『左傳』〔宣公十二年夏六月の條〕に、「日討國人」「日討軍實」とあるのが、その意味だという。『左傳』にはこのままの句はない。「無日不討國人而訓之（毎日きまって國民を反省させ教訓した）」、「無日不討軍實而申儆之（毎日きまって兵士を反省させくりかえし警めた）」という句がある。討は杜預註に治というが、具態的には點檢・反省の意。いま、これにより校改せず。蕭校は王校を襲う。　29自　『國語』は日につくる。王・梁二校はこれを指摘。王校は、自でも通じるといい、蕭校はこれを襲う。　30列士之妻　承應本のみこれにつくる。他の諸本は列字を則につくる。『國語』はこれにつくり、王・梁二校は則字の誤りを指摘、蕭校は王校を襲う。三校に従い校改する。　31烝　『國語』は蒸につくる。　32否　『國語』は愆につくる。　33其何以避辟　避字、諸本はなし。『國語』はあり。顧・王・梁三校は脱文を指摘。蕭校は王校を襲う。これに従い校増する。　34汝　叢刊・承應の二本は而につくる。『國語』も而につくる。　35爾今也曰、胡不自安　也字、『國語』はなし。胡字、叢刊・承應の二本は吾につくる。『國語』はこれにつくる。　36絶嗣　叢書本のみ絶祀につくる。『國語』も絶祀につくる。　37記之　『國語』は志之につくる。

語釈　＊②話は古式の地機による織造の工具・工程に喩えて政治・官職のあり方を説諭する一段だが、『御覧』（巻八二六資産部六・織引註（曹大家註？）は簡略で、引本文の乱れと重なる乱れもあり、ごく一部に施された王註も誤りがあり、部分的・恣意的に施された梁・蕭二註ではじつは意味不明。通釈は不可能であった。だが近年にいたり、鄒景衡『列女伝織具考―蚕桑糸織雑考―』（『大陸雑誌』第四十五巻・五期。一九七二年十一月刊・同上書一～十八ページ）が古典文献や中国主要機業地の土語術語との対応による語彙考証を行ない、さらに、陳維稷主編『中国科学技術史（古代部分）』一九八四年四月・（北京）科学出版社刊・第五章一節魯機（同上書五八～六〇ページ）が、この地機の復原を行なったので、通釈がほぼ可能となった。②話の註のみは一部形式を変え、『御覧』引の註、王照円の註（王註）をまず検討し、ついで『中国科学技術史』復原説（略称・魯機註）を当面の決定説として紹介、『列女伝織具考』の考証（略称鄒氏註）を対比しつつ、以下註釈をほどこそう。なお後図（一六二ページ）をも参照されたい。　○治国之要、尽在経矣　経は経糸（経紗）・経面（warp face）。**御覧註**「経なる者は糸縷（ここの縷は経糸を数える単位。一縷は数十本からなる）を総べて以て文采を成すなり。国を経め民を治むるの方象有り」。**魯機註**「経とは経紗あるいは経面を指す」。訳文は通釈のとおり（＊以下数条、この語省略）。　○夫幅者所以正曲枉也、不可不彊、故幅可以為将　幅は織布の最中、経面の幅を一定に保ち、曲枉をおこさぬために用いる工具。伸子（templet）をいう。可以為～　ここでは、～に喩えることができる（＊以下の数条も同断）。将は将軍。**御覧註**「幅強ければ乃ち能く曲を正す。将（将軍）強ければ乃ち能く乱を除く。幅を以て将に喩ふ」。**魯機註**「織物には一定の幅寛がもとめられる」。　○画者、所以均不均、服不服也。故画可以為正　画も経面の辺線（耳糸）を緊張させておくもの。**御覧註**「画とは傍（辺線）なり。正とは官長なり。

総縷の画を得るは、以て徒庶の長を得て後　斉ふるに喩ふべし（すべての経糸が辺線を得るのは、多くの使役される人々が官長の統制を得てのち秩序正しく働けるのに喩えられる）」。**魯機註**「織造の過程中、辺線（耳糸）はしっかり緊張させ、すべての経糸をきちんと均整にたもたせなければいけない。そこで『均しからざるを均しくし、服せざるを服す（不均等な部分を均等にし、秩序にしたがわぬ部分を秩序どおりにする）』というのである。同時に辺線の上に長さの記号をつけて、織工に容易にどれぐらいの量を織れたか（＊原文・丈尺的多寡）を知らせるのである」。＊補記……記号をつけて織れた量を知らせるのは、その日の仕事の進行量を示して、次の日の仕事にかかるためらしい。なお、鄭氏註では、これを筬にみたてている。　〇物者、所以治蕪与莫也。故物可以為都大夫　物とは経糸がもつれてできた欠点をのぞく簪のごとき工具。蕪・莫はもつれ糸の束のごときもの。都大夫とは、『周礼』巻三十四巻三十八秋官に見える朝大夫のことであろう。同上書巻三十八に「朝大夫は都家（鄭玄註・王の子弟・公卿及び大夫の采地＝知行地）の国治を掌る。日々以て国の事故を聴き、以て其の君長に告ぐ」とある。御覧註は一部訓読不能、王註は一部意味不明。**御覧註**「物謂二一文墨一也。不レ知二丈尺之多少一、使意世与蕪而莫莫也（この部分訓読不能）。都大夫主三治レ民理二衆也」。**王註**「蕪は糸類の属なり。莫は膜と同じ。『内則』（『礼記』の註（擣珍＝肉料理の名）の加工の註）に云ふ、『皮肉の上の魄（薄）莫（膜）なり』。**魯機註**「物とは経紗の上の欠点をとり除く一種の工具である。茀矢の矢のような形の抜簪であり、蕪と莫とは粘絡（まつわりついてしまった糸）と結糸（かさなってしまった糸）であり、治とはつまり簪を用いて〔経糸を正しく〕排べて開口することである。なお鄭氏註乙では物を日本語名称の綾竹に比定。その第一の機能として縦糸をしっかり引っぱって開口をととのえ、織りを容易にすることと、第二の機能として経糸の張力を調節することを挙げている。　〇持交而不失、出入不絶者梱也。梱可以為大行人　梱は梭（shattle）のごとき工具。大行人は『周礼』巻三十四巻三十七に見える賓客応接の外交官。同書巻三十七には「大賓の礼及び大客の儀を掌り、以て諸侯に親む」とある。**御覧註**「梱は縷をして交錯出入して理を失はざらしむるなり。大行人の好を鄰国に交して離れざるに似たり（鄰国と友好関係をつけて離れぬようにするのに似ている）。大行人は使命（使節の命令）を主る者なり」。**王註**「梱とは蓋し今の梭の如し」。**魯機註**「梱とは緯糸を引き通し、打ちこむ工具である。『持交して失はず、出入絶えざらしむる者』とは、つまり絶えまなく緯糸を引くという意味である。それ（梱）は緯糸を打ちこむ功能があるので、趙岐が『孟子』滕文公上篇に註したときに（＊ここは「〔神農の言を奉じる許行の徒〕数十人、皆褐を衣て屨を梱ち席を織り、云云」の句に対する註をいう）はじめて『梱とは猶ほ即ち椓（うつ）のごとし』の説がでてきた」。　〇推而往、引而来者綜也。綜可以為関内之師　綜とは綜絖（経糸を横棒に吊った糸輪の中に通して上下させる機具。harness.）のこと。関内之師の関内は関中（函谷関内の地）をいうのではなく、国境内のこと。この官は『周礼』巻十三地官にいう県師のことらしい。同書には「県師は、邦国・都鄙・稍甸・郊里（みな地域名）の地域を掌りて、其の夫家（夫婦ともにいる家）・人民・田莱の数及び六畜・車輦の稽（計）を辯ず。（略）若し将に軍旅・会同・田役の戒有らんとすれば、則ち灋（法）を司馬

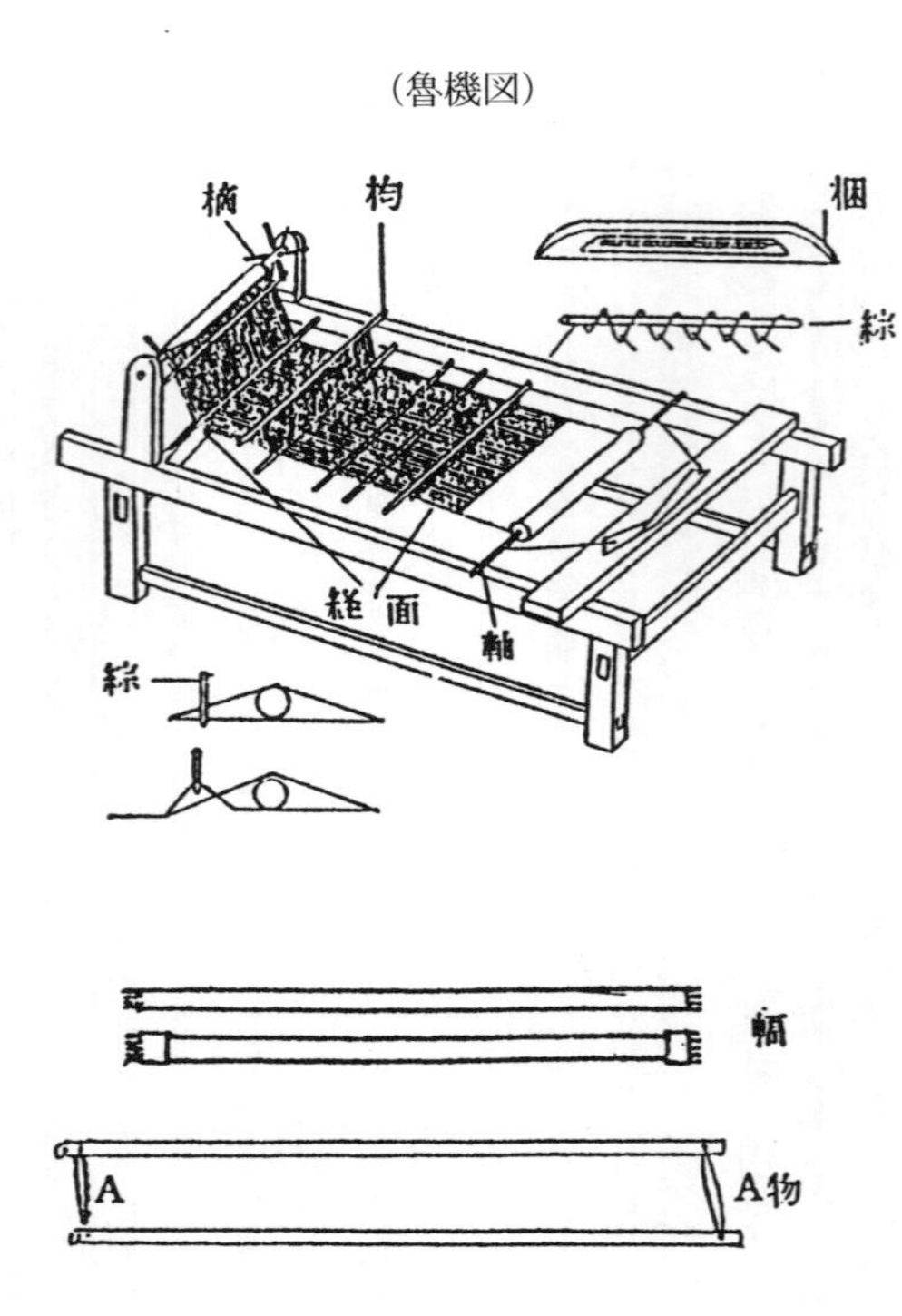

（魯機図）

本図は陳維稷主編『中国科学技術史（古代部分）』第五章・織造技術的提高和完整的手工織機的形成・第一節魯機中の全図に鄒景衡『列女伝織具考』（『大陸雑誌』第四十五巻第五期・二）中の幅・物図を加え、山崎が部分の名称を補なった。本書の提示と第②話の魯機註の翻訳については、古代オリエント博物館（在東京池袋サンシャイン・シティー）研究員の横張和子の協力を得た。氏の懇篤なる教示に対し、誌して玆に感謝の意をささげます。なお、こうした織機図の解釈についてのわが国の研究には渡部武『漢代の画像に見える織機』（『安田学園研究紀要』二十三号・一九八三年刊）がある。

（官名）に受け、以て其の衆庶及び馬牛・車輦を作し、其の車人の卒伍を会め、皆をして旗鼓・兵器を備へしめて、以て帥いて至る」とある。**御覧註**「縷を綜維ねて之を往引せしめ、来らしむるは、関内の師の人衆を収め合め、使ふに節有らしむるに似たり。関内の師は境内（国境内）の師々の衆を主る」。**魯機註**「これは手でもちあげる一枚の上口開口の（上坪だけの）綜絖である。（現在の綜絖のような）綜絖框はなく、上に一本の梶がある。綜（綜絖）にかける糸は縄をもってよりあわせ、経糸をば一本おきに綜縄にくぐり入れてゆく（＊いわゆる綜絖どおし・entering）。綜絖をあげるときには、経糸がからまっているので、手で綜をもちあげて前後に動かし、経糸を分離させて梭口を形成する」。　○主多少之数者枃也。枃可以為内史　多少の数とは多くの糸のこと。枃は音シン。筬・筘（reed）におなじ。内史は『周礼』巻二十六に見える国法をつかさどる官。同書には、「内史は王の八枋（柄）の灋（法）を掌り、以て王に治を詔ぐ（王の八種の権力―爵・禄・廃・置・殺・生・予・奪―にかかわる法をつかさどり、王に告げて天下を治める）、云云」とある。**御覧註**「枃とは、一歯の一縷を受け（櫛様の歯一枚が一本の糸を受け）、多少数有り（多数歯がある）。猶ほ内史の民を治むるがごときを謂ふなり」。**魯機註**「杼とは定幅の筘である。梳の形のようである。筘歯ごとに幾本かの経糸をくぐらせることによって経糸の密度をととのえ、経糸を梳く作用をするのである。杼はこのときはまだ打緯に用いられたとは語られていない」。なお鄭氏註は杼字を均にとり、標準名称を欠き、杭州術語で数線、無錫土語で偃頭縄といわれる糸で、線上一丈より二尺をへだてるごとに一記号をつけ、捲布のさいに長さが足りているか、また織りの工作の進度をも、それによって知るものだとする。鄭氏註は魯機註の画をこれに見たてるのであるが、今は御覧註との対応を考え、魯機註の意にとっておく。　○服重任、行遠道、正直而固者軸也。軸可以為相。重任は大任におなじ。正直はゆがみのないこと。固は固定する。軸は巻布軸。女巻・千巻等の別称あり（cloth beam）。相は宰相。**御覧註**「相は大任に相ひ当たり、堅固にして倦まず。死して後已む（すべてが終ってから休む）。軸の若き有り」。**魯機註**「軸は巻布軸である」。　○舒而無窮者樀也。樀可以為三公　舒は経糸が伸びてゆくこと。樀は音テキ。巻経軸のこと。勝（縢・滕）の字でもしるされる。男（諸）巻・千切等の別称あり（warp beam）。三公は天子輔佐の高官。各時代でちがうが、周代では太師・太傅・太保をいった。**御覧註**「舒びて窮り無き者は、樀なり。三公の道徳潔く備りて匱しく竭くること無きに喩ふ」。**魯機註**「樀は巻経軸である。織造の最中たえまなく経糸を放出し、舒びてやむことがない」。

○再拝　丁重に挨拶する。　③○朝　拝見におなじ。尊い人のもとに挨拶にゆく。　○歜　一人称に使用の文伯の諱。　○主　大夫の妻。また婦人の尊称。ここは二人称で、母上に相当する。　○居　踞におなじ。うずくまる。ここは命令。坐りなさい。当時の中国は椅子式の生活ではなく、地面にそのまま坐った。　○思　思考する。　○逸則淫　逸は放逸。気ままにする。淫は無節制におなじ。ふしだらになる。　○沃土之民不材、淫也、瘠土之民嚮義、労也　材は才におなじ。不材は出来そこない。句意は通釈におなじ。『淮南子』脩務訓に、夫レ瘠地之民、多二有レ心者一、勞也、沃地之民、多二不レ才者一、饒（ゆたか）也、という句も見える。　○大采　采は色彩。玄・黄・朱・白・蒼の五色をいう。五色の糸で彩った天子の礼服。一説にその色の玉器の敷物。大采の礼式と訳しておく。蕭註は次条の箇所に註して、『国語』韋昭註に「大采用二玄冕一（黒いかむり）」とありという。　○朝日　天子が春分の朝、大采の礼式で太陽を東の都門で拝むこと。蕭註は『周礼』（天官）掌次に、「朝レ日祀二五帝一」とあり、『礼記』玉藻に「（天子）玄端而朝二日於東門之外一」とありといい、端は冕の誤り（鄭註）、春分には朝日、秋分には夕月（後条一六四ページ参照）の礼を行うと付説する。　○三公・九卿　各時代で異なる。周代の三公は前条②註8（本ページ）参照。九卿は冢宰・少師・少傅・少保・司空・司徒・司馬・司寇・宗伯をいった。蕭註は、周には六卿（上記の諸官より少師・少傅・少保を除いた官）のみ、九卿というのは三孤（少師・少傅・少保）——『周礼』（夏官）司士に「孤卿特揖（一人びとりに揖礼を行なう）」といい、（冬官）考工記の註に「六卿・三孤為二九卿一」という孤卿——を兼せていうのだと説く。　○祖識地徳　韋昭註に「祖は習なり。識は知なり。地徳は生を広むる所以（万物を生じさせ、育むもの）」

という。〔春分からはじまる〕大地の万物生育の恩恵を学び知る。　○日中　日が中する時、すなわち正午。　○使師尹維旅牧　師尹は三君（賈逵・虞翻・唐固）註によれば、大夫の官。牧も三君註によれば州牧、旅は衆（もろもろの）といい、『国語』中の牧字の後につづく相を国相というが、大野峻『国語』下（明治書院・新釈漢文体系・一九七五年刊）は、清・王引之の説により、師・尹は別のある職務の長とし、牧・相も民事をつかさどる大夫の職という（同書二九四ページ）。師・尹・牧の三官については、今これによる。なお維字は『国語』では、与・乃等の連詞に読まれるが、ここは連結（つらねる）の意にとる。師・尹の二長官をして諸大臣を連席させる。

○宣敍民事　宣は徧、敍は次（秩序だてる）。あまねく秩序ただしく民政を処理する。　○少采夕月　少采は朱・白・蒼の三色。天子の礼服、あるいは玉器を置く敷物。少采の礼式。夕月は秋分の夕べに月を拝すること。王・梁二註は『初学記』巻十三礼部・祭祀の事対引『列女伝』曹大家（そうたいこ）註に、「少采、降二之采一也。以二秋分一祀二夕月一、以迎二陰氣一也」とあるといい、王註は曹大家註は降字の下に脱文ありといい、梁註は之字は大の誤りという。梁註は証拠として『国語』韋昭註の大采五采（色）、少采三采（色）説を挙げている。蕭註は王・梁二註を併記。曹大家註の祀字を衍字といい、少采は黻衣（ふつい）（天子の礼服）という。　○太史・司載　太（大）史は『周礼』巻三十六春官の鄭玄註に「日官（暦数をつかさどる）なり」という。司載は韋昭註に「載は天文なり。天文を司るは馮相氏、保章氏なり。太史と相ひ儷偶する（ならぶ）なり」という。梁註はこの説を引く。蕭註はこれを駁し、司載＝司盟（『周礼』秋官に見える盟約の儀礼・法を掌る官）の属というが不適当。その詳説は省略する。　○糾虔天刑　韋昭註によれば、糾は恭、虔は敬、刑は法の意。恭敬の思いをもって天の示す正しい法を占う。　○監九御　監は監視。九御は韋昭註に九嬪（天子妃妾の階級名）というが、じつはその下位者の八十一御妻のこと。『周礼』巻七天官には、「九嬪は婦学の灋（法）を掌る。九御に婦徳・婦言・婦容・婦功（女らしい控え目な徳・言葉づかい・身だしなみ・女の手仕事とその控えめな才の発揮）を教へ、各々其の属を率ゐて時を以て王所に御敍す（九人がそれぞれ配属されている九御をひきつれて時の順に王の寝間に侍る）」とある。『礼記』昏義の「三夫人・九嬪・二十七世婦・八十一御妻」という天子妃嬪の末端の者をいう。ただし要は後宮の女性をいうのであろう。彼女らは祭祀の供物・服飾をととのえるのである。　○禘・郊之粢盛　禘は天帝、また祖先を天帝と合祀する儀式。郊は上帝、また祖先を上帝と合祀する儀式。粢盛は神霊にささげるきび。　○即安　安は安息。休むこと。　○典刑　典は常、刑は法。常に守るべき大法。　○儆百工　儆は警誡におなじ。いましめる。百工は百官におなじ。　○庀　音ヒ。蕭校に治という。処治する。　○慆淫　慆は怠慢、淫はふしだら。　○講其庶政　講は研究・検討する。多くの政務を検討する。　○序　秩序づける。整頓する。　○講肄　講習におなじ。肄は音イ。習う。　○討過無憾　過は過失。憾は恨み、心残りをいう。　○晦　日が暮れる。　○玄紞　冠冕（かんべん）（板を頭上にのせた天子・卿大夫の大礼用の冠）の左右に垂れて瑱・璫（みみだま）（充耳）を結ぶひも。玄（くろ）いので玄紞という。　○紘・綖　紘は前条の冠冕にかけるひも。綖は板をおおう布、又布でおおわれた板（冕板）をいう。蕭註は『左伝』（桓公二年夏四月の条）の「衡・紞・紘・綖」の杜預註、「衡、維持冠者也。紞、冠之垂者也。紘、纓従下而上者、紞、冠上覆也」と疏、「冕、以木爲幹、以玄布衣其上、謂之綖」を引き、『論語』（子罕）の「麻冕」を引いて布製たること、『周礼』（夏官）弁師の「掌王之五冕、皆玄冕」を引いて色は玄たることが知られるという。なお前条玄紞とともに、巻六辯通伝第六話の第二図（下冊所収）参照。　○内子　卿の嫡妻・正室。蕭註は『左伝』（僖公廿四年三月の条）「以叔隗爲内子」の杜預註「卿之嫡妻爲内子也」を挙げる。　○命婦　ここは大夫の妻をいう。　○祭服　礼服。韋昭註によれば、玄衣（玄に赤みを帯びた色の上着）と纁裳（淡紅色の裳）の組みあわせをいう。　○列士　韋昭註は元士という。元士は上士の意に限定されるばあいと、上・中・下にわたる良士（別名適士）の意のばあいがあるが、下条註の「自庶士以下」の句から考え、ここは前者であろう。王註は上士という。　○朝服　政務・祭祀の服装。韋昭註によれば、天子に属する士の皮弁・素積、諸侯に属する士の玄端（四角い袖の服）。委貌をいう。　○庶士　下士をいう。　○社而賦事　社は土地の神、また土地の神に対する豊穣祈願の仲春の祭り。このときに事（農事）を人民に賦課する。　○烝而献功　烝（蒸）は臘祭におなじ。収穫後の冬の祖先の祭であり、百神も祭る。功は五穀・布帛等の一年の収穫をいう。　○効績　効は献出。ささげる。績は成績、収穫をいう。　○有辟　辟は罪。処罰を受ける。　○君子労心、小人労力　君子（支配階級の者）は精神労働にしたがい、小人（被支配階級の者）は肉体労働にたずさわる。『孟子』滕文公上にも、有名な「心を労する者は人を治め、力を労する者は人に治めらる」の句がある。　○淫心舎力　心弛んでふしだら、仕事を怠ける。舎は捨におなじ。　○穆伯之絶嗣　公父穆伯の家筋を嗣ぐものが絶える。　○記　記憶する。　○不淫　淫は無節制。不淫はそれに対して有節制の意。筋を通す。　○詩曰『詩経』大雅・瞻卬の句。句意は通釈のとおり。

④文伯飲南宮敬叔酒。以露堵父[1]爲客、羞鼈焉。小[2]。堵父[1']怒。相延食鼈、堵父辭[3]曰、「將使鼈長而食之[4]。」遂出。敬姜[5]聞之、怒曰、「吾聞之先子。曰、『祭養尸、饗養上賓。』鼈於人何有[6]。而使夫人怒[7]。」遂逐文伯[8]。五日、魯大夫[9]辭而復之。

④文伯南宮敬叔に酒を飲ましむ。露堵父を以て客と為し、鼈を羞む。小なり。堵父怒る。相ひ延めて鼈を食はしめんとするに、堵父辞して曰く、「将に鼈をして長ぜしめて之を食はんとす」と。遂に出づ。敬姜之を聞きて、怒りて曰く、「吾之を先子に聞けり。曰く、『祭には尸を養ひ、饗には上賓を養ふ』と。鼈人に於て何か有らん。而るに夫の人をして怒らしむ」と。

君子謂、「敬姜爲慎微」。『詩』曰、「我有旨酒、嘉賓式讌以樂」。言尊賓也。

遂に文伯を逐ふ。五日にして、魯の大夫辭すれば而ち之を復す。君子謂ふ、「敬姜 微を愼むことを爲す」と。『詩』に曰く、「我に旨酒有り、嘉賓式て讌らぎ以て樂む」と。言ふこころは賓を尊ぶなり。

通釈 ④公父文伯が南宮敬叔に酒をふるまった。露堵父を上客とし、鼈をすすめた。鼈は小さい。堵父は怒った。みながすすめて食べさせようとしたところ、堵父はことわって、「鼈を成長させてから頂戴しましょう」という。ついに出ていってしまった。敬姜がこれを聞くと、怒って、「亡くなった舅が申しておりました、『祭りには尸のお世話をする。饗宴には上客のお世話をするのだ』と。鼈など人に比べたら何でもないでしょう。それなのにあの方を怒らせてしまいました」という。ついに文伯を逐い出してしまった。五日して、魯の大夫たちがとりなしてくれたので彼をもどしてやった。

君子はいう、「敬姜は小事もゆるがせにしなかったのだ」と。『詩経』には、「われには旨酒有れば、よき客人とくつろぎ楽しむ」という。客人をとうとぶべきことを詠っているのである。

校異 1・1′堵父　『國語』（巻五魯語下）には睹父につくる。顧・梁二校はこれを指摘、あわせて宋・宋庠『國語補音』に「（堵字）、或從目」を引く。蕭校は梁校を襲う。　2小　叢刊・承應の二本は爲小につくる。　3堵父辭曰　『國語』は堵父の二字なし。　4而食之　『國語』は而後食之につくる。　5敬姜　『國語』は文伯之母につくる。　6鼈於人何有　『國語』は人字なし。　7而使夫人怒　『國語』句末に也字あり。　8遂逐文伯　『國語』は遂逐之につくる。　9魯大夫　『國語』明道本はこれにつくる。王・梁二校は『國語』には大夫を夫人につくるというが、公序本の措辭を指す。蕭校は梁校を襲う。　10嘉賓式讌以樂　「毛詩」小雅・鹿鳴には嘉賓式燕以敖あるいは以燕樂嘉賓之心の該當句があるが、いずれも讌字を燕につくる。讌字に關してのみ梁校が「毛詩」に燕につくることを指摘する。これが魯詩の文の可能性もあるが、王先謙『詩三家義集疏』（巻十四）鹿鳴にも言及はない。

語釈 ④○南宮敬叔　魯の大夫、孟季子の子。懿子の弟。諱説、諡敬叔。生歿年不明。　○露堵（睹）父　魯の大夫。　○爲客　客は上客（主賓）。礼飲の席では一人が上客となる。　○鼈　音ベツ。カメ目・スッポン科に属する。別称は鱉。後世、団魚・甲魚等の別称も生まれた。肉は美味。『詩経』小雅・六月篇に、凱旋将軍尹吉甫が私邑で宴を開いた情景を詠った「諸友に飲御して、炰鱉・膾魚あり（友らに酒をふるまいて、包み焼きの鼈と膾の魚を肴とす）」の句がある。ここも炰鼈を出したものか。〇相延　延は進におなじ。すすめる。〇辞　理由をつける、断わる。〇先子　亡くなった舅。これは季悼子をいう。〇尸　形代。死者の身代りに神として祭られる人。〇夫人　かの人。露堵父のこと。〇辞　とりなす。〇慎微　微細を慎む。小事をゆるがせにしない。
〇詩曰　『詩経』小雅・鹿鳴の句。句中、讌（燕）とは毛伝に「安なり」という。やすらぎくつろぐ。句意は通釈のとおり。

⑤文伯卒[1]。敬姜[2]戒其妾[3]曰、「吾聞之、『好内女死之、好外士死之』。今吾子夭死。吾惡其以好內聞也。二・三婦之辱共祀先祀[4]者、請、毋瘠[5]色、毋[5']揮涕[6]、毋[5']掐膺[7]。毋[5']憂容、有降服、毋[5']加服。從禮而靜。是昭吾子也[8]」。

仲尼聞之曰、『女知莫如[9]婦、男知莫如[9']夫』。公父氏之婦知矣[10]。欲明其子之令德[11]。『詩』曰「君子有穀[12]、貽厥孫子」。此之謂也。

敬姜之處喪也、朝哭穆伯、暮哭文伯。仲尼聞之曰、「季氏之婦、可謂知禮矣。愛而無私、上下有章」。

⑥敬姜嘗如季氏[13]。康子在朝[14]、與之言不

---

⑤文伯卒せり。敬姜其の妾を戒めて曰く、「吾之を聞く、『内を好めば女之に死に、外を好めば士之に死す』と。今吾が子夭死せり。吾其の内を好むを以て聞ゆるを悪むなり。二・三婦の辱くも先祀に共祀する者は、請ふらくは、瘠色ある毋かれ、涕を揮ふ毋かれ、膺を掐く毋かれ。憂容ある毋かれ、服を降すこと有るも、服を加ふること毋かれ。禮に従ひて靜なれ。是れ吾が子を昭かにすればなり」と。

仲尼之を聞きて曰く、「『女の知は婦に如くは莫く、男の知は夫に如くは莫し』と。公父氏の婦は知なり。其の子の令徳を明かにせんと欲す」と。『詩』に曰く、「君子穀きこと有れば、厥の孫子に貽す」と。此の謂ひなり。

敬姜の喪に處るや、朝に穆伯を哭し、暮に文伯を哭す。仲尼之を聞きて曰く、「季氏の婦は、禮を知ると謂ふべきなり。愛すれども私無く、上下章有り」と。

⑥敬姜嘗て季氏に如く。康子朝に在りて、之と言ふも應ぜず。

應[15]。從之及寢門、不應[15′]而入。康子辭於朝而入見、曰、「肥也不得聞命。毋乃罪耶[16]」。敬姜對[17]曰、「子不聞耶[18]。天子及諸侯、合民事於外朝、合神事於内朝[19]。自卿・大夫[20]以下、合官職於外朝、合家事於内朝。寢門[21]之内、婦人治其職[22]焉。上下同之。夫外朝、子將業君之官職焉。内朝、子將庀季氏之政焉。皆非吾所敢言也」。

⑦康子嘗至敬姜[23]。闔門而與[24]之言、皆不踰閾。祭悼子、康子與焉。酢不受、徹俎不讌[25]。宗不具不繹、繹不盡飫則退[26]。

仲尼謂、「敬姜別於男女之禮矣[27]」。『詩』曰、「女也不爽」。此之謂也。

頌曰、「文伯之母、號曰敬姜。通達知禮、德行光明。匡子過失、教以法理。仲尼賢焉、列爲慈母」。

之に從って寢門に及ぶも、應ぜずして入る。康子朝より辭して入りて見え、曰く、「肥や命を聞くを得ず。乃ち罪ある毋からんや」と。敬姜對へて曰く、「子は聞かずや。天子及び諸侯は、民事を外朝に合はせ、神事を内朝に合はす。卿・大夫より以下は、官職を外朝に合はせ、家事を内朝に合はす。寢門の内、婦人其の職を治む。上下之を同じふす。夫れ外朝には、子は將に君の官職を業めんとす。内朝には、子は將に季氏の政を庀めんとす。皆吾の敢て言ふ所に非ざるなり」と。

⑦康子嘗て敬姜に至る。門を闔きて之と言ひ、皆閾を踰へず。悼子を祭るに、康子焉に與る。酢するに受けず、俎を徹するも讌せず。宗具はざれば繹りせず、繹りするも飫を盡さずして則ち退く。

仲尼謂ふ、「敬姜は男女の禮を別てり」と。『詩』に曰く、「女や爽はず」と。此の謂ひなり。

頌に曰く、「文伯の母は、號して敬姜と曰ふ。通達して禮を知り、德行光明あり。子の過失を匡し、教ふるに法理を以てす。仲尼焉を賢とし、列して慈母と爲せり」と。

通釈　⑤公父文伯が亡くなった。敬姜は彼の妾たちを誡めて、「わたしは『女に目かけりゃ女が殉死し、賢士に目かけりゃ賢士が殉死する』と聞いています。今わが子は若死にしました。わたしは彼が好色で評判になるのは厭です。嫁のお前たちの中で甘んじて亡くなった者の祭りに身をささげたい者は、どうか、〔喪の減食で〕瘠せ衰えたりしないでおくれ、涙をふるって泣いたりしないでおくれ、胸をたたいたりしないでおくれ。悲しげな様子はしないでおくれ、喪の期間は縮めても、喪の期間をのばしたりしないでおくれ。礼のきまりどおり身持ち正しくしているのですよ。それがわが子の美徳を世に知らせることになるのですからね」といった。

仲尼（孔子）はこれを聞いていった、「『処女の知恵は人妻にはおよばず、独身の知恵は所帯持ちにはおよばず』とか。公父氏の婦は知恵者だね。その子の美徳を世に知らせようとしたのだよ」と。『詩経』には、「君子に善き道そなわれば、孫子にまでも伝えよう」という。これは敬姜のこのときのような気持ちを詠っているのである。

敬姜の喪に服したときは、〔夫の穆伯の死に際しては〕朝に穆伯に哭礼をささげ、〔子の文伯が亡くなるにおよんで〕夜に文伯にも哭礼をささげるようにした。仲尼はこれを聞いていった、「季氏の婦は礼をわきまえているというべきだね。〔夫と子を〕愛しても自分流儀にはしない。上下の礼で美事な差別の文様をつけているのだ」と。

⑥敬姜はかつて季氏の本家に出かけた。季康子が外朝（邸のいちばん外の門の内がわの部分）にいて、彼女に話しかけたが返事をしない。彼女について寝門（邸の奥の門）の前まできたが、答えてやらずに中に入ってしまった。季康子は外朝にいた者に別れを告げて寝門に入って会見し、「このわたくしはお言葉をいただけませんでしたが、ご機嫌をそこねられたのではないでしょうな」という。敬姜はそれに答えていったのであった、「あなたは聞いておられるでしょうに。天子と諸侯とは、民政を外朝で合議し、神事を内朝（宮殿・邸の寝門の前の地域）で合議するものです。卿・大夫以下の者は、官の職務は外朝で合議し、家の仕事は内朝で合議するものです。寝門の中では、婦人がその職務をおさめます。これは上下どの身分もおなじです。そもそも外朝では、あなたはご主君の官職につとめようとするのでしょう。内朝では、季氏の家政をとりしきられようとするのでしょう。これらはみな、わたしがあえて説くまでもないことです」と。

⑦季康子はかつて敬姜のもとに出かけた。寝門をひらいて彼女と語りあい、みな閾を踰えなかった。〔文伯の祖父の〕季悼子を祭ったとき、季康子もこれに列席した。返杯があっても〔敬姜は〕直接受けず、神前のお供えの台が下げられても饗宴には加わらなかった。宗臣（祭りをつかさどる同族の臣）がそろわぬうちは繹（正式の祭りのあとの祭り）は行なわず、繹を行なっても饗宴の酒はほどほどにして退席した。

仲尼はいう、「敬姜は男女の礼のけじめをつけたのだ」と。『詩経』には、「女は礼に違(たが)いしことなし」という。これは敬姜のこうした事蹟を詠っているのである。

頌(しょう)にいう、「公父文伯(こうほぶんはく)の母は、号して敬姜という。道をきわめて礼をわきまえ、徳の行ない照り輝けり。子(こ)の過りをきびしくただし、世の法理(きまり)を教えぬ。仲尼は賢(すぐ)れし女(ひと)とみなして、慈母の列(ならび)に加え入れたり」と。

校異　＊⑤話は、『韓詩外傳』巻一、『孔子家語』巻十曲禮子夏問等にも見られるが、前者は措辭の懸隔が大きく、影響關係は認められず、後者は『古列女傳』よりも後出の文獻。校異には慣しない。前者は〔餘説〕に示すことにする。◎1文伯　『國語』巻五魯語下には公父文伯につくる。　2敬姜　『國語』は其母につくる。　3戒其妾　叢刊・承應二本は戒止妾につくる。『國語』はこれにつくる。　4辱共祀先祀者　『國語』は辱共先祀者につくる。王校は先字上の祀字を衍字と指摘、梁校もこの字なしと指摘する。蕭校は梁校を襲う。　5・5′毋　『國語』はすべて無につくる。　6揮涕　『國語』は洵涕につくる。　7掐膺　承應本のみこれにつくる。他の諸本は陷膺につくるが意味不通。『國語』はこれにつくる。顧・王・梁三校は『國語』による校改を主張、掐字の意を叩と註する。顧校は、魏・張揖『埤蒼』（『文選』巻十八馬季長〈長笛賦〉の李善註所見）に、「掐、叩也」という證據を擧げ、同李註の「音、苦洽切」をくわえてもおり、梁校は韋昭註により、掐字の意を叩とし、漢・服虔『通俗文』の爪に當たるといい、「按、音、苦洽切」の說をくわえている。蕭校は王・梁二校を併記する。ただし顧校のいう「掐、叩也」の句は『埤蒼』の解ではない。「長笛賦」の李註引『埤蒼』の解は、「掐、爪也」。李註はこの解の後に『國語』原文と韋昭註を擧げ、「掐、叩也」「音、苦洽切」とつづけている。顧廣圻の記憶ちがいである。梁校もじつは李註に據っている。梁端は典據文獻を失念、自分の創見と思いちがいをしたのであろうか。　8是昭吾子也　諸本は也字なし。梁校『國語』にはあり。これにより校增する。　9・9′如　『國語』は若につくる。　10知矣　『國語』公序本は知也夫、明道本は智也夫につくる。　11貽厥孫子　「毛詩」魯頌・有駜は詒孫子の三字につくる。顧校引段校は『釋文』に「〔一〕本或作詒厥孫子」とあるという。梁校は厥字が「毛詩」にはなく、『釋文』に詒厥孫子につくると指摘する。蕭校は梁校を襲わず胡承洪の說を擧げ、『釋文』が詒厥孫子の他に詒于孫子の文をも傳え、みな〔厥・于〕を妄加していると評するが、元朗（陸德明の諱）は本譚を考慮していないのではないかというと紹介する。『詩三家義集疏』巻二十七は清・陳喬樅の說により、魯詩は厥字を、齊・韓詩は于字をくわえるのだと論じる。　12敬姜之處喪也　『國語』は公父文伯之母につくる。　13敬姜嘗如季氏　『國語』は公父文伯之母如季氏につくる。　14在朝　『國語』は在其朝につくる。　15・15′不應　『國語』は弗應につくる。　16毋乃罪耶　『國語』は無乃罪乎につくる。　17敬姜對　『國語』はこの三字なし。　18子不聞耶　考證本・補注本は耶字を邪につくる。『國語』は不字を弗、耶字を乎につくる。　19合民事於外朝、

合神事於内朝　諸本は合民事於内朝の一句のみにつくる。『國語』はこれにつくる。文脈上、上記一句のみでは意味をなさぬ。顧・王・梁三校とも脱文を指摘。蕭校は王校を襲う。『國語』により校増する。　20卿大夫　『國語』は大夫の二字なし。　21寝門　『國語』は寝門につくる。　22職　『國語』は業につくる。　23嘗至敬姜　『國語』は往焉の二字につくる。　24而　『國語』はこの字なし。　25不讌　『國語』は不宴につくる。　26繹不盡飲則退　叢書本・叢刊本は繹不盡飲則不退につくる。承應本は繹不盡飫則不退につくる。『國語』は繹不盡飫則退につくる。王・梁二校は飲字を『國語』が飫につくると指摘。王校は語釋にわたり、飫（燕食〔うたげのしょくじ〕）を盡さずとは、酔飽して儀〔マナー〕を失うのを恐れるからだという。　蕭校は王校を襲う。　27仲尼謂、敬姜別於男女之禮矣　『國語』は仲尼聞之、以爲別於男女之禮矣につくる。

語釈　⑤〇好内女死之、好外士死之　好は愛好・愛慕する。目をかける。内は女、外は男（賢士）。死は殉死する。女に目をかければ目をかけられた女が殉死し、賢士に目をかければ目をかけられた賢士が殉死する。　〇以好内聞　聞は世に聞こえること。好色をもって評判になる。　〇二・三婦之辱共祀先祀者　二・三婦は複数の二人称。嫁のお前たち。「辱共」以下の句は、『国語』韋昭註に「辱は自〔みずか〕ら屈辱し（甘んじて身を屈し）、先人（先祖）の祀に共奉（供奉）する者なり」という。校異4（一七〇ページ）のごとく原文の措辞は『国語』と若干ちがうが、大意はおなじ。「先祖の霊の仲間入りした公父文伯の祭祀にみずから甘んじて献身する者」の意。「自屈辱」とは、再婚せず、貞節の道に殉じて寡婦ぐらしをすることをいう。　〇瘠色　毀瘠之色におなじ。喪に服して悲哀のあまり瘠せおとろえる様子。『礼記』曲礼上に「喪に居るの礼は、毀瘠〔きせき〕形〔あらは〕れず。云云」と警めているが、喪中は減食して健康を損ねがちであった。　〇掐膺　掐は音コウ（カウ）。たたく。膺は胸。女が死者を悼〔いた〕むために行なうしぐさ。『礼記』問喪の哭踊〔こくよう〕（納棺〔ぶんそう〕のさいの哭〔な〕きさけんで跳びはねる儀式）の条に、「婦人は（略）胸〔むなもと〕を発〔ひら〕き心〔むね〕を撃ちて爵踊〔こおどり〕すること殷殷田田〔いんいんでんでん〕たり（トントンと悲しい音を立てる）」と、具態的な様子を語っている。　〇有降服、毋加服　服は服装と期間を一体にし、死者の尊卑・親疏によって等級づけた喪の規定。服を降すとは定制以下に縮めて喪をきりあげること。加服は定制よりも長く喪をつづけること。なお妻妾の夫に対する喪は、服規中でもっとも重い斬衰〔ざんさい〕（三年＝二十五箇月）であった。　〇従礼而静　妻妾の死せる夫への礼とは喪に服して夫家にとどまり、寡婦生活を全うすることをいう。静も貞静（身持ち正しくあること）をいい、寡婦の貞徳を全うすることをいう。　〇昭吾子　昭ははっきり知らせる。吾子は公父文伯。〇女知莫如婦、男知莫如夫　韋昭註に「処女の智は婦（人妻）に如〔し〕かず、童男（少年）の智は丈夫（世帯持ちの男）に如かず」という。当時の俗諺であろう。　〇令徳　美徳におなじ。　〇詩曰　『詩経』魯頌・有駜〔ゆうひつ〕の句。句中の穀は善。句意は通釈のとおり。　〇朝哭穆伯　哭は哭礼。大声をあげて哭〔な〕く。夫穆伯が死んだときは礼のきまりを創って夜に哭かず、朝に哭いて夫への哀悼の礼をつくした。『礼記』坊記に「寡婦は夜哭さず」というが、本譚によれば敬姜がこの新制度をつくり、孔子に支持されて規範・定制化されたのである。

なお『礼記』檀弓下にも、この譚が語られているが、檀弓下では、「穆伯之喪、敬姜昼哭、文伯之喪、昼夜哭」といわれている。　○無私　私とは礼のけじめをつけず自分勝手にすることをいう。　○上下有章　上は夫穆伯への、下は子の文伯への哭礼。章は文章。

⑥○康子在朝　康子は季孫氏本家の主人公季孫肥。①話の語釈4（一五二ページ）参照。韋昭註によれば、ここは外朝。主人が臣下と合議する場。宮殿・邸の一番外の門の内側の地域。周代は天子・諸侯みな三朝あり。天子三朝とは、君臣合議の外朝と天子が政務を執る治朝・天子が休息する燕朝をいい、治朝・燕朝を一体にして内朝ともいった（『礼記』玉藻・「朝服以日視朝於内朝」の条の註）。だが天子・諸侯の他、卿・大夫の家にあっても、本条のごとく、また後出の合官職於外朝、合家事於内朝の条のごとく外朝・内朝の場があったのである。　○寝門　正寝（奥の堂）前の門。　○辞於朝　辞は挨拶する。外朝で合議していた者に別れの挨拶をする。　○肥　季康子の諱。ここは一人称。　○毋乃罪耶　毋乃～耶（無乃～乎）は、すなはチ～ナルなカランヤと訓じ、豈不～乎に相当する反語形（反問句）。罪は得罪（機嫌をそこねる）におなじ。　○合民事　民政を合議する。　○合神事　神事（祭祀）を合議する。　○合官職於外朝　韋昭註はこの外朝を「君の公朝なり」とするが、前条の「康子在朝」のごとき、卿・大夫の邸内の外朝をいうのであろう。一句訳文は通釈のとおり。　○合家事於内朝　韋昭註は「家は大夫、内朝は家朝なり」というが、家事は表にかかわる家の仕事。内朝は卿・大夫の邸内の内朝をいうのであろう。一句訳文は通釈のとおり。　○業君之官職　業は業務にする。つとめる。　○庀　音ヒ。とりしきる。　⑦○闔　音イ（キ）。門をひらく。　○閾　音ヨク。しきみ。門の下の横木。家の内外をはっきりと区切るもの。

○悼子　季康子の曽祖父、敬姜の舅にあたる。彼の名は『左伝』昭公十二年冬十月の条に見え、会箋によれば、彼は父季武子（諱・宿）の卒前に夭死。子の季平子（諱・意如）は祖父季武子の歿後に季孫氏の家督を嗣いだのである。　○康子与焉　分家の公父氏の家における季悼子の祭りに本家の季康子も加わった。　○酢不受　酢は音サク。客が主人に返杯すること。このときの主人は敬姜が当主の代理であたっていた。『礼記』坊記に「男女授受するに親らせず」という。敬姜は従祖叔母の高齢者ながら、姪孫の季康子の返杯をじかに受けず、礼のきまりを守ったのである。　○徹俎不讌　俎は供物を載せる膳台。徹俎は供物を下げて列席者が聖化のために食べること。讌は宴におなじ。不讌は徹俎の後の饗宴に敬姜が加わらなかったことをいう。　○宗　『国語』賈侍中註に「宗臣（同族の臣）なり。祭祀の礼を主るなり」という。　○繹　あとまつり。本祭のあと、翌日、又は同日に行なう祭祀のこと。　○詩曰　『詩経』衛風・氓の句。句意は通釈のとおり。　○通達　道理に通じぬいていること。　○法理　道理におなじ。

韻脚　○姜 kiaŋ・明 miaŋ（十四陽部）　◎理 liəg・母 muəg（一之部）。換韻格押韻。

余説　◎公父氏は季孫氏―魯の桓公姫允の第四子季友の後裔―の支族であり、魯の名門であった。季孫氏は、そのはじめ「家に帛を衣るの妾無く、廐に粟を食ふの馬無く、府に金玉無し」（『史記』巻三十三魯周公世家）といわれた節倹謙譲・廉潔守礼の国相季文子を出した家柄だが、のち孟孫・叔孫の諸氏とともに「三桓の横暴」をきわめ、卿大夫の身分をもって「天子八佾の舞い」（天子の宗廟の祭祀に縦横八列六十四人編成の舞いをささげる儀式。諸侯の宗廟の祭祀は六佾、卿大夫の宗廟の祭祀は四佾の編成が定礼）を挙行し、泰山（山東省の霊山）に「族」の祭り（諸侯による領内山川の祭祀）を執行しようとする奢侈僭上・無法非礼の家となっていた（『論語』八佾）。そういう季孫氏にあって、魯の卿・大夫・士層の家々に守礼の範を垂れ、同時代の孔子から絶賛されたのが敬姜である。当時の魯の良識の守り手は男にあっては孔子、女にあっては敬姜であった。

　彼女は早逝した夫穆伯に替って公父の家を指導し、ときに季孫本家の主人公たる季康子の教訓にもあたった。彼女は国母たる王后や諸侯夫人でこそなかったが、魯国の貴族・支配階級の人々の礼法の師であり、その意味で国母的な働きをなした女性である。『礼記』檀弓下には彼女が創出した三つの新礼が語られている。その一つが夫と子に対する既述の哭礼であるが、他の二つの第一は帷殯（殯葬のときに帷を垂れたまま哀哭をささげる）の制、その二は、小斂（死後二日目の死者の衣裳改めの日の礼）に死者の褻衣を陳列せざるの制である。現代人の目からは瑣末事に見えるが、喪礼は旧時中国人の精神生活の基盤をなす孝道の最重要事。敬姜はその改革の功労者でもあり、その徳と行蹟は孔子のそれと併称さるべきものがあった。さればこそ劉向は、一般貴人の母親の伝の先頭に敬姜の譚を据えたのである。

　譚の①は礼の精神の一つである謙譲の徳と良師友の求め方を、②は、一国の存在が無数の人民の織目正しい活動をもととし、一国の政治が各官の職分を尽した協力関係による人民の統制にあるという真理を、③は節倹勤勉の徳と祖業（祖先の遺産）堅持の責務を、④は人心を得るための散財としての礼の本質を、⑤は弾力的な対応によって行なうべき喪礼の本質とわが子の名声・家の名声を守るべき母・主婦の責務を、⑥⑦は「男女別有り」（『礼記』郊特性・喪服小記等）の礼の精神の厳守の必要を述べた佳話である。⑥はさらに男性社会における身分別による行動の礼の必要を教えた佳話でもある。①②をのぞき他はすべて『国語』巻五魯語下に語られ、『国語』は他に二話を添え、「礼法の師表」としての彼女の存在を大書している。劉向もまたそうした敬姜の姿を『列女伝』最大の分量をもって特筆したのであった。なお後年、梁の劉勰が『文心雕竜』程器に②を論評し（顧広圻も指摘）、唐の李瀚も③を「敬姜猶績」、④を「文伯羞鼈」の語で、『蒙求』に加えて、これらの佳話を有名たらしめている。

　ところで本譚においては、『古列女伝』の他の多くの譚同様、母たる敬姜の子に対する教育の成果は必ずしも問題にされない。成果の如何にかかわらず、名門貴族の女性が母としていかに振舞うべきか、寡婦として、姑としていかに振舞い、人びとの模範となるべきかが語られ、彼女が説き、身をもって示した教訓の意義が語られているのである。彼女の強烈な礼教意識と教育欲求は、公父文伯にとっては重荷となって身に徹えたであろう。母の叱責にもかかわらず、彼は結局は魯国権門を代表する徳器を形成できなかった。①④の二話においては、敬姜は公父の家を「怨府」たらしめぬために、文伯の失態の後を拭い、敢えて衆人に知られるように子を叱り、世間に詫びる。

⑤においては、為政者の模範たるべき貴人文伯の、権門の公父家の、貴人の子の母たる己の名誉を樹立すべく、名教・礼教世界の貴人の責務（ノーブレス・オブリージュ）を尽し、子の配偶（つれあい）たちに対する教訓劇を演じるのである。快適と自然感情に添うことを諸行為の準則とし、規範に殉ずる道念を軽んじるようになった現代人の目からは異様に見えようとも、公羊（くよう）・穀梁の

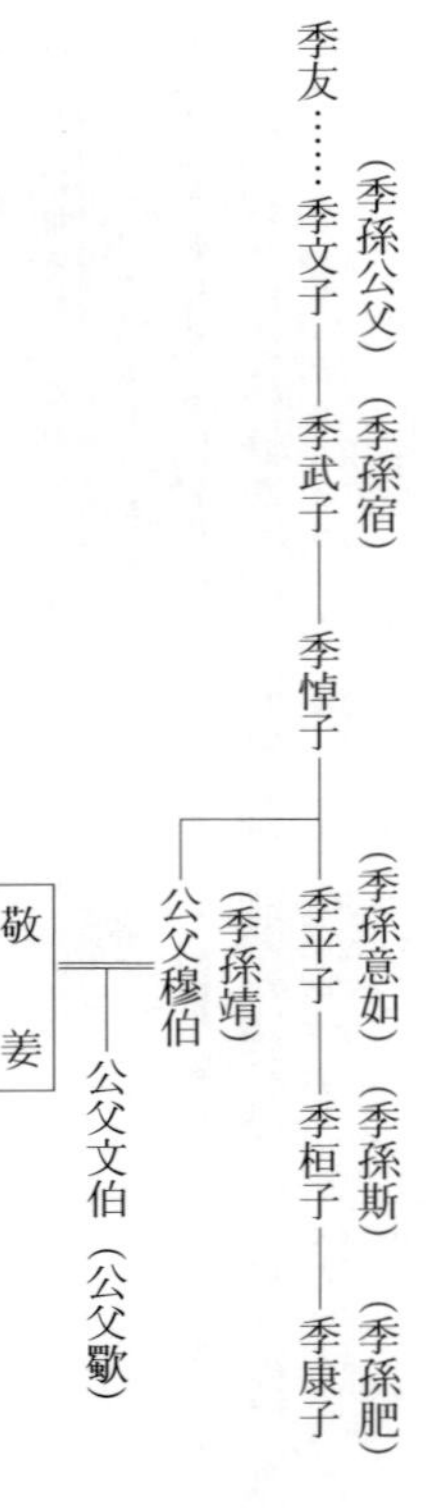

（季孫・公父氏系図）

厳格主義（リゴリズム）の徒たる劉向にとっては、かかる女性の行動こそが讃えられねばならなかったのである。（名教の徒劉向の厳格主義は巻四貞順、巻五節義の両伝で絶頂をきわめる。その厳格主義の根底に、『公羊春秋』『穀梁春秋』の倫理観があることは、貞順伝第二話（中巻所収）節義伝第十四話（同上所収）等を参照されたい。孔子も劉向も敬姜の苛烈な母性の発揮に「慈」の徳を認めている。『古列女伝』の倫理思想を理解する上で留意すべき点であろう。なお唐・李瀚『蒙求』には第③話にちなむ敬姜猶績の句、『国語』種としてではあるが第④話にちなむ文伯羞鼈の句を収めている。

◎最後に⑤話と同系の内容をもつ『韓詩外伝』巻一第十九話を収め、部分的に註と訳を施しておこう。（なお、この同系異譚は『礼記』檀弓下や『戦国策』巻六趙策の楼緩の語中にあり、劉向はさらに、『新序』巻九善謀にも、それをしるしている）。

＊魯公甫文伯死。其母不レ哭也。季孫聞レ之曰、「公甫（ママ）文伯之母貞女也。子死不レ哭、必有レ方（道理）矣」。使ニ人問一レ之焉。対曰、「昔是子也、吾使三之事二仲尼一。仲尼去レ魯、送レ之不レ出ニ魯郊一、贈レ之不レ与ニ家珍一。病不レ見ニ士之来（この字、民国・趙善詒校補）視者一、死不レ見ニ士之流レ涙者一。死之日、宮女縗絰（音サイテツ。三年の喪に着ける胸前の布と音・腰に着ける布。又それらを着ける）而従者十人。此不レ足ニ於士一、而有レ余ニ於婦人一也（これは文伯の士に対する礼が足りず、婦人に対する愛が度を越していたからである）。吾是以不レ哭也」。

『詩』（邶風・日月）曰、「乃如レ之人兮、徳音無レ良（かかる人こそは、言葉・行ないみな良からず）」。

十　楚子發母

楚將子發之母也。[1] 子發攻秦、軍絶糧。[2] 使人請於王、因歸問其母。[3] 母問使者曰、[4]「士卒得無恙乎」。[5] 對曰、[6]「士卒幷[7]分菽粒[8]而食之」。又問、「將軍得無恙乎」。對曰、[9]「將軍朝夕芻豢黍粱」。子發破秦而歸、[10] 其母[11]閉門而不內。[12] 使人數之曰、[13]

「子不聞越王句踐之伐吳耶。[14] 客有獻醇酒一器者。[15] 王使人注江之上流、[16] 使士卒飲其下流。[17] 味不及加美、[18] 而士卒戰自五也。[19] 異日、有獻一囊糗糒者。[20] 王又以賜軍士、[21] 分而食之。[22] 甘不踰嗌、而戰自十也。[23] 今子爲將、[24] 士卒幷分菽粒而食之、子獨朝夕芻豢黍粱何也。[25] 詩不云乎、『好樂無荒、良士休休』。言不失和也。夫使人入於死地、而自康樂於其上、[26] 雖有以得勝、非其術也。[27] 子非吾子也。無入吾門」。

子發於是謝其母、然後內之。[28]

君子謂、「子發母能以教誨」。『詩』云、「教誨爾子、式穀似之」。此之謂也。

楚の將子發の母なり。子發 秦を攻むるも、軍は糧絶ゆ。人をして王に請はしめ、因りて歸って其の母を問はしむ。母 使者に問ふて曰く、「士卒恙無きを得たるや」と。對へて曰く、「士卒は菽粒を幷せ分かちて之を食ふ」と。又問ふ、「將軍は恙無きを得たるや」と。對へて曰く、「將軍は朝夕、芻豢・黍粱す」と。子發 秦を破りて歸るも、其の母門を閉ぢて內れず。人をして之を數めしめて曰く、

「子は越王句踐の吳を伐ちしを聞かずや。客に醇酒一器を獻ずる者有り。王 人をして江の上流に注がしめ、士卒をして其の下流に飲ましむ。味は美を加ふるに及ばざれども、士卒戰ふこと自ら五せり。異日、一囊の糗糒を獻ずる者有り。王又以て軍士に賜ひ、分かちて之を食はしむ。甘 嗌を踰えざれども、戰ふこと自ら十せり。今 子は將と爲るも、士卒は菽粒を幷せ分かちて之を食ふに、子のみ獨り朝夕芻豢・黍粱せしは何ぞや。『詩』に云はざるや、『樂しきを好むも荒む無かれ、良士は休休たり』と。言は和を失はずとなり。夫れ人をして死地に入らしめ、而も自らは其の上に康樂す。以て勝ちを得る有りと雖も、其の術に非ざるなり。子は吾が子に非ざるなり。吾が門に入る無かれ」と。

子發是に於て其の母に謝し、然る後に之を內れしむ。

頌曰、「子發之母、刺子驕泰。將軍稻[29]粱、士卒菽粒。責以無禮、不得入力。君子嘉焉、編於母德。」

君子謂ふ、「子發の母は能く以て教誨す」と。『詩』に云ふ、「爾が子を教誨するに、穀きを式て之に似しめよ」と。此の謂ひなり。

頌に曰く、「子發の母は、子の驕泰を刺れり。將軍は稻粱し、士卒は菽粒す。責むるに禮無くんば、人力を得ざるを以てす。君子は焉を嘉みし、母德に編む」と。

通釈　楚の将軍子発の母の話しである。子発は秦を攻めたが、軍は兵糧が底をついた。人をやって王に兵糧を請わせ、ついでに帰って母を見舞わせた。母は使者に、「士卒のみなさんはご無事ですか」と問う。使者は、「士卒は菽と、雑穀の屑をもちより分けあって食べております」とこたえた。また、「将軍は無事ですか」と問う。使者は、「将軍は朝に夕に肉と精げた黍飯を上がっておいでです」とこたえた。子発が秦を破って帰ってきたが、その母は門を閉ざして入れてやらない。人をやって彼を責めていうのであった、

「あなたは越王勾践が呉を伐ったときの事を聞かなかったですか。客人に美酒一瓶をささげた者がいましたね。王は人をやって江の上流に注がせ、士卒をしてその下流で飲ませたのでしたね。水は酒でおいしくならなかったけれども、士卒はおのずと五倍の戦意で戦ったのでしょう。別の日に、一嚢の糗糒をささげた者がいましたね。王はまたこれを兵士たちに賜わり、分けて食べさせたのでしたね。味は嗌を踰えないほどだったけれども、士卒はおのずと十倍の戦意で戦ったのでしょう。なのに今あなたは将軍となったのに、士卒が菽や雑穀の屑をもちより分けあって食べているときに、ただ一人、朝晩、肉と精げた黍飯を食べていたとは何事ですか。『詩経』にもいっていませんか、『楽しむとも破目をはずすな、よき男児は道を忘れず』と。これは事の調和を失うなといっているのです。そもそも人を死地に乗りこませながら、あなたはその上に立ってのうのうとしていたのです。勝利を得られたとはいえ、人の心を摑む術ではありません。あなたはわたしの子ではありません。わが家の門に入らないでおくれ」。

子発はそこで母に詫びをいれたので、やっと門内に入れてやったのであった。

君子はいう、「子発の母は子を教えさとすことができた」と。『詩経』にも、「お前の子を教えるときは、よき手本もて見ならわせよ」という。これは子発の母のごとき子の教育を詠っているのである。

頌にいう、「楚の将子発の母は、子の驕りと弛みをそしれり。将は贅を尽せる飯食むも、士卒は菽と粗末な飯。責めるに『人は礼欠けば、人の協力を得られず』という。君子はこれをたたえて、母の徳伝えるこの篇に入れたり」と。

校異　＊楚将子發は『史記』巻四十楚世家には見えず、他書の記述にも不明確な點があるが、實在を信じられた名将であった。その名は『藝文類聚』巻五十九武部・將帥、『太平御覧』巻二八一兵部十二撫士下に子反につくる。『荀子』彊國、『淮南子』道應訓（二話あり）、人閒訓・脩務訓に語られ、『荀子』には諱を思わせる舍の名が見える。『戰國策』巻五楚策に登場する宣王熊良夫の名将景舍は、子發と同一人物と見なされてきた。『荀子』『淮南子』道應訓の共通譚が四四五B.C.に亡んだはずの蔡討伐を述べながらも、道應訓の方が前四世紀の宣王時代の事件としても語っているからである。唐・餘知古『渚宮舊事』も道應訓引の第一話は子發の名を景舍に變え、第二話には大司馬景舍攻下蔡の句を先頭に付している。劉向は『新序』雜事一に司馬子反なる人物を登場させ、『舊事』はこれを子發に改めて引くが、この譚には時代の異なる人物が同時代の人物として登場する―前四世紀の宣王時代の昭奚恤と前五世紀の惠王芈章時代の令尹子西―ので、司馬子反は前六世紀の共王芈審時代の同名人の可能性もある。顧校は『荀子』楊倞註より、子發は楚の令尹、姓未詳といい、『淮南子』道應訓高誘註『戰國策』『新序』（各前掲）より宣王の將、脩務訓高誘註と人閒訓本文の「子發槃（盤）罪威王」の句より威王熊商の將といい、宣・威兩世にわたる人物と指摘する。王校は子發、名は舍、姓不明といいつつ、『荀子』『戰國策』に見えると指摘、そのじつ子發と景舍を同一人物と見なしている。梁校は『荀子』楊倞註より楚の令尹、姓未詳といい、『淮南子』〔高誘〕註より楚の宣王の將という。王校は『類聚』に、梁校は『類聚』『御覽』に子反につくることも指摘する。蕭校は王・梁二校を併記、『淮南子』人閒訓の「子發盤罪威王」の句にも言及する。以上をあらかじめ整理しておく。　◎1楚將子發之母也　本條は、一瞥、主語を缺くかに見える。梁校は、これは標題を〔主語として、そこから〕讀み下したもの。ゆえに子發母者四字を重複して舉げない。古書の書法だが、今本は〔標題重複の諸譚もまじり〕參差不一になっている。後人が羼改したと推論する。この形式は『古列女傳』各傳に散見するが、この推論の適否を定める傍證はない。この句のままでも文意は通ずる。　2子發攻秦、軍絶糧　諸本は軍字なし。叢書、叢刊、承應の三本は糧字を俗字の粮につくる。『舊事』引はこれにつくる。『類聚』『御覽』兩引も『舊事』引におなじ。梁校は三引のこの句にのみ秦字下に軍字のあることを指摘する。蕭校は梁校を襲う。『舊事』引により軍字を校增する。　3歸　この字、『舊事』引にあり。他引になし。　4母問使者曰　『舊事』

引のみ母曰の二字につくる。　5得　『舊事』引もあり。他引はなし。梁校はこれを指摘。蕭校は梁校を襲う。　6對曰　『舊事』引もこれにつくる。『類聚』『御覽』兩引は使者曰につくる。　7・7并分　『舊事』引は升分につくる。『類聚』『御覽』兩引は分一字につくる。并字の字體不明のための誤刻や除去がなされたのであろう。并分の意味は〔語釋〕6（一八〇ページ）參照。文意上から并分のままでよい。梁校は孫志祖の説により并字を半の譌字といい、蕭校は梁校を襲い、『漢書』巻三十一項籍傳の「今歲、飢民貧、卒食半菽」の句を證として擧げる。　8・8菽粒　諸本、『舊事』以下の三引ともにこれにつくるが、頌の韻脚を一見すると、粒 liəp では、下句の力・德と失韻するのみでなく、上句の泰 't'ad とも失韻する。よって顧・王兩校は、頌の條において改字を主張。顧校は「攷證」條文自體を改字、王校は菽字をも蔬に改むべしという。しかくすれば頌は泰・糲（19祭月部）、力・德（2職部）の換韻格構成の文として整頓されよう。だが蕭校は淸・段玉裁『詩本韻』、江永『古韻標準』を援用、基本的に宋・吳棫『韻補』の説により、秦・粒・力・德四字の通韻を主張。改字に反對する。蕭説は繁冗の極み。よって基本論據文獻『韻補』巻五の説を示しておこう。（以下、上、古音は吳棫の提示する古音相當名による）。古音において、泰字は質部に屬し、粒字の屬する緝部は質部に通じ、力字の屬する職部も質部に通じ、德字の屬する德部は職部に通じる。いま、この蕭校の據る吳説の存在により改字を控える。なお吳棫は刺子驕泰、士卒菽粒の句を通韻の實證例（前掲書巻五質部）に擧げ、これを劉歆の『列女傳贊』の文とする。　9又問、將軍得無恙乎、對曰　『類聚』引もこれにつくる。『舊事』引はこれらの句なし。『御覽』引は又問曰につくる。　10子發破秦而歸　『舊事』引は子發の字なし。『類聚』『御覽』の兩引は子反破秦軍而歸につくる。　11其母　『舊事』引もこれにつくる。他引は其字なし。　12而　『舊事』以下三引はこの字なし。　13人　この字、『舊事』引もあり。他引になし。　14耶　『備要』本のみこの字あり。『類聚』『御覽』の兩引はこの字あり。備要本・梁校はこれにより校增。『舊事』引は歟につくる。蕭校はここに注意せず。　15者　備要本のみこの字あり。『舊事』以下三引はあり。備要本・梁校は『類聚』『御覽』により校增する。王校も『類聚』引にこの字があることを指摘。蕭校は王校を襲う。　16王使人注江之上流　備要・集注の二本、承應本を除く他本は注字を往につくる。『舊事』以下の三引は注字につくる。備要本・梁校はこれにより校改する。なお『類聚』『御覽』の兩引は江之の二字なし。王校も『類聚』に往字を注につくること、往字の誤りを指摘する。蕭校は梁校を襲う。
17使士卒飲其下流　『舊事』引もこれにつくる。他引は其字なく、『御覽』引は士卒を卒一字につくる。　18味不及加美　『舊事』引は及字を足につくる。『類聚』『御覽』の兩引は味不加喙につくる。王校は及字は衍字、『類聚』引が美字を喙につくるは誤りなりと指摘する。梁校は上述の『舊事』以下三引の措辭を指摘。蕭校は梁校を襲う。　19戰自五也　『類聚』『御覽』の兩引はこれにつくる。『舊事』引は戰自五倍也につくる。梁校は『舊事』引のこの措辭を指摘。蕭校は梁校を襲う。　20異日有獻一囊糗糒者　『舊事』引もこれにつくる。『類聚』引は異日又有獻一囊糧者につくり、『御覽』兵部・撫士下引も者字を缺く他は『類聚』引におなじ。なお『御覽』は巻八六〇飲食部十八糗糒にも『列女傳』引として勾踐伐呉ではじまる諸句を収めるが、その第二句は有獻一嚢糒者につくる。　21王又以賜軍士　『舊事』引は以字なし。『類聚』『御覽』兵部の両引は王又使以賜軍士につくる。『御覽』飲食部引は王以賜軍士につくる。　22分而食之　『舊事』は軍士分而食之につくる。『類聚』『御覽』兵部の両引はこれにつくる。『御覽』飲食部はこの句なし。梁校は『舊事』引は前條句末の軍士の下に軍士二字を重ねると指摘。蕭校は梁校を襲う。　23戰自十也　『舊事』引は戰自十倍也につくる。『類聚』『御覽』兵部引はこれにつくる。『御覽』飲食部引は戰自十倍につくる。なお『御覽』飲食部引はここまでである。梁校は『舊事』引には十の下に倍字ありと指摘。蕭校は梁校を襲う。　24子爲將　『舊事』引は汝爲將につくる。他引はこの三字なし。　25子獨朝夕芻豢、黍粱何也　『舊事』引は子字を汝につくる。他引は黍粱の二字なし。なお『類聚』『御覽』兵部の両引はここまでである。　26夫使人入於死地、而自康樂於其上　『舊事』引は下句を而安樂其上の四字につくる。『文選』巻二十八鮑明遠「苦熱行」の一句のみの引文は、使人入於死地、而康樂於上につくる。王・梁二校は『文選』引の下句のこの措辭を指摘。蕭校は王校を襲う。　27雖有以得勝、非其術也　『舊事』引は雖以得勝、非其道也につくる。梁校は『舊事』引が術字を道につくることのみを指摘。蕭校は梁校を襲う。　28子發於是謝其母、然後内之　『舊事』引は發謝、然後得入につくる。　29稻粱　諸本これにつくるが、譚本文中には黍粱につくる。あるいはここも黍粱であった可能性もあるが、いまはこのままとする。

語釈　○楚　国名。羋(び)姓。いまの湖南・湖北・安徽(あんき)・江西・浙江にまたがる大国であった。　○子発　楚の第三十四・第三十五代の王宣王熊良夫(ゆうりょうふ)（在位三六九～三四〇B.C.）威王熊商（在位三三九～三二九B.C.）時代に活躍、姓は景、諱は舍と伝えられてきた名将（〔校異〕序・一七七ページ）。『戦国策』楚策の景舍は、令尹（宰相相当官）の昭奚恤と対魏・趙戦略で対決、魏を積極的に攻めて領土を急増させた果敢な闘将。『淮南子(えなんじ)』脩務訓の子発は、「務(メ)レ在(ルヲ)二於前(ニ)一、遺(スヲ)二利(ヲ)於後(ニ)一」（眼前の戦闘に全力を尽し、己の利害を後まわしにする）」ことに徹した無私の猛将である。　○秦　国名。嬴(えい)姓。陝西省を根拠地とした大国。楚の宣王の時代は第二十四・第二十五代の献公師隰(ししゅう)（在位三八五～三六一B.C.）孝公渠梁（在位三六一～三三八B.C.）にあたり、急速に強国化が進んでいた。　○絶糧　兵糧が底をつく。　○無恙乎　安否を問う辞。句意は通釈どおり。恙字については、元・陶宗義『輟耕録』巻四無恙が『神異経』の「獸の名、㺊」の説、『爾雅』釈詁の「憂」の説、漢・応劭『風俗通議』（ただし『御覧』巻三七六人事部十七心部引遺文）の「人を噬(か)むの虫、善く人の心(むね)を食ふ」の説等を紹介。『神異経』説をしりぞけ、憂・病・噬虫等の意だという。蕭註は上述『風俗通議』の説の他、『戦国策』巻四斉策『周礼』秋官・大行人の三問三労註や『礼記』曲礼上の鄭註等の安否を問う辞の説を例挙する。　○并分　并は持ちよりあわせあう。分けあって食べる。
○菽粒　菽はマメ、粒は穀粒。雑穀の屑。　○芻豢　獣肉のこと。芻は草食の家畜の牛・羊を、豢・音カン（クワン）は穀食の家畜の犬・豕(ぶた)をいう。中国では今日も犬を食用としている所がある。　○黍粱　黍は黏(ねばりけ)のあるモチキビ、粱はアワ（ともにイネ科の一年生作物)。古代の中国では粱飯がふつうの、黍飯は上等の美食であった。篠田統・前掲書・第一章五穀の起源九～十二ページ。 ○数 責める。 ○越王句践 春秋越の国(浙江省北部・江蘇省東部を領有の王。在位四九六～四六五B.C.)。呉王夫差との戦に一旦敗れたが、嘗胆して国力を蓄えて再度の決戦に勝利。呉を滅ぼし、徐州の会盟で覇者となった。 ○醇酒 よく熟した味の濃い酒。 ○注江之上流 江は華南の「かわ」の総称。梁註は宋・楽史『太平寰宇記』巻九十六により、浙江省会稽県の西三里に越王の故事にちなむ投醪河という「かわ」があったという。醪・ロウ(ラウ)はにごりざけ(どぶろく)。 ○戦自五也 五倍の戦意をもって戦った。 蕭註は『文選』巻三十五張景陽「七命」(八首中第七首)引『黄石公記』に、昔、良将之用レ兵也、人有下饋二一簞之醪一、投レ河、令二衆迎レ流而飲一者上。夫一簞之醪不レ味二一河一。而三軍思三為致二死者一、以二滋味及一レ之也、とあるのを紹介する。 ○味不及加美 酒の味が江の水にその美味を加えられなかった。 ○糗糒 王註に乾飯という。 ○甘不踰嗌 糗糒の甘味は咽頭をこえぬうちに消える。 ○好楽無荒、良士休休 『詩経』唐風・蟋蟀の句。荒は鄭箋に「廃乱」という。はめをはずすこと。休休は毛伝に「道を楽しむの心」という。立派な人物は楽しみを好んでも、はめをはずさず、道の実践を楽しむ。 ○死地 死を賭けた危険情況。 梁註は『文選』巻二十八鮑明遠「苦熱行」註引の本句曹大家註に、「軍事は険危、故に死地たり」とあるのを紹介。蕭註は『孫子』形・九変・九地等諸篇のこの語の使用例を挙げている。 ○康楽 のうのうと気楽に特権を楽しむ。 ○其術 人心を摑む術。 ○詩云 『詩経』小雅・小宛の語。「螟蛉 子有れば、蜾蠃之を負ふ。爾が子を教誨し、穀きを式て之に似しめよ」という。鄭箋に式は用、穀は善という。蜾蠃という蜂は螟蛉の子をとらえて背に負って飼育する習性がある。詩意は「螟蛉が子を産むと蜾蠃が背負って育てる。蜾蠃よ、おまえの子として教え、おまえの良き性質に似させなさい」との意。ここは前二句を削って人の世界の教訓として抜いている。 ○稲粱 イネとアワの飯。贅沢な食事。

韻脚 ○泰 t'ad (19祭月部) ◉粒 lıəp (27緝部) ◎力 lıək・徳 tək (2職部) *三部合韻一韻到底格押韻。 **闕名氏「郎中鄭固碑」(『全後漢文』巻九十六)中に、力・徳等(職部)の字とともに沛(祭月部)字が押韻されている例がある。(とくに古屋の示教による)。

余説 本譚中の楚将子発は、将才はあっても部下を思いやらぬ驕慢児、公務の使者に己のみ母の安否を問わせる公私混同の徒であった。母は使者にわが子の安否は後に措き、士卒の安否をまず問うている。凱旋将軍のわが子を門前に閉め出し、代理人をして衆人環視の中で彼を叱責せしめる。しかくすることによって彼女は子発の反省を促しただけではなく、従軍士卒やその家族、世間の人びとに、子の罪の宥しを乞い、子発の家を「怨府」たらしめず、衰退・断絶の危機から救ったのである。『古列女伝』中の賢母は必ずしも子育ての時期に子を人格者に育てることに成功した者たちではない。むしろその点では失敗者が少なくないのである。第九話の魯季敬姜、第十四話の斉田稷母(一四八～一七四ページ、二〇九～二一三ページ)もみな然り。彼女たちが賢母たる訳は成人たる子に対してもなお、後見の重責をはたし、子の悖徳・失態から夫家を救っている点にある。

ところで他書に語られる子発は〔語釈〕2のごとき無私の名将であった。その彼は、『荀子』彊国『淮南子』道応訓では、蔡（?）討伐の功により執圭の爵位と領邑を宣王から賜ったときに固辞し、道応訓によれば、「兵陳（陣）に戦ひて敵に勝つは、此れ庶民の力なり。夫れ民の功労に乗じて、其の爵禄を採るは、仁義の道に非ざるなり」といい、名声を後世に遺したという。他人の功を思いやる至公の心と己の保身・名声の確保を図る廉私の情を巧みに融合した老獪な発言。こうした発言をなしうるまでに子発を成長させたのは誰か。本譚はこの疑問に対する劉向の解答のようにも見える。

十一　鄒孟軻母

①鄒孟軻之母也。號孟母。其舍近墓。[1] 孟子之少也、嬉遊爲墓閒之事。[2] 踊躍築埋。[3] 孟母曰、「此非吾所以居處子也」。[4] 乃去舍市傍。[5] 其嬉戲爲賈人衒賣之事。[6] 孟母又曰、「此非吾所以居處子也」。復徙舍學宮之傍。[7] 其嬉遊乃設俎豆、揖讓進退。[8] 孟母曰、「眞可以居吾子矣」。[9] 遂居之。[10] 及孟子長、學六藝、卒成大儒之名。[11]

　君子謂、「孟母善以漸化」。『詩』云、「彼姝者子、何以豫之」。此之謂也。

②孟子之少也、既學而歸。孟母方織。[12]

---

①鄒の孟軻の母なり。孟母と號す。其の舍墓に近し。孟子の少きとき、嬉遊して墓閒の事を爲す。踊躍築埋す。孟母曰く、「此れ吾の子を居處せしむる所以に非ざるなり」と。乃ち去りて市の傍に舍す。其の嬉戲するに賈人衒賣の事を爲す。孟母又曰く、「此れ吾の子を居處せしむる所以に非ざるなり」。復た徙りて學宮の傍に舍す。其の嬉遊するに乃ち俎豆を設け、揖讓進退す。孟母曰く、「眞に以て吾が子を居らしむべし」と。遂に之に居る。孟子長ずるに及びて、六藝を學び、卒に大儒の名を成せり。

　君子謂ふ、「孟母善く漸を以て化す」と。『詩』に云ふ、「彼の姝たる者は子、何ぞ以て之に豫へん」と。此の謂ひなり。

②孟子の少きとき、既に學びて歸る。孟母方に織れり。問ひて

問曰、「學何所至矣」。[13]孟子曰[14]、「自若也」。孟母[15]以刀斷其織。[16]孟子[14']懼而問其故。孟母[15']曰、「子之廢學、若吾斷斯織也。夫君子學以立名、問則廣知。是以居則安寧、動則遠害。今而廢之、[17]是不免於廝役、而無以離於禍患也。[18]何以異於織績而食、中道廢而不爲。寧能衣其夫・子、而長不乏糧食哉。女則廢其所食、男則墮於脩德[19]、不爲竊盜、則爲虜役矣」。孟子懼、旦夕勤學不息。師事子思、[20]遂成天下之名儒。

　君子謂、「孟母知爲人母之道矣」。『詩』云、「彼姝者子、何以告之」。此之謂也。

曰く、「學何れに至る所ぞ」と。孟子曰く、「自若たり」と。孟母刀を以て其の織を斷つ。孟子懼れて其の故を問ふ。孟母曰く、「子の學を廢するは、吾の斯の織を斷つが若し。夫れ、君子は學んで以て名を立て、問ひて則ち知を廣む。是を以て居れば則ち安寧、動けば則ち害に遠ざかる。今にして之を廢するは、是れ廝役を免れずして、以て禍患より離るる無きなり。何ぞ以て織績して食するに、中道にして廢して爲さざるに異らん。寧んぞ能く其の夫・子に衣せて、長く糧食に乏しからざらしめんや。女則ち其の食する所を廢し、男則ち德を脩むるを墮れば、竊盜を爲さずんば、則ち虜役と爲らん」と。孟子懼れ、旦夕學に勤めて息まず。子思に師事し、遂に天下の名儒と成れり。

　君子謂ふ、「孟母は人の母たるの道を知れり」と。『詩』に云ふ、「彼の姝たる者は子、何ぞ以て之に告げん」と。此の謂ひなり。

通釈　①鄒の孟軻の母のことである。彼女は孟母といわれた。その家は墓に近かった。孟子は幼いころ、お墓ごっこをして楽しんだ。哭踊を真似て跳びはねたり墳を築いては納棺の真似をするのである。孟母はいった、「ここは息子を置いておく所じゃないわ」と。そこで引きはらって市場のそばに住んだ。品物を褒めてふっかけて売る商人ごっこをして楽しんでいる。孟母は今度もいった、「ここは息子を置いておく所じゃないわ」と。ふたたび引っこして学校のそばに住んだ。ごっこ遊びはといえば、なんとお供えの膳や高杯をならべ、挨拶やら儀式の所作ごとの真似なのである。孟母はいった、「ほんとにここなら、わが子を置いておけるわ」と。孟子は年ごろになると、六経（儒家の六種の経典）を学び、ついに大儒の名をなしたのであった。

君子はいう、「孟母は環境の影響力で子をしだいに善導したのである」と。『詩経』には、「あの子はなんと素直な人よ、何を上げたらよいかしら、〔躾けによい場所上げましょう〕」といっている。これは孟母が子によい環境をあたえた気持を詠っているのである。

②孟子は幼いころ、勉強に区切りをつけて家に帰ったことがある。孟母は今しも機(はた)を織っているところであった。「どこまで上達したの」とたずねる。孟子が「あいかわらずです」と答える。孟母は剪刀(はさみ)を執ると織りかけの布を切りさいた。孟子が怕(こわ)くなって訳をたずねる。すると孟母は、「あなたが勉強をやめてしまったのは、私がこの織り物を切りさくようなものです。いったい、君子は勉強して名声を揚げ、疑点をたずねては知識を広めるものなのです。こうして普段の暮らしを安らかに、何か行動するときには禍害(わざわい)に遠ざかるようにするものなのです。いまにして勉強をやめてしまうのでは、人に使われる卑しい身分に落ちこまざるを得ないし、禍患(わざわい)から身をよけられません。これではどうして、織り績(つむ)いで生計(くらし)を立てているのに、途中でやめて仕事をしないのとちがいがありましょうか。これではどうして、夫や子に着物を着せ、いつもひもじい思いをさせずにしておくことができましょうか。女が口漱(くちす)ぎの仕事をやめ、男が徳の修養を怠るならば、窃盗(ぬすみ)をしなければ、人の卑しい使用人となるしかありません」といって聴かせた。孟子は怕くなって、毎朝毎晩、やすむことなく勉強にこれつとめたのであった。子思(しし)(の門人(じつはそ))を師として学び、ついに天下の名儒となったのである。

君子はいう、「孟母は人の母たるものの道を心得ていた」と。『詩経』には、「あの子はなんと素直な人よ、何を告げたらよいかしら、〔譬(たと)えで説教しときましょう〕」といっている。これは孟母が子をしゅんとさせ、断機の譬えをもって修業の意味を教えたことを詠っているのである。

校異 ＊本譚は、叢刊・承應の二本では、他本の第九話の位置に配されている。叢刊本の編者が、原撰者劉向の身分序列・年代序列の編輯方針を覆えし、魯季敬姜・楚子發母譚の前に孟母譚を据えたのは、朱子撰『四書章句集註』の出現以後、孟子が聖人としての権威を高めたためであろう。四話構成の本譚中、②③話は『韓詩外傳』巻九第一話・第十七話にも見えるが、第一話は他の一譚と一括、細部の相違も大きく、論者が問題としてきた譚。第十七話も相違は大きい。『外傳』の文は〔校異〕の対象にせず、〔餘說〕に示すことにする。孟母譚を収める類書の一つに『古今事文類聚』があり、后集巻六所收の②話は出典不記、九句三十五字の粗短の文。よって對校はしない。なお孟母の姓については、淸・馬驌『繹史』巻一〇六引『風俗通義』、王圻『續文獻通考』巻八十三には仉氏といい、金・孫弼『謁廟記』元・張頦『孟母墓碑』（馬場春吉『孔子聖蹟志』一九三四年・大東文化協會刊・六九六・六九七～八ページ所收）、前掲『續文獻通考』巻五十八には李氏ともいう。梁註は大父梁玉繩の説として『風俗通義』の仉氏、『孟母墓碑』の李氏を擧げるとともに、これら文獻の記述が何に基づいているかを疑っている。蕭註は梁註を襲うが、李字は仉の誤り、仉は瓜、瓜は掌ともしるされ、その掌字を淺人が誤ったのではなかろうかという。文獻を博引するが、肝腎の掌・李二字の字形は似ていない。◎1鄒孟軻之母也、號孟母、其舍近墓『文選』巻十一何平叔「景福殿賦」李註引は第一・第二句を孟軻母者、卽孟子母也、號曰孟母の三句十三字につくる。『事文類聚』后集巻六教子門引は孟軻母、續集巻七處居部鄰引は孟母の各一句のみにつくる。第三句はみなおなじ。『文選』巻十六潘安仁「閑居賦」李註引は孟母舍近墓の一句につくる。王校は『文選』〔「景福殿賦」〕李註引は鄰字の上に孟軻母者の四字、號字の下に曰字あり。ここはともに脱すと指摘するが採らない。他譚の例からは脱文とはみなせない。引文の措辭指摘自體も誤っている。　2孟子之少也、嬉遊爲墓閒之事「景福殿賦」「閑居賦」兩註引、『事文類聚』續集引は下句の嬉遊を嬉戲につくる。「閑居賦」李註引は上句なし。『事文類聚』后集引は孟子少、嬉遊於墓閒につくる。王・梁二校は「景福殿賦」李註引が嬉遊二字を嬉戲につくることのみを指摘。蕭校は梁校を襲う。　3踊躍築埋　踊字を諸本はみな別體の踴につくる。踊躍とは『禮記』問喪が規定する哭踊のこと。「景福殿賦」李註引も踴字ならぬ踊につくる。以上により踊に改める。『事文類聚』后集引は踴につくる。「閑居賦」李註引、『事文類聚』續集引はこの句なし。　4此非吾所以居處子也　備要・集注の二本を除く他本に也字なし。「景福殿賦」李註引、『事文類聚』續集引は此非所以居處子也に、「閑居賦」李註引は此非所以居子處につくる。いずれも吾字なし。王校は「景福殿賦」李註引の也字の存在、「閑居賦」李註引の處子二字の轉倒を指摘、備要本・梁校は『文選』〔「景福殿賦」〕李註引より也字を校增という。牟校は『易經』咸卦・〔象傳〕の亦不處也の虞翻註には「凡士與レ女未レ用時（士が仕官せず女が結婚せぬときは）、皆稱レ處」とあるから、『文選』〔「閑居賦」〕李註引に子處につくるのは非だといい、蕭校は梁・牟二校を併擧する。牟説の是非「閑居賦」李註引の措辭の是非はいまは問わず、このままにする。處字は上の居字と一體の動詞に讀めるからである。　5乃去舍市傍、其嬉戲爲賈人衒賣之事　下句を「景福殿賦」李註引、『事文類聚』續集引は其子嬉戲爲賈につくる。「閑居賦」李註引は其子嬉戲爲賈衒につくる。『事文類聚』后集引は其子嬉戲乃賈人衒賣之事につくる。いずれも子字があるが、いまはこのままとする。　6孟母又曰、此非吾所以居處子也「景福殿賦」李註引、『事文類聚』續集引は又曰、此非所以居處子也に、「閑居賦」李註引は孟母又曰、此非所以居子處也につくる。『事文類聚』后集引は又曰、此非所以處子也につくる。いずれも吾字はない。　7復徙舍學宮之傍「景福殿賦」李註引は乃舍學宮之傍の一句につくる。「閑居賦」李註引、『事文類聚』續集引も乃舍學宮之旁につくる。『事文類聚』后集引はこれにつくる。　8其喜遊乃設俎豆、揖讓進退　上句を「景福殿賦」李註引は其子遊戯乃設俎豆につくり、「閑居賦」李註引は其子嬉戯乃設俎豆につくる。『事文類聚』后集引は其子遊嬉乃設俎豆につくる。以上三引はいずれも子字があるが、いまはこのままとする。『事文類聚』續集は其嬉戯乃設俎豆、揖遜進退につくる。　9孟母曰、眞可以居吾子矣　「景福殿賦」李註引、『事文類聚』續集引は曰、此可以居子につくる。「閑居賦」李註引は孟母曰、此眞可以居子矣につくる。以上三引はいずれも此字あり、吾字なし。『事文類聚』后集引は母曰、此眞可以居吾子につくる。此字がある。しかし、いまはこのままとする。　10遂居之　備要・集注の二本、叢刊・承應の二本は之字あり。他本はなし。「景福殿賦」李註引、『事文類聚』續集引は之字なし。「閑居賦」李註引はあり、『事文類聚』后集引は遂居焉につくる。なお后集引は後の句はない。　11大儒之名　「景福殿賦」「閑居賦」兩註引、『事文類聚』續集引は之名の二字なし。　12孟母方織　諸本は織字を績につくる。『御覽』（卷八二六）資產部六織引にはこれにつくる。『御覽』には（卷五一一）宗親部一父母引にも『列女傳』引と稱する八句三十九字の粗短の文あり。『古列女傳』の引文とは見なせぬが、本條についてのみ對校すれば、母方織につくる。機′織′を中斷して絲′を績′ぐ孟母が斷機の喩えで子を叱責するというのは奇妙。『御覽』資產部引により校改する。王校は『外傳』（前揭）が織字につくることにより、績字を誤りといい、『外傳』と文全體が異なるとも指摘する。梁校は『御覽』宗親・資產兩部引、『外傳』が織につくることを指摘する。蕭校は本條には觸れない。　13學何所至矣　備要・集注二本を除く諸本は何字なし。『御覽』資產部引は何字あり。備要本・梁校はこれにより校增、蕭校は梁校を襲う。王校は所字が何字の誤りではないかと疑い、あるいは所字上に何あらんかともいい、『御覽』（資產部）引の措辭を指摘する。　14・14′孟子　『御覽』資產部引は子一字につくる。　15・15′孟母　『御覽』資產部引は母一字につくる。　16以刀斷其織　『御覽』資產部引もこれにつくる。梁校は『御覽』（資產部）引、趙岐『孟子』題辭疏引には織字を機につくる。下の斯織についても同じというが、『孟子』題辭疏引はともに機につくるものの、著者所見本『御覽』（資產部）引はともに織につくり、下の句該當句のみを收める同宗親部引も織につくっている。蕭校は梁校をこのまま襲う。なお『孟子』題辭疏引は史列女傳云の形で引かれ、②話は、十句四十七字の粗短の文。對校は不要である。　17禍患也　『御覽』資產部引は也字なし。　18寧　『御覽』資產部引は豈につくる。なお同引は、後句の女則廢其所食以下、則爲虜役矣に至る四句二十一字なく、また師事子思以下の句なし。　19脩德　補注本のみ修德につくる。　20師事子思　諸本はこれにつくる。原本自體こうであった可能性があるので、このままとする。王校は『史記』（卷七十四孟子・荀卿列傳）に、受業子思之門人につくるが、索隱・王劭の註に人を衍字というとも指摘する。策隱（司馬貞）は、王劭は「以爲軻親受業孔伋（子思）之門也」と見ているのだと補說する。梁校は『風俗通義』（卷七窮通）に、孟軻受業於子思といい、『淮南子』氾論訓の高註に、孟子受業于子思之門といい、『孟子』題辭に、幼被慈母三遷之教、長師孔子之孫子思、治儒術之道ということを指摘する。孟子が子思に直接業を受けたとする說がむしろ通說であった觀がある時代もあった（『漢書』（卷三十）藝文志も、名軻、鄒人、子思弟子としるす)。あるいは本條こそが、その先驅となった文獻かも知れない。ただし生没年は、子思がca.四八三B.C.～ca.四〇二B.C.、孟子がca.三七二B.C.～ca.二八九B.C.もしくはca.三九〇B.C.～ca.三〇五B.C.と推定され、今日では子思・孟子直傳説は誤りとされている。すでに臧校・蕭校も二人の生存時のずれを考え、直傳説を却けている。

語釈 ①○鄒　もと邾国。春秋時代に魯に併合された。山東省済寧市、鄒県、費県一体を領有。　○孟軻　姓は孟、諱は軻。字は子輿または子車。推定生没年は〔校異〕20を参照。『孟子』七篇(朱子『四書章句集注』では上・下十四篇)に言行をつたえる儒家の大思想家。自説実現のために諸侯に遊説。一時は斉の卿(家老級重臣)にまでなったが、その説く理想主義は世に容れられず、孔子同様に教育家としておわった。宋の真宗朱恒より鄒国公の号を、元の文宗図帖睦爾より孔子に亜ぐ聖人として鄒国亜聖公の号を追贈されている。○孟母　仉氏また李氏ともいわれる(〔校異〕序・一八四ページ)。元・仁宗愛育黎抜力八達により邾国宣献夫人の号が追贈、夫孟激にも邾国公の号が追贈された。　○嬉遊・嬉戯　楽しく遊ぶ、お楽しみごっこをする。　○墓間之事　墓場での埋葬等の儀式の真似事。○踊躍築埋　踊躍とは死者を悼む悲しみの情を鎮めるため号泣しながら跳躍する儀式。哭踊という。『礼記』問喪に、「三日にして斂す(柩を埋葬する)。尸を動かし柩を挙げ、哭踊すること数無し(限りなく哭踊をくりかえす)。惻怛の心・痛疾の意、悲哀して志懣えて気盛んなれば、故に袒ぎて之に踊る。体を動かし、心を安らかにし気を下める所以なり」と説かれている。築埋は、墳(つちまんじゅう)を作り柩を地中に入れる。　○居処　二字ともに「居らせる」の意。　○舎　動詞。住む　○賈人衒売之事　賈は音コ。市場に店を張る坐商。衒売は商品を褒めて高価に売りつけること。　○学宮　学校の建物。学校は書物を学ぶだけでなく、祭礼、儀式を執行し、学生に礼儀を教え、また祭礼執行の能力をあたえる場であった。　○乃設俎豆　乃は指示・意外感情をあらわす副詞、なんと。俎はお供えの膳台、豆は高杯。ともに祭器である。　○揖譲　腕をあわせて敬礼する。　○六藝　士たる者の必須教養、礼・楽(歌舞)・射・御(御車乗馬)書・数・または儒家の六種の基本経典、『易』『書』『詩』『礼』『楽』(今日佚書の『楽経』)『春秋』をいう。ここは後者。　○大儒　大学者。　○以漸化　漸には漸導(しだいに導く)の意とともに漸染(しだいに染める)の意がある。漸自体も染めるの意があり、『荀子』勧学篇に「蘭槐の根は、是芷たり。其の之を滫(尿や汚れ水)に漸せば、君子近づけず。庶人服けず。其の質美ならざるに非ざるなり、漸す所の者然ればなり(そのように臭くしてしまうからだ)。故に君子は居るに必ず郷(よい環境)を択び、遊るには必ず士(りっぱな人物)に就く。邪僻を防ぎて中正に近づく所以なり」という「漸」にあたる。化は教化。導き変えてゆくこと。一句は環境の影響力をしだいに漸みこませて善導したの意。　○詩云　『詩経』鄘風・干旄の句。句中の姝は毛伝に「順なる貌」という。二句の訳文は通釈のとおり。　②○既学而帰　学びおわったので家に帰る。ただし学期・修業年限の観念のない昔の学塾のこと、自分で勉強に区切りをつけて帰ったのである。　○方織　方は副詞、今しも・ちょうど。今しも機を織っていた。なお校異12を参照。

諸本のままでは意味は不通。○自若也　もとのままである。○以刀断其織　刀は剪刀。ここの織は織りかけの布。○居　日常生活を送る。○動　なにか事があって行動する。○断役　雑役にあたる召使い、またその勤め。○織績而食　布を織り糸を績いで生計をたてる。○衣　動詞、着させる。○長不乏糧食　長期にわたり（いつも）食事に不自由させない。○不為窃盗、則為虜役矣　不為～則為は若不為～、則為～の構文におなじ。虜役は断役におなじ。虜は召使い。一句訳文は通釈のとおり。○師事子思　師事は師としてつかえること。子思は孔子（丘）の孫。孔鯉の子。姓は孔、諱は伋。子思はその字。生没年は〔校異〕20・一八六ページ参照。）『史記』巻四七孔子世家によれば『中庸』の作者。『漢書』巻三十藝文志には、言行録とおもわれる『子思』二十三篇の名をつたえ、彼が魯の繆（穆）公姫顕（在位四二五～三八二B.C.）の師をつとめたことをしるしている。なお〔校異〕20に見るように、孟子は彼に師事したのではなく、その門人に師事したのである。○詩云　前掲干旄の句。

③孟子既娶、將レ入ニ私室一[1]。其婦袒而在レ内[2]。孟子[3]不レ悅。遂去不レ入。婦辭ニ孟母一、而求レ去曰、「妾聞、『夫婦之道、私室不レ與焉』。今者妾竊墮[4]在レ室、而夫子見レ妾、勃然而不レ悅。是客レ妾也[5]。婦人之義、蓋不ニ客宿一。請レ歸ニ父母一」。於レ是、孟母召ニ孟子一、而謂レ之曰[6]、「夫禮將レ入レ門、問ニ孰存一、所ニ以致一レ敬也[7]。將レ上レ堂、聲必揚、所ニ以戒一レ人也。將レ入レ戸、視必下、恐レ見ニ人過一也[8]。今子不レ察ニ於禮一、而責ニ禮於人一。不ニ亦遠一乎」。孟子謝、遂留ニ其婦一[9]。
君子謂、「孟母知レ禮、而明ニ於姑母之道一[10]」。

③孟子既に娶り、將に私室に入らんとす。其の婦袒ぎして内に在り。孟子悅ばず。遂に去りて入らず。婦孟母に辭して、去らんことを求めて曰く、「妾聞く、『夫婦の道は、私室與らず』と。今者、妾竊かに墮りて室に在るに、而ち夫子妾を見て、勃然として悅ばず。是妾を客とするなり。婦人の義、蓋し客宿せず。請ふらくは父母に歸せん」と。是に於て、孟母孟子を召びて、之に謂ひて曰く、「夫れ禮に將に門に入らんとするに、孰か存すと問ふは、敬を致す所以なり。將に堂に上らんとするに、聲必ず揚ぐるは、人を戒むる所以なり。將に戸に入らんとするに、視をば必ず下ぐるは、人の過ちを見んことを恐るるなり。今子は禮を察せずして、禮を人に責む。亦た遠からずや」と。孟子謝して、遂に其の婦を留む。
君子謂ふ、「孟母禮を知りて、姑母の道に明かなり」と。

④孟子處レ齊而有二憂色一。孟母見レ之曰、「子若レ有二憂色一。何也」。孟子曰、「不也」。[11]異日閒居、擁レ楹而歎。孟母見レ之曰、「鄉見二子有二憂色一、曰二『不也』一。今擁レ楹而歎、何也」。孟子對曰、「軻聞レ之、『君子稱レ身而就レ位。不レ爲二苟得一。而受レ賞、不レ貪二榮祿一。諸侯不レ聽、則不レ達二其上一。聽而不レ用、則不レ踐二其朝一』。今道不レ用二於齊一。願レ行而母老。是以憂也」。孟母曰、「夫婦人之禮、精二五飯一、[12]冪二酒漿一、養二舅姑一、縫二衣裳一而已矣。故有二閨内之脩一、而無二境外之志一。『易』曰、『在二中饋一。[13]无レ攸レ遂』。『詩』曰、『無レ非無レ儀、惟酒食是議』。以レ言下婦人無二擅制之義一、而有中三從之道上也。故年少、則從二乎父母一、出嫁、則從二乎夫一、夫死、則從二乎子一、禮也。今子成人也。而我老乎。子行二乎子義一。吾行二乎吾禮一。

　君子謂、「孟母知二婦道一」。『詩』云、「載色載笑。匪レ怒匪レ敎[14]」。此之謂也。

頌曰、「孟子之母、敎化列レ分。○處レ子擇レ

---

④孟子齊に處れども憂色有り。孟母之を見て曰く、「子憂色有るが若し。何ぞや」と。孟子曰く、「不るなり」と。異日閒居せしとき、楹を擁して歎ず。孟母之を見て曰く、「鄉に子の憂色有るを見るに、『不るなり』と曰へり。今楹を擁して歎ずるは、何ぞや」と。孟子對へて曰く、「軻之を聞けり、『君子は身に稱ひて位に就く。苟めに得るを爲さず。而も賞を受くるも、榮祿を貪らず。諸侯聽かずんば、則ち其の上に達せず。聽けども用ひずんば、則ち其の朝を踐まず』と。今道は齊に用ひられず。行らんと願へども母は老ゆ。是を以て憂ふるなり」と。孟母曰く、「夫れ婦人の禮は、五飯を精し、酒漿を冪し、舅姑を養ひ、衣裳を縫ふのみなり。故に閨内の脩有りて、境外の志無し。『易』に曰く、『中饋に在り。遂ぐる攸无し』と。『詩』に曰く、『非と無く儀と無く、惟酒食のみ是議る』と。以て婦人擅制の義無くして、三從の道有るを言ふなり。故に年少ければ、則ち父母に從ひ、出で嫁しては、則ち夫に從ひ、夫死しては、則ち子に從ふは、禮なり。今子は成人なり。而るに我老いたり。子は子の義を行へ。吾は吾が禮を行はん」と。

　君子謂ふ、「孟母は婦道を知れり」と。『詩』に云ふ、「載ち色し載ち笑ふ。怒るに匪ず教ふるに匪ず」と。此の謂ひなり。

頌に曰く、「孟子の母、教化分を列ぬ。子を處らしむるに藝

藝、使レ從二大倫一。子學不レ進、斷機示レ焉。
子遂成レ德、爲二當世冠一。

を擇び、大倫に從はしむ。子の學進まざれば、機を斷ちて焉を示す。子は遂に德を成して、當世の冠と爲れり」と。

通釈 ③孟子が結婚後、私室に入ろうとしたときのことである。婦がしどけなく肌ぬぎになって中にいた。孟子は不機嫌になって、その場を去って入らなかった。婦は孟母のもとに暇乞いにゆき、離縁を求めて、「『夫婦の礼は、私室にては関係なし』と聞いておりました。ところが今、妾が一人で部屋でくつろいでおりましたら、旦那さまが妾をご覧になり、むっとして不機嫌になられました。これでは妾は他所者あつかいです。婦人の礼は、おもうに他所に泊まったりはしません。父母のもとに帰してください」という。そこで孟母は孟子をよんで彼にむかって、「いったい礼では、門口に入ろうとするときは、誰かおいでかとたずねるのは、相手に敬意をはらうためなのです。堂にのぼろうとするときは、必ず声をかけるのは相手に注意を促すためなのです。戸口に入ろうとするとき　目を必ず伏せるのは、人の過ちを見るのを恐れるためなのです。なのに今あなたは、礼をよくわきまえもせず、礼を人に求めて責めています。なんと道理にはずれていることでしょう。」といって聴かせた。孟子は詫びをいれて、婦を家にとどめた。

君子はいう、「孟母は礼を心得、姑母の道に明るかった」と。

④孟子は斉にいたが浮かぬ顔をしていた。孟母がこれを見て、「あなたは浮かぬ顔のようね。なぜなの」という。孟子は、「いいえ」といった。他日、〔孟子が〕何することなく楹にすがって歎息をついていたときのことだ。孟母はこれを見て、「まえに、あなたが浮かぬ顔をしていたのを見たとき、『いいえ』といったわね。なのに今楹にすがって歎息をついているのは、なぜなの」という。孟子は「『君子は身のほど相応に位に就く。いいかげんには禄を手にせぬものだ。賞を受けても高禄をむさぼったりはせぬ。諸侯が自説を聴いてくれねば、意見を上奏しない。聴いてくれても採用してくれぬなら、その朝廷には出かけたりはしない』と聞いています。でも今は、わが道は斉に採用されません。他所国へ行きたいと願っても、お母さまがお年を召しておいでです。そこで浮かぬ顔をしておりました」とこたえた。孟母はそこで、「いったい婦人の礼は、五穀の飯の穀粒をとぎ、酒や飲みものをととのえ、舅・姑のお世話をし、上着や裳を縫ったりすることに

他なりません。だから奥向きの仕事の修業はあっても、家庭外の仕事への意志はありません。『易経』には、「女の任務は家事・食事。おのれの意向を遂げぬこと」といっていますし、『詩経』には、「悪事も善事もなしはせず、酒の仕度に料理に励め」といっています。そこで婦人には自分で専断する義はなく、三従の道があるともいわれるのです。だから子どもの頃は父母に従い、嫁いだならば夫に従い、夫が死ねば子に従うのが礼なのです。今やあなたは成人なのです。しかも私は年をとりました。あなたはあなたの義を行ないなさい。私は私の礼を行ないましょう」といって聴かせたのであった。

君子はいう、「孟母は婦道を心得ていた」と。『詩経』には、「顔色やわらげにっこり笑う。ことさら怒らず教えもしない。〔おのずと導くその偉さ〕」という。これはおだやかに道理を説いて孟子を悟らせ導いた孟母のことを詠っているのである。

頌にいう、「孟子の母なる賢れし女は、教えて分のけじめつけたり。子の住居に習うべき藝えらびて、大道に就き従わせたり。子の学の進まぬときは、機織る布断ち誤り示せり。子はついに徳器を育てて、当世一の儒者とはなれり」と。

校異　1孟子既娶、將入私室　『御覽』巻五一七宗親部七舅姑引、『事文類聚』后集巻三人倫部父母引は鄒孟軻既娶、將入室につくる。　2其婦袒而在内　『御覽』宗親部引もこれにつくるが、『事文類聚』后集引は其婦袒於内につくる。顧校のみ『外傳』（巻九第十七話）が袒字を踞につくると指摘するが、『外傳』との相違はそれのみではない。〔餘説〕のごとくである。　3婦辭孟母、而求去曰　『御覽』宗親部七引は而字なし。『事文類聚』后集引は婦辭母求去につくる。なお『事文類聚』后集引は、後句の妾聞以下、請歸父母にいたる十一句四十四字なし。顧校のみ、本條と『外傳』との相違を指摘するが適切ではない。③話に關する顧校の『外傳』との相違指摘はここまでだが、相違は他にも及んで、〔餘説〕のごとくである。　4隋　『御覽』宗親部七引は惰につくる。梁校もこれを指摘、蕭校もこれを襲う。　5歸父母　『御覽』宗親部七引は歸於父母につくる。　6於是、孟母召孟子、而謂之曰　『御覽』宗親部七引・『事文類聚』后集引は姑召軻而謂之曰につくる。　7夫禮將入門、問孰存、所以致敬也　『御覽』宗親部七、『事文類聚』后集の二引、將以下の十一字なし。　8而責禮於人　『御覽』宗親部七、『事文類聚』后集の二引は而責於妻につくる。梁校も『御覽』宗親部七引のこの措辭を指摘。蕭校は梁校を襲う。　9孟子謝、遂雷其婦　『御覽』宗親部七、『事文類聚』后集の二引は孟子遂雷其婦謝之につくる。王・梁・蕭三校は『御覽』引のこの措辭に言及せず。蕭校はここに『外傳』巻九第十七話の全文を示す。　10明於姑母之道　『御覽』宗親部七、『事文類聚』后集の二引は明姑婦之道の五字につくる。梁校は『御覽』引が母字を婦につくることのみを指摘する。　11不也　諸本は不敏につくるが意をなさぬ。王校は不也または不敢の可能性を示し、梁・蕭二校は王校の不也説のみを襲う。いま三校共通の不也によって改める。
12五飯　備要本のみこれにつくる。他本はみな五飦につくる。飦は飯の俗字。よって、飯に改める。王・蕭二校も飦は飯に他ならぬといい、蕭校は、飦が飯たることは汴（地名字）が汳たるのとおなじだという。　13无　叢刊・承應の二本は無につくる。　14匪怒匪教　毛詩（魯頌・泮水）には匪教二字を伊教につくる。顧・王・梁三校もこれを指摘。顧校は王應麟『詩攷』がこれを載せぬことも述べ、王校は毛詩の措辭を正とし、匪怒に渉って誤ったという。蕭校は王校を襲う。王先謙『詩三家義集疏』巻二十七泮水には、本條に關する指摘はなく、『韓詩外傳』巻三第二十二・第二十三・第二十四話の三條、巻八二十六話に匪怒伊教につくると指摘、韓詩・毛詩一致と指摘する。匪教の二字は、おそらく魯詩の措辭ではあるまいか。いまこのままにする。

語釈　③○私室　ここは夫婦の居間。　○其婦　顧註引・王圻『續文献通考』巻数不明は由氏という。ただし、馬場春吉前掲書七六三ページ・現在の亜聖廟寝殿の説明文（一九八六年・十月一日著者実見）では、田氏としるされている。　○袒　かたぬグと訓じる。肌ぬぎになる。　○辞　暇乞いの挨拶をする。　○勃然　むっとする。　○客妾　この客は動詞。他所者あつかいをする。妾は女性の一人称代詞。　○客宿　他所に泊まる。　○致敬　敬意をはらう。　○将上堂、声必揚　『礼記』曲礼上の語。堂は奥坐敷にあたる。訳文は通釈どおり。　○戒人　戒は警戒させる。来客への注意を促す。　○将入戸、視必下　前掲曲礼上の語。視は視線。訳文は通釈どおり。　○不亦遠乎　なんと道理にはずれていることであろう。　④○間居　暇なとき、また、人を避けて一人でいるとき。　○擁楹　擁は抱えることだが、ここはとり縋ること。楹はまるばしら。　○郷　嚮におなじ。さきに。　○軻　孟子の諱。自称として使用。　○称身　自身の能力にかなう。　○苟得　いいかげんにとる。　○栄禄　高禄におなじ。　○達其上　達はささげる。上はお上。意見を上進する　○五飯　飯は秈を炊く米飯とはかぎらぬ。稷（高粱）秫・黍・稗・麦等の雑穀も炊かれるし、稌もつかわれる。稷・黍・菽・麦・稲をはじめ、五穀には種々の数え方があるが、ここは莫然と五種の穀物による飯の意であろう。荒城註は五度の飯とする。　○羃酒漿　羃は音ベキ。布巾。また布巾でおおうこと。（王註）。酒漿は酒と諸種の飲物。酒や飲み物をととのえる。
○閫内　女性の部屋。ただし炊事・紡織・育児等を行なう女性の家事生活空間。いわゆる奥向きのこと。　○境外　家の境の外　○易曰　『易経』家人・六二の爻辞の語。中饋の中は家の中、饋は飲食物のこと。句意は、女性の任務は家事、なかんづく食事作りにある。〔夫の意向に沿い〕自分の意向を遂げてはならない。　○詩曰　『詩経』小雅・斯干の句。非は非為（悪事）、儀は鄭箋によれば善〔事〕。句意は通釈のとおり。　○婦人無擅制之義、而有三従之道也、故年少、則従乎父母、出嫁、則従乎夫、夫死、則従乎子　いわゆる三従の道を示すこの句にほぼ該当するものは『礼記』郊特性、『大戴礼記』本命、『孔子家語』本命解等に見える。また本巻後出第十二話魯之母師譚中にも類似の表現があり、少・長・老の三時点の従字は繋につくっている（一九五ページ）。擅制、擅は音セン。専に通じる。すなわち勝手に裁量すること。全句訳文は通釈のとおり。　○行乎吾礼　〔婦人は老いては子に従うのが礼。〕私はその礼を実行しよう。○詩云　『詩経』魯頌・泮水の句だが、校異14に見るように一部にちがいがある。句中、色字は毛伝に「温潤（顔色おだやか）なり」と説く。二句訳文は通釈のとおり。　○教化列分　教化は教えて変えてゆく。列は行列に入れる。分は身分・職分のけじめをいうのであろう。葬儀屋や坐商とは異なる士大夫の身分の列の中に子を入れるよう教化した。なお巻六辯通伝・第十四話斉女徐吾伝中には「徐吾自列二辞語一甚分」とあり、列字が列レ辞（議論する）、分字が分明（あきらか）の意につかわれている（下巻に所収）。　○使従大倫　大倫は人倫の大道。一句は人倫の大道を学ぶことに従事させたという意味。　○為当世冠　冠は第一等のもの。当世第一等の儒者となった。

韻脚　○分 piuən、倫 luən、（23文部）　◎焉 ɦian、冠 kuan（20元部）。二部合韻一韻到底格押韻。

余説　後世、唐・李瀚の『蒙求』軻親断機にそえられ、宋・司馬光の『温公家範』巻三母にも入れられて一層有名になった①話孟母三遷は、素樸ながら「環境による性格形成」の教育方法を示し、②話孟母断機は「学習の継続効果と中断の弊害」について語り、今日のわが国でも知る人が多い。孔・孟顕彰による礼教振興政策が進展した近世の中国では、孟母の顕彰も行なわれ、元・成宗鉄木耳の元貞元年（一二九五）に鄒県知県司居敬により孟母林（孟母と夫の墓）の建設が請願・実施され、子思の中庸書院を距てること百歩、曝書台の西に三遷祠・断機処（堂）も建立され、明・清両朝に重修され、遺構を現代につたえた（馬場前掲書六九六〜七一一ページ）。だが、文化大革命の旧文物破壊で、今日、三遷祠・断機処は失なわれ、石碑のみが亜聖（孟）廟の苑中に移されて往時を偲ばせている。孟母林中の孟母の墳墓・享殿は荒廃し、墳墓前の三基の石碑も破壊されたが、文革終了の翌年、一九七七年十二月二十三日、孟母林墓群の名のもとに全省重点文物単位の指定が行なわれている。社会主義の教条主義的な男女平等観から旧社会の理想を総否定してきた人民共和国政権下の中国でも、孟母三遷・軻親断機の説話は細流と化したがなお命脈を保っている。

劉向が軻親断機・孟母三遷譚をしるした頃は経術という儒家の学説を根拠にして政策・法令が決定され、世に出るために儒学は欠かせず、また貧賤の士も学問により立身を遂げ得たのである。宣帝期の大儒夏侯勝はつねに弟子たちに「士病レ不レ明二経術一。経術苟明、其取二青紫一（大官の位を手に入れることも）如三俛拾二地芥一耳」と激励していた（『漢書』巻七十五夏侯始昌・勝の伝）。『漢書』を繙けば、巻八十八儒林伝をはじめ随所に孤寒の身から出世した儒者の姿が散見する。家学をもとに丞相にまで登りつめた三男韋玄成はじめ兄弟そろって出世した韋賢の子らを讃えた「遺二子黄金満籯一、不レ如二一経一」という諺も流行り、春秋学を修めて郎（皇帝近侍の官）となり、廿三歳で明経に挙げられた翟方進が、そのはじめ意に染まぬ郷里の仕事を棄て京師に就学したとき、母もつきそい、屨を作って売り、彼の学問成就を助けたという美談も時の話題となっていた（『漢書』巻八十四翟方進伝）。軻親断機・孟母三遷譚や、さらには④話の孟母解二軻憂一譚の執筆の背後には、前漢中葉・末期のこうした世風があった。後漢ともなれば、楽羊子の妻が学業を中断・帰郷した夫を断機によって諭し立ち直らせ、七年間も夫不在の楽家を女功によって支え、夫の学費を仕送ったという本譚と同工異曲の美談も、史話として生まれている（『後漢書』巻八十四列女伝）。

孟母譚は、後年、「孟子（略）夙に其の父を喪ひ、幼くして慈母三遷の教を受く」（後漢・趙岐『孟子』題辞）という誤伝を生み、孟子の父の死が彼の四十歳頃であったことが清儒の周広業「孟子出処時地考」や焦循『孟子正義』により立証され、史実として「取るに足らぬもの」（狩野直善『中国哲学史』岩波書店・一九五三年刊・一六四ページ）とまでいわれ、譚全体が抹殺されるに至った（ただし近人猪口篤志は、孟子の父の死は孟子の廿七・八歳頃という新説を提起している。同氏『孟子伝』大東文化大東洋研究所襍刊五・一九七〇年刊・一二ページ）。だが①②話のどこにも孟子が幼少時を母子家庭の中で送ったとはしるしていない。むしろ②話中には、「寧んぞ能く其の夫・子に衣せて、長く糧食に乏しからざらしめんや」の語があることに注意すべきであろう。①話には『史記』巻四十七孔子世家に見える祭礼遊戯に興じる孔子の幼少時に似た孟子像が語られているが、孔子世家では父は早逝、孔子は母子家庭に成長している。趙岐の題辞は、あまりにも強烈な孟母像に誤られただけでなく、あるいは孔子伝説との混同により誤られたのかも知れない。あるいは劉向自身、孔子世家を下敷きにして①話をつくった可能性も想像されよう。とはいえ、劉向は譚中で孟子の父を早逝させてはいない。孟子の父の死の一事をもって孟母譚を抹殺するわけにはゆかないのである。

ところで『韓詩外伝』巻九にも本譚の①話相当の話と他の一話を一括した㋑第一話と、④話相当の㋺第十七話の孟母譚三話があり、次のごとく語っている。

㋑（一）孟子少時誦。其母方織。孟〔子〕輟然中止、乃復進。其母知其諠也。呼而問之曰、「何為中止」。対曰、「有所失復得」。其母引刀裂其織、以此誡之。自是之後、孟子不復諠矣。（二）孟子少時、東家殺豚。孟子問其母曰、「東家殺豚何為」。母曰、「欲啖汝」。其母自悔而言曰、「吾懐妊是子、席不正不坐。割不正不食。胎教之也。今適有知而欺之。是教之不信也」。乃買東家豚肉以食之、明不欺。詩（周南・螽斯）曰、「宜爾子孫、縄縄兮（ごもっともご子孫がたの、いとも慎みぶかきは）」。言賢母使子賢也。＊毛伝に「縄縄は戒慎なり」という。

㋺孟子妻独居踞（足を投げ出して坐っていた）。孟子入戸視之。白其母曰、「婦無礼。請去之」。母曰、「何也」。曰、「踞」。其母曰、「何知之」。孟子曰、「我親見之」。母曰、「乃汝無礼也。非婦無礼。礼不云、『将入門、問孰存。将上堂、声必揚。将入戸、視必下』。不掩人不備也。今汝往燕私之処（くつろぎのとき）、入戸不有声。令人踞而視之（孟子）。是汝之無礼也。非婦無礼也」。於是孟子自責、不敢出婦。詩（邶風・谷風）曰、「采葑采菲、無以下体（かぶやだいこん採るときは、根や茎苦しと葉を棄てるなよ）」。＊毛伝に「下体根茎」「葑・菲、根・葉皆上下可食」といい、鄭箋に「其根有美時、有悪時。采之者、不可以根悪時并棄其葉」という。本譚に即していえば、欠点ある妻も、〔長所も考え〕離縁してはならぬと比喩している。

㋑の（一）は『古列女伝』のごとく周到につくられてはいない。孟子のとぎれとぎれの暗誦は断機をしてまで叱責すべきことではない。出来のきわめて悪い譚である。（二）は『韓非子』外儲説左上に見える「曽子妻之市」譚の変形。『韓非子』では、市場につれていった子がむずかるので、曽子の妻が帰ったら彘を食べさせてあげるからと欺し宥めたところ、曽子が「母　子を欺けば而ち其の母を信ぜず。教を成す所以に非ざるなり」と妻を叱り、彘を殺して子に食べさせたとなっている。『外伝』『韓非子』の二話は『礼記』曲礼上の「幼子常視毋誑」の教訓の例話語りであり、いかにも史実味に乏しい。とくに『外伝』は作為性がいっそう強く、出来は粗い。㋺も『古列女伝』に比べて出来は雑である。清儒崔述は、『孟子事実録』上において『古列女伝』の三遷説話と『外伝』の三説話を事理の妥当性をもとに論評し、孟母譚の孟母は賢母にあらず、孟母譚は仮空事なりと断じているが、強引の感はまぬがれない。むしろ㋺話のごときは、『荀子』解蔽中の「孟子は敗を悪みて（妻の礼破りを怒り）妻を出だす」という句と異伝関係に立つ伝承の記録であろう。事の真相はともかく、説話の核には史実の存在が感じられるのであり、一概に虚構事と断ずべきではないのではなかろうか。

孟母譚は①②話が有名になりすぎ、③④話の影が薄れたが、後者もまた媳婦の後ろ盾となるべき姑の義務、人の面子を損ねぬための礼の配慮、子の理想の追求を助けるべき母の義務を説き、家庭教育の指導者としての理想的母親像を描いた注目すべき佳話である。「婦人三従の義」は女性抑圧の道徳にはちがいはないが、④話中に孟母が明かすように、「夫死而従子」の語には、子の人格の独立を認め、その理想の追及を後援せよ、という教訓が含まれているのである。『左伝』昭公廿六年冬の条の「姑慈而従」の「従」字につき、晋・杜預は「不自専也」と註する。姑の地位を恃んで自専放縦を押しとおすなというのである。寡婦一般においても事はおなじである。「夫妻一体」（『儀礼』喪服伝）の観念のもと、「子の天」なる父の人格を帯びる寡婦は意欲と才腕があれば、子に君臨して自専放縦をきわめることもできた。史実上その事例は少なくない。「夫死而従子」の一義は、こうした事態を抑制することにあった。「繋子」（本ページ後出）ともいわれる「従子」の元来の真意は、寡婦は夫なき後も夫家に残り、子から離れず後見役をつとめよということにある。孟母の語はその真意をさらに深めたものといえよう。なお『穀梁春秋』隠公二年冬十月の条には、「婦人在家、制於父、既嫁、制於夫、夫死、従長子」という。「夫死而従子」の本義は、子の支配、制御を受けることではない。

貧賤の子に自敬と上昇志向の念を培わせ、世に出て後は理想の追求を挫折せしめず、陰にあって実生活の困苦を一手に引き受けようとした孟母仉氏。彼女は、権門の子と一族に世の儀表たるべき名声と威信をそえるべく、冷厳に、わが身を堅持した魯季敬姜の対極に立つ賢母である。その譚は『古列女伝』中最長篇の魯季敬姜譚に勝るとも劣らぬ実質をそなえた佳篇となってはいまいか。

十二　魯之母師

母師者、[1]魯九子[2]之寡母也。臘日、休作者歳祀。禮事畢、[3]悉召諸子謂曰、[4]「婦人之義、非有大故、不出夫家。[5]然[6]吾父母家多幼稚、[7]歳時禮不理。[8]吾從汝謁、往監之。[9]諸子皆頓首・許諾。[10]又召諸婦曰、「婦人有三從之義、而無專制之行。少繫於父母、[11]長繫於夫、老繫於子。今諸子許我歸視[12]私家。雖踰正禮、[13]願與少子俱、以備婦人出入之制。諸婦其愼房戸之守。吾夕而反[14]」。於是、使少子僕歸辨家事。[15]

天陰、還失早。[16]至閭外而止、夕而入。[17]魯大夫從臺上見而怪之、[18]使人閒視其居處。[19]禮節甚脩、[20]家事甚理。使者還以狀對。於是大夫召母而問之曰、[21]「一日從北方來、[22]至閭外[23]而止。良久夕乃入。[24]吾不知其故、甚怪之。[25]是以問也[26]」。母對曰、[27]

母師なる者は、魯の九子の寡母なり。臘日に、休作の者歳祀す。禮事畢り、悉く諸子を召して謂ひて曰く、「婦人の義、大故有るに非ざれば、夫家を出でず。然るに吾が父母の家幼稚多く、歳時の禮理まらず。吾 汝に從ひて謁ひ、往きて之を監んとす」と。諸子皆頓首・許諾せり。又諸婦を召して曰く、「婦人三從の義有れども、專制の行無し。少きときは父母に繫がれ、長じては夫に繫がれ、老いては子に繫がる。今諸子 我の私家に歸って視るを許せり。正禮を踰ゆと雖も、願はくは少子と俱にし、以て婦人出入の制を備へん。諸婦は其れ房戸の守を愼め。吾夕べにして反らん」と。是に於て、少子をして僕として歸りて家事を辨ぜしむ。

天陰り、還ること早きに失す。閭の外に至りて止まり、夕べにして入る。魯の大夫臺上より見て之を怪み、人をして閒かに其の居處を視しむ。禮節甚だ脩まり、家事甚だ理まれり。使者還りて狀を以て對ふ。是に於て大夫 母を召して之に問ふて曰く、「一日北方より來り、閭外に至りて止まる。良久しくし

「妾不幸早失夫、[28]獨與九子居。[29]臘日禮畢事閒、[30]從諸子謁、歸視私家。與諸婦・孺子期夕而反、[31]妾恐其酺醵・醉飽。[32]人情所有也。[33]妾反太早、[34]不敢復返。[35]故止閭外、期盡[36]而入」。大夫美之、言於穆公。賜母尊號曰母師。[37]使朝謁夫人、[38]夫人・諸姬、皆師之。

君子謂、「母師能以身敎。夫禮、『婦人未嫁則以父母爲天、既嫁則以夫爲天。其喪父母[39]則降服一等、無二天之義也』。『詩』云、「出宿于濟、飮餞于禰。[40]女子有行、遠父母・兄弟」。此之謂也。

頌曰、「九子之母、誠知禮經。謁歸還反、[41]不揜[42]人情。德行既備、卒蒙其榮。魯君賢之、號以尊名」。

て夕べに乃ち入る。吾其の故を知らざれば、甚だ之を怪む。是を以て問ふなり」と。母對へて曰く、「妾は不幸にして早く夫を失ひ、獨り九子と居れり。臘日の禮畢り事閒なれば、諸子に從ひて謁ひ、歸りて私家を視る。諸婦・孺子と夕べにして反らんと期せば、妾其の酺醵・醉飽せんことを恐る。人情の有る所なればなり。妾の反ること太だ早ければ、敢て復た返らず。故に閭外に止まり、期盡きて入れり」と。大夫 之を美め、穆公に言す。母に尊號を賜ひて母師と曰ふ。夫人に朝謁せしむれば、夫人・諸姬、皆 之を師とす。

君子謂ふ、「母師能く身を以て敎ふ。夫れ禮に、『婦人未だ嫁せざるときは則ち父母を以て天と爲し 既に嫁すときは則ち夫を以て天と爲す。其れ父母を喪するに則ち服を降すこと一等なるは、二天無きの義なり』といふ」と。『詩』に云ふ、「出でて濟に宿し、禰に飮餞す。女子行あり、父母・兄弟に遠ざかる」と。此の謂ひなり。

頌に曰く、「九子の母は、誠に禮の經を知る。歸を謁ひて還り反るに、人情を揜はず。德行既に備はり、卒に其の榮を蒙る。魯君之を賢とし、號するに尊名を以てせり」と。

通釈　母師とは、魯の九人の子の寡婦の母親のことである。臘の祭りの日には、仕事の手すきの者が毎歳の祀りをすることになっていた。祭礼の準備がおわると。母親はことごとく子どもらをよび、彼らにむかっていった、「婦人の義は、父母の喪でもないかぎりは、夫の家を出ません。でも実家は幼い者たちばかりで。四季の祭礼をおさめきれないのです。わたしはお前たちにお願いし、出かけて監督してきたいと思うのです」。子どもらはみな地に額づいて母の願いを聴きいれた。母はまた嫁たちをよびよせていった、「婦人には『三従の義』があり、『自分の専断による振舞い』はできません。小さいときは父母にしたがい、おとなになれば夫にしたがい、老いては子にしたがうものです。でも今子どもたちは　わたしが実家に帰って監督にあたることを許してくれました。正しい礼を踰えたこととはいえ、末の子とともに出かけて、婦人外出の制がそなわるようにさせてください。嫁のお前たちはしっかり留守番をしてくださいよ。わたしは夕暮れにはもどってきますからね」。そこで〔出かけて〕、末の子を手伝い役にして、実家の家事をとりしきらせた。

その日は曇り空だったので、帰りを早めすぎた。村里の門の外でしばらくとどまり、夕暮れを待ってから村に入った。魯の大夫が望遠台の上から見てこれを怪しみ、人をしてひそかにその暮らしぶりをうかがわせた。礼節ははなはだ修まり、家事もはなはだよく処理されている。使者は還って見てきたままをこたえた。そこで、大夫は母を召しだして問い、「ある日お前は北の方からやってきて、村里の門外でとどまったな。それからしばらくして夕暮れになってやっと入ったであろう。わしはその理由がわからぬので、奇怪至極だと思っているのだ。そこで問い質すのだが」という。母は「妾は不幸にして早く夫を失くし、ひとりで九人の子と暮しています。臘の祭りの準備がすみ手すきになったので、子どもたちに従ってお願いし、帰って実家の監督にあたってまいりました。嫁や孫たちとは夕暮れにもどってくると約束しましたから、妾は〔嫁たちが妾の不在をいいことに〕よりあって酒盛りし、酔ってお腹を一ぱいにしているのを気にしたのでございます。人情として　こういう事は誰にもあるものですから。妾の帰りがあまりに早すぎたのですから、どうしても夫家にもどるわけにはゆきません。だから村里の門外にとどまり、約束のときもすぎたので入ったのでございます」とこたえた。大夫はこれを褒め、穆公に申しあげた。〔穆公は〕母に尊号を賜い、〔母の師〕ということにした。夫人(諸侯の正室)に拝謁させたところ夫人も、姫妾たちも、みな彼女に師事することになった。

君子はいう、母師は身をもって教えることができたのだ。そもそも礼には、『婦人は嫁がぬ前には父母をば天とし、嫁いでは夫をば天とするものである。父母の喪に服するにも、〔嫁いでのちは〕喪の規定を一等下げるのは、天が二つは無いという意味なのだ』といっている」と。『詩経』には、「実家を出　済（地名）に宿る前、禰（地名）に別れの宴せる。女子には女子の行ありて、父母・兄弟に離れゆくもの」といっている。これは心得べき女の義を詠っているのだ。

頌にいう、「魯の国なる九子の母は、礼の経まことに心得ぬ。子らに請い実家に帰りて戻るにも、嫁の心情を認め、恕せり。己れは徳行そなわれば、ついに身の栄誉を受けぬ。魯の君は賢婦と敬い、母の師の尊き称号を賜われり」と。

校異　1母師者　『藝文類聚』巻五歳時部下臘引、『北堂書鈔』巻一五五歳時部三蜡蝋・魯母謁歸私家の條引、『太平御覧』巻三十三時序部十八臘、同上巻四三〇人事部七十一信引、『事類賦注』巻五歳時部二冬・魯公旌母師之禮の條引は魯之母師者につくる。　2魯九子　『藝文類聚』、『御覧』時序部、『事類賦注』の三引もこれにつくるが、『書鈔』『御覧』人事部の二引は魯字なし。　3臘日、休作者歳祀、禮事畢　『藝文類聚』引は第二句を休家作者歳祀につくる。『書鈔』引は蝋日休息につくる。『御覧』時序部引、『事類賦注』引は第二句を休家作の三字につくる。同上人事部引は蠟日、祀畢につくる。　4悉召諸子謂曰　『藝文類聚』引、『御覧』時序・人事の二部引もこれにつくる。『書鈔』引は召諸子謂子曰につくる。『事類賦注』引は悉字なし。　5婦人之義、非有大故、不出夫家　『書鈔』引のみこの十二字なし。　6然　『書鈔』引のみこの字なし。　7多幼稚　叢刊・承應の二本、『事類賦注』引は多字なし。『藝文類聚』、『書鈔』、『御覧』人事部の三引もこれにつくる。同上時序部引はこの三字なく、一字分の缺格あり。　8歳時禮不理　『藝文類聚』『書鈔』『御覧』人事部の三引もこれにつくる。同上時序部、『事類賦注』の二引は初歳時祀不理につくる。王校は禮字を『書鈔』引が祀につくるといい、蕭校も王校を襲うが、著者所見本『書鈔』は上述のごとし。　9往監之　『書鈔』引のみ監字を見につくる。　10諸子皆頓首許諾　『藝文類聚』『御覧』人事部の二引は諸子皆稽首唯諾につくる。『書鈔』引はこの句より諸婦愼房戸之守にいたる十二句七十二字なし。『御覧』時序部、『事類賦注』の二引は以備婦人出入之制にいたる十一句六十四字なし。　11少繫於父母　備要・集注の二本を除く諸本は於字なし。『藝文類聚』『御覧』人事部引はこの字あり。備要本・梁校はこれにより校增。蕭校はこれを襲う。　12歸視　『藝文類聚』引は歸一字につくる。『御覧』人事部引は視一字につくる。　13雖踰正禮　『藝文類聚』引は正字を婦につくる。『御覧』人事部引はこの一句なし。　14諸婦其愼房戸之守、吾夕而反　『藝文類聚』『御覧』人事部の二引もこれにつくる。『書鈔』引は日夕而反の一句のみにつくる。『御覧』時序部、『事類賦注』の二引は諸婦の二字なし。　15使少子僕歸辦家事　『御覧』人事部引は辦字を辧につくる他はこれにつくる。『藝文類聚』引は使少子僕而歸の六字につくり、次の句以下の句なし。『書鈔』『事類賦注』の二引はこの句なし。辦字につき、顧校は辦は今の辧字といい、王校は語釋にわたって具の意といい、俗字は辧につくるともいう。梁校は『御覧』〔人事部〕引に辧につくると指摘、辨・辧は古・今字という。蕭校は王・梁二校を紹介するが、梁校の古・今字説を擧げていない。　16還失早　『書鈔』『御覽』時序・人事の二部、『事類賦注』の四引もこれにつくる。ただし王校は『書鈔』引は失字を太につくると指摘。蕭校はこれを襲って語釋におよび、失は「失ㇾ入」「失ㇾ出」のごとく、「太早」の意であると附言する。梁校は『御覽』時序部引が太字につくると指摘する。だが著者所見本は『書鈔』『御覽』時序部引ともに上記のごとくである。　17夕而人　『書鈔』引はこの句なし。『御覽』時序・人事の二部、『事類賦注』の三引は待夕而入につくる。本來は待字があった可能性も考えられるが、いまこのままとする。梁校は『御覽』〔二部とも〕引に待字があることを指摘。蕭校は梁校を襲う。　18見而怪之　備要・集注・叢書・補注の諸本、『御覽』時序部、『事類賦注』の二引はこれにつくる。叢刊・承應の二本、『御覽』人事部引は怪字を恠につくる。『書鈔』引は望見の二字につくる。　19使人閒視其居處　この句より於是大夫までの五句二十五字、『書鈔』『御覽』人事部の二引はなし。『御覽』時序部引は閒視其居處の五字なく、後句の禮節甚脩の四字以下、於是大夫召母而にいたる五句二十一字なし。後條21にわたって使人問の三字につくる。『事類賦注』引も『御覽』時序部引にほぼおなじ。使人問之の四字につくる。　20脩　叢書・考證・補注の三本は修につくる。　21召母而問之曰　『書鈔』引は召而問之、『御覽』人事部引は召而問之曰につくる。『御覽』時序部、『事類賦注』の二引は前條19を參照。　22一日從北方來　『書鈔』引はこの句より是以問也にいたる六句二十八字なし。『御覽』人事部引は一日を母の一字につくる。梁校のみこれを指摘する。

23閭外　諸本は閭につくる。『御覽』人事部引はこれにつくる。意味上は外字があるべきで、前方の句にも至閭外而止の句がある。いま『御覽』引により校增。梁校も『御覽』〔人事部〕引の外字の存在を指摘するが校增せず。蕭校は梁校を襲う。　24夕乃入　『御覽』人事部引は夕字なし。梁校はこれを指摘、蕭校も梁校を襲う。　25甚怪之　『御覽』人事部引にこの三字なし。　26是以問也　『御覽』人事部引は是以召母也につくる。　27母對曰　『書鈔』『御覽』人事部、『事類賦注』の三引は對曰につくる。時序部引は對の一字につくる。　28妾不幸早失夫　『書鈔』引はこの句以下、臘日禮畢事閒にいたる三句十七字なし。『御覽』時序部、『事類賦注』の二引は不幸早失夫以下、從諸子謁にいたる四句二十字なし。『御覽』人事部引はこれにつくる。　29獨與九子居　『御覽』人事部引は居字を處につくる。　30臘日禮畢事間　備要・集注の二本を除く他の諸本は獵日を獵月につくる。『御覽』人事部引は一句を獵日の二字のみにつくる。備要本・梁校は『御覽』〔人事部〕引により月字を日に校改。蕭校は梁校を襲う。王校は月は當(まさ)に日に作るべしという。王校はまた『書鈔』引が禮字を祀につくり、事字はなしというが、著者所見本は上記のごとく、禮畢事閒の句自體がない。　31歸視私家、與諸婦孺子期夕而反　叢書本のみ反字を返につくる。『書鈔』引は孺字を獳につくり、下句句末に也字あり。なお『書鈔』引はここまでである。『御覽』時序部、『事類賦注』の二引は下句を諸奴孺子期夕而反につくる。『御覽』人事部引はこれにつくる。　32餔醵醉飽　醵字を『御覽』時序部、『事類賦注』の二引は歡につくる。『御覽』人事部引はこれにつくる。　33人情所有也　所字を『御覽』時序部、『事類賦注』の二引は公につくる。『御覽』人事部引はこれにつくる。　34妾反太早　叢書本のみ妾返大早につくる。補注本は太字を大につくる『御覧』時序部、『事類賦注』の二引は太字なし。『御覧』人事部引は妾反失早につくる。梁校は『御覧』〔人事部〕引が太早を失早につくると指摘。蕭校も梁校を襲う。　35不敢復返　叢刊本のみ返字を反につくる。『御覧』時序部、人事部、『事類賦注』の三引はこの句なし。　36期盡　『御覧』時序部、人事部、『事類賦注』の三引は盡期につくる。梁校は『御覧』引が盡期につくることを指摘、蕭校は梁校を襲う。　37言於穆公、賜母尊號曰母師　下句句上に『御覧』時序部引は公字を重ね、人事部引は穆公二字を重ねる。『事類賦注』引は穆公聞之、賜號母師につくる。なお『御覧』時序部、『事類賦注』の二引はここまでである。　38使朝謁夫人　備要、集注の二本を除く諸本は使明請夫人につくる。『御覧』人事部引はこれにつくる。備要本・梁校は『御覧』引によって校改。蕭校は梁校を襲い、かつ王念孫の明請では意味不通、朝の誤りならんという説をも援引する。　39父母　叢刊本のみ天母につくる。　40此之謂也　諸本はこの句なし。王校はこの四字の脱文を指摘、梁・蕭二校も王校を紹介する。第五話湯妃有㜪のごとく、詩賛に具態的解説を加えて別様に本文文末を纏めるものもあるが、これは論外。第十四話齊田稷母にもこの一句はないが、他話の一般例により、ここは校増する。　41還反　叢刊・承應の二本は還返につくる。　42不揜　叢刊・承應の二本は不掩につくる。

語釈　○母師　母の師範、手本。　○臘日　冬至後の三度めの戌の日。この日は先祖・百神を祀る。蕭註は、『左伝』〔僖公五年秋の条〕の宮之奇の語「虞不臘」の杜預註「臘歳終祭衆神之名」、後漢・蔡邕『独断』〔巻上四代臘之別名〕に、「夏曰嘉平、殷曰清祀、周曰大蜡、漢曰臘」を挙げる。『独断』によれば臘は漢代の名称。だとすれば本譚は漢代の常識によってつくられた創作説話となるが、『左伝』にも臘の名称は見え、『史記』〔巻六始皇本紀・卅一年の条には、「更名臘曰嘉平」とあり、索隠は『広雅』を引き、「周曰大蜡、亦曰臘、秦更曰臘」と註しており、会箋は、この索隠により、臘の名が周に行なわれたことの確証とし、春秋時代にも臘の名が行なわれたことにも言及している。　○休作者　しごとを休む者、手すきの者。　○歳祀　毎歳の祀りをする。　○婦人之義、非有大故、不出夫家　大故は大憂・大喪ともいう。じつの父母に対する大喪をいう。『礼記』雑記に、「婦人は三年の喪に非ざれば、封（国境）を踰えて弔はず」という。ただし出嫁した女の父母に対する喪服は『儀礼』服喪によれば、斉衰不杖期の一年の喪である。（後出の註28其喪父母、則降服一等、無二天之義也の註・二〇一ページをも参照）。また帰寧（父母のご機嫌うかがいに帰ること）も許されたことは『詩経』周南・葛覃の「父母を帰寧せむ（父母を見舞わにゃならぬ）」の句と毛伝の「父母在せば、則ち時有りて帰寧するのみ」の註によって明らかである。しかし孝道によらぬ随意の婦人の実家帰りは誡められたのであった。　○歳時礼　四季の祭礼。　○吾従汝謁、往監之、王註に、「謁は告ぐなり。監は視る（監督する）なり」という。ただし、謁には請求（ねがいもとめる）の意もあり、荒城著『列女伝』も「謁ふ」と訓じている。たとい母であっても、「大故有るに非ざれば夫家を出でず」（前条）「夫死しては子に従ふ」（後出「三従之義」の条）の礼にしたがわねばならないので、子らに実家帰りの許可を求めた。「わたしはお前たちに願い、出かけて監督してきたい」。　〇頓首　稽首（額づく）におなじ。土下坐して頭を地にたたきつけるような拝礼。　〇婦人有三従之義、而無専制之行　婦人には、実家では父母に、嫁げば夫に、夫の死後は子に従うという三従の義と、自分で専断しないという礼がある。なお第十一話鄒孟軻母譚の④話の本文・註15（一八八・一九一ページ）、本譚後出の註28其喪父母、云云の条（本ページ）も参照。　〇少繋於父母、長繋於夫、老繋於子　前条の「婦人三従の義」をいう。繋は栓（つなぐ）におなじ。転じて「従う」。　〇少子　末子におなじ。〇房戸之守　留守番。　〇使少子僕帰辯家事　末の子を手伝い役にして家事をとりしきらせた。『礼記』坊記には、「男女授受するに親らせず（物の受け渡しを直接しない）。（略）姑（姑母）・姉妹・女子子の已に嫁して反れば、男子は与に席を同じくして坐せず（姑母―父の姉妹にあたるおば―や姉妹の女の子がすでに嫁いで実家帰りしたとき、男たちは同席しない）」とある。この礼の慣行のもとで、実家の男たちとの共同作業に少子（末子）をあたらせたのであった。　〇至閭外而止　王註に閭は里門といい、村里の門の外でとどまったのは、帰りがあまりに早かったので、家人に姿を見られぬようにしたのだと解説する。　〇台上　台は土で築いた望遠用の施設。望遠台。　〇間視其居処　間視は秘密裡にしらべる。蕭註は『左伝』（荘公八年秋の条）の「無レ寵。使レ間レ公」の間だという。居処は身の処し方、暮しぶり。　〇以状対　状は実状。ありのままをこたえる。　〇一日　ある日。　〇夕乃入　乃は副詞。しばらくしてやっと。　〇礼畢事間　礼事は臘祭の礼の準備がおわる。間は閑におなじ。しごとが手すきになる。　〇孺子　乳呑子や幼児。嫁たちの子。孫は意訳。　〇期　約束する。　〇酺醵　王註は、銭を合り酒を沽い会って飲むことといい、梁註は『御覧』人事部引註に「合レ聚飲レ酒」とあるという。蕭註は梁註を襲い、さらに『礼記』礼器の「周礼其猶レ醵乎」の鄭註に「合レ銭飲レ酒為レ醵」という と付言する。　〇不敢復返　どうしてももどるわけにはゆかない。　〇期尽　約束の時間がすぎた。　〇穆公　魯の第二十八代国君姫顕。在位四一〇～三七八B.C.。孔子の孫の子思（諱伋）を礼遇し、循吏として讃えられた博士公儀休に政務を任じた人物。　〇諸姫衆妾をいう。　〇婦人未嫁則以父母為天、既嫁則以夫為天　このままの語は古礼典にたずねにくいが、下条註の『儀礼』喪服伝に、「父は子の天なり。夫は妻の天なり」とある。訳文は通釈のとおり。文中、天とは従うべき存在をいう。　〇其喪父母、則降服一等、無二天之義也　嫁いだ女性が父母の喪に服するときは、服規（喪の規定）を一等下げるのは、したがうべき天が二つとない、〔夫だけが天である〕という意味である。服とは喪に服するさいの粗末な礼服と服する期間を一体とした礼の規格、制度。喪礼をささげる親疎・高卑によって等級づけられている。周制では、最高のものは、子が父にささげるばあいと妻が夫にささげるばあいの斬衰三年の服規であり、つづいて子が母のためにささげる斉衰三年の服規であった。それに対し、女性は結婚後は実家の父母、夫家の舅・姑に対しては期（斉衰一年の不杖期）の服規とされた。『儀礼』喪服伝は、婦人の父に対する服規降等の理由を説き、「父の為めには何ぞ以て期するや（斉衰不杖期なのか）。婦人は斬を弐にせざればなり（斬喪を二またかけて行なってはならぬからだ）。（略）婦人は三従の義有りて専用の道無し。（略）故に父なる者は子の天なり。夫なる者は妻の天なり。婦人斬を貳にせずとは、猶ほ天を貳にせず（二つとは戴かない）と曰ふがごときなり」と説いている。「服（服規）を降すること一等なるは、二天無きの義なり」とは、具態的にはこうしたことを語っている。後世嫁いだ女性の父母・舅姑の服規、とくに母・姑の服規は高められ、清代ではみな斬衰三年となった。古礼の服規については、影山誠一『喪服経伝注疏補義』大東文化学園・一九八四年刊を参照。人に嫁いだ女性の父母の喪については二二九ページに詳説がある。後世の服規までの総合的検討については、滋賀秀三『中国家族法の原理』創文社・一九六九年刊・二二一―二二七ページ参照。なお王註は、無二天之義也の句に対して、「天は君なり。婦人は夫を以て君と為す。二尊無し（夫だけが尊い）」という。蕭註は全三句に対し、上述の『儀礼』喪服伝の文を挙げるが、紹介不要の喪服伝の斬衰の服の服装制や女子在室（未婚時）の父の為にする服規、斉衰の服の服装制や女子適人（出嫁後）の其の父母・昆弟の父の後たる者（ここは省略不可能な昆弟之為二父後一者の七字を省略して紹介）の為にする服規をも挙げている。　〇詩云　『詩経』邶風・泉水の句。句中、済・禰は衛都の近郊の地だが河南省のどの地点かは未詳。飲餞は別れの酒宴をすること。句意は通釈のとおり。　〇不揜人情　嫁たちのあるがままの人情をかくさず、ありのままに認めた。認めて恕った。揜は遮蓋（かくす）・誣揜（だます）の両意がある。

韻脚　〇経 keŋ・情 dzieŋ・栄 ɦiuěŋ 名 mieŋ（17耕部押韻）。

余説　本伝は、礼を杓子定規で律せず、情況・人情に即して柔軟に運用し、その精神を活かした賢母の伝であり、理想的な姑の伝である。

前段において、母師は実家の臘祭挙行のため、「婦人の義、大故（父母の喪）有るに非ざれば、夫家を出でず」という礼や、「姑・姉妹・女子子の巳に嫁して反れば、男子は与に席を同じくして坐せず」という礼の禁止の網の目を、条文の読み解き方でみごとに斬りひらいている。彼女は「婦人三従の義」の「夫死しては子に従ふ」の条を逆に読んで、「子に従ひ謁ふ」という手続きで、第一の問題を処理し「男女不同坐」の条も逆に読み、少子帯道によって実家の男子と彼を同席させてともに働かせるという方法で、第二の問題をかたづけたのである。少子の帯道は己れの道中守節の保証を兼ねたもので、「婦人出入之制」を完璧に備えたものであった。「自己規制による悖徳防止の道徳」いわゆる「坊（防止）」の道徳としての礼は、かように運用されてこそ、その精神が活かされるのである。

後段において、母師は嫁たちの、監督者不在の間の息抜き、放縦を人情上避けられぬものとして、これを見逃がしてやっている。第十一話鄒孟軻母伝の③話（一八七～一八九ページ）中に引かれた「夫婦の道は、私室与らず」という私室の些細な悖徳の許容や「将に（人の）戸に入らんとするに、視（視線）をば必ず下ぐ」という他人の些細な悖徳の看過の条項も、じつは礼の重要な一部をなすものである。他人の道徳的怠慢を「強いて恕す」寛容さ、他人の非礼をあばかずに面子を立ててやる寛容さがあってこそ、対人関係は円満となろう。礼は元来、対人関係を円満にするための慣習道徳なのである。母師は厳しさと寛容さを適宜使い分けて、「礼節脩まり」「家事理まる」家政のすぐれた監督者となったのであった。

十三 魏芒慈母

魏芒慈母者、魏孟陽氏之女、芒卯之後妻也[1]。有三子、前妻之子有五人。皆不愛慈母。遇之甚異[2]、猶不愛慈母。乃命其三子[3]、不得與前妻子齊衣服・飲食、起居・進退甚相遠、前妻之子、猶不愛。

於是前妻中子犯魏王令、罪當死[4]。慈母憂戚[5]・悲哀、帶圍減尺[6]、朝夕勤勞、以救其罪[7]。人有謂慈母曰、「子不愛母至甚也[8]。何爲[9]勤勞憂懼[10]如此」。慈母[11]曰、「如妾親子[12]、雖不愛妾、猶救其禍[13]而除其害。獨於[14]假子而不爲、何以異於凡母[15]。其父、爲其孤也而使妾爲其繼母[16]。『繼母如母』。爲人母而不能愛其子[17]、可謂慈乎。親其親而偏其假[18]、可謂義乎。不慈且無義、何以立於世。彼雖不愛妾、安可以忘義

魏芒慈母なる者は、魏の孟陽氏の女にして、芒卯の後妻なり。三子有るも、前妻の子も五人有り。皆慈母を愛さず。之を遇すること甚だ異なるも、猶ほ慈母を愛さず。乃ち其の三子に命じ、前妻の子と衣服・飲食を齊しくするを得ざらしめ、起居・進退甚だ相ひ遠ざくるも、前妻の子、猶ほ愛さず。

是に於て、前妻の中子 魏王の令を犯して、罪死に當たる。慈母憂戚・悲哀し、帶圍尺を減じ、朝夕勤勞、以て其の罪より救はんとす。人 慈母に謂ふ有りて曰く、「子の母を愛さざること至って甚しきなり。何爲れぞ勤勞憂懼すること此の如きや」と。慈母曰く、「如し妾の親子ならば、妾を愛さずと雖も、猶ほ其の禍を救ひて其の害を除かん。獨り假子に於て爲さざれば、何ぞ以て凡母に異らんや。其の父、其の孤の爲めにして妾をして其の繼母と爲らしむ。『繼母も母の如し』と。人の母と爲りて其の子を愛する能はずんば、慈と謂ふべけんや。其の親に親しみて其の假に偏すれば、義と謂ふべけんや。慈ならず且

乎」。遂訟[19]之。魏安釐王[20]聞之、高其義曰[21]、「慈母如此、可不赦[22]其子乎」。乃赦其子、復其家。

自此五子親附慈母、雍雍若一[23]。慈母以禮義之漸[24]、率導八子、咸爲魏大夫・卿・士、各成於禮義[25]。

君子謂、「慈母一心」。『詩』云、「尸鳩在桑、其子七兮。淑人君子、其儀一兮。其儀一兮、心如結兮」。言心之均一也。「尸鳩以一心養七子、君子以一儀理萬物[26]」、「一心可以事百君、百心不可以事一君[27]」、此之謂也。

頌曰、「芒卯之妻、五子後母。慈惠仁義、扶養假子。雖不吾愛、拳拳若親。繼母若斯、亦誠可尊」。

つ義無くんば、何ぞ以て世に立たん。彼妾を愛さずと雖も、安んぞ以て義を忘るべけんや」と。遂に之を訟ふ。魏の安釐王之を聞き、其の義を高しとして曰く、「慈母此の如くんば、其の子を赦さざるべけんや」と。乃ち其の子を赦し、其の家を復す。

此より五子　慈母に親附し、雍雍一の若し。慈母禮義の漸を以て、八子を率ゐ導けば、咸な魏の大夫・卿・士と爲り、各〻禮義を成せり。

君子謂ふ、「慈母は心を一にす」と。『詩』に云ふ、「尸鳩桑に在り、其の子は七つ。淑人・君子は、其の儀一なり。其の儀一なり、心結べるが如し」と。言は心の均一なるなり。「尸鳩は一心を以て七子を養ひ、君子は一儀を以て萬物を理む」、「一心以て百君に事ふべく、百心以て一君に事ふべからず」とは此の謂ひなり。

頌に曰く、「芒卯の妻は、五子の後母なり。慈惠・仁義もて、假子を扶養せり。吾を愛さずと雖も、拳拳として親の若し。繼母斯の若きは、亦た誠に尊ぶべし」と。

通釈　魏芒慈母とは、魏の孟陽氏の女で芒卯の後妻であった。三人の子ができたが、先妻の子も五人いた。〔彼ら五人は〕みな慈母を愛さない。なみはずれてよくしてやっても、やはり慈母を愛さなかった。慈母はそこで三人の子にいいつけ、前妻の子と衣服や食事をおなじにしないように〔粗末に〕させ、日常の立居振舞いにもじつの子を大きく差別したが、先妻の子らは、やはり彼女を愛さなかった。

そうしたときに、先妻の中の子が魏王の法令を犯し、死刑に処せられることになった。慈母は憂いと悲しみで、帯まわりもげそっと痩せ細った。朝に夕べに骨折って、その罪から救おうとする。人が慈母に、「あの子が母親のあなたを愛さないのはひどいものでしたわ。どうしてそんなに骨折ってまで心配しますの」という。慈母は、「もし妾のじつの子でしたら、子が妾を愛さなかったとしても、やはり難儀を救い災害を除いてやるでしょう。ただ仮子だからといって何もしてやらないなら、どうして並の母親とちがいがありましょう。その父親が、遺児のために妾をその継母にしたのです。『継母もじつの母親とおなじ』といいますわ。人の母となってその子を愛することができなければ、義理を実践したといえますでしょうか。そのじつの子は可愛がり、仮子を差別するようならば、義理を実践したといえますでしょうか。慈愛もなく義理も欠けるとしたら、どのようにして世に立っていけましょうか。あれが妾を愛してくれないとしても、どうして義理を忘れていいものでしょうか」といった。かくて助命をうったえ出たのである。魏の安釐王はこれを聞くと、その義理堅さを尊んで、「慈母がこうしているからには、その子を赦さぬわけにはゆくまい」という。やっとその子を赦し、その家の徭役・賦税も免除したのであった。

それ以来、五人の仮子たちは慈母になつき、なごやかに心を一つにあわせて暮した。慈母はしだいに浸みいるように礼・儀をもって八人の子をみちびき、彼らはみな魏の大夫・卿・士となり、それぞれ礼・儀を成就したのであった。

君子はいう、「慈母は『誰にも一途にの真心』を貫いたのである」と。『詩経』には、「桑に巣かける尸鳩は、七羽の雛を分け隔てせず。淑人も君子も、その執る儀はただ一つ。一つの儀を貫きて、心は固くむすばれるよう」という。その意味は心が『誰にも均しく一途』であるということなのである。「尸鳩は一途の心をもって七羽の子を養い、君子は一つの義をもって万人を理める」とか、「一筋の忠の心によるならばいかなる君にもつかえられ、忠なき百に乱れる心では一人の君にもつかえられず」とかいうのも、この事をいっているのである。

頌にいう、「芒卯の妻なる人は、五人の子の義理の母親。慈恵と仁義によりて、仮子をば養い育む。仮子の吾を愛さずとも、ねんごろなる愛はじつの親に似たり。継母のかく勤むるは、げにも尊ぶべきことぞ」と。

校異　*本譚は、おそらく『淮南子』氾論訓の「孟（芒）卯妻二其嫂一、有二五子一焉。然而相レ魏、寧二其危一、解二其憂一」より着想されたか、この譚にからまる今は逸文と化した別の芒卯妻譚からつくられた説話であろう。すでに顧廣圻・梁端がこれに氣づき、顧校は本文の前妻之子有五人の句後に氾論訓のこの句を省改して紹介している。ただし氾論訓の芒卯譚はこの一節のみ。本文中に對校すべきことではないので、あらかじめ紹介しておく。なお顧・梁二校は、氾論訓の高誘註により、芒卯がもと齊人、魏の臣となった『戰國策』登場の人物たることも、芒卯之後妻也の句に對する註として示し、蕭校は梁校を襲っている。芒卯は『戰國策』巻二西周策、巻三秦策、巻七魏策に登場、西周策では孟卯につくっている。◎1魏芒慈母者、魏孟陽氏之女、芒卯之後妻也　『太平御覽』巻四三二人事部七十三慈愛引は第一句なく、第二句の氏字なし。『司馬溫公家範』巻三母引は第二句の魏字なし。　2遇之甚異　この句以下、於是までの七句四十二字は『御覽』引になし。　3乃命其三子　『家範』引は命字を令につくる。　4罪當死　諸本、『家範』引は罪字なし。『御覽』引はあり。『御覽』引により校增する。　5憂戚　『家範』引もこれにつくる。『御覽』引は憂感につくる。　6減尺　『家範』引もこれにつくる。『御覽』引は減赤に誤る。　7朝夕勤勞、以救其罪　この二句は『御覽』引になし。　8子不愛母至甚也　叢刊・承應の二本はこの句なし。備要本以下の他本は子字を人につくる。『御覽』引は人不愛母の四字につくる。『家範』引はこれにつくる。意味上ここは子字たるべきであろう。『家範』引により校改する。　9何爲　叢刊・承應二本は何如につくる。　10勤勞憂懼　『御覽』『家範』の二引は憂懼勤勞につくる。　11慈母　『家範』引もこれにつくる。『御覽』引は母につくる。　12如妾親子　『御覽』引はこの句以下、何以異於凡母までの五句二十九字なし。　13猶救其禍　『家範』引は妄猶救其禍につくる。　14於　『家範』引はこの一字なし。　15凡母　『家範』引は凡人につくる。梁校はこれを指摘。蕭校は梁校を襲う。　16使妾爲其繼母　『御覽』引は使妾爲之繼母につくる。『家範』引は使妾而繼母につくる。　17繼母如母、爲人母而不能愛其子　叢刊・承應の二本は下句の而字なし。『家範』引はこれにつくる。『御覽』引は上句なく、下句句頭に如字あり。　18親其親而偏其假　『御覽』引はこの句以下、遂訟之までの七句三十五字なし。　19訟　叢刊・承應の二本は說につくる。『家範』引もこれにつくる。　20魏安釐王　『家範』引もこれにつくる。『御覽』引は魏王につくる。　21曰　『御覽』引はこの字以下、可不赦其子乎までの三句十一字なし。　22赦　叢刊・承應の二本はこれにつくる。備要本等の他本は救につくる。ただし王校は救は赦の字形の誤りという。梁校は、救は一本赦につくるという。『家範』引もこれにつくる。下句の乃赦其子との對應から叢刊本、『家範』引により校改。蕭校は王・梁二校を紹介する。　23自此五子親附慈母　『御覽』引は自此之後、五子親侍慈母の二句につくる。なお『御覽』引はここまでである。『家範』引は自此之後、五子親慈母、雍雍若一の三句十三字につくる。　24以禮義之漸　『家範』引は以禮義漸之につくる。　25各成於禮義　『家範』引はこの一句なし。　26尸鳩以一心養七子、君子以一儀理萬物　諸本はみな下句の理字を養につくる。しかし劉向の別の輯校本『説苑』巻二十反質中の曹風尸鳩の解として構成された

第四話は、この句を、傳曰、尸鳩之所以養七子者、一心也。君子所以理萬物者、一儀也、につくる。この對偶表現による句解によれば、養字は理に改むべきであろう。いま校改した。なお傳曰の傳字について、王先謙『詩三家義集疏』巻二十は魯詩の傳の意と斷じている。梁校、『列女傳補注校正』胡承珙校は養萬物の養字のみを問題として、『說苑』反質には養字を理につくると指摘。蕭校は胡校を襲っている。　27一心可以事百君、百心不可以事一君　『說苑』巻二十反質第四話、巻十六談叢第三十五條もこれにつくる。蕭校のみ『說苑』中の同一句の存在を指摘する。『風俗通義』巻四過譽には、淑人君子、其儀不忒、其儀不忒、正是四國、傳曰、一心可以事百君、百心不可以事一君、につくる。『詩三家義集疏』巻二十も『風俗通義』のこの文を引き、傳曰の傳を魯詩の傳の意と解している。

語釈　○魏　国名。晋から分かれ、四〇三B.C.に諸侯に列した。河南・山西・陝西各省の一部を領有。　○孟陽氏　いかなる氏族か未詳。　○芒卯　芒卯は『淮南子』氾論訓に登場する孟卯と同一人物であろうか（〔校異〕序・二〇六ページ）。だとすれば、その高誘註や『戦国策』巻七魏策、『史記』巻四十四魏世家によると、もと斉の人。魏の昭王遬に「智詐」をもってつかえ、秦の昭〔襄〕王嬴則をして将・相の才を高く評価させたが、安釐王圉の四年（二七三B.C.）に秦に大敗を喫した人物である。　○遇之甚異　彼ら仮子をなみはずれて好待遇した。王註は遇は接見なりというが取れない。蕭註は遇は待という。　○起居進退甚相遠　日常のさまざまの行動のさいにも、じつの子をひどく差別〔し、先妻の子に親しもうと〕した。　○勤労　救済のために骨折る。　○親子　じつの子。　○仮子　継子。　○継母如母　継母もじつの母とおなじである。ただし、この語は引用句。蕭註が示すように、『儀礼』喪服伝には、「継母何以如母。継母之配父与因母同。故孝子不敢殊也（じつの母とおなじく斉衰の喪に服する）」という（蕭註は因字を已に、殊字を私につくる）。魏芒慈母はこの語を借り、継母たる身の己は、この孝道にもとづく喪礼を受けるに足る人物にならねばならぬという義理を論じている。　○孤　父なし子。中子が事件をおこしたとき、芒卯はすでに死んでいたのである。遺児は意訳。　○親其親　上字の親は親しむ。下字の親はじつの子をいう。　○偏其仮　偏は不公平に扱う。差別する。仮は仮子。　○義　いわゆる世間の義理　○魏安釐王　魏の第四代の王。諱は圉。父は昭王遬。在位二七六―二四三B.C.　○高其義　慈母の義理堅さを尊ぶ。　○復其家　王註は「其の〔家の〕徭役を除く」という。ただし復は、徭役のみでなく賦税の免除をも包含する。安釐王は世の継母たちの教化（表彰・文化政策などにより人びとを善導する）のために、慈母の行為を免税の特権賦与によって表彰したのである。　○親附　親しみなつく。　○雍雍若一　雍雍はやわらぐさま。なごやかに心を一つにあわせて暮す。　○以礼義之漸、率導八子　礼と義をしだいに浸みこませて八人の子を率い導いた。「漸」という教育方法については、第十一話鄒孟軻母譚①話の註16（一八六ページ）を参照。　○大夫・卿・士　大夫は周代卿につぐ官、上・中・下の三級があった。卿は執政の上級家老職である。士は、ここでは下級の官。　○一心　誰に対しても公平に一途に対処する心をもつようにする。　○詩云　『詩経』曹風尸鳩の句。句中、尸（鳲）鳩とはハト目ハト科に属し、古く秸鞠・現在は山斑鳩といわれるキジバトのこと。また淑人・君子、其儀一兮の句は、鄭箋が「善人・君子は、其の義を執ること、当に一の如くなるべきなり（義＝道理をまもって、一途でなければならない）」といい、其儀一兮、心如結兮の句は毛伝が「義を執ること一なれば、則ち心を結ぶこと固し」という。儀は鄘風・相鼠の「人にして儀無し」の句の毛伝に礼儀、鄭箋に威儀と解され、外面の姿勢や行為をも意味するが、ここはそれらをもたらす内面の道理の意にとっておく。全句の意は通釈のとおり。　〇尸鳩以一心養七子、君子以一儀理万物　劉向の別の著『説苑』反質にも校異26（二〇七ページ）の形で説かれる魯詩の伝語。清・范家相『三家詩拾遺』巻六もこの語を採録。『荀子』勧学篇の鳲鳩の解にもとづく語という。一心・一儀の一はともに「誰に対しても公平に一途に」の意。万物は万人・万民におなじ。訳文は通釈のとおり。

〇一心可以事百君、百心不可以事一君　この句も『説苑』反質に引かれる魯詩の伝語。前条の句とは一体ではない。句中、百君は多くの君主。一心は忠誠の一途の心。百心はその反義語、忠誠なき百（さまざま）に乱れる心。百君は多くの君主。訳文は通釈のとおり。

〇拳拳　ねんごろに愛するさま。

韻脚　〇母 muəg・子 tsɪəg（1之部）　◎親 ts'ien・尊 tsuən（26真部・23文部通韻）換韻格押韻。

余説　自分に懐かぬ先妻の中子が死刑該当の犯罪におよんだとき、魏芒慈母は、おそらくは我が身を贖罪に供してであろう、果敢に助命を訟えでた。むろん彼女のこの慈行には中子に対する愛―慈恵―がふくまれている。しかし彼女は己の慈行について辯じたとき、愛のみを語らなかった。亡夫の依托に対する信義の貫徹、「親親・偏假（実の子に親しみ仮子を差別する）」の非義に陥らぬことを慈行の枠組みとして論じ、「継母如レ母（継母も実母とおなじ喪服を仮子から受くべきもの）」の礼制にかなうものとして身を処さねばならぬという義理を論じたのである。慈愛も「義」の規範に遵ってこそ正しく方向づけられるという強烈な「礼」意識がここには見られる。この「義」の規範に支えられた子や子の属する夫家に対する愛こそが、母儀伝に示される慈の意味なのであろう。ほぼ「義」と同意の「法理」によって厳格に子を匡した魯季敬姜のごときが「慈母」の列に加えられるのも、そのためである（第九話、とくにその頌、一六八・一七〇ページ参照）。こうした「義」と一体の慈行を示す佳話には、他ならぬ理想の継母像を描く巻四節義伝第八話斉義継母や孝婦像を描く巻三貞順伝第十五話陳寡孝婦（中巻参照）がある。

魏芒慈母は子の教育にかけても賢母の鑑であった。みずからの実践垂範により、「礼・義の漸（人的環境による浸みこみの教育）」をもって、八子をみな「礼・義」実践の卿・大夫・士として名をなさしめた。本譚は戦国魏の国の話であるが、子を大成させ家名をあげた賢母の美譚が流行した（第十一話鄒孟軻母の〔余説〕、一九二ページ参照）劉向と同時代の世相が投影しているようにも見える。

なお本譚は〔校異〕中にも示したごとく、宋・司馬光『司馬温公家範』巻三母にも引かれている。

十四　齊田稷母

齊田稷子[1]之母也。田稷子相レ齊、受二下吏之貨[2]金百鎰一、以遺二其母一。母曰、「子爲レ相三年矣。祿未二嘗多若一レ此也。豈脩[3]士大夫之費一哉。安所レ得レ此」。對曰、「誠受二之於下一」。其母曰、「吾聞、『士脩レ身潔[4]レ行、不レ爲二苟得一。竭レ情盡レ實、不レ行二詐僞一。非義之事、不レ計二於心一。非理之利、不レ入二於家一。言行若レ一、情貌相副』。今君設[5]レ官以待レ子、厚レ祿以奉レ子。言行則可二以報一レ君。夫爲二人臣一而事二其君一、猶下爲二人子一而事中其父上也。盡レ力竭レ能、忠信不レ欺、務在レ效レ忠。必死奉レ命、廉潔・公正。故遂而無レ患。今子反レ是遠レ忠矣。夫爲二人臣一不レ忠、是爲二人子一不レ孝也。不義之財、非二吾有一也。不孝之子、非二吾子一也。子起」。

田稷子慚而出。反二其金一、自歸二罪於宣

齊の田稷子の母なり。田稷子　齊に相たるや、下吏の貨金百鎰を受け、以て其の母に遺れり。母曰く、「子相たること三年なり。祿未だ嘗て多きこと此の若くならざるなり。豈に士大夫の費を脩めたるや。安くより此を得し所ぞ」と。對へて曰く、「誠に之を下に受く」と。其の母曰く、「吾聞く、『士は身を脩めて行ひを潔くし、苟めに得るを爲さず。情を竭し實を盡し、詐僞を行はず。非義の事は、心に計らず。非理の利は、家に入らず。言行は一の若く、情貌相ひ副ふ』と。今君は官を設けて以て子を待し、祿を厚くして以て子に奉ず。言行は則ち以て君に報ずべし。夫れ人の臣と爲りて其の君に事ふるは、猶ほ人の子と爲りて其の父に事ふるがごときなり。力を盡し能を竭し、忠信欺かず、務めは忠を效すに在り。必ず死して命を奉じ、廉潔・公正なれ。故に遂げて患ひ無し。今子は是に反して忠に遠ざかる。夫れ人の臣と爲りて忠ならざるは、是人の子と爲りて孝ならざるなり。不義の財は、吾が有に非ざるなり。不孝の子は、吾が子に非ざるなり。子よ起て」と。

王、請レ就レ誅焉。宣王聞レ之、大賞二其母之義一。遂舍二稷子之罪一、復二其相位一、而以二公金一賜レ母。

君子謂、「稷母廉而有レ化」。『詩』曰、「彼君子兮、不二素飡[6]一兮」。無レ功而食レ祿不レ爲也。況於レ受レ金乎。

頌曰、「田稷之母、廉潔正直。責二子受一レ金、以爲二不德一。忠孝之事、盡レ財竭レ力。君子受レ祿、終不二素食一。」

田稷子慙ぢて出づ。其の金を反して、自ら罪を宣王に歸し、誅に就かんと請ふ。宣王之を聞き、大いに其の母の義を賞す。遂に稷子の罪を舍して、其の相の位を復し、而して公金を以て母に賜ふ。

君子謂ふ、「稷の母廉にして化有り」と。『詩』に曰く、「彼の君子は素飡せず」と。功無くして祿を食むは爲さざるなり。況んや金を受くるに於てをや。

頌に曰く、「田稷の母は、廉潔にして正直なり。子の金を受くるを責め、以て不德と爲す。忠孝の事は、財を盡し力を竭す。君子祿を受けては、終に素食せず」と。

通釈　斉の田稷子の母の話しである。田稷子は斉で宰相となると、下僚の献金百鎰を受けて、その母親に贈った。母は、「あなたは宰相になって三年になったのね。でも俸給がかつてこんなに多かったことはなかったわ。まさか役人たちの給金を捲きあげたのではないでしょうね。どこからこれを手に入れたのです」という。稷子は「まことに部下たちからせしめました」とこたえた。母はいった、

「わたしは聞いていますよ、『士たる者は身を修めて行ないを潔くし、かりそめには金品を得ないものだ。心をつくし真をつくして、ぺてんを働いたりはしない。義にかなわぬ事は、内心考えたりはしない。道理にかなわぬ利益は、家に持ちこまない。言行は一致し、情と貌はおなじである』とね。いまわが君には官位を設けてあなたを用いられ、俸給をゆたかにしてあなたに恵んでくださっているのです。一言一行みな恩に報いたてまつらねばなりません。そもそも人の臣下として君におつかえするのは、ちょうど人の子として父につかえるようなものです。力をつくし才をつくし、忠誠・信義により欺かず、忠義をささげるのが務めなのです。生命がけで君命を行ない、潔癖に公正に振舞わなければいけません。こう

して職務を遂行して心残りがないようにするものなのです。ところが今、あなたはこれに反して忠義に遠くそむきました。そもそも人の臣下として忠義をつくせぬなら、人の子としては孝をつくせません。不義の財貨は、わが物にはできません。不孝者は、わが子ではありません。出ておゆき」。

田稷子は慙じて家を出た。その金を返し、みずから宣王に己が罪を認め、処罰を願いでた。宣王はこれを聞き、その母の義を激賞した。ついに稷子の罪をゆるし、その宰相の位をもどして、公金をば母に賜わったのである。

君子はいう、「田稷子の母は、けじめ正しくて感化力があった」と。『詩経』には、「かの君子は、働かずして食うことなし」といっている。手柄もたてずに禄を食むようなことはなさぬ。まして金を受けとるようなことはしないものだというのである。

頌にいう、「斉の田稷子の母は、潔癖にして真直ぐなり。やましき金を子受けしとき、不徳と尤めて子を正せり。『忠と孝とを行なうときは、才と力の限りをつくせ。君子は禄を受ければ、働かずして食はず』と教う」と。

校異　＊本譚と同様の話には、顧・王二校がすでに指摘するごとく『韓詩外傳』（巻九第二話）がある。顧校は受下吏之貨金の五字を一條として、『外傳』とは「語微か異れども事同じ」と許する。だが語句の相違は大きく全文の對校は無意味。よって同上文獻の全文は（餘説）に示し、先人の對校點と詩贊の相違のみを擧げておく。なお『司馬溫公家範』（巻三）にも、本譚らしき引文があるが、省改は大きく、對校に價しない。◎1田稷子　顧校は『外傳』に田氏につくることを指摘する。　2貨金　諸本はこれにつくるが、王校は、「貨は疑ふらくは貸字の誤ならん。蓋し（田）は俸祿の餘る所を以て人に稱貸し（貸しつけ）、其の息（利息）を收む。故に『外傳』に（田稷子母に對へて）謂ふ、『此の金は受けし所の俸祿なり』と。若し下吏の貨賂を受けて金を得れば、是れ貪墨の人（欲で心が黒く汚れている人）なり。豈に賢母と稱するに乃って是の子有らんや。今其の母を以て之を斷ずるに、事必ず然らざるを知る」といい、貨字を貸に改むべしという。「賢母と稱するに乃って是の子有らんや」という見解は、第十話楚子發母傳のごときを見れば（一七五～一八一ページ參照）、なりたたない。『外傳』の金の出所を問う母に對する上記の解答中には賄賂の語がないが、貸しつけ金の利息をとったという語もない。興味ある一説ではあるが採らぬことにする。なお「貸金」の語自體にも、貸しつけ金のほかに『大戴禮記』千乘のごとく、「財を以て長に投ずるを貸と曰ふ（清・孔廣森補註・財賄を以て長官に交ふるなり）」の意味があることを書きそえておく。蕭校は王校を紹介するが、これを駁して賄賂説をとり、人に貸しつけて息を收めることは、「國服之則」であり、『周禮』（地官・泉府）に著され、大罪有りということにはならず、かつ、人に貸しつけ息(りそく)を取ることを貸金と稱せないという。『周禮』には、「凡民之貸者、與其有司辨而授之（役人と相談して金を授けられ、）以國服爲之息」（國事の各種税率に應じて利息を取る）という。　3脩　叢書本・考證本・補注本は修につくる。梁校は脩字は譌(かじ)字ならんという。蕭校も梁校を襲う。あるいは脩（上古 siog、中古 sɪəu、中世 sɪəu）の近接音字たる收（thiog・ʃɪəu・ʃɪəu、徵收の意）、近似字體字たる侵（侵剋・侵呑―横領するの意）の誤寫の可能性もあるが、いまはこのままとする。　4脩身　叢書本と叢刊に承應の二本は修身につくる。　5設官　叢書本のみ談官に誤る。　6詩曰、彼君子兮、不素飱兮　『外傳』は詩句を周南・螽斯の宣爾子孫、繩繩兮につくる。

語釈　○田稷子　戦国・斉の宣王の宰相。諱・生没年等未詳。　○下吏　下役人。　○貨金　献金・賄賂。　○百鎰　鎰(いつ)は金貨の目方の名。一鎰は二十四両・三十両・二十両等の説あり。戦国時代の一両は十六グラム。かりに一鎰二十四両とすれば三十八・四キログラムに達する。　○脩士大夫之費　士・大夫(たいふ)はここでは下僚の役人たちのこと。脩費の語の用例は他に見いだしにくいが、不当な方法で捲きあげるの意であろう。　○苟得　かりそめに手にいれる。得てはならぬものをいいかげんな気持で手に入れる。　○竭情尽実　竭尽情実の互文。竭尽は二字ともに尽すの意。情実は詐らぬ心、まごころの意。　○情貌相副　情(こころ)と貌(うわべ)はおなじである。　○設官　官職を用意する。　○待子　待は任用する。あなたを用いてくださる。　○忠信不欺　忠は己の内なるまごころ、忠誠。信は他人への信義。忠誠と信義により人を欺かない。　○効忠　効は献出（ささげる）。忠は、ここでは忠義（君主への没我的献身）をいう。なお以下に再出する忠も同意。　○遂而無患　遂は職務を遂行する。王註は通達というが取れない。無患は心残りがない。　○起　出てゆけ。　○帰罪　罪をわが事として認める。　○宣王　戦国・斉の第二代の王。姓は田、諱は辟疆(へききょう)。詳細は巻六辯(べん)通伝第十話の註3（下巻参照）。　○舎　普通の赦（ゆるす）におなじ。　○廉而有化　廉はけじめ正しいこと。化は教化。己れの教育力で人を刺戟し、その人格・見識を化(か)えること。　○詩曰　『詩経』魏風・伐檀の句。句中の素飱(そそん)の語は、後出、頌の文中の素食におなじ。相応の働きもせず俸給をとること。いわゆる、「ただ食い」。句意は通釈のとおり。　○尽財竭力　尽竭財力の互文。尽竭はつくす。財は才の音通。財力は才力（才能）におなじ。

韻脚　○直 dɪək・徳 tək・力 lɪək・食 dɪək（2織部押韻）。

余説　「不受贈遺」は、劉向が『説苑(ぜいえん)』巻二臣術に示した官箴(かんしん)の一項である。官にある者の常に心すべきことは公私のけじめをつけることだ。だが権勢の地位に就く者は、往往勢位の証として公私混同の特権乱用に趨り、その囲繞者も彼の特権乱用による恩恵分与に期待する。田稷子は私孝の念からこの公私混同に趨った。子の後見にあたる臣僚の母がなすべきは、私情に克ち、子の公私混同を監視し匡して、一は彼に公人の忠誠を尽させ、一は彼の背任露見による家の破滅を防ぐことである。その難事を果たせる母こそが賢母である。田稷子の母は第十話の楚子発母（一七五～一八一ページ）と同様の賢母であった。彼女は説く、「夫れ人の臣たりて忠ならざるは、是れ人の子となりて孝ならざるなり」と。君臣・父子一如の感覚によって国家・国君に対する公義の忠と家と身内に対する私の孝とは一体化される。彼女は一見国家・国君への忠至上の忠孝一致の徳のみを説いているかのようである。だが劉向は『説苑』臣術では、臣僚のつとめを「必ず国に益あり、必ず君に補ひ有り」と論ずるとともに、「故に其の身尊く、而して子孫之（権勢・地位）を保つ」とも論じている。家を破滅から救い、子の宰相位を保全した田稷子の母は、この意味での臣術の教育者でもあった。

後世、南北朝・呉の司空孟宗（仁）の母は、監池司馬となった孟宗が池魚で作った鮓を送ってきたとき、公私混同の譏りを避けよと峻拒し（『三国志』巻四十八呉志・孫皓伝註引『呉録』）、唐、李瀚『蒙求』の孟宗寄鮓の語によって有名となった。東晋の名将陶侃の母と若き陶侃との同様の譚（『世説新語』賢媛第二十話）はその変形であろう。子の背任・瀆職を戒める賢母譚は続成された。三話はともに宋・司馬光『司馬温公家範』巻三母に収められている。本譚の原話『韓詩外伝』巻九第二話は次のごとくである。

田子為レ相三年、帰休。得二金百鎰一奉二其母一。母曰、「子安得二此金一」。対曰、「所レ受奉禄也」。母曰、「為レ相三年不レ食乎。治レ官如レ此、非二吾所一レ欲也。孝子之事レ母也、尽レ力致レ誠。不義之物、不レ入二於館一。為二人子一、不レ可レ不レ孝也。子其去レ之」。田子愧慙走出、造レ朝還レ金。退請レ就レ獄。王賢二其母一、説二其義一、即舎二田子罪一、令二復為一レ相、以レ金賜二其母一。詩曰、「宣二爾子孫一、縄縄兮（なんじの子や孫導きて、戒慎忘れぬ人とせよ）」。＊『詩』句は周南・螽斯。「毛伝」に縄縄は戒慎なりという。

十五 魯師春姜（補遺）

魯師春姜者、魯師氏之母也。[1] 嫁二其女一、三往而三逐。春姜問レ故、[2] 以レ軽二其室人一也。[3] 春姜召二其女一而笞レ之曰、[4]「夫婦人以二順従一為レ務、貞愨為レ首。故婦事レ夫有レ五。平旦纚笄而朝、則有二君臣之厳一。[5] 沃盥饋食、則

魯師春姜なる者は、魯の師氏の母なり。其の女を嫁せしむるも、三たび往きて三たび逐はる。春姜故を問へば、其の室人を軽んずるを以てなり。春姜其の女を召して之を笞ちて曰く、「夫れ婦人は順従を以て務めと為し、貞愨をば首と為す。故に婦の夫に事ふるに五有り。平旦に纚笄して朝するときは、

有父子之敬。報反而行、則有兄弟之道。必期必誠[6]、則有朋友之信。寢席之交、然後有夫婦之際[7]。今爾驕溢不遜、以見逐、曾不悔前過。吾告汝數矣。而不吾用。爾非吾子也」。笞之百、而畱之三年、乃復嫁之。女奉守節義、終知爲人婦之道。

君子謂、「春姜知陰陽之順逆也[8]」。『詩』曰、「東方明矣、朝既[9]昌。匪東方則明、月出之光」。此之謂也。

則ち君臣の嚴有り。沃盥して饋食するときは、則ち父子の敬有り。報反して行ふときは、則ち兄弟の道有り。必ず期し必ず誠あるときは、則ち朋友の信有り。寢席の交りありて、然る後に夫婦の際ひ有り。今爾は驕溢不遜、以て逐はるるに、曾ち前過を悔いず。吾汝に告ぐること數々なり。而れども吾を用いず。爾吾が子に非ざるなり」と。之を笞つこと百、而して之を畱むること三年、乃ち復た之を嫁す。女は節義を奉守し、終に人の婦爲るの道を知れり。

君子謂ふ、「春姜は陰陽の順逆を知れり」と。『詩』に曰く、「東方明けたり、朝既に昌んなり。東方則ち明くるに匪ずして、月出づるの光」と。此の謂ひなり。

通釈　魯師春姜とは、魯の師氏の母のことである。その女を嫁にやったところ、三たび往き三たび離婚されてもどってきた。春姜が理由を問うと、夫の家の者たちを軽んじているからであった。春姜はその女を召んで笞うっていった、「そもそも婦人は従順をもって務めとし、貞愨をもって第一の心がけとするものです。だから妻が夫につかえるには五つの事が必要です。早朝に纚と笄で髪をととのえて挨拶もうしあげるときには、君臣間の厳しさをそなえるのです。手を洗い浄めて食事を差しあげるときには、父子の間の敬意をそなえるのです。ご先祖や諸神のお祭りをおこなうときには、兄弟の道をそなえるのです。約束を必ず果たし誠を必ず尽そうとしては、朋友の信義をそなえるのです。寝間で肌身を交わしていただいてこそ、夫婦の仲がそなわるのです。ところがさて、お前は驕りかえって謙遜を忘れ、そこで逐い出されたのに、まるで前過を悔い改めようともしません。わたしはお前に何度も忠告したのに、お前はわたしの教訓に耳を貸そうとしなかった。お前はわたしの子ではない」と。百回も笞うち、三年間は母家に留め、やっと再婚させた。女は節義を大事に守って、ついに人妻の道を心得たのであった。君子はいう、「春姜は夫婦の立場を心得ていた」と。『詩経』には、「東(ひんがし)の空はすでに明け、朝の光りは昌(さか)んと見えた。されど東はまだ明けず。陽(ひ)の出と見たのは月明かり」と。これは春姜が女(むすめ)を諭した早起きにはじまる厳粛・勤勉の妻の日常訓について詠っているのである。

校異　＊この一話は補註本・備要本・集注本の三本に補遺として見えるもの。補注本・集注本は魯師氏母の題、大字の本文で刻している。補題は、いま蕭校補曹校が「全書の〔體〕例に據れば、當(まさ)に魯師春姜と稱すべし」というのにしたがい、文頭の四字によって構成した。補注本は唐・孔穎達『毛詩』正義・齊風・鷄鳴の「匪東方則明、月出之光」の句に關する正義引より三句二十三字を、備要本は『太平御覽』巻五四一禮儀部・昏姻部下引より君子贊とも二十二句一一二字を紹介する（集注本は君子贊の二句十二字を除く）。他に宋・司馬光『司馬溫公家範』巻三母が十九句九十七字で本文を構成している。これは『古列女傳』引の明記を欠くが、いま『古列女傳』の遺文引と見なし、他の引文に加えて、本譚再構成の資料とする。〔餘説〕も參照されたい。さらに宋・朱熹も『儀禮經傳通解』巻二昏義に春姜の臺詞の一部を引いている。◎1魯師春姜者、魯師氏之母也　『家範』引は魯師春姜の一句四字のみにつくる。　2問故　『家範』引は問其故につくる。　3輕　『家範』引は輕侮につくる。　4春姜召其女而笞之曰　『御覽』『家範』の二引はこれにつくるが、『毛詩』正義引は魯師氏之母齊姜戒其女云につくる。ここに起點をおく『通解』引は魯師春姜曰につくる。　5夫婦人以順從爲務、貞愨爲首、故婦事夫有五、平旦纚笄而朝、則有君臣之嚴　『御覽』引はこれにつくるが、『毛詩』正義引は平旦纚笄而朝、則有君臣之嚴の二句十二字のみにつくる。なお『毛詩』正義引および同引紹介の補注本はここまでである。『家範』引はこれらの句なし。また後句の沃盥饋食以下、然後有夫婦之際までの八句四十一字もなし。『通解』引は第三句の婦字を婦人につくる。　6必期必誠　『通解』引のみ、受期必誠につくる。蕭校補曹校もこれを指摘。なお同引は後句の然後有夫婦之際で終えている。　7今爾驕溢不遜、以見逐、曾不悔前過　これらの句および後句の吾告汝數矣以下、終知爲人婦之道までの八句とも十一句五十二字は『家範』引のみにあり。いま『家範』引より補う。　8君子謂、春姜知陰陽之順逆也　『御覽』引は君子謂春姜曰、知陰陽之順逆也につくり、備要本もそのままを引くが、『古列女傳』の他譚の君子贊の體例から見て曰字は衍字であろう。私意をもって除いた。序にも述べたが、この二句は集注本にはない。　9詩曰、東方明矣、朝既昌、匪東方則明、月出之光、此之謂也　以上の二十二字は備要・集注の二本、『御覽』引にはないが、補注本所引の『毛詩』正義引の該當詩句自體の存在と『古列女傳』の詩贊の通常體例から推定すれば、これらの詩句が添えられて然るべきであろう。

語釈　○室人　夫の家人。　○貞愨　貞節をそなえた愨勤(つつしみ)。なお愨字を原文には慤につくるが愨は俗字である。　○為首　まっ先に心がける。　○平旦纚笄而朝　平旦は明けがた。纚(さい)は王註に『儀礼』士昏礼の注を引き、縚髪(かみづつみ)、纚は充(ひろさ)は幅（二尺二寸。四十九・五センチ）、長(ながさ)は六尺

（一三五センチ）といい、笄は簪という。朝は朝の挨拶。『詩経』斉風・雞鳴の「雞既鳴矣、朝既盈矣。」の句の毛伝に「雞鳴いて夫人作ち（起床し）、朝盈ちて君作つ（起床する）」という。一番雞の鳴く頃に妻が早起きし、後から夫を起すのが夫婦起床の礼とされた。〇沃盥而饋食　沃盥は水をそそいで手を洗う。饋食は食事をすすめること。〇報反而行　報反は報本反始の略。祖先・諸神の恩功に謝して祭祀を執行すること。　〇寝席之交　然後有夫婦之際　際は交におなじ。寝床で肌をかわしあってこそ身心ともに夫婦の交りが完成する。　〇逐　離縁される。　〇不吾用　わたしの忠告を聴かない。　〇陰陽之順逆　陰は妻、陽は夫。夫婦の立場。　〇詩曰『詩経』斉風・雞鳴の句。本文の春姜召其女而答之曰、平旦纚笄而朝、則有君臣之厳の三句は、この下二句に『毛詩』正義がそえた『古列女伝』の遺文である。句意は、通釈のとおり。

余説　現存の王回等再編の『古列女伝』母儀伝は他の諸伝が各十五話で構成するのに、十四話しかない。そこで清朝の呉騫（浙江・海寧の人。字槎客）顧広圻、王照円、梁端らが残る一話の遺文探しと再編をはかった。顧広圻は王回『古列女伝』序に注して、『毛詩』正義引に、魯師氏之母齊姜戒其女曰以下の三句二十三字が『列女伝』の語として引かれ、『公羊伝』荘公廿四年（秋八月）の条の何休の註に、この『列女伝』の教訓と同様の語が見えることを指摘した（ただし何休註では平旦縰笄而朝、則有君臣之厳につくる。何休註には備要本引の婦事夫有五の相当句もあるが、妻事夫有四義につくる。（この点は後述）。王照円や梁端の再編を承認・確定した蕭道管・曹元忠の業績は〔校異〕序に前述した。梁端はさらに『藝文類聚』巻十五后妃部、『御覧』巻一三五皇親部一中の別の『列女伝』からの引文黄帝四妃の一人姆母の伝があることを紹介、この引文を呉騫所編の『古列女伝』が母儀伝の先頭に補っていること、『書鈔』巻二十五后妃部三にもこの話中の「心毎自退」の語が見えることを論じ、魯師春姜、黄帝姆母のいずれを採るかは「博古の者の焉を定めんことに俟つ」としている。だが『藝文類聚』等が引き、梁端がさらに『呂氏春秋』孝行覧遇合篇から補った黄帝姆母伝の「黄帝妃曰二姆母一。於二四妃之班一居レ下。貌甚醜而最賢。心毎自退」（以上『藝文類聚』引）「姆母執二乎黄帝一。黄帝曰、『厲二女徳一而不レ忘。與二女正（＝貞）一而不レ衰。雖レ悪（＝醜）奚傷』（以上『呂氏春秋』引）という文章からは、賢明伝か貞順伝に通じるような内容が推測される。呉騫がこれを母儀伝に配したのは「姆母」の母字に眩惑されたからであろう。蕭道管は梁端の校異を一部省改して引き、魯師春姜、姆母いずれを母儀伝に配するかを定め、「続列女伝」の目次に各譚の各伝中における序次番号がついていることに注目、それが宋代再編前の劉向『古列女伝』と「続列女伝」一体当時の旧本『古列女伝』の各伝中の各譚総序次番号たることを確認。魯師春姜の譚は内容上母儀伝に応じ、総十七話からなる旧本母儀伝中にあって、劉向『古列女伝』の第十五話をなしていたこと、旧本貞順伝の元来の人数は不明だが、姆母の譚は内容の一端を示す「心毎自退」の句が順の意に、「與二女正（＝貞）一而不レ衰」の句が貞の意に応じており、〔時代順から考え〕、その首におかれていたことを推定している。（母儀伝を総十七話とみるのは「続列女伝」に雋不義母第十七と明徳馬皇后第七の二話が加わるからである。

「與女貞而不衰」の貞字を正につくることについて、蕭校補曹校は宋代伝写のさい仁宗（趙禎）の諱を避けたためという）。蕭道管の推定と曹元忠の補説は支持するに足るものではあるまいか。

なお一九六六年、山西省大同市石家寨の北魏・司馬金龍（太和八年・四八四歿）の墓中より発掘された屏風漆画には『古列女伝』巻一母儀の有虞二妃、周室三母、続伝の班女婕妤（漢成帝班捷伃）とならんで、魯師春姜の像が描かれ、『古列女伝』の抄文が添えられ、『家範』引中の以見逐の句も見えている。（口絵参照）。

ところでこの出嫁の女に対する躾け譚は一見粗雑かつ厳格・非情に過ぎる。『儀礼』士昏礼の出嫁時の父母が為すべき施衿結帨の戒（衿褵之戒）もしるされていない。（この戒の実例は巻四貞順伝第六話斉孝孟姫にある。中巻参照）。だがこの点については、「吾告レ汝数矣」の句で暗示しているのであろう。

五常訓として女に語る春姜の夫婦訓は、後漢時代には、夫婦関係を完全に朋友関係にとりこんだ「婦事レ夫有二四礼一」の説に発展する。その一例は『白虎通』巻四嫁娶に見えるが、ここでは『公羊伝』荘公廿四年の何休注の説を挙げておく。「雞鳴緋（纚）笄而朝、君臣之例也。三年惻隠（亡夫にささげる三年の喪服）、父子之恩也。図二安危・可否一（夫の身の安全や行為の是非を考えてあげるのは）、兄弟義也。枢機之内（二人語らう密室の内）、寝席之上、朋友之道、不レ可下純以二君臣之義一責上レ之」。春姜の夫婦訓はこれに比べて、あまりに厳格すぎるのである。だが劉向がかかる厳格、非情の語を春姜に語らせたのは、前漢中・末葉の「夫をして婦に詘せしむ」る女乱が広く各家庭に広がっていたからであろう（『漢書』巻七十二王吉伝）。後世、宋の司馬光が本譚を『司馬温公家範』に収めたのも、彼自身の言によれば、夫婦あい争い、妻の母家と夫家が訴訟までして争う彼と同時代の世風を矯さんがためであった。

巻二　賢明傳

小序

惟若賢明、廉正以方。動作有レ節、言成二文章一。咸曉二事理一、知二世紀綱一。循[1]レ法興居、終日無レ殃。妃后覽[2]レ焉、名號必揚。

惟れ若の賢明、廉正にして以て方あり。動作は節有り、言は文章を成す。咸く事理に曉かに、世の紀綱を知る。法に循ひて興居し、終日殃無し。妃后ら焉を覽よ、名號必ず揚がらん。

通釈　この賢明き女らは、潔く正しく規範にあたれり。行ないにはけじめあり、言葉は美しき道理を示す。ことごとく事の理に通じて、世のあらゆる紀綱を知れり。法にしたがい起き臥せば、終日殃いにかからず。妃后らよこれを覧て鑑とせよ、よき名号は必ず揚がらん。

校異　1循法　叢刊本のみ循字を盾につくる。壊字であろう。　2覽　諸本みな賢につくるが、梁校は王念孫の説を擧げ、蕭校もこれを襲い、賢字は字體近似の覽字の誤りという。王念孫は、仁智傳には「夫人省レ玆」、貞順傳には「諸姫觀レ之」とあり、觀・省・覽は義竝な同じだからと、理由を説明する。いまこれにより改める。

語釈　○廉正以方　廉・正・方どれも、ただしさを意味するが、廉は潔い。正は心がまっすぐなこと。方は外部の規範どおりに折目正しくすること。なお廉正の同義語に廉直がある。　○節　ふしめ、けじめ。　○文章　美しい文様が原義だが、ここは美しい道理の表現・提示をいう。　〇世紀綱　この世を緊める紀（細綱）と綱（大綱）。おきて。　〇興居　起居（起き臥し）におなじ。日常生活の一齣一齣。　〇妃后　后妃におなじ。天子・国君の妻妾。　〇名号　栄光ある自分の名。

韻脚　〇方 pɪaŋ・章 tiaŋ・綱 kaŋ・殃 ·ɪaŋ・揚 ḍiaŋ（14陽部押韻）。

一　周宣姜后

周宣姜后者、[1]齊侯之女、宣王之后也。[2]賢而有徳。事非禮不言、行非禮不動。[3]宣王嘗早臥晏起、[4]后・夫人不出房。[5]姜后既出、乃脱簪・珥、[6]待罪於永巷。[7]使其傅母通言於王曰、「妾不才、[8]妾之淫心見矣。至使君王失禮而晏朝、[9]以見君王樂色而忘徳也。[10]夫苟樂色、必好奢。好奢、必窮樂。窮樂者、亂之所興也。[11]原亂之興、從婢子起。婢子生亂、當服其辜。[12]敢請婢子之罪。[13]唯君王之命[14]」。王曰、「寡人不徳、實自生過。[15]從寡人起。非夫人之罪也」。[16]遂復姜后、而勤於政事、早朝晏退、繼文・武之迹、興周室之業、卒成中興之

周宣姜后なる者は、齊侯の女にして、宣王の后なり。賢にして徳有り。事は禮に非ざれば言はず、行は禮に非ざれば動かず。宣王嘗て早く臥し晏く起き、后・夫人房を出でず。姜后既に出づるや、乃ち簪・珥を脱して、罪を永巷に待つ。其の傅母をして言を王に通ぜしめて曰く、「妾不才にして、妾の淫心見る。君王をして禮を失して晏く朝し、以て君王の色を樂しみて徳を忘るるを見さしむるに至れり。夫れ苟くも色を樂しまば、必ず奢を好まん。奢を好まば、必ず樂を窮めん。樂を窮むるは、亂の興る所なり。亂の興ることを原ぬるに、婢子より起れり。婢子亂を生ずれば、當に其の辜に服すべし。敢て婢子の罪を請ふ。唯だ君王の命のままなり」と。王曰く、「寡人不徳なれば、實に自ら過を生ず。寡人より起れり。夫人の罪に非ざるなり」と。遂に姜后を復して、政事に勤め、早に朝し晏く退き、文・

名、爲周世宗。[17]
君子謂、「姜后善於威儀、而有德行。夫禮、后・夫人御於君、以燭進、至於君所、滅燭適房中。脱朝服、衣褻服、然後進御於君。雞鳴、樂師擊鼓以告旦、后・夫人鳴佩而去」。[18]
『詩』曰、「威儀抑抑、德音秩秩」。又曰、「隰桑有阿、其葉有幽。既見君子、德音孔膠」。夫婦人、以色親、以德固。姜氏之德行、可謂孔膠也。
頌曰、「嘉茲姜后、厥德孔賢。由禮動作、匡配周宣。引過推讓、宣王悟焉。夙夜崇道、爲中興君」。

武の迹を繼ぎて、周室の業を興し、卒に中興の名を成し、周の世宗と爲れり。

君子謂ふ、「姜后 威儀を善くして、德行有り。夫れ禮に、后・夫人君に御するや、燭を以て進み、君の所に至るや、燭を滅して房中に適く。朝服を脱ぎ、褻服を衣、然る後進んで君に御す。雞鳴に、樂師鼓を擊ちて以て旦を告ぐれば、后・夫人佩を鳴らして去る」と。

『詩』に曰く、「威儀抑抑たり、德音秩秩たり」と。又曰く、「隰桑阿しき有り、其の葉 幽き有り。既に君子を見れば、德音孔だ膠し」。夫れ婦人は、色を以て親み、德を以て固む。姜氏の德行、孔だ膠しと謂ふべきなり。

頌に曰く、「嘉きかな姜后、厥の德孔だ賢なり。禮に由りて動作し、周宣に匡配す。過を引きて推讓すれば、宣王焉を悟る。夙夜道を崇び、中興の君と爲れり」と。

通釈　周の宣王の姜后とは、斉侯の女で、宣王の王后であった。人柄はすぐれて徳はゆたかである。礼にあわぬことは語らず、礼にあわぬ行ないはなさなかった。宣王には、かつて早くから夜の娯しみの床について朝おそくになって起床し、王后や夫人（王の側妾）たちが一番雞が鳴く頃になっても寝間を退がらなくなったことがある。姜后は〔ある夜明けどきに〕寝間を退がると、しばらくして簪や珥をはずして、ふしだらの処罰を永巷（後宮の牢獄）において待った。その傅母をして王に言上し、「妾が至らぬばかりに、好き心が出てしまいました。王さまに礼を失なわせて遅くなってから朝廷にお出ましになるようにさせ、王さまが色好みになられて徳をお忘れになっていることを人びとに知らせてしまったのです。そもそももし色好みになったら、必ず派手好みになるでしょう。派手好みになれば、必ず快楽をきわめるようになるでしょう。快楽をきわめるのは、乱が起こる原因でございます。乱の原因をたどっていけば、婢子から起こっております。婢子が乱を起こしたのですから、その罪に服さねばなりません。あえて婢子の処罰をお願い申しあげます。ただ王さまのお下知のままに従いましょう」という。王はいった、「寡人が不徳だから、じつは自分から過りを犯したのだ。寡人から起こったことだ。そなたの罪ではない」。そこで姜后をもとに戻し、政務に務め、早朝から朝廷に出て夜遅くなって朝廷を退き、文王・武王の行跡をつぎ、周王室の祖業を復興させ、ついに中興の名声を揚げ、周の世宗となったのである。

　君子はいう、「姜后は威儀を立派にただし、徳行はゆたかであった。そもそも礼では、后(后王)や夫人(王の側妾)が君の夜の娯しみにおつかえするときには、燭をたずさえて進み、君のみもとに着いたなら、燭を滅して君の寝間に入る。礼服を脱ぎ、くつろぎの着物に着替え、それから進んで君の娯しみにおつかえする。一番鶏が鳴き、楽師が太鼓を撃って明けがたの訪れを告げたら、后や夫人は腰の佩玉を鳴らして退出することになっているのだ」と。

『詩経』には、「后の威儀はととのいて、徳の教えはつねに清し」という。また「沢辺の桑は麗しく、その葉は暗く生い茂る。この桑のごとき君子見れば、徳の教えはいと堅し」ともいっている。そもそも婦人は、容色で夫に愛され、徳によって夫婦仲を固めるものなのである。姜氏の徳行は、いとも堅固なものだったといえよう。

　頌にいう、「すばらしきかな姜后よ、その徳はなはだすぐれたり。礼によりてぞ振舞われ、周の宣王に匡しつつ添う。わが身に罪かぶり王后の位退かるれば、宣王も己が過りに気づきたまう。かくて早朝より夜更まで道をとおび、中興の君となりたまえり」と。

校異　1周宣姜后者　『御覧』巻一三五皇親部一引もこれにつくる。『後漢書』巻十上皇后紀論註引、朱熹『儀禮經傳通解』巻四家禮四内治引は者字なし。『文選』巻十九何晏・景福殿賦註引は周宣王姜后者につくる。　2齊侯之女、宣王之后也　諸本と『後漢書』皇后紀論註引、『御覧』には宣王之后の四字なし。『文選』景福殿賦註引にはあり。顧・王・梁の三校は、すでに景福殿賦註引にこの四字があることを指摘。王校は「今之を脱す」といって補うべきことを示唆する。蕭校は王・梁二校を襲う。『通解』内治引は二句八字ともになし。王校の示唆と他傳の體例の多くによって宣王之后の四字を補う。　3賢而有德、事非禮不言、行非禮不動　諸本と『通解』内治引はこれにつくる。

その他上掲文獻、別の諸引文獻にはこの三句十四字なし。ただし蕭校補曹校は『類聚』巻十五后妃・頌、『初學記』巻十皇后・頌引の曹植・賢明頌の「於鑠（あゝしやくタル）姜后、光配周宣、非義不動、非禮不言」の辭はこの辭にもとづくので、「行非禮不動」の禮字は義に改めよというが、蕭校補陳衍校は本傳の辭は「禮に由りて動作す」ということのみをいい、「義」には言及していぬとも論じ、改校に贊成していない。なお『論語』顏淵に、孔子の顏淵に對する教訓の語、「非禮勿言、非禮勿動」の語がある。

4宣王嘗早臥晏起　叢書本と叢刊・承應二本とは嘗字を常につくる。『文選』景福殿賦、『後漢書』皇后紀論・同上巻八十上文苑傳中の崔琦傳の諸註引、『御覽』『通解』內治の二引はこれにつくる。なお『後漢書』文苑傳註引は宣王の上に周字を付し、その前の諸句はない。常・嘗は通用字。早臥晏起を諸本はこれにつくるが、『通解』內治引は早臥而晏起の五字につくり、『文選』景福殿賦、『後漢書』文苑傳の二註引、『御覽』引は夜臥而晏起につくり、『後漢書』皇后紀論註引は夜臥晏起の四字につくる。さらに二句九字のみを引く『書鈔』巻二十五后妃部三誡節は、周宣嘗三字を上にそえて晏起二字のみにつくる。『藝文類聚』引賢明頌引は晏起早朝、『初學記』引賢明頌引は晏起失朝につくっている。王校は夜字を是というが、速斷はできない。早は早朝の意味に限定できぬからである。

5后夫人不出房　諸本と『後漢書』皇后紀論・『文選』景福殿賦の二註引、『御覽』、『通解』內治二引は出房二字の閒に於字あり。『後漢書』文苑傳註引にはこの句なし。

6姜后既出、乃脫簪珥　諸本は姜后脫簪珥の五字につくる。すでに顧校は、『後漢書』皇后紀論、『文選』景服殿賦の二註引に既出乃三字が加わることを指摘、王校も『後漢書』皇后紀論註引に既出酒（ママ）三字が加わり、同上・文苑傳註引に乃一字が加わることを指摘、梁校は『御覽』にも既出迺の三字が加わることを指摘する。さらに蕭校補曹校が『通解』內治引にも既出迺の三字が加わることを指摘する。これら多數の例により、しかく校改。乃・迺兩字の選擇は、筆者が據った傳本の乃字を採った。

7待罪於永巷　『文選』景福殿賦、『後漢書』皇后紀論・文苑傳等の註引もこれにつくり、『御覽』引は永字を誤脫する。4の『書鈔』引は姜后得罪の四字につくる。

8妾不才　備要・集注二本をのぞく諸本は妾之不才につくる。『文選』景福殿賦、『後漢書』皇后紀論・文苑傳の二註引、『御覽』、『通解』內治の二引も之字なし。梁校は上述諸文獻の一部を列擧、之字を衍字とみて校刪したのである。

9至使君王失禮而晏朝　『後漢書』文苑傳註引、『御覽』、『經傳』內治引はこれにつくる。『文選』景福殿賦註引は使君王を致君王につくり、『後漢書』皇后紀論註引は晏朝を晏起につくる。なお景福殿賦註引は後句の以見君王以下のすべての句なし。

10以見君王樂色而忘德也　『御覽』、『通解』內治二引は君王の下に之字あり。また忘德の忘字を志に誤刻する。

11夫苟樂色、必好奢、好奢、必窮樂、窮樂者、亂之所興也　諸本は夫苟樂色、必好奢窮欲、亂之所興也の三句十四字につくる。『通解』內治引はこれにつくる。『後漢書』皇后紀論・文苑傳二註引はこれら諸句より從婢子起にいたる該當句なし。『文選』巻三張衡・東京賦註引はこの箇處のみを引き、上に周宣王姜后曰の六字を加え、好奢必〔窮〕樂、窮樂者、亂之所興につくる。東京賦註引については、すでに顧・梁二校が言及、顧校は本傳の脫文を疑い、東京賦の李善註引そのものも、上の窮字を缺くことを補說する。おそらく正論であろう。よって〔　〕をそえた。梁校はたんに今文と違うことのみをいい、蕭校は梁校を襲う。蕭校補曹校は『通解』内治引の文を擧げる。ここの現行『列女傳』も、『文選』東京賦註引も、措辭は明らかに不足する。『通解』内治引によって校增した。12婢子生亂、當服其辜　諸本と『後漢書』皇后紀論・文苑傳の二註引、『御覽』引はこの二句なし。『通解』内治引にはあり、蕭校補曹校もこれを指摘。『通解』内治引によって校增する。　13敢請婢子之罪　諸本と『後漢書』文苑傳註引、『通解』内治引はこれにつくる。『後漢書』皇后紀論註引は敢請罪の三字につくる。梁校は『後漢書』皇后紀論註引に婢子之の三字なしという。蕭校は梁校を襲う。『御覽』にはこの句なし。　14唯君王之命　諸本と『後漢書』文苑傳註引、『御覽』引にはこの句なし。『後漢書』皇后紀論註引、『通解』内治引にはあり。梁校は『後漢書』（皇后紀論）註引にこの句ありといい、蕭校補曹校もこれに言及、さらに『通解』内治引にあることを指摘する。皇后紀論註引、内治引によって校增する。　15實自生過　叢書本と『通解』内治引は寔自生過に、叢刊、承應二本は寔自有過につくる。『御覽』引はこれにつくる。『後漢書』皇后紀論・文苑傳の二註引にはこの句なし。　16從寡人起、非夫人之罪也　諸本と『後漢書』皇后紀論・文苑傳の二註引、『御覽』引は從寡人起の一句なし。『通解』内治引にこの句あり。これにより校增。なお『後漢書』皇后紀論註引はこの兩句を寡人之過、夫人何辜につくる。梁校はこれを指摘し、蕭校は王校を襲う。また『御覽』引はこの二句で終り、遂復姜后以下の句なし。　17遂復姜后、而勤於政事、早朝晏退、繼文武之迹、興周室之業、卒成中興之名、爲周世宗　諸本は遂復姜后、而勤於政事、早朝晏退、卒成中興之名の四句十九字につくる。『後漢書』皇后紀論註引は、遂勤政事、成中興之名焉の二句十字につくり、同上・文苑傳註引は王乃勤於政、早朝晏罷、卒成中興焉の三句十四字につくる。この一段中の繼文武之迹、興周室之業の二句九字と爲周世宗の一句四字は『通解』内治引のみにあるが、文意はこれら三句を補ってこそ完結し、かつ『通解』内治引の他の四句は、現行『古列女傳』諸本に一致する。これが原本にもっとも近い措字であったろう。よって、三句を校增する。蕭校補曹校のみがこの追加三句の存在に言及する。　18后夫人御於君、以燭進、至於君所、滅燭適房中、脱朝服、衣褻服、然後進御於君、雞鳴、樂師擊鼓以告旦、后夫人鳴佩而去　傳伏勝撰『尚書大傳』遺文（『毛詩正義』召南・小星疏引・『通解』内治引）には「古者、后夫人將侍君前、息燭後舉、獨至房中（息燭後擧燭、至于房中）、釋朝服、襲燕服、然後入御於君、鷄鳴、大（太）師奏鷄鳴於階下（于陛下）、然後夫人鳴佩玉於（于）房中、告去（告去也）」とある。この一段は、その改竄である。顧校は樂師擊鼓を『大傳』には大師奏鷄鳴于堦下（ママ）につくることを指摘、王・梁二校は佩字を佩玉につくることを指摘、蕭校は王校を紹介するが、一段全體が『大傳』と「小異」の關係にあることをも論じている。かつ佩は珮（佩玉・環佩）の意味もあるので、改校の必要はなかろう。

語釈　○周宣　周第十一代の王姫靜。在位八二八～七八二B.C.。父厲王姫胡の暴政、共伯和の王位代行の周室衰退のあとを承けて即位、召公虎・周公敖の好輔佐により、文・武・成・康諸王の遺風を法（てほん）として諸侯を従わせ、名相尹吉甫（いんきっぽ）を用いて北狄玁狁（けんいん）の侵入を阻止し、韓侯を北の侯伯として北地を安定させ（大雅・韓奕）、名相仲山甫に山東に築城させ（大雅・烝民）、南方の荊蛮（湖北省方面）・徐夷（淮水流域）を攻略（大雅・江漢・常武）、「周室中興」（前掲・烝民の詩序）の業を讃えられた。だがあいつぐ戦争で兵力を消耗、徴兵のための人口調査を強行、籍田を怠ったり、羌・氏の戎に敗北、晩年は国力の衰退を招いた（『国語』巻一周語上・『史記』巻四周本記）。　○斉侯之女　斉は姜姓。それゆえヒロインは姜后とよばれる。本譚が実話とすれば、この斉侯は斉開国の祖太公望呂勝の五代の孫武公姜寿（在位八五一～八二四B.C.）が年代的に該当する。彼は宣王即位前の周室混乱の共和期を経験しており、賢妻のヒロインを育てた父にふさわしい。　○早臥晏起　房事の娯しみに溺れて早く寝床につき早朝の政務に遅れて起床した。　○后夫人　王后とその次位に立つ王の側妾たち。　○脱簪珥　簪は冠をとめるこうがい（かんざし）、珥は耳玉。簪珥を脱すとは処罰を請い謹慎する礼法。　○待罪於永巷　待罪は処罰を待つこと。永巷は、王・梁二註が堂塗（堂の下より門に至る径）、宮中の署の名（掖庭つまり後宮）の両説を紹介、後者を支持。蕭註が堂塗、後宮内の道という説を述べるが、ことさら処罰を待つ場ではない。ここは罪ある宮女を幽閉する後宮内の牢をいうのではあるまいか。『史記』巻七十九范雎伝・正義に宮中の獄という。もっとも、第二話斉桓衛姫譚では、母国に対する斉の桓公の怒りのとりなしを、衛姫は堂下で行なっているから、その地点を含む堂塗でも解釈は成りたつ。だがそれなら、堂下の語を用いればよい。二二六～二二七ページ参照。　○傅母　君侯の妻女の指導にあたる守役。　○不才　至らぬこと。　○見　現（あらわれる・あらわす）におなじ。　○晏朝　朝廷臨席に遅れる。　○原　原因を追求する。　○婢子　原意は女奴隷。女性の一人称謙称。蕭註は『礼記』曲礼下の「世婦（君侯の側妾の一階級）より以下は自ら称して婢子と曰ふ」を引く。姜后は、みずから王后の位を失った犯罪者として、この人称を用いたのである。　○寡人　君主の一人称謙称。　○復姜后　みずから王后位を降りた姜后をふたたび王后とした。
○文武之迹　周王室を興した文王姫昌、武王姫発の業跡。　○卒成中興之名　中興は、ふたたび盛んにすること。名は名声。『詩経』大雅・烝民の詩序に、宣王は「賢に任じ能を使へば、（賢者を信任し有能の人材を使ったので）、周室中興す（周王室がふたたび盛んになった）」という。　○世宗　廟号（位牌の順位に功・徳頌賛の意をそえた天子の号）の一つ。宗は徳を頌える呼称。一世を盛んにした有徳の天子。　○威儀　礼にかなった容姿や振舞い。　○礼　『尚書大伝』中の語を指す。校異18参照。　○御於君　天子の寝間につかえる。　○朝服　礼装。　○褻服　燕服＝くつろぎの服装。　○雞鳴　一番鶏が鳴く頃。　○楽師撃鼓　楽師は音楽を司る官。撃鼓は太鼓を撃って時刻を知らせる。　○告旦　夜明けを告げる。　○鳴佩　佩は珮（おびだま）におなじ。貴人は腰に下げた環佩・佩玉の音によって歩調をととのえ、威儀をただした。　○詩曰　『詩経』大雅・仮楽の語。抑抑は毛伝に美、鄭箋に密といい、秩秩は毛伝に常有ることといい、鄭箋に清といい、徳音を鄭箋は教令と解する。訳文は通釈のごとくであるが、句の含意について、鄭箋は、「威儀致密にして失ふ所無く、教令又清明、天下皆之を仰ぎ云云」という。仮楽篇は毛伝によれば周の第三代の王成王姫誦の賛歌。

鄭箋のこの句解の主語も成王だが、劉向は主語を姜后に移して、この種の句解をとっていると思われる。　〇又曰　『詩経』小雅・隰桑の句。隰は沢地。阿は毛伝に美、幽は毛伝に黒色（葉が暗く茂る色）、膠は毛伝に固といい、徳音は鄭箋に教令という。訳文は通釈のとおりだが、下聯「既見君子、徳音孔膠」の含意について、鄭箋は、「君子位に在れば、民附ひて之を仰ぐ。其の教令の行、甚だ堅固なり」という。劉向もこの種の句解をとっていると思われる。　〇以徳固　徳によって夫に信頼と尊敬の感情をもたせて、夫婦仲を固める。
〇嘉玆　何とすばらしいことよ。玆は只・哉とおなじ詠歎の語気詞。　〇匡配周宣　匡は匡救（匡正し救う）、配は配匹（妻としてつれそう）。周の宣王の過りを正して伴侶として尽した。　〇引過推譲　宣王の過をわが身に引き受け、王后の位を辞退しようとした。
〇夙夜　早朝から夜おそくまで。

韻脚　〇賢 ɦen（26真部）　◎宣 siuan・焉 ɦian（20元部）　◉君 kiuən（23文部）三韻合韻一韻到底格押韻。

余説　一見他愛なく、また生々しい卑近な話しである。だが成帝劉驁の好色による前漢朝の衰退に対する諷諫の書としての『列女伝』の中では、本譚はもっとも基本的な后妃の日常道徳を説く重要な教訓譚の一である。「色を以て親しまれる女性は、一夫一妻多妾制度のもとでは、夫の親愛を増すために、夫の性衝動のままに身を任せ、性衝動を挑撥せざるを得なかった。「徳を以て〔夫婦仲を〕固め」ることが家・社会・国家のためには必要とされながら、この家の制度と夫の好色があるかぎりは難事であり、とくに天子・国君の後宮においては至難事であった。天子・国君の房事の乱れは朝政・国務の乱れに発展する。その阻止を礼教は苦しい立場にある后妃・夫人に要求した。朝政・国務の規律を守るために后・夫人（后妃）の鶏鳴時の寝所退出の礼が定められ、国君夫人の鶏鳴時の起床の礼が説かれた（『詩経』斉風・雞鳴・毛伝の解）のである。本譚はその要求を一層厳格に説いたものである。

　なお本譚については崔述『豊鎬考信録』巻七が言及、「此の事未だ有無を知らず」と史実性を疑い、文は後人により敷衍されたもので、実話とすれば宣王即位初年のことと論じた上、『詩経』小・大雅の宣王賛美の諸篇が誇張された頌揚の語で、ことごとくは信じがたいこと、『国語』周語の宣王失徳の暗君像も諫誡を目的とした後人の敷衍の結果によるものだが、晩年の失徳は事実であること等を述べている。

二　齊桓衞姬

衞姬者、[1]衞侯之女、齊桓公之夫人也。[2]桓公好淫樂、[3]衞姬爲之[4]不聽鄭・衞之音。[5]桓公用管仲・寧戚、[6]行霸道。諸侯皆朝、而衞獨不至。桓公與管仲謀伐衞。罷朝[7]入閨。衞姬望見桓公、脫簪・珥、解環佩、[8]下堂再拜曰、「願請衞之罪」。桓公曰、「吾與衞無故。姬何請耶」。[9]對曰、「妾聞之、『人君有三色』。顯然喜樂、容貌淫樂者、鐘鼓・酒食之色。寂然清靜、意氣沈抑者、喪禍之色。忿然充滿、手足矜動者、攻伐之色』。今妾望君、擧趾高、色厲音揚。[10]意在衞也。是以請也」。[11]桓公許諾。明日臨朝、管仲趨進曰、「君之涖朝也、[12]恭而氣下。言則徐、無伐國之志。是釋衞也」。桓公曰、「善」。乃立衞姬爲夫人、號管仲爲仲父、曰、「夫人治內、管仲治外。

衞姬なる者は、衞侯の女、齊の桓公の夫人なり。桓公淫樂を好めば、衞姬 之が爲めに鄭・衞の音を聽かず。桓公 管仲・寧戚を用ひ、霸道を行ふ。諸侯皆朝すれども、衞のみ獨り至らず。桓公 管仲と衞を伐たんと謀る。朝を罷めて閨に入る。衞姬 桓公を望見す。簪・珥を脫し、環佩を解き、堂を下りて再拜して曰く、「願はくは衞の罪を請はん」と。桓公曰く、「吾衞と故無し。姬何をか請ふや」と。對へて曰く、「妾之を聞く、『人君に三色有り。顯然として喜樂し、容貌淫らに樂む者は、鐘鼓・酒食の色なり。寂然清靜し、意氣沈み抑ふる者は、喪禍の色なり。忿然充滿し、手足矜動する者は、攻伐の色なり』と。今妾 君を望むに、擧趾高く、色厲しく音揚る。意は衞に在るなり。是を以て請ふなり」と。桓公許諾す。明日朝に臨むや、管仲趨り進みて曰く、「君の朝に涖むや、恭〻しくして氣下まる。言へば則ち徐かに、國を伐つの志無し。是れ衞を釋せるなり」と。桓公曰く、「善し」と。乃ち衞姬を立てて夫人と爲し、管仲を號して仲父と爲し、曰く、「夫人 內を治め、管

寡人雖愚、足以立於世矣」。

君子謂、「衞姫信而有行」。[13]『詩』曰、「展如之人兮、邦之媛也」。此之謂也。

頌曰、「齊桓衞姫、忠款・誠信。公好淫樂、姫爲脩身。[14]望色請罪、桓公加焉。[15]厥使治內、立爲夫人」。

仲外を治む。寡人愚と雖も、以て世に立つに足る」と。

君子謂ふ、「衞姫 信にして行有り」。『詩』に曰く、「展に之の如きの人は、邦の媛なり」と。此の謂ひなり。

頌に曰く、「齊桓の衞姫は、忠款にして誠信なり。公 淫樂を好むや、姫爲めに身を脩む。色を望みて罪を請ひ、桓公 焉を加す。厥れ内を治めしめ、立てて夫人と爲す」と。

通釈 衛姫とは、衛侯の女、斉の桓公の夫人（諸侯の正室）である。桓公が淫らな音曲が好きなので、衛姫はそのために鄭や衛の音曲を聴かぬようにした。桓公は管仲や寧戚をもちい、覇者の道をおし進める。諸侯がみな朝見に参ずるようになったが、衛ただ一国のみがやってこない。桓公は管仲と衛を伐とうと策謀した。朝議をやめて後宮への門を入ったときのことだ。衛姫が桓公を遠くから見ていた。彼女は簪と珥をはずし、環佩をほどき、堂を降りて丁重に頭を下げていったのである、「衛の罪のおゆるしをお願い申しあげます」。桓公は、「わしは衛と事を構えたりはしていない。そなたは何を願おうというのだ」という。すると〔衛姫〕は答えて、「妾は、『国君には三とおりの顔色がある。誰はばかることなく嬉しげに音曲にふけり、容貌に好き心を漂よわせて楽しげなのは、音曲や酒食に呆けている顔色である。寂しげに静かに、気が滅入ってふさぎこんでいるのは、死の災いを悲しんでいる顔色である。むっと怒りに満ち、手足が激昂に震えているのは、戦を決意している顔色である』と聞いております。さて今、妾が殿を遠くから拝見しておりますと、足どりは高く、顔色は険しくお声は荒だっていらっしゃいます。お心が衛の討伐にむけられているのです。そこでお願い申しあげようとした次第でございます」といった。桓公は〔衛をゆるすことを〕承知した。翌日 朝議に臨むと、管仲が小走りに進みでて、「殿の今日の朝廷に臨まれるさまは、うやうやしげでお心が落ちついておいでです。ご発言をなさればゆったりとされ、他国を伐とうというお心をなくされましたな。衛をおゆるしになったのでございますな」という。桓公は、「そのとおりじゃ」といった。かくて衛姫を立てて夫人（正室）とし、管仲には尊号を賜わって仲父とよぶことにし、「夫人が後宮を治め、管仲が外廷を治めてくれる。寡人は愚かでも、世に立っていけるのだ」といったのであった。

君子はいう、「衛姫は誠信あり徳行ゆたかであった」と。『詩経』にも、「まことにかくのごとき人は、国の恃みの助け人なり」といっている。これは衛姫のごとき人の徳を詠っているのである。

頌にいう、「斉の桓公夫人の衛姫こそ、真心あつく誠あり。桓公　淫らな音曲に溺れれば、衛姫はために身を修めて音曲を絶つ。桓公の顔色を見て母国の罪とりなし、桓公はこれをよしとす。かくて衛姫をして後宮を治めしめ、立てて正室の位に即けたり」と。

校異　*本譚の中心部分は、『呂氏春秋』審應覽精諭・重言、『韓詩外傳』巻四第五話、『淮南子』説山訓『管子』小問等の諸篇に見える説話で構成。顧・王・梁・蕭の諸校は斷片を恣意的に一部的に校異に當てているが、各篇閒の小異は多數あり、相違點も大きい。逐一それらを示すことは適當ではない。主原話二點の抜抄を〔餘説〕に示し、他は不問に付すことにする。◎1衞姫者　王・梁二校は、『文選』巻五十六張華・女史箴註引には齊侯の二字が加わることを指摘。蕭校は二校を襲うが、校增の必要はない。第三話晉文齊姜、第四話楚莊樊姫、第七話宋鮑女宗等いずれも配偶者の名を冠せぬものがあり、本傳は體例破りとはみなせぬからである。　2也　諸本にはあり。『文選』註引になし。　3桓公好淫樂　『文選』註引もこれにつくる。『後漢書』巻八十四列女傳・周郁の妻の傳註引には、齊桓公好音樂につくる。梁校はこれを指摘、蕭校も梁校を襲う。　4爲之　『文選』註引、『後漢書』註引は之字なし。　5鄭衞之音　音字を『文選』註引は聲につくる。『後漢書』註引は鄭衞之音四字を五音二字につくり、以諫公三字を加える。梁校はすでにこの事を指摘、蕭校も梁校を襲う。『文選』『後漢書』兩註引は、桓公用云云の後句以下すべてなし。　6覇道　叢刊・承應二本は伯道につくる。　7罷朝　叢刊・承應二本は朝一字につくる。　8環佩　叢書本と叢刊・承應二本は佩字を珮につくる。　9耶　備要・集注二本はこれにつくる。他本は邪につくる。　10揚　叢刊本のみ楊につくる。　11也　叢刊本のみ之につくる。　12涖　備要・集注・叢書・考證の四本は莅に、叢刊・承應二本は蒞につくる。補註本は涖につくる。正字の涖に改める。　13此之謂也　諸本はこの四字なし。本巻には第一話周宣姜后のごとく、詩贊のあとに姜氏之德行、可謂孔膠也とか、第四話秦穆公姫や第八話晉趙衰妻のごとく、則穆姫之謂也とか趙姫之謂也とかいった破格の總括をそえるものもあるが、いずれにせよ詩贊には總括がそえられるのが體例のきまりである。よって一般的總括句として、この四字を補った。　14脩身　備要・集注二本はこれにつくる。他本は修身につくる。　15加焉　諸本はこれにつくるが、王校は加字を嘉に改めよという。いっぽう梁校は嘉・加は古くは通じたといい、蕭校は兩説を併擧する。加・嘉は上古音ともにkăr（十八歌部）、形聲・音通の文字として喜の意味を兼ね得る。改校の必要はない。

語釈　○斉桓　春秋五覇の一人、斉の桓公姜小白。在位六八五?—六四三B.C.。弟の糾と斉の第十五代国君位を争ってこれを降し、その臣管仲を相に迎え、富国強兵策を推進。夷狄の侵略を打ち攘い、その侵略で亡びかけた邢や衞を復興。六五一B.C.、癸丘（河南省商丘県）の会盟で中原諸国同盟の長—覇者—となり、周王朝の権威を守った。ただし彼は淫癖おさまらず多数の寵姫を擁し、没後、後継者争いを起こさせている。　○衛姫　桓公の夫人に相当する者は、『左伝』僖公十七年秋の条に二人挙がっている。以下にその抜抄をしるす。「斉侯之夫人三。（詈）皆無子。斉侯好内、多内寵、内嬖（内寵・内嬖ともに寵姫）如夫人者六人。長衞姫生武孟、少衞姫生恵公、鄭姫生孝公、葛嬴生昭公、密姫生懿公、宋華子生公子雍。公与管仲属孝公於宋襄公、以為太子。雍巫（易牙）有寵於衞恭姫（長衞姫）、因寺人（宦官）貂、以薦羞（料理）於公、亦有寵。公許之立武孟。（桓公は易牙にも武孟の立太子を許した）。管仲卒、五公子皆求立」。顧註はこの記事の一部を引いて、本譚のヒロインを長衛姫と断じるが、賛成し難い。『左伝』の他箇所にも、この文中にも長衛姫を夫人に立てたことはしるされていないし、長衛姫の子は正式には太子に立てられていず、易牙の策謀で不確かな立太子の密約を得たのみであり、賢明を謳われた母の子の処遇ではないからである。　○衛姫為之不聴鄭衛之音　鄭・衛の音とは、衛姫の出身地の音曲。淫楽といわれ、『礼記』楽記には「鄭・衛の音は世を乱す音、慢に比ぶ（人心を放蕩・散慢にひきずりこむ）」といわれ、『呂氏春秋』孟春紀本生には、「靡曼・皓歯（肌滑らかで歯の美しい美女）、鄭・衛の音は、務めて以て自ら楽む。之に命けて伐性の斧（生命を落とす斧）と曰ふ」とも酷評されている。訳文は通釈のとおり。『文選』註引の曹大家註に、「衛国淫佚の音を作す。衛姫　桓公の好むを嫉む。是の故に聴かずして、以て桓公を励ますなり」という。　○管仲・寧戚　管仲は諱夷吾、字敬仲。河南省を流れる潁水のほとりの人。『史記』巻六十二管仲の伝・正義引韋昭註ならびに索隠註。没年六四五B.C.。斉の桓公姜小白につかえて富国強兵につとめ、桓公の覇業を達成させた。彼の思想・政策をつたえる書として『管子』二十四巻がある。寧戚は衛の人。家貧しくして斉につかえるために人の荷馬車推しまでしたが、桓公に認められて斉の上卿に抜擢された。二人の詳しい事跡は下巻の巻六辯通伝の本文、〔語釈〕1・3、〔余説〕参照。

○罷朝　朝政を終える。　○閨　王註は宮中（後宮）の小門という。蕭註は『説文』を引き、特立の戸、上圜く下方。圭に似たる有りというが、不適切。　○脱簪珥　第一話の註五（二二四ページ）参照。　○解環佩　脱簪珥と同様、処罰を請い、謹慎の意を表わす行為。環佩は貴人が腰に下げ、その音で歩調をととのえ、威儀をただした装飾品。　○無故　故は事故。事故をおこしていない。事を構えていない。　○三色　三種類の顔色、表情。　○顕然喜楽　顕然は誰はばかることもなくはっきりと。喜楽は嬉しげに音曲にふける。　○鐘鼓酒食之色　音曲や酒食に遊び呆けている顔色。　○寂然清静、意気沈抑　寂しげに静かに、気が滅入る。　○喪禍之色　喪禍は人が死ぬ禍い。死の災いを恐れる顔色。　○忿然充満　忿然はムッとする怒りの気。怒りに充ちる。　○矜動　矜は激昂する。動は動揺する。　○挙趾高　足どりが高い。　○色厲音揚　顔色が険しく声が荒だつ。　○意在衛　意志が衛〔の討伐〕

にむけられている。　○趨進　小走りに進み出る。臣下が君前に出るときの礼法。　○涖朝　朝廷にのぞむ。　○気下　気持がしずまる。　○徐　しずかで落ちついている。　○善　同意を表わす語。そのとおりである。　○仲父　父は音ホ（慣用音）。男性の尊称。管仲の諱敬仲（又は）仲にちなんでこう尊ぶ。　○詩曰『詩経』鄘風・君子偕老の語。展は毛伝に誠なりという。媛は毛伝に美女の意にとるが、鄭箋は「邦人の依倚し援助する所の者なり（国人が恃みにし依り所にする人）」という。訳文は通釈のとおり。なお王先謙『詩三家義集疏』巻三中は、この鄭箋は魯説を用いたもので、魯詩では媛は結昏援助の義にとるのだという。　○忠款　真心に厚く切なること。　○誠信　誠も真心を意味するが、虚偽ならざること。信は信義をとおすこと。

韻脚　○信 sien・身 thien・人 nien（26真部）　◎焉 fian（20元部）　二部合韻一韻到底格押韻。

余説　本譚より第五話までは春秋の覇者たちの夫人の伝。彼らの成功の傍らには賢夫人の内助や賢姉妹の後援があったことを述べ、国政への女性の干与の重要性を印象づける諸篇である。天子・国君が治政の任を果し得るのは輔弼の賢臣、内助の賢后・賢夫人両者があってのことである。巻一第五話湯妃有㜪のうちに見えるこの主張を（一一六～一一七ページ）、本譚は国君桓公みずからに語らせている。さらに本譚は国君夫人が夫の素行を諫言で矯した功を説くとともに、夫家と母家との戦いを、罪をおのが身に引き受けて阻止したことを語り、出嫁した女性の母家に対する孝道の必要をも諭している。こうした母家に対する孝道を説く話は、第四話秦穆公姫（二三八～二四〇ページ）にも見られる。

本譚の核を構成する説話は、①『呂氏春秋』審応覧精諭にあり、さらに登場人物や国名を異にする別の譚が衛姫のこととして合成されている。古出の例として蕭註指摘の②同上・審応覧重言を①とともに、校異も兼ねて特に旧体字で示す。なお②の系統に属する同様の話は『管子』小問（梁注指摘）、『韓詩外伝』（巻四第五話）（蕭註指摘）、『説苑』権謀、『論衡』知実の諸篇に見え、『管子』では、蕭校も指摘のごとく東郭牙の牙字は郵につくられている。

①齊桓公合諸侯。衞人後至。公朝而與管仲謀伐衞。退朝而入、衞姬望見君、下堂再拜、請衞君之罪。公曰、「吾于衞無故。子曷爲請」。對曰、「妾望君之入也、足高氣强。有伐國之志也。見妾而有動色、伐衞也」。明日君朝。（略）管仲曰、「君舍衞乎」。公曰、「仲父安識之」。管仲曰、「君之揖朝也恭、而言也徐、見臣有慚色。臣是以知之」。君曰、「善。仲父治外、夫人治內。寡人知終不爲諸侯笑」。云云。＊桓公の評が本譚と異なり、管仲を夫人の前においている。

②齊桓公與管仲謀伐莒。謀未發而聞于國。桓公怪之。曰、「與仲父謀伐莒、謀未發而聞于國。其故何也」。管仲曰、「國必有聖人也」。（略）少頃、東郭牙至。（略）管仲曰、「我不言伐莒、子何以意之」。對曰、「臣聞、君子有三色。顯然喜樂者、鐘鼓之色也。湫然清靜者、衰絰之色（喪服を身につけたような様子）也。艴然（怒りでムッとして）充盈、手足矜者、兵革之色

也。日者臣望君之在臺上也、艴然充盈、手足矜者、此兵革之色也。君呿而不唫、所言者莒也。君擧臂而指、所當者莒。臣竊以慮諸侯之不服者、其惟莒乎。故臣言之。

三晉文齊姜

齊姜、齊桓公之宗女、晉文公之夫人也。初文公父獻公、納驪姬譖殺太子申生。文公號公子重耳。與舅犯奔狄、適齊。[1] 齊桓公以宗女妻之、遇之甚善。有馬二十乘。[2] 將死於齊、[3] 曰、「人生安樂而已。誰知其他。」[4] 子犯知文公之安齊也。[5] 欲行而患之。與從者謀於桑下。蠶妾在焉。妾告姜氏。[6] 姜氏殺之、而言於公子曰、

「從者將以子行。聞者、吾已除之矣。[7] 公子必從、[8] 不可以貳。[9] 貳無成命。自子去晉、晉無寧歲。[10] 天未亡晉。有晉國者、非子而誰。子其勉之。『上帝臨子』。貳必有咎」。[11]

齊姜は、齊の桓公の宗女、晉の文公の夫人なり。初め文公の父獻公、驪姬の譖を納れて太子申生を殺せり。文公は公子重耳と號す。舅犯と狄に奔り、齊に適く。齊の桓公、宗女を以て之に妻し、之を遇すること甚だ善し。馬二十乘有り。將に齊に死せんとして、曰く、「人生は安樂のみ。誰か其の他を知らん」と。子犯 文公の齊に安んぜんことを知る。行らんと欲して之を患ふ。從者と桑下に謀る。蠶妾焉に在り。妾 姜氏に告ぐ。姜氏之を殺して、公子に言ひて曰く、

「從者將に子を以へて行らんとす。聞く者、吾已に之を除けり。公子必ず從ひ、以て貳ふべからざれ。貳へば命成ること無し。子 晉を去りてより、晉に寧らかなる歲無きも、天未だ晉を亡ぼさず。晉の國を有つ者は、子に非ずして誰ぞ。子其れ之を勉めよや。『上帝 子に臨めり』となり。貳へば必ず咎有らん」と。

公子曰、「吾不動。必死於此矣。[12]」姜曰、「不可。『周詩』曰、『莘莘征夫、毎懷靡及。』夙夜征行、猶恐無及。況欲懷・安、將何及矣。人不求及、其能及乎。[13]亂不長世。公子必有晉。[14]」

公子不聽。姜與舅犯[15]謀、醉載之以行。酒醒。[16]公子以戈逐舅犯[17]曰、「若事有濟則可。無所濟、吾食舅氏之肉、豈有饜哉。[18]」遂行、過曹・宋[19]・鄭・楚而入秦。

秦穆公乃以兵內之於晉。晉人殺懷公、而立公子重耳。是爲文公。迎齊姜以爲夫人。[20]遂霸天下、[21]爲諸侯盟主。

君子謂、「齊姜潔而不瀆。能育君子於善。」

『詩』曰、「彼美孟姜、[22]可與寤言。[23]」此之謂也。

頌曰、「齊姜公正、言行不怠。勸勉晉文、『反國無疑』。公子不聽、姜與犯謀。醉而載之、卒成霸基。[24]」

公子曰く、「吾は動かず。必ず此に死せん」と。姜曰く、「可ならず。『周詩』に曰く、『莘莘たる征夫、毎に懷はば及ぶ靡からん』と。夙夜征行するも、猶ほ及ぶ無きを恐る。況んや懷・安を欲すれば、將た何ぞ及ばんや。人は及ばんことを求めずんば、其れ能く及ばんや。亂は世に長からず。公子必ず晉を有たん」と。

公子聽かず。姜　舅犯と謀り、醉はしめて之を載せて以て行らしむ。酒醒む。公子　戈を以て舅犯を逐ひて曰く、「若し事濟ること有れば則ち可なり。濟る所無くんば、吾は舅氏の肉を食ふとも、豈に饜くこと有らんや」と。遂に行り、曹・宋・鄭・楚に過ぎりて秦に入る。

秦の穆公乃ち兵を以ゐて之を晉に內る。晉人　懷公を殺して、公子重耳を立つ。是れ文公爲り。齊姜を迎へて以て夫人と爲す。遂に天下に霸たりて、諸侯の盟主と爲れり。

君子謂ふ。「齊姜は潔くして瀆さず。能く君子を善に育む」と。

『詩』に曰く、「彼の美しき孟姜は、與に寤言すべし」と。此の謂ひなり。

頌に曰く、「齊姜は公正、言行は怠らず。晉文を勸勉し、『國に反れ、疑ふ無かれ』といふ。公子聽かざれば、姜は犯と謀る。

酔はしめて之を載せ、卒に霸基を成せり」と。

通釈 斉姜は、斉の桓公姜小白の一族の女で、晋の文公重耳の夫人（諸侯の正室）である。そのはじめ　文公の父献公詭諸は、驪姫の讒言を入れて、太子の中生を殺した。当時文公は公子重耳とよばれていた。重耳は舅の子犯と狄に亡命して、斉に身をよせることになった。桓公は一族の女を彼にとつがせ、ねんごろにもてなした。馬も八十頭があたえられる。重耳は斉に骨を埋めようとし、「人生は安楽だけだ。ほかの事はどうでもよい」といいだす。子犯は文公が斉で腰を落ちつけようとするのを知った。この地を去りたいので気が気ではない。従者たちと桑の木の下で相談しあった。蚕を世話する下女がそこに居あわせた。下女が姜氏にこの事を告げる。姜氏は彼女を殺して、公子にいった、

「従者の方がたは殿をおつれしてこの地を去ろうとしておいでです。これを聞きつけた者は、わたしがすでに除きました。公子は絶対に皆さまに従い、疑ってはなりません。お疑いになれば天命は成就されないのです。殿が晋を去られてから、晋には平和な年がないのに、天は晋を亡ぼされません。この晋国を治めてゆける方は、殿以外にどなたかおいででしょうか。殿にはどうか真剣になられますように。『上帝　殿に味方したまう』なのです。疑ったりされたら罰があたりましょう」。

公子は、「わしは動かん。必ずこの地に骨を埋めるのだ」という。姜はいった、

「いけません『周詩』にも『衆多なる使いの臣も、私事懐いては使命ならずと憂う』と詠っておりましょう。早朝から夜おそくまで旅をつづけても、なお使命の達成されぬのを恐れるものなのです。まして女色や安楽を思われますなら、事はどうして成就しましょうか。人は成就を求めなければ、成就することができるでしょうか。乱世は長びきません。公子はきっと晋を統治されることになりましょう」。

公子は聴きいれない。姜は舅の子犯と相談し、酔いつぶして彼を車に載せて斉の国外に去らせた。酔いが醒める。公子は戈を手にして舅の子犯を逐って、「もし事が遂げられればよい。遂げられなかったら、わしは舅上の肉を食っても、満足することがあろうか」といった。ついに去り、曹・宋・鄭・楚の各国に立ちよって秦に入った。

秦の穆公任好はそこで兵を率いて彼を晋に送りこんだ。晋の人びとは懐公圉を殺して、公子重耳を国君に立てた。これが文公である。文公は斉姜を迎えて夫人とした。ついに天下に覇をとなえて、諸侯の盟主となったのである。

君子はいう、「斉姜は愛欲を貪らず、妻たる者の職責を瀆さず。夫を正しく導き伸ばし得たり」と。『詩経』には、「かの美しき孟姜は、さしで話しがしたいもの」という。これは斉姜のごとき女性について詠ったものである。

頌にいう、「斉姜は心がけは公正に、言葉・行ないともに引き緊む。晋の文公に勧めて勤めしめ、『いざ国に帰りたまえ、うたがうことなかれ』という。公子聴きいれざれば、姜は舅の子犯と謀る。酔わしめて公子を車に載せ、ついに覇業の基いを成せり」と。

校異　1適齊　『國語』巻十晉語四は遂適齊につくる。『左傳』僖公二十三年冬の條には及齊に、『史記』巻三十九晉世家惠公十四年の條には至齊につくる。　2齊桓公以宗女妻之、遇之甚善、有馬二十乘　『國語』は齊侯妻之、甚善焉、有馬二十乘につくる。『左傳』は齊桓公妻之、有馬二十乘につくる。『史記』は齊桓公厚禮、而以宗女妻之、有馬二十乘につくる。『國語』を基本としつつ『史記』の以宗女妻之一句を『史記』より採ったのであろう。蕭校は、本譚文頭において、齊姜、齊桓公之宗女とするのは『史記』に本づくと指摘する。　3將死於齊　『國語』は將死於齊而已矣につくる。『左傳』は公子安之につくる。『史記』は重耳安之につくり、さらに五句を隔て、重耳愛齊女、毋去心の八字を加える。顧校は、この句以下の文は『國語』の文というが、必ずしもそうではない。下の各條を參照されたい。蕭校は、たんに『史記』は愛齊女、無去志につくるという。　4曰、人生安樂而已、誰知其他　諸本はこれにつくる。『國語』は人生二字を民生につくる。『左傳』『史記』はこの句以下、大いに本譚と異り、該當句が存在しても位置が違っている。そのすべてにわたる記録は無意味。要點のみにとどめる。『史記』の該當句は後條12の上にあり、重耳曰、人生安樂、孰知其他につくる。　5子犯知文公之安齊也　『國語』は子犯知齊之不可以動、而知文公之安齊、而有終焉之志也の三句二十三字につくる。　6蠶妾在焉、妾告姜氏、姜氏殺之　叢書本は蠶妾を蠢妾に誤刻する。また諸本は姜氏殺之の姜氏を姜一字につくる。『國語』は蠶妾在焉、莫知其在也、妾告姜氏、姜氏殺之の四句十七字につくる。『國語』により姜を姜氏に改める。『左傳』は蠶妾在其上、以告姜氏、姜氏殺之につくる。『史記』は齊女之侍者在桑上聞之、以告其主、其主乃殺侍者の二十字につくる。蕭校は第一句を『史記』が齊女侍者在桑上につくると指摘する。　7從者將以子行、聞者、吾已除之矣　叢刊・承應の二本は聞字を古文（『玉篇』巻四）の沓につくる。『國語』は聞者以下の句を、其聞之者、吾以除之矣につくる。『左傳』は子有四方之志、其聞之者、吾殺之矣につくる。『史記』にはこの該當句なし。　8公子　『國語』は子一字につくる。『左傳』、『史記』にはこの該當句なし。　9貳　叢刊・承應二本のみ數字の二につくるが、兩本の他の體例からみて、上句貳の反復記號〻の誤刻であろう。　10自子去晉、晉無寧歲　『國語』もこれにつくるが、この句の前に詩云、上帝臨女、無貳爾心、先王知之矣、貳將可乎、子去晉難而極於此の六句二十七字あり。また後に民無成君、天未喪晉、無異公子の三句十二字あり。『左傳』『史記』にこの該當句なし。　11上帝臨子、貳必有咎　『國語』もこれにつくる。上句は前條10にみるように、元來『詩』句（『詩經』大雅・大明）の一部であり、說得の理の根據として動員されている。だが『詩』句のもじりの子字は改めずともよい。『左傳』、『史記』にこの該當句なし。　12吾不動、必死於此矣　『國語』は上句を吾不動矣につくる。『左傳』にはこの該當句なし。『史記』は前條4の句を含めて、人生安樂、孰知其他、必死於此、不能去の四句十五字につくる。梁校は『國語』には矣字が動字の下にあると指摘。蕭校は梁校を襲う。　13不可、周詩曰、莘莘征夫、每懷靡及、夙夜征行、猶恐無及、況欲懷安、將何及矣、人不求及、其能及乎　叢刊・承應二本は最終句の乎字なし。『國語』は不可を不然につくり、夙夜征行、猶恐無及の兩句閒に不遑啓處の一句あり。また況欲懷安の句を況其順身縱欲懷安の八字につくる。『左傳』は行也、懷與安、實敗名につくり、『史記』はまったくこれと違って、子一國公子、窮而來此、數士者以子爲命、子不疾反國、報勞臣、而懷女德、竊爲子羞之、且不求、何時得功につくる。『詩』句について、顧校は、これは『國語』の文といい、韓詩もおなじ。『外傳』に見えるというが、『外傳』卷七第二話には、征夫捷捷につくる。さらに顧校は『說苑』（奉使）もこれにつくることを指摘する。梁校も『說苑』の措字を指摘。毛詩には莘莘を駪駪につくるとも指摘。王校も毛詩の措字を指摘。蕭校は梁、王二校を併擧する。　14亂不長世、公子必有晉　『國語』は亂不長世、公子唯子、子必有晉、若何懷安の四句十六字につくる。なお『國語』は前條13の最終句とこの上句の閒に、西方之書有之曰、懷與安、將何及矣の一節を含む五十七句二四九字に及ぶ長文が入っている。15舅犯　『國語』、『左傳』には子犯につくる。　16酒醒　『國語』、『左傳』には醒につくる。『史記』は行遠而覺につくる。　17公子以戈逐舅犯曰　『國語』は以戈逐子犯曰につくる。『左傳』は以戈逐子犯につくり、後句すべてなし。『史記』は重耳大怒、引戈欲殺咎犯につくる。　18若事有濟則可、無所濟、吾食舅氏之肉、豈有饜哉　『國語』は若無所濟、吾食舅氏之肉、其知饜乎の三句十四字につくる。『史記』には、この該當句なし。　19宋　叢刊・承應二本は郲につくる。『國語』『左傳』『史記』のいずれも、重耳が曹の次に立ち寄ったのは宋としている。　20迎齊姜以爲夫人　『國語』『左傳』『史記』にこの句に該當する記事は見えない。蕭校は『國語』と『左傳』と異なるという。〔餘說〕二三八ページも參照。　21遂霸天下　叢書本・補注本と叢刊・承應の二本は霸字を伯につくる。　22彼美孟姜　叢刊・承應二本が美字を姜につくるほか、諸本はこれにつくる。現行『毛詩』・陳風・東門之池には彼美淑姬につくる。顧校引段校もこれを指摘する。孟姜・淑姬の相違については、梁校は鄭風・有女同車との混同による誤りといい・蕭校は梁校を襲う。　23寤言　現行毛詩には晤言につくる。すでに顧・王・梁三校はこれを指摘。王校は寤・晤は同意という。王校はここで『詩』句の鄭風・有女同車と陳風・東門之池との混在を指摘、前條21の梁校と考えを異にし、〔東門之池・有女同車〕二詩傳を意をもって合わせたと論じている。蕭校は王・梁二校を併擧する。　24霸基　叢刊・承應二本は伯基につくる。

語釈　○晋文　晋の第二十四代の国君、姫重耳。在位六三六～六二八B.C.。父は第十九代の献公姫詭諸。母は狄（翟）の狐氏の女。大夫士蔿の群公子誅滅の献策や父の寵姫驪姫のわが子奚斉の立太子と太子申生廃位・わが子の敵対者除去の策謀により、献公がその挙に出ると、申生は自殺したが、公子夷吾と重耳は国外に亡命。重耳は狄・衛・斉・曹・宋・鄭を流寓、最後に異母姉の夫たる秦の穆公任好のもとに身を寄せ、その後援を得て四代にわたって混乱していた晋にもどって国君となった。ときに六十二歳。軍制を中心とする政治体制を確立。周室の内乱に介入して、亡命していた襄王姫鄭を王城にもどし、中原進出をはかる楚を抑え、践土（河南省滎沢県の西北）に諸公を会盟させ、霸業を遂げた。　○斉桓公之宗女　斉の桓公は本巻第二話の註1（二二九ページ）参照。宗女は同宗（一族）の女。王侯の女。　○献公　晋の第十九代の国君、姫詭諸。在位六七六～六五一B.C.。大夫士蔿や寵姫驪姫に誤られ、太子申生を自殺に追いやり、群公子の国外逃亡を招き、人心を得ぬ子の奚斉を太子に立て、死後侯位を嗣がしめたため、晋を長期にわたり混乱させた。　○驪姫譖　驪姫は献公が驪戎を伐ったときに得た妖姫。巻七孽嬖伝の第七話のヒロイン。太子申生の母姜氏の死後を承けて夫人（国君の正室）となり、わが子奚斉の立太子に成功したが、献公の死後に君位に即いた奚斉をして大夫里克に殺害されるという結果を招いた。譖は讒言。　○与舅犯奔狄　舅犯は姓狐、諱は偃、字は子犯。『史記』晋世家には咎犯ともしるされる。母方の舅なので舅犯という。奔は亡命する。狄（翟）は重耳の母の国だが、舅犯が彼をこの地に連れだしたのは、当時の大国斉・楚・秦等が献公に敵視されて亡命した者を援けず、狄は逆に晋に悪感情をもっていると見なしたからである。次に斉に進んだのも、舅犯が斉が重耳を受けいれる時機と見たからである。　○馬二十乗　『国語』韋註に、四馬を乗と為す。八十匹なりという。　○誰知其他　他の事など知ろうか。他のことなどどうでもよい。
○欲行而患之　王註は患之二字を説明して、「〔文〕公行るを肯ぜざるを患ふ」という。舅犯らは斉の地を去りたいのに、文公重耳がその気になってくれぬので気が気ではない。　○従者　『国語』韋昭註に趙衰の属という。趙衰は重耳が少時より親しんだ五賢臣の一人。重耳の流寓は彼らの支援によるものであった。趙衰とその妻妾の話は本巻第八話晋趙衰妻譚にある。　○蚕妾　蚕の世話係の下女。
○弐　梁註に『国語』韋昭註を引き、疑うなりという。晋統治を付託する天命を疑うこと。王註は「其の晋国を有つ（統治する）こと能はざるを疑う」という。　○自子去晋、晋無寧歳　訳文は通釈のとおり。重耳が晋を去って以来、献公亡きあと国君位を嗣いだ奚斉と異母弟の卓（悼）子は、あいついで権臣里克に殺され、里克によって君位に迎えられた夷吾（恵公）は、里克の力量を恐れて彼を命令により自殺させて人心を失い、晋帰国のさいの応援者に約束の賂を払わず、飢饉のさいに秦に食糧を恵まれながら、秦の飢饉に食糧を恵まず、秦の穆公の討伐を受けて捕われるという混乱がつづいていた。　○上帝臨子、弐必有咎　訳文は通釈のとおり。校異11に説いたように、上句は『詩経』大雅・大明の「上帝臨女、無貳爾心」の上句を採った語。下句もおそらく大明の下句から連想された結論で、『詩』句のもじりである。　○周詩曰、莘莘征夫、毎懐靡及　この詩は『詩経』小雅・皇皇車華の句。『国語』韋昭註に、莘莘は衆多、征は行という。毎懐（私）について、「懐私は毎に懐ふと為す」といい、「臣　命を奉じては当に公けに在るを念ふべし。毎に輒ち私を懐ひては、将に及ぶ所無し」と説明する。王応麟『詩攷』は「韓詩」にこの措字を引き、「『外伝』『国語』『説文』も同じ」というが、『外伝』巻七第二話引の『詩』句は大雅・烝民の「征夫捷捷、毎懐靡及」の上句を誤って紹介したものである。ただし『外伝』の第二話は『説苑』第二話と同種の説話であり、魯詩・韓詩間に接近した『詩』句をめぐる説話があったこと、魯詩は、毛伝も衆多という駪駪を莘莘につくっていたことは証されるであろう。なお毛伝は毎を雖、懐を和と説くが、鄭箋はその一部を改め、一部を敷衍して、『春秋外伝（国語）』に曰く、「懐私は毎に懐ふと為す」と韋昭註と同じ断を下した後、「衆たる征夫、既に君命を受けては、当に速かに行くべし。人毎に其の私を懐ひ、相稽留まれば、則ち事に於て将に及ぶ所無からんとす」という。毎は「つねに」「どの人も」、懐は懐私、「私事を心にかける」こと。訳文は通釈のとおり。　○夙夜　早朝から夜おそくまで。　○況欲懐安、将何及矣　懐と安は二語。校異13の『左伝』、14の『国語』にいずれも、「懐与安」と併称されている。懐は女色（斉姜の愛）に魅かれること、安は安楽をいう。将は疑問副詞、はタ（いったい）。　○済　成（成就する）におなじ。　○饜　満足する。　○秦穆公　西戎の覇といわれた秦の国君、嬴任好。詳しくは第四話秦穆公姫の註1参照。　○懐公　晋の第二十三代の国君。諱は圉。恵公夷吾の太子。在位六三七B.C.中の五か月のみ。詳しくは巻五節義伝第三話晋圉懐嬴の註1（中巻）参照。　○潔而不瀆　潔は清廉（むさぼらぬこと）、瀆は褻瀆（あなどりけがすこと）。具体的には愛欲をむさぼらず婦道（妻の職責）をけがさない。　○能育君子於善　君子とは夫をいう。夫を善に向けて成長させることができた。
○詩曰　陳風・東門之池の句。ただし孟姜の語は東門之池には淑姫につくるが、ここは斉姜のことを詠っており、鄭風・有女同車の句を混同したままのこの措辞でよい。孟は長女。寤言（晤言）は向かいあって語る。訳文は通釈のとおり。　○言行不怠　梁註は怠字について、古音は怡のごとく読むとし、『易経』雑卦伝の「謙軽而予怠」の怠字を釈文に虞翻が怡字につくることを証拠とするが、怠字を京房は治につくっており、必ずしも怡にのみ読まるべきものではない。怠は古音dəg、怡はdiəg、ともに一之部で、他の一之部に属する疑・謀・基と失韻を生じない。『易』の句意も「卑下は己れを軽くし、喜びの極みは怠慢になる」の意味に解せるし、この句も言辞も行動も緊まっているの意味でよい。　○勧勉　勧めて努力させる。　○覇基　覇業の基礎。

韻脚　○怠dəg・疑ŋɪəg・謀mɪuəg・基kɪəg（一之部押韻）。

余説　女性の愛に魅かれるという懐の情は安楽を求める情とともに私情であり、公人たる男性、名（名声・名誉）の成就に生きねばならぬ男性には無用の情である。男性の公人としての職責は夫婦の愛情生活を超越し、犠牲に処し得る。妻のあるべき夫に対する職責は、夫の公務を愛欲によってけがしてはならない。これが礼教が妻に、就中、最高の公人たる天子・国君の后妃・国君夫人に求めた婦道訓であった。劉向はこの婦道訓を「潔而不瀆」の四字に集約したのであり、その模範として、『国語』『左伝』『史記』中の斉姜像を、とくに『国語』を素材に描きだしたのである。

成人をとうに過ぎて高齢の父とその寵姫の迫害に遭い、狄の地で十二年以上もその地で娶った季隗との夫婦生活を送ったあと、重耳は季隗を棄てて斉の地に来たのであった。その分別盛りの中年の彼が、従者たちの主君の帰国と君位獲得に対する熱い思いを裏切って愛欲にほだされ、安楽にしがみつく姿は、あまりにも稚く不甲斐ない。なだめ励まし、夫に名を遂げさせ、夫の従者の忠誠に酬いようとする斉姜の姿は、さながら母親のごとくである。礼教はこの種の夫に対する母性愛を婦道のうちに取りこんだのであった。

劉向はこの健気な斉姜を、重耳が晋の国君夫人に迎えるというハッピー・エンドに本譚を仕立てている。だがこれは劉向の創作である。『国語』巻十晋語四の後日譚では、重耳は躊いながらも、新たな後盾となった秦の穆公の女懐嬴を夫人に娶っている。

四　秦穆公姫

穆姫者、秦穆公之夫人[1]、晉獻公之女、太子申生之同母姒[2]、與惠公異母。賢而有義。獻公殺太子申生、逐群公子。惠公號公子夷吾、奔梁。及獻公卒、得因秦立。始即位、穆姫使納群公子[3]曰、「公族者、君之根本」。惠公不用、又背秦賂[4]。晉饑、請粟於秦。秦與之、秦饑、請粟於晉、晉不與。秦遂興兵、與晉戰[5]。獲

穆姫なる者は、秦の穆公の夫人、晉の獻公の女、太子申生の同母姒にして、惠公と母を異にす。賢にして義有り。獻公太子申生を殺し、群公子を逐ふ。惠公は公子夷吾と號せしが、梁に奔る。獻公卒するに及び、秦に因りて立つことを得たり。始めて位に卽くに、穆姫群公子を納れしめんとして曰く、「公族なる者は、君の根本なり」と。惠公用ひず。又秦の賂に背く。晉饑ゑて、粟を秦に請ひしとき、秦之に與へしも、秦饑ゑて、粟を晉に請へば、晉與へず。秦遂に兵を興し、晉と戰ふ。晉君

晉君、以歸。[6]秦穆公曰、「掃除先人之廟。寡人將以晉君見。[7]」穆姫聞之、乃與太子罃・公子宏、與女簡璧、衰絰、履薪以迎。且告穆公曰、[8]「上天降災、使兩君匪以玉帛相見、乃以興戎。婢子弟姒、不能相救。以辱君命。[9]晉君朝以入、婢子夕以死。惟君其圖之。[10]」公懼、乃舍諸靈臺。大夫請以入。公曰、「獲晉君、以功歸、今以喪歸、將焉用。[11]」遂改館晉君、饋以七牢而遺之。[12]穆姫死。穆姫之弟重耳入秦。秦送之晉。是爲晉文公。太子罃、思母之恩、而送其舅氏也、作詩曰、「我送舅氏、曰至渭陽。何以贈之、路車・乘黃。」

君子曰、「慈母生孝子。」『詩』云、「敬愼威儀、維民之則。」穆姫之謂也。

頌曰、「秦穆夫人、晉惠之姒。[13]秦執晉君、夫人流涕。痛不能救、乃將赴死。穆公義之、遂釋其弟。」

を獲へ、以ゐて歸る。秦の穆公曰く、「先人の廟を掃除せよ。寡人將に晉君を以て見ゑしめんとす」と。穆姫之を聞き、乃ち太子罃・公子宏と、女簡璧と、衰絰し、薪を履み、以て迎ふ。且つ穆公に告げて曰く、「上天　災を降し、兩君をして玉帛を以て相見ゆること匪ずして、乃って以て戎を興さしむ。婢子が弟姒相救ふ能はずして、以て君の命を辱せり。晉君、朝に以て入れば、婢子夕べに以て死せん。惟れ君其れ之を圖れ」と。公懼れて、乃ち諸を靈臺に舍く。大夫以ゐて入らんことを請ふ。公曰く、「晉君を獲へ、功を以て歸るに、今喪を以て歸れば、將た焉んぞ用ひん」と。遂に晉君を改め館して、饋るに七牢を以てして之に遺る。穆姫死す。穆姫の弟重耳秦に入る。秦之を晉に送る。是れ晉の文公爲り。太子罃、母の恩を思ひて、其の舅氏を送るや、詩を作りて曰く、「我　舅氏を送り、曰に渭の陽に至る。何をか以て之に贈らん、路車・乘黃あり」と。

君子曰く、「慈母　孝子を生めり」と。『詩』に云ふ、「威儀を敬愼す、惟れ民の則」と。穆姫の謂ひなり。

頌に曰く、「秦穆夫人は、晉惠の姒なり。秦、晉君を執ふれば、夫人流涕せり。救ふ能はざるを痛みて、乃ち將に死に赴かんとす。穆公　之を義とし、遂に其の弟を釋せり」と。

通釈　穆姫とは、秦の穆公の夫人で、晉の獻公の女、太子申生の同母姉で、惠公とは腹ちがいであった。人柄はすぐれて義に厚かった。献公詭諸が太子申生を殺し、公子たちを国外に逐う。恵公は当時は公子夷吾といったが、梁へと亡命した。献公が亡くなると、秦によって侯位に立つことができた。即位しようというとき、穆姫は〔国外に逃れた〕公子たちを迎えいれさせようとし、「公族とは、君権の根本ですよ」といった。恵公は採りあげない。そのうえ帰国の支援に対する秦への約束のお礼もしなかった。晋が饑饉で、秦に粟を求めたときに、秦はあたえてくれたのに、秦が饑饉で、晋に粟を求めたときには、晋はあたえなかった。秦はついに兵をおこし、晋と戦う。晋君を捕え、引ったてて帰国の途についた。穆公はいった、「ご先祖の廟を掃除しておけ。寡人は晋君をばわが祖先に対し謝罪と死のお目どおりをさせたいのだ」。穆姫はこれを聞くと、太子の罃・公子の宏と、公主の簡璧とともに、喪服を身にまとって絰の紐を頭と腰に巻き、薪束の上に坐って〔焚刑を辞さぬ覚悟を示し〕、凱旋を迎えることにした。かつ穆公には、「上天が災いを下され、二人の君主に平和のしるしの玉や帛の贈物をたずさえて会見するのではなく、かえって戦いをおこさせてしまいました。婢子ら姉・弟は事態をどうすることもできず、殿のご意向をけがしてしまったのでございます。晋君が朝やってまいりましたら、婢子は夜には生命を絶ちましょう。殿にはどうかご熟考くださいませ」と伝言したのである。穆公は懼れて、晋君を霊台にとどめた。大夫たちが晋君を引ったてて都に乗りこむようにと請う。だが公は、「晋君を捕え、手柄を立てて帰ってきたのに、いま夫人らの死という事態をおこして帰ったならば、いったいどうするのだ」という。ついに改めて晋君に館を賜り、七牢（牛・羊・豕各三種七品のぜいたくな料理）の豪勢な食事をおくったのであった。のち穆姫は亡くなった。穆姫の弟重耳が秦に乗りこむ。秦が彼を晋に送りこんだのであった。これが晋の文公である。太子の罃は母の恩を思って、その叔父を送ってゆくとき、詩をつくって、「われは叔父上を送りゆき、渭水の北のほとりにたどりつく。何を贈ろか叔父上に、路車に四頭の駒」と詠ったのであった。

君子はいう、「慈母が孝子を産したのだ」と。『詩経』には、「容貌　振舞い慎めば、これぞ　み民の法則なり」という。これは穆姫のごとき行ないを詠っているのである。

頌にいう、「秦の穆公の夫人は、晋の恵公の姉ぎみ。秦　晋君を執えしとき、夫人はために涕流せり。救いえぬことを悲しみて、みずからも死に赴かんとす。穆公はその義にうたれて、夫人の弟ぎみを釈せり」と。

校異　＊秦の穆姫（繆公夫人）譚は『國語』晉語中には見えず、『左傳』僖公十五年の條にほぼ同様の筋書きの文が見え、一部が、『史記』巻五秦本紀、同巻三十九晉世家に見える。穆公は『史記』の二文獻では繆公としるされている。◎1夫人　王校は下に也字を脱するというが、他の話の體例と異り、本譚はこの句のあとにも、なお家族關係を示す句がつづいているので、ここに也字は不要である。　2同母姒　諸本は姒字を姊につくるが、顧校引段校は『古列女傳』全體の體例から姒にすべしといい、梁校・蕭校もこれを襲う。よって改める。なお序中の諸文獻中『史記』晉世家・獻公十二年の條のみは、秦穆夫人を申生の同母女弟とする。顧校はこの點も指摘する。　3穆姫使納羣公子曰、公族者、君之根本、惠公不用　『左傳』は該當句を秦穆姫屬賈君焉、且曰、盡納羣公子、晉君烝於賈君、又不納羣公子、是以穆姫怨之につくる。劉向はこの文に基き、意をもって、しかく造句したのであろう。〔語釋〕2・二四二ページも參照。　4又背秦賂　『左傳』は賂秦伯以河外列城五、東盡虢略、南及華山、内及解梁城、既而不與につくる。　5晉饑、請粟於秦、秦與之、秦饑、請粟於晉、晉不與、秦遂興兵、與晉戰、叢刊・承應の二本は、秦饑の饑字を飢につくる。『左傳』は晉飢、秦輸之粟、秦饑、晉閉之糴、故秦伯伐晉の五句十七字につくる。なお『左傳』は後句の該當句、秦獲晉侯以歸までに、長文の諸事件の記述がある。　6獲晉君、以歸　集注本・承應本は二句一括で斷句。『左傳』は前條既述のごとくにつくる。『史記』秦本紀は於是、繆公虜晉君以歸の九字につくる。同上晉世家は繆公壯士冒敗晉軍、晉軍敗、遂失秦繆公、反獲晉公以歸の五句二十二字につくる。　7秦穆公曰、埽除先人之廟、寡人將以晉君見　備要・集注の二本は掃字を別體の埽につくる。この該當句は『左傳』にはなく、晉大夫、反首拔舍從之以下の七十二字の別の記事がつづく。『史記』秦本紀は令於國、齊宿、吾將以晉君祠（ママ）上帝、周天子聞之曰、晉我同姓、爲請晉君につくる。晉世家は秦將以祀上帝につくる。　8穆姫聞之、乃與太子罃、公子宏、與女簡璧、衰絰、履薪以迎、且告穆公曰、叢刊、承應の二本は公子宏の宏字を弘につくり、且字を旦に誤刻。ただし承應本は字を誤るまま「かツ」と訓じている。備要本とそれを襲う集注本は女簡璧の女字あり。備要本は後述『左傳』により女字を校增したもの。その他の部分は諸本閒に相違なし。『左傳』は穆姫聞晉侯將至、以太子罃・弘與女簡璧登臺而履薪焉、使以免服・衰絰逆且告曰につくる。顧・王二校も梁校同様、『左傳』の女字の存在をいうが校增の必要の指摘にとどめる。蕭校引王引之の校は、『左傳』にもとづき、衰絰・履薪の句を問題にし、履薪・衰絰は二事であり、一つに合わせるのは不可解。あるいは衰絰を履薪の下に置いて二句にしたのは、後人の誤倒であろうという。なお『史記』秦本紀は夷吾姊亦爲繆公夫人、夫人聞之、乃衰絰・跣、曰につくり、晉世家は晉君姊爲繆公夫人、衰絰涕泣につくる。　9上天降災、使兩君匪以玉帛相見、乃以興戎、婢子弟姒、不能相救、以辱君命　叢刊・承應二本が匪字を罷につくるほか、諸本は弟字を娣、救字を敎につくる。『左傳』は上天降災、使兩君匪以玉帛相見、乃以興戎の三句十七字につくる。『史記』秦本紀は妾兄弟不能相救、以辱君命の二句十一字につくる。本節はこの兩者を合成したものであろう。晉世家にはこの該當句なし。弟姒二字については、顧・梁二校も『史記』に兄弟とあることを指摘するが、王校はこの指摘外に一解を加え、「娣姒とは猶ほ弟姊のごとし、娣とは恵公、姒は穆姫を謂ふ」と説く。徹底を缺くが、この解は正案であり、娣は弟に、姒は他の體例によりこのままにつくるのが適切と思われる。よってそのように改めた。第五句の數字を『史記』により救字に改むべきことは、顧・王・梁三校がみな指摘。蕭校は王校を襲う。これによって救字に改めた。蕭校はさらに第六句も『史記』秦本紀にもとづくという。なお『左傳』の上天降災、云云の句は、以後につづく總四十二字とともに一時期の『左傳』はこれを失っていたらしく、孔穎達の疏は「上天降災よりの四十七字（七は二の誤寫）、古本を檢するに皆無し。晁・杜の注も亦た有るを得ず、是れ有るは後人加ふるなり」と述べ、梁校はさらに陸德明の釋文にもこれらがないこと、『史記』もまた「其の文」がないので、本節はこれらの文獻外の他資料から採ったものであろうと推測、先人の顧・王二校もこの問題に觸れている。しかし、「會箋」が述べるように、漢時の古本『左傳』にはむしろこれらの文があり、孔・陸の本が「偶爾褫奪するのみ」という解釋も成立する。　10晉君朝以入、婢子夕以死、惟君其圖之　前条に孔疏や『釋文』がなしとする『左傳』の文は、若晉君朝以入、則婢子夕以死、夕以入、則朝以死、唯君裁之につくる。梁校指摘のように『史記』秦本紀・晉世家にはこの該當句はない。顧校は、婢子夕以死の句のあとに、『左傳』が夕以入則朝以死の一句を加えることを指摘する。　11公懼、乃舍諸靈臺、大夫請以入、公曰、獲晉君、以功歸、今以喪歸、將焉用　叢書本のみ晉君を晉公につくる。『左傳』は公懼の二字を缺き、獲晉君以下の句を、獲晉侯、以厚歸也、既而喪歸、焉用之、大夫其何有焉、且晉人慼憂以重我、天地以要我、不圖晉憂、重其怒也、我食吾言、背天地也、重怒難任、背天不祥、必歸晉君の十四句六十一字につくり、穆公が、いかに穆姫の不退轉の決意に動かされ、覇者の道義に生きようとしたかが描かれている。『史記』秦本紀は穆公曰、我得晉君以爲功、今天子爲請、夫人是憂の四句十九字につくる。　12遂改館晉君、饋以七牢而遣之　『左傳』にはこの該當句なし、『史記』秦本記には乃與晉君盟、許歸之、更舍上舍、而饋之七牢につくる。晉世家には乃與晉侯盟王城、而許之歸（略八十九字）於是、秦繆公更舍晉惠公、饋之七牢につくる。　13姒　諸本は姊につくるが、顧校は前條2において段校により、『古列女傳』全體の體例にならって姒に改むべきことを指摘する。

語釈　○秦穆公　姓は嬴、諱は任好。徳公の末子で次兄成公のあとに侯国秦の第九代国君として立つ。在位六五九～六二一B.C.。晋の献公に滅ぼされた虞国の賢人百里奚とその友人蹇叔らを用いて国政をととのえ、晋の内乱に干与して河東の地を得た。即位後三十三年（六二七B.C.）の郩における対晋戦の敗軍の将を罰せず、三年後には彼らによって大勝を得、自己批判書「秦誓」（『書経』所収）を公表。六二三B.C.には西方の戎を伐って領土を拡張、西戎の覇といわれた。　○穆姫　秦の穆公が即位後四年（六五六B.C.）に晋から迎えた賢夫人。父献公姫詭諸が賈から娶った夫人に子なく、その父武公姫称の妾斉姜に烝し（長上の女性に私通し）て生ませた子で、太子申生とは同腹。異腹の弟に犬戎の狐姫の子文公重耳と小戎子の子恵公夷吾がいる。『史記』巻九秦本紀、『左伝』荘公二十八年春の条参照。　○恵公　姫夷吾。在位六五〇～六三七B.C.。父献公とその寵姫驪姫の迫害を受けて梁（陝西省韓城県の南）に逃がれたが、献公亡きあと即位した驪姫の子奚斉とその弟卓（悼）子を殺害した里克から君位に即くことを要請されると、里克の力を抑えて晋に君臨すべく、異母姉の夫たる秦の穆公の支援を受けて帰国。大恩人の里克の力を恐れて自殺を命じ、国内・国外の支援者に約束の代償をあたえず、本譚がしるすように秦に飢饉を救われながら、秦の飢饉を救おうとせず、在位の第六年（六四五B.C.）に秦の征討を受けて捕えられた。異母姉穆姫のとりなしと穆公の雅量によって殺されずに済んだが、河東の地を失い、太子の圉を秦に質子として差しだすという事態の中で卒した。　○献公殺太子申生、逐群公子　本巻第三話晋文斉姜譚参照。　○穆姫使納群公子曰、公族者、君之根本　公族は諸侯の一族。君之根本とは君権の拠って立つ根本。訳文は通釈のとおり。校異3に既述のごとく、『左伝』僖公十五年秋の条には、「晋公入るや（恵公が晋にもどるとき）、秦の穆姫、賈君を属ぬ（太子申生の寡婦賈君の保護を委嘱した）。且つ曰く、『尽く群公子を納れよ（逃亡している公子たちを受けいれなさい）』と。晋侯賈君に烝し（私通し）、又群公子を納れず、是を以て穆姫之を怨む」としるされ、「公族者、云云」の句はない。ところが『漢書』巻三十六楚元王伝によれば、劉向は成帝驁に、しばしば、「公族なる者は、国の枝葉、枝葉落つれば則ち本根庇廕無し（庇ってくれるものはなくなる）」と諌言していたという。劉向のこの信念が、『左伝』にない「公族者、云云」の語をしるさせたのであろう。
○背秦賂　賂は贈物。自分を支援してくれた秦への代償の贈物をあたえなかった。恵公夷吾は晋に帰国するさい、河外（黄河南岸）の五城等と、河内（黄河北岸）の解梁城（山西省臨猗県西南）等を秦に割譲する約束をしていた。『左伝』僖公十五年秋の条参照。　○粟もつみきの穀物。　○秦遂興兵、与晋戦、六四五B.C.の韓原（山西省稷山県西）の戦いをいう。　○掃除先人之廟、寡人将以晋君見先人之廟は祖先の霊廟。晋君は恵公夷吾。祖先の霊廟を掃除させるのは、背信の恵公をそこで処刑し、死をもって秦への謝罪をさせるためである。　○太子罃　のちの秦の康公、在位六二一～六〇九B.C.　○衰絰、履薪　衰は音サイ、三年の喪に服するとき喪服の胸部につける麻布。絰は首と腰にまく麻紐。履薪は薪束の上に坐る。焚刑に処せられること。穆姫は己れの死を賭け、子を道連れにし、母家の晋の恵公の罪の宥しを迫ったのである。　○以玉帛相見　玉帛は平和時の会盟・朝聘の礼物にもちいられた玉と帛（しろぎぬの織物）。平和の会見をする。　○興戎　戎は戦におなじ。　○婢子弟姒　わたくしども姉弟。婢子は女性の一人称謙称。姒は姉。王註がいうように弟は恵公夷吾、姒は穆姫自身を指す。　○辱君命　辱は玷辱（きずつける。けがす）におなじ。君命は夫穆公の意向。秦・晋両国の平和・親善を望んで弟を助け、姉のわたくしめと結婚して下さった殿の意向をけがしました。　○舎諸霊台　霊台は周の文王の御苑に造営された台で、当時すでに台はなく地名になっていた。陝西省西安市近在。舎はとどまらせる。　○以喪帰　喪は死の悲しみ。夫人穆姫や子を死なせるという悲しみを招いて帰る。　○館　客館に泊まらせる。　○饋以七牢　饋は食事を贈る。七牢の牢とは牛・羊・豕の各一種をいい、七牢とはその三種の肉による料理七品、計二十一品の豪勢な料理をいう。　○重耳　本巻第三話晋文斉姜の〔語釈〕1・二三六ページ参照。　○作詩曰　『詩経』秦風・渭陽の句。舅氏は母方のおじ、晋の文公重耳。詩句の曰は助辞、副詞。

渭は陝西省から黄河にむけて流れる水の名。陽は山の南、水の北をいう。路車は君侯の公式の車。乗黄はその馬車をひく四頭の黄馬（栗毛の馬）、訳文は通釈のとおり。この詩は蕭注も指摘するごとく毛伝・詩序は「康公　母を念ふなり。康公の母は晋の献公の女なり。文公　驪姫の難に遭ひ、未だ反らずして秦姫卒す。穆公　文公を納る。康公時に大子為り。文公に渭の陽に贈送し、母の見ざるを念ふも、我　舅氏に見ゆれば、母の存する如しといふ。其の即位するに及びて、思ひて是の詩を作る」と述べ、本譚といささか解を異にする。王先謙『詩三家義集疏』巻九は、詩序、本譚、『後漢書』巻五十四馬援伝註引の韓詩の句「秦康公送舅氏晋文公於渭之陽、念母之不見也、曰『我見舅氏、如母存焉」をも引き、魯・韓両詩説は毛伝と合致するから、斉詩説もおなじであろうと推論し、かつ毛伝がこの作品を康公即位後とするのは必ずしも当たらぬという。王先謙の二推論の是非はともかく、『古列女伝』所引の詩は、毛伝・韓詩の説とも共通するものがあることが明示される一例である。　〇詩云　『詩経』大雅・抑の句。威儀は容貌や振舞い。則は鄭箋に法という。訳文は通釈のとおり。

韻脚　〇姒 tsier・涕 t'er・死 sier・弟 der（24脂部押韻）。

余説　隣国晋を存続させて覇者の道義を完うした秦の穆公嬴仁好。彼の傍らには母家に対する至孝・激情の夫人がいた。本譚は国君夫人たる者の夫君に対する一命を賭した諫言の必要と、母家に対する孝道の実践の必要を併せて説く訓話である。母家の本来の成員とはみなされぬ女子に対する母家への孝について、『詩経』外の儒家経典は沈黙しているが、『詩経』には言及する作品がある。その代表作たる鄘風・載馳とそれに絡まる許穆夫人の伝は巻三仁智伝第三話（中巻所収）に見える。それにしても秦穆公姫の母家に対する配慮は何と周到であり、自己犠牲は何と苛烈であろうか。子をもおのが自殺の道づれにしようとする自己犠牲にいたっては狂気そのものである。劉向はかかる子をも犠牲に供しようとした彼女を「慈母」といい、この慈母ゆえに太子罃は舅氏想いの孝子となったのだという。『古列女伝』の説く母の「慈」とは、子をやさしく保護しぬく「舐犢之愛」とは異なる狂気の教育力をも含んだ徳目なのである。

五　楚荘樊姫

樊姫、楚荘王之夫人也。[1] 荘王初即位、[2]

樊姫は、楚の荘王の夫人なり。荘王初めて即位せしとき、

好狩獵・畢弋[3]。樊姬諫不止、乃不食禽獸之肉。三年、王改過[4]、勤於政事。王嘗聽朝、罷晏[5]。姬下殿迎曰[6]、「何罷晏也。得無飢倦乎[7]」。王曰[8]、「與賢者語、不知飢倦也[9]」。姬[10]曰、「王之所謂賢者何也[11]」。曰、「虞丘子也[12]」。姬掩口而笑[13]。王曰、「姬之所笑何也[14]」。曰、「虞丘子[15]賢則賢矣。未忠也」。王曰、「何謂也」。對曰[16]、

「妾執巾櫛十一年[17]、遣人之鄭・衞、求美人進於王[18]。今賢於妾者二人、同列者七人[19]。妾豈不欲擅王之愛寵哉[20]。妾聞、『堂上兼女、所以觀人能也[21]』。妾不能以私蔽公。欲王多見知人能也[22]。今虞丘子、相楚十餘年[23]、所薦、非子孫則族昆弟[24]。未聞進賢、退不肖[25]。是蔽君而塞賢路。知賢不進、是不忠、不知其賢、是不智也[26]。妾之所笑、不亦可乎[27]」。

王悅。明日、王以姬言告虞丘子。丘子避席、不知所對。於是、避舍使人迎孫叔敖、而進之王、以爲令尹[28]。治楚三

狩獵・畢弋を好む。樊姬諫むるも止めざれば、乃ち禽獸の肉を食はず。三年、王過ちを改め、政事に勤む。王嘗て朝を聽くや、罷ること晏し。姬 殿を下って迎へて曰く、「何ぞ罷ることの晏きや。飢倦無きを得るか」と。王曰く、「賢者と語りて、飢倦するを知らざるなり」と。姬曰く、「王の所謂賢者とは何ぞや」と。曰く、「虞丘子なり」と。姬口を掩ひて笑ふ。王曰く、「姬の笑ふ所は何ぞや」と。曰く、「虞丘子は、賢は則ち賢なり。未だ忠ならざるなり」と。王曰く、「何の謂ひぞや」と。對へて曰く、

「妾 巾櫛を執ること十一年、人をして鄭・衞に之かしめ、美人を求めて王に進めたり。今 妾より賢なる者は二人、列を同じくする者は七人あり。妾豈に王の愛寵を擅にせんと欲せざらんや。妾聞く、『堂上女を兼ぬるは、人の能を觀る所以なり』と。妾は私を以て公を蔽ふ能はず。王の多く見て人の能を知るを欲すればなり。今 虞丘子は、楚に相たること十餘年、薦むる所は、子孫に非ずんば則ち族昆弟なり。未だ賢を進めて、不肖を退くるを聞かず。是れ君を蔽ひて賢路を塞ぐなり。賢を知るも進めざるは、是れ不忠にして、其の賢を知らざるは、是れ不智なり。妾の笑ふ所は、亦た可ならざるや」と。

王悅ぶ。明日、王 姬の言を以て虞丘子に告ぐ。丘子席を避

年、而莊王以覇。[29]
楚史書曰[30]、「莊王之覇、樊姫之力也」[31]。『詩』曰、「大夫夙退、無使君勞」[32]。其君者、謂女君也[33]。又曰、「溫恭朝夕、執事有恪」。此之謂也[34]。
頌曰、「樊姫謙讓、靡有嫉妬。薦進美人、與己同處。非刺虞丘、蔽賢之路。楚莊用焉、功業遂伯」[35]。

け、對ふる所を知らず。是に於て、舍を避けて人をして孫叔敖を迎へしめて、之を王に進めて、以て令尹と爲す。楚を治むること三年にして、莊王以て覇たり。
楚の史書に曰く、「莊王の覇たるは、樊姫の力なり」と。『詩』に曰く、「大夫よ夙かに退れ、君をして勞かしむる無かれ」と。其の君なる者は、女君を謂ふなり。又曰く、「朝夕に溫恭にして、事を執るに恪有り」と。此の謂ひなり。
頌に曰く、「樊姫は謙讓にして、嫉妬有る靡し。美人を薦進し、己と處を同じくせしむ。虞丘を非刺しては、賢の路を蔽ふとせり。楚莊焉を用ひ、功業遂に伯たり」と。

通釈 樊姫は、楚の莊王羋侶の夫人（諸侯の正室）である。莊王は即位したばかりの頃は、獣を狩ったり禽を捕え射たりするのが好きであった。樊姫が諫めても止めないので、彼女は何と禽や獣の肉を食べぬことにしたのである。三年後、王は過ちを改め、政務に励むようになった。王がかつて朝政にのぞんだのち、退出が遅れたことがある。樊姫はご殿を下りて迎え、「何故ご退出がおそくなられましたの」といった。王がいう、「賢者と談じこんでしまって、空腹や疲労に気づかなかったのだ」。樊姫がいう、「王さまの仰言る賢者とはどんな方でございますの」。莊王がいう、「虞丘子のことだ」。樊姫は口を掩って笑った。王がいう、「お前は笑ったが何故じゃ」。樊姫がいう、「虞丘子は賢れているという点では賢れた人物でございましょう。でも忠義がありません」。王がいう、「どういうことじゃ」。すると答えていったのであった、
「妾は王さまの身のまわりのお世話にあたらせていただいて十一年間、人を鄭や衛にゆかせては、美女を求めて王さまにお進めしてまいりました。さて今では妾より賢れた者が二人、同様の者は七人もおります。妾とて王さまの愛を独り占

めしたくないわけではございません。妾は『後宮に女を沢山収容するのは、人の才能を観察するためのことだ』と聞いております。妾は私心で公けを蔽うわけにはまいりません。王さまに多くの女をご覧になって人の才能を見わけていただきたいと望むからですわ。ところが今、虞丘子は、楚で宰相をつとめて十余年、彼が推薦する人物は自分の子や孫でなければ、同族の兄弟筋の者たちでございます。賢者を進めて、能なしを退けたことを聞いておりません。これは殿のお目を蔽って、賢者登用の道を塞ぐものでございます。賢者を知っていながら進めぬのは、不忠でございますし、賢者を知らないというなら、智者ではございません。妾が笑ったのも、当然でございましょう」。

王は悦んだ。翌日、王は樊姫の言葉をば虞丘子に告げた。丘子は席を下がって、答え方もわからずにいる。かくて、官舎を出て孫叔敖を迎え、彼を王に進めて、令尹としたのであった。彼が楚を治めて三年、荘王は覇者となった。

楚の史書にはいう、「荘王が覇者となれたのは、樊姫の力によるものである」と。『詩経』には、「大夫よすぐに退がれかし、君にご苦労かけてはならぬ」という。その君とは女君（諸侯の正室）のことをいっているのである。また「朝な夕なにやわらぎつつしみ、政事執り行ないては心引き緊む」ともいう。これは樊姫の諫言のさまを詠っているのである。

頌にいう、「樊姫は謙りよく譲り、他の妃を妬むことなし。麗しき女を薦めて、己れとともに並べしめたり。虞丘子をそしりては、賢者登用の道を塞ぐという。楚の荘王この語をもちいて、功業たてて覇者となれり」と。

校異　＊本譚は後述諸條に明證があるごとく、出典は『韓詩外傳』巻二第四話にあるが、傳・後漢・蔡邕編『琴操』巻上列女引や、おなじ撰者劉向の『新序』巻一雜事一にもほぼ同様の譚がある。ただし『新序』は主要な相違點を示す箇所以外は對校を省略。撰者名傳承から後出文獻と目される『琴操』列女ノ引は〔餘說〕に全文を紹介する。『古列女傳』定本作りの主目的に添うためである。◎1樊姫、楚荘王之夫人也、『文選』巻十一何平叔・景福殿賦註引には樊姫二字を楚荘王樊姫者の六字につくり、同書巻十六張華「女史箴」註引には樊姫二字を楚荘樊姫者の五字につくり、楚荘王之夫人也の句の也字なし。王校はたんに『文選』註引にいうとして「姫上に楚荘王三字有るも、彼は王字を衍す。此は楚荘二字を脱す」と述べる。文中の「彼」は景福殿賦註引を指す。梁校は「景福殿賦」と「女史箴」の両註引を混同。「女史箴」註引は楚王樊姫者の五字につくるという。蕭校は王校を襲うが、樊姫については楚荘樊姫の四字にすべきだという。『古列女傳』中の文頭にヒロイン名の主語を配するときは、おおむねその夫の名を上に付し、人名末に提示の語氣詞「者」字を添えるが、者字を缺くものには、本巻第二話晉文齊姜や、巻三仁智傳第一話密康公母の例があり、齊姜譚のばあいは夫の名もない。他の破格例の存在より補訂の必要なし。　2荘王初卽位　諸本には初字なし。『文選』景福殿賦註引にはあり。論理の展開上は必要なので、これにより校增。梁校はこれを指摘、蕭校もこれを襲う。『文選』景福殿賦註引は、この句より勤於政事にいたる三十一字なし。　3畢弋　諸本はこの二字なし。『文選』女史箴註引より校增。顧・王・梁三校は指摘にとどめ、蕭校も王校を襲うが校增せぬ。ただし下句の禽獸之肉と照合すれば、校增の必要があろう。　4三年、王改過　諸本は三年の二字なし。『文選』女史箴註引より補う。顧・王・梁三校もこの點を指摘。蕭校は王校を襲う。本譚は『史記』（巻四十）楚世家に見える「楚の荘王卽位三年、不出號令、日夜爲樂」譚と類似の説話の一系統をなすものであり、この二字は元來あるべきものである。蕭校補曹校は『類聚』帝系部引に二年、王感之につくると指摘するが、未詳。なお女史箴註引は、後句の勤於政事以下の句なし。　5王嘗聽朝、罷晏　『文選』景福殿賦註引は罷晏の上に而字あり。『外傳』は、ここを文頭とし、楚荘王聽朝罷晏につくる。　6姬下殿迎曰『文選』景福殿賦註引は楚姬曰の三字につくる。『外傳』は樊姬下堂而迎之曰の八字につくる。　7何罷晏也、得無飢倦乎『文選』景福殿賦註引には何罷之晏也の五字につくる。『外傳』には何罷之晏也、得無饑倦乎につくる。なお蕭校は洪頤煊（見許維遹『韓詩外傳集釋』巻二）の飢倦を氣倦（疲憊の意）に訂す説を紹介するとともに、みずからは『列子』湯問中の終北國の民の「飢倦則飲神瀵」の例を挙げ、洪校をも否定、飢倦は飢倦とすべしという。　8王曰　『文選』景福殿賦註引もこれにつくるが、『外傳』は荘王曰につくる。　9與賢者語、不知飢倦也　叢刊・承應二本は語字を俱につくる。『文選』景福殿賦註引には、今旦與賢者語の六字につくる。『外傳』は、今日聽忠賢之言、不知饑倦也につくる。『新序』は今旦與賢相語、不知日之晏也につくる。　10姬　『文選』景福殿賦註引、『新序』、『外傳』は樊姬につくる。　11王之所謂賢者何也　『文選』景福殿賦註引には、何也の二字を諸侯之客與、將國中之士也の十字につくる。王・梁・蕭三校もこれを指摘。『外傳』は王之所謂忠賢者、諸侯之客歟、中國之士歟につくる。後句中に、虞丘子の賢・忠雙全を求める樊姬の語があること、人を問う「誰也」ではなく、事を訪ねる「何也」という疑問句に對して、人名の、「虞丘子也」の解答がつづく不自然さを考えるとき、『外傳』の中の忠字を校增し、『文選』景福殿賦註引によって校改する必要があるかも知れぬが、いまこのままとする。なお『新序』には賢相爲誰につくる。　12虞丘子也　補注本のみ丘字を邱につくる。『文選』景福殿賦註引もこれにおなじ。『外傳』には卽沈令尹也につくる。譚のストーリーは違うが、賢人虞丘子が令尹位を孫叔敖に讓るという説話は『呂氏春秋』不拘論贊能にも見え、虞丘子役は沈尹莖という人物になっている。顧校がこれを指摘。沈令尹・沈尹莖は同一人物、莖字は「駮文（はくぶん）（別説）が多いが本書に從うべし」という（語釋）5・二五一ページも參照）。梁校は『外傳』には沈令尹につくると指摘。蕭校は梁校を襲う。なお『新序』には爲虞丘子につくる。　13姬掩口而笑　『文選』景福殿賦註引は姬揜戸而笑曰につくる。『外傳』は樊姬掩口而笑につくる。　14姬之所笑何也　『外傳』もこれにつくる。『文選』景福殿賦註引は、この句より、王曰、何謂也にいたる二十二字の該當句なし。『新序』は王問其故につくる。　15虞丘子　補注本のみ丘字を邱につくる。　16

對曰　『文選』景福殿賦註引には前條13・14にしるすごとき措字をとり、この二字該當字を曰一字として上句に付している。『外傳』は姫曰につくり、『新序』は曰一字につくる。なお『外傳』、『新序』には、この上句の曰、虞丘子、賢則賢矣より何謂也にいたる十六字の該當句なし。　17妾執巾櫛十一年　『文選』景福殿賦註引は妾幸得充後宮の六字につくる。王校もこれを指摘。王校を襲った蕭校は幸字を率に誤刻して紹介する。『外傳』は妾得於王、尙湯沐、執巾櫛、振衽席、十有一年矣につくる。なお『新序』は妾幸得執巾櫛以侍王につくる。　18遣人之鄭　衞、求美人進於王　美人を叢刊本は賢人につくり、承應本は奚人につくる。『文選』景福殿賦註引は妾所進者九人につくる。『外傳』は然妾未嘗不遣人之梁鄭之閒、求美人而進之於王也につくる。　19今賢於妾者二人、同列者七人　『文選』景福殿賦註引は、上句はこれにおなじ。下句は與妾同列者七人につくる。なお景福殿賦註引は後句の妾豈不欲擅王之愛寵哉以下、欲王多見知人能也にいたる三十六字の該當句なし。『外傳』は與妾同列者十人、賢於妾者二人につくる。『新序』は故所進、與妾同位者數人矣につくる。顧校は七人二字を『外傳』が十人につくることを指摘する。　20妾豈不欲擅王之愛寵哉　叢刊・承應の二本は哉字を乎につくる。『外傳』は愛寵の二字を寵一字につくる。『新序』はこの該當句を17の句の下に配し、非不欲專貴擅愛也、以爲傷王之義の二句十四字につくる。蕭校は「琴操」には妾非不欲專貴擅愛也につくると指摘する。　21妾聞、堂上兼女、所以觀人能也　王校は兼字は「疑ふらくは誤ならん」という。蕭校はこの誤字を悞に誤讀、「兼は兼（あはス）レ味（ヲ）・兼（ヌ）レ人（ヲ）の兼なり」と反論する。『外傳』にはこの句なし。『新序』もこの該當句なし。　22妾不能以私蔽公、欲王多見知人能也　『外傳』は不敢私願蔽衆美、欲王之多見則娛につくる。『新序』にはこの句なし。　23今虞丘子、相楚十餘年　叢刊・承應の二本は今字を妾聞の二字につくる。補注本は丘字を邱につくる。『文選』景福殿賦註引は、今夫虞丘子、相楚十餘年久につくる。『外傳』は今沈令尹相楚數年矣につくる。『新序』には今虞丘子爲相數十年につくる。顧校もこの點を指摘。同一撰者の賢相虞丘子の孫叔敖への讓位譚を載せる『說苑』（卷十至公）の句、虞丘子みずから讓位を申し出る臣爲令尹十年の語を紹介し、同校は『呂氏春秋』不拘論贊能の異說も紹介する。『呂氏春秋』には、沈尹莖游于郢五年、荆王欲爲令尹、沈尹莖辭曰、期思之鄙人有孫叔敖者、聖人也、王必用之、臣不若也と文をつづけている。蕭校は十餘年の三字を『新序』が數十年につくると指摘する。　24所薦、非子孫則族昆弟　諸本は子孫を子弟につくる。『文選』景福殿賦註引はこれにつくる。もし子弟とすれば、後句の族昆弟と文義が一部重複する。王校はこの點を指摘、蕭校も王校を襲う。いま景福殿賦註引により校改する。『外傳』、『新序』にこの該當句なし。　25未聞進賢、退不肖　『文選』景福殿賦註引は未聞を未嘗開につくり、不肖二字を不自に誤刻する。『外傳』は未嘗見進賢而退不肖也、又焉得爲忠賢乎の十七字につくる。『外傳』は後句の是蔽君而塞賢路より王悅の句にいたる三十字なし。『新序』も同樣部分の該當句なし。　26是蔽君而塞賢路、知賢不進、是不忠、不知其賢、是不智也　『文選』景福殿賦註引には蔽君以下の七字なく、夫知賢而不進、是不忠也、若不知賢、是無知也につくる。『新序』も是蔽君以下の七字なく、知而不進、是不忠也、不知、是不智也につくる。　27妾之所笑、不

亦可乎　『文選』景福殿賦註引は豈可謂賢哉につくる。なお景福殿賦註引は、下句の王悦以下の全句なし。『新序』は安得爲賢につくる。

28明日、王以姫言告虞丘子、丘子避席、不知所對、於是避舍使人迎孫叔敖、而進之王、以爲令尹　補注本は丘二字を邱につくる。『外傳』は莊王旦朝、以樊姫之言告沈令尹、令尹避席而進孫叔敖につくる。『新序』は明日朝、王以樊姫之言、告虞丘子、虞丘子稽首曰、如樊姫之言、於是、辭位而進孫叔敖につくる。顧校は虞丘子が孫叔敖に相の座を譲った事は『外傳』『新序』『史記』（巻九十五循吏列傳）に見え、『説苑』至公に詳しいと指摘、蕭校も『史記』『説苑』に見えるといい、『史記』では孫叔敖は楚の處士であったとしるされているという。

29治楚三年、而莊王以覇　『外傳』は叔敖治楚三年、而楚國覇につくる。『新序』は孫叔敖相楚、莊王卒以霸につくる。　30楚史書曰　『外傳』は楚史援筆而書之於策につくる。『新序』にこの該當句なし。本來ここは君子贊がおかるべき位置であり、君子謂、君子曰等の句がこの前のあったとも考えられるが、おそらく登場人物名の虞丘子・沈令尹の相違（後述の語釋5、二五一ページに説くように同一人物）があるにせよ、前條各條の本譚と『外傳』の各句の相似から推測されるように、劉向は本譚を『外傳』から採ったのであり、楚の史官が之を策簡に書きとめたという記事を設け、君子贊をより客観的な評價の言とすべく史書贊の形式に特に書き替えたものと思われる。

31莊王之覇、樊姫之力也　『外傳』は楚之覇、樊姫之力也につくる。『新序』は29の句の結論としてしるし、樊姫與有力焉につくる。

32大夫夙退、無使君勞　叢刊・承應の二本は夙退を夙夜につくる。その他諸本と『詩經』毛詩・衞風・碩人にはこれにつくる。『外傳』は、『詩經』鄘風・載馳の百爾所思、不如我所之をしるす。なお『外傳』は後句の其君者以下、執事有恪にいたる十七字の該當句なし。

33女君　叢刊・承應二本は女者につくる。　34此之謂也　諸本はこれにつくるが、『外傳』は樊姫之謂也につくる。　35伯　王校は伯は霸に通じ、處・路と韻を踏むといい、梁校は伯の古音は博古の反という。蕭校は王・梁二校を襲う。上古音は霸の義のときはpăg（十二魚部）。

語釈　○楚莊樊姫　楚莊は春秋五覇の一人。楚の莊王羋侶（旅）。父は穆王商臣。在位六一三～五九一B.C.。晉の文公重耳の死後（六二八B.C.）、父の穆王により進められた北上戦略を嗣ぎ、庸（湖北省竹山県）舒蓼（安徽省舒城県）を滅ぼし、晋と同盟していた宋・鄭・陳を支配下に入れ、陸渾の戎を伐って東周の洛陽に兵威を示し、周の鼎の軽重を問い、邲の戦い（河南省滎陽県の北。五九七B.C.）に晋軍を大破した。〔校異〕4に示した『史記』楚世家では、即位後三年間は、政務を執らず、日夜遊興に身をもちくずし、諫言する者は容赦せずと布令たが、この布令を犯して諫言した伍挙と蘇従に政務を任せて、征服戦に乗り出したという。もっとも伍挙諫言譚は、伍挙が「有レ鳥在ニ於阜一、三年不レ蜚不レ鳴。是何鳥（一羽の鳥が阜に居て、三年飛びも鳴きもせず。これ何の鳥）」と隠で意中を問い、王が「三年不レ蜚、蜚将レ沖レ天。三年不レ鳴、鳴将レ驚レ人（三年飛ばずにいたとして、一度飛んだら天を衝く。三年鳴かずにいたとして、一度鳴いたら世を驚かす）」と答えたという話になっており、『史記』巻一二六滑稽列伝にもほぼ同様の譚が淳于髡と斉の威王田因斉の対話として出ている。とはいえ、登場人物を替えた忠義の諫言を納れた荘王が、即位直後の遊蕩生活から立ち直ったという話は『韓非子』喩老や『呂氏春秋』審応覧重言にも見える。劉向自身も『新序』雑事二では忠諫の臣を士慶という人物で語っている。おそらくこうした伝説を生むような背景をもった人物であったのであろう。本譚冒頭部は以上のごとき荘王改悛説話の変形(ヴァリエーション)の一つなのである。樊姫は生歿年未詳。実在人物なら、樊(陽樊・河南省済原県の南)に封(ほう)ぜられた斉(せい)の宣王姫靖の名臣仲山甫の末裔樊氏の出身であろう。『左伝』荘公二十九年冬、三十年春の条に周室に叛して討伐された樊皮(仲皮)なる人物の名が見え、「会箋」に氏族の考証がある。なお『史記』楚世家によれば、荘王の後宮には鄭・衛・越等の他国出身の衆妾が蓄えられていた。(蕭注)。　○畢弋　畢は雉や兎を捕える小網、またその網による猟。弋は弋繳(よくしゃく)(いぐるみ)、矢に糸をつけて鳥を射るもの、またその鳥猟。　○聴朝　朝廷で政務を執る。　○飢倦　空腹・疲労　○虞丘子　虞丘は複姓。諱・生歿年未詳。校異12に見るように『外伝』巻二第四話には沈(しん)令尹、『呂氏春秋』不拘論賛能には沈(しん)尹莖ともしるされるが、『墨子』所染の「楚荘染(ソマリ)ハ二孫叔・沈尹一二」の句に対して孫詒譲の『簡詁』は諸註を引き、彼の名が沈尹蒸・沈申(尹)巫・沈尹竺・沈尹筮等ともしるされることを述べ、李惇註の『左伝』宣公十二年夏六月の条「沈尹将中軍」に付された杜註「沈(しん)或は寝に作る。寝は県なり」の説、『韓詩外伝』所載の沈令尹は『新序』雑事の虞邱(ママ)子であり、令尹はその官、沈はその氏或いは食邑であるという説を紹介。これを是(ただ)しいとする。『韓詩外伝集釈』巻七も「虞丘子云云」に対し陳喬樅の説を引き、『外伝』は沈令尹進孫叔敖の事を載するも、『列女伝』賢明及び『新序』は、沈令尹は並(み)な虞邱(ママ)子に作る。則ち虞丘子は当(まさ)に即ち沈令尹の号たるべし」という。なお杜註は寝県を再説して汝陰固始県という。すなわち春秋時代の沈(しん)(別名寝丘・安徽省臨泉県)である。虞丘は地名として管見のかぎり史上に見えず、姓のみで伝わった名である。虞丘子は本姓に因む尊称。別に食邑に因む沈姓で称ばれた人物であったろう。既述の『墨子』所染をはじめ、『呂氏春秋』孟夏紀尊師、慎行論察伝等が荘王の人格形成・覇業達成に大功があったと評する賢者である。　○執巾櫛　巾は手拭い、櫛(しつ)はくし。妻妾として夫の身のまわりの世話をする。　○鄭・衛　鄭は楚と隣接する河南省南部、衛は河南省北部・山東省西部に拠った中原の文化的先進国。歌舞音曲に秀でた美女の産地。　○堂上兼女、所以観人能　堂上は宮殿の上、ここは後宮。兼は蕭註が兼味(諸料理を合わせ食う)・兼人(他人の才能を合わせて他人を凌ぐ)の意という。前者の意がよい。兼畜(合わせやしなう)におなじ。観は観察する。訳文は通釈のとおり。　○以私蔽公　私は私心、夫婦の愛情。公は公人(ここは国君)の義務。　○非子孫則族昆弟　直系の子や孫でなければ同族中の同世代の兄弟関係にある者である。　○不亦可乎　いけないことはないでしょう。当然でしょう。　○避席　恐縮して席から下がる。席は敷物(ざぶとん)。当時の中国は土間に席を敷いて坐った。　○避舎　官舎を出る。辞職する。

○孫叔敖　虞丘子こと沈令尹につづいて楚の荘王の覇業をなさしめた賢人。詳しくは巻三仁智伝第五話孫叔敖母の本文と〔語釈〕1(中巻参照)。　○令尹　楚の宰相相当官。　○詩曰　『詩経』衛風・碩人の句。訳文は通釈のとおり。次条も参照。　○其君者、謂女君この二句は梁註が王応麟『詩攷』に見えぬが、魯詩の解説文だという。王先謙も『詩三家義集疏』巻三下でこの説を襲い、「夫人の尊貴を極形（最高に形容）」する点で、毛伝より優れているという。ただし、毛伝・詩序では、この詩は衛の荘公姫揚に斉から嫁した荘姜を賛える歌とされ、毛伝はこの聯に、「大夫未だ退かざれば、君は朝（政務）を路寝（政務を行なう御殿）に聴き、夫人は内事（奥むきの事）を正寝（正殿）に聴く。大夫退き、然る後罷る（退出する）」と註し、鄭箋は、荘姜始めて来る時、衛の諸大夫朝夕する者、皆早く退き、君をして労倦に之らしむる者無し。君夫人新たに妃耦と為るを以て、宜く親に親しむべきの故なり」と説いており、詩句中の君は荘公と解せられている。〇又曰　『詩経』商頌・那の句。恪は敬におなじ。訳文は通釈のとおり。〇非刺　非難する。

韻脚　〇姤 tag・処 k'ịag・路 g̊lag・伯 păg（十二魚部押韻）

余説　『礼記』曲礼下には、「女を天子に納るるは、百姓に備ふ。国君に於ては酒漿に備ふ」と述べられている。天子・国君の婚姻は万民のため、あるいは宗廟の祭祀のため継嗣を広め、国家の安泰・存続を謀る事業だというのであり、後宮制度の由来を説明しているのである。だが、じつの後宮は君主の漁色、痴愛の場であり、妻妾が我が身と一族の栄達を争う生地獄、この世の最高の独占慾たる男女・夫婦の愛の葛藤、嫉妬の闘争の場であった。こうした実態を礼教の理念に即した場にするためには、機械的な生殖の義務に加えて、夫と人格・見識に卓れた複数配偶者の助けあい・高めあいによる天子・国君家庭の繁栄の義務を論す必要もあった。『詩経』毛伝・詩序も周南関雎の詩にそうした意義づけをする。詩序は、「淑女を得て、以て君子に配するを楽む。憂は賢を進むるに在り。其の色に淫せず（愛慾に溺れず）窈窕を哀み、賢才を思ひ（衆妾の美女に哀みをかけ、その賢れた才能を思い）、善を傷るの心無し」となるよう賢后に要請する歌とする。劉向は、『外伝』巻二第四話にも説かれたこの主旨の樊姫説話を潤色し、より強烈な教訓話に仕立てたのである。「堂上　女を兼ふるは、人の能を観る所以なり」とは、夫、妻妾双方に何と厳しくも巧妙に、後宮制度の意義を諭した名言であろうか。本譚は必要あるばあいの王后・国君夫人の外事への容喙の要請、賢人一般の才徳に対する鑑識眼の必要を論しただけの説話ではない。第一話周宣姜后譚（二一九～二二一ページ）と同様の王后・国君夫人への房中訓を重要な内容としたものである。

さて、この説話はやがて『琴操』中の列女引作詩説話を生みだす。次にそれを紹介しよう。序の文の多くは〔校異〕17・19・27等と比較して判るように『新序』雑事一と一致する。列女ノ引は『新序』を承けて産まれたのであろう。

列女引者、楚荘王妃樊姫之所作也。荘王愛幸樊姫、不敢専席（寝席）。飾衆妾使更侍王（交代で王に侍らせ）、以広継嗣。荘王一日罷朝晏。樊姫問故。王曰、「与賢相語」。姫問、「為誰」。曰、「虞丘子」。樊姫曰、「妾幸得侍王、非不欲専貴擅愛也。以為傷王之義。故所進与妾同位者数人矣。今虞丘子為相、未嘗進一賢、安得為賢」。明日、王以樊姫語告虞丘子。稽首辞位、而進孫叔敖。樊姫自以諫行志、得作列女引曰、「忠諫行兮正不邪、衆妾夸兮（夸は美好の意）継嗣多シト」。

六 周南之妻

周南之妻者、周南大夫之妻也。大夫受命、平治水土。過時不來、妻恐其懈於王事。蓋與其隣人陳素所與大夫言。「國家多難、惟勉強之。無有譴怒、遺父母憂。昔舜耕於歷山、漁於雷澤、陶於河濱。非舜之事、而舜爲之者、爲養父母也。家貧親老、不擇官而仕。親操井臼、不擇妻而娶。故父母在、當與時小同、無虧[1]大義。不罹患害而已。夫鳳凰不離於罻羅、麒麟不入於陷穽、蛟龍不及於枯澤。鳥獸之智、猶知避害。而況於人乎。『生於亂世、不得道理。迫於暴虐[2]、不得行義』。然而仕者、爲父母在故也」。

乃作詩曰、「魴魚頳尾、王室如毀[3]。雖

周南の妻なる者は、周南の大夫の妻なり。大夫命を受け、水土を平治す。時を過ぐるも來らざれば、妻其の王事を懈るを恐る。蓋し其の隣人と素大夫と言りし所を陳べしならん。

「國家難多ければ、惟だ之に勉強するのみ。譴怒せらるること有りて、父母に憂を遺ること無かれ。昔舜は歷山に耕し、雷澤に漁りし、河濱に陶る。舜の事に非ざれども、舜之を爲すは、父母を養はんが爲めなり。家貧しく親老ゆれば、官を擇ばずして仕ふ。親井臼を操れば、妻を擇ばずして娶る。故に父母在せば、當に時と小同して、大義を虧くこと無かるべし。患害に罹らざるのみ。夫れ鳳凰は罻羅に離らず、麒麟は陷穽に入らず、蛟龍は枯澤に及ばず。鳥獸の智すら、猶ほ害を避くるを知る。而るを況んや人に於てをや。『亂世に生きては、道理を得ず。暴虐に迫られては、義を行ふを得ず。』然り而して仕ふるは、父母在すが爲めの故なり」と。

乃ち詩を作りて曰く、「魴魚は頳尾にして、王室毀くが如し。

則如毀、父母孔邇。蓋不得已也。君子以是知、周南之妻能匡夫也。

頌曰、「周大夫妻、夫出治土。維戒無怠、勉爲父母。凡事遠害、爲親之在。」作詩魴魚、以敕君子。

則ち毀くが如しと雖も、父母孔だ邇し」と。蓋し已むを得ざればなり。君子是を以て知る、周南の妻は能く夫を匡せりと。

頌に曰く、「周の大夫の妻、夫出でて土を治む。維れ戒めて怠る無く、勉めて父母の爲めにせしむ。凡そ事害に遠ざかるは、親の在すが爲めなり。『詩』の魴魚を作り、以て君子を敕む」と。

通釈 周南の妻とは、周南の大夫の妻のことである。大夫は命令を受けて、治水工事に出かけていった。時が過ぎても帰って来ない。妻は王の命じた仕事を怠けてはいないかと恐れた。そこでその隣人と日ごろ大夫と語りあっていたことを述べたようである。〔大夫に語っていた言葉は次のようなものであったとか〕。

「お国は難事が多いのだから、ひたすら頑張りぬきましょうね。叱責を受け、両親に心配をかけないようにしましょう。むかし舜は歴山で野良仕事をし、雷沢で魚とりをし、河水（黄河）のほとりで陶器づくりをしました。舜の仕事でなくても、舜がこれらの仕事を行ないつづけたのは、両親をお世話するためでした。家が貧しく親が年をとられたので、官職を選りごのみせずに仕官されたのでした。両親が井戸水を汲み臼を搗いているので、妻を選りごのみせずに娶ったのでした。だから両親がおいでのときは、時勢に少々妥協して、大義には欠けぬようにしなければなりません。ひたすら禍にかからぬようにするのです。そもそも鳳凰は罻羅にはかかりませんし、麒麟は陥穽にははまりませんし、蛟や竜は水の枯れた沢地には出かけません。鳥や獣の知恵でさえ、害を避けることを知っています。まして人ならなおさらでしょう。『乱世に生きては、道理は得られず。暴虐に迫られては、道義は行なえず』です。それでもお上につかえるのは、両親がおいでだからですわ」。

かくて詩をつくって、「ただれて赬き魴魚の尾は、殷王室に焼かれる我が身。焼くよに酷い政道も、父母在せば耐え忍ばん」と詠ったのである。おもうに、やむを得ぬからと諭したものであろう。君子はこれによって、周南の妻が、夫を正すことができた事を知るのである。
頌にいう、「周の大夫の妻は、夫出でて土木の工事に就く。妻はひたすら怠りを戒め、父母のため勉めよと励ます。仕事については害より遠ざかるは、父母の在すがためと。『詩経』の魴魚の歌を詠い、これにより君子を敕む」と。

校異 1蔚羅　諸本は蔚羅につくる。蔚字、顧校引段校は罻の誤といい、梁校は罻にすべしという。王校は離・罻同意、蔚・罻二字は古字通用といい、蕭校は王・梁二校を併擧する。　2迫於暴虐　諸本は句頭に而字あり。王校は衍字という。而字がなければ、生於亂世、不得道理、迫於暴虐、不行道義は四言の對偶表現を構成する。理 liəg（一之部）と義 ŋiar（十八歌部）は叶韻。韻語の成句である。よって而字を除いた。　3・3毀　王校は毀壞の意にとるが、毛詩には燬につくり、顧・梁二校はこれを指摘。蕭校引臧校は毀は燬の省借字という。なお『後漢書』巻三十九周盤の傳・李註引韓詩には焜につくり、その薛君章句には焜は烈火の意とする。王應麟『詩攷』もこれを引く。　4能　諸本は而能につくる。顧校引段校は而能の而は能字の誤り、現行本の能字は淺人の添加といい、梁校もこれを襲う。王校は而字を衍字という。兩説、結論はおなじ。蕭校は兩説を紹介。今これにより而字を除く。　5遠害　諸本は遠周につくるが意味不明。梁校は王念孫の説を引き、傳（本文）中に害字が兩見すること、篆文の害字は周と相似形であること、『公羊傳』宣公六年春の條の「靈公有周狗、謂之獒」の文が『爾雅』釋畜では周字を害につくり、『漢書』巻十四諸侯王表の河閒共王不周の名が、同巻五十三景十三王傳には不害、『史記』巻十七漢興以來諸侯王表には恭王不害、同巻五十九五宗世家には不害につくられていること等をもって、害字に改むべしという。蕭校は梁校を襲うとともに、『古文尚書』召奭（周書・君奭）の「在昔上席、割申勸寧王（文王）之德」の句を『禮記』緇衣が引き、「在昔上帝、周田（＝申）觀（＝勸）文王之德」につくり、正義が「此周字古文爲割」というのと同類だと論じるが、かえって難解。要は古文（篆文）で相似形の字は害のみでなく、害と古時通用した割字も周字に誤記されることがあったというのである。

語釈 ○周南大夫　周南については諸説がある。毛伝は、詩序の「南言化自北而南也」の句に註して、「其の化（周公の教化）、岐周（陝西省岐山県一帯）より江（長江）・漢（漢江）の域を被ふなり」と説く。王註は「韓詩に『南郡（湖北省江陵郡の北）・南陽（河南省南陽市）の間に在り」と説く。王先謙は『詩三家義集疏』巻一の関雎篇冒頭に、「魯（詩）説に曰く、『古の周南は、即ち今の洛陽なり（疏：『史記』巻一三〇太史公自序の「天子始建漢家之封、而太史公留滯周南」の集解・徐広註の摯虞の説）。又曰く、洛陽にして周南と謂ふ者は、陝より以東皆周南の地なればなり（疏：『漢書』巻六十二司馬遷の『史記』と同文下の張晏の説）」と説く。洛陽は今の河南省洛陽市。だが本譚の周南の地は所引後出の『詩経』周南、汝墳の詩序「（略）文王の化、汝墳の国に行はれ、婦人能く其の君子を閔み、猶ほ之を勉むるに正を以てするなり」の説にしたがえば、舞台はその一角にしぼられ、王先謙が前掲書巻一汝墳篇において、膨大な諸説検討後に達した『漢書』巻二十八上地理志上・汝南郡中の女（汝）陰（王莽時代の汝墳・安徽省阜陽市）という狭い地域になる。ただし王先謙は詩序説をとらず、汝墳を大夫の郷里ではなく行役の地と見る。大夫は階級の名。姓名は未詳。　○平治水土　治水工事をすることだが、無論大夫身分の者だから、その監督にあたったのであろう。ただし王先謙は汝墳篇の「遵二彼汝墳一、伐二其條枚一」の句によって、大夫自身が条（枝）枚（幹）を伐り、治水工事にあたると説いている。なお蕭註は『毛詩正義』疏引の王粛の説を挙げ、当時は殷の紂王の時代で、その命令で大夫は行役に従事したのだという。　○過時不来　来は帰ること。予定の帰還時を過ぎても帰らない。蕭註は前条につづいて王基の説を挙げ、「汝墳の大夫、久しくして帰らず」という。　○王事　王の命じる事業。ここの王は殷末代の紂王帝辛（在位一一五五〜一一二二B.C.）。　○蓋　おそらく〜であろう。　○素　王註に平日という。日ごろ。　○勉強　無理をしても努力する。頑張りぬく。　○昔舜耕於歴山　舜は堯と併称される儒家尊崇の古代の聖人。詳しくは巻一有虞二妃伝の本文と〔語釈〕1（八六〜九〇ページ）参照。舜が歴山で耕作に従事した伝説は『史記』巻一五帝本紀に見え、『韓詩外伝』巻七の第六話中にも語られるが、歴山の所在地は一定せず多くの異説がある。正義は『括地志』により、蒲州河東県（山西省永済県東南）の雷首山をはじめ、越州余姚県（浙江省余姚県）、濮州雷沢県（山東省鄆城県の西）嬀州（河北省懐東県の東）等の歴山を挙げるが、今日に伝承するものには、山東省済南市の南、山西省翼城県東南、江蘇省無錫市等もある。　○漁於雷沢　この伝説も五帝本紀に見え、雷沢は雷夏沢ともいう。集解は鄭玄説により兗州沢のこと、済陰郡に属すといい、正義は『括地志』により濮州雷沢県郭外西北という。位置は後漢・唐で異なるが、およそ山東省鄆城県の西の地にあった沼沢地である。　○陶於河浜　この伝説も五帝本紀に見える陶は陶器・瓦器（すえき）を作る。河浜は河水（黄河）系の水流のほとりの意だが、集解は皇甫謐説により済陰定陶西南の陶丘亭がそこだといい、正義も近在地の曹州を挙げ（いずれも山東省鄆城県近在の定陶県・満沢県の地）、ほかに『括地志』が示す陶城（山西省永済県の北）を挙げている。　○家貧親老、不択官而仕　蕭註は、この語が『外伝』巻一第一話の曽子の孝心による仕官譚中の「家貧親老者、不択官而仕」の語を借りたこと、また『孟子』離婁上の「不孝有三」の章に対する趙岐註の、「礼に於ては、〔蕭註略趙岐註十八字〕家窮（蕭註は貧につくる）して親老い、禄仕を為さざるは二の不孝なり」の語と通じることを指摘する。訳文は通釈のとおり。　○親操井臼、不択妻而娶　井臼を操るとは、井戸の水を汲み、臼で穀物を搗くこと。訳文は通釈のとおり。蕭註は『孟子』万章下・「仕非レ為レ貧」の章の「娶レ妻非レ為レ養也、而有レ時乎為レ養」に対する趙岐註「妻を娶るは本継嗣の為めなればなり。而れども親　釜竈を執るを以て（母親が家事で苦労するので）、妻を択ばずして娶る者有り」の語にもとづくことを指摘する。　○与時小同　時は時勢、小同はいささか同調する。妥協する。　○夫鳳凰不離於罻羅、麒麟不入於陥穽、蛟竜不及於枯沢　鳳凰・麒麟・蛟竜は空・陸・水の代表的鳥獣。離は反訓、あう・かかる。罻羅は鳥網の総称。訳文は通釈のとおり。当時一括された人生訓の一つであろう。『呂氏春秋』有始覧　応同（名類）にも「夫れ巣を覆へし卵を毀てば、則ち鳳凰至らず。獣を刳き胎を食へば、則ち麒麟は至らず。沢を干し涸らして漁れば、則ち亀竜は往かず」という。〇作詩曰『詩経』周南・汝墳の句。魴魚は和名ヲシキウオ・マナカツオという。〔校異〕3の『後漢書』李註引韓詩の薛君章句には、「赬は赤なり。焜（燬）は烈火なり。孔は甚なり。邇は近きなり。言は魴魚労るれば則ち尾赤く、君子労苦すれば則ち顔色変ず。王室政教 烈火の如きを以てなり。猶は觸冒して（危険に触れて）仕ふる者は、父母甚だ飢寒に迫近せらるるの憂を以てなり」という。この解説は殆んど毛伝・鄭箋とおなじである。なお鄭箋は王室について「是の時紂〔王〕存す」という。ここに語られ、詠じられる行役の苦は殷王室の暴政によるもの。訳文は通釈のとおり。 〇君子 夫をいう。

韻脚 〇土 t'ag（12魚部） ◎母 muəg・在 tsəg・子 tsiəg（1之部） 二部合韻一韻到底格押韻。

余説 本巻序賛にいう、「法に循ひて興居し、終日殃無し」と。巻三仁智伝序賛にいう、「義に帰し安きに従へば、危険必ず避く」と。これらは直接には妃后・夫人に対して語りかけられているが、卿大夫相当者や士庶人の妻に対する要望の言たることもいうまでもない。賢明伝の主題の一つは、夫や夫家を無殃、遠害たらしむる妻の佳行を語ることにあり、第九話陶荅子妻や第十三話楚接輿妻と同様（二六九、二九六ページ）、「遠害」の語が、本譚では「避害」の語とともに述べられている。『孝経』卿大夫章、士章はその地位にある者が分を尽し、爵禄と祖先の祭祀を失わぬようにするよう、庶人章も分を尽し、父母を養いとおせるようにするよう要請しているが、かかる孝道は妻の内助なしには達成し難い。本譚は、夫に対する諫言の日常的実践を噂話にするようにしむけて、夫の日常の公務実践の姿勢を世に知らせ、夫にその姿勢を貫かせようとした賢妻の孝道物語。譚は『詩経』周南・汝墳の成立に関する「うた物語」として構想されている。「文王の化、汝墳の国に行はれ、婦人能く其の君子を閔み、猶ほ之を勉めしむるに、正を以てす」という「毛詩」の小序の解や、「父母甚だ邇ければ、当に之を念ひ以て害より免るべし」という鄭注は、本譚を受けて成立したものか。王先謙『詩三家義集疏』巻一周南・汝墳は、この詩の斉・韓・魯の三詩の解と毛伝の解の一致点について膨大な考証を加えている。

七 宋鮑女宗

女宗者、宋鮑蘇之妻也。養姑甚謹。

女宗なる者は、宋の鮑蘇の妻なり。姑を養ひて甚だ謹めり。

鮑蘇仕衞三年、而娶外妻。女宗養姑愈敬。因往來者、請問其夫、賂遺外妻甚厚。女宗姒謂曰、「可以去矣」。女宗曰、「何故」。姒曰、「夫人既有所好。子何留乎」。女宗曰、

「婦人、一醮不改、夫死不嫁。執麻枲、治絲繭[1]、織紝、組紃、以供衣服、以事夫室。澈漠酒醴[2]、羞饋食、以事舅姑。以專一爲貞、以善從爲順。貞順、婦人之至行[3]也。豈以專夫室之愛爲善哉。若其以淫意[4]爲心、而扼夫室之好、吾未知其善也。夫禮、天子十二、諸侯九、卿大夫三、士二。今吾夫誠士也。有二不亦宜乎。且婦人有七見去方[5]、無一去義。七去之道、妬正爲首。淫僻・竊盜・長舌・驕侮・無子・惡病、皆在其後。吾姒、不教吾以居室之禮[6]、而反欲使吾爲見棄之行。將安所用此」。

遂不聽、事姑愈謹。宋公聞之、表其閭、號曰女宗。

鮑蘇衞に仕へて三年にして、外妻を娶れり。女宗姑を養ふこと愈々敬む。往來する者に因りて、其の夫に請問して、外妻に賂遺すること甚だ厚し。女宗の姒謂ひて曰く、「以て去るべし」と。女宗曰く、「何の故ぞ」と。姒曰く、「夫の人は既に好む所有り。子何ぞ留まるや」と。女宗曰く、

「婦人は、一たび醮しては改めず、夫死しては嫁せず。麻枲を執り、絲繭を治め、紝を織り・紃を組み、以て衣服を供し、以て夫室に事ふ。酒醴を澈漠し、饋食を羞め、以て舅姑に事ふ。專一を以て貞と爲し、善從を以て順と爲す。貞順は、婦人の至行なり。豈に夫室の愛を專らにするを以て善と爲さんや。若し其れ淫意を以て心と爲して、夫室の好を扼するは、吾未だ其の善なるを知らざるなり。夫れ禮に、天子は十二、諸侯は九、卿大夫は三、士は二とあり。今吾が夫は誠に士なり。二有るも亦た宜ならずや。且つ婦人は七つの去らるるの方有るも、一の去るの義無し。七去の道、妬を正に首と爲す。淫僻・竊盜・長舌・驕侮・無子・惡病、皆其の後に在り。吾が姒、吾に教ふるに居室の禮を以てせずして、反て吾をして棄てらるるの行を爲さしめんと欲す。將た安ぞ此を用ふる所あらん」と。

遂に聽かず、姑に事ふること愈〻謹む。宋公之を聞き、其の閭に表し、號して女宗と曰ふ。

君子謂、「女宗謙而知禮」。『詩』云、「令儀令色、小心翼翼。故訓是式、威儀是力」。此之謂也。

頌曰、「宋鮑女宗、好禮知理。夫有外妻、不爲變已。稱引婦道、不聽其姒。宋公賢之、表其閭里」。

君子謂ふ、「女宗は謙にして禮を知る」と。『詩』に云ふ、「儀を令くし色を令くし、小心翼翼たり。故訓是れ式り、威儀是れ力む」と。此の謂ひなり。

頌に曰く、「宋鮑は女宗、禮を好みて理を知る。夫に外妻有るも、爲めに已れを變ぜず。婦道を稱引し、其の姒に聽かず。宋公之を賢とし、其の閭里を表す」と。

通釈 女宗とは、宋の鮑蘇の妻のことである。姑を丁重に世話していた。鮑蘇は衛の国につかえて三年すると、現地の女を囲った。女宗はますます大切に姑のお世話をする。衛の地に往き来する者によって、その夫に機嫌をうかがわせ、現地の伴侶の女に手あつく金品を贈っていた。女宗の姉は「離婚なさい」という。女宗は「何故ですの」という。姉は、「あの人にはすでにいい人が出来てしまっているのよ。どうして留まっているの」という。女宗はいうのであった。

「女は、一たび嫁いだら夫を変えてはならぬし、夫が死んでも再婚はしないものですわ。麻や枲から糸を紡ぎ、絹糸をくり、機糸を織ったり、紃を組んだりして、衣服をそなえ、夫につかえるものなのよ。酒や醴を清らかにこしらえ、よく煮たり焼いたりした食事をお進めして、舅・姑につかえるものですわ。夫に心一筋なのを貞といい、よく従うのを順というのです。貞順は、女の最高の徳なのですよ。どうして夫の愛を一人占めにするのがよいことでしょうか。邪まな愛欲によって、夫を好きにさせて差しあげないなんて、わたしはよいことだとは思いませんわ。そもそも礼のきまりでは、天子の配偶者は十二人、諸侯は九人、卿・大夫は三人、士は二人となっていますのよ。ところでわたしの夫は誠に士なのですよ。二人配偶者がいても当然ではないでしょうか。それに女には七つの離縁される道があっても、みずから離婚できる理由は一つもないのですよ。七つの離婚の道では、嫉妬こそが一番、淫僻・窃盗・長舌・驕侮・無子・悪病などはみなその後なのですわ。お姉さまともあろう方が、わたしに妻の道を教えずに、かえってわたしに世間からつまはじきされるような行ないをさせようとなさるのね。どうしてそのように出来まして」と。

ついに聴きいれず、いよいよ丁重に姑につかえた。宋公はこの事を耳にすると、その村里の門に表彰し、女宗（女の手本）の名誉号を賜わったのであった。

君子はいう、「女宗は謙虚で礼を心得ていた」と。『詩経』には、「居ずまい正し顔色正し、気くばりはいとも敬む。先王のみ教えにそい、威儀をばつとめて正す」という。これは宋鮑女宗のごときを詠ったものである。

頌にいう、「宋鮑こそは女の手本、礼を好みて道理わきまえたり。夫は外に女を囲うも、己れが恃む婦道を変えず。婦道を引きて語りて、姉の離婚の勧めを聴かず。宋公これを賢とし、その閭里を表彰せり」と。

校異　1絲繭　叢刊・承應二本はこれにつくるが、他の諸本は繭字を俗字の蠒につくる。本字に改めた。　2以事夫室、澈漠酒醴　この斷句については、王・蕭二説に相違あり。語義にかかわるので、〔語釋〕12に論じておく（二六一ページ）。　3貞順、婦人之至行也　備要本・集注本をのぞく諸本はこの二句八字なし。梁校は『文選』巻四十九干令升『晉紀』摠論の註引により、これを校増し、蕭校も梁校を襲う。なお『文選』中『晉紀』摠論註引は、この句のみを舉げて前後の句を缺くが、梁校がこの箇所に補ったのは、論脈上、妥當な處置であると思われる。　4淫意　王校は淫慝に改むべしといい、蕭校も王校を襲う。ただし王校は他本の證據を缺く。論脈上から考えても意字を慝にことさら改める理由はないように思われる。　5婦人有七見去方　叢刊・承應二本はこれにつくる。他の諸本は方字を夫につくり、集注本は去字で斷句、夫字を後句の先頭につけている。備要本以下、叢刊本とは別系統の諸本は集注本と同樣の解釋の上に立って方字を夫につくっているのであろう。しかし、ここの見去方の方字は、後句の去義の義字と對應するものであろうし、もし夫無一去義という句を立てるならば、その句は夫無一見去義もしくは夫室無一見去義につくられるべきであろう。この句は後句とともに、婦人は、離縁される方が七つもあり、みずから離婚出來る義は一つもない、という對照的な禮方（義）を述べる句と考えるのが妥當ではあるまいか。この論脈から考えて叢刊本によって校改した。　6不敎吾以居室之禮　『文選』巻五十九任彥升・劉先生夫人墓誌註引はこの一句のみを示して、如不敎吾以居室之行につくる。　7故訓　叢刊・承應二本は古訓につくり、毛詩も古訓につくるが、毛傳は古は故の意と説く。梁校は毛詩は故字を古につくると指摘、蕭校も梁校を襲う。王先謙『詩三家義集疏』巻二十三もいうように、故字は魯詩の文なのであろう。いま叢刊・承應二本以外の諸本によって校改せず。

語釈　○女宗　女の師表。宗について、王註はたんに「尊」と解するが、拠りどころとし仰ぎみる者、師表をいう。『後漢書』巻六十七党錮伝序の「言二其能導レ人追レ宗者一也」の李註に「宗とは宗仰する所なり」という。　○宋　春秋十二国の一つ。子姓。河南省東部、安徽省西部、山東省西南部を領有。孔子の祖先の出身地。　○鮑蘇　伝未詳。　○外妻　妻と同居する妾の他に、夫が別の地に赴いたときに随意に同棲する現地の女をいい、外婦ともいう。蕭註は『後漢書』巻三十八高五王伝の「斉悼恵王肥、其母高祖微時外婦也」を引いて解するが、顔師古はこの句に、「与に旁りに通ずる者を謂ふ」と註する。　○請問　ご機嫌うかがいをする。　○賂遺　夫の世話の依頼のために金品を贈る。　○姒　王註は、「婦人は長婦（夫家の年長の婦）を謂ひて以て姒と為す。亦た姉を謂ひて姒と為す」と両説を挙げ、蕭註もこれを襲う。ここは後者、母家の姉の意にとっておく。　○夫人　夫の人。女宗の夫。　○婦人、一醮不改、夫死不嫁　醮は婚姻の儀式に夫婦が酒を酌みかわすこと。訳文は通釈のとおり。梁註は『礼記』郊特性の「信は婦徳なり。壹たび之（＝夫）と斉にしては（婚礼の飲食をともにしては）「身を終ふるまで改めず。故に夫死すとも嫁がず」を挙げる。梁註は、醮・酳同義、醮・斉同義の解を詳説、『説文』酳、『儀礼』士昏礼の至婦成礼の一段等も挙げているが冗言。これらは省略する。　○執麻枲・治糸繭、織紝・組紃　麻枲はクワ科一年草のアサとイラクサ科多年草のカラムシ（苧麻）のこと。ともに繊維を紡ぎとる。糸繭はキヌイトとマユ。紝は機糸。紃は音シュン。丸打ちの紐。この句は王註が指摘するように『礼記』内則にみえる。　○以事夫室、澈漠酒醴　夫室とは居室（＝妻）に対する語。夫をいう、澈漠とは酒を漉して澄ませること。醴はアマザケ・ヒトヨザケのこと。梁註は、澈は『説文』水部繫伝引に澂（澄）につくること、漠は『爾雅』釈言に清の意に解く（原文は「漠察清也」）ことを指摘する。ただし王註は、この二句を、以事夫、室澈、漠酒醴の三句に断句し、澈は潔清（室内を洒ち掃くこと）、漠は巻一母儀伝第十一話鄒孟軻母の「夫れ婦人の礼は、〔略〕酒漿を冪し（冪は布でおおうこと。酒や汁物の仕度をし）、云云」の冪の意であるという。これに対し蕭注は、洪頤煊の説を引き、下文にも夫室の語があるので、ここは二句に断句すべきであり、澈は澂（澄）と同字で、澄漠酒醴とは「其（酒醴）の清めるを言ふ」と論じ、『礼記』礼運の「澄酒　下に在り」の句と前述の梁註を證とする。礼運篇の澄酒は、玄酒（＝水）、醴醆（＝製法もっとも古い酒）、粢醍（＝製法やや新しき酒）に対する、製法新しき酒の意であり、蕭注が礼運篇を引くのは妥当ではないが、断句は蕭註にしたがった。　○羞饋食　羞は進める。饋食は王註に熟食（よく煮たり焼いたりした食事）という。　○淫意　愛慾からくる邪まな思い。
○扼夫室之好　扼は、王註に把持という。握りしめる。夫室は夫、好は愛慾。夫をおさえこんで、その愛慾を好きにさせない。　○夫礼、天子十二、諸侯九、卿大夫三、士二　訳文は通釈のとおり。梁註は『公羊伝』成公十年の「斉人来媵」の註に「唯だ天子は十二女を娶る」の句のあることを述べ、後漢の『白虎通』巻四嫁娶に、「天子・諸侯は一娶九女」といい、或いは「天子は十二女を娶り、卿・大夫は一妻二妾、士は一妻一妾」と述べることを指摘し、蕭註もこれを襲う。　○婦人有七見去方、無一去義　妻には七つの夫家側から離縁される道があるが、夫を離婚する義理は一つもない。　○七去之道、妬正為首　七つの妻の離婚理由の中では嫉妬が第一である。この語は『古列女伝』以前の文献には見えない。顧註・梁註もこの事を指摘、『大戴礼記』本命に「不順父母（＝舅姑）」を先頭に挙げ、『公羊伝』荘公二十七年冬の条「大帰曰帰来」の何休の註に「無子」を先頭に挙げていること、この句の後に続く文中の「驕侮」の語も両文献に見えぬことを述べている。この点については〔余説〕で再論する。　〇居室　妻をいう。　〇表其閭　閭は村里の門。表は旌表（表彰）。牌楼や華表（柱搭）を建てたり、扁額をかかげて、孝子・貞女等を表彰すること。　〇詩云『詩経』大雅・烝民の語。鄭箋に令は善、儀は威儀、色は顔色、翼翼は恭敬、故訓は先王の遺典（のこした手本）という、訳文は通釈のとおり。　〇称引　援挙におなじ。引きあいに出す。

韻脚　〇理 lıəg・己 kıəg・似 dıəg・里 lıəg（一之部押韻）。

余説　本譚は女性の嫉妬を厳禁する意図のもとに劉向自身が創作した可能性が強い譚である。「七去」は「七出」（『孔子家語』本命解「七棄」（『公羊伝』前掲何休註）ともいうが、『大戴礼記』『孔子家語』では、不順父母（舅姑）、無子、淫、妬、悪疾、多言、窃盗を挙げ、『公羊伝』何休註では、無子、淫佚、不事舅姑、口説、窃盗、嫉妬、悪疾を挙げており、宗法制度が必要とする家内の秩序維持、家系の継続が重視されている。嫉妬という夫婦間の愛情問題を先頭におき、驕侮を条文に加えたのは、趙飛燕・昭儀姉妹の成帝朝における悪業を目のあたりにした劉向が、これらの妻妾の夫や他の配偶者に対する感情もまた、家内の秩序を乱す元凶と考え、深刻に受けとめた結果であろう。

八　晉趙衰妻

晉趙衰妻者、晉文公之女也。號趙姫。初文公爲公子時、與趙衰奔狄。狄人入其二女叔隗・季隗於公子。公子以叔隗妻趙衰、生盾。[1]及反國、文公以其女趙姫妻趙衰。生原同・屏括・樓嬰。[2]趙姫請迎盾與其母而納之、趙衰辭而不敢。[3]姫曰、不可。夫得寵而忘舊、舍義。好新而

晉の趙衰の妻なる者は、晉の文公の女なり。趙姫と號す。初め文公　公子爲りし時、趙衰と狄に奔る。狄人　其の二女叔隗・季隗を公子に入る。公子　叔隗を以て趙衰に妻せしに、盾を生む。國に反るに及びて、文公は其の女趙姫を以て趙衰に妻す。原同・屏括・樓嬰を生む。趙姫　盾と其の母とを迎へて之を納れんことを請ふも、趙衰辭して敢てせず。姫曰く、「可ならず。夫れ寵を得て舊を忘るるは、義を舍つ。新を好

嫚故、無恩。[4]與人勤於險、[5]富貴而不顧、無禮。[6]君棄此三者、何以使人。[7]雖妾、亦無以侍執巾櫛。『詩』不云乎、[8]『采葑采菲、無以下體。德音莫違、及爾同死』。與人同寒苦、雖有小過、猶與之同死而不去。況於安新忘舊乎。又曰、[9]『讌爾新婚、不我屑以』。蓋傷之也。君其逆之。無以新廢舊[10]」。

趙衰許諾、[11]乃逆叔隗與盾來。姬以盾爲賢、請立爲嫡子、使三子下之、[12]以叔隗爲內子、姬親下之。[13]及盾爲正卿、思趙姬之讓恩、請以姬之中子屛括爲公族、曰、

「君姬氏之愛子也。微君姬氏、則臣狄人也。何以至此」。

成公許之。[14]屛括遂以其族爲公族大夫。[15]

君子謂、「趙姬恭而有讓」。『詩』曰、「溫溫恭人、維德之基」。趙姬之謂也。

頌曰、「趙衰姬氏、[16]制行分明。身雖尊貴、不妬偏房。躬事叔隗、子盾爲嗣。

みて故を嫚るは、恩無し。人と險に勤めしに、富貴にして顧みざるは、禮無し。君此の三者を棄つれば、何ぞ以て人を使はんや。妾と雖も、亦た以て侍して巾櫛を執る無し。『詩』に云はずや、『葑を采り菲を采る、下體を以てする無かれ。德音違ふ莫くんば、爾と死を同にせん』と。人と寒苦を同にしては、小過有りと雖も、猶ほ之と死を同にして去らず。況んや新に安んじ舊を忘るるに於てをや。又曰く、『爾の新婚に讌んじて、我を屑しとして以ひず』と。蓋し之を傷るなり。君其れ之を逆へよ。新を以て舊を廢する無かれ」と。

趙衰許諾し、乃ち叔隗と盾とを逆へ來らしむ。姬盾を以て賢と爲し、立てて嫡子と爲し、三子をして之に下らしめ、叔隗を以て內子と爲し、姬親ら之に下らんと請ふ。盾正卿と爲るに及んで、趙姬の讓恩を思ひ、姬の中子屛括を以て公族と爲さんことを請ひて曰く、

「君姬氏の愛子なり。君姬氏微かりせば、則ち臣は狄人なり。何ぞ以て此に至らん」と。

成公之を許す。屛括遂に其の族を以て公族大夫と爲る。

君子謂ふ、「趙姬恭にして讓有り」と。『詩』に曰く、「溫溫たる恭人、維れ德の基たり」と。趙姬の謂ひなり。

頌に曰く、「趙衰が姬氏、行を制すること分明なり。身は尊

君子美之、厥行孔備◎。

貴と雖も、偏房を妬まず。躬ら叔隗に事へ、子の盾をば嗣と爲す。君子之を美し、厥の行孔だ備はれりとす」と。

通釈 晋の趙衰の妻とは、晋の文公重耳の女のことである。趙姫といった。かつて文公が公子であったとき、趙衰と狄に亡命したことがある。狄の人はその二人の女叔隗と季隗とを公子にとどけた。公子は叔隗をば趙衰にめあわせたところ、盾を生んだ。帰国すると、文公はその女趙姫をば趙衰にめあわせた。原同・屏括・楼嬰を生んだ。趙姫は盾とその母とを迎えて家に入れることを請うたが、趙衰は遠慮して踏みきれない。姫はいった、

「いけません。いったい愛する女ができたからとて昔の伴侶を忘れるのは、義理を捨てることです。新しい女を愛してもとの伴侶をあなどるのは、恩知らずです。人と困窮の中をつとめてきたのに、富貴になってから目をかけなくなるというのは、礼を欠くものです。旦那さまがこの〔義・恩・礼の〕三者を棄てるようなら、どうして人を使ってゆけましょうか。妾のようなものでも、やはり旦那さまにつかえて身のまわりのお世話をするわけにはまいりません。『詩経』にもいっていませんか、『かぶらや大根とるときは、根のみをもちいることはない。誓いの言葉が違わねば、死ぬまで添えると思ったが』と。人と貧苦をともにしては、些細な過ちぐらいなら、なお死ぬまで添うて離婚はしないものなのです。まして新しい女に気を許して昔の妻のことを忘れるようなことは、あってはなりません。それに〔『詩経』には〕『あなたは新妻楽しんで、わたしを二度とよぼうとしない』ともいっています。おもうにこの事を悲しみ非難しているのです。旦那さまにはどうかあの方をお迎えくださいませ。新しい伴侶のために昔の伴侶の方をお捨てになってはなりません」。

趙衰は聴きいれ、やっと叔隗と盾とを迎えて来させたのであった。趙姫は盾を出来物とみなし、嫡子に立て、わが子三人をその下位に置くように、叔隗をば内子（卿の正妻）とし、姫自身はその下位にいさせて欲しいと請うた。盾が正卿となると、趙姫が位を譲ってくれた恩を思い、姫の中の子の屏括をば公族（嫡子身分の卿）とするように請うていった、

「〔屏括は〕嫡母の君（ここは趙姫）が愛しておいでの息子です。嫡母の君がおられなければ、臣は狄の人間だったのでございます。どうしてここまで出世できたでありましょうか」。

成公黒臀はこれを許した。屏括はかくて趙氏の公族の身分によって公族大夫（公族の統率者）になった。

君子はいう、「趙姫は恭みぶかく謙譲の徳をそなえていた」と。『詩経』にも「心寛く和かなる恭みの人、これこそ徳の基なれ」といっている。これは趙姫のごとき人を詠っているのである。

頌にいう、「趙衰が伴侶なる姫氏は、行ない明らかに正す。わが身は尊きこと公女なるも、偏房たる人を妬まず。みずから叔隗を内子に立ててつかえ、その子の盾を嗣子とせり。君子はこれを讃えて、女の行はなはだ備わるとなせり」と。

校異 ＊本譚は『左傳』僖公廿三年・廿四年・宣公二年等に見える斷片的記事をもとに作られたものであろう。趙姫とその三子の狄（翟）人叔隗とその子盾に對する嫡妻・嫡子の讓位譚は、『史記』巻四十三趙世家にも見えるが、極めて簡略で、重要部にも違いがあり、定本検討や異本發生検討のための校異の主旨にそわぬので、本欄では採りあげない。他の問題點とともに〔餘説〕に紹介することにする。また『司馬溫公家範』巻九妻下にも本譚と同様の譚が見えるが、『左傳』の文を適宜要約、交配したもの。全面的對校は不要。◎1初文公爲公子時、與趙衰奔狄、狄人入其二女叔隗・季隗於公子、公子以叔隗妻趙衰、生盾　諸本は公子以叔隗妻趙衰の公子をみな公につくる。『左傳』僖公廿三年十一月の條には晉公子重耳之及於難也、〔略〕遂出奔狄、〔略〕狄人伐廧咎如、獲其二女叔隗・季隗、納諸公子、公子取季隗、〔略〕以叔隗妻趙衰、生盾につくる。梁校はこれにより、公字の下の子字の脱文を指摘。蕭校もこれを襲う。よって校増する。2及反國、文公以其女趙姫妻趙衰、生原同・屏括・樓嬰　叢刊本のみ反國の反字を及に誤刻する。承應本は反字に改めている。『左傳』僖公廿四年春三月の條には、狄人歸季隗于晉、而請其二子、文公妻趙衰、生原同・屏括・樓嬰につくる。　3趙姫請迎盾與其母而納之、趙衰辭而不敢　『左傳』僖公廿四年の條には、趙姫請逆盾與其母、子餘辭につくる。　4姫曰、不可、夫得寵而忘舊、舍義、好新而嫚故、無恩　『左傳』僖公廿四年の條には、姫曰、得寵而忘舊、何以使人、好新而嫚故、無恩につくる。なお『左傳』には、後續の與人勤於隘の句以下、蓋傷之也にいたる二十句八十九字の該當句なし。　5與人勤於隘　諸本は隘字を隘厄二字につくる。しかし蕭校は王念孫の「困・厄、字は古へは通じて隘につくる。疑ふらくは、此の文本とは『與人勤於隘』に作るに、後人『厄』字を旁記し、因りて正文に誤入せしならん」という説を紹介する。じつは隘字は厄字と通用する阨字と同音同義字でアイ（上古音十五支部・ĕg）・ヤク（上古音十六錫部・ĕk）の両音をもち、この句のごとき困窮を意味するときは、後者の音となる。よって二字を列ねる必要はない。王念孫の説により厄字を削った。　6富貴而不顧、無禮　『家範』もこれにつくる。　7君棄此三者、何以使人　『家範』には君字なし。なお何以使人の句は、前條4に見えるごとく『左傳』僖公廿四年の條には別箇所でもちいられている。　8爾　叢刊・承應の二本は尓につくる。　9讌爾新婚　『毛詩』邶風・谷風には宴爾新昏につくる。　10君其逆之、無以新廢舊　『左傳』僖公廿四年の條には必逆之の三字につくる。　11趙衰許諾　『左傳』僖公廿四年の條には、固請、許之につくる。　12乃逆叔隗與盾來、姫以盾爲賢、請立爲嫡子、使三子下之　『左傳』僖公廿四年の條は、來、以爲才、固請于公、以爲嫡子、而使其三子下之につくる。　13以叔隗爲内子、姫親下之　諸本は内子を内婦につくるが、すでに顧校引段校、王校、梁校、蕭校がこれに改めるべきことを指摘。杜註によれば、内子とは卿の嫡妻のこと。『左傳』は以叔隗爲内子、而己下之につくる。これらにより婦字を子に校改する。　14及盾爲正卿、思趙姫之讓恩、請以姫之中子屛括爲公族、曰、君姫氏之愛子也、微君姫氏、則臣狄人也、何以至此、成公許之　諸本は、公族二字を公族大夫につくるほかは、これにつくる。『左傳』宣公二年秋の條には趙盾請以括爲公族、曰、君姫氏之愛子也、微君姫氏、則臣狄人也、公許之、趙盾爲旄車之族につくる。ここは、趙盾が趙姫の恩情により嫡子となって出世し、その恩に報いるべく、庶子に下げられていた本來の嫡出子の屛括を公族（嫡子の卿）に再歸させ、みずからは旄車之族＝公行（庶子の卿）に身を退く一段である。公族大夫の四字は『左傳』宣公二年の文により公族二字にすべきであろう。よって校改した。　15屛括遂以其族爲公族大夫　『左傳』宣公二年冬の條には、使屛季（ママ）以其故族爲公族大夫につくる。　16姫氏　承應本のみ氏一字を缺く。

語釈　○趙衰　歿年六二一B.C.晋の文公姫重耳の五賢臣の一人。字は子余。成子（季）と諡された。父の献公詭諸の迫害を逃がれて諸国を流浪する重耳を輔佐して大功あり、晋に帰国後は原（河南省済原県）に封ぜられて原大夫となり、文公の覇業を達成。卿に任ぜられ、新上軍の大将として卒した。人柄は「冬日之日（温和で包容力ゆたか）」と評され（『左伝』文公七年夏の条に見える賈季の評）、本譚でも嫡妻・嫡子の改位について、遠慮しつつも趙姫の意見を受けいれている。　○晋文公　晋の第二十四代国君。本巻第三話晋文斉姜譚の〔語釈〕1（二三六ページ）参照。　○狄人入其二女叔隗・季隗於公子　狄は翟とも記される北方の異民族。文公重耳の母の出身国であった。叔隗・季隗の二女は校異1に見えるように、赤狄の一部族廧咎如から掠奪されて献上された女たちである。入は届け物として納入する。訳文は通釈のとおり。　○妻　めあわせる。　○盾　趙盾。生歿年未詳。字は孟。宣子と諡された。趙姫の目に狂いはなく、晋の襄公歓・霊公夷皐・成公黒臀の三代に活躍。六二〇B.C.に中軍の大将となり、軍・政両面の大権を得て晋の諸制度を定め、刑法を正し、逋逃（租税の滞納・脱税）を取締り、貸借には質要（貸借証書）を使用させ、貴賤の秩序を重んじ、滞淹（埋もれた人材）を抜擢、国力の強化に努めた。暗君霊公を諫めて迫害を受け、国外に亡命をはかったが、一族の趙穿が霊公を弑すると、周にあった文公の公子黒臀を迎えて国君位に即け（成公）、政局を安定させた。〔語釈〕1の賈季の人物評では「夏日之日（厳格で人あたりが烈しい）」といわれている。　○得寵而忘旧、舍義　寵は寵愛の女。旧は旧人・旧室（もとの妻）。舍は捨（すテル）におなじ。訳文は通釈どおり。　○好新而嫚故　新は新人（新しく迎えた妻）、故は旧人（もとの妻）。嫚は慢（軽慢）。　○与人勤於隘、富貴而不顧、無礼　隘は音ヤク。困窮。人は旧人（もとの妻）。「もとの妻と困窮の中をつとめてきたのに、富貴になってから目をかけなくなるのは、礼を欠く」というのは、『大戴礼記』本命の三不去の第三条、「前に貧賤にして後に富貴なるは去らず（貧賤のときに結婚して苦労した妻を富貴になってから離婚してはならぬ）」に言及したものである。ちなみに三不去の他の二条は、母家がなくなった妻を離婚する、三年の大喪（父母の喪）に服した妻を離婚することを禁じるものである。　〇執巾櫛　巾をささげて夫の沐浴の世話をし、櫛をとって夫の整髪の世話をすること。　〇采葑采菲、無以下体、徳音莫違、及爾同死　『詩経』邶風・谷風の語。この詩は毛伝の詩序に、「谷風は夫婦の道を失ふを刺るなり。衛人其の上に化し、新婚に淫して（新たに娶った妻の愛に溺れ）、其の旧室（もとの妻）を棄つ。夫婦離絶し、国俗敗傷す」という。本譚もこの棄婦怨の解釈にもとづいて引用されている。葑は蔓菁（カブラ）、菲は葍・蘿葍（ダイコン）。下体とはその根茎をいう。葑や菲は根茎を食べるだけでなく、葉も羹（スープ）にして食べた。「下体を以てする無かれ」とは、カブラやダイコンの根が痛んだからとて、捨ててはいけないように、妻も容色が衰えたからとて捨ててはいけないということをいう。「徳音違ふ莫くんば」とは、鄭箋に「夫婦の言相ひ違ふ無き者」という。つまり、夫婦の約束に違いがなければという意味。四句の訳文は通釈のとおり。　〇寒苦　貧苦におなじ。　〇讌爾新婚、不我屑以　前出邶風・谷風篇の語。讌（宴）は、やすらぎ楽しむ。新婚は新たに娶った妻。「我を屑しとして以ひず」の句について、鄭箋は、「君子復た我を用ひて室家（妻の任務）に当たらしむるに、潔からず（嫌がる）」という。つまり、夫が自分を二度とよび戻してくれない、という意味。二句の訳文は通釈のとおり。　〇内子　杜註は卿の嫡妻といい、「会箋」は命婦といわれる大夫の嫡妻も、これに含まれるという。　〇正卿　上卿におなじ。家老職相当位。　〇譲恩　本来狄人で庶母・庶子たるべき叔隗・盾母子に、嫡母・嫡子の位を譲ってくれた恩。　〇公族　成公黒臀の即位にあたって等級づけられた卿の位の一つ。嫡子身分の卿。ちなみに校異14に見られるように、庶子の卿を公行、旄車の族と称し、趙盾はその地位にみずから身を退いたのである。　〇君姫氏　君母氏におなじ。側妾の子から嫡母をよぶ称呼。嫡母の君。ここは本来、晋の国君たる文公の公女として嫡母の地位にあるべきであった趙姫をいう。　〇何以至此　どうしてここまで出世できたのか。　〇成公　晋の第二十七代の国君姫黒臀。在位六〇六～六〇〇B.C.。　〇公族大夫　公族の統率者。　〇詩曰　『詩経』大雅・抑の語。温温は毛伝に寛柔という。心が寛く柔和なこと。詩句訳文は通釈のとおり。　〇姫氏　趙姫のこと。晋の公室は姫姓である。　〇制行分明　制行は行動を恣意にせぬよう正すこと。『礼記』表記に「聖人の行を制するや、制するに己れを以てせず（自分を基準にして正すことはしない。他人の立場も考える）」という。分明は明らかなこと。　〇不妬偏房　偏房は側妾をいう。趙姫は側妾として遇しても構わぬ叔隗に対して嫉妬せず、嫡妻の位を譲った。

韻脚　〇明 miăŋ・房 bıuăŋ（14陽部）　◎嗣 ziəg・備 bıuəg。（1之部）換韻格押韻。

余説　趙姫は国君の公女ながら、あえて夫が困窮の中で先に結婚した叔隗に嫡妻の位を譲り、その子の盾が才器であることを看破すると、己が腹を痛めた子らを庶子の位に下げて、趙氏の嫡子の地位を彼に譲った。本譚はその結末を正卿に出世した盾が、趙姫の恩に報いて、その中子屏括に公族大夫の位をもたらした報恩譚として結んでいる。『左伝』に描かれる剛直の君子趙盾の晋の国力の強化や維持、霊公の失政を救い、その迫害から逃れて成公を擁立した活躍ぶりは語られない。だが劉向は、こうした事実にも注意しながら、趙姫の人物鑑識眼の確かさを、彼のもたらした屏括の公族大夫の地位確保、趙氏の地位の保全の一点に搾って示したのであろう。劉向が趙姫の行為から訴えようとしたのは、重臣の妻たる者に必要な眼識の要請も含めて、次の二点であったろう。

一は、妻妾の地位は夫の事業に対する内助の貢献度によって考慮さるべきであり、子らの嫡庶の地位もその才能によって決定さるべきであるという考えである。趙姫はこの考えを、妬忌の念を押さえて実践した。むろん彼女がしかく厳格に己れを律せたのは、嫡妻の地位を譲ってもなお維持しうる国君の公女としての優越した立場があってのことであり、相手のもつ異民族狄の出身者という引け目があってのことであった。だが、相手の女に対する優越した地位にありながら、また異腹の子が一家繁栄の柱石たりうる人物であり、優位に立たせてやることで恩義を負わせられる立場にありながら、後宮や卿大夫の閨房にあって、趙姫のごとく行動できる女性は稀であった。二は、いわゆる「糟糠の妻」に対する男の非情を容認することへの反省である。趙姫は「棄婦の怨み」に対する同情を己れの理論と『詩』句によって、理と情の双方から痛烈に非難する。その科白の半ばは劉向自身の創作である。夫家の恣意的な妻離別を禁じる「三不去」の文脈に似た「人と隘に勤めしに、富貴にして顧みざるは、礼無し」というような「礼」の意識に基礎づけられた語を、男女の礼の混乱期にあった『左伝』時代の女が事実として語ったとは思われない。漢代の礼教の徒劉向ならではの言ではあるまいか。しかし「無礼」の語を「無義」「無恩」に置き替えるならば、この語は史実を超える背信を犯した男に対する女の肺腑を抉る難詰の語として響いてくる。趙姫は女の身をもって、愛の競手の心中を思いやり、みずからを犠牲にし、同性に対する不当な待遇を論難したのである。

ところで『史記』巻四十三趙世家には、この史話の異伝がこうしるされている。　◎重耳以驪姫之乱亡奔翟。趙衰従。翟伐廧咎如、得二女。翟以其少女妻重耳、長女妻趙衰而生盾。初、重耳在晋時、趙衰妻亦生趙同・趙括・趙嬰斉。趙衰従重耳出亡、凡十九年、得反国。〔略〕趙衰既反晋、晋之妻固要迎翟妻、而以其子盾為適嗣。晋妻三子皆下事之。云云。　これによれば、趙衰の妻は、たんに晋人であって文公重耳の公女ではなく、趙衰との結婚は重耳の翟（狄）亡命以前のこととされている。また晋の妻が何故、叔隗に相当する翟の妻とその子盾に嫡妻・嫡子の位を譲らねばならなかったか不明である。司馬遷のこの記事の資料は『左伝』以外の文献・口碑から得ている事はいうまでもない。だが『史記』のこの記録をもって『左伝』の記事の史実性を疑うことはできまい。この記録自体が趙衰の晋の妻が翟の妻とその子に対する嫡妻・嫡子譲位の理由を書き忘れた杜撰なものだという点を指摘すれば足りよう。

九　陶荅子妻

陶荅子妻者[1]、陶大夫荅子[2]之[3]妻也。荅[2']子治陶三年[4]、名譽不興、家富[5]三倍。其妻數諫不用[6]。居五年、從車百乘歸休。宗人擊牛而賀之[7]。其妻獨抱兒而泣。姑怒曰、「何其不祥也[8]」。婦曰、

「夫子能薄而官大。是謂嬰害[9]。無功而家昌。是謂積殃。昔楚[10]令尹子文之治國也、家貧國富。君敬民戴。故福結於子孫、名垂於後世[11]。今夫子不然。貪富務大、不顧後害[12]。妾聞、南山有玄豹[13]、霧雨七日而不下食者、何也[14]。飽其志、飢其腹[15]、將欲以澤其毛衣、而成文章也[16]。故藏而遠害[17]。犬彘不擇食、以肥其身、坐而須死耳[18]。今夫子治陶、家富國貧。君不敬、民不戴[19]。樂極、必哀來[20]。敗亡之徵見矣。夫子之逢禍必矣。請去[21]。願

陶荅子の妻なる者は、陶の大夫荅子の妻なり。荅子陶を治むること三年、名譽興らずして、家富三倍せり。其の妻數諫むるも用ひず。居ること五年、車百乘を從へて歸休す。宗人牛を撃ちて之を賀す。其の妻獨り兒を抱きて泣く。姑怒りて曰く、「何ぞ其れ不祥なるや」と。婦曰く、

「夫子は能薄くして官大なり。是れ害に嬰るると謂ふ。功無くして家昌んなり。是れ殃を積むと謂ふ。昔楚の令尹子文の國を治むるや、家貧しくして國富む。君敬して民戴く。故に福は子孫に結びて、名は後世に垂る。今夫子は然らず。富を貪りて大を務め、後害を顧みず。妾聞く、南山に玄豹有りて、霧雨ふること七日なれども下食せざるは、何ぞや。其の志を飽かしめ、其の腹を飢えしむるも、以て其の毛衣に澤あらしめて、文章を成さんと將欲すればなり。故に藏れて害に遠ざかる。犬彘は食を擇ばず、以て其の身を肥やし、坐して死を須つのみと。今夫子陶を治むるに、家は富むも國は貧し。君は敬せず、民は戴かず。樂み極まれば、必ず哀み來らん。敗亡の徵見る。夫子

與少子俱脱」。
姑怒、遂棄之。[22] 處期年、荅子[2′]之家、果以盜誅。[23] 唯其母老、以免、婦乃與少子歸、養姑、卒終天年。[24]
君子謂、「荅子之妻、能以義易利。雖違禮求去、終以全身復禮。可謂遠識矣」。『詩』曰、「百爾所思、不如我所之」。此之謂也。
頌曰、「荅子治陶、家富三倍。妻諫不聽、知其不改。獨泣姑怒、送厥母家。荅子[2′]逢禍、復歸養姑」。

の禍に逢ふこと必せり。請ふらくは去らん。願はくは少子と倶に脱れん」と。

姑怒り、遂に之を棄つ。處ること期年、荅子の家、果して盜を以て誅せらる。唯だ其の母のみ老ゆれば、以て免る、婦乃ち少子と歸り、姑を養ひて、卒に天年を終ふ。

君子謂ふ、「荅子の妻、能く義を以て利に易ふ。禮に違ひて去るを求むと雖も、終に以て身を全うして禮を復めり。遠識と謂ふべきなり」と。『詩』に曰く、「百爾の思ふ所は、我の之く所に如かず」と。此の謂ひなり。

頌に曰く、「荅子陶を治むるや、家富三倍す。妻諫むるも聽かざれば、其の改めざるを知る。獨り泣けば姑は怒り、厥の母家に送れり。荅子禍に逢えば、復た歸りて姑を養ふ」と。

通釈　陶荅子の妻とは、定陶の大夫の荅子の妻のことである。荅子は定陶を三年間治めたが、好評はたたず、財産は三倍になった。その妻がしばしば〔不正の収入について〕諫めたものの採りあげない。五年たち、車百台をしたがえて休暇をいただいて帰ってきた。一族の者たちは牛を屠って彼の成功を祝った。その妻だけは一人、赤子を抱いてしのび泣いている。姑が怒って、「なんと不吉なことだ」という。婦はいった、
「旦那さまは才能は乏しい方なのに官位は高くおなりです。これでは害にかかるといいます。手柄がない方なのに家は栄えているのです。これでは殃を積むといいます。昔楚の令尹の子文が国を治められたときは、家は貧しくなり国は豊かになりました。殿さまは敬い民はよき首領として戴いたのです。だから子孫は幸せになれ、名声は後世に及びました。ところが今、旦那さまはそうではありません。財産作りと昇進に夢中、後の災いは考えもせずという態たらくでいらっしゃ

るのです。妾(わたくし)は聞いていますわ、南山には黒豹がいるが、霧雨(きりさめ)が七日も降りつづいても下山(げざん)して餌をあさらないのは、何故か。その志をみなぎらせ、その腹をすかせても、毛皮に光沢(つや)をあたえて、その模様を美しくさせたいからなのだ。だから身をひそめて害に遠ざかっているのだ。犬や彘(ぶた)は餌を選ばず、その身を肥らせ、逃げもせず死を待つだけなのだと。ところが今、旦那さまが定陶を治められると、わが家は富んでも国は貧しくなりました。殿さまは敬意を示されず、民(たみ)は首領(かしら)として戴かずというありさま。楽しみが極まれば、必ず悲しみが訪れるというもの。破滅の微(きざし)が現れております。きっと旦那さまは禍いに逢われます。離縁して下さい。下の坊やと一しょに逃げさせて下さいませ」。

姑は怒って、かくて彼女を追いだした。その一年後、荅子の家は、はたして横領収賄の罪をもって誅滅されたのである。ただその母だけが年寄りだというので、赦されたのであった。婦(よめ)はそこで下の坊やと夫の家に帰り、姑の世話をして、ついに天寿をまっとうした。

君子はいう、「荅子の妻は、公義をもって私利に易(か)えることができた。礼にそむいて女の身で離縁を求めたが、ついに一命をまっとうして夫家にもどって婦礼を守った。遠大な見識をそなえていたといえよう」と。『詩経』には、「なんじらいかに思わんと、わが思いには及ばず」という。これは荅子の妻の胸中のごときを詠ったものである。

頌(しょう)にいう、「荅子の定陶を治めしとき、家の富にわかに三倍す。妻不正を諌むるも聴かざれば、その改めざるを知る。一人しのび泣けば姑は怒り、その母家(さと)に送りかえさる。荅子はたして禍いに逢えば、また家にもどりて姑を世話せり」と。

校異　1陶荅子妻者　諸本はこの句なし。『初學記』巻二天部下六霧引、『太平御覧』巻十五天部十五引、同上巻四七二人事部一一三富下引、『事文類聚』前集巻三天道部霧引にはこの句あり。他傳の體例からは校増を必ずしも要さぬが、三部引が擧って添えているので、加えておく。　2・2′荅子　叢刊・承應二本、集注本、『司馬溫公家範』巻九妻下、『事文類聚』前集引は答子につくる。　3之　備要・集注の二本はこの字あり。他の諸本はなし。梁校は『御覧』人事部引にあるのによって校増したといい、蕭校も梁校を襲う。『初學記』『御覧』天部『事文類聚』前集の諸引にも之字が添えられている。　4荅子治陶三年　叢刊・承應二本、集注本が荅字を答につくるほか、諸本、『御覧』人事部引はこれにつくるが、治陶二字を『初學記』引、『事文類聚』前集引は化陶に、『御覧』天部引は仕陶につくる。『文選』巻二十七謝玄暉「之宣城出新林、浦向版橋」詩註引はこの句該當部を起句とし、陶荅子治陶三年につくる。『事類賦注』巻三天部霧引もここを起句とし、陶答子化陶三年につくり、『家範』引もここを起句とし、陶大夫答子治陶につくる。　5家富　『事文類聚』前集引にのみ家産につくる。
6其妻數諫不用　『初學記』、『御覽』天部、『事文類聚』前集の諸引は其妻數諫曰につくり、『事類賦注』引は其妻諫曰につくり、後句の居五年以下、婦曰にいたる七句三十三字なく、夫子能薄而官大につなぐ。『御覽』人事部引は其妻數、荅子怒曰、非汝所知につくる。『文選』謝玄暉詩註引はこの句の該當句以下、宗人擊牛而賀之にいたる四句二十二字なし。『家範』引は妻數諫之、答子不用の二句八字につくる。　7宗人擊牛而賀之　『家範』引もこれにつくる。『御覽』人事部引は宗人牽牛酒而賀之につくる。　8其妻獨抱兒而泣、姑怒曰、何其不祥也　『御覽』人事部引は其妻抱兒而泣、姑怒、其不祥也の十二字につくる。『家範』引は上句はこれにおなじ。下句を姑怒而數之曰、吾子治陶五年、從車百乘歸休、宗人擊牛而賀之、婦獨抱兒泣、何其不祥也という前出句の一部重複も含めた六句三十五字につくる。『文選』謝玄暉詩註引は其妻抱兒而泣、姑怒、以爲不祥につくる。なお同引は後句の婦曰より不顧後害にいたる十三句六十三字なし。
9夫子能薄而官大、是謂嬰害　『初學記』、『御覽』天部、『事類賦注』『事文類聚』前集の諸引もこれにつくるが、『御覽』人事部引は嬰害を縈害につくり、『家範』引は夫子を夫人に誤刻する。　10昔楚令尹子文之治國也、家貧國富、君敬民戴　『初學記』引は昔楚令尹子文之化、家貧而國富につくり、『御覽』天部引は昔楚令尹子文之仕、家貧而國富につくる。また『御覽』人事部引は昔楚令尹之治國、家貧而國富、君敬之、民戴之につくり、『家範』引は昔令尹子文之治國也、家貧而國富、君敬之、民戴之につくる。『事類賦注』、『事文類聚』前集の二引はこれらの句なし。梁校は『御覽』（人事部）には第三句を君敬之、民戴之につくると指摘し、蕭校も梁校を襲う。あるいは本條はこの文字二つを脱している可能性もあるが、なくとも文體は亂れない。いまこのままとする。　11故福結於子孫、名垂於後世　叢刊・承應の二本は垂字を傳につくる。『家範』引はこれにつくる。『初學記』引、『御覽』天部引は後世二字を後代につくる。『御覽』人事部引は福一字を福祿二字につくる。『事類賦注』、『事文類聚』前集の二引はこれらの句なし。　12今夫子不然、貪富務大、不顧後害
第一句を『家範』引は今夫子則不然につくり、『初學記』引、『御覽』天部・人事部引ともに今夫子の三字につくる。『事類賦注』引はこれらの句なし。『事文類聚』前集引は第一・第二句を今夫子、貪富圖大につくる。　13妾聞、南山有玄豹　『初學記』、『文選』謝玄暉詩註、『御覽』天部・人部、『事類賦注』、『事文類聚』前集の六引はこれにつくる。唐・李濟翁『資暇集』巻中豹直の條は下句を起句とし、玄豹二字を文豹につくる。『御覽』巻八九二獸部四豹引はこの一條を起句とし、陶荅子妻曰、妾聞、南山有文豹につくる。『家範』引はここより敗亡之徵見矣の句にいたる十九句八十一字の該當句なし。蕭校は玄豹二字を『資暇集』（集を錄につくる）引が文豹につくると指摘する。　14霧雨七日而不下食者、何也　『初學記』『御覽』天部・人部・獸部、『事類賦注』『事文類聚』前集の六引は而字なし。『文選』謝玄暉詩引は隱霧而七日不食につくり、『資暇集』引は霧雨七日不下食者につくる。　15飽其忘、飢其腹　この二句六字は諸本になく、『御覽』人事部引のみに見え、他書・他部引にも見えない。梁校がその存在を指摘し、蕭校も梁校を襲う。論理の進行上必要な句であり、

元來はあったものであろう。よって校增した。　16將欲以澤其毛衣、而成文章也　上句を諸本は欲以澤其毛の五字につくる。『初學記』、『御覽』天部・獸部、『文選』謝玄暉詩註、『事類賦注』、『事文類聚』前集の六引は欲以澤其衣毛につくる。『資暇集』引は欲以澤其毛衣につくる。『御覽』人事部引はこれにつくる。下句を『事類賦注』引のみ而成其文章につくる。上句につき、王校は『文選』（謝玄暉詩）註、『初學記』の二引には毛字上に衣字があり、舊本は衣字を脱しているのであろう、衣毛とは「脊背上の毛、人の衣有るが如きなり」という。梁校は以上二本に加え、『御覽』天部・獸部も毛字上に衣があること、人事部には毛衣につくることを指摘する。蕭校は梁・王二校を紹介する。下句につき、蕭校補曹校は『事類賦注』引が成字の下に其字があることを指摘する。いま『御覽』人事部により、上句に將・衣二字を校增する。なお『資暇集』の引文はここまでである。　17故藏而遠害　『御覽』人事部引もこれにつくる。『初學記』引は、故藏以遠害、今君若此、皆不免後患の三句十四字につくる。『文選』謝玄暉詩註引はこの句なし。『御覽』天部引は故藏以遠害、今君與此背、不無後患乎につくる。獸部引はこの句より以下の文すべてなし。『事類賦注』引は故藏以遠害、今君與此背、得無後患乎につくる。『事文類聚』前集引は故藏以避害、今君與此背、不无後患乎につくる。梁校は『初學記』引は下に今君與此背、付免後患の二句ありというが、『初學記』引は上記のごとくである。梁校はさらに『御覽』天部引の下句が不無後患乎につくることをも指摘。蕭校は梁校を襲う。ここはおそらく、『初學記』、『御覽』天部、『事類賦注』、『事文類聚』前集の四引のごとく、もとは三句から成っていたのであろう。ただし、この四引のうちのいずれの遺文を校增すべきかは斷ずる方法がない。いまこのままとする。なおこの四引は次條以下のすべての文なし。　18犬彘不擇食、以肥其身、坐而須死耳　『文選』謝玄暉詩註引は至於犬豕、肥以取之につくる。『御覽』人事部引は豕不擇食、以肥身、坐而須死につくる。　19今夫子治陶、家富國貧、君不敬、民不戴　『御覽』人事部引は今夫子治陶、家日益富、而國日益貧、君不敬、人不戴也につくる。『文選』謝玄暉詩註引はこの今夫子治陶以下、敗亡之徵見矣の六句二六字なし。梁校は第二句について、『御覽』人事部引の措辭を指摘、蕭校は梁校を襲う。　20樂極、必哀來　諸本はこの句なし。『御覽』人事部引もなし。しかし『文選』（巻四十二）魏・文帝「與朝歌令吳質書」引には陶荅子妻曰、樂極必哀の句があり、『文選』（巻四十五）漢・武帝「秋風辭」註引にも陶荅子妻曰、樂極、必哀來の句がある（二引ともこの一節のみを引く）。ここは脱文を生じたものである。この箇所に校增し、かつ「秋風辭」註引の句を採るのは、論理展開からの必要性とともに、王校が指摘するように上句の民不戴との間に有韻關係が成立するからである。上古韻で戴・來は təg・mləg（一之部）であり、王校は夫郝懿行の説としてこの點を指摘し、あわせて本譚には「有韻の文」が多いことにも言及している。ちなみにこのほかには能薄而官大、是謂嬰害、無功而家昌、是謂積殃（大 dad・害 ɦad。上古韻19祭月部）昌 t'iaŋ・殃 ·iaŋ（上古韻14陽部）、貪富務大、不顧後害（大 dad・害 ɦad 上古韻祭月部）等の有韻關係をもつ句がある。これらの有韻句は俗諺や詩句挿入の痕跡をとどめたものか。梁校も魏・文帝書註引、武帝辭註引の存在を指摘、樂極、哀必來の句の脱文を主張する。蕭校は王校を郝校の名で襲う。

21夫子之逢禍必矣、請去　諸本はこの句もない。『御覧』人事部引はこれにつくる。『文選』謝玄暉詩註引は禍必矣の三字につくる。『文選』詩註引は『御覧』引の一部と共通する。『古列女傳』原本の脱文がしかく二様に遺されたものであろう。また『御覧』引の請去の二字は、後句の君子賛中にある違禮求去に對應する句で、やはり『古列女傳』原本の遺文であろう。梁校もこれら二句の遺文に言及、蕭校も梁校を襲う。よって校増する。　22姑怒、遂棄之　『御覧』人事部引は於是、遂弃之出につくる。『文選』謝玄暉詩註引はこの該當句なし。　23處期年、荅子之家、果以盗誅　『御覧』人事部引は處期年の句を其年につくる。『文選』謝玄暉詩註引は朞年、荅子之家、果被盗誅につくる。なお『文選』謝玄暉詩註引は後句の唯其母老以下のすべての文なし。　24唯其母老、以免、婦乃與少子歸、養姑、卒終天年　諸本は卒終天年の句を終卒天年につくる。『御覧』人事部引は母老而免、婦乃與少子歸養、終始（姑終の誤倒轉寫）天年につくる。梁校はこれを指摘、終卒二字の誤倒を主張する。蕭校はこれを襲う。卒終二字の校改はこれによる。

語釈　○陶荅子　陶は春秋・曹の陶丘、戦国・宋の地、秦・漢以後の定陶（山東省定陶県の北）。顧註は『漢書』巻二十八上地理志・済陰郡「故の曹国」の説を挙げ、梁註は『史記』巻四十一越王勾践家中の「范蠡（略）止於定陶」の集解・徐広註「今（晋代）の済陰定陶なり」という説を挙げる。荅子は顧註に曹の大夫というが、実在未詳の人物。　○帰休　休暇を得て帰る。　○宗人　同族の者。　○撃牛　牛を屠殺する。　○何其不祥也　何は詠歎の副詞、なんと。不祥は不吉におなじ。　○夫子　旦那さま。　○能薄而官大　能は才能。薄は乏しい。官は官位。大は高大。　○嬰害　王註に嬰は触という。害にふれる。　○昔楚令尹子文之治国也、家貧国富、君敬民戴、故福結於子孫、名垂於後世　令尹は楚の宰相相当官。子文は若敖氏に属する闘穀於菟の字。歿年 Ca 六〇四 B.C.。父の闘伯比が鄖の公女と密通して生ませた子だが、成王羋熊惲（在位六七一～六二六 B.C.）につかえ、六六三 B.C.に令尹となり、「自ら家を毀り、以て楚国の難を紓うした（みずから家財を投じて、楚国の財政難を救った）」と讃えられる賢臣（『左伝』荘公卅年秋の条）。父の死後、令尹を継いだ子の闘般、字子揚は政争で殺され、一族は荘王羋侶（旅）と闘って族滅に近い惨状を招いたが、斉に使いした孫の箴尹（諫争官）克黄が死刑を覚悟で復命、忠節を全うすると、荘王は子文の功をしのんで彼をゆるして旧官に復職させた（『左伝』宣公四年の条）。全句訳文は通釈のとおりだが、ここに抽象的に語られる子文の良宰相ぶりとその果報譚は、『左伝』の記事とともに『国語』巻十八楚語下の次の文によっている。『国語』楚語下では、昭王羋珍時代の悪宰相の嚢瓦、字子常の非道の蓄財と、その果報としての対呉戦中の柏挙（湖北省麻城県の東）の役の敗北による鄭亡命（五〇六 B.C.）と良宰相子文の廉潔と令名を担った子孫の存続が対比的に描かれている。＊昔闘子文三舎令尹、無一日之積（たくわえ）、恤民之故也。（略）成王毎出子文之禄、（子文）必逃、王止而後復。人謂子文曰、「人生求富、而子逃之、何」。対曰、「夫従政者、以庇民也。民多曠者（貧者）、而我取富焉、是勤民以自封也（民を搾取して自分の富を増す）。死無日矣。我逃死、非逃富也。故荘王之世、滅若敖氏、唯子文之後（子孫）在、至於今処鄖、為楚良臣一。（畧）今　子常、（畧）蓄聚不レ厭、其速ニ怨於民一多矣。積レ貨滋厚、不レ亡何待。（畧）乃有ニ柏挙之戦一、子常奔レ鄭（鄭に亡命した）。　〇南山有玄豹　南山は秦嶺の終南山（陝西省西安市の南）以下、中国各地に七箇所ほどある。玄豹はクロヒョウ。ヒョウの黒変したものだが斑点紋様がある。　〇文章　紋様。　〇犬彘　イヌとブタ。中国では今も犬は食用に供される。　〇下食　下山して餌を補食する。　〇沢　光沢を添える。　〇請去　離縁をお願いする。「婦人は一の去るの義無し」（婦人は自分の意志で夫を離婚する道理は一つもない）」というのが礼のきまりであった。本巻第七話宋鮑女宗譚（二五七～二六二ページ）参照。それを敢えて陶荅子の妻は願ったのである。　〇敗亡之徴　敗亡は破滅。徴は予兆。　〇処期年　一年たって。　〇以盗誅　蕭註は『左伝』文公十八年冬の条の「賄（財貨）を竊むを盗と為す」と『穀梁伝』定公八年冬の条に「其の取る所に非ずして之を取る。之を盗と謂ふ」の二例をもって盗字を検討する。横領や収賄等で、ひそかに正当な収入以外の財貨を貪り蓄えた行為で誅滅された。王註は『礼記』大学の「寧ろ盗臣有らん」の句で盗字を解釈するが不適切である。　〇少子　末の男の子。　〇復礼　復はふみおこなう、守る。礼は婦としての礼。　〇詩曰　鄘風・載馳の語。百爾の爾は鄭箋に女の意という。あなた方多勢。之は思におなじ。訳文は通釈のとおり。

韻脚　〇倍 buəg・改 kəg（1之部）　◎家 kăg・姑 kag（12魚部）換韻格押韻。

余説　出世の才に長じた男には権益志向の人間が多い。官僚をとりまく環境は横領・収賄の誘惑が充満している。経世の才や抱負に欠けても出世と権益の追求に巧みな人物を、当人も周囲も力量ある才器と誤認する。陶荅子とその一族の者たちもそうであった。一人正常な感覚を失わなかったのは妻だけである。尋常な諫争が受けいれられず、破局が迫る中で、彼女は姑の機嫌を害う不祥の涙を流し、癇に障る長広舌をふるい、少子をつれての離縁を成功させる。予知どおりに族滅同様になった陶氏に、やがて妻は少子をつれかえり、一門を存続させ、罪の連坐からゆるされた姑の世話にあたる。夫家に入り舅姑につかえ、子孫を遺して家の存続につくすことを課題とする婦礼を、彼女は「婦人は一の去るの義無し」という別の婦礼を破り、いったんは悖徳の汚名をかぶることによって全うしたのである。断固、公義の場に立つことによって、彼女は遠識を得、機転を効かせ、自己犠牲に徹し、名声・名誉をあげることができた。陶荅子の妻の賢明の基礎は、君子賛が冒頭に述べるように、行動の原理を「私利より公義に易え得た」ことにあろう。

劉向は、官にある者の妻がつねに夫に官にある者の公義を全うさせて名を成さしめるよう諫争することを求めた。令尹子文の説話と「玄豹成文」の寓話からなる陶荅子の妻の姑に対する抗辯は、謙退・寡欲の徳に生きる女たちからの、権益追求に己が力量を誇ろうとする官にある男に贈られた「官箴」の佳品とはいいえまいか。

十 柳下惠妻

魯大夫柳下惠之妻也。柳下惠處魯、三黜而不去。憂民救亂。妻曰、「無乃瀆乎。君子有二恥。國無道而貴、恥也。國有道而賤、恥也。今當亂世、三黜而[1]不去、亦近恥也」。柳下惠曰、「油油之民、將陷於害。吾能已乎。[2]且彼爲彼、我爲我。彼雖裸裎[3]、安能汚我」。油油然與之處、仕於下位。柳下既死。門人將誄之[4]、妻曰、「將誄夫子之德耶。則二三子不如妾知之也」[5]。乃誄曰[6]、

「夫子之不伐兮、夫子之不竭兮[7]、夫子之信誠、而與人無害兮。

屈柔從俗[8]、不強察兮。蒙恥救民、德彌大兮。雖遇三黜、終不蔽兮[9]。愷悌君子、永能厲兮。嗟乎惜哉、乃下世兮[10]。庶幾遐年、今遂逝兮。嗚呼哀哉、魂神

魯の大夫柳下惠の妻なり。柳下惠魯に處り、三たび黜けらるれども去らず。民を憂へて亂を救ふ。妻曰く、「無乃瀆れんか。君子二恥有り。國 道無くして貴きは、恥なり。國 道有りて賤しきも、恥なり。今亂世に當り、三たび黜けられて去らざるも、亦た恥に近きなり」と。柳下惠曰く、「油油の民、將に害に陷らんとす。吾能く已まんや。且つ彼は彼なり、我は我なり。彼裸裎すと雖も、安んぞ能く我を汚さんや」と。油油然と之と處り、下位に仕ふ。柳下既に死す。門人將に之を誄せんとするに、妻曰く「將に夫子の德に誄せんとするか。則ち二三子は妾の之を知るに如かざるなり」と。乃ち誄して曰く、「夫子は之伐らず、夫子は之竭きず、夫子は之信誠にして、人と害ふ無し。屈柔にして俗に從ひ、強ひて察くせず。恥を蒙り民を救ひ、德彌々大なり。三黜に遇ふと雖も、終に蔽れず。愷悌の君子は、永く能く厲む。嗟乎 惜しい哉、乃ち世を下れり。遐年を庶幾ひしに、今遂に逝けり。嗚呼 哀しい哉、魂神泄れり。夫子の諡は、宜く惠と爲すべきぞ」と。

泄兮。夫子之諡、宜為惠兮」。門人從之、以為誄。莫能竄一字。[11]君子謂、「柳下惠妻、能光其夫矣」。『詩』曰、「人知其一、莫知其他」。此之謂也。

頌曰、「下惠之妻、賢明有文。柳下既死、門人必存。將誄下惠、妻為之辭。陳列其文、[12]莫能易之」。

門人之に従ひ、以て誄と為す。能く一字を竄ふる莫し。君子謂ふ、「柳下恵の妻は、能く其の夫を光いにせり」と。『詩』に曰く、「人は其の一を知りて、其の他を知る莫し」と。此の謂ひなり。

頌に曰く、「下恵の妻は、賢明にして文有り。柳下既に死するや、門人必ず存めんとす。将に下恵を誄せんとせしに、妻之が辞を為れり。其の文を陳べ列ぬれば、能く之を易ふる莫し」と。

通釈 魯の大夫柳下恵の妻の話である。柳下恵は魯にあって、三たび罷免されながらも官を去らなかった。民衆を思い遣って乱世から救おうとしたのである。妻が、「これでは身を潰すことになりませんか。君子には二つの恥があります。国に道なきときに身分が高いのは、恥です。国に道がそなわるとき身分が低いのも、恥です。今乱世に当たり、三たび罷免されても官を去らないのも、やはり恥ずべきことでしょうに」という。柳下恵は、「気楽に暮すべき民衆が、今にも危害に陥ろうとしているのだ。わしはどうして手を引くことができようか。それに他人は他人、わたしはわたしだ。他人が傍で両肌脱いでいたとしても、どうしてわしを潰すことができるだろう」といいかえす。気楽に民衆とともに暮らし、下位にあって君に仕えた。柳下恵が亡くなった。門人たちが彼に誄をささげようとすると、妻がいった。「主人の徳をしのんで、誄を作って下さろうというのですか。だとすればみなさんは妾が主人を知っているのには及びませんわ」。かくて誄をつくっていった。

「夫子は功伐らず、夫子はつとめつづけぬ。夫子は信誠をつくして、人と採めごとおこすことなし。身を屈めてしなやかに俗世に和し、強いて清げに生きんとせじ。恥をこうむり庶民を救い、徳はいよいよ偉大なり。三たび官より黜けらるるとも、その徳はおおわるることなし。実に愷悌なる君子は、永遠に己が道に励みたまえり。

あゝ実に惜しみて余りあり、思いもかけず世を去りたもう。長く生きたまえと庶幾うも、いまや逝きたまえり。

あゝ実に哀しみて余りあり、魂神はとおくに去りたまいぬ。夫君の謚号こそは、よろしく恵と名づくべきぞ。」

門人はこれにしたがい、正式の誄とした。一字も後から書きかえることはできなかった。

君子はいう、「柳下恵の妻は、その夫を大人物として世に顕すことができた」と。『詩経』には、「他人は人の一面のみを知る。他の面をも知ることはなし」という。これは誄を作ったときの柳下恵の妻の心のごときを詠っているのである。

頌にいう、「柳下恵の妻こそは、賢明く文才そなえぬ。柳下恵のすでに死するや、門人らは堅く悔みの辞のべんと訪る。下恵の誄まさに成らんとするとき、妻はこれが辞をつくれり。その文を陳べつらねれば、他人は一字だに改められず」と。

校異　＊ヒロインの夫柳下恵の名稱は號。彼の姓・名（諱）・字・謚について、顧校は『淮南子』説林訓の高誘註により、家に大柳樹があり、德恵の行ないがあったので、柳下恵と號した、また柳下は采邑（知行地）の名であるといぅと述べ、大柳樹云云の説は他に未だ聞かずともいう。この高誘註によれば、彼は魯の大夫展無駭の子、名は獲、字は禽である。王校はたんに姓は展、名は獲、字は禽、居は柳下、謚は恵という。蕭校は王校を紹介、展の姓が『左傳』隱公八年〔冬〕、僖公十五年〔九月〕・廿六年〔夏〕の條に見え（廿六年の條には展禽自身が登場）、『國語』巻四魯語上〔文仲聞ニ柳下季之言一の句〕の韋昭註では柳下は展禽の邑、季が字であるといい、冠禮時に字し、五十歳で伯仲（兄弟の順序號）が付される（『禮記』檀弓上の説）のだから、禽は二十歳、季は五十歳のときの字であると解説する。また顧校同様、『淮南子』説林訓の高誘註も擧げ、『文選』巻五十七陶徵士誄引『論語』の鄭註を擧げて、展禽は食采（采色）が柳下、謚して恵というと述べ、『孟子』〔公孫丑上〕趙岐註に、名は禽、柳下が號であるというと述べる。ちなみに趙岐註には、展禽は魯の公族大夫（公族統率者）、季が字であるともいっている。以上、名號に關する諸家の校を示しておく。◎1油油之民　諸本はこれにつくるが、王校は悠悠又は形・音ともに近い滔滔に改むべしといい、『論語』微子篇に「滔滔タル者、天下皆是レ也（グイグイと止めようもなく流れてゆくもの、世界中がそうだ）の句があることを指摘する。また梁校も改むべしといい、右の微子篇の「滔滔者」の部分が鄭本『論語』には「悠悠者」につくられていることを證據とする。二校ともに本條がしかく誤ったのは、下文（第七行）の「油油然トシテ與レ之處ル」の句に渉ったからだという。蕭校も二校を紹介する。油・悠二字は上古音 ḍiog（4幽部）。油油（由由）・悠悠の原意はのびやかに。滔滔は上古音 t'og（4幽部）、形・音ともに王校指摘のごとく近いが、原意はグイグイと止めようもなく流れてゆく。油油を悠悠に改める必然性はない。後述のごとく「油油然與之處」の句は『孟子』を典故につくられており、ここを基點に本條もつくられている。顧校も『孟子』の語と指摘する。滔滔では意味にずれが生じる。本條・下文とも油油はのびやかに、氣樂にの意味であり、民は本來氣樂にこだわりなく生きるべき者、柳下惠もそうした民とともに氣樂に、身分・體面にもこだわりなく生きた者ということで、兩句に油油の字がもちいられたのであろう。補注・備要・集注三本が校改の見解をもちながら校改を控えたのは妥當である。　2能已乎　叢刊・承應二本は已字を以につくる。　3且彼爲彼、我爲我、彼雖裸裎、安能汚我、油油然與之處、仕於下位　『孟子』公孫丑上は、柳下惠（畧）曰、爾爲爾、我爲我、雖袒裼裸裎於我側、爾焉能浼我哉、故由由然與之偕、而不自失焉につくる。なお『孟子』には萬章下にも語順の異なる同様の文がある。顧・王二校は油字を『孟子』が由につくることを指摘。蕭道管は裸裎の解を論ずるのみ。　4柳下既死、門人將誄之　ここを起點とする『太平御覽』巻五九六文部十二引は柳下惠死、門下將誄之につくる。　5將誄夫子之德耶、則二三子不如妾知之也　耶字を補注本が邪につくるほか、諸本はこれにつくるが、『御覽』引は將述夫子之德耶、二三子不若妾之知之につくる。梁校は『御覽』文部十二引が誄字を述につくることのみを指摘。蕭校は梁校を襲うが、文部十二を『文選』と誤記する。　6乃誄曰　『御覽』引は乃爲誄曰につくる。『文選』巻五〇范蔚宗「後漢書逸民傳論」註引には妻誄曰につくり、『文選』巻二十一曹子建「三良詩」註引は柳下惠妻誄曰につくり、同上巻二十八鮑明遠「東武吟」詩註引は柳下惠妻曰につくる。なお『文選』范蔚宗論註引は後句の夫子之不伐兮以下、不强察兮にいたる三十一字なく、曹子建・鮑明遠の二詩註引は後句の夫子之不伐兮以下、終不蔽之にいたる十句四十七字なし。　7夫子之不伐兮、夫子之不竭兮　『御覽』引はこの二句なし。なお『御覽』は後句の屈柔從俗以下、今遂逝兮にいたる十二句四十八字なし。　8屈柔從俗　叢刊・承應の二本は屈柔從容につくる。　9蒙恥救民、德彌大兮、雖遇三黜、終不蔽兮　叢刊本のみ終字を紂に誤刻する。他の諸本、『文選』范蔚宗論註引はみなこれにつくる。なお『文選』范蔚宗論註引は後句の愷悌君子以下のすべての句なし。梁校は蔽字を『後漢書』巻八十三逸民傳序李賢註に獘につくると指摘し、蕭校もこれを襲うが、これは本文同文の『文選』後漢書逸民傳論註引との混同である。『後漢書』註引は第一句の民字を人に、第四句の蔽字を敝につくり、『文選』註引は民字は民、蔽字は獘につくっている。　10嗟乎惜哉、乃下世兮　嗟乎二字を叢刊・承應の二本は嗟呼につくる。『文選』曹子建「三良詩」註引・鮑明遠「東武吟」註引は吁嗟につくる。梁校はこれを指摘。蕭校は梁校を襲う。なお兩詩註引は後句の庶幾遐年以下の句すべてなし。　11門人從之、以爲誄、莫能竄一字　『御覽』引は門人從之の一句につくる。　12其文　備要本・集注本のみこれにつくり、他の諸本は其行につくる。

語釈　○柳下恵　魯の公族大夫（公族統率者）。姓は展、諱は獲とも禽ともいわれ、字は禽とも季ともいう。恵は諡。柳下恵は地名と諡にちなむ号である。詳細は〔校異〕序参照。正没年は未詳だが魯の僖公姫申（在位六五九～六二七B.C.）時代の賢臣である。僖公廿六年（六三四B.C.）の斉の孝公姜昭の魯侵攻にあたって、斉軍が国境に到着せぬ前に族弟展喜、字乙をさしむけ、魯君の非を詫びさせるとともに、斉・魯二国が建国のはじめから協力して周室を輔くべき任があること、強国斉が果たすべき道義を説かしめて、その侵攻を断念させる（『左伝』僖公廿六年夏の条・『国語』巻四魯語上）という大功をたてた。『論語』微子には、「柳下恵為士師（罪人を扱う官）、三黜（罷免された）。人曰、「子未可以去乎（他国へ行かぬのですか）」。（柳下恵）曰「直道而事人、焉往而不三黜（まっすぐに道を通して人に仕えようとしたら、どこの国に行っても何度も罷免されます）。枉道而事人、必去父母之邦（道を枉げて人に仕えてもよいなら、何も父母の国を去る必要もないでしょう）」といって、屈辱に耐え、礼を犯しても、あくまで庶民のために尽した。『淮南子』説林訓には、飴を見つければ、老人に与えられると喜び、『古列女伝』巻六辯通・斉威虞姫譚には寒さにふるえる女に着物を着せかけてやっても、男女の仲を疑われなかった（下巻参照）。という伝承もある。　○無乃瀆乎　無乃は訓・むしロ、または、すなはチ～ナルなカランヤ。無寧（訓・むしロ～ナルなカランヤ）におなじ。反問の疑問副詞。むしろ～ではないか。瀆は王注に黷におなじ、垢汚（よごれもの）を握持することといい、『易経』蒙卦の「再三黷」の語を引き、古文は瀆を黷につくるという。訳文は通釈のとおり。　○国無道而貴、恥也、国有道而賤、恥也　貴・賤は身分が高い、低い。訳文は通釈のとおり。『論語』泰伯に、孔子の語として「天下道有れば則ち見れ（表立って行動し）、道無ければ則ち隠る（隠棲する）。邦に道有りて、貧且つ賤しきは、恥なり。邦道無くして、富み且つ貴きは、恥なり」という。　○油油之民　本来はのびやかに、気楽に暮すべき民。〔校異〕1（二七八ページ）　○已　やめる。手をひく。　○裸裎　裸・裎ともに、はだかの意。〔校異〕3（二七八ページ）も参照。無礼なふるまいをすることの喩え。蕭注はこの語に不用・膨大な註を加え『古列女伝』を引く清・焦循『孟子正義』公孫丑上の解により、民を害う者が民を割剝げるさまの喩えのごとく説くが、採れない。繁冗な蕭註原文は省略する。　○油油然　気楽に、何のこだわりもなく。　○誄　死者生前の功徳を讃え、哀傷の意をささげる有韻の弔辞の一種。顧註は『説文』により『誄諡』と説き、王註は、誄は音通の纍と同義、其の徳を纍列して諡と為す、と説く。　○夫子　旦那さま。主人、また、あのお方。　○不伐　伐は誇る。王註は自ら謙下することという。　○不竭　竭は竭尽全力（全力をつくす）。全力でつくしつづける。王註は徳器深しと説くが採れない。　○与人無害　人と揉めごとで傷つけあわない。　○屈柔　身をかがめ、俗世間に柔軟に対処する。　○不強察　強いて清らかなポーズをとらない。王註に察とは清なり、強いて潔清を為さざることといい、故に彼（俗人）は汚されることはないと敷衍する。蕭註は『老子』（第廿異俗）の「俗人察察（清らか）、我独悶悶（塵にまみれている）」、『楚辞』漁父の「誰能以身察察、受物之汶汶乎（他人の黷れを受けようか）」を典拠として挙げている。　○不蔽　王註によれば蔽は掩蔽（おおう）。徳の光はついに蔽われない。　○愷悌君子　愷悌は愷弟におなじ。『詩経』大雅・旱麓の語。徳盛んにしておだやかなこと。君子は成徳の人物。　○厲　励におなじ。　○下世　死ぬ。　○遐年　長寿におなじ。　○魂神　たましい。　○泄　音エイ。去る。　○諡　おくりな。死者の功徳・不徳をあらわす称号、また、その称号を贈る。　○恵　『逸周書』諡法解に「柔質にして民を慈むを恵と曰ふ。民を愛し、与ふるを好むを恵と曰ふ」という。民に対する恩恵ともいうべき存在。たみのめぐみ。　○竄　竄改（改竄）におなじ。王註は改易という。文章を改めること。蕭註は『史記』巻八十五呂不韋伝の、『呂氏春秋』が完成したさい、呂不韋が「有下能増二損一字一者上、予二千金一」と誇った故事を典拠として挙げる。　○光　偉大な存在として顕彰する。　○詩曰　『詩経』小雅・小旻の句。「毛詩」には「不レ敢暴レ虎、不レ敢馮レ河、人知二其一一、莫レ知二其他一」とあり、毛伝は、「一とは非なり」「他とは小人を敬せざるの危殆なり」という。虎と素手で格闘することや河を徒歩で渡ることの一非事を心得ていても、小人を警戒せずに世を渡る他の危険事を心得ぬことを詠っている。しかし、ここは、一と他は人の人格の一面と他面。世人は当人の一面のみを知って、他の面を知らないということを詠っている。　○門人必存　王註は「存は在（お見舞いする）なり。其の省察を致して之を恤問する（相手の心を深く察して彼を恤み見舞う）なり」という。　○陳列　のべつらねる。

韻脚　○文 mɪuən・存 dzuən（23文部）　◎辭 diəg・之 tiəg。（1之部）換韻格押韻。

＊ちなみに誄脚韻を示しておく。　○伐 bɪuăt・竭 gɪat・害 ɦad・察 ts'ăt・大 dad・蔽 piad・厲 lɪad・世 thiad・逝 ȡhiad・泄 ȡiad・恵 ɦuad。19祭月部（ad・at）一韻到底格押韻。

余説　賢明伝は本譚より以下は第十二話斉相御妻譚をのぞき、清貧・卑賤の境に身を投じて己れの尊厳と自由をまっとうした逸民の妻たちの譚を展開している。逸民たちがその志操を貫くには家族を犠牲にせねばならない。その犠牲に耐えて、夫の操行をまっとうさせた妻たちの存在によって、逸民は志操を貫き、名を後世につたえ得たのであった。逸民は一般に官位を棄てて隠逸となる。だが「志意脩まれば則ち富貴にも驕り、道義重ければ則ち王侯をも軽ん」ずる者（『荀子』脩身）こそ逸民なのであり、『論語』微子、『後漢書』巻八十三逸民伝序（校異6の范蔚宗「逸民伝論」）は、柳下恵をその一人に数えている。「身労するも心安ければ之を為し、利少きも義多ければ之を為す」（『荀子』修身）の姿勢に生きた柳下恵は、公義のためにあえて名声を汚した。名声の達成が私欲にもとづくものと判断したからである。彼は庶民救済のために三黜（三たびの罷免）にもめげず官にこだわり、卑官にあって油油然（体面にとらわれず気楽に生きる）たる庶民に交わって生きた。孔子は彼の人柄を「志を降して身を辱むるも、言は倫に中り、行は慮に中る（ことばは道理にかない、行ないは思慮にかなっていた）」と評したといい、孟子も「聖人の和なる者」（『孟子』万章下）と評している。

虚栄に生きる女以上に、質実に謙退の徳に生きようとする女は多い。名利の世界に闘争する男の私欲の熱を冷ますのも妻の任務であろう。柳下恵の妻はそうした任務を辯通の知力をもって果たそうとした女である。だが、たとい卑官でも官にこだわる夫の心中を察した彼女は一見屈辱的な夫の生き方を理解し支え、死後は彼の人生の唯一無二の理解者という自負をもって、誄を作り、彼の名誉を後世に遺した。あるいは本譚は劉向の虚構かもしれない。しかし梁・劉勰（ca.四六六～五二〇）は彼女の実在を信じ、その作といわれる本譚の誄を「柳妻の恵子（柳下恵）を誄するや、則ち辞哀にして、韻長し（余韻はじゆうぶん）」と評し、誄の傑作として絶讃している（『文心彫竜』巻三誄碑十二）。なお近本の『説苑』にはこの文はないが、『北堂書鈔』巻一〇二誄には、『説苑』引として、「柳下恵死、人将誄之。妻曰、「将述夫子之徳。二三子不若妾之知。為誄曰、『夫子之不伐・夫子之不竭（ママ）。諡宜為恵』。弟子聞而従之」の十句四十七字の遺文を収めている。

十一　魯黔婁妻

黔婁妻者[1]、魯黔婁先生之妻也。先生死[2]。曾子與門人往弔之[3]。其妻出戸、曾子弔之[4]。上堂、見先生之尸在牖下[5]。枕墼席稾、縕袍不表。覆以布被[6]、首足不盡斂。覆頭則足見。覆足則頭見。曾子曰[7]、「邪引其被、則斂矣」。妻曰、「邪而有[7']餘、不如正而不足也。先生以不邪之故[7']、能至於此[8]。生時不邪、死而邪之、非先生之意也」。曾子不能應。遂哭之[9]曰、「嗟乎、先生之終也。何以爲諡」。其妻曰、「以康爲諡[10]」。曾子曰、「先生在時、食不充虛、衣不蓋形。死則首足不斂、旁無酒肉。生不得其美、死不得其榮。何樂於

黔婁の妻なる者は、魯の黔婁先生の妻なり。先生死す。曾子門人と往きて之を弔ふ。其の妻戸より出づれば、曾子之に弔ふ。堂に上れば、先生の尸の牖下に在るを見る。墼を枕にして稾を席にし、縕袍表あらず。覆ふに布被を以てするも、首足盡くは斂まらず。頭を覆へば則ち足見る。足を覆へば則ち頭見る。曾子曰く、「邪に其の被を引かば、則ち斂まらん」と。妻曰く、「邪にして餘有るよりは、正しくして足らざるに如かざるなり。先生は邪ならざるの故を以て、能く此に至れり。生ける時は邪ならず、死して之を邪にするは、先生の意に非ざるなり」と。曾子應ふる能はず。遂に之に哭して曰く、「嗟乎、先生の終りなり。何をか以て諡と爲さん」と。其の妻曰く、「康を以て諡と爲さん」と。曾子曰く、「先生在せし時、食は虚を充たさず、衣は形を蓋はず。死せば則ち首足斂まらず、旁に酒

此、而諡爲康乎[11]。其妻曰、「昔 先生、君嘗欲授之政、以爲國相、辭而不爲。是有餘貴也。君嘗賜之粟三十鍾、先生辭而不受。是有餘富也[12]。彼先生者、甘天下之淡味、安天下之卑位、不戚戚於貧賤、不忻忻於富貴[13]。求仁而得仁、求義而得義。其諡爲康、不亦宜乎[14]」。曾子曰、「唯斯人也、而有斯婦」。

君子謂、「黔婁妻、爲樂貧行道」。『詩』曰、「彼美淑姫、可與寤言[15]」。此之謂也。

頌曰、「黔婁既死、妻獨主喪。曾子弔焉、布衣褐衾[16]。安賤甘淡、不求美豐[17]。尸不揜蔽[18]、猶諡曰康」。

肉無し。生きては其の美を得ず、死しては其の榮を得ず。何の樂み此に於てして、諡して康と爲さんや」と。其の妻曰く、「昔 先生、君嘗て之に政を授け、以て國相と爲さんと欲するも、辭して爲らず。是れ餘貴有ればなり。君嘗て之に粟三十鍾を賜ふに、先生辭して受けず。是れ餘富有ればなり。彼の先生なる者は、天下の淡味を甘しとし、天下の卑位を安しとして、貧賤に戚戚たらず、富貴に忻忻たらず。仁を求めて仁を得、義を求めて義を得たりき。其れ諡して康と爲すも、亦た宜ならずや」と。曾子曰く、「唯だ斯の人にして、斯の婦有り」と。

君子謂ふ、「黔婁の妻は、貧を樂みて道を行ふと爲す」。『詩』に曰く、「彼の美なる淑姫は、與に寤言すべし」と。此の謂ひなり。

頌に曰く、「黔婁既に死し、妻獨り喪を主る。曾子焉を弔ふに、布衣褐衾なり。賤に安んじて淡を甘しとし、美豐を求めず。尸 揜蔽せざるも、猶ほ 諡 して康と曰ふ」と。

通釈 黔婁の妻とは、魯の黔婁先生の妻のことである。先生が亡くなった。曾子が門人とお悔みに出かけた。その妻が門口に出迎えたので、曾子は彼女にお悔みを述べた。堂にあがると、先生の屍が窓辺におかれているのが見えた。墼を枕にして藁席に寝かされている。縕袍はすり切れて表もない。粗布で覆ってあるが、頭と足がすっぽり包みきれてはいないのだ。頭を覆うと足が出てしまう。足を覆えば頭が出てしまうのだった。曾子が「斜めに曲げて布団を掛けたら、つつめるでしょうに」という。だが妻は、「斜めに曲げて余裕ができるよりは、まっすぐに掛けて不足している方がよいのです。

主人は曲がった生き方をしなかったばかりに、こうまで出来たのですわ。生きているときは曲がった生き方をせずに通し、死んで曲がったおおわれ方をされるのは、主人の気持ちではございません」というのであった。曽子は反論できない。そこで屍に哭泣の礼をとり行い、「あゝ、先生は亡くなられました。どういう謚をおささげしましょうか」といった。その妻はいう、「康と謚してください」と。曽子が「先生は在世中には、食事も満足に召しあがることもなく、着物を充分に身に纏うこともおできになりませんでした。亡くなっても頭と足をおおわれることもなく、かたわらに酒や肉のお供えもありません。在世中は娯しみを味わわれず、亡くなっても栄誉をお受けになったわけではありません。どんな楽しみがあって、康などと謚できるのでしょうか」という。その妻は、「むかし主人は、殿さまが政務をお授けになり、国相にされようとしたときも、辞退してなりませんでした。〔国相の身分よりも〕ゆたかな貴いものを内心にもっていたからでございます。殿さまが粟三十鍾を賜わりましたときも、辞退して受けませんでした。〔粟三十鐘よりも〕ゆたかな富を内心にもっていたからでございます。あの主人は、世の粗末な食事をおいしいと思って食べ、世の卑賤な地位に安んじ、貧賤にもくよくよせず、富貴にもうかれたりせず、仁を求めて仁を得、義を求めて義を得ていたのです。謚をささげて康とするのも、当然ではございますまいか」という。曽子は、「こういう方だからこそ、こういう奥さまがいらしたのだ」といったのであった。

君子はいう、「黔婁の妻は貧しさを楽しんで道を行なった者といえる。」と。『詩経』にもいう、「かの徳賢れたる淑女と、さしで話がしたいもの」と。これは黔婁先生の妻のごとき女について詠っているのである。

頌にいう、「黔婁先生逝きまして、妻一人　葬儀をとりしきれり。曽子妻に弔えば、屍をぼろ上着・ぼろ布団に包めり。黔婁夫婦は貧賤に安んじ粗食に甘んじ、世俗の楽しさと豊かさを求めず。屍はおおわれずとも、なお康とぞ謚をささげり」と。

校異　1黔婁妻者　諸本はこの句なし。『太平御覧』巻四八五人事部一二六貧下引のみあり、他の體例に照らし、必ずしも校増を必要とせぬようにも思われるが、『御覧』の他部、その他の書の引文は、いずれも黔婁先生の死の部分を文頭にしているので、それら諸抄文の原文にも、この句があった可能性が大いにある。いま、『御覧』貧部下引により校増する。　2先生死　諸本ならびに『御覧』人事部貧下引はこれにつくる。『藝文類聚』巻四〇禮部下諡引、『御覽』巻五六二禮儀部四一諡引は魯黔婁先生死につくる。『御覽』巻五六一禮儀部四〇弔引は魯黔婁先生之死につくる。『文選』巻二十九張景陽「雜詩」十首引、同上巻五十七顏延年「陶徵士誄」所引皇甫謐『高士傳』註引も諸本におなじ。

3曾子與門人往弔之　『御覽』人事部貧下引もこれにつくる。『藝文類聚』と『御覽』禮儀部弔引は往弔之三字を往弔焉三字につくる。同上顏延年誄所引『高士傳』註引は曾參與門人來弔につくる。

4其妻出戶、曾子弔之　『藝文類聚』引はこの二句以下、先生之終也にいたる二十五句一〇九字なし。『御覽』人事部貧下引はこの句なし。同上禮儀部四〇弔引は隱門而入、立於堂下、其妻出、衣褐袍、曾子弔之につくる。同上禮儀部諡引はこの句以下、先生之終也にいたる二十五句一〇九字なし。『文選』張景陽詩註引も『御覽』禮儀部諡引におなじ。なお『文選』巻五十七顏延年誄所引『高士傳』註引も禮儀部諡引におなじ。王・梁・二校も『御覽』禮儀部弔引の異文に注目、これを紹介。蕭校は二校を襲う。あるいは、これに類した句が原文だった可能性もあるが、校改は控える。

5上堂、見先生之戶在牖下　『御覽』禮儀部弔引も之字を缺くほかはこれにつくる。『御覽』人事部貧下引は上堂二字と之字なし。

6枕墼席稿、縕袍不表、覆以布被、首足不盡斂、覆頭則足見、覆足則頭見　備要本のみ、席稿の稿字をこれにつくる。他の諸本は藁につくる。顧校引段校、王校は誤記を指摘、下部を禾にする藳字に改むべしという。梁校は他本の誤記に言及せず。稿は本字、藳は別體。よって備要本のままとした。蕭校は『禮記』禮器の「莞簟《くわんてん》之安《キアリテ》、而藳鞂《かうかつ》之設《ケアリ》（郊の祭禮に故意に古來のイグサやアシの坐席で疲れをとり、イネワラの坐席を設けることもある）」の疏「穗粒を除き、稈藁（わらぐき）を取りて席（むしろ）と爲す」という說明を加える。不表二字は諸本みなこれにつくる。首足二字は備要・集注の二本のみがこれにつくり、他の諸本は手足につくる。『御覽』人事部貧下引は覆以布被、手足不盡斂、覆頭則足見、覆足則頭見の四句十九字につくる。『御覽』禮儀部弔引は枕墼席藁、縕袍無表、覆衣布被、首足不盡斂、覆頭則見足、覆足則見頭につくる。不表二字を『御覽』禮儀部弔引が無表につくることは、王・梁・二校も指摘。蕭校は王校を襲う。首足二字については梁校が『御覽』禮儀部弔引に從い、かつ後二句の足見・頭見に照らして、すでに校改する。蕭校もこれに倣う。なお禮儀部弔引は後句の曾子曰以下のすべての該當句なし。

7・7′邪　この三字、備要本のみ邪につくる。他の諸本は斜につくる。『御覽』人事部貧下引は邪の別體衺につくる。梁校はこれにより校改。邪・斜は、「ななめ」「よこしま」の意のさいは、ともに漢音はシャ。呉音がジャ。上古音は、ŋiăg, diăg（十二魚部）の別音とともにyiăの共通音をもつ。意味上、本譚に五箇所つかわれる「正」の反義語としての「ななめに曲がる」「よこしま」は掛詞の共通字たるべきである。よって梁校の校改に從う。蕭校は梁校が『御覽』人事部貧下引の文を擧げていることを紹介するにとどまる。

8邪而有餘、不如正而不足也、先生以不邪之故、能至於此　備要本をのぞく諸本が邪字を斜につくり、『御覽』人事部貧下引は衺之有餘、不如正之不足、且先生以衺《ママ》故、至於此につくる。なお人事部貧下引は、後句の生時不邪以下のすべての該當句なし。

9曾子不能應、遂哭之曰、嗟乎、先生之終也、何以爲諡　『藝文類聚』は前條3の後にすぐ續けて曰、何以爲諡の五字につくる。『御覧』禮儀部謚引、『文選』張景陽詩註引の句も『藝文類聚』におなじ。『文選』顔延年誄所引『高士傳』註引は、曾參曰、先生終何以爲謚につくる。　10其妻曰、以康爲謚　『藝文類聚』、『御覧』禮儀部謚引もこれにつくる。『文選』張景陽詩註引、同上顔延年誄所引『高士傳』註引は其妻を妻一字につくる。　11曾子曰、先生在時、食不充虛、衣不蓋形、死則首足不斂、旁無酒肉、生不得其美、死不得其榮、何樂於此、而謚爲康乎　備要本・集注本は首足二字を手足につくるほか、これにつくる。手足は前條6に照らせば首足に改めるべきであろう。よって梁校の缺を補い、校改した。他の諸本は首足を手足につくるほか、食不充虛の虛字を口につくる。『藝文類聚』『御覧』禮儀部謚引はこの該當句なし。この一段のみを収める『文選』巻二十九曹子建「雜詩」六首註引は曾子謂黔婁妻曰、先生在時、食不充虛、衣不蓋形につくる。同上張景陽詩註引は曾子曰、先生在時、食不充虛、衣不蓋形、何樂於此、而謚爲康乎の六句二十四字につくる。同上顔延年誄所引『高士傳』註引はほぼ備要・集注二本に同樣だが、在時二字を存時、而謚爲康乎の乎字を哉につくる。充口二字を『文選』曹子建詩註引、張景陽詩註引が充虛につくることは、顧校・王校も指摘するが、梁校は、充口にすることの誤りを説いて校改。『文選』顔延年「陶徵士誄」註所引『高士傳』引も充虛につくること、『墨子』辭過に「食足以增氣充虛」、『楚辭』惜誓に「吸沆瀣（清い露）以充虛」等の例があり、『抱朴子』自敍の「食不充虛」も、正に此の文を用ふるものという。蕭校も梁校を襲う。　12其妻曰、昔先生、君嘗欲授之政、以爲國相、辭而不爲、是有餘貴也、君嘗賜之粟三十鍾、先生辭而不受、是有餘富也　『藝文類聚』は其妻曰、昔者先生、君嘗賜之粟二十鍾、先生辭而不受、是其有餘富也、君嘗欲授之國相、先生辭而弗爲、是有餘貴也につくる。『御覧』禮儀部謚引は前條10にすぐ續けて、昔先君嘗賜之粟三十鍾、先生辭而不受、是其餘富也。君嘗欲授之以國相、先生辭而弗爲、是其餘貴也につくる。『文選』張景陽詩註引は妻曰、先生、君嘗欲授之政、以爲國相、而辭不爲、是其有貴也、君嘗賜之粟三十鍾、先生不受、是其有餘富也につくる。また『文選』顔延年誄註所引『高士傳』引は妻曰、昔先君、嘗欲授之國相、辭而弗爲、是所以有餘貴也、君嘗賜之粟三十鍾、先生辭不受、是其有餘富也につくる。『藝文類聚』が諸本の三十鍾に對し、二十鍾の異文をつたえ、諸本と語順を異にすることを諸校は指摘せず。ただし、『藝文類聚』の二十鍾は、他書の引文例から見て誤刻の可能性がある。現存の皇甫謐『高士傳』（『叢書集成』所收）には賜粟三十鍾の相當句を賜粟三千鍾につくる。　13彼先生者、甘天下之淡味、安天下之卑位、不戚戚於貧賤、不忻忻於富貴。『藝文類聚』はこの該當句なし。『御覧』禮儀部謚引は不忻忻の句を不汲汲につくる。梁校も禮儀部謚引と諸本との相違を指摘するが、汲汲二字を急急に誤る。蕭校はこの誤記をそのまま紹介する。蕭校引牟校は陶潛「五柳先生傳贊」（『陶淵明集』巻六所收）が、この不忻忻於富貴の句を黔婁自身の言という。ただし『陶淵明集』では忻忻ではなく汲汲につくる。蕭校もこの誤りを指摘する。　14求仁而得仁、求義而得義、其謚爲康、不亦宣乎　諸本と『御覧』禮儀部謚引はこれにつくる。『文選』張景陽詩註引は其謚爲康、不宜何也の二句八字につくる。『文選』顔延年誄註引『高士傳』引も諸本におなじにつくる。なお『文選』張景陽詩註引、顔延年誄註所引『高士傳』引は、後句の曾子曰以下の該當句なし。顧校のみが、張景陽詩註引が不亦宜乎の句を不宜何也につくることを指摘する。　15彼美淑姬、可與寤言　諸本は『毛詩』陳風・東門之池は淑姬を叔姬に、寤言を晤言につくる。梁校は寤字の相違のみを指摘。蕭校は梁校を襲う。　16褐衾　諸本はこれにつくるが、一讀第二句の喪saŋ、第八句の康kaŋ（14陽部）と失韻することを思わせる。しかし衾は上古音Kɪəŋ（17耕部）で喪・康に近い。胡・王二校は失韻と斷じ、王校はこの句を妻の様子を詠うものとみなして、裳dhiaŋ（14陽部）の誤記という。これに對し、梁校は母家の祖父玉繩の「衾は叶音羌。今の聲に從ふ。『易林』頤之損、今と房と韻す」の説を擧げている。羌はk'ɪaŋ房はbɪuaŋ（14陽部）であり、衾＝今＝羌の同音關係のもとに、衾は上古韻kiaŋとなり喪・康二字と韻をなす。意味上も、ここは本文中の「覆以布被」と對應し、黔婁先生の屍の様子を詠っているのであり、褐衾は布被と同義の粗末な被子であるべきであろう。よって梁校に從う。蕭校は王・梁二説を併記。なお顧校引段校は衾字は第五句句末の淡字と韻をなし、次の第六句句末字は美で第七句句末の蔽字と韻をなし、第二句句末字、第八句句末字の喪・康が韻をなす、本頌は韻の變例というが、採れない。　17美豐　諸本は豐美につくり、王校は失韻を指摘、顧校引段校は前條16のごとく斷ずる。梁校も失韻を指摘、誤倒を主張する。豐は本來上古音pɪuŋ（11東部）であるが、梁校は『楚辭』惜誓に豐と同部の功kuŋが狂gɪuaŋ・長dɪaŋ（ともに14陽部）と韻をなしている例をも指摘、さらに韓愈「歐陽詹哀辭」（『韓昌黎集』巻二十二）に豐字が羊（上古）gɪaŋ（中古）yiaŋ光（上古）kuaŋ（中古）kuaŋと韻をなしている例をも指摘。蕭校は王・梁二校を紹介するほか、さらに王紹蘭『列女傳補注正譌』の「美は當に養字の誤と爲すべし。傳（本傳本文）に『甘ニ天下之淡味一』と云ふ。故に頌に『不レ求ニ豐養一』と云ふなり。云云」の説を擧げる。養は上古音gɪaŋ（14陽部）。梁端説・王紹蘭説いずれも成りたつが、美字を養字に誤寫する可能性よりも、豐美二字を誤倒して記す可能性の方があるまいか。今は梁校に從う。　18揜蔽　叢刊・承應の二本のみ掩蔽につくる。

語釈　○黔婁先生　現存する晉・皇甫謐『高士伝』巻中によれば、春秋・斉の人。実在・生歿年未詳。魯の恭公（共公姫奮・在位三七六～三五四B.C.）がその賢者たることを聞いて粟（もみつきの米）三千鍾を贈って国相としようとしたが辞退し、斉王が黄金百斤を贈って卿としようとしたが、また就かず、書四篇を著し、道家の務めをいい、終身仕官せずに天寿をまっとうしたという。ただし校異諸条の『文選』巻五十七顔延年「陶徵士誄」註所引の遺文によって明らかなごとく、皇甫謐『高士伝』中の黔婁先生伝は『列女伝』の本譚から発展したものである。王註は、黔婁と同時に斉に黔敖という人物がおり、黔婁はおそらくその族人であり、『文選』巻二十九張景陽「雜詩」註引の『高士伝』には黔婁先生は斉人とあるので、本譚に魯人というのは誤りだという。黔敖は『礼記』檀弓下の登場人物だが、同伝には彼と黔婁先生との関係を示す語句は皆無である。　○先生　男性の美称。ここでは一般に尊敬すべき人物の敬称「先生」と人妻の夫についての対他敬称「主人」の両意に訳される。　○曽子　孔子の弟子、曽参、字子与。五〇五～四三六B.C.?。魯の南武城（山東省棗荘市の北）出身で魯に没した。孝道に通じて『孝経』を撰したといわれる（『史記』巻六十七仲尼弟子列伝）。この曽子は『韓詩外伝』巻三では、兄弟子の仲由、字子路から士行の模範例として讃えられ、「曽子は褐衣・縕緒（ともに粗末な着物。緒は緒におなじ）も、未だ嘗て完からざるなり。糲米の食（粗末な飯）も、未だ嘗て飽かざるなり。義合せざれば、則ち上卿も辞す」と評され、逸民のイメージがあたえられている。前掲『高士伝』には以下のように記されている。「曽参、字は子輿・南武城の人なり。仕へずして衛のくにに遊居し、縕袍表無く、顔色腫噲（むくみやつれ）、手足胼胝（ひびわれ）す。三日火を挙げず、十年　衣を製せず。冠を正せば而ち纓絶ち、衿を捉せば而ち肘見る。屨に納るれば而ち腫（踵の誤り）決る。縰（かかとの脱けた屨）を曳きて歌ふ。天子も臣とするを得ず、諸公も友とするを得ず。魯の哀公（姫将・在位四九五～四六九B.C.）之を賢とし、邑を到る。参辞して受けず。曰く、『吾聞く、人より受くる者は常に人を畏れ、人に与ふる者は常に人に驕る。縦ひ君我に驕らずとも、我豈に畏るる無からんや』と。後に魯に卒す」。この譚の原筋は『荘子』裏王に見えるが、おなじ『高士伝』中でも、黔婁先生と曽子の在世期間は大きくずれる。荒城註は、ここの曽子は曽参の子たる曽申、字子西のことだというが、銭穆『諸子繫年』によれば生歿年はCa四八〇（四七〇）～四一〇（四一五）B.C.で、やはり時代的にあわない。曽子は『荘子』裏王・『韓詩外伝』巻三にイメージされ、『高士伝』の逸民に発展した仮空の人物と考えてよい。　○牖下　窓の下。死者は、まず堂内の窓べに平常着のまま寝かされ、お供えを受けた。　○墼　しき瓦。ゆか敷きのタイル。　○席稿　稿は藁の本字。席は敷物にする。　○縕袍不表　縕袍は綿入れのどてら。不表とはすり切れて表がなくなること。　○布被　布はアサやクズの粗末な布。被は被子。　○邪引　邪は斜・悪の両意を寓した掛詞。ななめに曲げて引く。　○以不邪之故、能至於此　邪は悪、曲がった行為をする。曲がった行為をしなかったので、こうまで（廉正・清貧の極致の死に方が）できたのだ。　○哭　哭泣の礼をささげる。　○謚　死者の人格・行為を評価する号。またその号をささげること。　○康　王註に康は楽なりという。『逸周書』謚法解には、「豊年・好楽を康と曰ひ、安楽撫民を康と曰ひ、民をして安楽ならしむるを康と曰ふ」という。　○虚　空腹。　○形　肉体。　○余貴・余富　余は多余（たっぷりある）におなじ。ゆたかな貴いもの。ゆたかな富。　○粟三十鍾　粟はもみつきのイネやキビをいう。春秋・戦国時代の一鍾は四釜。一釜は六四升、一升は〇・一九四リットルといわれる。よって三十鍾は、一・四八九九二キロリットル。もし（校異）12・（語釈）1（二八六ページ、二八七ページ参照）のごとく三千鍾が正しいとすれば、一四八・九九二キロリットルになる。三十鍾約一・五キロリットルの賜与では少量にすぎる。巻三仁智伝・魏曲沃婦譚の語釈30（中巻）も参照。近年の戦国・魏出土の量器では一升は七・一～七・二リットルといい、『御覧』人事部諫争引註では一鍾六石四斗（六四〇升）である。　○淡味　粗末な食事。　○戚戚　くよくよする。　○忻忻　欣欣（喜ぶさま）におなじ。擬態語。うきうきする。うかれる。　○求仁而得仁　『論語』述而に見える逸民たる伯夷・叔斉に対する孔子の評語におなじ語があり、孔子は貴位に就かなかった彼らが「仁を求めて仁を得たのだから、何を後悔しようか（又何ぞ怨みんや）」と述べている。この句は、次の「求義而得義」とともに、逸民の心意気を示している。　○不亦宜乎当然ではなかろうか。　○詩曰　『詩経』陳風・東門之池の句。寤は晤におなじ。毛伝に「晤は遇なり」という。鄭箋は「晤は猶ほ対ふなり」といい、淑姫を「賢女」と同類語として把え、二句を、「淑姫・賢女は、君子宜しく与に対ひて歌ひ、相ひ切し化する（たがいに刺戟しあって向上する）を言ふなり」と解する。晤言は「対言」の意にもとれる。訳文は通釈のとおり。　○布衣褐衾　布衣はアサやクズの粗末な着物。褐衾はクズ布の粗末な被子。　○美豊　楽しさとゆたかさ。　○揜蔽　おおいかくす。

韻脚　○喪 saŋ・衾 k'ïaŋ (k'ïam)・康 k'aŋ（14陽部）　◎豊 p'ïuŋ（11東部）　＊衾・羌叶韻、陽・東二部合韻の一韻到底格押韻。

余説　ぼろ布団でおおっても、「頭を覆へば則ち足見れ、足を覆へば則ち頭見る」という黔婁先生の何とも不様な屍。友人が「邪めに曲げてかければよいのでは」と忠告すれば、「主人は邪めに曲がった生き方をせずに通したからこそ、この廉正・清貧の極致にいたることができたのです」と忠告をはねつける先生の妻の頑固・愚直ぶり。これは一場の微苦笑を誘う悲喜劇である。有為の才ある人物が富貴への誘惑に負けずに逸民の道を貫くには、この愚直・頑固さが必要であり、協力者の妻のより一層の愚直・頑固さが必要である。その姿は他人には一場の悲喜劇に見えよう。その悲喜劇を、夫の逸民としての名声を揚げるために、片意地に演じてみせたのが黔婁先生の妻であった。本譚は悲哀の諧謔の中に、辛酸を嘗めつくして夫の清貧の生涯を支え、その名声の成就のためにつくした妻の激情を描いた佳話である。

　ところで黔婁先生は実在人物か、それとも虚構の人物か。おそらく後者であろう。実在人物としても、その姓名は諢名であろう。姓の黔も元来は無官の庶民をあらわす語。名の婁、音ロウ（ル）lugも、むなしいの意で、形音近似の窶、音クまたはリョ・ロウ（ル）glïug・lug（9侯部）、貧しいの意に通じよう。黔や黔婁という姓は現実に存しても、本譚では、清貧の極致に生きる逸民の寓意の姓であり、名なのである。『礼記』檀弓下に登場する「救貧好施の義民」、黔敖も、その名は敖、音ゴウ（ガウ）ŋɔg（7宵部）、意味はおごるの同義字であり、姓はともかく名は寓意の命名には見えまいか。『礼記』檀弓下には、一連の曽子がかかわる弔問・喪葬譚がある。それらの曽子弔問譚を基調に、黔敖の姓から黔婁先生が案出され、逸民の妻に結びつけられたときに、魯黔婁妻譚が成立したのではあるまいか。本譚に近似の曽子弔問・葬喪談の例を挙げておく。

　曽子弔於負夏（河南省濮陽市の南）。主人既祖（出棺の礼をすませていた）。徹奠推柩而反之（曽子の弔問のためにお供えをかたづけて棺を家の中に戻し）、降婦人而后行礼（婦人たちを堂から下げて後に弔問の礼を受けた）。従者曰、「礼与」。曽子曰、「夫祖者且也。且、胡為其不可以反宿也（どうして家内に返していけないことがあろうか）」。従者又問諸子游曰、「礼与」。子游曰、「飯於牖下（窓べで食事を供え）、小斂（着せ換えし）戸内、大斂於阼（東の階段で納棺し）、殯於客位（西の階段でかりもがりし）、祖於庭、葬於墓、所以即遠也（家から死者を順に遠ざける手続きである）。故喪事、有進而無退。曽子聞之曰、「多矣乎、予出祖者（すぐれているわい。わたしの祖の礼は且に出棺するという説よりも）」。

十二　齊相御妻

齊相晏子僕御之妻也。號曰命婦。晏子將出。命婦從門閒而窺其夫[1]、爲相御[2]、擁大蓋、策駟馬、意[3]氣洋洋、甚自得也。既[4]歸、其妻請去曰[5]、「宜矣。子之卑且賤也[6]」。夫曰、「何也[7]」。妻曰、「晏子、長不滿六[8]尺、身相齊國、名顯諸侯。今者、吾從門閒[9]觀、其志氣恂恂自下、思念深矣[10]。今子身長八尺、乃爲之僕御耳[11]。然子之意洋洋、若自足者[12]。妾是以求去也[13]」。其夫[14]謝曰、「請自改。何如」。妻曰、「是懷晏子之智、而加以八尺之長也。夫躬仁義、事明主、其名必揚矣。且吾聞、『寧榮於義而賤、不虛驕以貴』」。於是、其夫乃深自責、學道謙遜、常若不足[15]。晏子怪而問[16]其故、具[17]以實對。於是、晏子賢其能

齊の相晏子の僕御の妻なり。號して命婦と曰ふ。晏子將に出でんとす。命婦門閒よりして其の夫を窺へば、相の御と爲り、大蓋を擁し、駟馬に策ち、意氣洋洋として、甚だ自得せり。既に歸るや、其の妻去らんことを請ふて曰く、「宜なるかな。子の卑しく且つ賤なるや」と。夫曰く、「何ぞや」と。妻曰く、「晏子は、長六尺に滿たざるも、身は齊國に相たりて、名は諸侯に顯る。今者、吾門閒より觀れば、其の志氣恂恂として自ら下り、思念深し。今子は、身は長八尺、乃ち之が僕御たるのみ。然るに子は之意洋洋として、自ら足れる者の若し。妾は是を以て去ることを求むるなり」と。其の夫謝して曰く、「請ふらくは自ら改めん。何如ん」と。妻曰く、「是れ晏子の智を懷きて、加ふるに八尺の長を以てするなり。夫れ仁義を躬にし、明主に事ふれば、其の名必ず揚がらん。且つ吾は聞く、『寧ろ義に榮えて賤しくとも、虛しく驕りて以て貴からざれ』」と。是に於て、其の夫乃ち深く自責し、道を學びて謙遜、常に

納善自改、升諸景公、以爲大夫、顯其妻、以爲命婦[18]。

君子謂、「命婦知善。故賢人之所以成者、其道博矣。非特師傅・朋友相與切磋也。妃匹亦居多焉」。『詩』[19]曰、「高山仰止、景行行止」。言當常嚮爲其善也。

頌曰、「齊相御妻、匡夫以道。明言驕恭、恂恂自效。夫改易行、學問靡已。晏子升之、列於君子」。


足らざるが若くす。晏子怪りて其の故を問へば、具に實を以て對ふ。是に於て、晏子其の能く善を納れて自ら改むるを賢とし、諸を景公に升めて、以て大夫と爲し、其の妻を顯し、以て命婦と爲せり。

君子謂ふ、「命婦は善を知れり。故に賢人の成す所以の者は、其の道博し。特り師傅・朋友の相ひ與に切磋するのみに非ざるなり。妃匹も亦た多きを居む」と。『詩』に曰く、「高山は仰ぎ、景行は行く」と。當に常に其の善を爲むることを嚮むべきことを言ふなり。

頌に曰く、「齊の相の御の妻、夫を匡すに道を以てす。驕恭を明言し、恂恂として自ら效ぐ。夫は行を改易し、學問して已む靡し。晏子之を升めて、君子に列ぬ」と。

通釈 斉の宰相晏嬰の御者の妻の話である。彼女は命婦（貴婦人の号）といわれた。晏嬰が外出しようとしたときのことだ。命婦が門の隙間からその夫をのぞき見したところ、夫は宰相の御者をつとめて、馬車をわがもの顔に扱い、四頭立ての馬に策をくれ、意気揚揚、威張って満足しきっている。夫が帰ると、妻は離縁をねがい、「当然ですわね。旦那さまがうだつが上がらないのも」といった。夫が「なぜだ」という。妻は「晏嬰さまは身の丈六尺（一三五センチ）にも満たぬのに、斉の宰相となられ、名は諸侯によく知られておいでです。今日、わたしが門の隙間からのぞいてみたら、その心がまえはいとも篤実にみずから謙遜につとめて、思慮ぶかくしておいでです。ところが今旦那さまは丈が八尺（一八〇センチ）もありながら、かえってその御者にすぎません。それなのにいとも得意気、今の自分に満足しておいでのようですわ。妾は、だから離縁を求めたのですわ」という。その夫は詫びていった、「自分でやり直させておくれ。どうしようかね」。妻はいった、「それには晏嬰さまの智恵を身につけ、立派な八尺の巨体を役立てることですわ。いったい仁義を体得し、賢明な君主におつかえすれば、その名声は必ず揚がりましょう。それに、『むしろ義に輝き外は賤しく見えようとも、空威張りして偉くみせるな』とも聞いていますわ」。そこで、夫はやっと深く自責し、道を学んで謙遜につとめ、つねに至らなさを感じているようになった。晏嬰が不思議におもい、その訳をたずねると、つつみ隠さず事実を答えた。そこで、晏嬰は彼が妻の善言を聴きいれて自分を改められたのを立派だとおもい、彼を景公杵臼に推薦し、大夫にしたうえ、その妻を顕賞して、命婦とした。

君子はいう、「命婦は善を心得ていた。賢者が自己を大成させるためには、じつに多くの道があるものだ。ただ師や友と才徳を磨きあうだけではないのである。妻もまた多くの役割を占めるのである」と。『詩経』にも、「高き山は万人が仰ぎ見、広き道は万人が踏みゆく」といっている。これは斉相御妻のように妻が模範となるべき存在を示して夫をつねに善に導くべきことを詠っているのである。

頌にいう、「斉の宰相の御者の妻、道をもって夫を匡正せり。驕りと恭みを明らかに説き、篤実に己が諫言をささぐ。夫は行ないをあらため、学問に已むことなく励めり。晏子は彼を景公に薦めて、君子の仲間に加う」と。

校異　1晏子將出、命婦從門閒而窺其夫　諸本には從門閒而の四字なし。『史記』巻六十二管晏列傳、『晏子春秋』巻五內篇・襍上は、晏子爲齊相、出、其御之妻、從門閒而闚其夫につくる。後句に吾從門閒觀の句あり。窺（闚）字の語意自體も、從門閒而の句を本來的に必要とする。『史記』『晏子春秋』にしたがって四字を校增。　2爲相御　『晏子春秋』はこれにつくる。『史記』は爲字の上に其夫の二字を重ねる。　3意氣洋洋　『史記』『晏子春秋』は洋洋二字を揚揚につくる。顧校・梁校もこの點を指摘。梁校は「〔毛詩〕王風・疏に陽陽に作る」ともいい、蕭校も襲うが、君子陽陽の詩の疏にも本譚をこの字句で引く。　4既歸　『史記』『晏子春秋』は既而歸につくる。

5其妻請去曰　諸本は請去の二字なし。『史記』『晏子春秋』は其妻請去の四字につくる。王校は請去二字の脫文を疑い、梁校は後條13の妾是以求去也の句が現行諸本では求字を缺くことを問題とする箇所で、『史記』『晏子春秋』に請去の二字があることを指摘。蕭校は王校を襲い、王校が『史記』『漢書』に「本づく」ことを補說。文脈上からは請去二字は必要。よって『史記』『晏子春秋』にしたがって校增する。　6宜矣、子之卑且賤也　『史記』『晏子春秋』にはこの相當句なし。　7夫曰何也　『史記』『晏子春秋』は夫問其故につくる。

8長不滿六尺　叢書本はこれにつくる。備要本等その他の諸本は六尺を三尺につくる。春秋・戰國・前漢時の一尺は二二・五センチ。三尺では六七・五センチにすぎぬ異形である。六尺では一三五センチ、かなりな短軀だが自然である。叢書本が正しかろう。『史記』『晏子春秋』も六尺につくる。顧・王・梁の三校は『史記』『晏子春秋』の六尺を指摘。王校は三を五に訂すべしというが、おそらく字形の近似からの推論であろう。蕭校は梁・王二校を併記する。『史記』『晏子春秋』と對校、叢書本によって改む。　9吾從門閒觀　『史記』『晏子春秋』は妾觀其出につくる。　10其志氣恂恂自下、思念深矣　『史記』『晏子春秋』は志念深矣、常有以自下者につくる。　11乃爲之僕御耳　『史記』は乃爲人僕御につくり、『晏子春秋』は迺爲人僕御につくる。　12然子之意洋洋、若自足者　『史記』『晏子春秋』は然子之意、自以爲足につくる。　13妾是以求去也　諸本は求字なし。『史記』『晏子春秋』はこれにつくる。王校は前條5につづけて求字の脱文を疑い、梁校も求字の脱文を疑い、蕭校は王校が『史記』『晏子春秋』に「本づく」ことを補説している。とはいえ前條5・本條の請・求字の有無にかかわらず、婦人がみずから離縁を求めることは、禮教上の背徳行爲であった。第七話宋鮑女宗（〔語釋〕10・二六一ページ参照）。だが請去・求去の挨拶をして離縁を迫り、また實現することは、事實上あり得たし、その挨拶が最低なさるべき禮であったろう（第九話陶荅子妻二七一ページ、『漢書』巻六十四上朱買臣の傳中の離婚の史話参照）。「妾是以去也（妾は、だから出てゆくのです）」では、夫の不德を諫める妻の言たり得ない。よって『史記』『晏子春秋』にしたがって校増した。　14其夫謝曰　『史記』『晏子春秋』はこの句より、後句の不虛驕以貴、於是にいたる十三句五十三字なし。　15其夫乃深自責、學道謙遜、常若不足　『史記』『晏子春秋』は、其後、夫自抑損につくる。　16晏子怪而問其故　叢刊・承應の二本は怪字を恠につくる。『史記』『晏子春秋』は晏子怪而問之につくる。　17具　『史記』『晏子春秋』は御につくる。　18於是、晏子賢其能納善自改、升諸景公、以爲大夫、顯其妻、以爲命婦　『史記』『晏子春秋』は晏子薦以爲大夫につくる。　19詩曰　備要・集注の二本のみこれにつくる。他の諸本は詩云につくる。

語釈　○斉相晏子　春秋・斉の第二十一～三代にわたる霊公環・荘公光・景公杵臼時代の賢臣。歿年は五〇〇B.C.。第十五代桓公姜小白につかえて斉を強大ならしめた管仲と併称され、『史記』巻六十二管・晏列伝に簡単な伝がある。その索隠註によれば、諱嬰、字は仲、諡は平。節倹・力行をもって重んぜられ、斉の宰相になってからも、食事は肉一種類のもの、妾は帛を着なかった。君主の下問に答えては、語に理をつくし、君主の下問なきときは、行動に理をつくし、国に道が行なわれているときは、天命にしたがって行動し、国に道が行なわれぬときは、慎重に天命を推測して行動。名を諸侯に知られた。孔子と同時代人。後人が彼の言行を記録した書に『晏子春秋』七巻がある。

○僕御　御者。　○命婦　婦人で封号を受けた者をいう。貴婦人たる卿・大夫の妻は内子というが、封号を受けると命婦という。

○門間　門の隙間。　○擁大蓋　擁は擁有（自分の領域として占有する）。大蓋は馬車をおおって陽光や雨をよける蓋。つまり馬車の箱をいう。馬車をわがもの顔にしている。　○駟馬　四頭立ての馬車。　○自得　満足し得意である。　○宜矣　なんと当然なことであろうか。　○六尺　校異8参照。　○恂恂　篤実そのもののさま。恭みぶかいさま。ここは後の頌句中の恂恂自効の恂恂と同意である。　○思念　思慮におなじ。　○自足　自分に満足して向上しようとしない。　○自改　みずから従来の態度を改める、人生をやり直す。　○加以八尺之長　加以は～を加える。八尺之長は一八〇センチの立派な巨体。　○躬　身につける。　○升諸景公　升は推挙する。諸は兼詞、之於の二字におなじ。御者を指す。景公は斉の第二十三代の国君。姜杵臼。在位五四七～四九〇B.C.　○賢人之所以成　成は成徳（人格を大成する）。賢者が自己を大成させるための道。　○師傅　師におなじ。　○切磋　才能や徳をみがく。『詩経』衛風・淇奥の詩に、「有に匪き君子は、切するが若く磋するが若し（文徳うるわしきかの殿は、骨や象牙をみがくよう）。」という。毛伝には原意を説いて「骨を治くには切と曰ひ、象〔牙〕には磋と曰ふ」という。　○妃匹　王註は妃の音をハイという。配偶者、妻。　○居多　居は占める。大きな役割を占める。　○詩曰『詩経』小雅・車舝の句。この詩は毛伝・詩序によれば孽嬖（悪女の妃）の褒姒に国政を誤られた周の幽王姫涅を刺り、周人が「賢女を得て以て君子に配せんことを思ふ」て詠った作品といわれ、この句は、その賢女を讃美する句とされる。高山とは、鄭箋によれば古人の高徳有る者の喩え、景行の景は毛伝に大（広大）、鄭箋に明と説かれ、行は徳行を喩えた道の意味である。本譚も、この句解のもとに断章取義で、賢女を斉相御妻に当てている。訳文は通釈のとおり。　○嚮　嚮勧（すすめる）におなじ。荒城がすでにこの意に解している。　○明言驕恭　驕慢と敬恭の意味を明示する。　○効　献出（ささげる）におなじ。　○列於君子　君子はお上（指導者）の位に在る者。この一句、具体的には〔御者を〕大夫の仲間に加えたこと。

韻脚　○道 dog（4幽部）　◉效 fiɔg（7宵部）　◎已 diəg・子 tsiəg（1之部）三部合韻一韻到底格押韻。

余説　世の凡人には、自分は徳も力も地位もないのに、人望・権勢をそなえた人物の傍らにあることで、他人に対する優越感を支えている者が多い。堂々たる体軀に恵まれながら、一介の御者、それでも主人の威を借りて空威張りをしている夫。なみはずれた小男ながら、貴顕の家に生まれて宰相の位を極めても修養に励み、謙下につとめる晏嬰。御者の妻の垣間見た光景は、こうした世人の実相の典型を、おのずから鋭い諷刺をこめて描いた傑作の戯画となっている。御者の妻は、こうした夫に、礼教破りの汚名をあえて被り、離縁を迫るという非常手段に訴えて改心させた。御者も素直に妻の諫言を受けて修養、大夫の位を得た。劉向は妻たる者に夫の徳の導き手としての諫妻の役割を望むとともに、夫たる者に率直に妻の「母性愛」に通じる直情を受けいれる度量を強く求めたのであろう。本譚は『史記』種としてではあるが、後世、唐・李瀚の『蒙求』に「晏御揚揚」の語として収められ、より有名になった。

十三 楚接輿妻

楚狂接輿之妻也。接輿躬耕以爲食。[1]楚王使使者持金百鎰・車二駟、往聘迎之、曰、「王願、『請先生治淮南』」。[2]接輿笑而不應。使者遂不得與語而去。[3]妻從市來曰、[4]「先生少而爲義。[5]豈將老而遺之哉。[6]門外車跡、何其深也」。[7]接輿曰、「王不知吾不肖也、欲使我治淮南、遣使者持金駟來聘」。[8]其妻曰、「得無許之乎」。[9]接輿曰、「夫富貴者、人之所欲也。子何惡我許之矣」。妻曰、「義士、非禮不動、不爲貧而易操、不爲賤而改行。[10]妾事先生、躬耕以爲食、親績以爲衣、食飽衣暖。據義而動、其樂亦自足矣。若受人重祿、乘人堅良、食人肥鮮、而將何以待之」。[11]接輿曰、「吾不許也」。[12]妻曰、「君使不從、非忠也。從之又違、非義也。[13]不如去之」。夫負釜甑、

楚の狂接輿の妻なり。接輿躬ら耕して以て食を爲る。楚王使者をして金百鎰・車二駟を持して、往きて之を聘迎せしめて曰く、「王願ふらく、『先生の淮南を治めんことを請ふ』と」。接輿笑ひて應へず。使者は遂に與に語るを得ずして去る。妻市より來りて曰く、「先生少くして義を爲めたり。豈に將に老いんとして之を遺つるや。門外の車跡、何ぞ其れ深きや」と。接輿曰く、「王吾の不肖を知らずして、我をして淮南を治めしめんと欲して、使者をして金・駟を持して來りて聘せしむ」と。其の妻曰く、「之を許さんこと無きを得るや」と。接輿曰く、「夫れ富貴なる者は、人の欲する所なり。子何ぞ我の之を許すを惡むや」と。妻曰く、「義士は、禮に非ざれば動かず、貧の爲めにして操を易へず、賤の爲めにして行を改めず。妾先生に事へ、躬ら耕して以て食を爲り、親ら績ぎて以て衣を爲り、食は飽き衣は暖む。義に據りて動けば、其れ樂しみも亦た自ら足らん。若し人の重祿を受けて、人の堅良に乘り、人の肥鮮を食はば、而ち將た何を以て之に待せんや」と。接輿曰く、「吾

妻戴紝器、變名易姓而遠徙。莫知所之。[14]

君子謂、「接輿妻、爲樂道而遠害。夫安貧賤而不怠於道者、唯至德者能之」。[15]『詩』曰、「肅肅兔罝、椓之丁丁」。言不怠於道也。[16]

頌曰、「接輿之妻、亦安貧賤。雖欲進仕、見時暴亂。楚聘接輿、妻請避館。戴紝易姓、終不遭難」。

許さざるなり」と。妻曰く、「君使ひして従はざるは、忠に非ざるなり。之に従ひて又違ふは、義に非ざるなり。之より去るに如かず」と。夫は釜甑を負い、妻は紝器を戴き、名を變じ姓を易へて遠く徙る。之く所を知る莫し。

君子謂ふ、「接輿の妻、道を樂みて害に遠ざかると爲す。夫れ貧賤に安んじて道に怠らざる者は、唯だ至德の者之を能くす」と。『詩』に曰く、「肅肅たる兔罝、之を椓つこと丁丁たり」と。道に怠らざるを言ふなり。

頌に曰く、「接輿の妻、亦た貧賤に安んず。進み仕へんと欲すと雖も、時の暴亂を見る。楚の接輿を聘せしも、妻請ひて館を避く。紝を戴き姓を易へ、終に難に遭はず」と。

通釈　楚の変人の接輿の妻の話である。接輿はみずから耕して暮らしを立てていた。楚王が使者に金百鎰（三十キロ以上）に、四頭立ての馬車二輌を土産にもたせ、出かけて彼を迎えさせていった、「王さまには『どうか先生が淮南の地を治めてほしい』と願っておられます」と。接輿は笑って応じない。使者はついに語りあえずに去った。妻が市場からもどってきていう。「旦那さまは若いころから道義をおさめて来られましたね。まさか老いが近づいた今になって道義をお捨てになろうというつもりではありませんわね。門の外の車の轍の何とまあ深いことでしょう」と。接輿は、「王は わしが能なしだということもご存知なく、わしに淮南の地を治めさせたいと望まれ、使者に黄金と四頭立ての馬車をたずさえさせて迎えによこされたのだ」という。妻は、「このお申しこしは承らずに済むのですね」という。接輿は、「そもそも富や地位は、人が欲しがるものだ。あなたは何故わしが承知するのを厭がるのかね」という。妻は、「義士は、礼にあらざれば動かず、貧乏のために操を変えず、賤しい地位のために自分の信じる行動を改めたりはしません。妾は旦那さまにつかえ、みずから耕して食事をととのえ、みずから績いで着物をこしらえ、食事はたっぷり摂れるように着物は身体を暖められるようにしてさしあげてまいりました。道義によって行動すれば、楽しみはおのずから満ち足りるはずです。もし人から贈られる重い俸給を受け、人から贈られる頑丈な車や名馬を乗りまわし、人から贈られる豪勢な料理を口にしたりしたら、いったいどのようにそのお返しをするというのでしょう」という。接輿は、「わしは承知してはいない」という。妻は、「殿さまが使者を遣わされたのに従わないというのは忠ではありません。従った上にさらにお心にかなわぬ結果になるのは道義ではありません。この地を去るのに越したことはありません」といった。夫は釜や甑を背負い、妻は機織りの道具を頭に載せて、名を変え姓を改めて遠くへ移っていった。行方を知る者はなかった。

君子はいう、「接輿の妻は、道を楽しんで災害から身を遠ざけた者というべきだ。そもそも貧賤に安んじて道を怠らぬのは、ただ最高の徳をそなえた者だけが出来ることである」と。『詩経』には、「ていねいに張る兎網、トントン杭打ち落ちつかす」という。これは〔接輿の妻のごとく〕一点揺ぎなく慎重に道に対処するさまを詠っているのである。

頌にいう、「畸人接輿の妻は、貧しさと低き地位とに安んじ居たり。夫は進み仕えんと欲するも、妻は時勢の乱るるを見ぬけり。楚の国接輿を聘くも、妻は請いて聘きより逃がる。機織の具を頭に戴き姓を易えて去り、ついに災いに遭わざりき」と。

校異 ＊本譚は『韓詩外傳』巻二第十二話より原筋を借りて作られたが、すでに顧校が指摘するように晉・皇甫謐『高士傳』巻上の仙人陸通（狂接輿の姓名にされた）傳へと改造、發展させられた說話である。『高士傳』の狂接輿の言行・人格には新たな要素も加わったが、妻の諫言による志操貫徹という要素は、『高士傳』でも繼續している。『古列女傳』の狂接輿像の特徴確認・諸校の適否のため三傳の相違を、示しておこう。　◎1楚狂接輿之妻也、接輿躬耕以爲食　叢刊・承應の二本は耕字を畊につくる。『外傳』は楚狂接輿躬耕以爲食の一句九字につくる。『高士傳』は陸通、字接輿、楚人也、好養性、躬耕以爲食の五句十六字につくる。　2楚王使使者持金百鎰車二駟、往聘迎之曰、王願請先生治淮南　叢書本は聘字を騁に誤刻する。考證本・補注本は娉につくる。『外傳』は其妻之市、未返、楚王使使者齎金百鎰、造門曰、大王使臣奉金百鎰、願請先生治河南の六句三十三字につくる。『高士傳』は楚王聞陸通賢、遣使者持金百鎰車馬二駟、往聘通曰、王請先生治江南の四句二十八字につくる。梁校は第三句淮南の二字が『外傳』には下（第8條）とともに河南につくると指摘。蕭校は梁校を襲う。　3接輿笑而不應、使者遂不得與語而去　『外傳』は下句を異にし、使者遂不得辭而去につくる。『高士傳』は使者去の一句三字につくる。

4妻従市來曰　『外傳』は妻従市而來曰につくる。『高士傳』は諸本におなじ。

5先生少而爲義　諸本は少字を以につくる。『外傳』はこれにつくる。『高士傳』も『外傳』におなじ。以字では意味をなさず、後句の豈將老而遺之哉の老字と對應する語として、もとは少字が置かれていたと考えるべきである。顧・王・梁三校はこれを指摘、蕭校も王校を紹介するが、王校の字形近似による誤りという考察を落としている。おそらく王校が述べるように字形近似による誤寫であろう。よって『外傳』にしたがい校改する。

6豈將老而遺之哉　『外傳』もこれにつくるが、『高士傳』は豈老遺之哉の五字につくる。

7門外車跡、何其深也　集注本のみ車跡を車迹につくる（ただし考證本の考證條文も車迹につくる）。『外傳』は車軼につくる。『高士傳』は其字なし。顧・王・梁三校は『外傳』が車軼につくることを指摘するが、梁校は軼は轍（わだち）と同義字といい、用例が『莊子』人閒世にあると説く。ただし同篇の〔螳螂〕怒其臂以當車轍の句は轍字で構成されている。蕭校は梁校を襲う。

8接輿曰、王不知吾不肖也、欲使我治淮南、遣使者持金駟來聘　『外傳』は今者王使使者賫金百鎰、欲使我治河南の二句十六字につくる。『高士傳』はこの句より、後句の子何惡我許之矣、妻曰にいたる十二句五十二字の該當句なし。

9得無許之乎　『外傳』は豈許之乎につくる。かつ『外傳』は後句の接輿曰より而將何以待之にいたる十八句八十六字の該當句なし。

10妻曰、義士、非禮不動、不爲貧而易操、不爲賤而改行　『高士傳』は妾聞、義士非禮不動の二句八字のみにつくる。

11妾事先生、躬耕以爲食、親績以爲衣、食飽衣暖、據義而動、其樂亦自足矣、若受人重祿、乘人堅良、食人肥鮮、而將何以待之　『高士傳』は妾事先生、躬耕以自食、親織以爲衣、食飽衣暖、其樂自足矣の五句二十三字につくる。

12接輿曰、吾不許也　『外傳』は曰、未也の三字につくる。『高士傳』はこの句より、後句の從之又違、非義也にいたる七句二十三字の該當句なし。

13妻曰、君使不從、非忠也、從之又違、非義也　『外傳』は君使不從、非忠也、從之是遺義也につくる。王校は『高士傳』にこの句がないのに着目、「或は誤衍」という。論理的には『外傳』も本譚もともに首肯しうる内容の句。隱逸志向は必ずしも絶對的な仕官拒否の倫理によるものではない。仕官をしても自分の政治・道德上の理想が遂げられず徒花（あだばな）の富貴によって己れを汚すことを厭うためにおこる感情である。逸民の心は富貴の誘惑のみならず、治才の發揮の誘惑につねにさらされているといえる。わが身の不肖を自覺する狂接輿ですらそういう人物として設定されている。この兩面の誘惑を防止する語としては、本譚の造句はきわめて適切である。上・下二句兩七言の句拍子の整備という點でも、本譚の造句が「誤衍」の結果とは思われない。俗界完全拒否の僊化譚にまで發展した『高士傳』に、この該當句がないのも狂接輿＝陸通閒に隱者像のちがいが構成されているからである。校改の必要はない。本譚が『外傳』にもとづくことを知る顧・梁二校がこの句の『外傳』との相違を指摘せぬのも、あるいは以上のごとき判斷によるのであろう。蕭校は王校を襲う。

14夫負釜甑、妻戴紝器、變名易姓而遠徙、莫知所之　諸本はこれにつくる。『外傳』は乃夫負釜甑、妻戴經器、變易姓字、莫知其所之につくる。『高士傳』は於是、夫負釜甑、妻戴紝器、變名易姓、游諸名山、食桂櫨實、服黄菁子、隱蜀峨眉山、壽敷百年、俗傳以爲仙云につくる。顧校は變名易姓の句以下に對し、「此は迹を匿すを言ふのみ。而るに皇甫謐の徒、陸通云云を詭造し、殊に取る所無し」と評している。　15唯　集注本のみ惟につくる。　16不怠　叢書本のみ以怠につくる。

語釈　○楚狂接輿　『論語』微子篇に登場、楚に猟官中の孔子に「今の政に従ふ者は殆し」と警告した人物として知られ、『史記』巻四十七孔子世家では、二人の出遭いを孔子六十三歳、魯の哀公姫将の六年四八九B.C.のこととする。『論語』宋・刑昺の疏には、姓は陸、名は通、字は接輿と註されるが、『史記』巻八十三鄒陽の伝の索隠註が「『高士伝』に楚人陸通、字接輿」と説くように、おそらく姓名は晋・皇甫謐『高士伝』巻上の記事を受けたものであろう。狂は佯狂（狂人のふりをする）におなじ。梁註は『水経注』巻三十一潕水注引『尸子』に「楚狂接輿耕ニ於方城ー」（河南省方城県東北）の記事が見えることを明らかにするが、同書では、この地は孔子の弟子仲由・字子路が逸民の長沮・桀溺に津を問うた所とも説かれており、伝説の要素が濃い。　○為食　食事をつくる。暮らしを立てる。　○楚王　『史記』巻四十七孔子世家によれば昭王羋珍（在位五一五～四八九B.C.）に該当する。『論語』刑昺の疏では「昭王の時、政令常無く、〔接輿〕披髪（ざんばら髪で）佯狂して仕へず」といわれるが、『史記』巻四〇楚世家では弱体化した楚国の王位を継いで呉の侵略に苦しみ、一時は国外に亡命しながらも国力を盛りかえし、唐・頓・胡の諸国を併呑、呉に襲われた陳を救うべく戦ったが、戦陣で病歿。病中で臣下を誡めた名言によって、孔子に「楚の昭王は大道に通ぜり。其の国を失はざるは、宜なる哉」と絶賛された。孔子世家によれば、孔子もその聘迎を受けており、賢者登用にも積極的な明君であった。ただし、彼の嗣子たる恵王羋章（在位四八八～四三二B.C.）の治世には、昭王の兄建の子、白公羋勝が反乱をおこして、鎮定されるという暴乱が発生している。　○金百鎰・車二駟　一鎰は王註に二十両、蕭註に二十四両という。春秋・戦国時の一両は十六グラム。百鎰は三十二キロ、又は三八・四キログラム。駟は四頭立ての馬車、車二駟とは幣物の乗用車たる四頭立ての馬車二輛をいう。　○聘迎　君主が使者を立て、幣物をもって賢者を臣下とすべく招きにくる。　○淮南　淮水南岸の地。
○門外車跡、何其深也　車跡は車の轍の跡。車跡が深いとは使者がみずからも重い幣物を積んだ車を仕立て、幣物の乗用車を伴って来訪した証拠をいう。何は詠嘆、其は強意の副詞。訳文は通釈のとおり。　○不肖　能なし。　○得無許之乎　許は承知する。承知せずに済むのでしょうね。この句は詰問の口調である。　○夫富貴者、人之所欲也　『論語』里仁にも、「富と貴とは、是れ人の欲する所なり」といい、『孟子』公孫丑下にも、「人亦た孰か富貴を欲せざらんや」という。訳文は通釈のとおり。　○義士、非礼不動、不為貧而易操、不為賤而改行　『論語』顔淵に「礼に非ざれば動く勿かれ」といい、『論語』里仁には註・前条の「富と貴とは、是れ人の欲する所なり」につづいて、「其の道を以て之を得ざれば、処らざるなり（道義によって富と行為を得たのでなければ、安住しない）。貧と賤とは、是れ人の悪む所なり。其の道を以て之を得ざれば、去らざるなり（不義によって貧窮と卑位を得たのでなければ、それから逃がれない）」という。本句の訳文は通釈のとおりだが、じつは『論語』里仁のこの句を背景にした発言であろう。　○拠義而動、其楽亦自足矣　本句の訳文も通釈のとおり。註・前条とおなじく、『論語』述而の「疏食（粗末な食事）を飯ひ水を飲み、肱を曲げて之を枕とす。楽み亦た其の中に在り。不義にして富み且つ貴きは、我に於て浮雲の如し」を背景にした発言であろう。　○堅良　堅固・頑丈な車や名馬。○肥鮮　滋養豊かで新鮮な肉。豪勢な料理。　○将何以待之　将何は疑問副詞。どのようにして。待は対待におなじ。対応する。好遇にお返しする。　○君使　国君が使者をつかわす。使は動詞。　○釜甑　釜と甑（素焼きの円錐状の穀物の蒸器。釜の上に載せて蒸す。）　○紝器　紝は織におなじ。機を織る道具。　○詩曰　『詩経』周南・兎罝の句。粛粛は毛伝に「敬なり」という。慎重に張り繞らすこと。兎罝は兎を捕まえる罟（網）。丁丁は罟を張るための杙を椓つ音。トウトウ（タウタウ）。句意は通釈のとおり。　○見時暴乱　時は時勢。暴乱は動乱のこと。時勢が動乱にむかうのを見ぬいた。　○避館　館は召聘した人物の客舎（宿泊施設）。したがって避館とは召聘より逃がれることをいう。

韻脚　○賤 dzian. 乱 luan. 館 kuan. 難 nan.（20元部押韻）

余説　経世済民のために出仕を焦る孔子に対する楚の逸民狂接輿の隠棲勧告譚は、『論語』微子篇によって名高い。この孔子に対する狂接輿の孔子への隠棲勧告譚は、『荘子』人間世篇にも見え、ここでは、彼は勧告の言を、「人は皆有用の用を知れども、無用の用を知る莫し」と結び、確固たる虚静無為・全性保真の道家の信念に生きる人物として登場する。そうした思想の持主としてイメージされる彼も、本譚では楚王の使者が手厚い幣物と強大な権力付与の甘言で召聘すれば、即答は避けても、「夫れ富貴なる者は、人の欲する所なり」と仕官に色めきたっている。もし妻の『論語』里仁の「貧と賤とは、是れ人の悪む所なり。其の道を以て之を得ざれば、去らざるなり」を背景にした「義士は、（略）貧の為めにして操を易へず、賤の為めにして行を改めず」という切諫の辞がなければ、接輿は混濁の官場に身を墜し、破滅したかも知れない。妻の詰問に、接輿はたじろいで、「吾許さざるなり」と発言し、自分の信念に動揺がないかのようにとり繕うが、夫の心底を見透かす妻の追求は鋭い。「君使ひして従はざるは、忠に非ざるなり。之に従ひて又違ふは、義に非ざるなり。之より去るに如かず」と、夫が仕官の欲に敗れぬようにするためには誘惑を避ける以外にないと判断して退去を迫っている。本譚は語らぬが、〔語釈〕3に明らかなごとく昭王芈珍は明君である。富以上に淮南統治の誘惑から接輿が出仕に心動かされたという筋立てに無理はなかろう。だが昭王歿後に、楚では恵王章と白公勝の王位を繞る争いがおこった。接輿がもし出仕していたら、争いに巻き込まれずに済むのは至難であった。夫が「仕へんと欲し」ても、「時の暴乱（動乱）を見」ぬいて、「難に遭」わずに済ませた妻の遠識を、劉向が頌中で讃えているのも、こうした事態が背景にあることを念頭においていたからであろう。とかく、男性は事業欲・権勢欲に魅かれて、全性保真の信条を脆くも破りやすい。本譚の接輿もその一人。その彼が信条を遂げえたのは、しぶとく謙退の徳に生き、公義と遠識をそなえた妻の巧妙な切諫があればこそのことであった。撰者はその点を強調したいのではあるまいか。本譚の妻の切諫ぶりが校異の各条に見えるように、『外伝』『高士伝』に比べて生彩に富むのは、そのためであろう。

なお狂接輿の伝説は『荀子』堯問や『戦国策』（巻三）秦策の范雎の言に語られ、『楚辞』渉江にも詠われているが、平和裡に全性保真を遂げる人物として描かれてはいない。濁世の批判者としての「狂人」の姿勢を頑なに演じて、道義を守りぬく悲壮な人物として語られ、詠じられている。本譚中の接輿は平和裡に保身を遂げるが、一見、道家的なイメージをあたえられつつ、妻の「君使ひして従はざるは忠に非ざるなり。之に従ひて又違ふは、義に非ざるなり」という妻の言によって、行動の指針を決定する儒家者流の徒としても描かれている。彼の心は経世済民の理想を失ってはいない。本譚においては、劉向は逸民の説話を、『論語』泰伯の「危邦には入らず、乱邦には居らず。天下道有れば則ち見れ、道無ければ則ち隠る」という語を基本に構成しているのである。なお晋・左九嬪は『狂接輿妻賛』で、こうヒロインを讃えている。（『藝文類聚』巻十八人部二賢婦人所収）

接輿高潔、懐道行遙。　接輿の徳は高く潔らかにして、道をいだきて行ないは世人と異なること遥けし

妻亦氷清、同味玄昭。　妻もまた氷のごとく心は澄みて、夫と思いをともにして隠者の理想に生きぬ。

遺俗榮津、志遠神遼。　虚榮の津に背を向け俗念を絶ち、志は高きを目ざし神は濁世に別るること遠し

十四　楚老萊妻

楚老萊子之妻也。萊子逃世、耕於蒙山之陽。[1]葭牆[2]蓬室、木牀蓍席、衣縕食菽、墾山播種。人或言之楚王曰、「老萊賢士也。王欲聘以璧帛、恐不來」。[3]楚王駕至老萊之門。老萊方織畚。[4]王曰、「寡人愚陋、獨守宗廟。願先生幸臨之」。老萊子曰、「僕山野之人、不足守政」。[5]王復

楚の老萊子の妻なり。萊子世を逃がれ、蒙山の陽に耕す。葭牆・蓬室、木牀・蓍席にして、縕を衣て菽を食ひ、山を墾きて種を播く。人或は之を楚王に言ひて曰く、「老萊は賢士なり。王聘くに璧帛を以てせんと欲するも、恐らくは來らざらん」と。楚王駕して老萊の門に至れば、老萊方に畚を織れり。王曰く、「寡人愚陋にして、獨り宗廟を守れり。願はくは先生幸に之に臨め」と。老萊子曰く、「僕は山野の人、政を守るに足

曰、「守國之孤、願變先生之志」。老萊子曰、「諾」[6]。王去、其妻戴畚萊、挾薪樵而來[7]。曰、「何車迹之衆也」。老萊子曰、「楚王欲使吾守國之政」。妻曰、「許之乎」。曰、「然」[8]。妻曰、「妾聞之、『可食以酒肉者、可隨以鞭捶。可授以官祿者、可隨以鈇鉞』。今先生、食人酒肉、受人官祿。居亂世、爲人所制、能免於患乎。妾不能爲人所制」[9]。投其畚萊而去[10]。老萊子曰、「子還。吾爲子更慮」。遂行不顧[11]。至江南而止曰、「鳥獸之解[12]毛、可績而衣之。捃其遺粒、足以食也」。老萊子乃隨其妻而居之[13]。民從而家者、一年成落、三年成聚[14]。

君子謂、「老萊妻、果於從善[15]」。『詩』曰、「衡門之下、可以棲遲。泌之洋洋、可以樂饑[16]」。此之謂也。

頌曰、「老萊與妻、逃世山陽。蓬蒿爲室、莞葭爲牆[17]。楚王聘之、老萊將行。妻曰『世亂』、乃遂逃亡」。

りず」と。王復た曰く、「守國の孤、先生の志を變へんことを願ふ」と。老萊子曰く、「諾」と。王去るや、其の妻畚萊を戴き、薪樵を挾みて來る。曰く、「何ぞ車の迹の衆きや」と。老萊子曰く、「楚王　吾をして國の政を守らしめんと欲す」と。妻曰く、「之を許せるか」と。曰く「然り」と。妻曰く、「妾之を聞く、『食に酒肉を以てすべき者は、隨はしむるに鞭捶を以てすべし。授くるに官祿を以てすべき者は、隨はしむるに鈇鉞を以てすべし』と。今　先生は、人の酒肉を食ひ、人の官祿を受く。亂世に居りて、人の制する所と爲れば、能く患を免れんや。妾は人の制する所と爲る能はず」と。其の畚萊を投じて去る。老萊子曰く、「子よ還れ。吾子が爲めに慮を更めん」と。遂に行きて顧みず。江南に至りて止まりて曰く、「鳥獸の解毛も、績いで之を衣るべし。其の遺粒を捃ふも、以て食ふに足るなり」と。老萊子は乃ち其の妻に隨ひて之に居る。民從って家する者は、一年にして落を成し、三年にして聚を成す。

君子謂ふ、「老萊が妻は、善に從ふに果なり」と。『詩』に曰く、「衡門の下、以て棲遲すべし。泌の洋洋たる、以て饑を樂すべし」と。此の謂ひなり。

頌に曰く、「老萊は妻と與に、世を山陽に逃がる。蓬蒿をば室と爲し、莞葭をば牆と爲す。楚王之を聘けば、老萊將に行かんとす。妻曰く、『世亂る』と、乃ち遂に逃亡す」と。

通釈 楚の老莱子の妻の話である。莱子は世を逃れ、蒙山の南で畑仕事をしていた。葭の牆に蓬で葺いた屋根の家、木の寝台に蓍の席、縕袍一枚を着こんで菽汁をすすり、山を開墾して種播きをしていた。ある者が楚王に、「老莱子は賢者でございます。王さまが璧や帛の贈物でお召しになろうとしても、おそらくは出かけてまいりますまい」という。楚王が車を仕立てて老莱子の家の門口に乗りつけてみれば、老莱子は今しも畚を織っているところであった。王が「寡人は愚か者ですが、一人で国を守ってまいりました。先生にご来臨ねがえれば幸いですが」という。老莱子は、「僕は山野で暮らしてきた者、国政をお守りするなんて出来ません」といった。王がまた「国を守る孤は、先生が翻意されるのを願っております」という。老莱子は「かしこまりました」といった。王が去ると、その妻が畚に入れた莱を頭にのせ、大小の薪樵を抱えてもどってきた。「何と車の迹の多いことでしょう」という。老莱子は、「楚王がわたしに国政をとりしきらせようと思っていらっしゃるのだ」という。妻が「承知されたのですか」という。老莱子は「そうだ」という。妻は、「妾は『酒や肉で養える者は、鞭捶で随わせることができる。官位や俸給を授けてやれる者は、鈇鉞で随わせることができる』と聞いていますわ。ところが旦那さまは、人から贈られる酒や肉を召しあがり、人から贈られる官位や俸給をお受けになることになったのです。混濁の世にあって、人から抑えられることになれば、災患から免れることがおできになれますか。妾は人から抑えられたくはありませんわ」といいすてた。その畚に入れた莱をぶちまけて立ち去ってゆく。老莱子が、「もどっておくれ。あなたのために考え直すから」という。だがついにふりかえりもせずに去っていった。江南にたどりつくと立ちどまって、「鳥獣が落とした毛も、つむいで着物にあてられます。落穂の粒をひろっても、食事にあてられるのです」という。老莱子はそこで妻に随ってこの地に住むことになった。ついて来て家を構える民衆で、一年で部落ができ、三年たつと大きな村ができあがった。

　君子はいう、「老莱子の妻は果断に善に従った」と。『詩経』には、「冠木の門の下こそは、ゆったり暮らせるよいところ、溢れる泉は水広がりて、飢えを療やすにもってこい」という。これは老莱子の妻が夫に勧めた隠棲のすばらしさを詠っているのである。

頌にいう、「老萊子と妻とは、蒙山の陽に世を棄つ。蓬蒿の屋根で家つくり、莞と葭もて牆めぐらせり。楚王　彼を聘けば、老萊子はあわや行かんとす。妻はいう、『世は乱れ濁る』と。かくて二人はついに世を逃れたり」と。

校異　＊楚の老萊子にかかわる本譚外の老萊子說話の現存記錄は、①『莊子』外物、②『史記』巻六十三老子・韓非列傳、同上正義引『列仙傳』（現行の六朝期編とみなされる傳・劉向撰『列仙傳』〈『叢書集成』等所收〉には、老萊子の傳はない。王校は後述『藝文類聚』巻二十人部四孝引の文を檢討したあと、「仙字は蓋し誤ならん」、『太平御覽』引『列女傳』が是なりというが、『御覽』巻四十二地部蒙山、同上巻五〇一〜五一〇逸民部一〜十、その他、同上巻四八四 四八五・人事部一二五・一二六貧上・下同上巻六八九服章部六衣巻七六五器物部十畚、同上巻八二六資產部六紡績等の關係箇所に『列女傳』の本譚にかかわる引文は見當たらない。かつ、後の校異第1・10・12條等に擧げるごとく、この『列仙傳』遺文には節抄とはいえ老萊子の妻は一度も登場しない。この遺文が王校指摘のごとく『列女傳』の遺文とすれば、奇妙である。管見のかぎりでは、王校の指摘をにわかには信じられない。かりに『史記』正義引『列仙傳』と稱んでおく）、③晉・皇甫謐撰『高士傳』〈『叢書集成』等所收〉上（『御覽』巻四十二地部七・蒙山、巻四八五人事部一二六貧下、巻五〇六逸民部六にも遺文が收錄、各〻異同がある）、④劉宋・覺儒撰『孝子傳』（清・茆泮林輯『古孝子傳』〈『叢書集成』等所收〉收錄。『南史』巻七十三孝義上に撰者の略傳と『孝子傳』撰書の記錄あり。『御覽』巻四一三人事部五十四・孝中に引文がある）、⑤『藝文類聚』巻二〇人部四　孝引撰者未詳『列女傳』（『類聚』は『列女傳』の遺文と稱するが、王校がすでに指摘するように、本譚とは「附くべき無」きものであり、王・梁校は本譚中に校異を入れず、本譚後部に付記し、蕭校もその形態を襲っている。むしろ內容からは④の『孝子傳』の遺文と見なされるもの）等がある。⑤がもし④の遺文とすれば、これらはいずれも『古列女傳』の後出文獻である。よって、ここでは本譚から發展したと思われる②の『史記』正義引『列仙傳』の遺文と④『高士傳』のうち、『御覽』巻四十二地部七・蒙山引の遺文を對校。本譚の變形化の跡を檢證しつつ、『文選』巻二十一郭景純『遊仙詩』註引、巻五十九任彥昇「劉先生夫人墓誌」註引の『列女傳』の遺文を對校、原文の勘正をも進めることにする。なお②の『史記』の本文は〔語釋〕中に、④⑤の遺文は〔餘說〕中に紹介する。　◎〇1楚老萊子之妻也、萊子逃世、耕於蒙山之陽　『文選』郭景純詩註引は萊子逃世、耕於蒙山之陽の二句十字につくる。『文選』任元昇・墓誌註引は老萊子逃世、耕於蒙山之陽の二句十一字につくる。『御覽』地部引『高士傳』は老萊子隱於蒙山之陽の九字につくる。『史記』正義引『列仙傳』は老萊子、楚人、當時世亂、逃世、耕於蒙山之陽の五句十七字につくる。　2葭牆・蓬室、木牀蓍席、衣緼食菽、墾山播種　『文選』郭景純詩註引、任彥昇・墓誌註引は、ともにこれらの該當句なし。『御覽』地部引『高士傳』は以葭爲蓋・蓬爲室、岐木爲牀、蓍艾爲薦、衣緼飲水、墾山播植の六句二十三字につくる。『史記』正義引『列仙傳』は莞葭爲牆、蓬蒿爲室、杖木爲牀、蓍艾爲席、菹芰爲食、墾山播種五穀の六句二十六字につくる。王校は木牀蓍席の句のみを本『列仙傳』の該當句と校するが、枝木爲牀、蓍艾爲席につくるとする。蕭校も王校を襲う。　3人或言之楚王曰、老萊賢士也、王欲聘以璧帛、恐不來　『文選』郭景純詩註引は或言之楚の四字につくる。同上・任彥昇・墓誌註引は或言之楚王の五字につくる。『御覽』地部引『高士傳』、『史記』正義引『列仙傳』はともにこれらの該當句なし。　4楚王駕至老萊之門、老萊方織畚　『文選』郭景純詩註引は楚王遂駕、至老萊之門の二句九字につくり、同上・任彥昇・墓誌註引は楚王遂駕車、至老萊之門の二句十字につくる。『御覽』地部引『高士傳』は楚王親至其門、方織畚の二句九字につくり、『史記』正義引『列仙傳』は楚王至門迎之の六字につくる。　5王曰、寡人愚陋、獨守宗廟、願先生幸臨之、老萊子曰、僕山野之人、不足守政　『文選』郭景純詩註引、任彥昇・墓誌註引は、これらの該當句なし。『御覽』地部引『高士傳』、『史記』正義引『列仙傳』もこれらの該當句なし。　6王復曰、守國之孤、願變先生之志、老萊子曰、諾　『文選』郭景純詩註引、任彥昇・墓誌註引は、ともに楚王曰、守國之孤、願變先生、老萊曰、諾の五句十五字につくる。『御覽』地部引『高士傳』、『史記』正義引『列仙傳』はこれらの該當句なし。　7王去、其妻戴畚萊、挾薪樵而來　『文選』郭景純詩註引、任彥昇・墓誌註引は、ともにこれらの該當句なし。『御覽』地部引『高士傳』は至去、有間、其妻戴畚菜、挾薪而至の四句十三字につくる。『史記』正義引『列仙傳』はこの該當句なし。ただし王校は、「既に『挾薪樵』と言へば、則ち畚の下の萊字は衍なり」といい、『文選』註引の下文『投其畚』も亦た萊字無ければ、此(ここ)の衍なるを知れり」という。後條10のごとく、たしかに『文選』郭景純詩註引・任彥昇・墓誌註引は、ともに下文に投其畚而去の句があるが、それを以て萊を衍字とはみなせない。畚萊は語釋16（三〇八ページ參照）のごとく「もっこに盛られたアカザの葉」の意味があるからである。梁校は『御覽』地部引『高士傳』の下句（〔校異〕10參照）と、この句の畚字の下に萊字があるが、「何れの字の誤なるかを知らず」と疑問を呈し、王校とおなじく『文選』郭景純詩註引、任彥昇・墓誌註引の下文に投其畚而去の句があって萊字がないことを指摘し、「或は下の來字に涉りて衍し、後又、艹(くさかんむり)〈⺿・艹〉を加へしのみならん」と推測する。蕭校は梁校を紹介する。しかし『御覽』地部引『高士傳』の二箇所の畚字の下字は二字ともに菜であって萊ではない。又『文選』二註引が二箇所の畚萊二字を畚一字につくってあったとしても、それは節抄のさいに生じた刪去とも考えられる。畚萊二字でも、既述のごとく意味は成立する。校改の必要はない。　8曰、何車迹之衆也、老萊子曰、楚王欲使吾守國之政、妻曰、許之乎、曰、然　叢刊・承應二本が然字を何につくるほか、諸本はこれにつくる。『文選』郭景純詩註引、任彥昇・墓誌註引は、ともにこれらの該當句なし。『御覽』地部引『高士傳』は、問、車馬跡之多、答曰、楚王の四句十字につくる。『史記』正義引『列仙傳』はこれらの該當句なし。　9妻曰、妾聞之、可食以酒肉者、可隨以鞭捶、可授以官祿者、可隨以鈇鉞、今先生、食人酒肉、受人官祿、居亂世、爲人所制、能免於患乎、妾不能爲人所制　諸本はみな居亂世の一句三字なく、また爲人所制、能免於患乎の二句を爲人所制也、能免於患乎につくる。受人官祿の句は、叢刊・承應の二本がこれにつくり、他本は受字を授字につくる。『文選』郭景純詩註引は妻曰、妾之居亂世、爲人所制、能免於患乎、妾不能爲人所制の五句二十三字につくり、同上任彦昇墓誌註引は妻曰、妾聞之、居亂世、爲人所制、此能免於患乎、妾不能爲人所制者の六句二十六字につくる。『御覽』地部引『高士傳』は妻曰、可食以酒肉者、可以鞭捶(ママ)、可受(ママ)以官祿者、可隨以鈇鉞、先生受人官祿、爲人所制、妾不能爲人所制者の八句四十一字につくる。『史記』正義引『列仙傳』はこれらの該當句なし。居亂世の句については、顧校が『文選』郭景純詩註引が妾聞之、居亂世、爲人所制につくる（じつは既述のごとく、ここは任彦昇墓詩(ママ)註引の句）ことを證として脱文を疑い、王校も『文選』註引に、爲人所制の上にこの三字があることを指摘、頌の「妻曰世亂」とこの句が照合することをも論じて脱文を疑い、梁・蕭校もこれを襲っている。意味上、ここには三字が必要であろう。以上により三字を補った。爲人所制の句については、王校が諸本にみえる也字の衍字なることを指摘し、蕭校も王校を襲っている。これにより也字を削った。受人官祿の句については、句の主語が先生（老萊子）である以上、授字ではなく受字たるべきであろう。授・受二字を使い分けぬ『御覽』地部引『高士傳』の例は傍證たりえぬが、意味上は、叢刊・承應二本に就くべきである。よって改めた。　10投其畚萊而去　『文選』郭景純詩註引、任彦昇墓誌註引は、ともに投其畚而去につくる。省略された句の主語は老萊子の妻である。『御覽』地部引『高士傳』は妻乃畚(ママ)萊而去也につくる。『史記』正義引『列仙傳』は遂去の二字につくり、主語は老萊子である。顧校は『文選』註引が畚萊二字を畚につくることをいい、王校はその事實から萊字の衍なるを指摘し、蕭校もこれを襲うが、〔校異〕7（三〇五ページ）に既述するように畚萊二字でも意味は成立するのであり、校改の必要はない。　11老萊子曰、子還、吾爲子更慮、遂行不顧　『文選』郭景純詩註引、任彦昇墓誌註引には、これらの該當句なし。　12至江南而止曰、鳥獸之解毛、可績而衣之、捃其遺粒、足以食也　諸本はみな捃字を据につくる。『文選』郭景純詩註引、任彦昇墓誌註引はこれらの句なし。『史記』正義引『列仙傳』は至於江南而止曰、鳥獸之解毛、可績而衣、其遺粒足食也の四句二十二字につくる。この省略された主語も老萊子である。鳥獸之解毛、可績而衣之の句について、王校は『列仙傳』は毛字の上に解字無く、衣字の下に之字無しというが、事實の一部に違いがある。また王校は『御覽』引『列女傳』がこれと同じで、ただ衣之の之字が也につくられているというが、本譚校異序(ママ)（三〇四ページ）に既述するように、『御覽』引『列女傳』の文を筆者は發見していない。捃其遺粒の句について、顧校は考證本自體が据其遺粒につくるのに對し、据は捃の誤り、拾と同意、『說文』には攈につくると指摘し、梁校はこれを襲い、王校も据は捃字の形の誤り、捃は拾の意味であると指摘し、蕭校は王・梁（顧）二校を紹介する。これらにより据字を捃に改めた。　13老萊子乃隨其妻而居之　『文選』郭景純詩註引は老萊乃隨而隱につくり、任彦昇墓誌註引は老萊乃隨之につくる。『史記』正義引『列仙傳』はこれらの該當句以下の句なし。顧・梁二校は『文選』註引は隨其妻而居之を隨而隱につくるといい、蕭校は梁校を襲うが、これは郭景純詩註引についての指摘である。かつ節抄の結果の文面であり、校改の必要はない。　14一年成落、三年成聚　蕭校は本句の典故として『史記』巻一五帝本記の舜の徳をしたって人々が集まった記事、「一年而所レ居成レ聚、二年成レ邑、三年成レ都」を引き、正義によって「聚は（略）村落を謂ふ」と聚字を解している。　15君子謂、老萊妻、果於従善　蕭校のみ、「案ずるに上文は乃ち老萊其の妻の言に従へり。妻老萊の言に従ふに非ず、妻字疑ふらくは衍ならん」と斷ずる。しかし他譚の體例からみて、君子贊の語の主人公は女性が通例であり、従善は従善言の意味ではなく善行に従うの意味である。よって改校の必要はない。　16可以𤻲饑　諸本は𤻲字を療につくる。「毛詩」は樂につくり、饑字を飢につくる。鄭箋は樂字を療の意味にとり、力召の反（リョウ・レウ）に讀んでいる。顧校は淸・惠棟『毛詩古義』が鄭箋の樂字を𤻲字に讀み、それが韓詩説にもとづくことを紹介しつつ、韓詩説は『釋文』『外傳』に見えるが、ここは魯詩説にもとづくのであって、『説文』では療字が𤻲の或體であることを論じ、宋・王伯厚『詩攷』がこれを採りあげぬのは「誤り遺す」ものだと指摘する。王校も療字は本は𤻲につくり、それが魯詩にもとづく字様であると指摘している。梁校は顧校引惠棟説のみを引き、蕭校は王・梁二校に、此れ韓詩に同じという牟校を紹介しつつ、『大戴禮記』巻六衞將軍文子第六十に「貧にして樂むや、蓋し老萊子の行なり」とあるのに従うべきだとする。つまり言外に𤻲（療）字を「毛詩」同様に樂字に改め、毛傳が「樂飢とは、以て道を樂み飢を忘る」と解する説に従えというのである。しかし𤻲（療）を樂（毛傳は音洛）とし、上記のごとく解するのは無理があろう。『説文』が説くごとく𤻲は治の意味とみるのが自然である。よって顧・王・梁三校にしたがい療字を本字の𤻲に改めた。なお顧・梁二校がいう『外傳』とは巻二の第二十九話の孔子・子夏の『詩經』談議をさすらしいが、ここでの樂字は、「人有るも亦た之（『詩經』の詩）を樂み、人無きも亦た之を樂む」いう子夏の發言に照らして療（治）の意味たり得ない。蕭校が引く『大戴禮記』の老萊子に對する讃評の全文は、「德恭而行信、終日言不レ在二尤之内一、在二尤之外一、貧而樂也、蓋老萊子之行也」となっている。　17蓬蒿爲室、莞葭爲牆　諸本は最終字の牆字を薔につくるが、顧校は段校によってこれを改むべきことをいい、王・梁二校は『史記』正義引『列仙傳』中に莞葭爲牆、蓬蒿爲室の句があることを證とし、蕭校はこれを紹介し、押韻にも叶うことを指摘する。よって校改した。（薔はkap、29葉韻で失韻）。

語釈　○老萊子　『史記』巻六十三老子・韓非列伝によれば、孔子（五五二?～四七九B.C.）と同時代の人。『莊子』外物では、孔子が老萊子に招かれ、無為の生に安んぜよと説諭されている。著書十五編は道家の用を言うものとされている。なお『漢書』巻三十藝文志では『老萊子』は十六篇としるされている。元・郭居敬『二十四孝』中に登場する孝子としても知られ、七十歳になっても父母を喜ばせるために嬰児を装った人物ともつたえられる。〔余説〕を参照。　○蒙山之陽　蒙山は、『漢書』巻二十八上地理志によれば蜀郡・青衣県を流れる大渡水上流の谿をつくる山。四川省崇慶県の西、雅安市の北にある。ただし唐代の文献『括地志』によれば剣南道・雅州・厳道県の南十里に位する山。『漢書』地理志の説とは逆に、四川省雅安市の南にあることになる。陽は南におなじ。　○葭牆　アシでつくった垣根。　○蓬室　ヨモギで屋根を葺いた粗末な家。　○木牀　粗木の寝台。　○蓍席　メドギの席。メドギとは蓍萩（鉄掃帚）、マメ科の多年草である。　〇緼　絮（わたいれ・どてら）におなじ。　〇食菽　菽はマメのことだが、ここはマメ汁を啜ること。　〇楚王　本譚が『史記』老子・韓非列伝の記述を意識してつくられているならば、昭王芈珍（前譚楚接輿妻の（語釈）3・二九九ページ参照）が相当する。　〇璧帛　贈物にする璧と帛。　〇方織畚　方は副詞、正在（いましも）。畚は音フン。竹・蒲・藁縄等で織り編んだ運搬具。ふご、もっこ、あじか等といわれる。男性の老萊子が家で畚を編んでいる点に注意。　〇愚陋　おろかで見識が乏しい。　〇守宗廟　宗廟は祖宗の霊廟であるが、ここは国家と同義。国政を守る。　〇僕　一人称謙称。わたくしめ。　〇守国之孤　孤は小国の国君の謙称。国を守っている自分。　〇畚萊　萊は藜（アカザ）におなじ。もっこに盛ったアカザ。アカザは若菜を食用に供するアカザ科の一年草。　〇薪樵　薪は木を割った大きなマキ。樵は小枝を折り採った小さなタキギ、いわゆるツマギ。妻が外に出て前条のアカザや本条の大小のタキギを採収している点に注意。　〇鞭捶　ともに懲誡用のムチ。　〇鈇鉞　斬首用のオノとマサカリ。　〇乱世　正義の通らぬ混濁の世。　〇為人所制　制は控制。おさえる。人からおさえられる。　〇更慮　考え直す。　〇江南　長江南岸の地。　〇解毛　解は脱け落ちる。ぬけ毛。　〇績　つむぐ。よりあわす。　〇捃　拾う。　〇家　家を構える。　〇一年成落、三年成聚　王註は「聚・落は皆邑居の名」、蕭註は「聚を村落と謂ふ」とするが、おそらく撰者は、落・聚に小大の区別をつけているのであろう。訳文は通釈のとおり。　〇果　果断。思いきって断行する。　〇詩曰『詩経』陳風・衡門の句。衡門は横木を二本の柱にわたしただけの粗末な門。いわゆる冠木門。棲遅とは毛伝に遊息（ゆったりといこう）の意。泌之洋洋とは、毛伝に泌は泉水、洋洋は広大という。泉の水が溢れて広がること。可以擽飢　擽とは治におなじ。飢えや渇きを療やすことができる。全句の意は通釈のとおり。　〇蓬蒿　二字ともにヨモギ。　〇莞葭　莞は音カン（クヮン）、藺、音リンともしるされるイグサ（灯心草）。葭はアシの穂の出ぬもの。

韻脚　〇陽 ḍiaŋ・牆 dziaŋ・行 ɦăŋ・亡 mɪaŋ（14陽部押韻）。

余説　狂接輿と同時代に生きたと伝えられる楚の老萊子。彼は司馬遷によって道家の祖老子の該当者の一人としても紹介され（『史記』老子・韓非列伝）、班固によって彼の名をつけた『老萊子』の書名を後世に遺された（『漢書』藝文志）逸民の代表者である。だが本譚によれば、彼が超俗の隠者たり得たのは、接輿以上に信念強固な妻の切諫の言行に支えられての事であった。

　老萊子の妻は、夫には家にあって畚を織るという軽い労働をさせ、「棲遅全性（ゆったりとした暮しの中で本性を完成させる）」の理想を追求させ、みずからは外に出て、畚を戴き薪を抱えて苦しい労働にあたり、その理想追求の犠牲となっていたにもかかわらず、夫は楚王自身の来駕に感激し、我を忘れて出仕を承知する。のっぴきならぬ事態に彼女は採んできた萊の葉をぶちまけ、離縁も乞わず物凄い剣幕で彼のもとを去り、ずんずん下山し南下してゆく。その剣幕に呑まれた老萊子も、楚王との約束も忘れて妻をひたすら追ってゆく。老萊子は妻の激情に引かれて逸民としての再生活に入ったのであった。かくて夫婦の超俗の気高い生活を慕う人々が、その周囲に集まり、やがて一大聚落が出現し、逸民としての老萊子の名は、いやがうえにも高まったのである。逸民の妻たちの伝の中でも、その甲斐甲斐しさと気迫において、本譚はとりわけ鮮烈な印象を受ける絶品といえよう。老萊子の妻の口を通して語られる逸民の理想像は、「乱世（混濁の世）」という政治情況から身を引くという消極的超俗以上に、王侯の権力からの独立と自由を求める積極的超俗に傾いた道家者流のそれである。精神的自由を失わせる栄華の生活の誘惑から男性を救出するのは、やはり勤倹・素樸の世界に忍耐づよく生きられる女性の犠牲的行動なのだ。本譚はそう主張しているかのようである。

ところで老萊子の名であるが、第十一話の魯の黔婁先生同様、おそらくは諢名であろう。本譚成立前に既存の伝説中にあった筋立てを、劉向が本譚中に導入し、脚色したのであろうが、老萊子は菽汁(まめじる)と藜(あかざ)の羹(あつもの)（どろりとした湯(スープ)）で生命を繋いでいた人物であった。最後に①師覚儒『孝子伝』（『御覧』巻四一三人事部五十四、孝中原載）②『藝文類聚』巻二十人事部四・孝引『列女？伝』の遺文を示しておこう。

① 老萊子者、楚人。行年七十、父母倶存、至孝蒸蒸（孝をつくすさま）、常著斑蘭（美しいあや模様）之衣、為親取飲、上堂常脚跌（脚を踏みはずした）。恐傷父母之心、僵仆（たおれて）、為嬰児啼。孔子曰、「父母老、常言不称老。為其傷老也。若老萊子者、可謂不失孺子之心矣。」② 老萊子、孝養二親。行年七十、嬰児自娯、著五色彩衣。嘗取漿（のみもの）上堂、跌仆。因臥地為小児啼。或弄烏鳥於親側。

十五　楚於陵妻

楚於陵子終之妻也。[1] 楚王聞於陵子終賢、欲以爲相。使使者持金百鎰、往聘迎之。[2] 於陵子終曰、「僕有箕帚之妾、請入與計之。」卽入謂其妻曰、[3]「楚王欲以我爲相、遣使者持金來。今日爲相、明日

楚(そ)の於陵子終(おりようししゆう)の妻(つま)なり。楚王(そわう)於陵子終(おりようししゆう)の賢(けん)なるを聞(き)き、以(もつ)て相(しやう)と爲(な)さんと欲(ほつ)す。使者(ししや)をして金百鎰(きんひやくいつ)を持(ぢ)し往(ゆ)きて之(これ)を聘迎(へいげい)せしめんとす。於陵子終(おりようししゆう)曰(いは)く、「僕(ぼく)に箕帚(きしう)の妾(せふ)有(あ)れば、請(こ)ふらくは入(い)りて與(とも)に之(これ)を計(はか)らん」と。卽(ただ)ちに入(い)りて其(そ)の妻(つま)に謂(い)ひて曰(いは)く、「楚王(そわう)我(われ)を以(もつ)て相(しやう)と爲(な)さんと欲(ほつ)し、使者(ししや)をして金(きん)を持(も)ち

結駟連騎、食方丈於前。可乎[4]」。妻曰、「夫子織屨、以爲食、非與物無治也。左琴右書、樂亦在其中矣[5]。夫結駟連騎、所安不過容膝。食方丈於前、所甘不過一肉[6]。今以容膝之安、一肉之味、而懷楚國之憂、其可乎[7]。亂世多害、妾恐先生之不保命也」。於是子終出、謝使者而不許也[8]。遂相與逃、而爲人灌園[9]。

君子謂、「於陵妻、爲有德行」。『詩』云、「愔愔良人[10]、秩秩德音」。此之謂也。

頌曰、「於陵處楚、王使聘焉。入與妻謀、懼世亂煩。『進往遇害、不若身安』。左琴右書、爲人灌園」。

て來らしむ。今日相と爲れば、明日は駟を結び騎を連ね、食は前に方丈たり。可なりや」と。妻曰く、「夫子 屨を織りて以て食と爲せば、物に與いて治むる無きに非ざるなり。琴を左にして書を右にすれば、樂は亦た其の中に在り。夫れ駟を結び騎を連ぬるも、安んずる所は膝を容るるに過ぎず。食前に方丈たるも、甘しとする所は一肉に過ぎず。今膝を容るるの安き、一肉の味を以て、楚國の憂を懷くは、其れ可ならんや。亂世害多ければ、妾先生の命を保たざらんことを恐る」と。是に於て子終出で、使者に謝して許さざるなり。遂に相與に逃がれて、人の爲めに園に灌げり。

君子謂ふ、「於陵の妻は、德行有りと爲す」と。『詩』に云ふ、「愔愔たる良人、秩秩たる德音」と。此の謂ひなり。

頌に曰く、「於陵 楚に處るや、王焉を聘せしむ。入りて妻と謀るに、世の亂煩を懼る。『進み往きて害に遇ふは、身の安きに若かず』とす。琴を左にし書を右にし、人の爲めに園に灌げり」と。

通釈 楚の於陵子終の妻の話である。楚王は於陵子終の賢者ぶりを聞きつけ、宰相にしようと思った。使者を遣わして金百鎰（一説三十二キロ）をたずさえさせ、彼を召し出そうとしたのである。於陵子終は〔使者に〕いう、「愚妻がおりますれば、奥で一しょに相談させて下さいませ」と。すぐに奥に入って妻にいった、「楚の王さまが わたしを宰相にしようとお望みになり、ご使者を遣わして金を届けておいでになった。今日宰相をお受けすれば、明日は四頭立ての馬車を仕立てて騎馬のお供を引きつれ、食事を一丈四方も前にならべられる身になる。いいだろう」。妻は、「旦那さまは麻の履物（はきもの）を織って暮らしを立てておいでなのですから、なすべき仕事はしておられるのです。左には琴（きん）を右には書物をおいて悠然と暮らしていらっしゃるのですから、楽しみはやはりその中におありの筈です。そもそも四頭立ての馬車を仕立ててお供を引きつれても、身体（からだ）を安らげられるのは膝を容（い）れられる空間にすぎません。食事が一丈四方も前にならべられても、おいしいと感じられるのは肉の一皿にすぎません。いま膝を容れる程度の安らぎ、肉の一皿のために、楚の国の心配事を抱えこむのは、得策でしょうか。混濁の世には災いも多いのですから、妾（わたくし）は旦那さまがお命（いのち）をまっとうできなくなるのを心配いたします」という。そこで、子終は表に出ると、使者に詫びをいれて承諾しなかった。かくて一しょに逃げて、人のために畑仕事をして暮らしたのである。

　君子はいう、「於陵の妻は、すぐれた行ないをなしたと見なせる」と。『詩経』には、「心やすけき良き人よ、知恵のあふれるその言葉」という。これは於陵子終の妻のごとき人物について詠っているのである。

『頌（しょう）』にいう、「於陵子　終楚にありしとき、王は彼を聘（まね）かしむ。奥に入（い）りて妻と謀れば、世の混濁と煩わしさを懼（おそ）る。『すすみでて災にあうより、安らかに暮らすにこすこと無し』といえり。琴を左に書を右におきて、人のために畑に水そそげり」と。

校異　＊本譚の於陵子終とは、孟子と同時代人、『孟子』滕文公下に、齊の於陵に夫婦共働きして隠棲していたことが語られる陳仲子のことだが、本譚は彼ら夫婦を、『韓詩外傳』巻九二十三話北郭先生夫婦譚中に移して、主人公を交替させたものである。劉向の大膽な虚構（フイクシヨン）なのだが、彼は詰めを誤った。北郭先生を聘くのは楚の莊王羋侶（びりよ）（六一三～五九一B.C.）なのだが、わざわざ名前を消しながら楚王の稱を齊王にさし替えず、於陵の地が齊であることを忘れ（〔語釋〕1三一三ページ）、そのまま引きずられて齊人たる於陵子終を楚人にしてしまったのである。陳仲子に對する『孟子』や他文獻の惡評から、彼を於陵子終の名で稱び、楚に國籍を替えたとも考えられるが、於陵は齊の地であり、陳仲子＝於陵子終であることは周知の事實である。やはり劉向の不手際であろう。陳仲子説話には『戰國策』巻四齊策や『淮南子』氾論訓、晉・皇甫謐『高士傳』等があり、關連異文には『史記』巻八十三鄒陽の傳本文と集解引『列士（ママ）傳』、索隱註及び索隱引『烈（ママ）士傳』等があるが、於陵子終の別稱の對校のほか校異に價するものではない。『孟子』滕文公下の拔抄を〔語釋〕1（三一三ページ）に、『孟子』と本譚を節抄・接合した後出文獻の『高士傳』を〔餘説〕三一五ページに示し、主要對校文獻は『外傳』北郭先生夫婦譚

（含節抄異文『渚宮舊事』巻一）とし、後世本譚をより有名ならしめた『蒙求』於陵辭聘の句註引、『司馬溫公家範』巻九妻下引を加え、他文獻にも言及しておくことにする。　◎1於陵子終之妻也　顧校は『孟子』滕文公下・『水經注』巻八濟水注により、王校は於陵が清代の濟南府長山縣（昔の齊の地）なるをもって、楚字は齊の誤りなりという。しかし梁校は顧・王二校を紹介しつつ、皇甫謐『高士傳』の「子終齊人。兄戴相レ齊、（略）以二兄祿一爲二不義一、乃適レ楚、居二於陵一。云云」や『史記』鄒陽の傳の『集解』引『列士傳』の「楚於陵子仲(ママ)」の文、『世說新語』豪爽篇の「桓公（桓溫）讀『高士傳』」の付註に見える前揭『高士傳』（異本）のほぼ同樣の文が本譚にもとづくことを論じ、字の誤りにあらずという。蕭校は、これら諸校を紹介する。字の誤りでないことは、〔校異〕序の既述の本譚創作の經緯說明により明らかであろう。顧校はさらに子終の字を問題とし、『文選』巻十六潘安仁「閑居賦」註引（灌園粥蔬の句註）於陵子仲、爲人灌園の二句あり）や『戰國策』齊策が子仲、『漢書』巻二十古今人表が子中（じつは中子）につくり、『荀子』不苟が田仲につくることを指摘し、王校は『史記』鄒陽傳引『列士傳』(ママ)も子仲につくることをいい、「仲・終は音同じ。古字通ずるなり」という。梁校は顧校を襲いつつ、同一人物たることを疑ってか、『戰國策』齊策の例を落としている。蕭校は梁校を襲うとともに、「終は字、仲は伯・仲の仲であり、それは展獲の字が禽、又の字が季であるのと同例だといい、おそらくは王校に對する反論であろうが、「終・仲は音適〻同じきのみ」と述べている。上古韻では終はtioŋ、仲はdioŋ（ともに中部）で近接音であり、互用されやすい。蕭說は詰め不足である。陳仲子の仲は伯・仲の仲、仲子（中子につくっても可）は於陵子の字の一つ。子終（子仲につくっても可）もまた於陵子の字であろう。顏回、字子淵、仲由、字子路のごとき例がある。『荀子』中の田仲の田denは陳dienの近接音。子仲（終）を仲一字で稱ぶのは顏子淵を顏淵と稱ぶのと同例である。　2楚王聞於陵子終賢、欲以爲相、使使者持金百鎰、往聘迎之　『蒙求』註引、『家範』引もこれにおなじ。『外傳』には、楚莊王使使賫金百斤聘北郭先生につくる。『舊事』引は北郭先生、郢人、王聞其賢、使使賫金百斤、往聘之の四句十九字につくる。　3於陵子終曰、僕有箕帚之妾、請入與計之、卽入謂其妻曰　箕帚二字、備要・補注・集注三本はこれにつくる。叢書本等他本は箕箒につくる。『蒙求』註引は子終入謂妻曰の一句六字につくる。『家範』引はこの四句の要約に亂れが生じ、於陵子□人謂其妻曰の九字（一字缺文）につくる。『外傳』は先生曰、臣有箕箒之使、願入計之、卽謂婦人曰につくる。『舊事』は使字を婦に、入を以に、婦人を婦につくる。4楚王欲以我爲相、遣使者持金來、今日爲相、明日結駟連騎、食方丈於前、可乎　『蒙求』註引は第一句の楚字なく、第二句の六字なし。ほかはおなじ。『家範』引は楚王欲以我爲相、我今日爲相、明日結駟連騎、食方丈於前、子意可乎の五句二十七字につくる。『外傳』は楚欲以我爲相、今日相、卽結駟列騎、食方丈於前、如何につくる。『舊事』引は欲字、今日相の句なく、卽字は則につくり、於字なし。5妻曰、夫子織屨以爲食、非與物無治也、左琴右書、樂亦在其中矣　『蒙求』註引は第二句の屨を履につくるほかは、これにおなじ。『家範』引は非與物無治也の前に、業才辱、而無憂者何也の二句九字あり。また無治也の也字を乎につくる。さらに第五句中の亦字なし。

『外傳』は婦人曰、夫子以織屨爲食、食粥毚履、無怵惕之憂者、何哉、與物無治也につくる。『舊事』は婦人を婦につくり、夫子以織屨爲職、食粥毚屨の二句十一字を夫子食粥毚屣の一句六字につくる。王校は『外傳』は第三句該當句には非字がないが、北郭先生の事についているという。梁校も同様に指摘、さらに『舊事』引もおなじという。蕭校は王・梁二校を襲う。　6夫結駟連騎、所安不過容膝、食方丈於前、所甘不過一肉　所甘の二字を備要・集注二本外の諸本は甘一字につくる。『蒙求』註引はこれにつくる。『家範』引は所甘二字を所飽につくる。『外傳』は第一句を今如結駟連騎につくる。他句はこれにおなじ。『舊事』引は第一句を今結駟連騎につくり、第三句の於字を之につくる。『文選』巻三十五張景陽「七命」方丈華錯の句註引は方丈於前、所甘不過一肉の二句のみあり。王校は『外傳』は甘字上に所字ありと指摘するのみ。梁校は所字、舊本脱すといい、『文選』七命註引により校增、『外傳』『舊事』にも所字ありと指摘する。蕭校は王・梁二校を併記、梁校の校増を襲う。　7今以容膝之安、一肉之味、而懷楚國之憂、其可乎　第一句の膝字を叢刊・承應の二本は厀につくる。第四句の三字、叢刊・承應の二本のみ其可樂乎の四字につくる。『蒙求』註引はこれにつくる。『家範』引は第一句の今字なし。『外傳』は第三句の懷字を殉につくる。『舊事』引は『外傳』にほぼおなじ。殉字を狥につくる。蕭校は『外傳』が第三句の懷字を殉につくることを指摘する。　8亂世多害、妾恐先生之不保命也、於是子終出、謝使者而不許也　『蒙求』註引は第三・第四句を於是子終出謝使者につくる。『家範』引は第二句の妾字を吾につくる。『外傳』、『舊事』引はともに第一・第二句なし。蕭校は楚王（前條2）より此（第一・第二句）に至るまで『外傳』に見ゆというが、誤記である。　9遂相與逃、而爲人灌園　『蒙求』註引、『家範』引もこれにつくる。『外傳』は於是、遂不應聘、與婦去之の三句十字につくる。『舊事』引は於字なく、婦字を其婦につくる。顧校は『史記』巻八十三鄒陽の傳の集解・索隱兩引がこの文を引いて『列（烈）士傳』としているのは誤りであり、『淮南子』氾論訓に遂餓而死といい、高誘註が於陵子を孟子の弟子とするのは「皆攷うべき無し」という。　10愔愔良人　顧校は今『詩』（毛詩）には愔愔を厭厭につくること、厭厭は〔小雅〕湛露にも見え、韓詩には愔愔につくることが『釋文』に見えることを指摘する。王校、梁校も愔愔を毛詩には厭厭につくることを指摘。王校はこれは魯詩といい、梁校は湛露の詩句「厭厭夜飲」を示し、顧校と同様の指摘を行なう。蕭校は王・梁二校を併擧。

語釈　○於陵子終　戦国・斉の逸民たる陳仲子（田仲）の別称。ca.三五〇～ca.二六五B.C.（銭穆）。〔校異〕1（三一二ページ）に既述のごとく、於陵子終（子仲）の名称もあるが、姓の於陵は斉の地名にもとづく。於陵の地は〔余説〕に挙げる後代の『高士伝』が、陳仲子が「妻を将いて楚に適き、於陵に居り、自ら於陵子と号す」と述べ、楚の地のごとくしるしているが、斉の地である。王註によれば、清代の済南府の長山県で、その地に於陵子の墓があることを証とする。山東省淄博市西方の長山鎮。いっぽう梁註は『水経注』巻八済水注により南北朝時代の長白山が陳仲子夫妻の隠棲地であるともいう。山東省鄒平県の西南の地。彼は斉の世家（譜代の名門）の出身ながら「汚君の朝に入らざ」る（『淮南子』氾論訓）清廉の士であったが、評判は悪い。『荀子』不拘では「名」を盗む徒として「盗に如かざ」る者と罵られており、『戦国策』斉策では、国難の中で、政治活動から身を引き、家産も治めず、その態度と影響力で「民を率ゐて無用に出でしむる者」と危険人物視されている。『孟子』滕文公下では、次のようにしるされている。＊匡章曰、「陳仲子、豈不二誠廉士一哉。居二於陵一、三日不レ食。耳無レ聞、目無レ見也。井上有レ李。螬食レ実者過レ半矣。匍匐往将食レ之。三咽、然後耳有レ聞、目有レ見。孟子曰。「（略）雖レ然、仲子悪能廉。充二仲子操一（陳仲子の清廉の節操を貫徹しようとすれば）則蚓而後可者也。夫蚓、上食二槁壌一（自然のままの清潔な土）、下飲二黄泉一（誰のものでもない地中の清水）。仲子所レ居室、伯夷之所レ築与、抑〻亦盗跖之所レ築与。所レ食之粟（もみつきの穀物）、伯夷之所レ樹、抑〻亦盗跖之所レ樹与。是未レ可レ知也」。匡章曰、「是何傷哉。彼身織レ屨、妻辟レ纑（苧麻または麻苧とも称ばれるイラクサ科の草の皮を剝いで繊維をとり）、以易レ之（生活必需品）也」。〔孟子〕曰、『仲子、斉世家（譜代の名門）也。兄戴蓋（領邑の蓋の地）禄万鍾（一鍾は約四九・七リットル）、以二兄之禄一、為二不義之禄一、而不レ食也。以二兄之室一、為二不義之室一、而不レ居也。辟レ兄離レ母、処二於陵一。他月帰、則有下饋二其兄生鵝一（生きた鵝鳥）一者上。己頻顣（眉をしかめて）曰、「悪用二是鶃鶃者一為（どうしてこんなにガアガア鳴く鵝鳥を贈物にするのか）」。他日、其母殺二是鵝一也、与レ之食レ之。其兄自レ外至曰、「是鶃鶃之肉也（先日の鵝鳥の肉だぞ）」。出而哇レ之。以レ母則不レ食、以レ妻則食レ之。以二兄之室一則弗レ居、以二於陵一則居レ之。是尚為三能充二其類一也乎（同類の節操を貫徹したとみせるか）。若二仲子一者（仲子のように清廉の節操を守りたいなら）、蚓而後充二其操一者也」。　○楚王　本譚は劉向が工夫した虚構譚だから特定する必要はない。ただし史実として拘り、斉王とするならば、いわゆる稷下学士を形成させた斉の諸王のうち威王田因斉（在位三五六～三一九B.C.）、宣王辟彊（在位三一九～三〇〇B.C.）のいずれかとなろう。　○金百鎰　鎰は金貨の目方の単位。一鎰は二十両、あるいは二十四両といわれる。戦国時の一両は十六グラム。一鎰二十両とすれば、百鎰は三十二キログラムとなる。　○箕帚之妾　ちりとりとほうきを執る下女。転じて自分の妻の謙称。　○結駟連騎　四頭立ての馬車を仕立て騎馬の従者を後につらねる。　○食方丈於前　諸種の料理が一丈（二・二五メートル）四方も前にならぶという豪勢な食事が摂れる。　○屨　麻の履きもの。　○非与物無治也　与 ɦiag は近接音の於・iag と同音同義、介詞の「ニおいテ」。物は物事。治は仕事をする。物事に対して働きかけずにはしていない。なすべき仕事をしている。　○左琴右書　左に琴をおき、右に書物をおいて、〔気ままに弾いたり、読んだりして〕悠然と暮らす。　○楽亦在其中矣　『論語』述而の孔子の語、「飯二疏食一（粗末な食事）飲レ水、曲レ肱枕レ之、楽亦在二其中一矣、不義而富且貴、於レ我如二浮雲一（浮雲のようにはかなく無縁なものだ）」を踏まえている。訳文は通釈のとおり。　○不過容膝　膝を入れるだけの狭い所にすぎない。　○不過一肉　肉料理一種（一皿）に過ぎない。　○灌園　菜園に水を灌。畑仕事をする。　○詩云　『詩経』秦風・小戎の語。愔愔は毛詩には厭厭につくり、毛伝は厭厭は「安静」の意とするが、王先謙『詩三家義集疏』巻九によれば、厭の正字は懕、『説文』には「懕は安なり」といい、段玉載は愔の或体という。愔もまた安静の意がある。秩秩は、毛伝に「知有るなり」という。句意は通釈のとおり。　○乱煩　混濁と煩わしさ。

韻脚　焉 ·ıan・煩 bıuăn・安 ·an・園 ɦıuăn・（20元部押韻）。

余説　狂接輿や老萊子と異り、出仕を要請された於陵子終は、その諾否を当初から妻に相談し、妻の判断に委ねている。彼の妻は狂接輿や老萊子の妻同様に、苦境にあっても夫に尽しぬき、その全性保真の信条の実現につとめる女であったが、その存在はより大きかった。三人の妻は夫以上に辛苦を嘗めているが、本譚ではさらに彼女たちが夫にあたえた安らぎと自己充実の実態が「左琴右書」の四字で明示されている。於陵子の妻は、それのみでなく夫を諫めるさいに、「夫子は屨を織りて、以て食と為せば、物に与て治むる無きに非ざるなり」と、ひたすら夫に、自給自活の逸民の暮しの誇りに活きていることを自覚させ、夫を支えている己が功を明らさまに告げてはいない。彼女の諫言には世相の実態を衝く鋭い観察と、夫を謙退の徳に勇気をもって赴かせるための優しさに満ちた激励の思いが籠められている。夫を襲った富貴への唯一の誘惑を慎重かつ果断に断ちきるべく安住の地於陵を去る姿は潔ぎよい。道家的逸民の理想は、元来は隠的存在たる女性のものであり、男性がその逸民の生活を完うしうるのは、こうした隠逸の義に活きる妻たる女性の支えが必要なのである。君子賛が彼女に「徳行有りと為す」という褒辞を呈するのは、彼女にその美徳がそなわればこそのことであった。本譚を読むかぎりでは、於陵子終の人格には、『荀子』不拘の「名を盗む」者、劉向自身の別の輯校書『戦国策』斉策の「民を率ゐて無用に出でしむる」者という強烈さはない。名声への欲求を超越した夫婦共働一体の情に生きる穏かさのみが感ぜられる。なお『孟子』滕文公下と本譚から発展した晋・皇甫謐『高士伝』中の陳仲子譚（『叢書集成』）の賛語を除く原文は次のとおりである。

陳仲子者、斉人也。其兄戴為斉卿、食禄万鍾（〔語釈〕1三二四ページ）。仲子以為不義、将妻子適楚。居於陵自謂於陵仲子。窮不苟、求不義食。不食、遭歳飢、乞粮三日、乃匍匐（腹ばいになって）而食井上李実之蟲者。三咽、而能視。身自織屨、妻擘纑（〔語釈〕1・同上ページ）、以易衣食。楚王聞其賢、欲以為相、遣使持金百鎰、至於陵、聘仲子。仲子入謂妻曰、「楚王欲以我為相。今日為相、明日結駟連騎、食方丈於前。意可乎」。妻曰、「夫子左琴右書、楽在其中矣。結駟連騎、所安不過容膝。食方丈於前、所甘不過一肉。今以容膝安、一肉之味、而懐楚国之憂・乱世多害、恐先生不保命也」。於是、出謝使者、遂相与逃去、為人灌園。

コラム『本朝列女伝』①

わが国の江戸時代初期、四代将軍家綱の世、すなわち明暦（一六五五〜一六五八）年間に、『全像本朝古今列女伝』（以下、『本朝列女伝』と略称）が刊行されていたことは注目に値する。凡例に「凡各伝倣二劉向列女伝之遺意一。且又附二頌与一図、以備二便覧一。」とあるとおり、これが劉向著『列女伝』に倣った作品であることは言うまでもない。しかも、仮名文ではなく真名文、すなわち漢文（訓点、送り仮名附き）で綴っているところから見て、漢籍を読み慣れるほどに教育のある良家の女子を読者対象としていたように思われる。

劉向の『列女伝』が王朝の頽廃を戒めようとするところに著作の意図があったとされるのに対し、本書は、凡例に

凡純一貞静女子誠寡也。且又雖二聡明之婦女一、多為二僊釈之言一、所二陥溺一而過二素行一。

とあるように、当代の女子を教訓しようとするところに著作の動機があったことは確かである。

著者の名は、黒沢弘忠。わが国の文学史上ではほぼ無名の人物。兄の弘正が弟弘忠のために綴った「後序」では、著者弘忠が五歳で父を亡くしてからは母親に育てられたこともあって、成人した後も非常な親孝行であったこと、さらに公務の合間にたまたま劉向の『列女伝』を閲読する機会を得た折、「母儀伝」に至ると感極まって涙を流さずにはいられなかったこと、そして、こうした経験が本書執筆の動機となったことなどが記される。（五一〇ページへ続く）

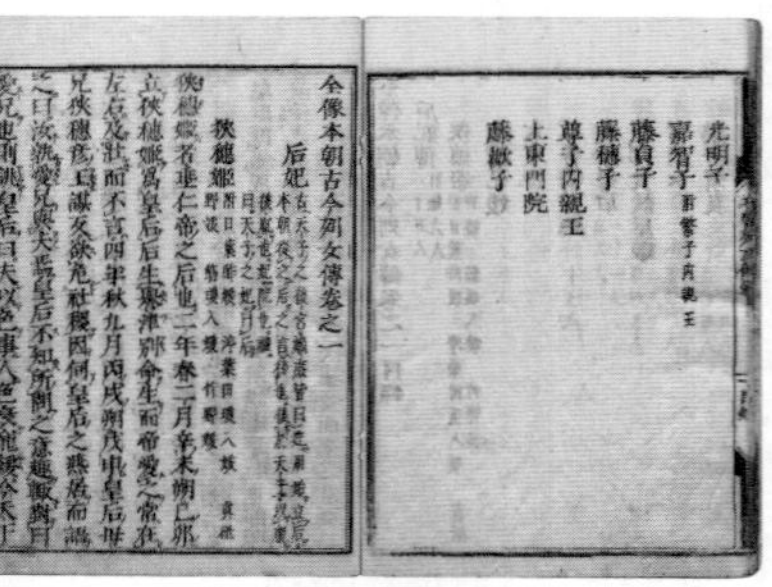
全像本朝古今列女傳巻之一
后妃
狭穂姫

『本朝列女伝』冒頭

巻三　仁智傳

小序

惟若仁智、豫識二難易一。原二度天道[1]、禍・福所レ徙[2]。帰レ義従レ安、危険必避。専専小心、永懼匪レ懈。夫人省レ茲、榮名必利。

惟れ若の仁智、豫め難易を識る。天道、禍・福、徙る所を原ね度る。義に帰し安きに従ひ、危険必ず避く。専専小心、永く懼れて懈ること匪ず。夫人よ茲を省みよ、榮名必ず利あらん。

通釈　この仁義と智恵ある女らは、事成る前に難きと易きを見ぬく。天の道、禍・福のなりゆきをば、もとをたずねて慮る。義につきて安らかなるに従い、危険あらば必ず避く。ひたすら注意ぶかく、気遣いつづけて怠ることなし。夫人らよここに思いをめぐらせ、栄誉と名声をあぐるによからん。

校異　1天道　叢刊・承應の二本は天理につくる。　2徙　諸本はみな移につくるが失韻する。同義字の徙であろう。よって改めた。

語釈　○仁智　仁は仁義（道理）が主内容。『漢書』巻五十八公孫弘の伝に、「致レ利除レ害、兼愛無レ私（私心）。謂二之仁一。明二是非一、立二可否一（すべき事、すべからざる事の区別）。謂二之義一」とある。智は事を予知する知力。　○原度　本原に立ちかえって考慮する。　○帰義　仁義（道理）に身をまかせる。　○専専小心　専専は一途に、ひたすら。小心は注意ぶかい。　○永懼　いつまでも恐懼し、事態を気遣いつづける。　○夫人　諸侯・重臣の妻。　○栄名　栄誉と名声。

韻脚 ○易 dieg・避 bieg・解 kēg・徙 sieg（15支部） ◎利 lied（25至質部） ＊支部・至質部合韻一韻到底格押韻。

一 密康公母

密康公之母、姓隗氏。[1] 周共王遊於涇上、[2] 康公從、[3] 有三女奔之。[4] 其母曰、「必致之王。[5] 夫獸三爲羣、人三爲衆、女三爲粲。王田不取羣。公行下衆。王御不參一族。夫粲美之物歸汝、[6] 而何德以堪之。王猶不堪。況爾小醜乎。[7]」康公不獻。王滅密。[8]

君子謂、[9]「密母爲能識微。」『詩』云、「無已大康、[10] 職思其憂。[11]」此之謂也。

頌曰、「密康之母、先識盛衰○。非刺康公、受粲不歸○。公行下衆、物滿則損◎。俾獻不聽、密果滅殞◎。」

密の康公の母、姓は隗氏なり。周の共王 涇の上に遊び、康公從ふに、三女有りて之に奔る。其の母曰く、「必ず之を王に致げよ。夫れ獸の三をば羣と爲し、人の三をば衆と爲し、女の三をば粲と爲す。王田するも羣を取らず。公行くときは衆に下る。王の御には一族を參せず。夫れ粲美の物汝に歸すれども、而何の德ありてか以て之に堪へん。王すら猶ほ堪へず。況や爾小醜をや」と。康公獻ぜず。王 密を滅ぼす。

君子謂ふ、「密の母能く微を識れりと爲す」と。『詩』に云ふ、「已だ大いに康むこと無かれ、職ら其の憂を思へ」と。此の謂ひなり。

頌に曰く、「密の康の母、先に盛衰を識れり。康公を非刺するに、粲を受くるに歸らずとす。公行くときは衆に下り、物滿つれば則ち損すと。獻ぜしめんとするも聽かざれば、密果たせるかな滅殞せらる」と。

通釈 密の康公の母は、姓を隗氏といった。周の共王が涇水のほとりに巡幸、康公がお供をしたとき、三人の女が妾となって彼のもとに身を寄せた。その母は、「必ず彼女たちを王にささげなさい。いったい獣が三匹よれば群(むれ)といい、人が三人よれば衆(ひとびと)といい、婦女(おんな)が三人よれば粲(はなやぐむれ)というのです。王者は狩をしても群をとりつくしたりされません。諸侯は道ゆくときには衆(ひとびと)の前では車を降りて挨拶するのです。王者のお寝間には一家族から三人の女(むすめ)を迎えたりはされません。いったい美女の群(むれ)がお前のもとに身をよせたとしても、お前は何の徳があって彼女らを抱えてゆけるのでしょう。王すらなお堪えられないのです。ましてお前ごとき軽輩に堪えられましょうか」という。だが康公は献上しなかった。王は密の国を滅ぼした。

君子はいう、「密の康公の母は事のきざしを識ることができた」と。『詩経』にも、「はなはだしくは気楽に暮らすな、ひたすら災い憂いの来たるを思え」という。これは密の康公の母の教えのごときを詠(うた)っているものである。

頌(しょう)にいう、「密の康公の母、事に先んじ盛衰を識(し)る。康公の誤り咎(とが)め、美女の群(むれ)受け王に献げざるを責む。諸侯は道行けば衆(ひとびと)の前に下(へりくだ)り、物満つれば欠ける道理(ことわり)をいう。王に献げしめんとするも聴かざれば、密の国はたして滅ぼさる」と。

校異　1姓隗氏　備要本・集注本以外の諸本は姓魏氏につくる。『國語』巻一周語上、『史記』巻四周本紀本文、『漢書』巻二十古今人表・中上には姓をしるさず。『史記』集解引には『列女傳』を引き、「康公母、姓隗氏」といい、顧校は、震澤王氏本も隗氏につくることをいい、王・梁・蕭校みな『史記』集解引に言及。梁校は舊本を誤りとして校改。蕭校・集注本は梁校を襲う。　2周共王遊於涇上　『國語』『史記』には周字なし。『國語』は共字を恭につくる。　3康公　『國語』『史記』は句頭に密字あり。　4奔　諸本、『國語』はこれにつくるが、『史記』は犇につくる。　5必致之王　『史記』もこれにつくるが、『國語』には必致之於王につくる。　6夫粲美之物歸汝　『國語』『史記』は、夫粲美之物、衆以美物歸女につくる。梁校は『國語』の措辭を指摘、脱字の可能性をいい、蕭校は梁校を襲うが、文意は通じるので、いまはこのままとする。顧校は粲字の異體字に言及、『説文』に奻につくり、『詩經』(唐風・綢繆)の『釋文』引字林に妿につくるという。　7況爾小醜乎　叢書本と叢刊・承應二本は爾字を尓につくる。『國語』は況女小人之類につくり、蕭校がこれを指摘する。『史記』は爾・小醜の閒に之字あり。なお『國語』『史記』ともにこの句の下に、小醜備物、終必亡の七字あり。　8王滅密　『國語』はこれにつくるが、『史記』は王字を共王二字につくる。なお、『國語』周語にはこの句の上に、一年の二字あり。　9謂　叢書本のみ爲につくる。　10大康　備要本のみ、これにつくる。他本は太康につくる。　11職　叢書本のみ戝に誤刻する。

語釈　○密康公　『国語』韋昭註には、「康公、密国之君、姫姓也」としるし、『史記』集解もこれを引く。諱・事跡・在位年間等は未詳。

密の地については、『史記』正義が『括地志』を引き、「陰密、故城は涇州鶉觚県（むかしの安定陰密県・いまの甘粛省霊台の南）の西、東は県城に接す。故の密国なり」という。この故城の北から東にむかって涇水が流れている。なお蕭註は上記『国語』韋昭註を挙げ、清・董増齢『国語正義』が『呂氏春秋』（離俗覧用民）に「密須之民自縛其主、以与文王」というから、密は密須国なのであり、『左伝』（昭公十五年十二月の条、密須之鼓）の杜預註に、「密須、姞姓之国」と説いても、周初、文王姫昌が姞姓の密を滅ぼして姫姓をその地に封じたからのこと、成王姫誦が唐を滅ぼし、太叔虞をその国に封じても、唐と号したのとおなじである、と論じている。その是非の詮議は不要。結論としては涇上をめぐる譚の舞台としては、上述『史記』正義引『括地志』の説でよい。　○隗氏　西周時代の赤狄の国。山西省離石県近在。　○共王　恭王ともしるされる。周の領土拡張と巡幸につとめた穆王姫満の子、周の第六代の王姫繄扈（伊扈）。在位・九四六〜九三五B.C.。事跡は未詳。　○涇上　涇水のほとり。この河は寧夏回族自治区南端の涇源南方より東流、甘粛省を経て陝西省で渭水に合流する。　○有三女奔之　『国語』韋昭註に「奔とは媒氏に由らざるなり。三女は同姓なり」という。『礼記』内則に「聘（娉）せらるれば則ち妻と為り、奔れば則ち妾と為る（正式に聘きの礼によって結婚すれば妻となり、礼の手続きなしに結婚すれば妾となる）」という。同姓の三人の女が康公に妾として身をよせた。　○夫獣三為群　句意は通釈のとおり。蕭註は『説文』が「群は輩なり」といい、「独」字の解で、「羊には群といい、犬には独という」と説くことを紹介する。　○致之　致は献上する。之は三女。　○女三為粲　粲字につき、韋昭註は「美貌なり」というが、『史記』正義引曹大家註には、上句の群・衆の解も加えて、「群・衆・粲は、皆多きの名なり」という。粲は同音の儹（多い）に通じる。〝華やぐ群〟というところであろう。婦女が三人よればきれいな群という。なお蕭註は『詩経』唐風・綢繆の「毛伝」に、「三女為粲。大夫一妻二妾」という句を挙げている。大夫すら三人の女を同時に娶れる。康公はそれ故三女に固執したのである。　○王田不取群　田は田猟。不取群は群をとりつくさぬ。『史記』正義引曹大家註は、「田猟して三獣を得れば、王尽く収めざるは、其の害（乱獲による滅亡）深ければなり」と説く。王註もこの説をしるしている。○公行下衆　公は『史記』正義引曹大家註に「諸侯なり」という。同註は「公の行く所、衆人と共に議るなり」ともいうが後者は採れない。梁註は、『説苑』敬慎篇の孔子の言を引き、「〔聖人は〕輿に升りて三人に遇へば則ち下り、〈二人には則ち軾す〉（車に乗っているとき、三人の衆に遇えば車を下りて挨拶し、〈二人に遇ったら車の横木にもたれて挨拶する〉）」という。＊梁註原文は〈　〉を欠く。主語のちがいは問わずともよかろう。　○王御不参一族　韋昭註に「御は婦官（国君の寝間に侍る宮女）なり。参は三なり。一族は一父子（一人の父とその子たち）なり。故に姪婦（婦のめいと妹）を取りて以て三を備え、一族の女を参せず（一人の父の三人女を同一の国君の婦にしない）」という。古代の中国には媵妾（そいよめ・おくりめ）制があり、国君は一時に三人の女性を娶った。『公羊伝』荘公十九年には、「諸侯一国より娶らば、則ち二国往きて之に媵たり。云云」という慣習についての議論も見える。蕭註も『公羊伝』の説を引き、さらに『白虎通義』嫁娶の「両娣を娶らざるは何ぞや（一族から二人のめいを媵妾に娶らぬのは何故か）。異気を広むるなり（他族の異なる血を広く一族に取り入れるためである）。三国の女を娶るは何ぞや。異類を広むるなり」という語を挙げている。密の康公の母は、こうした礼制をも考慮し、一時に一族の三女を娶るのに反対しているのであろう。　○帰汝　帰は身をよせる。　○而　汝におなじ。　○小醜　醜は儔・類におなじ。小者の類、軽輩。　○微　事のきざし。　○詩云　『詩経』唐風・蟋蟀の句。已・康・職は毛伝に各各甚だ・楽しむ・主ら、と説く。句意は通釈のとおり。　○物満則損　『易経』下経・豊卦に「日中すれば則ち昃き、月盈つれば則ち食す（欠ける）」という。劉向は前掲『説苑』敬慎篇中においても、この語を孔子に語らせている。物は日・月同様に盛んになれば衰える。

韻脚　○衰 sïuər・帰 kıuər（21微部）　◎損 suən・殞 ɦıuən（23文部）換韻格押韻。

余説　密康公母は班固が『漢書』巻二十古今人物表中に、公卿・大夫の母・妻としては中の上品ながらも、母儀伝の魯季敬姜（公父文伯母）、賢明伝の晋文斉姜（文公夫人姜氏）秦穆公姫（秦繆公夫人）、貞順伝の斉杞梁妻（斉杞梁殖妻）らとともに書きとめた賢女であるが、子を成徳の人格者に育てそこね、家を、国を破滅させた悲劇の女性であった。『列女伝』中の賢母は必ずしも子を人格者に育てあげた者ばかりでなく、むしろその逆の場合が少なくないが、子の失態から家や国を滅ぼしてしまった者は珍しい。撰者劉向は愛欲と物欲に男性がとかく自分自身と組織を破滅させがちな事態と、それを救う女性ゆえの寡欲の教訓や母や妻たる者が子や夫に対して常時なすべき事を、悲劇の史譚によって強烈に認識させようとしたのであろう。

後世、唐の高祖李淵の即位前の夫人竇氏（太穆皇后）は、夫が隋の扶風太守時代、良馬数匹を養うのを見て、鷹や馬好きの煬帝に献上を勧めたが、李淵は従わなかったために処罰された。竇氏は『女誡』『列女伝』等を読んでは、「一過すれば輒ち忘れず」という才女。彼女がかかる諫言をなし得たのは、この密康公母譚を記憶していたからであろう。のち竇氏に先だたれた李淵は賢妻の言を想起しては、「自安の計」に努め、しばしば鷹・犬の名品を献上、将軍職を拝命。諸子に対し「我早に汝が母の言に従はば、此の官に居ること久しかりしならん」と涙まじりに訓誡したという（『旧唐書』巻五十一『唐書』巻七十六両后妃伝上）。唐の高祖すら物欲に惹かれる僭上の行為を自制できず、大失態の後に妻の生前の勧告を遺誡として改心したのであった。（上巻五九～六〇ページにも既述）。

二 楚武鄧曼

鄧曼者、楚武王之夫人也。[1] 王使屈瑕爲將、伐羅。[2] 屈瑕號莫敖。[3] 與羣帥悉楚師以行、[4] 鬭伯比謂其御曰、[5]「莫敖必敗。擧趾高。心不固矣。」見王曰、[6]「必濟師。」王以告夫人鄧曼。[7] 鄧曼曰、[8]「大夫非衆之謂也。[9] 其謂君撫小民以信、訓諸司以德、而威莫敖以刑也。莫敖[3']狃於蒲騷之役、將自用也。必小羅。君若不鎭撫、其不設備乎。」於是、[10] 王使賴人追之不及。[11] 莫敖[3']令於軍中曰、[12]「諫者有刑。」及鄢、師次亂濟。[13][14] 至羅、羅與盧戎擊之大敗。莫敖自經荒谷、[15] 羣帥囚於冶父[16][17]以待刑。[18] 王曰、「孤之罪也。」皆免之。

君子謂、「鄧曼爲知人。」『詩』云、「曾是莫聽、大命以傾。」此之謂也。

王伐隨。且行、告鄧曼曰、[19]「余心蕩。

鄧曼なる者は、楚の武王の夫人なり。王 屈瑕をして將と爲し、羅を伐たしむ。屈瑕は莫敖と號す。羣帥と楚の師を悉して以て行かんとするに、鬭伯比 其の御に謂ひて曰く、「莫敖は必ず敗れん。趾を擧ぐること高し。心固からざるなり」と。王に見えて曰く、「必ず師を濟せ」と。王以て夫人鄧曼に告ぐ。鄧曼曰く、「大夫は衆を之謂ふに非ざるなり。其れ君 小民を撫するに信を以てし、諸司に訓ふるに德を以てして、莫敖を威すに刑を以てせよと謂ふなり。莫敖は蒲騷の役に狃れ、將に自ら用ひんとするなり。必ず羅を小とせん。君若し鎭撫せずんば、其れ備へを設けざるや」と。是に於て、王 賴人をして之を追はしむるも及ばず。莫敖 軍中に令して曰く、「諫むる者は刑有らん」と。鄢に及び、師次亂れて濟る。羅に至るや、羅 盧戎と之を擊ち大いに敗る。莫敖自ら荒谷に經れ、羣帥は冶父に囚はれて以て刑を待つ。王曰く、「孤の罪なり」と。皆之を免す。

君子謂ふ、「鄧曼は人を知ると爲す」と。『詩』に云ふ、「曾ち

何也」。[20] 鄧曼曰、[21]「王德薄而祿厚。[22] 施鮮而得多。物盛必衰、日中必移。[23] 盈而蕩、天之道也。先君[24]知レ之矣。故臨二武事一、將レ發二大命一而蕩二王心一焉。若師徒毋レ[25]虧、王薨二於行一、國之福也」。王遂行、卒二於樠木之[26]下一。

君子謂、「鄧曼爲レ知二天道一」。『易』曰、「日中則昃、月盈則食。[27] 天地盈虛、與レ時消息」。此之謂也。

頌曰、「楚武鄧曼、見二事所一レ興。謂二瑕軍敗一、知二王將一レ薨。識二彼天道一、盛而必喪。[28] 終如二其言一、君子揚稱」。

ち是れ聴ける莫く、大命以て傾く」と。此の謂ひなり。

王 隨を伐つ。且に行かんとして、鄧曼に告げて曰く、「余が心蕩く。何ぞや」と。鄧曼曰く、「王は德薄くして祿厚し。施すこと鮮くして得ること多し。物盛んなれば必ず衰へ、日中すれば必ず移る。盈ちて蕩くは、天の道なり。先君之を知れり。故に武事に臨みて、將に大命を發して王の心を蕩かさんとす。若し師徒虧くること毋く、王 行に薨ずれば、國の福なり」と。王遂に行き、樠の木の下に卒す。

君子謂ふ、「鄧曼は天道を知れりと爲す」と。『易』に曰く、「日中すれば則ち昃き、月盈つれば則ち食す。天地の盈虛は、時と消息す」と。此の謂ひなり。

頌に曰く、「楚武鄧曼、事の興る所を見る。瑕の軍敗ると謂ひ、王將に薨ぜんとするを知る。彼の天道の、盛んなれば而ち必ず喪ふを識る。終に其の言の如くなりて、君子 揚稱す」と。

通釈 鄧の曼氏とは、楚の武王熊通の夫人（正室）である。王は屈瑕を将として、羅を伐たせた。屈瑕は〔その官位により〕莫敖と号した。諸将と楚の全軍をあげて遠征するとき、闘伯比はその御者に、「莫敖はきっと敗れよう。足のあげ方が得意気に高い。心に落ちつきがないのだ」といった。王に会見し、「かならず軍を増強されますよう」という。王はそこで夫人の鄧の曼氏にこの事を告げる。鄧の曼氏は、「大夫闘伯比は人数をいっているのではありません。殿が信義をもって兵卒をしずめ、徳によって幕僚たちを教えさとし、刑をもって屈瑕に勝手にさせぬように威圧せよといっているのです。

莫敖は蒲騒の戦役になれて他を侮り、自分を恃んで勝手にしようとしているのです。きっと羅を小国と見くびることでしょう。殿がもし抑えられなければ、〔屈瑕は羅に対して〕格別の備えをしないのではないでしょうか」という。そこで、王は頼(国名)の人をして彼を追わせたが追いつけなかった。莫敖は軍中に命令して、「諫める者は処刑する」といった。ところが鄢水にくると、軍は隊列を乱して河を渡ってゆく。羅につくと羅は盧戎と楚軍を大いに破った。莫敖は楚の荒谷でみずから頸をくくって死に、諸将は冶父の地に囚われて〔武王の〕処刑を待った。王は「わしの罪」だといって、みなをゆるした。

君子はいう、「鄧の曼氏は人材を見ぬける者と見なせる」と。『詩経』には、「いつもきまって耳傾けざれば、天の大命かくて傾く」という。これは鄧の曼氏が臣下の諫告を聴かない武王の失敗を案じる気持ちを詠っているのだ。

王が随(ママ)を伐とうとした。まさに出陣というとき、鄧の曼氏に告げて「わしは胸さわぎがする。なぜだろう」という。鄧の曼氏は、「王さまは徳は薄くて運の強い方です。民に施すことは稀で得るものの多いお方です。物は盛んになれば必ず衰えるし、日は中空にくれば移ってゆきます。盈ちれば動揺して傾くのが天の道なのです。亡き父君はこれをご存知でした。それゆえ戦に臨んで、大命を発して王さまの胸をさわがせたのでいらっしゃいます。もし士卒が戦で失なわれずに、王さまが戦陣への道中でお亡くなりになれば、わが国の幸せでございます」といった。だが王はついに出陣し、樠の木の下で戦死した。

君子はいう、「鄧の曼氏は天道を心得ていたとみなせる」と。『易経』にも、「日は中空にくれば傾き、月は盈ちれば欠ける。天地は盈ちては欠けてゆき、時とともに変りゆく」という。これは鄧の曼氏の見さだめたごとき世の変転を詠っているのである。

頌にいう、「楚の武王の夫人鄧の曼氏は、事のおこりを見さだむ。屈瑕の軍は敗れんといい、王の死せんことを見ぬけり。かの天道の、盛んなれば必ず勢 喪うと心得ぬ。ついにその言のごとくなり、君子はこれを賛えひろめたり」と。

校異 1楚武王　諸本は楚字を缺くが、王校・梁校は楚字の脱文を疑い蕭校は王校を襲う。意味上は必要。よって王・梁二校の指摘により補う。　2王使屈瑕爲將、伐羅　『左傳』桓公十三年春の條には、楚屈瑕伐羅の五字につくる。　3・3′莫敖　昭王時代、對吳戰で戦死した別人の傳をしるす『淮南子』脩務訓には莫囂につくる。　4與羣帥悉楚師以行　『左傳』にはこの句なし。　5鬪伯比謂其御曰　『左傳』は鬪伯比送之還、謂其御曰の十字につくる。　6見王曰　『左傳』には遂見楚子曰の五字につくる。　7王以告夫人鄧曼　『左傳』には楚子亂焉、入告夫人鄧曼の十字につくる。　8鄧曼　この二字は諸本にはなし。『左傳』にはあり。梁校は『左傳』によりこの二字を上句の鄧曼に重ねて入れるべしという。蕭校も梁校を襲う。意味上は必要。よって校增する。　9大夫非衆之謂也　『左傳』は大夫・非の間に其字あり。　10於是　諸本はこの句あり。『左傳』はこの句なく、夫固謂君訓衆而好鎮撫之、召諸司而勸之令德、見莫敖而告諸天之不假易也、不然、夫豈不知楚師之盡行也の四三字あり。　11王　『左傳』は楚子につくる。　12令於軍中曰　『左傳』は使徇于師曰につくる。　13師次亂濟　『左傳』は亂次以濟其水、遂無次、且不設備の十三字につくる。王校は『左傳』の第一句のみを示す。蕭校は梁校を襲う。　14羅與盧戎擊之大敗　『左傳』は羅與盧戎兩軍之、大敗之の十字につくる。　15自經荒谷　『左傳』は縊于荒谷につくる。　16羣帥　備要本のみ帥字を師に誤刻。他の諸本、『左傳』により改む。　17治父　叢刊・承應二本は治父につくる。『左傳』はこれにつくる。　18待　『左傳』は聽につくる。　19王伐隨（ママ）、且行、告鄧曼曰　『左傳』莊公四年春三月の條には、楚武王荊尸、授師孑焉。以伐隨（ママ）、將齊、入告夫人鄧曼曰の二一字につくる。　20何也　『左傳』にはなし。　21曰　『左傳』は歎曰につくる。　22王德薄而祿厚　『左傳』は王祿盡矣の四字につくる。　23施鮮而得多、物盛必衰、日中必移　この十三字は『左傳』になし。〔餘說〕に後述するように、前條22を含めた『左傳』との文の相違は『列女傳』の理想的女性像の構成を見る上で重要である。　24先君　諸本は先王につくるが、『左傳』はこれにつくる。『左傳』により校改する。　25毋　『左傳』は無につくる。　26樠木　補注本・集注本、『左傳』はこれにつくるが、備要等の他本は構につくる。『左傳』により校改する。　27月盈則食　諸本は食字を虧につくるが、顧校、梁校は『易經』下經豐の卦に食とあり、虧は誤りと指摘。梁校はとくに下聯聯末の息字との失韻を論じる。蕭校は梁校を襲う。よって校改する。　28喪　諸本はみな衰につくる。よって顧、梁、王三校いずれも他聯との失韻を指摘、蕭校は王校を襲うが、何字に改むべきかを推定せず。文脈上からは改字不要に見えるが、やはり誤寫されたもの。おそらく字型・字義近似の喪（うしなフ）であろう。よって改めた。

語釈　○鄧曼　鄧（とう）は国名。河南省鄧県。曼は鄧の国君の家の姓。出身の国名と姓のみが伝わった女性である。『国語』巻二周語中に、妃によって国が滅びた例として「鄧は楚曼に由る」と論じる富辰という人物の言が見え、韋昭註に「鄧は曼姓、楚曼は鄧の女（むすめ）、（楚の）武王の夫人と為り、文王を生む。文王　鄧を過（よ）ぎりて其の国を利し、遂に鄧を滅ぼして之を兼ぬ」という。賢夫人であったが、子の文王熊貲（ゆうし）により母国を滅ぼされた悲劇の人であった。鄧が国名、曼がその姓であることは王註がすでに指摘。　○楚武王　春秋・楚の十八代の王羋（び）熊通（ゆうとう）。在位七四〇～六九〇B.C.。中原諸国の混乱に乗じ、強力な軍事力をもって干渉しようとし、王号を称したが、対隨（ママ）戦の最中に陣没。

『史記』巻四十楚世家参照。　○屈瑕　武王の子。采邑を屈に賜わり、莫敖（楚の官名。後出註7参照）となる。七〇一B.C.に鄖国（湖北省安陸市）の軍を蒲騒（湖北省京山県東方）に破り、翌年絞国（湖北省鄖県）を降伏させたが、六九九B.C.、羅国（湖北省宜城市西方）を攻めて大敗。自殺した。『左伝』桓公十一～十三年にその事跡が見える。　○羅　国名。熊姓。前註をも参照。楚に圧迫されて都を二遷。ついに楚に滅ぼされた。　○群帥　諸将。　○悉　ことごとく出動させる。　○鬪伯比　楚の大夫。本来は羋姓。鬪は会箋によれば邑にちなむ姓。対随積極攻勢の武王に慎重策を勧告しつづけた。『左伝』桓公六年春。同八年の条にも事跡が見える。　○莫敖　楚の官名。宰相相当の令尹につぐ高官。校異3（三二五ページ）に述べたように『淮南子』脩務訓には莫囂としるされ、高誘註には「莫は大なり。囂は衆なり。大衆に主たるの官なり。」という。顧註もこの高誘註に言及する。　○挙趾高　趾高気揚におなじ。趾は足。足どり高く得意揚揚たるさまをいう。　○済　益（ます）におなじ。増強する。『左伝』桓公十三年春の杜註に、「屈瑕将に敗れんとすと言ひ難ければ、故に師を益すを以て諷諫せるなり（それとなく諫めた）」という。　○大夫　鬪伯比をさす。　○非衆之謂也　軍の衆い、寡いをいっているのではない。　○撫小民　撫は鎮定におなじ。しずめる。小民は従軍中の民衆。　○訓諸司　訓は教訓する。諸司は諸官をいうが、ここは屈瑕の幕僚たち。　○威莫敖　莫敖の官にある屈瑕に勝手なことをさせぬよう威圧する。　○狃於蒲騒　狃は狃勝におなじ。勝ちになれて侮ること。蒲騒の戦い（前註3屈瑕の項参照）に勝って羅を侮る。　○自用　自分を恃んで自分の考えのみで動く。　○小羅　羅を小国とみくびる。　○其不設備乎　羅国に対する特別の備えをしないのではなかろうか。　○頼人　頼は厲ともしるす。湖北省随県北方にあった楚の邑。　○鄢　河の名。一名夷水。湖北省宜城県の南方を流れて漢水に合流する蛮河のこと。　○師次　軍の隊列。次は順序。　○盧戎　『左伝』桓公十三年春の条の杜註によれば、南蛮。羅国の北の隣国である。

○荒谷・冶父　ともに楚の都の郢の近辺の地。湖北省江陵県の東。　○詩云　『詩経』大雅・蕩の句。「毛詩」には、「雖レ無ニ老成人一、尚有ニ典刑一。曽是莫レ聴、大命以傾」とあり、鄭箋は「朝廷・君臣皆喜怒に任せて、曽ち典刑を用ふる無くして事を治むる者は、以て誅滅に至る」というが、「曽是莫聴」は、ここでは典刑を聴かぬことではなく、むしろ老成人の忠告に耳を傾けぬことをいう。全句の意は通釈のとおり。　○随　周とおなじ姫姓の国。湖北省安陸県西北方の地。楚の武王は王をみずから号する前に随を伐ち、周より王号を得る斡旋を求めたが周は許さなかった。王号を自称してからも周がこれを認めなかったので随を再征したのである。この間の簡史は『史記』楚世家参照。　○心蕩　王註は蕩字を揺（ゆるガス）と解する。心が騒がされる。胸さわぎがする。　○禄厚　禄は王としての禄命、すなわち運。運に恵まれる。　○武事　戦争をいう。　○師徒　軍勢。　○王薨于行　行は道中。王が戦地に着かぬうちに途中で亡くなる。（そうなれば戦争がなくてすむ）。　○樠木　音はマンモク。蕭註は『説文』により松心木という。『左伝』荘公四年春の条該当句に対する会箋は、『管子』地員篇、『荘子』人間世、馬融『広成頌』、『漢書』西域伝等に見える例の他、湖北省安陸府治の東に樠木山（一名武陵）があり、その名が楚の武王が卒した地に因んだものであることを紹介している。その呼称にしたがい、音は㒼に従う曼であるといい、松に似た木であるという。ただしこの木に関しては、ふるく杜註は樠に郎蕩反（ロウ・ラウ）、莫混反（モン）または武元反（マン）の二系統の音があることを示し、孔疏は曼・朗両音あるが、曼であれば旁は㒼、朗であれば旁は兩、だが字体は定めにくく、もし兩を音とすれば、似た木に朗楡があると述べている。これによればアキニレ（ニレ科の落葉高木）。荒城註はこれによるが、採れない。梁註は、『釈文』により、この木に上記の三音、二形があることをいい、樠木と⿰木兩の違いを論じ、宋・丁度『集韻』の⿰木兩字には『左伝』を引かぬが、丁度の見た『釈文』には、郎蕩の反の一音が無かったのだろうという。〇易曰　『易経』下経豊の卦彖伝の語。昃は傾くこと。盈虚は盈ち欠けること。消息は、陰気が死ぬのを消、陽気が生じるのを息といい、物の変動をいう。全句の意は通釈のとおり。

韻脚　〇興 hiəŋ・薨 ɱəŋ・称 t'iəŋ（3蒸部）　◎喪 saŋ（14陽部）　＊蒸部・陽部合韻一韻到底格押韻。

余説　中原進出を図って対随戦を強引に敢行。慎重さを欠いた楚の武王芈熊通。この武王の慎重さを欠く戦略に対する批判者が闘伯比であり、この伯比の判断・心情を理解するとともに、天道に逸脱した夫の政策そのものに反対したのが鄧曼である。鄧曼は女性天性の愛情、「私」の立場から夫の無事を願って戦を止めようとはしない。彼女の愛は国君夫人としての「公」の情に知的に転化され、出征兵士の犠牲をなくすための厳しい諫諍の言となる。「若し師徒虧くる毋く、王　行に薨ずれば、国の福なり」とは何と夫に対する冷徹な怒り、兵士の身の上、国家の運勢に対する深刻な憂憤に満ちた語であろうか。劉向はさらに『左伝』にはない「王の徳薄くして禄厚し、施すこと鮮くして得ること多し」という意見をも鄧曼の語中に加え、この言によっても国君の夫人が夫を仁君に善導すべきことを要請しているのである。『古列女伝』の女性は決して「外を言はざ」る（『礼記』内則）者たちではない。むしろ夫や息子に対して、「外事」の道理を厳しく諫告する者たちであり、夫や息子も諫告・助言を求めている。本譚もその一例。武王がせっかく夫人鄧曼の意見を求めつつ、その諫告を容れられず失敗、破滅した悲劇を描いて、内助の仁智の言に男性が従うべきことを示唆しているのであろう。

三　許穆夫人

許穆夫人者、衞懿公之女[1]、許穆公之夫人也。初許求之、齊亦求之。懿公將與許。女因其傅母而言曰、

「古者、諸侯之有女子也、所以苞苴・玩弄[2]、繫援於大國也。意[3]今者許小而遠、齊大而近。若今之世、強者爲雄。如使邊境有寇戎之事、維是四方之故。赴告大國、妾在不猶愈乎。今舍近而就遠、離大而附小。一旦有車馳之難、孰可與慮社稷。」

衞侯不聽、而嫁之於許。其後翟人攻衞大破之。而許不能[4]救。衞侯遂奔走、涉河而南、至楚丘[5]。齊桓往而存之、遂城楚丘[5]、以居衞侯。於是、悔不用其言。當敗之時、許夫人馳驅、而弔唁衞侯。因疾之而作詩云、

許穆夫人なる者は、衞の懿公の女にして、許の穆公の夫人なり。初め許 之を求め、齊も亦た之を求む。懿公將に許に與へんとす。女 其の傅母に因りて言ひて曰く、

「古者、諸侯の女子有るや、苞苴・玩弄として、援けを大國に繫ぐ所以なり。意ふに今者許は小にして遠く、齊は大にして近し。今の世の若き、強者は雄と爲る。如し邊境をして寇戎の事有らしむれば、維ふに是れ四方の故なり。大國に赴告するに、妾の在るは猶ほ愈らずや。今近きを舍きて遠きに就き、大を離れて小に附く。一旦 車馳の難有れば、孰か與に社稷を慮るべけん」と。

衞侯聽かずして、之を許に嫁す。其の後翟人 衞を攻めて大いに之を破る。而れども許救ふ能はず。衞侯遂に奔走し、河を渉りて南し、楚丘に至る。齊桓往きて之を存し、遂に楚丘に城き、以て衞侯を居らしむ。是に於て、其の言を用ひざるを悔ゆ。敗るるの時に當りて、許夫人馳驅して、衞侯を弔唁ふ。因りて之を疾みて詩を作りて云ふ、

「載馳載驅[6]、歸唁衞侯。驅馬悠悠、言至于漕[7]。大夫跋渉、我心則憂。既不我嘉、不能旋反。視爾不臧、我思不遠」。

君子善其慈惠而遠識也。

頌曰、「衞女未嫁、謀許與齊。女諷母曰、『齊大可依』。衞君不聽、後果遁違[8]。許不能救、女作『載馳』」。

「載ち馳せ載ち驅け、歸りて衞侯を唁はん。馬を驅ること悠悠、言に漕に至らん。大夫跋渉すれば、我が心は則ち憂ふ。既に我を嘉しとせざれば、旋り反る能はず。爾の臧しとせざるを視るも、我が思ひは遠ざからず」と。

君子は其の慈惠にして遠識なるを善みせるなり。

頌に曰く、「衞女未だ嫁せざるとき、許と齊とを謀る。女は母に諷して曰く、『齊は大にして依るべし』と。衞君聽かずして、後果して遁がれ違く。許救ふ能はざれば、女『載馳』のうたを作れり」と。

通釈 許穆夫人とは、衛の懿公の女（じつは妹）で、許の穆公の夫人（正室）であった。はじめ許の国が彼女を夫人として求め、斉もまた彼女を夫人として求めた。懿公が許にあたえようとしたときのことである。女はその傅母によって言上した、

「むかしは、諸侯が女をもったのは、贈物・慰みものとし、大国から援けを得るためでした。いまの世のごときは、強者が勝者となるのです。いま許は小国で地は遠く、斉は大国で地は近いのです。大国に戦禍の救いをもとめることになりましょうから、妾が大国にいる方がやはり都合がよいのではございますまいか。それをいま近隣の国をおいて遠隔の国につき、大国をはなれて小国につこうとされます。一旦戦禍がおこったら、いったい誰といっしょに国家の保全をお考えになれるのでしょうか」。

衛侯は聴こうとはせず、彼女を許に嫁がせた。その後、翟人が衛を攻めて大いにこれを破った。しかし許の国は救えなかった。衛侯はついに亡命し、黄河をわたって南下し、楚丘にいたった。斉の桓公（姜小伯）が出むいて衛の国を保全し、ついに楚丘に城市をきづき、衛侯を住まわせたのである。そこで、彼女の言をもちいなかったことを悔いたのであった。敗戦のさい、許の穆公夫人は馬を馳せて、帰国して衛侯を慰問しようとした。〔だが思いはならず〕そこで、事態を怨んで

詩をつくって詠った、

「馬を馳せさせ駆りゆきて、帰りて衛侯を慰めん。馬をはるばる駈けさせて、漕（衛侯の亡命地）の地までもゆきつかん。母家の大夫ら山河超えて、伝えし報らせに我は憂う。許の国人の我許さねば、帰らんとして帰り得ず。許の人 我を許さずとも、わが思い衛より離るることはなし」。

君子はその〔母国への〕思いふかく、遠きさきを見越した見識をすばらしいこととおもう。

頌にいう、「衛君の女嫁がざるとき、許と斉とを比べ謀れり。女は傅母に諫言告げて、『斉は大国なれば依るべし』という。衛の君愚かにて聴きいれず、のち果たせるかな国より逃がる。許の国は救うあたわず、女は『載馳』の詩を作れり」と。

校異 ＊本譚は『左傳』閔公二年冬十二月の條にみえる衛の暗君懿公赤が翟（狄）人に攻められて敗北したさい、一族の許穆夫人が悲しんで『載馳』の詩を作り、齊の桓公が懿公のあとを嗣いだ戴公申を盛りたてて衛の滅亡を救ったという記事の異傳。文脈の展開はまったく異なっているので、『左傳』との逐條對校は行なわない。◎1衛懿公之女 『左傳』前掲の條には「初 惠公（朔）の即位するや少し。齊人 昭伯（頑）をして宣姜に烝せしむ（齊侯は、衛の昭伯に、父の宣公晉が齊から迎えた夫人—桓公十六年冬の條に結婚の經緯譚あり—で、昭伯の母筋、昭伯の弟惠公の實母である宣姜と非禮の夫婦關係を結ばせようとした）。〔宣姜〕可かざるも之を强ふ。〔宣姜〕齊子（齊に嫁した女）・戴公（申）・文公（燬）・宋の桓公夫人・許の穆公夫人を生めり」とあり、許穆夫人は惠公朔の子たる懿公赤の女ではなく、惠公朔の庶兄昭伯と宣姜の閒に生まれた子であり、懿公の族妹にあたる女性である。すでに、顧・王・梁・蕭の四校はこれを問題とし、顧校は女字は妹の誤り、梁校は女字は女弟の弟字の脱文かと疑うが、王校は、本譚が懿公が翟（狄）人の難で死んだことをいわぬのが『左傳』の記事と異なることを論じて、女字についての疑問を提出しながら、これは魯詩説にもとづく異傳とし、校改の必要を認めない。蕭校は王校を襲い、さらに『呂氏春秋』仲冬紀忠廉の懿公の死亡と忠臣弘演の佳行に齊の桓公が感歎したという記事を援引。字の違いは「疑ふ能はず」としている。譚全體の筋書きに一貫性を求めてヒロインの史實性を追うなら、本譚中の衛侯はすべて懿公で貫徹している以上、たとい『左傳』『呂氏春秋』と懿公敗亡の記事が異なっていても、やはり許穆夫人は懿公赤の族妹と見るべきで、顧校説を一歩進めた梁校説によって女弟と訂すべきであろう。後文の「女因其傅母而言曰」の女字は、この時點でなお處女たる許穆夫人の呼稱としては女弟とする必要のない字であり、この女字があれば、傳寫のさいに拽きずられて前文の弟字を不注意に脱することは大いにあり得るからである。ただし『古列女傳』の各譚に徹底した史實性を求めるのは無意味であり、魯詩説による異傳か否かはともかく、劉向自身が先行の何らかの異傳を書きとめたか、異傳を創作した可能性が強い。女字はいまは改めず、〔餘説〕で再考する。蕭校援引の『呂氏春秋』の文は後記〔語釋〕2に紹介する。　2所以苞苴・玩弄　王校は意味上、所以爲苞苴・玩好とすべしといい、巻五節義傳第四話楚昭越姫譚に、爲苞苴・玩好の句があること（五三三ページ）を證據とする。　3意　諸本は言につくるが通じない。王校は衍字といい、梁校は祖父梁玉繩の説を紹介、意の譌字かと疑い、意は抑（そもそも）にふるくは通じたという。蕭校は王・梁二校を併擧。梁校により改む。　4許不能救　諸本はこれにつくるが、蕭校は毛詩序に、許夫人傷許之小、力不能救につくるという。　5・5′楚丘　補注本のみ楚邱につくる。　6載驅　叢書本のみ載馳につくる。　7至于漕　叢刊・承應の二本は漕字を曹につくる。　8逌違　諸本は逌逃につくる。顧校・王校は逃字の失韻を指摘。誤字という。梁校は宋・吳棫・字才老の『韻補』により、逃字の音を田黎の切といい、『易林』損之恆の「良夫・孔姫、脅レ悝登レ臺、欒季不レ扶、叔輒走逃」の句例を擧げ、蕭校も梁校を襲うが、逃字に或音derがあったとしても、臺degとは失韻。吳説は成り立たぬ。逃字は字體・字義近似の違（さく）fiuerの誤字であろう。よって改めた。

語釈　○許穆夫人　許は斉と先祖をともにする姜姓の国。当時は今の河南省許昌市東にあった。隣国鄭に圧迫されつづけた小国である。許穆夫人は穆公の夫人。〔校異〕1に見えるように、『左伝』では、衛の昭伯頑が父宣公晋の夫人（正室）と蒸し（非礼の結婚生活に入る）て生ませた子。懿公赤の族妹。なお彼女の母親は『古列女伝』巻七孽嬖伝・第四話衛宣公姜譚（下巻所収）に見える。　○衛懿公　衛開国の康叔姫封より数えて第十七代目の国君。諱は赤。父宣公晋が太子から奪った夫人宣姜との間に産した第二子である。在位六六八〜六六一B.C.。鶴を好み、鶴を大夫の軒に乗せたりした暗君。翟（狄）の侵入を受けたとき、国人は「大夫と同等の禄位を受けている鶴を戦わせよ」といって戦意なく、その侵略にまかせた。熒沢（可南省汲県・淇県の西北境）の地に大敗して死亡。『左伝』閔公二年冬十二月の条、『史記』巻三十七衛康叔世家。なお『呂氏春秋』仲冬紀忠廉には次のごとき彼の最後と忠臣の存在を伝える話もしるされ、『韓詩外伝』巻七には、この譚が『詩経』小雅・十月之交の「四方有レ羨、我独居レ憂。民莫レ不レ逸、我独不二敢休一」の句の説話として収められ、劉向自身も『新序』巻八義勇に載録している。「衛懿公有二臣曰一弘演一。有レ所レ于使一。翟人攻レ衛。其民曰、『君之所レ予二位禄一者、鶴也。所二貴富一者、宮人也。君使二宮人与一レ鶴戦一。余焉能戦　哉』。遂潰而去。翟人至、及二懿公于熒沢一、殺レ之、尽食二其肉一、独舎二其肝一。弘演至、報二使于肝一（使命の結果を懿公の肝に報告し）、畢、呼レ天而啼、尽レ哀而止曰、『臣請為レ襮（国君懿公の肝の外衣となろう）』。因自殺、先出二其腹実一（さきに自分の内臓をつかみ出し）、内二懿公之肝一。〔斉〕桓公聞レ之曰、『衛之亡也、以二無道一也。今有二臣若一レ此、不レ可レ不レ存』。于レ是復立二衛楚丘（河南省・北道口近在）一。弘演可レ謂レ忠矣。殺レ身出レ生以徇二其君一。非三徒徇二其君一也、又令二衛之宗廟復立、祭祀不一レ絶、可レ謂レ有レ功矣」。　○傅母　貴人の女性の守役。もりやく・躾け乳母。　○苞苴　贈物を入れる

「わらづと」。王註はとくに「魚肉を裹む」ものとする。　○玩弄　もてあそぶ。また玩弄物。ただし王註は玩好（珠玉）の意味とする。
○寇戎　侵入してくる蛮族。　○維是四方之故　維は発語詞。おもうに、そもそも。四方は国の四方。転じて国家。故は変事。そもそも国の一大事である。　○赴告　赴・告ともに「つげる」。とくに災禍・死亡等を告げるときの語。　○車馳之難　車は戦車。戦禍をいう。　○社稷　国君の祖廟に祀られる土地の神と穀物の神。転じて国家。　○翟　『左伝』には狄としるす。当時、中原に漢民族と雑居していた異民族。　○渉河而南、至楚丘　河は現在の衛河の河条にあたる当時の河水（黄河）。楚丘は前条2（前ページ）参照。それまでの衛の都は同省淇県の地にあった朝歌。ただし前掲『左伝』『史記』によれば、翟に敗れて南下した衛は、戴公申を立てて曹（楚丘の西南方）に拠り、ついで斉の救援を得、戴公の弟文公燬が楚丘によって衛を中興させたのである。　○斉桓　斉の桓公姜小白。賢明伝第二話斉桓衛姫譚〔語釈〕1（上巻二二九ページ）参照。　○弔唁　とむらい慰める。唁はとくに亡国をとむらうことをいう。　○疾之　王註は疾を怨と解し、衛の懿公が先に自分の言を用いず、許の国が案じていたとおり救えなかったことを怨んだ、という。　○作詩　詩は『詩経』鄘風・載馳篇。この詩が許穆夫人に作られたことは『左伝』にも見えるが、毛伝・詩序には、「衛の懿公、狄人の滅す所と為る。国人分散し、漕邑に露す（漕邑は曹の地のこと。露は野宿する）。許穆夫人、衛の亡びたるを閔へ、許の小にして、力救ふ能はざるを傷み、帰りて其の兄を唁はんと思ふも、又義として得ず（許の国君夫人の立場上できない）。故に是の詩を賦す」といい、文中の「其の兄」を戴公（申）だという。　○言　助辞。ここに。　○漕　曹におなじ。河南省滑県の東。　○跋渉　跋は野山を越えること。渉は河川を渡ること。　○既不我嘉、不能旋反　嘉は王註に美（よシ）という。旋・反二字はともに「かえる」。許の人びとが自分の帰国をよしとしないので、国に戻れぬ。　○視爾不臧、我思不遠　鄭箋によれば、爾は許の人をいう。臧は王註に善という。よしとみなす。遠は毛伝によれば、遠ざかること。許の人がわたしの里帰りをよしと認めぬのを視ても、わたしの心は衛の国を離れることはない。　○諷母　諷は諫める。ここでは衛公への諫言を告げる。母は傅母をいう。　○遁違　逃がれ避く。王仲宣「贈士孫文始詩」（『文選』巻二十三所収）に「宗守盪失、越用逃違（皇室の守りも亡びたれば、われらは遠く逃れて難を避く）」とある。
○作載馳　上述の『詩経』鄘風・載馳の詩をつくった。

韻脚　○斉 dzer（24脂部）　◎依 ·ıər・違 ɦıuər（21微部）　◉馳 dıar（18歌部）。　＊脂部・微部・歌部合韻一韻到底格押韻。

余説　衛は暗君懿公赤の愚行によって滅亡に瀕した。その不名誉を救い、斉侯の力を借りて衛を亡国から救ったのが、〔語釈〕2にしるした『呂氏春秋』『韓詩外伝』等の説話に見える男性の忠臣弘演である。いっぽう、こうした亡国の事態を予測し、健気にもわが身を挺して大国の助力を得べく斉侯との結婚を願い、予測した不祥事の到来に対して、実家への孝心、母国への忠節に身悶えたのが本譚に登場する女性の許穆夫人であった。劉向は弘演の故事を『新序』におさめ、許穆夫人を『列女伝』にしるしたのである。彼女は国君の女の結婚は私的な男女愛の成就とはみない。公的な国家間の連帯の鎹の役割、男子の質子同様の役割をなすことだと観念している。しかく男性同様に国を憂うる人物が劉向の理想の女性なのである。

　ところで昭白頑と嫡母宣姜との非礼不義の夫婦関係は、血の繋りがなくともおぞましい限りである。しかもそれは斉の衛国傀儡化の工作でもあった。本譚はこの点を抹消してある。衛の救い星たる斉の桓公は「存亡継絶」の大業をなす正義の覇者、許穆夫人の悲哀を悲劇に終わらせぬ英雄として描かれ、昭白頑の子、懿公の族妹たる許穆夫人は懿公の女として語られている。懿公の族妹たる彼女が女に変えられたのは劉向以前の説話語りによるか、劉向自身か、不注意な伝写者か。譚のこの構想から考えれば、梁校のごとき伝写者脱文説は成りたちにくい。許穆夫人が斉のおぞましい征服工作から生まれた不義の子であってはならない。不出来な父親に献身し「致利除害」の仁に生きる「慈恵・遠識」の孝女でなければならない。斉の桓公も陰謀工作とは無縁の正義の覇者でなければならないのである。かくてこそ、感銘ふかい一篇の佳話が成立するからである。本譚も劉向改作の美譚と見なせまいか。

四　曹釐[1]氏妻

　曹大夫釐[1']負羈之妻也。晉公子重耳亡、過曹。恭公不禮焉[2]。聞其駢脅、近其舍、伺其將浴[3]、設微、薄而觀之[4]。負羈之妻、言於夫曰[5]、

「吾觀晉公子、其從者三人、皆國相也[6]。以此三人者、皆善戮力以輔人。必得晉國[7]。若得反國、必覇諸侯、而討無禮。曹必爲首[8]。若曹有難、子必不免[9]。子胡

　曹の大夫釐負羈の妻なり。晉の公子重耳亡がれ、曹に過ぎる。恭公禮せず。其の駢脅なるを聞き、其の舍に近づきて、其の將に浴せんとするを伺ひ、微を設けて、薄りて之を觀る。負羈の妻、夫に言ひて曰く、

「吾　晉の公子を觀るに、其の從者三人は、皆國相なり。以ふに此の三人の者は、皆善く力を戮せて以て人を輔く。必ず晉國を得ん。若し國に反るを得ば、必ず諸侯に覇たりて、無禮を討たん。曹は必ず首たらん。若し曹に難有らば、子必ず免れざ

不早自貳焉。[10] 且吾聞之、[11]『不知其子者、視其父。不知其君者、視其所使』。今其從者、皆卿相之僕也、則其君必霸・王[12]之主也。若加禮焉、必能報施矣。若有罪焉、必能討過。子不早圖、禍至不久矣」。

負羈乃遺之壺飧、加璧其上。公子受飧反璧。[13] 及公子反國、伐曹。乃表負羈之閭、令兵士無敢入。士民之扶老攜弱而赴其閭者、門外成市。[14]

君子謂、「釐氏之妻、能遠識」。『詩』云、「既明且哲、以保其身」。此之謂也。

頌曰、「釐氏之妻、厥智孔白。[15] 見晉公子、知其興作。[16] 使夫饋[17]飧、且以自託。文伐曹國、卒獨見釋」。

らん。子胡ぞ早く自ら貳せざるや。且つ吾は之を聞く、『其の子を知らざる者は、其の父を視よ。其の君を知らざる者は、其の使ふ所を視よ』と。今其の從者は、皆卿相の僕なれば、則ち其の君は必ず霸・王の主なり。若し禮を加へなば、必ず能く報施せん。若し罪有らば、必ず能く過てるを討たん。子早く圖らざれば、禍の至ること久しからざらん」と。

負羈乃ち之に壺飧を遺り、璧を其の上に加ふ。公子飧を受くるも璧を反す。公子の國に反るに及びて、曹を伐つ。乃って負羈の閭に表し、兵士をして敢て入ること無からしむ。士民の老を扶け弱を攜へて其の閭に赴く者、門外に市を成す。

君子謂ふ、「釐氏の妻、能く遠識す」と。『詩』に云ふ、「既に明且つ哲、以て其の身を保つ」と。此の謂ひなり。

頌に曰く、「釐氏の妻、厥の智孔だ白かなり。晉の公子を見、其の興作するを知る。夫をして飧を饋らしめ、且つ以て自託す。文は曹國を伐つも、卒に獨り釋さる」と。

通釈　曹の大夫釐負羈の妻の話である。晉の公子重耳が亡命し、曹にたちよった。恭公は無礼にふるまった。彼が駢脅だと聞いて、宿舎に近づき、湯浴みをしようとするとき、蔽帷をめぐらしておき、すぐそばに迫って観察したのであった。負羈の妻は夫にむかって、

「わたしは晉の公子さまを観察しましたところ、そのおつきの三人は、みな一国の宰相なみの方がたです。この三人の方がたは、みなよく協力して主君をお輔けするでしょう。晉の国を得られるにきまっています。もし国に帰られたならば、

きっと覇者になり、無礼な国を討つことでしょう。曹はきっとまっ先にやられます。もし曹に災難があったら、旦那さまはきっと災難を免れられぬでしょう。旦那さまはどうして早く別行動をとられぬのですか。それに　わたしは、『その子の人物がわからぬ者は、その父を視よ。その君の人物がわからぬ者は、その家来を視よ』と聞いています。いま　そのおつきの方がたは、みな大臣・宰相になられるご家来衆ですから、その君はきっと覇者・王者になられるご主君なのです。もし礼をささげれば、きっと報いてくださるでしょう。もし罪を犯せば、きっと非礼を犯した者を討たれるでしょう。旦那さまが早く手を打っておかれねば、禍が間もなくやってくるでしょう」

という。負羈はそこで彼に壷に入れた食事をおくり、その上に璧玉をのせておいた。公子は食事は受けたが璧玉は返した。公子は帰国すると、曹を伐った。だが何と負羈の領邑の門には表彰をくわえ、晋は兵士たちに敢て侵入させないようにしたのである。老人の脇を支え幼い子らを引きつれてその門に赴く者たちで、門の外は市場ができたような賑いとなった。

君子はいう、「釐氏の妻は遠い先を見とおせた」と。『詩経』にも、「道に明るくかつ哲く、わが身をみごと守りぬく」といっている。これは釐氏の妻のような知性を詠っているのである。

頌にいう、「曹の釐氏の妻は、その智恵いとも明るし。晋の公子を見て、のち勢力盛んとなるを見抜けり。夫をして料理をおくらせ、のちの日の加護を頼む。文公　曹を伐ちしも、負羈の領邑のみ　ついにゆるさる」と。

校異　本譚は『國語』巻十晉語四、『左傳』僖公二十三年冬十一月の條、同上僖公二十八年春三月の條に見える記事を主體としたもので、異傳が『史記』巻三十九晉世家・巻三十五管蔡世家『韓非子』十過、『淮南子』道應訓・人閒訓等に見え、部分的に『韓非子』、『淮南子』道應訓の影響も受けているが、該當部のほぼ全文にわたる對校は、主體の『國語』『左傳』の三箇所に限り、他は必要部分のみの異同の指摘にとどめる。なお譚中の、曹の恭（共）公が重耳の駢脅を見ようとした部分は『呂氏春秋』離俗覽上德篇にもみえるが、釐負羈夫妻に關する記述はないので、校異の對象外とする。　◎1・1釐　ヒロインの夫の姓について、諸本はみな僖につくるが、『韓非子』、『淮南子』道應訓・人閒訓は釐につくる。『史記』は釐・僖兩様につくる。『漢書』巻二十古今人表も釐につくる。「毛詩」鄘風・柏舟の「釋文」ならびに「正義」引『列女傳』曹大家註には、「釐は音僖」という。曹大家註により『古列女傳』の本來の文は釐字であったことが判る。よって釐に改めた。顧校は『漢書』の、梁校は『漢書』、『淮南子』人閒訓、「毛詩」柏舟の「釋文」「正義」引曹大家註の措辭を擧げている。梁校も本來の文は釐と斷じ、蕭校は梁校を襲う。　2恭公不禮焉　『國語』は曹共公亦不禮焉につくる。『左傳』僖公二十三年の條にこの句なし。

3聞其駢脅、近其舍、伺其將浴　諸本はこれにつくるが、『國語』は聞其骿脅、欲觀其狀、止其舍、諜其將浴につくり、『左傳』僖公二十三年の條には、曹共公聞其駢脅、欲觀其裸、浴につくる。

4設微、薄而觀之　叢刊・承應の二本は設帷、薄而觀之につくる。他の諸本と『國語』はこれにつくり、『左傳』僖公二十三年の條には薄而觀之につくる。なお承應本自體は設帷、薄而觀之と斷句し、薄字にせメて（せまりテ）の訓をあたえている。『國語』韋昭註には「微は蔽なり。薄は迫なり」といい、字樣は異るが、承應本の句讀が正しい。『韓非子』は曹君袒裼而觀之、『淮南子』人閒訓は曹君欲見其骿脇、使之袒而捕魚とそれぞれ異傳をしるしている。

5負羈之妻、言於夫曰　『國語』は僖負羈之妻、言於負羈につくり、『左傳』は僖負羈妻曰につくる。

6吾觀晉公子、其從者三人、皆國相也　『國語』は吾觀晉公子、賢人也。其從者皆國相也につくる。王校はこれを指摘。蕭校は王校を襲う。『左傳』は吾觀晉公子之從者、皆足以相國につくる。なお『淮南子』道應訓は君無禮於晉公子、吾觀其從者、皆賢人也と妻の言をつくるが、人閒訓にはこれらの該當句も、その後の妻の語もない。『史記』には妻の言はなく、釐負羈自身の諫言が別の語で語られている。『韓非子』は釐負羈・叔瞻が曹君の非禮を心配し、叔瞻が諫言、釐負羈が君前を退がって妻に處置を相談、妻がその後でいう臺詞として、吾觀晉公子、萬乘之主也、其左右從者、萬乘之相也の句がつくられている。蕭校はこれを指摘する。なお叔瞻は『國語』『左傳』では鄭の賢臣で鄭の文公の重耳に對する非禮を諫言した人物となっている。

7以此三人者皆善戮力以輔人、必得晉國　『國語』は以相一人、必得晉國につくり、『左傳』僖公二十三年の條には若以相夫子、必反其國につくり、『淮南子』道應訓は若以相夫子の五字につくる。なお『韓非子』はこれらと大きく異なり、今窮而出亡、過於曹、曹遇之無禮につくっている。王校は『國語』により人字を一人に改むべしという。

8若得反國、必霸諸侯而討無禮、曹必爲首　『國語』は得晉國而討無禮、曹其首誅也につくり、『左傳』僖公二十三年の條には反其國、必得志於諸侯而誅無禮、曹其首也につくり、『淮南子』道應訓には反晉國、必伐曹につくる。『韓非子』は此若反國、必誅無禮、則曹其首也につくる。

9若曹有難、子必不免　『國語』等他文獻になし。

10子胡不早自貳焉　『國語』『左傳』は同文の子盍蚤自貳焉につくり、『淮南子』道應訓は子何不先加德焉につくる。『韓非子』は子奚不先自貳焉につくる。

11且吾聞之　『國語』等他文獻、この句以下、禍至不久矣にいたる六五字なし。

12霸・王　叢刊・承應の二本は伯王につくる。

13負羈乃遺之壺飱、加璧其上、公子受飱反璧　備要本・集注本は飱三字をいずれも湌につくる。叢書本・考證本・叢刊・承應の二本等は飡に、補注本は飧につくるが、いずれも俗字。正字に改む。『國語』は僖負羈饋飧寘璧焉、公子受飧反璧につくり、『左傳』僖公二十二年の條には、乃饋盤飧、寘璧焉。公子受飧反璧につくり、『淮南子』道應訓は釐負羈遺之壺餕、而加璧焉。重耳受其餕、而反其璧につくる。いっぽう『韓非子』の記述は詳細をきわめ、負羈曰、諾、盛黃金於壺、充之以餐、加璧其上、夜令人遺公子、公子見使者、再拜受其餐、而辭其璧の三七字につくっている。

14及公子反國、伐曹、乃表負羈之閭、令兵士無敢入、士民之扶老攜弱而赴其閭者、門外成市　叢刊・承應の二本は攜弱二字を携幼につくる。『國語』は晉文公伐曹譚をしるすが、この一段にあたる記述なし。『左傳』僖公二十八年春の條には、三月丙午、入曹、數之以其不用僖負羈、而乘軒車三百人也。且曰、獻狀（わしの脅の狀を見せてやろう）。令無入僖負羈之宮、而免其族。報施也につくる。『淮南子』道應訓は、及其反國、起師伐曹尅之。令三軍、無入釐負羈之里につくり、『韓非子』は重耳即位三年、擧兵而伐曹矣。〔畧〕又令人告釐負羈曰、軍旅薄城、吾知子不違也。其表子之閭、寡人將以爲令、令軍勿敢犯。曹人聞之、率其親戚、而保釐負羈閭者七百餘家、此禮之所用也 につくる。蕭校は、『淮南子』の措辭を擧げるが、道應訓・人閒訓とも異なり、僖負羈以壺餮、表其閭、又令三軍、無入釐負羈之里につくる。蕭校は上記『韓非子』の〔畧〕の下句から擧げている。 15厥智 叢刊本のみに廉智につくる。 16興作 叢刊本のみ興祚につくる。梁校がこれを指摘。蕭校は梁校を襲う。 17飧 諸本は前條13に既述のごとく字體に統一を缺くが、正字に統一する。

語釈 ○曹 周の武王姫発が殷を滅ぼした後、弟の叔振鐸を曹（山東省の西南端、河南省に近い定陶県）に封じた小国。 ○晋公子重耳 晋は周の第三代の王成王姫誦の弟唐叔虞が晋（汾）水流域の唐（山西省翼城県の西）に封ぜられた国。重耳は第十九代献公姫詭諸の子だが、献公の寵妃驪姫が自分の子奚斉を国君位に即けようとした陰謀のため亡命。十九年間の国外流浪の後、秦の力を借りて晋の第二四代国君となり、晋を強大にし覇者となり、文公と諡された人物。驪姫の迫害に遭った経緯は巻七孽嬖伝第七話に見え、流浪中に彼の壮図実現を助けた斉姜との故事は巻二賢明伝の第三話にみえる。在位六三六～六二八B.C.。 ○恭公 曹の第十五代国君姫襄。在位六五二～六一八B.C.。『史記』の管蔡・晋の二世家、『国語』『左伝』等は共公とするす。この譚中にある晋の文公重耳への無礼により、文公の討伐を受けて捕虜にされ、一時国を喪ったが、竪（小臣）の侯獳の活躍で帰国を許され、国を回復した（『左伝』僖公二十八年冬丁丑の条）。 ○駢脅 『国語』韋昭註には并幹、『左伝』杜註には合幹という。王註もこれを指摘する。駢はぴったり並ぶ。脅は幹、つまり腋下の肋骨。肋骨がびっしりつきあうようにならんで胸廓が一枚骨でできているような形のもの。いわゆる一枚あばら。 ○微 韋昭註に蔽（おおい）という。 ○薄而観 薄は韋昭註に迫（せまる）。観は観察する。王註は微薄を一括して隠蔽するための廉に解しているが誤り。なお蕭註は董氏（増齢）の、『左伝』の釈文（『釈文』巻十六僖公二三年の条）に見える「『国語』云『薄簾也』」が『礼記』曲礼上の「帷薄之外不趨」の義に本づくという論、『爾雅』釈器 郭註の薄は魚笱＝罶という説、それに対応する『淮南子』人間訓（〔校異〕4・三三六ページ）、『呂氏春秋』離俗覧上徳の異伝の存在等を補説する。 ○其従者三人 『国語』晋語四の重耳過曹の段によれば、この三人は狐偃・趙衰・賈佗のこと。 ○弐 韋昭註に「猶ほ別のごときなり」という。曹の恭公と別の行動をとる。 ○其従者、皆卿相之僕也 重耳に従う者は上級家老や宰相なみの人品・力量の家来たちである。 ○覇・王之主 覇者（武力をもって諸侯の伯となり、周王朝を助ける指導者）や王者（王道・仁政をもって諸侯に君臨する指導者）となれる主君である。 ○報施 恩を返す。 ○討過 過は罪過。ここでは非礼。非礼をはたらいた者を討伐する。 ○禍至不久 間もなく禍がやってくる。 ○壷飧 壷に入れた食物。

飧は韋昭註に「熟食（煮炊きした食物）なり」という。この部分、『国語』の文によって、熟食を壷に入れたのは、秘宝の璧玉を人に知られずに献上する容器として壷がふさわしいと考えてのことであろう。　○反璧　璧玉を返す。「会箋」は「欲ばらぬことを示すため」という。　○表負羈之閭　閭は邑の門。表は旌表、華柱、牌楼（めじるしの柱・鳥居）等を立てて表彰する。釐負羈の領邑の門に表彰を加える。　○門外成市　門前に市場ができるように賑かになる。　○遠識　遠い先を見ぬく。　○詩云　『詩経』大雅・烝民の句。句意は通釈のとおり。　○厥智孔白　厥は其におなじ。指示代詞。孔は甚におなじ。白は明白、あきらか。　○興作　作興におなじ。勢がさかんになる。　○自託　わが身の保護をまかせる。

韻脚　○白 băk・作 tsak・択 dăk・釈 thiăk（13鐸部押韻）。

余説　女性の「公」の観念は国家・社会におよばず、身内の範囲におわる場合が少なくない。本譚は『国語』『左伝』を原資料としながら、両書中の妻の言を受けてなされた釐負羈の恭公に対する忠節の諫諍譚は削除されている。もっとも両書においても彼女の夫への勧告自体に恭公への諫諍の要請はない。劉向は、女性に国家次元の広い「公」の観念にもとづく倫理的行動を求めたが、その信条は不徹底であり、ときには狭い「公」観念におわる女性の心情に高評価をあたえてもいる。この譚はその好例。夫の忠節の諫諍をも生みだした彼女の知性は、ここでは親族保全のための遠謀のみが顕彰されている。むしろ劉向にとっては、「其の子を知らざる者は、其の父を視よ。其の君を知らざる者は、其の使ふ所を視よ」という母性を通しての経験知による人物評価が、本譚では、親族保全の遠謀とともに、女性のすぐれた知性として顕彰さるべきこととされたのであろう。

後日譚をしるしておく。彼女の遠謀、文公重耳の配慮もむなしく、『左伝』僖公二十八年二月の条によれば敵方釐負羈一門の恩遇のいっぽうで味方将兵に対する恩遇に欠けた文公に立腹した晋の魏犨・顚頡の二将は、彼の家を焼打ちにしたのであった。

五　孫叔敖母

楚令尹孫叔敖之母也。叔敖爲嬰兒之時[1]、出遊見兩頭蛇[2]。殺而埋之、歸見其

楚の令尹孫叔敖の母なり。叔敖嬰兒たりしの時、出遊して兩頭の蛇を見る。殺して之を埋め、歸りて其の母を見て泣く。母

母而泣焉。[3]母問其故。[4]對曰、[5]「吾聞、『見兩頭蛇[2']者死』。今者、出遊見之。[6]其母曰、「蛇[2']今[7]安在」。對[8]曰、「吾恐他人復見之、殺而埋之[9]矣」。其母曰、「汝不死矣。[10]夫有陰德者陽報之。[11]德勝不祥、仁除百禍。天之處高而聽卑。『書』不云乎、『皇天無親、惟德是輔』。爾嘿矣。必興於楚」。及叔敖長、爲令尹。[12]

君子謂、「叔敖之母、知道德之次」。『詩』云、「母氏聖善」。此之謂也。[13]

頌曰、「叔敖之母、深知天道。叔敖見蛇[2']、兩頭岐首。殺而埋之、泣恐不久。[14]母曰陰德、『不死必壽』」。

其の故を問ふ。對へて曰く、「吾聞く、『兩頭の蛇を見る者は死す』と。今者、出で遊びしに之を見たり」と。其の母曰く、「蛇今安くに在りや」と。對へて曰く、「吾 他人の復た之を見んことを恐れ、殺して之を埋めたり」と。其の母曰く、「汝死せざらん。夫れ陰德有る者は之に陽報あり。德は不祥に勝ち、仁は百禍を除く。天は之高きに處れども卑きに聽く。『書』に云はざるや、『皇天親無く、惟だ德のみ是れ輔く』と。爾嘿せよ。必ず楚に興らん」と。叔敖長ずるに及んで、令尹と爲る。

君子謂ふ、「叔敖の母、道德の次を知る」と。『詩』に云ふ、「母氏は聖善なり」と。此の謂ひなり。

頌に曰く、「叔敖の母、深く天道を知る。叔敖の蛇を見るに、兩頭岐首なり。殺して之を埋むるも、泣きて久しからざるを恐る。母 陰德を曰ふ、『死せず必ず壽からん』」と。

通釈 楚の令尹の孫叔敖の母の話である。叔敖は子どものころ、外出して二つ頭の蛇を見た。殺してこれを埋め、帰って母親に会うと泣きついた。母がその訳をたずねる。「ぼくは、『二つ頭の蛇を見た者は死ぬ』と聞いているよ。ところが今、外出したところ、これを見てしまったの」とこたえた。母が「蛇は今どこにいるの」という。「ぼくは他人がまたこれを見るのが心配だったから、殺して埋めといたよ」とこたえた。母はいってきかせた、「お前は死にません。そもそも陰で徳を積んだ者には、はっきりとした報いがあるものなのよ。徳は不祥に勝ち、仁はあらゆる禍を除くのです。天は高いところにあっても地上の事を注意してご覧だわ。『書経』には、『大いなる天は依怙贔屓せず、ただ徳ある者のみを助くるなり』といっていませんか。お前はこの事を黙っているのよ。そうすればきっと楚の国で出世できるのよ」と。叔敖は成人すると、令尹（楚の宰相相当官）になったのである。

君子はいう、「叔敖の母は、道徳のあり方を心得ていた」と。『詩経』には、「母ぎみは知恵秀でたるよきお方」といっている。これは孫叔敖の母のような人物を詠っているのである。

頌にいう、「孫叔敖の母なる人は、深く天道わきまえたり。叔敖の外にて蛇を見れば、そは二つ頭の化物なり。殺してこれを埋むるも、死はまぢかに迫ると恐れて泣く。母は陰徳を語り教えて、『徳積みて死なず、長生きせん』という」と。

校異 ＊本譚は後漢・王充（二七～ca.一〇〇）『論衡』巻六福虚にも引かれるが、劉向の別撰書『新序』巻一雑事一から引いたらしい別系後出文獻なので校異の對象とはしない。先行書の賈誼『新書』巻六春秋と劉向『新序』前掲篇のみを主對象とする。◎1叔敖爲嬰兒之時　賈誼『新書』には孫叔敖之爲嬰兒也につくり、『新序』には孫叔敖爲嬰兒之時につくる。　2・2′蛇　備要・叢書・考證の三本は虵につくり、補注本・集注本と叢刊・承應の二本は蛇につくる。虵は蛇の俗字。本字に統一。　3出遊見兩頭蛇、殺而埋之、歸見其母而泣焉　『新書』は出遊而還、憂而不食の八字につくる。『新序』は出遊見兩頭蛇、殺而埋之、歸而泣の十三字につくる。　4母　上記二書は其母につくる。　5對曰　『新書』は泣而對曰につくる。『新序』は叔敖對曰につくる。　6吾聞見兩頭蛇者死、今者、出遊見之　『新書』はこの位置に吾聞見兩頭蛇者死の相當句はなく、今日、吾見兩頭蛇、恐去死無日矣につくる。『新序』は聞見兩頭之蛇者死、嚮者吾見之、恐去母而死也につくる。　7蛇今　『新序』もこれにつくるが、『新書』は今蛇につくる。　8對曰　『新書』『新序』は曰一字につくる。　9吾恐他人復見之、殺而埋之矣　『新書』は吾聞見兩頭蛇者死、吾恐他人又見、吾已埋之也の十九字につくる。『新序』は恐他人又見、殺而埋之矣につくる。　10汝不死矣　『新書』は無憂、汝不死につくる。『新序』はこの位置に汝不死矣の相當句はない（次條參照）。　11夫有陰德者陽報之　『新書』は吾聞之、有陰德者、天報以福の十一字につくる。『新序』は吾聞有陰德者、天報以福、汝不死也の十四字につくる。　12及叔敖長、爲令尹　『新書』は及爲令尹、未治而國人信之につくり、『新序』は及長、爲楚令尹、未治而國人信其仁也につくる。　13此之謂也　叢刊・承應の二本は謂字を説につくる。　14不久　諸本は不及につくるが、及はgiəp（27緝部）入部韻で、頌中の他の偶數句脚韻字たる道dog（4幽部）以下三字の陰類の文字との間で失韻する。顧・王兩校はこの點を問題とし、近接の久kıuəg（1之部）に改むべきことをいい、梁・蕭二校もこの説を襲う。これにより改む。

語釈 ○孫叔敖　前六・七世紀の人。生歿年不明。楚の令尹蔿（薳）賈の子。『左伝』宣公十一年春の条には蔿艾猟ともいい、顧・梁二註はさらに清・洪适『隷釈』巻三の「楚相孫叔敖碑文」に見える饒という別名を紹介する。姓の孫は本姓蔿が変えられたもの。荘王羋侶（旅）（在位六一三～五九一B.C.）の令尹（楚の宰相相当官）として教化主義の善政を布き、「政は禁止を緩むるも、吏に姦邪無く、盗賊起らず」という成果を挙げた（『史記』巻一九循吏列伝）。劉向は、『説苑』巻十敬慎、『新序』巻一雑事一、巻二雑事二にも彼について記録し、『古列女伝』巻二賢明伝第五話楚荘樊姫、巻六辯通伝第三話楚江乙母、第十二話斉孤逐女の諸譚中でも、彼に言及している。なお孫叔敖の姓名についての考証の綜括は『左伝』宣公十一年春の条「会箋」に詳しい。　○嬰児　原意は生まれたばかりの赤子（女を嬰、男を児という）。ここは幼い子。　○両頭蛇　一体に二つの頭をもつ蛇。顧註は後条10に、『隷釈』「楚相孫叔敖碑文」には枳首蛇、枳は音枝とするす。枳首は岐首（二つあたま）のこと、『爾雅』には一本、積につくる等の解説をくわえる。王註は夫郝懿行の説として劉恂『嶺表録異』によれば嶺外の地（広東・広西方面）に、この蛇が多いと述べ、『爾雅』釈地の「枳首蛇」といわれるものがそれで、両頭の蛇を見れば死ぬとは、「流俗の妄談のみ」という。蕭注は冗言。枳を枝と読む説のみを紹介する。　○有陰徳者陽報之　陰徳は蔭で積んだ徳、隠れた善行。陽報ははっきりした報い。句意は通釈のとおり。『淮南子』人間訓に「君子　其の道を致せば、而ち福禄焉に帰す。夫れ陰徳有る者は、必ず陽報有り。隠行有る者は必ず昭名有り」という。　○聴卑　聴は察（注意して見きわめる）。卑は低地、地上をいう。
○書不云乎　『書経』には、いっていないか。句は『書経』周書・蔡仲之命の語。皇天は大いなる天。親は私親、依怙贔屓する。徳は有徳者。句意は通釈のとおり。　○爾嘿矣　嘿は黙と同音同意の別字。お前は黙っていなさい。（善行を口外して誇ってはなりませんよ）。
○道徳之次　次は順序・次第。道徳のしだい・あり方。　○詩云　『詩経』邶風・凱風の句。句中の聖善の聖は、「毛伝」に「叡なり」、鄭箋に「叡知」という。句意は通釈のとおり。　○岐首　岐は枳におなじ。二股に分れた頭。上の両頭の同義反覆である。　○不久死がまぢかに迫る。

韻脚　○道 dog・首 thiog・寿 dhiog（4幽部）　◎久 kiuəg（1之部）　＊幽部之部合韻一韻到底格押韻。

余説　つねに民衆の側に立ち、国君荘王芈侶との対決も辞さず、三たび令尹の位を退けられても怯まなかった（『史記』循吏列伝に具態的に記述）宰相の鑑孫叔敖も、その信念と勇気は、幼児期からの母親の峻厳な中にも慈愛の励ましをこめた躾けによって培われた。本説話は、そのように主張している。ところが、後漢の王充は『新序』の記載によりつつ、「叔敖は俗言を信じて蛇を埋め、其の母は俗議を信じて必ず報ひ有らんとするは、是れ死生命無く、一蛇の死に在るを謂ふなり」と、迷信の所業を賛美するものと本説話を酷評している。だがこれは「合理主義の非合理」というものであろう。たとい迷信・妄談にもとづく行為にせよ、他人を死の不幸に捲きこむまいと異形兇相の蛇を殺して埋めた幼児孫叔敖の行為は、公徳心の勇気ある実践として高く評価せねばなるまい。「蛇今安くにか在る」と子に問うた母は、叔敖にそうした行動を期待し、もし彼が蛇を殺し埋めていなかったら、自分が替ってそうするつもりでいたのであろう。「この母にしてこの子有り」なのである。また叔敖に対し「汝は死せじ」と慈愛の慰めをあたえた後に、彼をして勇敢な善行を口外して誇ることを誡め、陰徳を積みつづけて「楚に興る」ようにしむけた彼女は、令尹蔿賈の家の婦、将来、政治家として立身出世を遂げねばならぬ叔敖の母としての責務をつくしたのである。立身出世が往々善行・美徳のみではもたらされず、世の指導者の中にはとかく道徳の彼岸にある者が少なくないという事実があったとしても、子を成徳の君子として出世させたいと願う母親の「道徳の主宰者たる天の祐け」の信仰からなされる教育によって、天意に身を委ね、自己を犠牲にして他人につくす好指導者も生まれるのである。本譚は数多い孫叔敖伝説の一つとして史実性には疑念がもたれる。しかし幼少児に対する天性の気迫に満ちた道徳の師たる女性の存在は必ずしも稀ではない。「兼愛無私」「致レ利除レ害」の仁に生きた孫叔敖の母の説話は、その意味で史実論議を超えた実在感に溢れてはいないであろうか。

なお本譚は、唐の李瀚の『蒙求』中に魯の循吏柳下恵の佳話とともに、柳下直道、叔孫陰徳（ただし出典は賈誼『新書』）の語として収められ、その解説文によっても、後世につたえつがれた。

六　晉伯宗妻

晉大夫伯宗之妻也。伯宗賢而好以二直辯[1]一淩レ人。毎レ朝、其妻常戒レ之曰、『盜憎二主人一、民惡二其上一[2]』。有下愛二好人一者上、必有下憎二妒人一者上[3]。夫子[4]好二直言一。枉者惡レ之。禍必及レ身矣[5]」。伯宗不レ聽。朝而以二喜色一歸[6]。其妻曰、「子貌有二喜色一[7]。何也」。伯宗[8]曰。「吾言二於朝一、諸大夫皆謂、我知似二陽子一」。妻曰[9]、『實穀不レ華、至言不レ飾[10]』。今[11]陽子華而不レ實、言而無レ謀[12]。是以禍[13]及二其身一。子何喜焉」。伯宗曰、「吾欲下飲二諸大夫酒一而與レ之語[14]上。爾

晉の大夫伯宗の妻なり。伯宗は賢なれども好んで直辯を以て人を淩ぐ。朝する毎に、其の妻常に之を戒めて曰く、「『盜は主人を憎み、民は其の上を惡む』と。人を愛好する者有れば、必ず人を憎妒する者有り。夫子は直言を好む。枉者は之を惡まん。禍必ず身に及ばん」と。伯宗聽かず。朝して喜色を以て歸る。其の妻曰く、「子が貌 喜色有り。何ぞや」と。伯宗曰く、「吾朝に言るに、諸大夫皆謂ふ、我が知は陽子に似たり」と。妻曰く、「『實穀は華かならず、至言は飾らず』と。今 陽子は華なれども實ならず、言へば而ち謀無し。是を以て禍其の身に及べり。子何ぞ喜ばん」と。伯宗曰く、「吾 諸大夫に酒を飲まし

試聽之。其妻曰[15]、「諾。」於是爲大會、與諸大夫飲[16]。既飲而問妻曰、「何若[17]。」對曰[18]、「諸大夫莫子若也[19]。然而民[20]之不能戴其上久矣。難必及[21]子。子之性固不可易也。且國家多貳。其危可立待[22]也。子何不預（ママ）結賢大夫、以託州犂焉[23]。」伯宗曰、「諾[24]。」乃得畢羊而交之[25]。及欒不忌之難[26]、三郤[27]害伯宗、譖而殺之[28]。畢羊乃送州犂於荊[29]、遂得免焉[30]。

君子謂、「伯宗之妻知[31]天道。」『詩』云、「多將熇熇、不可救藥。」伯宗之謂也。

頌曰、「伯宗淩人、妻知且[32]亡。數諫伯宗、厚許畢羊。屬以州犂、以免咎殃。伯宗遇禍、州犂奔荊。」

めて之と語らんと欲す。爾試みに之を聽け」と。其の妻曰く、「諾」と。是に於て大會を爲し、諸大夫と飲す。飲み既はりて妻に問ふて曰く、「何若ん」と。對へて曰く、「諸大夫 子に若くは莫きなり。然り而して民の其の上を戴くこと能はざるや久しきなり。難必ず子に及ばん。子の性固より易ふべからざるなり。且つ國家 貳多し。其の危きこと立ちて待つべきなり。子何ぞ預め賢大夫に結び、以て州犂を託せざるや」と。伯宗曰く、「諾」と。乃ち畢羊を得て之に交はる。欒不忌の難に及びて、三郤 伯宗を害とし、譖して之を殺す。畢羊乃ち州犂を荊に送り、遂に免るるを得たり。

君子謂ふ、「伯宗の妻、天道を知る」と。『詩』に云ふ、「多く熇熇を將ふ、救藥すべからず」と。伯宗の謂ひなり。

頌に曰く、「伯宗 人を淩ぎ、妻且に亡びんとするを知る。數〻伯宗を諫め、厚く畢羊に許す。屬ぬるに州犂を以てし、以て咎殃を免れしむ。伯宗禍に遇ふも、州犂 荊に奔る」と。

通釈 晉の大夫伯宗の妻の話である。伯宗は人物であったが、やたら歯に衣をきせぬ正論で人をやりこめていた。朝廷に出仕するたびに、その妻はいつも彼を戒めていっていた、「『盗みをはたらく家来は厳しい主人を憎み、人びとは賢れた人物を嫌う』とか。愛し好いてくれる者がいれば、必ず憎み妬む者もおります。旦那さまは直言がお好き。悪人は旦那さまを嫌っています。禍が身におよんでくるにきまってますわ」。伯宗はだが聴きいれなかった。朝廷に出仕して嬉しげに帰ってくる。妻が、「旦那さまの様子は嬉しげでいらっしゃる。どうかなさいましたの」という。伯宗が「わしが朝廷で発言したら、大夫たちがみな、わしの知恵は〔かつての賢者の〕陽子みたいだといってくれたのだ」という。妻が「『実のなる五穀は花派手ならず、至高の言葉は飾らぬものよ』です。ところで陽子は行動が派手、発言すれば身の安全への思慮に欠けておられました。だから禍がその身にふりかかったのですわ。旦那さまは何を嬉しがっておいでなのでしょう」という。だが伯宗はいったのだった、「わしは大夫らに酒をふるまって彼らと相談事をしようとおもう。お前は試しに聴いておれ」。妻は、「かしこまりました」といった。そこで盛大な会合をもよおし、大夫たちと酒宴を張った。酒宴がおわると〔伯宗は〕妻に、「どうだな」と問う。妻は「大夫の方がたで旦那さまにおよぶ者はいませんでした。でも人びとは昔から賢れた人物を上に戴ききれなかったのです。難儀が旦那さまにふりかかってくるにきまっています。旦那さまの性分はもとより変えられません。そのうえ国には謀反の陰謀も多いこと。その危険はすぐにも襲ってきます。旦那さまはどうして禍に先んじて賢れた大夫と手をとりあい、〔子の〕州犂の事を頼んでおかないのですか」とこたえた。伯宗も、「わかった」といった。しばらくして畢羊と識りあうと彼と友だちになった。欒不忌の難におよんで三郤（郤錡・郤至・郤犨）が伯宗を邪魔者だとして、讒言をおこなって彼を殺す。畢羊はそこで〔伯宗の子の〕州犂を荊におくりこみ、ついに災難から免れさせたのであった。

君子はいう、「伯宗の妻は天道をわきまえていた」と。『詩経』には、「燃える火のよに人そこなわば、手あての薬も効きはせぬ」という。これは伯宗のことをいっているのである。

頌にいう、「伯宗 人をやりこめれば、妻はその亡びゆくを知る。しばしば伯宗を諫めて、あつく畢羊に好結ばしむ。子の州犂を彼に属ねて、難儀より免れしめたり。伯宗は禍に遭うも、州犂は荊に無事逃れたり」と。

校異 1直辯 叢刊・承應の二本は直辨につくる。 2民惡其上 諸本は惡字を愛につくる。『左傳』成公十五年秋八月の條にはこれにつくり、王校・梁校はこれにより愛字を惡に改むべしといい、梁校は、さらに同一撰者劉向の『説苑』（巻十）敬愼に見える孔子が周の太廟でみた金人の背の銘文の語の「盜怨主人、民害其貴」（おなじ話が『孔子家語』（巻三）觀周に見え、この句は「盜憎主人、民怨其上」と本譚に接近している）を證據に舉げ、しかく誤った理由を下文の「有愛好人者、必有憎妬人者」の存在によったのだと指摘する。ところが蕭校は王・梁二校に反對し、「案ずるに、此の傳は必ずしも『左傳』の『惡』に作るに同じからず。『國語』は上に注して賢とするなり

『國語』（巻十五）晉語五中に見える同様の話中で伯宗妻が語る「民不能戴其上久矣」の句に對する韋昭註をいう）。見るべし、此處は本と盜は則ち主人を憎み、民は本と其の上を愛するも、但だ之を愛する者有れば、必ず之を憎む者有り、枉れる者は則ち之を憎むを言ふなり。下の二句の愛（愛好）憎（憎妬）字は、卽ち上の二句を承けて來れり。若し愛をば改めて惡に作れば、則ち『愛好人』の句は何を指す所ぞや。故に下文又『民其の上を戴かざること久しきなり』と論じ、「民愛其上」のままとすべしと斷じている。だが、「民愛其上」と「民之不能戴其上久矣」の上字を同一視した蕭校はたしかに卓見であるが、それ故に、諸本の愛字を惡に改めずにおくことはできない。本譚の主旨は、あくまでも己が知と正義を誇り、人びとの反感を買って伯宗の家を滅ぼしてしまうであろう夫を諫める妻の「仁智」を稱揚することにある。劉向は梁校引の前掲『說苑』敬愼の銘文の下句を詳述、「之に後れ之に下り、人をして之を慕はしむ。雌を執り下を持すれば、能く之と爭ふ者無し。（略）内に我が智を藏め、人と技を論ぜずば、我尊高なりと雖も、人　我を害ふ無し」という處生法を教えている。この語はまさに伯宗の妻の夫伯宗への日ごろの諫言と同一主旨のものであろう。知と正義を誇る人物が、世人の反感を買い、迫害され、俗物の惡行を放置し、愚者の謬見に媚び乘じる者が世人から絕大の支持を得ていることは、往々見られる現實である。本句中の上字を下句の「民之不能戴其上久矣」に關する韋昭註の賢字で解いた蕭校はその點では卓見であろう。「民惡其上（賢人）」とは何と痛烈な批評であろうか。なるほど蕭校が指摘するように、「盜憎主人」の憎字と「憎妬人」の憎字、「愛（じつは惡）其上」の愛字と「愛好人」の愛字は一見對應するようであり、それ故に、傳寫者がしかく誤寫したのであるが、上二句と下二句は完全に對應してはいない。愛・憎の位置が逆轉していることに注目すべきであろう。むしろ「〔臣下・僕隸は本來主人を敬愛すべきだが、臣下・僕隸の中にも祿盜人・つまみ食いのごとき輩がいるのが普通〕、主人が嚴格だと彼らは主人を憎む。〔民は本來賢人を敬愛すべきだが、民の中にも俗人・愚者がいるのが常態〕、賢者が賢人ぶると彼らは賢者を妬む」というのが上二句の眞意であり、下二句はそれを承けて、「有下愛二好人一者上、必有下憎二妬人一者上」といっているのであろう。蕭校は上二句の〔　〕の無言の論理を讀みおとし、「昔の民は本と其の上を戴くに、今は久しく戴かざるを見し、云云」という苦しい解釋をしたものである。ここは王・梁二校の主張にしたがい、愛字を惡に改めておく。　3有愛好人者、必有憎妬人者　『左傳』にはこの句なし。　4夫子　『左傳』には子につくる。　5枉者惡之、禍必及身矣　『左傳』は必及於難の四字につくる。なお下句の乃得畢羊而交之にいたるまでの一七五字の該當句は『左傳』にない。　6朝而以喜色歸　『國語』（巻十一）晉語五には、伯宗朝、以喜歸につくる。　7喜色　『國語』は色字なし。梁校はこれを指摘、蕭校は梁校を襲う。　8伯宗　この句『國語』にはなし。　9妻曰　この句『國語』には對曰につくる。　10實穀不華、至言不飾　この句、『國語』になし。　11今　この字『國語』になし。蕭校は、當時陽子が「死して已に久し」という狀況にあることを指摘。この字を除くべしという。ただし、この今字は發語詞「ところで」

「さて」の意味。陽子の生死に關係なく挿入されている。校刪の必要はなかろう。　12言而無謀　『國語』には言字の上に主字あり。梁校はこれを指摘。蕭校は梁校を襲って、韋昭註が「主は尚なり」と解することを述べ、校改を示唆するが、前句の華而不實に對應して言而無謀としるしたものであろう。校増の必要はない。　13禍　『國語』は難につくる。　14語　叢刊・承應の二本は謀につくる。　15其妻　この句『國語』にはなし。　16於是爲大會、與諸大夫飲　この句、『國語』にはなし。　17既飲而問妻曰、何若　『國語』は既飲の二字につくる。　18對曰　『國語』は其妻曰につくる。　19莫子若也　叢書本と叢刊・承應二本は慕子若也につくる。　20之　この字『國語』にはなし。　21難必及子　『國語』には子字の下に乎字あり。　22子之性固不可易也、且國家多貳、其危可立待也　この句『國語』にはなし。なお句中の性字は備要・集注の二本以外の諸本が仕につくるが、ここを本文の起點とする『太平御覽』巻五〇二宗親部十夫妻引はこれにつくる。梁校は『御覽』宗親部引により、これに校改。蕭校もこれを襲う。　23子何不預結賢大夫、以託州犂焉　『國語』には盍亟索士、憖庇州犂焉につくる。『御覽』宗親部引もこの句をとどめるが、州犂を州黎につくる。　24伯宗曰、諸　諸本、『御覽』宗親部引にはこの句あり。『國語』にはなし。　25乃得畢羊而交之　『御覽』宗親部は交之の二字を友之につくる。『國語』は得畢陽(ママ)の三字につくる。　26及欒不忌之難　叢書本は欒字を栾につくる。『御覽』宗親部引も栾につくる。他の諸本はこれにつくる。『左傳』、『國語』は不字を弗につくる。梁校は『左傳』が弗字につくることを指摘。蕭校は梁校を襲う。なお『左傳』は、この語句を含む一句を、下句の譖而殺之の句の下におき、及欒弗忌の四字につくっている。　27三郤　備要・集注二本はこれにつくり、他の諸本は郤一字につくる。梁校は『御覽』宗親部引より校増というが、『御覽』引は郤字をも郄につくる。王校は『國語』韋昭註により郤字を三郤にすべきことを指唆するが、補注本は校改せず。なお『國語』本文は諸大夫につくり、『左傳』は三郤につくる。蕭校は王・梁二校を併擧する。　28譖而殺之　『左傳』もこれにつくるが、『國語』は將謀而殺之につくる。　29畢羊乃送州犂於荆　『國語』には畢陽實送州犂于荆につくる。『左傳』は伯州犂奔楚につくる。　30遂得免焉　『御覽』宗親部引もこれにつくる。『御覽』引はここまでである。『國語』『左傳』はこの句なし。　31伯宗　叢刊・承應二本は此の一字につくる。　32且亡　叢書本のみ其亡につくる。

語釈　〇伯宗　晉の大夫。五七五B.C.歿。『国語』韋昭註によれば、孫伯糾の子。『左伝』では、彼は魯の宣公十五年（五九四B.C.）には、赤狄の潞の宰相酆舒が潞の国君嬰児（人名）の眼を傷つけ、晋から嫁したその夫人を殺したとき、酆舒の才を恐れて出兵をしぶる大夫たちを正論で説得、酆舒を伐たしめ潞を滅ぼしている。魯の成公六年（五八五B.C.）には、会合を拒否した宋を晋軍が伐ったとき、戦備の遅れた同盟国の罪を責めて攻略しようとする夏陽説に反対、衛の晋に対する信頼を説いて思いとどまらせている。しかく正論の政治家ゆえに三郤（後条16・三四八ページ）に嫌われて殺された。　〇直辯　歯に衣きせぬ正論。　〇淩人　淩は侵犯また淩駕におなじ。人をやっつけて勝つ。やりこめる。　〇毎朝　朝廷に出仕のたびに。　〇盗憎主人、民悪其上　〔校異〕2（三四四～三四五ページ）参照。訳文は通釈どおり。　○陽子　晋の大夫陽処父。官は太傅にのぼった。六二一B.C.没。文公重耳の晩年から霊公夷皐の初年にかけて晋の国政の実権を握り、文公歿後に、「能あるものを使ふは国の利なり」と説いて、大将賈季（孤射姑）を更迭して副将に降格、副将の趙盾をして大将に昇任させた。趙盾は、「法罪を正し、獄刑を定め、逋逃を董し（租税滞納・脱税をとり締まり）、質要を由ゐ（貸借関係を証書をもちいてごまかさぬようにし）、旧洿を治め、秩礼に本づき（旧来の弊習を退治し、貴賤の秩序を回復し）、常職を続ぎ、滞淹を出だす（常設すべき官職の欠位を埋め、埋もれた人材を登用する）」（『左伝』文公六年春の条）という国政を断行。禄を盗み、国の財政を乱す盗人の臣下の心肝を冷やし、賢才の人物を上に立たせて無能・愚昧の人びとの安逸・怠慢を許さなかった。だが、そのため生じた人心の怨みは陽処父に集中。人望なく孤立する彼を、副将に降格された賈季は一族の続鞫居に殺させた。陽処父が直辯で推挙した趙盾は、その後も秦・楚勢力の強大化に抗して扈（河南省詹店鎮の東）の会盟を行なって諸侯に晋の覇権を承認せしめるといった大功を立てたが、『左伝』は陽処父の趙盾推挙を「趙氏に党する（派閥工作を行なう）」「官を侵す（職権侵害）」の悪事だと断罪しており、文公五年春正月の条には、「夫子之を壱にす。其れ歿せざらんか（あの方は剛直一点ばり。まともに死ねまい）」という甯（河南省獲嘉県）の宿屋の主人の予言をも載せている。なお陽処父を殺した続鞫居はその罪により処刑され、賈季も狄へと亡命した。伯宗は見識すぐれ、能辯家ではあっても、人望なく孤立して破滅した陽処父のごとき人物に己れが比べられていることの危険さに気づかぬ人物だったのである。　○実穀不華、至言不飾　実穀とは王註に五穀だという。五穀については諸種の数え方があるが、黍・稷・麻・麦・菽（『大戴礼記』曽子天円註）、稲・黍・稷・麦・菽（『孟子』滕文公上註）の二例を挙げておく。至言は至高の言、もっとも理にかなった言葉。二句の訳文は通釈のとおり。この句は、おそらく撰者劉向が『荘子』知北遊の「至言は言を去り、至為は為を去る」のごとき類似の語を意識しつつ、前条註の宿屋の主人の陽処父の評のつづきの語、「華にして実ならざるは、怨みの聚まる所なり。犯して怨みを聚む。以て身を定むべからざらん（身を安定させてはおけまい）」という句をもとに創造し、伯宗の妻の発言に重みを添えた格言であろう。　○言而無謀　無謀とは、ここでは発言によりおこる難儀を考えぬこと。身の安全への思慮を欠くこと。『左伝』襄公四年春の条には魯の穆叔の「難を諮ふは謀と為す」という語が見える。　○与之語　之は大夫。ここの語は謀議する。大夫らと相談事をする。　○民之不能戴其上久矣『国語』韋昭註に、「戴とは奉ずるなり。上とは賢なり。〔伯宗の〕才　人の上に在ればなり」という。梁註も、この韋昭註の第二・第三句を挙げている。人びとは賢人を昔から久しく奉戴しきれなかった。　○多弐　弐は二心、謀叛。謀叛の陰謀が多い。　○可立待　ほどなくやってくる。　○州犂　伯宗夫妻の子伯州犂。生歿年未詳。楚に亡命し、『左伝』成公十六年六月の条によれば、共王芈審につかえて太宰となり、対晋戦に従軍して参謀役をつとめ、晋軍に恐れられた。　○畢羊　『左伝』には見えず、『国語』には羊字を陽につくり、韋昭註に「晋の士なり」というが、伯州犂を荆（楚）に送ったことをのぞいては記述なし。　○欒不忌之難　欒不忌が殺された事件。欒不忌は、杜註が「晉の賢大夫」、韋昭註が「晉の賢大夫、伯宗の党（仲間）なり」というのみだが、「会箋」には後に鄢陵（河南省鄢陵県の西）の役（五七五B.C.）で郤至と確執をおこし、晉の厲公寿曼に彼を譖言して伐たしめた欒書の従祖父（父方の下の叔父）にあたる。　○三郤　郤錡・郤至・郤犨（犫）の三人をいう。郤氏は晉の二七代国君成公黒臀の六年（魯の宣公八年・六〇一B.C.）に上卿趙盾に替って晉の国政を担当した郤缺、諡成子以来の勢力家である。杜註によれば、郤錡は缺の子克の従父兄弟（『春秋』経十一年）、郤至は克の族子（『左伝』成公二年九月の条）、郤犨は克の子（同上十三年春の条）である。ともに横暴をきわめ、伯宗・欒不忌の殺害時には、韓献子が「郤子は其れ免れざらんか。善人は天地の紀（天地の道徳のよりどころ）なり。而るに驟ゝ之を絶つ（しばしば善人を殺している）。亡びずして何をか待たん」と評したといわれ（『左伝』成公十五年秋八月の条）、のち郤至が鄢陵の戦役で楚の共王羋審を破る大功を立てたが、第二九代国君厲公が功臣大夫の迫害をはじめると、まっ先に三郤の除外が怨みを構えたものたちの間から建議され、三人ともに魯の成公十七年（五八四B.C.）壬午（旧暦十二月二六日）に殺害された。　○害　邪魔者とする。　○伯宗之妻知天道　句意は通釈のとおり。王註はとくに、「夫れ天道虧くれば盈ちて、益せば謙る。伯宗は既に人に淩ぐを好みて、又自ら其の智盈つるを喜めば、而ち虧くること必せり。其の妻之を知れり。故に名を焉に著すのみ」と、この語を措いた理由を解説する。　○詩云　『詩経』大雅・板の句。熇熇は、毛伝に「然ゆること熾盛なり」といい、将は鄭箋に「行ふなり」という。救薬は鄭箋に「其の禍を止む」ることと解するが、原意は手あてに薬をほどこすことであろう。句意は通釈のとおり。　○許　『広韻』に「与す」という。よしみを結ぶ。「身を任せる」の意もあるが、本文中の妻の言、「予め賢大夫に結ぶ」と対応する語として、前記の訳語をあたえておく。　○奔　亡命する。

韻脚　○亡 mɪaŋ・羊 ɡ̊ɪăŋ・殃・ɪaŋ・荆 kɪăŋ　（14陽部押韻）。

余説　伯宗は自分の才智・能辯を人に誇っても、たんなる驕慢児ではない。むしろ〔語釈〕の諸註で明らかにしたように、ひどく保身の感覚に欠けた正義の士であった。『左伝』が彼を殺した者を弾劾するだけでなく、『史記』巻三十九晉世家も、「伯宗は好んで直諫するを以て此の禍を得たり。国人是を以て厲公に附はず」と同情の評を寄せている。しかし自論貫徹の行為には、とかく稚い自己の優越感・闘争欲がからみつく。種の保全に生き、周囲の人びとを活かすために「謙退」の徳に生きる女性には、男性のこうした行為は度し難い滑稽事に見えるばあいもあろう。伯宗の妻の伯宗に対する目もそうであった。正義の自論の貫徹よりも、彼女は夫にわが身と一家の保全を求める。彼女から見た伯宗は卓越した有識者ではあっても、天道（＝人情）をわきまえぬ驕慢児にすぎない。改められない夫の本性を冷静に見すえた彼女は、わが子と伯宗の家の保全のみを夫に献策した。「謙退」の徳を拠所に、なるがままに任せて子の救済のみを念じた伯宗の妻は、夫婦愛に捉われずに道家的な女性の生き方を冷徹に貫くことで、礼教が女性に課す夫家の保全という責務をまっとうしたのであった。

七　衞靈夫人

衞靈公之夫人也。靈公[1]與夫人夜坐、聞車聲轔轔。至闕而止[2]、過闕復有聲[3]。公問夫人曰[4]、「知此謂誰[5]」。夫人曰、「此必[6]蘧伯玉也」。公曰[7]、「何以知之」。夫人曰[8]、「妾聞、禮、『下公門、式路馬[9]』。所以廣敬也。夫忠臣與孝子[10]、不爲昭昭信節[11]、不爲冥冥墮行[12]。蘧伯玉[13]、衞之賢大夫也[14]。仁而有智、敬於[15]事上。此其人、必不以闇昧[16]廢禮。是以知之」。公使視之、果伯玉也[17]。公反之、以戲夫人曰[18]、「非也」。夫人進觴[19]、再拜賀公[20]。公曰、「子何以賀寡人[21]」。夫人[22]曰、「始妾獨以衞爲有蘧伯玉爾[23]。今衞復有與之齊者。是君有二賢臣[24]也。國多賢臣、國之福也[25]。妾是以賀」。公驚曰、「善哉」。遂語夫人其實焉。

君子謂、「衞夫人、明於知人道[26]。夫可

衞の靈公の夫人なり。靈公 夫人と夜坐し、車の聲の轔轔たるを聞く。闕に至りて止み、闕を過ぎて復た聲有り。公 夫人に問ひて曰く、「此を知りて誰と謂へる」と。夫人曰く、「此れ必ず蘧伯玉なり」と。公曰く、「何ぞ以て之を知れるや」と。夫人曰く、「妾聞く、禮に、『公門に下り、路馬に式す』と。敬を廣むる所以なり。夫れ忠臣と孝子とは、昭昭の爲めに節を信ばさず、冥冥の爲めに行を墮らず。蘧伯玉は、衞の賢大夫なり。仁にして智有り、上に事ふるに敬す。此れ其の人、必ず闇昧を以て禮を廢せず。是を以て之を知る」と。公 之を視しむれば、果して伯玉なり。公之に反きて、以て夫人に戲れて曰く、「非なり」と。夫人 觴を進めて、再拜して公を賀す。公曰く、「子何ぞ以て寡人を賀するや」と。夫人曰く、「始め妾獨り衞に以ては蘧伯玉有るのみと爲せり。今 衞に復た之と齊しき者有り。是れ君に二賢臣有るなり。國に賢臣多きは、國の福なり。妾 是を以て賀せり」と。公驚きて曰く、「善い哉」と。遂に夫人に其の實を語ぐ。

欺、而不可罔者、其明智乎」。『詩』云、「我聞其聲、不見其人」[27]。此之謂也。

頌曰、「衞靈夜坐、夫人與存。有車轔轔、中止闕門。夫人知之、必伯玉焉。維知識賢、問之信然」。

君子謂ふ、「衞夫人、人を知るの道に明かなり。夫れ欺くべけれども、罔ふべからざる者は、其れ明智なるかな」と。『詩』に云ふ、「我其の聲を聞きて、其の人を見ず」と。此の謂ひなり。

頌に曰く、「衞靈夜坐し、夫人與に存す。車の轔轔たる有り、闕門に中止す。夫人之を知る、必ず伯玉なりと。維れ知　賢を識れば、之を問ふに信に然り」と。

通釈　衛の霊公の夫人(諸侯の正室)の話である。霊公が夫人と夜いっしょに坐にあったとき、ゴウゴウと響きを立てる車の音を聞きつけた。宮殿の門前で音はやみ、宮殿をすぎるとまた音を立てて去っていった。公は夫人に、「これは誰だと思うね」とたずねる。夫人は、「これはきっと蘧伯玉でございます」という。公が「なぜ　そうとわかるのか」という。夫人は「妾は　礼によれば、『〔大夫は〕公の宮殿の門前では馬車を降りるもの、君主の車を挽く馬にも車の軾に身をよせて敬礼するものだ』と聞いております。これは国君への敬意を人びとの間に広めようとするためです。忠臣・孝子は、人前だからとて礼節をやたら衒ったりはせず、人が見ていぬからとて弛んだふるまいはしないものでございます。蘧伯玉は衛のすぐれた大夫です。人柄は出来ており智恵に秀で、君主につかえては敬意をわすれません。このような人物はきっと暗がりだからとて礼をないがしろにしないでしょう。だから　そうとわかるのでございます」といった。公が事態を検べにやらせたところ、はたして蘧伯玉であった。だが公は事実にそむいて、夫人に「ちがっておったぞ」と冗談をいう。夫人は觴を公にささげて丁重にお祝いの挨拶をする。公は、「そなたは何故わしを祝ってくれるのかな」という。夫人は、「はじめ妾は衛には人物は蘧伯玉あるのみと思っておりました。ところが、衛に彼と同等の人物が現われたのです。殿は二人の賢れた臣下をお持ちになれました。国に賢れた臣下が多いのは、国の幸せでございます。妾はそこでお祝い申しあげたのです」といった。公は驚いていった、「何とみごとな発言よ」と。かくて夫人に事実を告げたのであった。

君子はいう、「衛の霊公夫人は、人を知る道に明るかった。そもそも初めは欺せるようでも、ごまかしきれぬのは、明知あってこそのことである」と。『詩経』には、「われ声聞きて誰なるか知り、誰かと当てるにその人を見ず」という。これは衛の霊公夫人のごとき人物の鑑識力を詠っているのである。

頌にいう、「衛の霊公夜坐していませば、夫人侍りてともにあり。ゴウゴウと車の音響きて、宮闕の門辺に一時とまれり。夫人は車の主を知る。そは蘧伯玉にちがいなしと。智恵ある者は賢者を識れば、霊公これを問うに　実に彼にちがいなし」と。

校異　1靈公　『太平御覽』巻一七九居處部七闕引、同上巻四〇二人事部四三敍賢引は衞靈公につくる。　2聞車聲轔轔、至闕而止　『御覽』人事部引はこれにつくるが、同上・居處部引は聞有車聲、至闕而見につくる。　3過闕復有聲　『御覽』人事部引はこれにつくるが、同上・居處部引は過又聞車聲につくる。　4公問夫人曰　『御覽』居處部引にはこの句なく、同上・人事部引には夫人の二字なし。　5知此謂誰　備要本はこれにつくるが、梁校は「古書は多く謂を以て爲に作る」という。しかし叢書本以下、他本もみなこれにつくっている。王校は謂字を爲に改むべしという。『御覽』居處部引にはこの句なし。同上・人事部には謂字を爲につくるが、このままでよかろう。蕭校は王梁二校を併記する。　6必　備要・集注二本は『御覽』人事部引によりこの字を校增する。同上・居處部引もこの字あり。備要・集注をのぞく諸本はこの字なし。　7公曰　『御覽』居處部引はこれにつくるが、同上・人事部引は問一字につくる。　8夫人曰　『御覽』居處部・人事部兩引ともに夫人の二字なし。　9式路馬　『御覽』人事部引もこれにつくり、同上・居處部引は軾路馬につくる。なお『御覽』居處部引は下句の所以廣敬也以下、不爲冥冥墮行にいたる二三字なし。　10與孝子　諸本はこの三字あり。『御覽』人事部引にはこの三字なし。　11信節　備要本・集注本はこれにつくるが、他の諸本は變節につくる。『御覽』人事部引はこれにつくる。梁校は『御覽』引により校改、蕭校は梁校を襲う。　12墮行　備要本・集注本はこれにつくる。他の諸本は惰行につくる。梁校は『御覽』引により校改、蕭校もこれを襲う。　13蘧伯玉　『御覽』居處部引には蘧伯玉の前に今字あり。同上・人事部は蘧字を今につくる。　14衞之賢大夫也　『御覽』居處部引は賢者也の三字につくり、同上・人事部引は衞國之賢大夫につくる。なお『御覽』の居處部引には下句の仁而有智以下、此其人にいたる十一字なし。　15於　叢刊・承應二本は以（ママ）につくる。『御覽』人事部引はこれにつくる。　16闇昧　『御覽』人事部引もこれにつくるが、同上・居處部引は暗昧につくる。　17公使視之、果伯玉也　『御覽』人事部引もこれにつくる。同上・居處部引は公令人視之、果如所言につくる。なお『御覽』居處部引には、後句すべてなし。　18公反之、以戲夫人曰　『御覽』人事部引は反戲之曰の四字につくる。　19進觴　備要本もふくめて諸本みな酌觴につくるが、梁校は『御覽』人事部引に進觴につくることを指摘。蕭校も梁校を襲う。酌觴でも意味は通じるが進觴の方が通りがよい。よって校改する。　20再拝賀公『御覧』人事部引は公字を之につくる。　21寡人　『御覧』人事部引にはなし。　22夫人　『御覧』人事部引にはなし。　23始妾獨以衛爲有蘧伯玉爾　『御覧』人事部引には始妾謂獨有伯玉につくる。　24二賢臣　備要本・集注本の二本はこれにつくる。他の諸本は二臣につくる。梁校は『御覧』人事部引により校増、蕭校も梁校を襲う。　25國之福也　『御覧』人事部引は國字の上に則字あり。なお『御覧』人事部引は後句すべてなし。　26知人道　諸本はこれにつくるが意味がとり難く、措辞の亂れを感じさせるが、このままとする。王校は道字を衍字といい、梁校は之字を補い、知人之道にすべしという。蕭校は兩説を併擧する。　27其人　「毛詩」とは措辞にちがいあり、其身につくる。王・梁二校もこれを指摘。蕭校は王校を襲う。〔語釋〕18（三五四ページ）も參照。

語釈　○衛霊公　衛国については母儀伝第七話衛姑定姜の〔語釈〕1（上巻一三九ページ）参照。霊公は姓姫、諱元。在位五三四～四九三B.C.。彼は巻七孽嬖伝第十二話衛二乱女譚（下巻所収）にも登場する。治世の三八年（四九六B.C.）に諸国流転の孔子を高禄によって迎え、戦陣について問うたところ、孔子から、「俎・豆の事は、則ち嘗て之を聞けり（祭器＝儀式のことなら前から学んでいる）。軍旅の事は、未だ之を学ばざるなり」と返答を拒絶されている。孔子は彼を暗君とみていたようである。（『史記』巻三七衛康叔世家、『論語』衛霊公・憲問等）。夫人南子（本譚登場の人物とは別人）と太子蒯聵の確執から、太子は宋に亡命、彼の歿後に衛国は相続争いから内乱となった。

○夫人　衛の霊公夫人といえば、『論語』雍也に語られ、孽嬖伝第十二話に登場する南子が有名だが、ここの南子は顧註や梁註（馬驌『繹史』巻七五による）がすでに指摘しているように、彼女とは別人であろう。ただし蕭註が一歩を進めて、『呂氏春秋』審大覧貴因の「孔子　彌子瑕に道りて釐夫人に見ゆるも、因なり」の釐夫人を、高誘註の「此釐夫人、未㆓之聞㆒。或云、為㆑諡。諡法、小心・畏忌、曰㆑釐。若㆘南子淫佚、与㆓宋朝㆒通㆖、（略）不㆑得㆓諡為㆒㆑釐明矣」の句によって、この南子のこととするのは、にわかに賛成できない。『呂氏春秋集釈』引の梁玉縄の指摘によれば、釐夫人のことは他には見えぬが、春秋時代の夫人で諡号が本人の行跡と一致せぬ例は多く、魯の文姜、穆姜等は、いずれも淫佚ではあったが、美諡を得ており、南子が釐と諡されても奇異ではないとされているからである。なお『呂氏春秋』貴因と同文脈の話しは『淮南子』泰族訓にも見え、「孔子　王道を行はんと欲し、（略）故に衛夫人・彌子瑕に因りて其の道を通ぜんと欲す」とあり、高誘はこれには、「衛夫人、衛霊公夫人南子也。云云」と註している。　○轔轔　車の走る音。　○闕　宮殿の台を上にのせた門＝観のこと。王註は、「闕とは両観なり。宮門に双闕有り」という。蕭註はこれに反駁。『説文』『爾雅』釈宮等諸文献により、語義を確定。『公羊伝』昭公廿五年九月の条の子家駒の昭公姫稠に対する僭越の行の非難「設㆓両観㆒」の句の何休註を採りあげ、「〔礼、天子・諸侯台門。〕天子外闕両観、諸侯内闕一観」とある。魯は天子の礼を用い得るのに、子夏駒は〔昭公の〕僭越を尤めている。衛侯に両観がある訳はない、という。　○知此謂誰　此は車の主。謂は〔校異〕5（三五一ページ）に見えるように為字に通じる語。おもう。車の主は誰だと思うか。　○蘧伯玉　姓は蘧　諱は瑗。生歿年未詳。衛の献公衎、殤公秋、襄公悪、霊公元の四代にわたって　衛国で賢大夫としての信望があった。『左伝』襄公二九年夏の条によれば、呉の季札が新君夷昧の即位の通知のために諸国を歴訪、衛にも挨拶におもむいたさい、彼を筆頭とする衛の賢臣集団に会い、「衛に君子多し。未だ患有らざるなり（衛国はまだ滅びはしない）」と評したという。また同書・襄公十四年夏の条によれば、献公の暴政に立腹した文子に叛乱加担を誘われたときには、「君其の国を制す。臣敢て之を奸さんや（国君が国を治めているからは、臣下はどうして謀叛できよう）。之を奸すと雖も、庸ぞ愈ると知らんや、（謀叛したところで、事態がこれ以上よくなるとは思えない）」といって加担せずに国外に亡命したという。『論語』衛霊公に、「君子なるかな蘧伯玉。邦に道有れば則ち仕へ、邦に道無ければ、則ち巻きて之を懐にすべし（くるんで隠しておく）」と評されたゆえんであろう。『論語』憲問には、蘧伯玉が孔子のもとに使者を派遣したとき、孔子が使者に彼の近況をたずねると、「夫子（蘧伯玉）は其の過ちを寡くせんと欲すれども、未だ能はざるなり」と答えたため、孔子が「使なるかな、使なるかな（立派な使者だ）」と、その奥ゆかしさを讃えたこともしるされている。『淮南子』道応訓によれば「蘧伯玉は年五十にして、四十九年の非を知る」とも評されている。つねに徳行の充実に邁進した人物であった。　○礼、下公門、式路馬　下は馬車から降りる。式は式の礼。軾におなじ。車の箱の前の横木に身を寄せて敬礼する。路は王や諸侯の車、路馬はその挽馬。『礼記』曲礼上に「大夫・士は公門に下り、路馬に式す」という。

○広敬　国君への敬意を人びとの間に広める。　○不為昭昭信節　昭昭は明らかなさま。人前。信節は、信は伸（誇張する）に同意で、やたら礼節を誇張すること。　○不為冥冥堕行　冥冥は暗いさま。人目につかぬところ。堕行は徳行を惰ること。弛んだふるまいをすること。なお、蕭註は『説文』夕に「夕は冥なり」とあるというが、『説文』夕自体は「夕莫也」とあり、段註に「莫者、日且レ冥也」という。蕭註はまた『荀子』修身の「行二乎冥冥一」の楊倞註に「行レ事不レ努レ求二人之知一」とあるという。　○敬於事上　お上につかえては敬意をいついかなるときも尽す。　○闇昧　暗がり。人目につかぬところ。　○視　検視する。　○反之　事実にそむく。

○賀　お祝いを申しあげる。　○善哉（霊公夫人の発言は）何とみごとなことよ。　○夫可欺、而不可罔者、其明智乎　『論語』雍也に、「宰我問ふて曰く『仁者は之に告げて、井（井戸の中）に仁者有りと曰ふと雖も、其れ之に従ふか（ついて井戸に入ってゆくか）』と。子曰く、『何為れぞ其れ然らんや。君子は逝かしむべきも、陥らしむべからず。欺くべきも、罔ふべからざるなり（どうしてそんなことがあろうか。君子＝仁者はそばまで行かせても、（井戸の中に）おとしこむことはできない。欺せそうでも、ごまかしきれはしない）』と」という問答が見える。句は孔子のこの「仁智の人たる君子はお人好しではなく、智によって事実を見抜ける」という語を踏まえたもの。訳文は通釈のとおり。　○詩云　『詩経』小雅・何人斯の句。ただし校異27（三五二ページ）に指摘のごとく、毛詩とは措辞にちがいがある。また意味も大きく異なる。　詩序によれば、何人斯は周の幽王の卿士となった蘇公と暴公が確執を生じ、蘇公が暴公を刺った詩という。その第三節は、「彼何人斯、胡逝二我陳一。我聞二其声一、不レ見二其身一」（かれはそも何人ぞ、なぜにわが門内の塗に入る。われはかれの声を聞くも、その身を見せぬ卑劣さよ）。云云」と詠われている。ここの意味は通釈のとおり。王先謙『詩三家義集疏』巻十七は、本譚引のこの詩句をもって魯詩独自のものと断じている。

韻脚　○存 dzuan・門 muan（23文部）　◎焉 ɦian・然 nian（20元部）　＊換韻格押韻。

余説　国家安定の基いは、「仁にして智有り」、かつ表裏なく「上に事ふるに敬す」の精神に生き、その敬意を人びとに「広め」るような賢臣の存在である。また諷諫の粋を尽して国君を支える賢后、賢夫人の存在である。劉向が、車輪の音からもその主の人柄・主そのものを察知する人物鑑識力と、相手の戯れの嘘に乗じて忠言を耳に入れる機知をそなえた霊公夫人の説話から説こうとした主旨は、まさにこの事であったろう。『左伝』に語られる蘧伯玉は身命を抛たぬ明哲保身の賢人だが、恭敬の臣の鑑ともいうべき人物であった。いかに静寂の夜とはいえ、宮中の奥ふかくにあって、門前を通る馬車の音を聞きあてるというのも不自然。かりに霊公夫婦が、そのとき宮殿の正門の物見台において話していたと考えても、夜という時間を考えれば、事は奇妙である。本譚は実話ではない。おそらく劉向は蘧伯玉の恭敬譚や賢人評から本譚を構成し、国君たる者に輔弼の賢臣・賢妃の必要を述べ、后妃たる者に、こうした賢臣推挙の責務を説こうとしたのではなかろうか。国君の妻妾が臣下の人物評定を行ない、国家の安定に尽すという話は巻二賢明伝第五話楚荘樊姫譚に先例がある（上巻二四四～二四七ページ）。

八　齊靈仲子

齊靈仲子者、宋侯[1]之女、齊靈公之夫人也。初靈公娶二於魯聲姫一、生二子光一、以爲二太子[2]一。夫人[3]仲子與二其娣戎子一、皆嬖二於公[4]一。仲子生二子牙[5]一。戎子請下以レ牙爲二太子一代上レ光[6]。公[7]許レ之。仲子曰、「不レ可。夫廢レ常不

齊靈仲子なる者は、宋侯の女にして、齊の靈公の夫人なり。初め靈公魯の聲姫を娶るに、子の光を生めば、以て太子と爲す。夫人仲子と其の娣戎子と、皆公に嬖せらる。仲子　子の牙を生む。戎子　牙を以て太子と爲して光に代らしめんことを請ふ。公之を許す。仲子曰く、「可ならず。夫れ常なるを廢するは不

祥。閒諸侯之難失[8]謀。[9]夫光之立也、[10]列於諸侯矣。今無故而廢之、是專絀諸侯、而以[12]難犯不祥也。君[11]必悔之。公曰、「在我而已。」仲子曰、「妾非[13]讓也。誠禍之萌也。」以死爭之。公終不[14]聽。遂[15]逐太子光、而立牙[16]爲太子、高厚爲傅。靈公疾、[17]崔杼微迎光。及公薨、崔杼立光而殺高厚。以不用仲子之言、禍至於此。

君子謂、「仲子明於事理。」『詩』云、「聽用我謀、庶無大悔。」仲子之謂也。

頌曰、「齊靈仲子、仁智顯明。靈公立牙、廢姬子光。仲子强諫、棄[18]適不祥。公既不聽、果有禍殃。」

祥なり。諸侯を閒すの難は謀を失ふ。夫れ光の立つや、諸侯に列なりぬ。今故無くして之を廢せば、是れ專に諸侯を絀けて、難を以て不祥を犯すなり。君必ず之を悔いん」と。公曰く、「我に在るのみ」と。仲子曰く、「妾は讓るに非ざるなり。誠に禍の萌なればなり」と。死を以て之を爭ふ。公終に聽かず。遂に太子光を逐ひて牙を立てて太子と爲し、高厚をば傅と爲す。靈公疾めば、崔杼微かに光を迎へんとす。公薨ずるに及び、崔杼 光を立てて高厚を殺す。仲子の言を用ひざるを以て、禍此に至れり。

君子謂ふ、「仲子 事理に明かなり」と。『詩』に云ふ、「我が謀を聽用せば、庶はくは大悔無からん」と。仲子の謂ひなり。

頌に曰く、「齊靈仲子は、仁智顯明。靈公 牙を立て、姫の子光を廢す。仲子强諫し、適を棄つるは不祥なりとす。公既に聽かず、果して禍殃有り」と。

通釈 斉の霊公の仲子とは、宋侯の女で、斉の霊公の夫人（諸侯の正室）となった人物である。はじめ霊公は魯の声姫を娶ったところ、子の光を生んだので、太子とした。夫人（はじめは諸子（側妾）であった）の仲子とその妹分の戎子は、みな霊公のお気に入りである。仲子が子の牙を生んだ。戎子が牙をば太子として光に代らせたいとねだる。霊公はこれを許した。仲子は、「いけません。そもそも本来の嗣子を廃位するのは不祥事でございます。諸侯の機嫌を損ねるような面倒事は得策ではありません。そもそも光さまは太子に立てられ、諸侯の会合に参列しておられるのです。いま理由もなくあの方を廃位されるとしたら、かってに諸侯のご意向を無視したことになり、面倒事によって不祥事を犯すことになりましょう。殿にはきっと後悔あそばされるにちがいありません」という。霊公は、「他ならぬわしが決めることであるぞ」といいはる。仲子も、「妾もご遠慮申しあげているのではございません。まことに禍の萌となっているからでございます」という。死を賭けて諫争したが、霊公はついに聴きいれなかった。かくて太子の光を追放して牙を太子に立て、高厚を師傅につけた。霊公が疾にかかると、崔杼がひそかに光を国内に迎えいれようとする。霊公が亡くなると、崔杼が光を立てて高厚を殺した。仲子の言葉をとりあげなかったばかりに、禍がこのようにやってきたのであった。

君子はいう、「仲子は道理に明るかった」と。『詩経』にも、「わが謀聴きいれたなら、大きな悔いはなさらぬものを」という。これは仲子の諫言を詠ったものである。

頌にいう、「斉の霊公夫人仲子、仁智の徳はなはだ明らかなり。霊公　庶子の牙を太子に立て、声姫の産せる光を廃位す。仲子つよく諫めまいらせ、嫡子をしりぞくるは不祥と争う。霊公すでに聴きいれざれば、はたして斉に争いの禍殃おこれり」と。

校異　1宋侯　諸本はこれにつくるが、王校は宋は公爵の國ゆえに公に改むべしといい、梁校・蕭校もこれを襲っている。ただし諸侯はすべて侯ともいう。いま、このままとする。　2初靈公娶於魯聲姫、生子光、以爲太子　『左傳』襄公十九年春の條には、齊侯娶于魯、曰顔懿姫、無子、其姪鬷聲姫生光、以爲太子につくる。王校はこのちがいに言及、梁校は字句の節文による誤脱を指摘、蕭校も梁校を襲っている。ただし『史記』巻三十二齊太公世家には、初、靈公取魯女、生子光、以爲太子につくっており、劉向も『史記』同様、本筋以外の詳細には拘らなかったのであろう。　3夫人　『左傳』には諸子につくる。梁校引盧校もこの點を指摘。蕭校は梁校を襲う。梁校は諸子（側妾の一官位）たる仲子を夫人と稱して可なる所以を子の牙の立太子によるものというが、劉向は本譚冒頭に「齊の靈公の夫人なり」と述べるように、子の立太子によって、彼女が夫人となったという前提で話を進めているのである。　4仲子與其娣戎子、皆嬖於公　叢刊・承應二本には皆字なし。『左傳』には、諸子仲子・戎子、戎子嬖につくる。『史記』には仲姫・戎姫、戎姫嬖につくる。　5仲子生子牙　『左傳』には、この下句に屬諸戎姫の句がある。『史記』も仲姫生子牙・屬之戎姫の二句に構成する。前條と本條の『左傳』、『史記』の句を對照すれば、戎子が己が子ならぬ牙を太子光に代えようとした本來の意圖がわかろう。本譚では戎子のみが寵愛され、〔子が産せぬまま〕仲子より子の牙を屬ねられた（じつは獻上を強要された可能性が強い）という事實が消去され、戎子が太子光の廢位と牙の立太子を靈公に請求する行爲が、子姓の宋家から嫁した女同士の友情からのもののように思われるように仕組まれているのである。『左傳』、『史記』によれば、戎子は養い親として牙に臨み、牙を太子に即けることで夫人（正室）の身分を得ようとしていたのである。

6戎子請以牙爲太子代光　『左傳』には戎子請以爲太子、『史記』には戎姫請以爲太子につくる。　7公　『史記』にもこの字あり。『左傳』にはなし。　8仲子曰、不可、夫廢常不祥、閒諸侯之難失謀　諸本は閒字をすべて聞につくる。『左傳』は閒字をこれにつくり、閒字以下の一句を閒諸侯難の四字につくる。『史記』は仲子を仲姫につくり、夫廢常以下の二句十二字はなし。なお閒字を聞にする諸本のうち、承應本は、「諸侯の難を聞きて、謀を失せん」と訓じている。ただし、ここは『左傳』により閒字に校改すべきであろう。閒・聞は字體の近似から誤ったのである。顧・王・梁三校はいずれも言及、蕭校は王・梁二校を併記する。顧校引段校は之難の之字を衍字だという。梁校は上記の閒字もふくめ、『左傳』は閒諸侯難の四字につくると指摘している。　9夫　この字『左傳』『史記』にはなし。10是專絀諸侯　諸本はこれにつくるが、『左傳』には絀を黜につくる。王・梁二校はここに言及するが古今通用の字として校改の必要を認めない。蕭校は王校を襲う。『史記』は、この句および下句の不祥也にいたる十二字なし。　11必　承應本をのぞく諸本は心につくる。承應本および『左傳』、『史記』にはこれにつくる。顧校引段校・梁校もこれを指摘、王校は必字に校改すべしといい、蕭校もこれを襲う。いま、校改する。　12公曰、在我而已　公曰の二字は諸本にはなし。『左傳』『史記』にはあり。顧校引段校・王校・梁校もこれを指摘。蕭校も王校を襲う。『左傳』により二字を校增。『史記』は而已二字を耳一字につくる。　13仲子曰、妾非讓也、誠禍之萌也、以死爭之、公終不聽　この二十字、『左傳』『史記』にはなし。なお誠字を顧校引段校は誠にすべしといい、梁校はこれを承け、王校は識にすべしという。蕭校は王・梁二校を併擧する。　14遂逐太子光而立牙爲太子、高厚爲傅　『左傳』には遂東太子光、使高厚傅牙、以爲太子、夙沙衞爲少傅につくり、『史記』は遂東太子光、使高厚傅牙、爲太子に節文する。　15靈公　『史記』もこれにつくるが、『左傳』には齊侯につくる。　16崔杼微迎光　諸本はみな崔杼を高厚につくる。『左傳』は崔杼につくる。顧・王二校はこれを指摘。『左傳』により改む。なお『左傳』は迎字を逆につくる。叢刊・承應二本は微迎光を欲迎牙につくる。梁校は、一本、高厚欲迎牙につくるという。なお『史記』は崔杼迎故太子光而立之、是爲莊公につくり、下句本文の二二字の該當句なし。蕭校は王・梁二校を併擧する。17及公薨、崔杼立光而殺高厚　『左傳』襄公十九年春の條自體には、（靈公）疾病而立之、光殺戎子、尸諸朝につくり、同年秋八月の條に、齊崔杼殺高厚於灑藍としるしている。顧校のみが本條と『左傳』の違いに言及する。　18棄適　叢刊・承應の二本は棄嫡につくる。

語釈　○斉霊仲子者、宋侯之女、斉霊公之夫人也　宋は春秋十二国の一つ。殷周革命の後、帝辛紂王の庶兄微子啓が封ぜられた殷の遺民の国。子姓。河南省東部、安徽省西部、山東省西南部を占めた。斉の霊公時代は共公瑕、平公成の時代にあたるが、仲子の父がいずれに該当するかは未詳。斉の霊公は、姓は姜、諱は環。在位五八一～五五四B.C.。強力な晋の圧力のもとに、晋に追随して秦・鄭を伐ち、また晋の討伐を受け、在位第十年（五七二B.C.）の討伐戦に敗北しては、公子光を晋に質子として差し出し、第二七年（五五五B.C.）の討伐戦には、賢臣たちの野戦防衛続行の進言を排して国都臨淄に逃げこみ、臨淄を晋軍の火攻めにさらした暗君であった。『史記』巻三十二斉太公世家、『左伝』成公十三年夏・襄公元年春、同十八年秋・冬の条等。最大の失政は嗣子の変更であり、その詳況は『左伝』襄公十九年の条に見える。なお仲子が夫人（諸侯の正室）になったという記事は『左伝』『史記』には見えない。諸子（側妾の一官位）におわった筈である。彼女の生歿年は未詳。　○声姫　『左伝』によれば醱声姫とよばれた女性。生歿年未詳。巻七孽嬖伝第十話斉霊声姫譚にも登場するが、その記事は混乱があり、霊公の母孟子（ママ）という別の女性の行状を語るものである。　○子光　のちの斉の国君荘公である。在位五五三～五四八B.C.。廃された太子に復位させてくれた崔杼の美貌の妻東郭姜と姦通。その家臣により彼の邸内で弑殺された暗君である。　○其娣戎子　娣は同腹の姉妹の妹をさすばあい、同一夫の配偶者の妹分をさすばあいがある。ここの基本義は後者である。戎子は『左伝』では、仲子とともに諸子の身分にあったとしるされているが、杜註は諸子を諸妾の子姓の者とし、二子は皆宋の女といい、「会箋」は諸子は『管子』戒編の註により、たんに内官の号（諸妾の官位号）とし、戎子は戎出身の子姓の者とする。　○嬖　寵愛される。　○廃常　嫡子を太子に立てる常法を廃する。　○間諸侯　「会箋」に「間は犯すなり」という。諸侯の機嫌を損ねる。　○難　杜註に「事成り難きなり」という。成立しにくい事。面倒事。　○夫光之立也、列於諸侯矣　立は太子に立てられる。列は会盟・征伐等に加わること。太子光は斉の霊公治世十九年（五六三B.C.）春、鍾離（楚の地。安徽省・鳳陽鎮の東）に傅の高厚とともに諸侯の会同に参列している。（『左伝』襄公十年春の条・『史記』斉太公世家）。　○専絀諸侯　専は「会箋」に「独なり」という。ひとりで、かってに。絀は相手の意向をしりぞける。無視する。　○在我而已　決定は他ならぬ自分の意向による。　○非譲　譲は退譲（へりくだって他人にゆずる。遠慮する）。己が子の立太子を遠慮するわけではない。　○高厚為傅　高厚は次条の崔杼と政敵関係にあった斉の大夫高固（諡宣子）の子。歿年は五五四B.C.。霊公環の時代の外交に失態を重ねた。太子光の傅（音フ。教育官）として鍾離の会同に参列。光が廃位されると新太子牙の傅に任ぜられ、霊公薨去後、光を擁した崔杼に殺害された。　○崔杼　諡は武子。歿年は五四七B.C.。巻七孽嬖伝第十一話斉郭東姜譚にも登場する奸雄。詳細は同譚とその〔語釈〕3（下巻）参照。　○詩云　『詩経』大雅・抑の語。庶は鄭箋に「幸ふ」と解されている。訳文は通釈のとおり。なお毛詩・詩序では、衛の武公姫和が厲王胡を刺り、みずからをも警めた詩という。　○廃適　適は嫡におなじ。嫡子の太子光を廃位する。

韻脚　○明 miăŋ・光 kuaŋ・祥 ɡïaŋ・殃 ·ıaŋ（14陽部押韻）。

余説　斉霊仲子は国君の寵愛によっても私心を生じることなく、仁義に立脚して己が子の立太子を辞退し、魯から嫁した本来の夫人（諸侯の正室）の子光の太子位を、「死を以て〔諫〕争し」、守りぬこうとした。とくに他国に侯位継承の混乱に乗じて攻撃を受けることのないようにと論じた諫言は、国君の配偶者としてのすぐれた見識を示すものである。彼女は後宮女性の鑑といえよう。成帝朝後宮の紊乱の廓清を念じて『古列女伝』を編校した劉向の理想の女性像の体現者である。

　しかし、本譚は校異によって判明するように、原資料に劉向が手を入れて細部の重要点を変更し、ことさら美談づくめにした話である。仲子と戎子は本譚に語られるごとき、ともに霊公環に寵愛され、女の友情に結ばれた人物たちではなかった。仲子は戎子のせっかくのとりなしを拒否して自分が夫人（国君の正室）となることを辞退したのではない。戎子も姉の身分にある側妾同士の仲子の出世を願って養い子の牙の立太子を策したのではない。じつの仲子は霊公の子牙を産しはしたが彼の寵愛は薄く、子を産せぬ寵姫戎子の地位強化のために、己が子を献げ託さねばならなかった痛ましい女性である。いっぽうの戎子は霊公の寵愛のもとに牙の養母の地位を得、その立太子によって己れを夫人の地位に高めようとし、成功した権勢欲の女性であった。されば『左伝』の後日譚には、戎子は侯位に即いた荘公の報復を受けて殺害され、朝廷に屍をさらされた事がしるされても、仲子については、牙の立太子後の地位の変化も、生死の状況も書きとどめられていないのである。仲子は、霊公の権勢を借りてわが子を奪い、わが子を利用して本来の太子、夫人を廃して地位の向上を謀る戎子に対抗し、その意図を阻止しようとしたのであった。その意図がわが子と斉国の不幸を招くことをも案じ、一人健気にも、かつ冷静に理をつくして霊公に諫言したのである。『左伝』自体、複雑な薄幸の女性の胸中を描こうとはしていぬが、礼教に殉じる女性の激情と理性のみを語ることに急な劉向は、不要な改作を細部に加えることで、悲運と闘う女性の心の痛みを抹消し、彼自身の意図に反して本譚の感動を減殺してしまったのである。

九　魯臧孫母

臧孫母者、魯大夫臧文仲之母也。文仲將爲魯使至齊。[1]其母送之曰、「汝刻而無恩。好盡人力。窮人以威、[2]魯國不容子矣。而使子之齊。凡姦[3]將作、

臧孫母なる者は、魯の大夫臧文仲の母なり。文仲将に魯の使と為りて斉に至らんとす。其の母之を送りて曰く、「汝刻にして恩無し。好んで人力を尽す。窮人は以て威とし、魯国は子を容れず。而るに子をして斉に之かしむ。凡そ姦将に

必於變動。害子者、其於斯發事乎。汝其戒之。魯與齊通壁、壁鄰之國也。魯之寵臣多怨汝者、又皆通於齊高子・國子。是必使齊圖魯、而拘汝留之。難乎其免也。汝必施恩布惠、而後出以求助焉。」

於是、文仲託於三家、厚士大夫[4]、而後之齊。齊果拘之而興兵、欲襲魯。文仲微使人遺公書、恐得其書、乃謬其辭曰[5]、「斂小器、投諸台。食獵犬、組羊裘。琴之合、甚思之。臧我羊、羊有母[6]。食我以同魚[7]。冠纓不足、帶有餘。」公及大夫、相與議之、莫能知之[8]。人有言、「臧孫母者、世家子也。君何不試召而問焉。」於是、召而語之曰[9]、「吾使臧子之齊、今持書[10]來云爾何也。」臧[12]孫母泣下襟曰[11]、「吾子拘有木治矣。」公曰、「何以知之。」對曰、「『斂小器、投諸台』者、言取郭外萌、內之於城中也。『食獵犬、組羊裘』者、言趣饗戰鬪之士而繕甲兵也。『琴之合、甚思之』者、言思妻也。『臧我羊、羊有母』者、

作さんとするときは、必ず變動に於てす。子を害はんとする者は、其れ斯に於て事を發せんか。汝其れ之を戒めよ。魯と齊とは壁を通じ、壁鄰の國なり。魯の寵臣 汝を怨む者多く、又皆齊の高子・國子に通ず。是れ必ず齊をして魯を圖りて、汝を拘へて之を留めしめんとす。難きかな其の免るるは。汝は必ず恩を施し惠を布き、而る後に出でて以て助けを求めよ」と。

是に於て、文仲 三家に託し、士大夫に厚くし、而る後に齊に之く。齊果して之を拘へて兵を興し、魯を襲はんと欲す。文仲微かに人をして公に書を遺らしむ。其の書を得られんことを恐れ、乃ち其の辭を謬りて曰く、「小器に斂め、諸を台に投ぜよ。獵犬に食はしめ、羊裘を組へ。琴を之合はせて、甚だ之を思ふ。臧き我が羊よ、羊に母有り。我に食はしむるに同魚を以てす。冠纓足らざるも、帶に餘有り」と。公と大夫と、相與に之を議するも、能く之を知る莫し。人 言ふ有り、「臧孫母なる者は、世家の子なり。君何ぞ試みに召して焉に問はざるや」と。是に於て、召して之に語げて曰く、「吾 臧子をして齊に之かしむるに、今書を持して來りて爾く云ふは何ぞや」と。臧孫母泣襟に下りて曰く、「吾が子拘はれて木治有らん」と。公曰く、「何ぞ以て之を知れるや」と。對へて曰く、『小器に斂め、諸を台に投ぜよ』とは、郭外の萌を取りて、

告妻善養母也。[13]『食我以同魚』[14]、同者其文錯[15]、錯者所以治鋸。鋸者所以治木也。[16]是以知、有木治、係於獄矣。[17]『冠纓不足、帶有餘』者、頭亂不得梳、飢不得食也。故知、吾子拘而有木治矣」。

於是、以臧孫母之言、軍於境上。齊方發兵[18]、將以襲魯、聞兵在境上、乃還文仲而不伐魯。

君子謂、「臧孫母、識微見遠」。[19]『詩』云、「陟彼屺兮[20]、瞻望母兮」。此之謂也。

頌曰、「臧孫之母、刺子好威。必且遇害[21]、使援所依。[22]既厚三家、果拘於齊。母說其書、子遂得歸」。


之を城中に内れよと言ふなり。『獵犬に食はしめ、羊裘を組へ』とは、趣かに戰鬪の士に饗して甲兵を繕へと言ふなり。『琴を之合し、甚だ之を思ふ』とは妻を思ふを言ふなり。『臧き我が羊よ、羊に母有り』とは、妻に善く母を養へと告ぐるなり。『我に食はしむるに同魚を以てす』とは、同なる者は其の文錯にして、錯なる者は鋸を治むる所以なり。鋸なる者は木を治むる所以なり。是を以て知る、木治有りとは、獄に係がるるなりと。『冠纓足らざるも、帶に餘有り』とは、頭亂れて梳くを得ず、飢ゑて食を得ざるなり。故に知るなり、吾が子拘はれて木治有るを」と。

是に於て、臧孫母の言を以て、境上に軍す。齊 方に兵を發し、將に以て魯を襲はんとするも、兵 境上に在りと聞くや、乃ち文仲を還して魯を伐たず。

君子謂ふ、「臧孫母、微を識りて遠きを見る」と。『詩』に云ふ、「彼の屺に陟りて、母を瞻望す」と。此の謂ひなり。

頌に曰く、「臧孫の母は、子の威を好むを刺れり。必ず且に害に遇はんとし、依る所を援かしむ。既に三家に厚くせしに、果して齊に拘はる。母其の書を說き、子は遂に歸るを得たり」と。

通釈　臧孫母とは、魯の大夫臧文仲の母のことである。臧文仲が魯の使者となって斉にゆこうとしたときのことであった。

その母は彼を見送り、

「お前は厳しすぎて恩情がありません。やたら人の力を搾りつくしています。追いつめられた者は怕がり、魯の国はあなたに我慢しきれなくなっています。なのに、あなたを斉にゆかせるのです。およそ悪事をおこそうとするときは、きっと何か変ったことがあるときです。あなたをやっつけようとする者たちは、今こそ事をおこすのではありませんか。お前は気をつけなさいよ。魯と斉とは境を越せばすぐそこの間柄、隣あわせの隣国です。魯の寵臣たちには、お前を怨んでいる者も多いし、又みな斉の高子・国子（ともに上卿の身分の名）たちと通じあっています。きっと斉の人びとに魯に攻めこませ、お前を抑留させることでしょう。難しいわね逃げようとしても。お前は必ず恩情をほどこし広く恵んで、そこではじめて出かけて助けを求めるのですよ」

という。そこで臧文仲は、三家（魯の重臣三垣氏）に救いを頼み、士大夫たちに手厚くして、そこではじめて斉に出むいたのであった。斉では案のじょう彼を拘留して兵をおこし、魯を襲おうとした。文仲子はひそかに人をやって魯国に密書をおくる。その書が敵の手に渡るのを恐れ、そこで言葉に謎かけの偽装をしかけて、「小さき器におさめ、これを瓴に投げいれよ。猟犬に食はしめ、羊の裘を縫え。琴を合奏し、はなはだ思う。よきわが羊よ、羊には母がある。われに銅の魚を食わしむ。冠の纓は足りずとも、帯にはじゅうぶんの長さあり」としるした。魯の君と大夫たちは相談しあったが、わかる者がいない。ある者が、「臧孫母は、世々代々つづいた名門の子です。殿には何故召しだしてご試問なさいませぬか」といった。そこで召しだして彼女と語り、「わしは臧子を斉にゆかせたが、いま書をとどけてこう申すのは何故か」といった。臧孫母は涙で襟を濡らしていうのであった。「わが子は捕われて梏をかけられているのでございます」。魯の君が、「何故そうとわかるのか」という。すると答えて、

「『小さい器におさめて、これを瓴に入れよ』と申しますのは、外城の城壁外の民を集め、城内に入れよという意味でございます。『猟犬に食わしめ、羊の裘を作れ』と申しますのは、すみやかに兵士にご馳走を振舞い、甲冑や武器をととのえよという意味でございます。『琴を合奏し、はなはだ思う』と申しますのは、妻を思っているという意味でございます。『よきわが羊よ、羊に母あり』と申しますのは、妻によく母を養えという意味でございます。『われに銅の魚を食わし

む』の銅魚とは、鱗の文様から錯のこと、錯とは鋸を治める（磨ぐ）ためのものでございます。鋸とは木を治めるものでございます。そこでわかります、〔この句は〕木治（梏）があるということで、牢獄につながれるという意味だと。『冠の纓には足らずとも、帯にはじゅうぶんの長さあり』と申しますのは、頭髪が乱れて梳ることもできず、〔帯がゆるむほど痩せて〕飢えて食事が得られぬということでございます。それゆえ、わが子が拘留されて梏をかけられていることがわかりました」

という。そこで、臧孫母の言葉によって、国境に陣をかまえた。斉は今しも兵を発して魯を襲おうとしていたが、魯の兵が国境に布陣したと聞くと、文仲子を還して魯を伐たぬことにした。

君子はいう、「臧孫母は、かすかなきざしを察して遠い先を見ぬいていた」と。『詩経』には、「かの禿山に登って、母の在ますかたを望みみる」といっている。これは斉に赴く臧孫の胸中のごときを詠っているのである。頌にいう、「臧孫辰の母なる人は、子の威圧を好むを刺れり。必ずや災害に遇わんとおもい、味方となる人をひきよせり。三桓の家と厚く交わりてのち、子は斉に行きて果して拘わる。母は書面の謎をば説きあかして、子はついに祖国に帰るを得たり」と。

校異 1文仲將爲魯使至齊 『太平御覧』巻七六三・器物部八・鋸引には臧文仲爲魯使齊につくる。なお『御覧』引は、後句の其母送之曰より而後之齊までの一一九字なし。 2以威 叢刊・承應二本は以爲威につくる。 3姦 備要本・集注本はこれにつくるが、その他諸本は奸につくる。 4齊果拘之而興兵、欲襲魯 『御覧』引は齊拘之の三字につくる。 5文仲微使人遺公書、恐得其書、乃謬其辭曰 叢刊・承應の二本は微使人遺公書の微字を陰につくる。『御覧』引は文仲使人遺公書、恐人得之、乃謬其詞曰につくる。梁校は『御覧』引の第二句の措辭に言及、蕭校も梁校を襲う。なお『御覧』引は後句の斂小器より甚思之にいたる十八字の該當句なし。 6臧我羊、羊有母 『御覧』引は臧我羊の三字につくる。 7同魚 『御覧』引は銅魚につくる。顧校引段校・王・梁二校は、古は同・銅二字は通用したといい、蕭校も王・梁兩説を紹介する。 8公及大夫相與議之、莫能知之 『御覧』引は相與議之の四字なし。また上句の冠纓以下の七字、後句の人有言より君何不試召而問焉にいたる十九字の該當句なし。 9於是、召而語之曰 『御覧』引は乃問臧孫母につくる。『御覧』引は後句の吾使以下、何也にいたる十四字の該當句なし。 10持書 叢刊本のみ特書に誤刻する。 11臧孫母泣下襟曰 王・梁二校は襟字上の霑字の脱字を疑い、蕭校は王校を襲う。『御覧』引は母泣曰の三字につくる。 12公曰 『御覧』引はこの二字以下、言思妻也にいたる五六字の該當句なし。　13臧我羊、羊有母者、告妻善養母也　備要・集注二本はこれにつくる。叢書・考證・補注・叢刊の四本は臧我羊、羊有母、是善告妻善養母也につくる。承應本も上記四本と同型だが、是善を是盖につくる。『御覽』引は臧我羊者、臧善也、羊者有母、告妻善養母につくる。備要本の告妻善養母也の措辭は『御覽』引による校改である。　14同魚　『御覽』引は銅魚につくる。　15同者其文錯　諸本はこれにつくるが、『御覽』引は銅魚其父錯(ママ)につくる。梁校はこの『御覽』引の句を銅魚有文錯として紹介、蕭校は梁校を襲う。　16也　『御覽』にはなし。　17是以知、有木治、係於獄矣　叢刊・承應の二本は是有木治、保于獄矣につくる。備要本以下、他の諸本は是有木治、係於獄矣につくる。『御覽』引は是以知有木治、繫於獄矣につくる。梁校は是有の間に『御覽』引が以知二字を配することを指摘。蕭校は梁校を襲う。文意のあり方からは以知二字は必要。よって『御覽』引により校增。なお『御覽』引はここまでである。　18發兵　叢刊・承應の二本は遣兵につくる　19識微　叢刊・承應の二本は識高につくる。　20陟彼屺兮　諸本はこれにつくるが、王先謙『詩三家義集疏』巻七は屺字は『爾雅』では峐につくり、「魯詩」はもと峐。ここは後人が「毛詩」に順って改めたのであろうという。ただし、いまはこのままとする。　21遇害　叢刊・承應の二本は遇善に誤刻する。　22所依　叢刊・承應の二本は所危につくる。

語釈　○臧孫母者、魯大夫臧文仲之母也　臧孫(そうそん)は複姓。臧は正音ソウ（サウ）、ゾウ（ザウ）は慣用音。魯の公子彄(こう)の子孫で、姫(き)姓に属する。臧文仲は彄の曽孫にあたる。文は謚(おくりな)、仲は字(あざな)。諱は辰(しん)。没年は六一七B.C.。彼の母の記事は他の文献にはみえない。辰自身は『国語』巻四魯語上によれば、魯が飢饉におちいったとき、魯の宝器と交換に斉(せい)から穀物を輸入することを荘公姫周に進言。みずから斉に使いして事を成就させ、宝器も返却されるという大功を立て、斉の孝公姜昭が魯を伐ったときは展禽(てんきん)・柳下恵を使者に立て、その外交の才を用いて侵略をおさえるという功績を収めている。敏腕の政治家であったが、漢・桓寛『塩鉄論』周秦によれば、「臧文仲は魯を治め、其の盗に勝ちて自ら矜(ほこ)る。子貢曰く、『民将(まさ)に欺かんとす。而るを況んや民の盗をや（苛酷な政治で盗賊を押さえこんでも、民衆は苛政から逃がるべく欺しあうことになる。まして盗賊はいっそう奸策を用いるようになるであろうと）』」としるされており、名うての酷吏でもあった。当然、政敵も多かったであろう。『塩鉄論』のこの譚と同類の話は『韓詩外伝』巻三第二十四話に見え、ここでは行為者は臧文仲ならぬ季孫子となっており、王利器の『校註』は子貢と同一時代の季孫子が登場する『外伝』の話を正しいと考えているが、劉向の時代には『塩鉄論』の型の説話も流布していたのであり、本譚は、おそらくこの説話の延長線で語られたものであろう。なお『論語』公冶(こうや)長(ちょう)・衛霊公や『左伝』文公二年秋の条には、孔子の彼に対する貶辞(へんじ)が見え、敏腕の政治家たるとともに、私欲の強い人物でもあったらしい。　○刻　刻薄。厳しく情が薄い。　○尽人力　人の財力・労力を搾りつくす。　○窮人　追いつめられた人。　○不容子　王註は容は容認。我慢して受けいれる。あなたに我慢しきれない。　○姦　悪事。　○変動　何か変った事が起きる。

「屋廬相接するを言ふ」とする。すぐ隣りの。　〇壁鄰之国　王註は「壁鄰は近きを言ふ」とする。城壁一つで隣りあわせの国。
〇高子・国子　ともに春秋・斉の卿の身分の名。　〇図魯　魯を攻めようとする。　〇施恩布恵　恩情をほどこし、広く恵む。
〇三家　魯の上卿三桓氏のこと。孟孫・叔孫・季孫の三家をいう。　〇託於　身をよせて恩恵を受ける。　〇微　王註に「隠匿なり」という。ひそかに。　〇得其書　敵の手に書面がわたる。　〇謬其辞　言葉に（謎かけの）偽装をほどこす。　〇投諸台　台は王註に、『春秋』襄公十二年春、王の二月の条に「莒人伐二我東鄙一、囲レ台」としるす地名で、杜註のいう琅邪・費県の南にある台亭（山東省費県東南）がそれであるといい、後句の臧孫母の謎解きの語中に「外城の外の民を城内に入れよ」という句があることを証拠とするが、これでは明らかさまな策戦指示となり字謎児らしくない。ここは器物の名と見るべきであろう。顧註・梁註引の段註によれば、台は瓿のこと。孫叔然の『爾雅』釈器の註に、「台は瓦器。斗六升を受く」とある大きさのものだという。　〇食猟犬、組羊裘　後句の謎解きで明らかになるように、猟犬は戦士、羊裘は羊の皮衣だが甲冑・武器を譬えている。組は縫うこと。なお梁註は裘の古音は渠之の反（gɪəg・1之部）という。　〇琴之合、甚思之　『詩経』小雅・常棣に、「妻子好合し、琴瑟を鼓するが如し（妻と心を合わせるは、琴・瑟かなでるよう）」の句がある。また『史記』巻一一七司馬相如伝に、司馬相如が美女卓文君を妻とすべく、恋心をのせた琴曲をかなでて胸中を知らせた「琴心を以て挑む」の句がある。「琴を合奏し、甚だ思う」とは、妻や恋人を深く思うこと。　〇臧我羊、羊有母　王註は「臧は善なり。羊は祥なり。祥も亦た善なり。羊は性孝善にして母を養ふ。故に美・善字、倶に羊に従ふ」という。なお母字は古音mueg（1之部）である。　〇食我以同魚　王註は、同・銅二字は古くは通じたといい、「銅魚とは、送死の具（父母の葬送につかう装飾具）、以て棺を飾る。食ふべきの物に非ず。拘囚せられ、飢餓して死せんと欲するなり」という。棺の装飾具とみなしている。顧註引段註、梁註も、同・銅二字の通用をいうが、実態を明かさぬ。蕭註補曹註によれば同魚とは斉の地に産する鮦・鮦魚・鯇とよばれる魚である。その鱗文が錯に似ており、錯は鋸を治める（磨ぐ）もの、鋸は木を治める（切断する）もので、木治二字が梏の別名であるところから、字謎児につかわれたものであろう。鮦（魚偏に注意）を同（『御覧』の遺文では銅）につくるのは、同ならば、実物をぼかし、銅ならば実物の寓意をヒントによって知らせるためであったのではないか。銅魚・錯・鋸は金偏で連想がつづく。「わたくしに鮦魚を食べさせた」とは、「わたしに梏をかけた」ということになる。蕭注補曹註原文は次のごとし。「『玉燭宝典』巻四引同魚、皆作二鮦魚一。及二曹大家注一、云、「魚鱗有二錯文一」。案二『爾雅』一、鰹大鮦、小者鯇。郭〔象〕注、「今青州呼二小鱺一為レ鯇」。然則鮦魚正斉所レ産。故〔臧〕文仲挙以状レ鋸。　〇冠纓不足、帯有余　後句の謎解きで明らかになるように、拘禁されて身づくろいができず、頭髪が乱れて冠の纓が結べない。痩せて帯にゆとりができたということ。ところで、この字謎児は、台・裘・之・母（1之部）、魚・余（12魚部）の換韻格構成の韻文である。　〇世家　世々代々つづいた名家。　〇木治　『御覧』器物八・鋸の遺文の註に梏といい、梁註はこれを引く。　○取郭外萌　郭は外城の城壁。萌は顧註・梁註・王紹蘭註に、古書は氓（民）字を多く萌につくるという。外城の城壁外の民を集め、城内に入れよの意。なお顧註は詳細をきわめるが省略する。王註は、萌は萠芽のこと、疏材（食料となる草や菓実）を収斂め、蓄聚えて、敵に利用されないようにせよとの意、云云と説くが、王紹蘭『補注正譌』の註も「説　迂に似たり」と断ずるように、採れない。　○趣饗戦闘之士　趣は音ソク。赶快（すみやかに）。饗は饗応する。すみやかに戦士にご馳走をふるまえ。　○係於獄　係は繫におなじ。牢獄につながれる。　○同者其文錯　同は正字を鮦とするす魚の名。文は文様、鱗文。錯は鑢のこと。　○軍　陣営をかまえる。　○識微見遠　微はかすかなきざし。遠は遠い先。　○詩云　『詩経』魏風・陟岵の句。句中、屺（岐）は王先謙『詩三家義集疏』巻七の魯説では「草木無き山」、毛伝では「草木有るの山」という。全句訳文は通釈のとおり。　○刺子好威　刺は譏刺（そしる）。好威はやたら威圧する。　○使援所依　援は援引におなじ。引きよせて援助させる。所依は依り恃むもの、味方。味方となる人をひきよせ、子を援助させた。

韻脚　○威 ıuər・依 ·ıər・帰 kıuər（21微部）　◎斉 dzer（24脂部）　＊微部・脂部合韻一韻到底格押韻。

余説　本譚は才器ゆえに、不仁の圧政にはしり、保身の術に欠ける子を諭して、周到に対人関係を調整させ、子の臧孫文仲の生命とその家系を守り、魯国の内乱をも防いだ賢母の美談である。「識微見遠」の見識とともに、ここでは難解な謎解きを美事にやってのけた才智が、同時に讃えられている。女性の字謎児解読譚は、巻六辯通の第一話斉管妾婧譚（下巻所収）のごときもある。臧孫氏に嫁した賢女の譚には巻五節義伝第一話魯孝義保譚（五一一～五一五ページ）があることを付記しておこう。

十　晉羊叔姫

①叔姫者、羊舌子之妻[1]、叔向[2]・叔魚之母也。一姓楊氏。叔向、名肸、叔魚、名鮒。羊舌子好正、不容於晉。去而之三室之邑。三室之邑、人相與攘羊而遺之。

①叔姫なる者は、羊舌子の妻にして、叔向・叔魚の母なり。一の姓は楊氏。叔向、名は肸、叔魚、名は鮒。羊舌子　正を好みて、晉に容れられず。去りて三室の邑に之く。三室の邑、人相与に羊を攘みて之を遺る。羊舌子受けず。叔姫曰く、「夫子

羊舌子不受。叔姬曰、「夫子居晉不容、去之三室之邑。又不容於三室之邑、是[3]於夫子不容也。不如受之」。羊舌子受之曰、「爲肸[2']與鮒亨之」。叔姬曰、「不可。南方有鳥、名曰乾吉。食其子、不擇肉。子常不遂。今肸[2']與鮒童子也。隨大人[4]而化者。不可食以不義之肉。不若埋之、以明不與」。於是、乃盛以甕[5]、埋爐陰。後二年、攘羊之事發。都吏至。羊舌子曰、「吾受之、不敢食也」。發而視之、則其骨存焉。都吏曰、「君子哉、羊舌子。不與攘羊之事矣」。

君子謂、「叔姬爲能防害[6]遠疑。『詩』曰、「無曰不顯、莫予云覯[7]」。此之謂也。

晉に居りて容れられざれば、去りて三室の邑に之く。又三室の邑に容れられざるは、是れ夫子の容れざるに於てなり。之を受くるに如かざるなり」と。羊舌子之を受けて曰く、「肸と鮒との爲めに之を亨よ」と。叔姬曰く、「可ならざるなり。南方に鳥有り、名づけて乾吉と曰ふ。其の子に食はしむるに、肉を擇ばず。子常に遂げず。今肸と鮒とは童子なり。大人に隨ひて化する者なり。食はしむるに不義の肉を以てすべからず。之を埋め、以て與らざるを明かにするに若かず」と。是に於て、乃ち盛るに甕を以てし、爐陰に埋む。後二年、羊を攘むの事發かる。都吏至る。羊舌子曰く、「吾之を受くるも、敢て食はざるなり」と。發きて之を視れば、則ち其の骨存せり。都吏曰く、「君子なる哉、羊舌子。羊を攘むの事には與らざるなり」と。

君子謂ふ、「叔姬は能く害を防ぎ疑を遠ざくと爲す」と。『詩』に曰く、「曰ふ無かれ顯ならざればとて、予を云に觀る莫しとは」と。此の謂ひなり。

通釈　①叔姬とは、羊舌子の妻で、叔向・叔魚の母である。姓は楊氏であったともいう。叔向は、名は肸、叔魚は、名を鮒といった。羊舌子は潔癖で、晉では受けいれられなかった。去って戸数三戸の邑にゆく。戸数三戸の邑では、人びとが一緒になって羊を盗んで彼に贈った。羊舌子は受けとろうとはせぬ。叔姬は、「旦那さまは晉にいても受けいれてもらえなかったから、去って戸数三戸の邑にやってこられたのです。また戸数三戸の邑でも受けいれられないというのは、旦那さまが人を受けいれられないからです。羊はお受けになった方がよいでしょう」という。羊舌子は羊を受けとるといった、

「肸と鮒とのために料理してやれ」。叔姫はいう、「いけません。南方に鳥がおり、乾吉と申します。その子に餌をやるのに肉を択びません。子は〔痛んだ肉にやられて〕つねに育たずじまいになっています。いま肸と鮒とは子どもです。りっぱな人物について人格をつくってゆかねばならぬ者たちです。不義の肉を食べさせてはなりません。羊は埋めて盗みに関係しなかったことをはっきりさせておいた方がよいでしょう」という。そこで甕に肉をいれ、盧の陰に埋めた。後二年して、羊の盗難事件が発覚した。都の役人が乗りこんでくる。羊舌子は「わたしは羊は受けとったが、食べはしなかった」といった。掘りおこして調べてみれば、骨（格〔がそのまま〕）のこっている。都の役人はいった、「なんと君子だろうか、羊舌子は。羊泥棒には関係しておられなかったのだ」と。

　君子はいう、「叔姫は災難を防ぎ、嫌疑から身を遠ざけることができた」と。『詩経』には、「いうまいぞ暗ければとて、誰か一人も見る者なしとは」といっている。これは、羊叔姫の誡めのごときを詠っているのである。

校異　1羊舌子之妻　諸本は句末に也字あり。梁校は衍字といい、蕭校もこれを紹介。後句との接続上は不要の字。よって削った。2・2′肸　備要・集注二本はこれにつくる。叢書本は盻につくる。その他の諸本は肹につくる。『左傳』襄公十一年十二月の條、『國語』巻十四晉語八等には叔向の諱は肸につくる。王校も肸字にすべしという。　3於　王校は彰字にすべしといい、蕭校は王校を紹介する。意味上は彰字が明瞭だが、形・音ともに混同の可能性はない。このままとする。　4大人　諸本は大夫につくるが、梁校引盧校はこれにつくるべしといい、蕭校は梁校を襲う。意味上はこうあるべきであり、人・夫は字形が近似。誤字が諸本すべてに踏襲されたのであろう。よって改める。　5甕　叢書本のみ壅につくる。　6防害　叢書本のみ害字を善に誤刻する。　7云覯　叢刊本のみ去覯につくる。

語釈　○叔姫者、羊舌子之妻　『国語』巻七晉語一、『左伝』閔公二年十二月の条に見える羊舌大夫という人物の子たる羊舌職の妻。『国語』『左伝』上述部の韋昭註・正義による。正義は、とくに羊舌大夫―職―叔向の系譜を明らかにし、この氏族が晋の公族で、羊舌は食邑にちなんだ名称であること、一説では後述のエピソードによる名称ともいわれること、本姓は李、職の別名は果であること等を註している。羊舌職は潔癖漢であったが、悼公周のときには中軍の尉祁奚の佐（補佐官）をつとめ、その信用を得て、歿後、子の羊舌赤にその地位を嗣がせた（『左伝』襄公三年夏の条）。没年は五七〇B.C.。前掲正義の一説によれば、本譚に見える盗品の献上がその頭とされ、職はこれを受けても手をつけず、犯罪が露見して調べられたとき、埋めておいた羊の頭を掘りおこしたところ、舌がなお残っていたので無実が証明され、羊舌の姓となったという。梁註もこの事に言及する。父の大夫は献公姫詭諸の太子申生の側近として、彼の人格形成に影響をおよぼし、『国語』前掲によれば父献公の寵姫驪姫の迫害を受けても、申生は羊舌大夫の「君に事ふるには敬を以てし、父に事ふるには孝を以てす」の教訓を守って、老いた父が驪姫との愛情生活がつづけられるよう、その奸策をあばかず、自殺した（巻七孽嬖伝第七話—下巻—も参照）。職の道徳の士の資質はこの父親譲りのものであったろう。職の妻については、『左伝』襄公二十一年の条に、美女の妾に対するわが嫉妬は嫉妬にあらず、家を廃絶から守るためだという主旨の彼女の発言がみられるが、本文・諸註とも、その履歴には触れない。なお、このエピソードは〔余説〕終段（三七八ページ）に紹介する。　○叔向　羊舌赤の弟。諱は肸。字が叔向。生没年未詳。晋の平公彪・昭公夷につかえ、父母譲りの守礼と博聞・遠識をもって知られ、外交・内政に活躍。不幸にして弟羊舌鮒が土地争いの裁判にあたったさい、女を贈った雍子に加担した判決を下して相手の邢侯に殺されたときも、公平に判断して、弟の屍を市中に曝させた。事件の記録の一つ、『左伝』昭公十四年十二月の条によれば、孔子は「古への遺直（古人の遺風をもつ硬骨漢）」と讃えている。　○叔魚　羊舌肸の弟。諱は鮒、字が叔魚である。歿年は五二八B.C.。父・兄と正反対の人物で貪婪。昭公夷の三年（五二九B.C.）、魯の昭公稠を伐つべく、晋が諸公の軍を衛の平丘（河南省封丘県の東）に会合させたさい、司馬（陣馬奉行に該当）に任ぜられたが、衛から貨（賄賂）を得ようと草刈り、薪取りの者たちを衛の山林に入れて荒れさせ（『左伝』昭公十三年の条）、翌年、邢侯・雍子の土地争いの代理裁判官となると、前条註のごとき不正行為によって殺害された。　○一姓楊氏　王・梁二註は楊は叔向の食邑、姓にあらずという。『国語』巻十四晋語八・「楊食我生」の韋昭註に「楊は叔向の邑。叔向の子伯石なり。其の母は夏姫の女」とある。王註は『国語』註を挙げて楊は氏にあらずというが、食邑にちなんで羊舌氏は楊氏ともいわれたのである。　○三室之邑　荒城註に、戸数三軒の小さな村の意か、という。　○是於夫子不容也　夫子は妻の夫に対する敬称。容は受けいれる、寛容である。旦那さまが人を〔心寛く〕受けいれてやれないからです。○亨之　亨は音ホウ（ハウ）。烹におなじ。料理する。　○不択肉　食べられる肉か腐った肉かを選ばない。　○不遂　王註は遂字を長（成長）という。〔痛んだ肉にやられて〕成長できない。　○大人　りっぱな人物。人格者。裏の意は子の模範として人格者たるべき羊舌職。　○化　感化する。　○与　関係する。　○壚陰　王註は壚は盧におなじ、屋後だという。　○都吏　王註は都邑の吏という。都の役人。　○詩曰　『詩経』大雅・抑の句。顕は明、覯は見におなじ。句意は通釈のとおり。

②叔向欲娶於申公巫臣氏。夏姫之女。美而有色。叔姫欲娶其族。叔向曰、「吾

②叔向　申公巫臣氏より娶らんと欲す。夏姫の女なり。美にして色有り。叔姫　其の族を娶らんと欲す。叔向曰く、「吾

母之族、貴而無庶。吾懲舅氏矣。[3] 叔姬曰、[4]「子靈之妻、殺三夫・一君・一子、而亡一國・兩卿矣。爾不懲此而反懲吾族、何也。[5] 且[6]吾聞之、『有奇福者、必有奇禍。有甚美者、必[7]有甚惡。』今是鄭穆少妃姚子之子、子貉之妹也。子貉早死無後。[8] 而天鍾美於是。[9] 將必以是大有敗也。昔有仍氏生女、髮黑而甚美、光可監人。[10][11] 名曰玄妻。樂正夔娶之、[12] 生伯封。宕有[13]豕心。貪惏毋期、忿戻毋饜。[14] 謂之封豕。有窮后羿滅之、夔是用不祀。且三代之亡、及恭太子之廢、[15] 皆是物也。汝何以爲哉。夫有美物、[16] 足以移人。苟非德義、則必有禍也。」叔向懼而不敢娶。[17] 平公强使娶之。[18] 生楊食我。[19] 食我號曰伯碩。[20]

伯碩生時、[21] 侍者謁之叔姬曰、「長姒產男。」[22] 叔姬往視之、及堂聞其號也。而還曰、「豺狼之聲也。狼子野心、今將滅羊舌氏者、必是子也。」遂不肯見。[23] 及長、與祁勝爲亂。晉人殺食我。羊舌氏、由

が母の族、貴なれども庶無し。吾舅氏に懲りぬ」と。叔姬曰く、「子靈の妻は、三夫・一君・一子を殺して、一國・兩卿を亡ぼしぬ。爾此に懲りずして反って吾が族に懲りるとは、何ぞや。且つ吾は之を聞く、『奇福有る者は、必ず奇禍有り。甚だしき美有る者は、必ず甚だしき惡有り』と。今是鄭穆の少妃なる姚子の子にして、子貉の妹なり。子貉早死して後無し。而るに天は美を是に鍾む。將に必ず是を以て大いに敗有らんとせしなり。昔有仍氏女を生みしに、髮黑くして甚だ美、光人を監らすべし。名づけて玄妻と曰ふ。樂正夔之を娶りて、伯封を生む。宕にして豕心有り。貪惏期毋く、忿戻饜く毋し。之を封豕と謂ふ。有窮の后羿之を滅ぼせば、夔是を用て祀られず。且つ三代の亡びしこと、及び恭太子の廢せられしことは、皆是の物あればなり。汝何をか以て爲すや。夫れ美有る物は、以て人を移すに足れり。苟くも德義に非ざれば、則ち必ず禍有らん」と。叔向懼れて敢て娶らざるも、平公强ひて之を娶らしむ。楊食我を生めり。食我は號して伯碩と曰ふ。

伯碩生まるる時、侍者之を叔姬に謁げて曰く、「長姒男を產めり」と。叔姬往きて之を視んとするも、堂に及んで其の號ぶを聞く。而して還りて曰く、「豺狼の聲なり。狼子が野心あれば、今將に羊舌氏を滅ぼさんとする者は、必ず是の子な

是遂滅[24]。

君子謂、「叔姫爲能推類」。『詩』云、「如彼泉流、無淪胥以敗」。此之謂也。

③叔姫之始生叔魚也、而視之曰[25]、「是虎目而豕喙[26]、鳶肩而牛腹。谿壑可満、是不可饜也[27]。必以賂死」。遂不見[28]。及叔魚長、爲國贊理。邢侯與雍子争田。雍子入其女於叔魚、以求直[29]。邢侯殺叔魚與雍子於朝[30]。韓宣子患之。叔向曰、「三姦同罪。請殺其生者、而戮其死者」。遂施邢侯氏、而尸叔魚與雍子於市[31]。叔魚卒以貪死[32]。

君子曰[33]、「叔姫可謂智[34]矣」。『詩』云、「貪人敗類」。此之謂也。

頌曰、「叔向之母、察於情性。推[35]人之生、以窮其命。叔魚・食我、皆貪不正。『必以貨死』、果卒分争」。

り」と。遂に肯て見ず。長ずるに及びて、祁勝と亂を爲す。晉人 食我を殺す。羊舌氏、是に由りて遂に滅びぬ。

君子謂ふ、「叔姫は能く類を推すと爲す」と。『詩』に云ふ、「彼の泉流の如く、淪ゐて胥以に敗る無かれ」と。此の謂ひなり。

③叔姫の始めて叔魚を生むや、而ち之を視て曰く、「是れ虎目にして豕喙、鳶肩にして牛腹なり。谿壑は満たすべきも、是れ饜かしむべからざるなり。必ず賂を以て死せん」と。遂に見ず。叔魚長ずるに及び、國の贊理と爲る。邢侯と雍子と田を争ふ。雍子其の女を叔魚に入れ、以て直しとせられんことを求む。邢侯 叔魚と雍子とを朝に殺す。韓宣子 之を患ふ。叔向曰く、「三姦は罪を同にす。請ふ 其の生ける者を殺して、其の死せる者を戮さん」と。遂に邢侯氏に施して、叔魚と雍子とを市に尸せり。叔魚は卒に貪を以て死す。

君子曰く、「叔姫は智と謂ふべきなり」と。『詩』に云ふ、「貪人は類を敗る」と。此の謂ひなり。

頌に曰く、「叔向の母は、情性を察す。人の生を推して、以て其の命を窮む。叔魚・食我は、皆 貪にして正しからず。『必ず貨を以て死せん』といふに、果して分争に卒す」と。

通釈　②叔向は申公巫臣氏より嫁を娶ろうと思った。夏姫（夏御叔（子霊）の妻・夏徴舒の母）の女である。美しく魅力がある。叔姫は自分の一族から娶ってやろうと思った。叔向は「お母さまの一族は、身分は高いが庶子に恵まれておられません。わたしは舅父さま方〔のように妻の嫉妬で苦しめられているようなの〕には懲りごりなのです」という。叔姫は、「子霊の妻は三人の夫（夏御叔・襄老・巫臣）、一人の君主（陳の霊公）、一人のじつの子（夏徴舒）を殺し、一国（陳）と二人の卿（孔寧・儀行父）を亡ぼしたのですよ。お前はこれには懲りず、かえってわが実家の一族に懲りるとは何事ですか。それに『またとなき幸には、必ずまたとなき禍あり。はなはだしく美しき者には、必ずはなはだしき悪あり』と聞いています。さてこの女は鄭の穆公の年わかい妃の姚子の子で、子貉の妹でした。子貉は夭折して後嗣ぎがありません。なのに天は美しさをこの女に異常に授けられたのです。きっとこの女によって人を破滅させようとしたのでしょう。むかし有仍氏に女が生まれましたが、髪は黒くてはなはだ美しく、その光沢は人を映しだせました。玄妻といわれたほどです。楽正（官名）の夔が彼女を娶って、伯封を生みました。わがまま放題で豕のような慾ばりです。度外れた業欲、飽くことのない喧嘩好きです。人は彼を大豕とよんだものでした。有窮国の国君羿が彼を滅ぼしたので、夔はそこで祖先としての祀りを受けられなくなったのでした。それに三代の王（夏の桀王・殷の紂王・西周の幽王）が亡んでいったのも、恭太子（晋の太子）が廃位されたのも、みなこうした妖婦（末喜・妲己・褒姒・驪姫）がいたからなのです。お前はどうしようというのですか。そもそも美しい物は、人の心をひどくゆさぶるものです。かりにも徳義によらないとあれば、きっと禍があることでしょうよ」という。叔向は懼れてあえて娶ろうとしなくなったが、平公彪が無理強いして娶らせた。楊食我が生まれる。食我は伯碩といわれた。

伯碩が生まれたとき、世話人（叔向のあによめ）が出産を叔姫に告げて、「上の妹が男の子を産みましたよ」といった。叔姫は出かけて見舞おうとしたが、堂の前までくると子の泣きさけぶ声が耳に入った。そこで戻ってきていう、「豺・狼の声だわ。狼の子のような野性の心があるから、今に羊舌氏を滅ぼすのは、きっとこの子になるでしょう」。ついに、目をくれてやろうともしなかった。彼は成長すると、祁勝と国内に混乱をおこした。晋の人びとは食我を殺した。羊舌氏はこれによってついに滅んだのである。

君子はいう、「叔姫は同類の事がらで先を読むことができた」と。『詩経』には、「あの泉の流れのごとく、みなすべて滅ぼすなかれ」という。これは叔姫の心配のごときを詠ったものである。

③叔姫が叔魚を生んだばかりのとき、彼の人相を見て、「これは虎の目に豕の喙、鳶の怒肩に牛の脇の張った腹をしている。広い谷川を水で満たせても、この子の慾は満足させることはできないわ。きっと賄賂で死ぬことでしょう」といった。ついに目をかけてやらなかった。叔魚は成長すると、裁判官の代理をつとめることになった。邢侯と雍子が田畑について争いをおこす。雍子はその女を叔魚に贈り、自分を正しいと判決するよう求めた。〔これを知って怒った〕邢侯は叔魚と雍子を朝廷で殺した。韓宣子が事件の処理に苦しんだが、叔向はいった、「三人の悪者(叔魚・雍子・邢侯)は同罪です。その生きのこっている者(邢侯)を殺して、その死者たち(雍子叔魚)を戮しものになされ」と。そこで邢侯氏を死刑に処して、叔魚と雍子の屍を市場で尸しものにした。叔魚はついに貪欲のために死んだのである。

君子はいう、「叔姫は智者というべきである」と。『詩経』には、「貪る人は仲間も滅ぼす」という。これは叔魚のことを詠っているのである。

頌にいう、「叔向の母なる人は、人の情性を見ぬけり。人の生まれよう、生きざま推しはかり、その運命を見きわめたり。叔魚と食我とは、みな貪りて正しからず。『必ず賂貨のため死なん』というに、ついにはたして争いごとに死せり」と。

校異　1夏姫之女、美而有色　この一段を記録する『左傳』昭公二十八年六月の條にはこの二句八字なし。　2叔姫欲娶其族　諸本は叔姫不欲娶其族につくるが、『左傳』には其母欲娶其黨につくる。王・梁二校は『左傳』に據り不字の衍字を指摘。蕭校は王校を襲う。顧校引段校は「此は當に一欲字を重ぬべし」という。叔姫欲〔叔向〕不欲娶其族とせよというのである。諸本のままでも、巫氏の一族からは娶るまいと思った、の意で意味は通じるが、ここはやはり後句の叔向のセリフを直接引きだす意、自分の一族から娶ろうとしたという意が明示された句たるべきであろう。『左傳』に據り、意味明瞭な前三校にしたがって不字を刪る。　3吾母之族、貴而無庶、吾懲舅氏矣　『左傳』は吾母多而庶鮮、吾懲舅氏矣につくる。　4叔姫曰　『左傳』は其母曰につくる。　5爾不懲此而反懲吾族、何也　『左傳』は可無懲乎につくる。　6且　『左傳』にはこの字なし。　7有奇福者、必有奇禍、有甚美者、必有甚惡　叢刊・承應二本は有甚美者の句のみを而有甚美者につくる。『左傳』は、甚美者有甚惡の六字につくる。　8今　『左傳』にはこの字なし。　9鍾　補注・集注二本のみがこれにつくる。備要本等の諸本は鐘につくる。鍾字は鐘字と意を通じあえても、逆に鐘字は鍾字の意を兼全できぬ。意味上、前掲二本により改める。　10髮黑　『左傳』は顚黑につくる。　11監人　『左傳』には鑑人につくる。顧校は監・鑑同義といい、王・梁二校は『左傳』の措辭を指摘。梁校は監・鑑は古今字という。蕭校は王・梁二校を併記する。　12樂正夔　『左傳』には樂正后夔につくる。　13宕　承應本のみ實につくる。『左傳』には實につくる。顧・王・梁三校は『左傳』の措辭を指摘、梁校は宕は寔（ともに寶蓋兒（うかんむり）。寔は實と同義）ならんという。蕭校は王・梁二校を併記する。ただし、宕は蕩（きまま）の意で通じる。このままとする。　14貪惏毋期、忿戻毋饜　叢刊・承應の二本は忿戻毋期、貪婪無饜につくる。『左傳』は貪惏無厭、忿纇（らい）無期につくる。顧・梁二校がこれを指摘。蕭校は梁校を襲う。　15及恭太子之廢　叢刊・承應二本は及字なし。『左傳』は共子之廢の四字につくる。　16美物　『左傳』には尤物につくる。　17叔向懼而不敢娶　『左傳』は叔向懼、不敢取の六字につくる。　18娶之　諸本はこれにつくるが、『左傳』は取之につくる。　19生楊食我　『左傳』は生伯石につくる。　20食我號曰伯碩　『左傳』にはこの句なし。　21伯碩生時　『國語』（卷十四）晉語八（明道本）は楊食我生につくる。『左傳』は伯石始生につくる。碩字一字につき、顧・王・梁三校は『左傳』が石につくると指摘。蕭校は王校を襲う。　22侍者謁之叔姬曰、長姒產男　『左傳』は子容之母、走謁諸姑曰、長叔姒生男につくる。『國語』はこの二句なし。顧・蕭二校は『左傳』の措辭を指摘。それぞれ長姒についての杜預註に言及。（語釋）20（三七七ページ）參照。　23叔姬往視之、及堂聞其號也、而還曰、豺狼之聲也、狼子野心、今將滅羊舌氏者、必是子也、遂不肯見　『左傳』は、姑視之、及堂、聞其聲而還、曰、是豺狼之聲也、狼子野心、非是莫喪羊舌氏矣、遂弗視につくる。『國語』（明道本）は叔向之母聞之、往及堂、聞其號也乃還、曰、其聲、豺狼之聲。終滅羊舌氏之宗者、必是子也につくり、狼子野心、遂不肯見の該當句なし。なお『文選』（卷四十四）陳孔璋『爲袁紹檄豫州』註引には、羊舌叔姬者、叔向之母也、長姒產男の句が見え、その後句に、叔姬往觀之曰、其聲狼也。非是莫滅羊舌氏乎につくる。梁校は第八句を『左傳』が遂弗視につくると指摘。蕭校は梁校を襲う。　24及長與祁勝爲亂、晉人殺食我、羊舌氏、由是遂滅　叢刊本のみ由字を田につくる。『左傳』は、晉殺祁盈及楊食我、食我、祁盈之黨也、而助亂、故殺之、遂滅祁氏・羊舌氏につくる。『國語』は、この該當句なし。　25叔姬之始生叔魚也、而視之曰　『太平御覽』（卷三六三）人事部四形體引は、叔姬之生叔魚也、生而視之曰につくる。『國語』は叔魚生、其母視之曰につくる。　26豕喙　『御覽』引もこれにつくる。『國語』は豕喙につくる。王校もこれを指摘。蕭校は王校を襲う。　27谿壑可滿、是不可饜也　承應本のみ谿壑可盈、是不可饜也につくる。他の諸本は、谿壑可盈、是不可饜也につくる。『御覽』引は谿壑可滿（＝滿）、是不可猒也につくる。なお、『御覽』引は前條・本條のみを示す。諸本の盈字は、滿の誤りであろう。盈は前漢第二代皇帝惠帝の諱。同時代人劉向は避諱（ひき）したはずである。　28必以賂死、遂不見　『國語』は賂字を賄に、見字を視につくる。顧・王・梁三校は『國語』が見字を視につくるといい、顧・王二校は韋昭註に不視を「不㆓自ラ養視セ㆒」（顧校は養字を省に誤る。みずから面倒をみてやらなかった）」というとも指摘。顧校は前條23の遂不肯見に曳かれて誤ったのだと斷じる。蕭校は王校を襲う。しかし、劉向は彼獨自の記述をしているのであろう。いまこのままとする。なお『國語』では前條21・23の部分がこの後につづいている。　29及叔魚長、爲國贊理、邢侯與雍子爭田、雍子入其女於叔魚、以求直 『國語』巻十五晉語九もほぼこれにおなじく、士景伯如楚、叔魚爲贊理、邢侯與雍子*明道本爭田、雍*子納其女於叔魚、以求直につくり、及斷獄之日、叔魚抑邢侯の十字を加える。『左傳』昭公十四年冬の條は、晉刑侯、與雍子事鄐田、久而無成、士景伯如楚、叔魚攝理、韓宣子命斷舊獄、罪在雍子、雍子納其女於叔魚、叔魚蔽罪邢侯につくる。 30邢侯殺叔魚與雍子於朝、韓宣子患之 『國語』も明道本は完全に同文。『左傳』は邢侯怒、殺叔魚與雍子於朝。宣子問其罪於叔向につくる。 31叔向曰、三姦同罪、請殺其生者、而戮其死者、遂施邢侯氏、而尸叔魚與雍子於市 諸本は第五句中の施字を族につくるが、顧・王・梁三校は『國語』『左傳』に意味の異なる施字につくるので誤りという。蕭校は王校を襲う。邢侯が叔魚と雍子を殺したのは不正の誤審に對する義憤による。その罪は情狀酌量さるべきもので族刑（一族みな殺し）にされることはなく、劉向がこの點を誤るわけはない。傳寫者の誤記である。施は諸種の解釋があるが、王註が擧げる『國語』韋昭註の「劾捕」や梁註が擧げる服虔の「劾」、孔晁の「其の族を廢す」でもあるまい。顧校が推擧する惠棟『左傳補注』巻五の「施は陳なり。殺して其の罪を陳ぬるなり（罪狀を列擧する）」や會箋の「其の罪を明かにして刑殺を行ふ」であろう。『國語』は、而戮其死者と遂施邢侯氏の閒に、宣子曰、以下五十六字を加えるほかは、これにおなじ。『左傳』は、叔向曰、三人同罪、施生戮死可也。（五十八字略）乃施邢侯、而尸雍子與叔魚於市につくる。 32叔魚卒以貪死 『國語』『左傳』にこの句なし。 33君子曰 諸本にはこの句なし。他傳の體例にしたがい補う。 34智 叢刊・承應の二本は知につくる。 35推 叢刊・承應の二本は知につくる。

語釈 ○申公巫臣氏 春秋時代・前六世紀の人。姓は屈、諱は巫または巫臣、字は子霊。楚では申（湖北省南陽市の北）に封ぜられたので申公という。母と姦通した陳の霊公平国を弑殺した夏徴舒を楚の荘王羋侶が伐ったさい、夏徴舒の母の美貌に目のくらんだ荘王や将軍子反が娶ろうとするのを、王には道義を説いて諫め、子反には不祥の女を娶る非を論じて誡め、連伊（官・姓・地方の諸説あり）襄老に嫁がせながら、襄老が戦死すると、彼女を欺して誘いだし、晋に亡命。邢（河北省邢台市）に封ぜられた。大要は『左伝』成公二年秋九月、七年秋八月の条にみえ、邢に封ぜられたことは『史記』巻三十九晋世家頃公十一年の条にみえる。 ○夏姫 鄭の穆公姫蘭の公女。陳の大夫夏御叔の美貌の妻。陳の霊公平国とその臣孔寧・儀行父と姦通。これを怒った子の夏徴舒は霊公を弑殺（霊公十五年、五九九B.C.）、楚の荘王の討伐を受けた。前条註のごとく楚の荘王・将軍子反に懸想されたが、連伊襄老に嫁す。襄老が戦死するとその子と姦通、楚の巫臣（屈巫）の誘いに乗って晋に出奔、新夫となった巫臣その人は生きながらえたが、その一族を族滅の惨劇に遭わせた。『左伝』宣公九年冬・十年春の条、前条註の諸文献参照。巻七孽嬖伝第九話陳女夏姫譚（下巻）参照。 ○吾母之族、貴而無庶、吾懲舅氏矣 庶は庶子（異母兄弟）。舅氏は母方の兄弟。おじ。お母さまの一族は、身分は高いが、〔妻が嫉妬ぶかいので〕庶子に恵まれておられない。わたしは舅父さま方〔のように妻の嫉妬に苦しめられているようなの〕には懲りごりです。＊この部分は校異3（三七三ページ）に示すごとく『左伝』昭公二十八年の条には「吾　母多けれども庶鮮し。吾は舅氏に懲りぬ（わたしは母―庶母を含む―は多いが異母兄弟に恵まれない。わたしは舅父さまの家の気風―妻の嫉妬ぶかさ―には懲りごりです）」となっている。叔向がこう語るのは〔余説〕に後述するごとき叔姫に嫉妬まがいの行動があったからである。　○子霊之妻、殺三夫・一君・一子、而亡一国・両卿　子霊の妻とは申公巫臣の妻夏姫。殺した三夫とは杜註によれば夏御叔・連伊襄老・巫臣をいう。ただし後条の疑点も参照。一君とは陳の霊公平国、一子とは夏徴舒をいい、一国を亡ぼすとは、霊公を弑殺した夏徴舒が自立した陳を、楚の荘王が諸侯とともに滅ぼし、一時的に陳を自国の県にくりこんだことをいう（『史記』巻三十六陳杞世家・成公元年・五九八B.C.冬の条）。両卿は、夏姫と姦通、夏徴舒の乱に楚に逃亡した孔寧と儀行父のこと。　○今是鄭穆少妃姚子之子、子貉之妹也　鄭穆は、春秋・鄭の穆公姫蘭（在位六二七～六〇六B.C.）。『左伝』昭公廿八年夏の条の「会箋」によれば、是は夏姫をいい、姚は姓、子は庶子の子、庶子とは内官（宮女）のことをいう。また子貉は杜註に鄭の霊公夷（在位六〇五B.C.一年のみ）という。杜註は、成公二年秋九月の条の巫臣（屈巫）が将軍子反に夏姫を娶ることを誡める一節、「是れ不祥の人なり。是れ子蛮を夭せしめ、御叔を殺し、〔陳の〕霊公を殺し、夏南（夏徴舒）を戮し、云云」に対してもまた、「子蛮は〔鄭の〕霊公、夏姫の兄、殺死して後無し」と説いている。なぜ国君を謚号でよばずに字でよぶのか、子貉、子蛮がはたして同一人なのか疑問は残り、「会箋」は昭公二十八年・成公二年の註において、いずれも鄭の霊公説を否定、別人説をとり、成公二年においては子蛮は夏姫の前夫という見解を示している。だとすれば、前条の殺三夫は、あるいは子蛮・御叔・連伊襄老の可能性もあり、孽嬖伝の巫臣の子反への誡めの語は、「殺御叔、弑霊公、戮夏南、云云」となっており、『左伝』をはなれ、『列女伝』自体として問題を検討するとき、子蛮は登場人物たり得ない。「殺三夫」の語は昭公二十八年の杜註に即して考えてよかろう。ただし本話の「子貉之妹」の語から子貉が夏姫の兄ということは確定できても、鄭の霊公即子貉説はとり得ない。霊公は『左伝』宣公四年春の条によれば、在位わずか一年で鼈料理を臣下にあたえなかったために弑殺された暗君だが、『左伝』の撰者や叔姫が彼を貶しめて謚号ならぬ字で彼をよんだとは到底考えられぬからである。『史記』巻四十二鄭世家によれば、霊公の後を嗣いだ襄公子堅は、霊公の庶弟（集解引徐広説では庶兄）であった。子貉は子堅とともに霊公の異母兄弟たる人物であったと考えるのが自然ではなかろうか。　○子貉早死無後、而天鍾美於是　後は後嗣ぎ。鍾は集中する。是はこの女。夏姫をさす。兄の子貉は夭折して子孫もできずじまいになった。だが天は〔ぶきみにも〕妹の夏姫の身に異常に美をあつめている。　○有仍氏　古の諸侯の名。任（山東省済寧市の南）に拠った。　○監人　人の姿を映せるほど輝く。　○玄妻　玄は髪の黰黒をいう。くろかみの妻。○楽正夔　夔は堯・舜時代の楽正（典楽の長）だった人物。　○宕有豕心　宕は蕩。我儘放題。豕心は豚のような慾ばり。　○貪惏無期　惏は音ラン、婪におなじ。度外れた強慾。「補注校正」胡承珙（蕭註も引く）は『呂氏春秋』孟秋紀懐寵の「徴斂無期（取りたてに限度がない）」により説くが、『説文』の「度法制也」を挙げるのは誤り。　○忿戾毋饜　忿戾は怒り争うこと。飽くことなき喧嘩好き。　○封豕　封は大。大豕。　○有窮后羿　有窮は古の国名。后は国君。羿は国君の名。彼は夏の国の衰退の時代に、鉏（河南省滑県の東）から窮石（山東省濰県の西南・一節に河南省洛陽）に国を移し、夏の后相を伐って夏に替って、国号を有窮と号した。のち得意の弓術におぼれて田猟にふけり、姦臣寒浞に政務をまかせ、見かねた臣下により弑殺された（『左伝』襄公四年冬の条の晋の魏荘子の国君に対する諫言による）。　○三代　夏・殷・西周三代の末世の王。桀王（姒履癸）紂王（子受）幽王（姫涅）。　○恭太子　諱は申生、晋の献公姫詭諸の太子。歿年六五六B.C.。彼を廃位させて己が子の立太子を謀る献公の寵妃驪姫の讒言に遭って自殺した。巻七孽嬖伝第七話晋献驪姫譚（下巻）参照。　○是物　こうした妖婦。夏の桀王の末喜、殷の紂王の妲己、西周の幽王の褒姒、晋の献公の驪姫をいう。いずれも巻七孽嬖伝に譚がある。　○平公　悼公周の子。諱は彪。在位五五八～五三二B.C.。国力を低下させ、女寵にふけり、叔向をして斉の使者晏嬰に対し、「吾が公室と雖も季世なり」と歎かせ（『左伝』昭公三年春の条）た暗君。国の実権を韓・魏・趙の三家に奪われた。　○侍者謁之叔姫曰、長姒産男　侍者は世話人。校異22（三七四ページ）の『左伝』によれば、子容の母（叔向の兄伯華の妻）。謁は告げる。杜註に「兄弟の妻は姒と相謂う」というから、長姒とは伯華の妻からみて一番上の弟たる叔向の妻。世話人の嫂が、「上の妹が男の子を産みましたよ」といった。ただし『左伝』を離れて、侍者を叔向の側妾の一人と仮定すれば、姒には、夫をともにする妻妾の中の年少者が年長者をよぶ語の意味もあり、世話人の側妾が、「お姉さまが坊ちゃんをお産みになりました」の意になる。今は『左伝』による。　○豺狼　ヤマイヌとオオカミ。　○狼子野心　狼の子は飼い馴らしても野性を失わない。そのように直すことのできぬ天性の兇暴な心をいう。　○与祁勝為乱　祁勝は晋の大夫祁盈の臣下。主人の祁盈にふしだらを理由に捕えられ、処罰されようとしたが、逆に賄賂をつかって頃公去疾に祁盈を捕えさせて処罰を免れた。だが祁盈の臣下は彼を殺して主君の怨みをはらし、ついで一党の楊食我をも殺害した。楊食我が祁勝と乱をなしたとは、こうした混乱をひきおこしたことをいう。この事件は魯の昭公二十八年（五一四B.C.）におこっており、『左伝』は晋の権力者の一人魏献子（舒）により、祁・羊舌二公族の土地が他氏に分与されたことをつたえる。
○詩云　『詩経』小雅・小旻の句。鄭箋に淪は率いるの意、胥は相（互相）の意（『小雅』角弓）、以は与（『大雅』桑柔）の意という。訳文は通釈のとおり。　○視之曰　王註は「其の形貌を相察する（人相見をする）なり」という。　○虎目而豕喙　虎のような獰猛な目、豕のような貪慾な喙。　○鳶肩而牛腹　鳶のようないかり肩、牛のような脇の張った腹、前条と同様、獰猛で貪慾な様子をいう。
○谿壑　二字ともに谷川の意。　○是不可饜也　是は慾望。饜は満足させる。この子の慾は満足させきれない。　○贊理　贊はたすける。代わりをつとめる代理の裁判官。　○邢侯与雍子争田　邢侯は晋の大夫。楚から亡命してきた申公巫臣の子で邢（河北省・邢台市）に領地をあたえられ、鄐（現在地未詳）を兼有した。雍子も楚から亡命してきた晋の大夫で鄐の一部に領地をあたえられた。二人はこの鄐の田地の境界を争ったのである。　○雍子入其女於叔魚　雍子はその女を裁判を有利にすべく、賄賂がわりに叔魚に贈った。

○求直　直は曲直の直。ただしさ。自分を正しいと判決するよう求めた。　○韓宣子　諱は起。献子の子。上卿として悼公周より定公午にいたる五代の国君につかえ、羊舌肸（叔向）亡きあとの晋の政界を動かし、定公十三年（四九七B.C.）趙簡子とともに范・中行氏を滅ぼし、殺した。　○三姦　三人の悪者。叔魚・雍子・邢侯。　○戮其死者　『国語』巻十五晋語九の韋昭註は、「尸を陳ぶるを戮と為す」という。邢侯に殺された叔魚と雍子の屍骸をさらしものにする。　○施邢侯氏　校異31（三七五ページ）参照。邢侯氏の罪を明らかにして殺した。　○尸　屍骸をさらした。　○詩云　『詩経』大雅・桑柔の句。類は鄭箋に「等夷なり」という。族類、同類をいう。訳文は通釈のとおり。　○察於情性　人の本性を見ぬく。　○窮其命　命は運命。運命を見きわめる。

韻脚　○性 sieŋ・命 miĕŋ・正 tieŋ・争 tsĕŋ（17耕部押韻）。

余説　本譚は第十一話の晋范氏母譚と同様、滅亡近づく晋の国の公族・上卿・諸大夫が分かれ争う中で、一門を守り抜こうと努力し、失敗した悲劇の女性の譚である。叔姫は一門滅亡の因を明示し、その除去の対策を示し、仄めかしながら、周囲が彼女の意向に従う才覚・勇気を欠くばかりに、その知性を一門防衛に役立てずに終ったのであった。

第①話は序幕、第②第③話は本段である。第①話は、濁世にあって保身感覚なしの潔癖漢の夫に現実的な保身術を授けて、夫が良心を貫きながら一命を完うできるようにした賢妻の功をしるし、彼女の意見を聴きいれさえすれば、羊舌氏は救われたのだということを立証し、彼女の救いの意見の重要性を鮮かに印象づける一段である。第②第③話は、繈と緥にくるまれた嬰児に、その将来の禍の因を見ぬいて呪いの語をかけ、その予言が適中するという恐ろしい話であるが、母の身、祖母の身で鬼気迫る呪いの語を吐くのは、たんに運命の予見を語っているのではない。周囲に己れの烈しい狂態を呈し、嬰児の殺害を暗に命じているのである。叔姫は、巻一母儀伝の棄母姜嫄や契母簡狄のごとき神話時代の女性ではない。自分の手で、自分の明言によって嬰児の生命を奪うわけにはゆかぬのである。羊舌氏と叔姫の悲劇は、彼女の経験智にもとづく先見の明と狂態のうちに示している冷徹な意志に、周囲が従わなかったことにあった。『左伝』には叔姫の悲劇譚がいま一つ語られている。彼女には伯華・叔向・叔魚のほか、妾腹の子叔虎がおり、彼もまた成人ののち欒懐子（盈）の乱に、その一党として殺され、叔向にも累がおよんで捕われるという惨事をひきおこした。幸い叔向は救われたが、この叔虎の母も美人で、叔姫はその美に夏姫母子と同様の危険を感じとり、夫に彼女を近づけぬようにしたが、子どもたちに嫉妬だと諫められると、「深山大沢は、実に竜蛇（怪物）を生ず。彼（叔虎の母）は美なり。余其の竜蛇を生みて以て女に禍せんことを懼る。女は敝族なり（お前たちの羊舌氏は落ちぶれつつある一族です）。国に大寵（韓・魏・趙以下の上卿や勢力ある諸氏）多し。不仁の人之に間はれば、亦た難からずや（兄弟の中から不仁の者が出て、その仲間に入ったら、諸氏の争いの禍から免がれにくいのではないのかね）」と反駁しながら、結局、「余、何ぞ愛しまん」といって、彼女と夫との房事をゆるして叔虎を生ませてしまったのである（襄公二十一年夏の条）。

十一　晉范氏母

晉范氏母者、范獻子之妻也。其三子遊於趙氏。趙簡子乘馬園中。園中多株。問三子曰、「柰何[1]」。長者曰、「明君不問、不爲。亂君不問而爲」。中者曰、「愛馬足、則無愛民力。愛民力、則無愛馬足」。少者曰、「可以三德使民。設令伐株於山[2]、將有馬爲也[3]。已而開囿[4]示之株。夫山遠而囿近、是民一悅矣。去險阻之山[5]、而伐平地之株、民二悅矣。既畢而賤賣、民三悅矣」。簡子從之、民果三悅。少子伐其謀、歸以告母。母喟然歎曰、「終滅范氏者、必是子也。夫伐功施勞、鮮能布仁。乘僞行詐、莫能久長」。其後、智伯滅范氏。

君子謂、「范氏母、爲知難本」。『詩』曰、「无忝爾祖、式救爾訛[6]」。此之謂也。

晉の范氏の母なる者は、范獻子の妻なり。其の三子趙氏に遊ぶ。趙簡子　馬に園中に乘る。園中　株多し。三子に問ひて曰く、「柰何ん」と。長者曰く、「明君は問はず、爲さず。亂君は問はずして爲す」と。中者曰く、「馬の足を愛しめば、則ち民の力を愛しむ無かれ。民の力を愛しめば、則ち馬の足を愛しむ無かれ」と。少者曰く、「三德を以て民を使ふべし。設し株を山に伐らしむれば、將に馬の爲めにすること有らんとするなり。已にして囿を開きて之に株を示せ。夫れ山遠くして囿近きは、是れ民の一悅なり。險阻の山を去りて、平地の株を伐るは、民の二悅なり。既に畢らば而ち賤く賣れば、民の三悅ならん」と。簡子　之に從へば、民果して三悅あり。少子　其の謀を伐りて、歸りて以て母に告ぐ。母喟然として歎じて曰く、「終に范氏を滅ぼす者は、必ず是の子ならん。夫れ功を伐りて勞を施し、能く仁を布くこと鮮し。僞に乘じて詐を行ふ、能く久長なる莫からん」と。其の後、智伯　范氏を滅ぼせり。

君子謂ふ、「范氏の母は、難の本を知ると爲す」と。『詩』に

頌曰、「范氏之母、貴徳尚信。小子三徳、以詐與民。知其必滅、鮮能有仁。後果逢禍、身死國分」。

曰く、「爾が祖を忝づかしむる无かれ、式て爾の訛を救へ」と。此の謂ひなり。

頌に曰く、「范氏の母は、徳を貴び信を尚ぶ。小子三徳、詐を以て民に與ふ。其の必ず滅びんことを知るは、能く仁有ること鮮ければなり。後果して禍に逢ひ、身は死して國は分たる」と。

通釈　晋の范氏の母とは、范献子の妻のことである。その三人の子が趙氏のもとに遊んだことがある。趙簡子が馬を園中で乗りまわしていた。園には木の切株が多い。簡子は三人の子に、「どうしたものだろうか」と問うた。長男は、「明君はそんな事は問われませんし、対処もなさいません。暗君は周囲に問いもせず民を使われることでしょう」という。中の子は、「馬の足が大事なら、民の力を惜しまれぬように、民の力が大事なら、馬の足を惜しまれぬようになさいませ」という。末の子は、「三つの恩恵で民を使ったらよいでしょう。もし切株を山で伐らせると〔嘘の〕命令を出したら、馬のためになりましょう。〔山で仕事をすることにして〕それから園を開いて民に切株を示すのでございます。そもそも山は遠く園は近いから、民の第一の悦びとなりましょう。険しい山から離れ、平地の株を伐れるならば、民の第二の悦びとなりましょう。仕事がすんだら〔切株を〕廉く売ってやれば、民の第三の悦びとなりましょう」といった。簡子はこの意見に従ったところ、民衆は案のじょう三回悦んだのであった。末の子はその謀りごとを誇り、帰って母親に告げた。母はふかぶかと嘆息をついていった、「しまいに范氏を滅ぼすのは、きっとこの子なのだわ。そもそも自分の手柄を誇って人に苦労をかけ、薄情だわ。インチキの上にペテンをやっている、ながく無事でいられるわけがないわね」と。そのうち、智伯が范氏を滅ぼしたのであった。

君子はいう、「范氏の母は、災難のもとを知っていたとみなせる」と。『詩経』には、「祖先の名を忝ずかしめるな。誤れる汝が言葉を正せ」という。これは范氏の母の子に対する教誨の言のごときを詠ったのである。

頌にいう、「范氏の母なる人は、徳を貴び、信義を尚ぶ。末の子は三つの徳を挙げ、詐偽の徳を民にあたう。母 その必ず滅びんことを知るは、ほとんど仁をかけえざればなり。のち はたして子は禍に遭い、身は死して領国も分たる」と。

校異 1趙簡子乗馬園中、園中多株、問三子曰、柰何 備要・叢書・補注の諸本はこれにつくり、考證本・集注本と叢刊・承應の二本とは柰何二字を奈何につくるが、他はおなじ、梁校は、南唐・徐鍇傳釋『説文解字繫傳』巻十一木部・株引が智伯之園多株、不便於馬、范氏之子、謂伐之也につくることを指摘。「今本と同じからず」と斷じ、蕭校も襲うが、この引文は『古列女傳』の遺文ではなかろう。かつ後句の范氏少子の言をふくめた要約である。　2可以三德使民、設令伐株於山 諸本みなおなじ。ただし承應本は可以三德使民設令、伐株于山と斷句し、「三德を以て民を使ひ令を設くべし。株を山に伐るは」と訓む。　3將有馬爲也 諸本みなこれにつくるが、王校は馬は衍字といい、「蓋し上に涉りて誤りて之を加へしならん」という。梁校・蕭校もこれを襲う。しかしこれは、中者の一方の提言、「馬の足の便のために民を犧牲にして株を伐れ」に加擔、かつ、それでも民に怨嗟感をもたせぬための配慮を語る句。馬字は不可缺であろう。承應本は「將に馬の爲めにする〔こと〕有らんとす」と訓んでいる。　4開囿 叢刊・承應の二本は閑囿につくる。　5去險阻之山 諸本は去字を夫につくるが、顧校引段校は去字にただせという。王校もしかく主張し、梁・蕭二校もこれを襲う。夫は去に字形が近似するために誤ったのであろう。意味上、上記の各校によって改めた。　6无忝爾祖、式救爾訛 叢刊・承應の二本をのぞく諸本は、叢書本が救字を穀につくるほかは、みなこれにおなじ。毛詩には无忝皇祖、式救爾後につくり、叢刊・承應二本もこの措辭につくる。顧校は毛詩との相違を指摘、王・梁・蕭三校は毛詩との相違から、上句の爾・下句の訛を誤りとする。しかし王先謙『詩三家義集疏』巻二十三は、本譚傳文を魯詩の解と見、この措辭をそのまま認め、訛字を譌と同義、『爾雅』釋詁の「世に妖言を以て訛と爲す」を當てて解釋している。　7三德 叢刊・承應二本は三悅につくる。

語釈 ○范獻子 范宣子（士匄）の子。生没年不明。前六世紀半ばより五世紀初めの晉の六卿の一人。獻子は諡。諱は鞅または士鞅。楚の大夫薳啓彊により、晉の有能な支え手として評価された。平公彪が来朝した魯の昭公裯を捕えたときには、「人朝して之を執ふるは、誘くなり。討つに師を以てせずして、誘きて以て之を成すは、惰なり（覇者として怠慢です）」と主張した正論の士の面と、季孫氏に逐われた昭公裯を、季孫平子より賄賂を受けると巧妙な議論によって晉に入れぬようにしむけた策士の面とを併せもった人物であった（『左伝』昭公五年・二七年の条）。その妻のことは『左伝』『国語』等には見えない。　○其三子 未詳。范氏を滅亡にみちびいたのは獻子の子の一人吉射（昭または照子。射の音は『史記』巻三十九晉世家・索隠註による）。生没年未詳。彼は中行氏の当主文子（荀寅）とともに晉侯定公午を奉じる韓・魏二氏らと対決し、趙簡子らの軍と戦って敗北。朝歌（河北省淇県）に逃れ、転戦ののち定公二二年（四九〇

B.C.)、最後の拠点栢人（河北省栢郷県の南）をも失って斉に亡命した（『左伝』定公十三年・哀公五年の条）。　○趙簡子　趙景叔の子。没年は四五七B.C.。晋の六卿の一人。簡子は諡。諱は鞅。別名志父。晋の頃公去疾の周室混乱の平定に加わり、敬王匄の擁立に功を立て、定公午の十三年、范吉射に愛された側妾の子柏皐夷（繹）、中行文子荀寅の卿位を狙う梁嬰父らが韓・魏両氏の勢力と結んで、范吉射・中行文子と確執をおこして晋侯を奉戴すると、その争いに乗じて晋侯を操り、范吉射、荀寅を国外に逐い、晋の実権を握り、諸侯同様の勢力を手中に収めた。直諫の士周舎が死ぬと、直諫の言が聴けなくなったと憂い、晋の人びとの心を摑んだ度量ある奸物であった（『史記』巻四十三趙世家）。巻六辯通伝第七話趙晋女娟にも登場する。　○柰何　この切株をどうしたものだろうか。　○長者　年長の者。　○明君不問、不為　賢明な君主は〔ただ一人の乗馬の楽しみの障害除去のために人民に多大の苦役を負わせるような不仁の事業などは〕〔方法を〕問いもしません、対処もしません。　○三徳　王註は、徳とは恩恵のことという。仕事場が近くなったと安心させて喜ばせる恩、高地の苦役を免れたと誤認させる恩、搾取されても儲けもあったと錯覚させて喜ばせる恩をいう。　○設令　句頭の仮設（仮定）接続詞。もシ～シムレバ（もしかりに～）したら。　○伐其謀　伐は誇る。謀は計謀。　○喟然　音キゼン。ふかぶかと歎息をつくさま。　○施労　人に苦労をかける。　○鮮能布仁　薄情である。鮮能はほとんど出来ない。布仁は仁をかける。　○莫能久長　長い間無事をたもてない。　○智伯滅范氏　范氏を滅ぼしたのは趙簡子だが、范・中行二氏の領地を趙・韓・魏三氏に謀り、晋侯の出公姫錯に建議することなく分けた首謀者は智伯であった。ときに出公十七年（四五七B.C.）。これを怒った出公は斉・魯に四卿討伐を求めたが逆に伐たれて斉に亡命、その道中で死に、一時、晋の実権は哀公驕を立てた智伯に帰した。この一句はこうした事態を述べている。　○詩曰　『詩経』大雅・瞻卬の句。訛は誤った不吉な発言。訳文は通釈のとおり。

韻脚　○信 sien・仁 nien（26真部）　◎民 mıə̆n・分 pıuən（23文部）　陽類二部隔句押韻。

余説　人民に対する寛仁大度も演じて勢力拡充をはかる趙簡子。この老膾な策略家の前で悪質な偽善の詐謀を得意気に語る若輩の范氏の少子。彼の発言は趙簡子に力をあたえ、范氏に人民の怨嗟を招びこむ危険な妖言である。陰謀渦まく権力闘争の世にあっては、逆に范氏の母のごとき実直な有仁の思慮こそが、詐謀以上に一族を安泰ならしめ、強化させる知恵に転じるのである。陰謀は「陰禍」を積むという道家流の考えもあった（『史記』巻五十八陳丞相世家）。彼女の発言の裏には、この陰禍に対する思慮もあるのであろう。本譚では、狂気の発言で夫家一族を救おうとした第十話晋羊叔姫のそれとは対照的な、女性の優しさ・思い遣りによる一族安泰の知恵が語られている。ただし、彼女のこの思い遣りは単なる「婦人之仁」とはちがう。やはり「兼愛無レ私」の上に成りたつ「致レ利除レ害」の現実主義に貫かれた知恵の発揮なのである。

十二 魯公乘姒

魯公乘姒者、魯公乘子皮之姒也。其族人死。[1] 姒哭レ之甚悲。子皮止レ姒曰、「安レ之。吾今嫁レ姊矣」。已過レ時、子皮不三復言二也。魯君欲下以二子皮一爲上レ相。子皮問レ姒曰、「魯君欲下以レ我爲上レ相。爲レ之乎」。姒曰、「勿レ爲也」。子皮曰、「何也」。姒曰、「夫臨レ喪而言レ嫁。一何不レ習レ禮也。後過レ時而不レ言。一何不レ達二人事一也。子内不レ習レ禮、而外不レ達二人事一。子不レ可二以爲一レ相」。子皮曰、「姒欲レ嫁、何不二早言一」。姒曰、「婦人之事、唱而後和。吾豈以下欲レ嫁之故上數レ子乎。子誠不レ習二於禮一、不レ達二於人事一。以レ此相二一國一、據二大衆一、[2] 何以理レ之。譬猶下揜二目而別中黑白上也。揜レ目而[3]別二黑白一、猶無レ患也。不レ達二人事一而相レ國、非レ有二天咎一、必有二人禍一。子其勿レ爲也」。子皮不レ聽、卒受レ爲レ相。居未レ期年、果誅而

魯の公乘姒なる者は、魯の公乘子皮の姒なり。其の族人死す。姒之を哭すること甚だ悲しむ。子皮 姒を止めて曰く、「之を安んぜよ。吾今姊を嫁がしめん」と。已に時を過ぐるも、子皮復た言はざりき。魯の君 子皮を以て相と爲さんと欲す。子皮 姒に問ふて曰く、「魯君 我を以て相と爲さんと欲す。之に爲らんか」と。姒曰く、「爲る勿かれ」と。子皮曰く、「何ぞや」と。姒曰く、「夫れ喪に臨んで嫁を言ふ。一に何ぞ禮に習はざるや。後時を過ぐれども言はず。一に何ぞ人事に達せざるや。子は内は禮に習はずして、外は人事に達せず。子は以て相と爲るべからず」と。子皮曰く、「姒 嫁せんと欲せば、何ぞ早に言はざる」と。姒曰く、「婦人の事、唱へて後和す。吾豈に嫁せんと欲するの故を以て子を數めんや。子は誠に禮に習はず、人事を達らず。此を以て一國に相たりて、大衆に據るも、何ぞ以て之を理めんや。譬へば猶ほ目を揜ひて黑白を別つがごときなり。目を揜ひて黑白を別つは、猶ほ患無きなり。人事を達らずして國に相たらば、天の咎有るに非ずんば、必ず人の禍

死。

君子謂、「公乘姒緣レ事而知二弟之遇一レ禍也[4]。可レ謂レ智矣。待レ禮然後動、不三苟觸二情。可レ謂レ貞矣」。

『詩』云、「蘀兮蘀兮[5]、風其吹レ汝。叔兮伯兮、唱予和レ汝」。又曰、「百爾所レ思、不レ如二我所一レ之」。此之謂也。

頌曰、「子皮之姊、緣レ事分レ理[6]。子皮相レ魯、知二其禍起一。姊諫二子皮一、『殆不レ如レ止』。子皮不レ聽、卒爲二宗恥一」。

有らん。子其れ爲る勿かれ」と。子皮聽かず、卒に受けて相と爲る。居ること未だ期年ならずして、果して誅せられて死せり。

君子謂ふ、「公乘の姒は事に緣りて弟の禍に遇ふを知れり。智と謂ふべきなり。禮を待ちて然る後動き、苟めに情に觸されず。貞と謂ふべし」と。

『詩』に云ふ、「蘀よ蘀よ、風其れ汝を吹く。叔よ伯よ、唱ふれば予汝に和す」と。又曰く、「百 爾 の思ふ所、我が之く所に如かず」と。此の謂ひなり。

頌に曰く、「子皮の姊、事に緣りて理を分つ。子皮魯に相たらんとせしとき、其の禍の起きるを知る。姊 子皮を諫むらく、『殆く止むに如かず』と。子皮聽かずして、卒に宗の恥と爲る」と。

通釈 魯の公乗の姒とは、魯の公乗子皮の姉のことである。その一族の者が死んだ。姒はいとも悲し気に哭礼をささげた。子皮は姒をとどめて、「気を鎮めてください。いまにお姉さまを嫁がせてあげますから」といった。すでに喪が明けたのに、子皮はまるで縁談を口にしない。魯の国君が子皮を宰相にしようとした。子皮が姒に問う、「魯の殿さまがわたしを宰相にしたいと望んでおられます。なったものでしょうか」。姒はいった、「なってはいけません」。子皮が「なぜですか」という。姒は、「そもそも喪に臨んで縁談を口にしましたね。なんとまあ礼に疎いのでしょう。あとで喪があけたのに口にしませんでしたね。なんとまあ世間知らずなのでしょう。あなたは内は礼に疎く、外は世間知らずなのです。あなたには宰相はつとまりませんよ」といった。子皮が、「お姉さまは、結婚したかったら、なぜ早く言ってくださらなかったのですか」という。姒はいった、「婦人の身のふり方は、殿方が話題にされてはじめて従うものなのです。わたしはどうして結婚したいからということであなたを責めたりしましょうか。あなたは誠に礼に疎(うと)く、世間知らずです。そんな事で一国の宰相となって、みなさんを頼りにしても、どうして人びとを治めていけましょうか。たとえば目をおおって黒白を見分けるようなものです。目をおおって黒白を見分けるようなことは、まだ心配は要りません。世間知らずなままに国に宰相として臨むとしたら、天の咎めがなければ、きっと人からの禍があるでしょう。あなたは絶対になってはいけません」と。子皮は聴きいれず、国君の望みを受けて宰相となった。一年もたたぬうちに、はたして処刑されて死んだのである。

君子はいう、「公乗の姒(あねぎみ)は事例によって弟が禍いに遇うことを知った。知恵ある者というべきである。礼を備えてはじめて動き、いいかげんに感情に左右されなかった。貞徳をそなえた者というべきである」と。『詩経』には、「枯葉よ枯葉、風が汝を吹き靡(なび)かせる。三郎の殿よ太郎の殿よ、殿らの言葉に吾はしたがう」といっている。また、「もろもろの人の思いも、わが思う道にはおよばず」ともいっている。これは魯の公乗の姒(あねぎみ)の心のうちを詠(うた)ったものである。

頌(しょう)にいう、「公乗子皮の姉なる人は、事例(ことのためし)に道理を見分けぬ。子皮が魯の宰相を望むや、禍いの起こるを見ぬけり。姉は子皮を諫めていえり、『おそらくは止(や)めるが上策』と。公乗子皮は聴く耳もたず、ついに一族の恥とはなりぬ」と。

校異　1其族人死　この四字、梁校引盧校は其夫死の三字に改むべしという。蕭校は梁校を襲う。　2據大衆　叢刊・承應の二本は據大政につくる。梁校は一本、衆を政につくるといい、蕭校も梁校を襲う。　3揜目　叢刊・承應の二本は、この揜字のみ掩につくる。　4禍　叢刊・承應の二本は禍につくる。　5蘀兮蘀兮　叢書本、叢刊・承應の二本は蘀字を籜に誤刻する。　6緣事分理　叢刊・承應の二本は明事分禮につくる。梁校は一本理を禮につくるといい、蕭校も梁校を襲う。

語釈　○魯公乗姒者、　公乗は複姓。『説苑(ぜいえん)』巻十善説に、魏の文侯斯の觴政(しょうせい)（酒席の規則）を執行、文侯にも臣下と公平に罰杯を課した姓は公乗、名は不仁という人物の話を載せている。顧註もこの事を指摘する。姒は王・梁二註に姉の意という。魯の相の姉となったので、「あねぎみ」の尊称で訳した。　○公乗子皮　王註は公乗が姓、子皮が名（諱）という。本譚では魯の相となった人物というが、どの魯侯につかえたかも説かれていない。『左伝』『国語』等にも見えず、仮空の人物であろう。本譚はおそらく劉向の虚構(フィクション)であろう。　○族人　同宗・一族の者。公乗姒は貞徳を讃えられた仁智の女性。夫の死後に再婚を希望していると誤解されるような人物とは考えられない。〔校異〕1の盧校の夫字の誤り説は採れない。顧註引段註には期功（一年と大・小功の喪に服する）該当の人物という。　○安

之　気を鎮めてください。　○過時　喪が明けたのちも。　○臨喪而言嫁、一何不習礼　『礼記』曲礼上に、「居喪には楽を言はず。祭事には兇を言はず（服喪中は楽事・慶事について語ってはならない。祭礼中は兇事について語ってはならない）」という。人生最大の楽事たる婚礼を口にするのは非礼の最たるもの。一何は、強い詠嘆をあらわす副詞、なんとまあ。不習礼は、礼に習れていない。礼に疎い。　二句の訳文は通釈のとおり。　○不達人事　達はさとる。人事は世間の事。　○不可以為相　宰相にはなってはいけません。○婦人之事、唱而後和　『白虎通義』嫁娶には「礼に男は娶り女は嫁すとは何ぞや」「陰は卑く自専するを得ず、陽に就きて之を成せばなり。故に伝（『易緯乾鑿度』）に曰く、『陽倡へて陰和し、男行ひて女従ふ』と」とある。婦人之事（女の身のふり方）とは、ここでは、とくに婚姻のこと。唱而後和とは、男が言いだしてはじめて女が和して従うということ。　○数子　数を王註は速（催促する）というが、「補注校正」牟房註の責譲や、梁註の責の意であろう。蕭註は王・牟二註を併せて詳引、牟註を支持、『左伝』（僖公廿八年春の条）の数レ之以下其不レ用二僖負羈一（而乗レ軒者三百人上也）を挙げて、その補証とする。あなたを責める。　○揜目　揜は弇（おおう）の別体字。目をおおう。　○縁事　事は事例、先の事例によって。　○触情　触は触犯（おかす）。感情に左右される。　○詩云　『詩経』鄭風・蘀兮の語。蘀は枯葉。前二句は興。叔は三男、伯は長男の美称。句意は、枯葉よ、風がお前（枯葉）を吹き靡かせる。三郎の殿よ太郎の殿よ、（風が枯葉を靡かせるように）声をかけてくれたら私はあなたに従いましょう、ということ。　○又曰　『詩経』鄘風・載馳の語。百爾の爾は鄭箋に女の意という。あなた方多勢。之は思におなじ。訳文は通釈どおり。　○殆不如止　殆は恐怕（おそらく）におなじ。おそらく止めた方がよい。

韻脚　○理 lıəg・起 k'ıəg・止 ṭıəg・恥 ṭ'ıəg（1之部押韻）。

余説　旧中国宗法社会では、女性は婚姻によって夫家の一員となり、はじめて社会的存在たりえた。本文に明示を欠くが、公乗姒が族人の死に遭遇したのは、女性一生の大事たるこの縁談が進んでいるときなのであろう。彼女の哭礼の激しさが服喪の礼の責務からでなく潰れかけた縁談のためと弟の子皮が誤解したのも当然である。だが彼女の哭礼は族員の責務からのものであった。いっぽう姉の心情を誤解した子皮は、『礼記』曲礼下に説かれるごとき居喪中の忌事たる結婚の楽事に言及したばかりか、喪が明けると迂闊にも姉の縁談を忘れた。忘れたのは縁談の一事ではない。言葉に信義を通して世間の人心を摑むという道義感覚と処生智である。姉は為政者として必要なこの礼・道義感覚・処世智の欠如から、弟の宰相就任を諫止するが、姉の心情を誤解し、その知恵を見ぬけぬ子皮は宰相となり、わが身を破滅させた。本譚はそう読める。劉向は、女性に、婚姻による一身の安定のみを考えず、世間に対する観察眼と母家本宗への礼と智による義務の遂行を要請し、男性に対しても、女性もまた集団への責務を分かちあう存在として認め、その諫言を受けいれるべきことを望んだのであった。次の第十三話では、彼は、女性の心を宗族よりもさらに広い公的集団たる国家にも向けることを要請している。

十三　魯漆室女

漆室女者、魯漆室邑之女也。過時未適人。當穆公時、君老、太子幼。女倚柱而嘯、旁人聞之、莫不爲之慘者。[1] 其鄰人婦、從之遊、謂曰、「何嘯之悲也。子欲嫁耶。吾爲子求偶。」[2] 漆室女曰、「嗟乎、始吾以子爲有知。今無識也。吾豈爲不嫁不樂而悲哉。吾憂魯君老、太子幼。」[3] 鄰婦笑曰、「此乃魯大夫之憂。婦人何與焉。」[4] 漆室女曰、「不然。非子所知也。昔晉客舍吾家、繫馬園中。馬佚馳走、踐吾葵、使我終歲不食葵。[5] 鄰人女、奔隨人亡。其家倩吾兄、行追之。逢霖水出、溺流而死、令吾終身無兄。[6] 吾聞、『河潤九里、漸洳三百步』。[7] 今魯君老。老必將悖。太子少。少必愚。愚悖之間、姦僞互起。[8] 夫魯國有患者、君臣・父子、

漆室の女なる者は、魯の漆室邑の女なり。時を過ぐるも未だ人に適がず。穆公の時に當り、君は老い、太子は幼し。女 柱に倚りて嘯くに、旁の人之を聞き、之が爲めに慘まざる者莫し。其の鄰人の婦、之に從ひて遊び、謂ひて曰く、「何ぞ嘯くことの悲しきや。子 嫁がんと欲するか。吾 子が爲めに偶を求めん」と。漆室の女曰く、「嗟乎、始め吾 子を以て知有りと爲せり。今識ること無しとす。吾豈に嫁がざるが爲めに樂しまずして悲しまんや。吾 魯の君老い、太子幼きを憂ふ」と。鄰の婦笑って曰く、「此れ乃ち魯の大夫の憂なり。婦人何ぞ焉に與らんや」と。漆室の女曰く、「然らず。子の知る所に非ざるなり。昔晉の客吾が家に舍り、馬を園中に繫ぐ。馬佚れて馳走し、吾が葵を踐み、我をして終歲葵を食はざらしむ。鄰人の女、奔って人に隨って亡がる。其の家 吾が兄に倩ひて、行きて之を追はしむ。霖水の出づるに逢ひ、流れに溺れて死し、吾をして終身 兄無からしむ。吾聞く、『河 九里を潤せば、漸洳は三百步』と。今 魯の君は老いぬ。老ゆれば必ず將に悖らんとす。

皆被其辱、禍及衆庶。婦人獨安所避乎。[9]吾甚憂之。子乃曰、『婦人無與者』、何[10]哉」。鄰婦謝曰、「子之所慮、非妾所及」。居三年、魯果內亂。[11]齊・楚[13]攻之、魯連有寇。[12]男子戰鬬、婦人轉輸、不得休息。

君子曰、「遠矣、漆室女之思也」。『詩』云、「知我者謂、『我心憂』。不知我者謂、『我何求』」。此之謂也。

頌曰、「漆室之女、計慮甚妙。[14]維魯且亂、倚柱而嘯。『君老嗣幼、愚・悖姦生』。魯果擾亂、齊伐其城」。

太子少し。少ければ必ず愚ならん。愚悖の間、姦僞互ひに起る。夫れ魯國に患有らば、君臣・父子、皆其の辱を被り、禍は衆庶に及ばん。婦人獨り安んぞ避くる所あらんや。吾甚だ之を憂ふ。子乃って曰く、『婦人與る者無し』とは、何ぞや」と。鄰の婦謝して曰く、「子の慮る所は、妾の及ぶ所に非ず」と。居ること三年、魯果して內亂る。齊・楚之を攻め、魯連りに寇有り。男子は戰鬬し、婦人は轉輸して、休息するを得ず。

君子曰く、「遠きかな、漆室の女の思ふことや」と。『詩』に云ふ、「我を知る者は謂ふ、『我が心憂ふ』と。我を知らざる者は謂ふ、『我は何をか求む』と」。此の謂ひなり。

頌に曰く、「漆室の女は、計慮甚だ妙なり。維れ魯且に亂れんとするや、柱に倚りて嘯く。『君老い嗣幼く、愚・悖なれば姦生ず』といふ。魯果して擾亂し、齊其の城を伐てり」と。

通釈　漆室の女とは、魯の漆室の邑の女である。適齢期をすぎても人に嫁げぬままでいた。頃は穆公顕の治世、国君は年老い、太子は幼かった。女が柱にもたれて歎きの口笛を吹いていたとき、傍にいた者は、誰もが口笛の悲しい音色のために痛ましい思いをした。近所の人妻が、彼女と一しょに外出したときに、いった、「どうして悲しげに口笛を吹くの。あなたは嫁に行きたいのじゃなくて。わたしが婿さんを世話してあげるわ」。だが漆室の女はいうのであった、「ああ、以前わたしは、あなたが知恵のある方だと思っていました。でも今は見識のない方だとわかりました。わたしはどうして嫁に行けず楽しくないからといって悲しんだりしましょうか。わたしは魯の殿さまが年老い、太子さまが幼いことを心配しているのですよ」。近所の人妻が笑って、「そんな事なら魯の大夫の方の心配事じゃないの。女がそんな事にどんな関係があるのよ」という。漆室の女は、「そうではありませんわ。あなたはご存じないのよ。むかし晋の旅人がわが家に泊まったことがありましたの。馬を庭につないでおいたら、馬が逃げて駆けだし、うちの葵を踏みにじり、わたしたちに一年じゅう葵を食べられなくしたことがあったのですわ。近所の女が駆けおちして男について逃げていったことがありましたの。その家では、兄に頼みこんで、彼らを追わせに行かせました。大雨の出水に逢って、兄は流れに溺れて死に、わたしを一生兄のない身にしてくれたのですわ。わたしは、『黄河が九里に水出せば、湿地の幅は三百歩』と聞いています。〔大きなものが事故をおこすと、その影響は広く及ぶものですわ〕。いま魯の殿さまはお年寄りです。年寄りになられれば必ず出たらめをなさいます。太子さまは幼いのです。幼ければ必ず馬鹿をなさいます。出たらめと馬鹿が行なわれる間には、悪企みやインチキもつぎつぎ起こってきます。そもそも魯の国に災難がおきたら、殿さまも家来も、父も子も、みな辱かしめを受け、禍は大衆・庶民にまでおよぶでしょう。女だけがどうして避けられるでしょう。わたしはとても心配ですわ。あなたはそれなのにかえって、『女には関係がないわ』とおっしゃるのは、なぜなのでしょう」といいかえした。近所の人妻は謝って、「あなたの考えは、妾のおよばぬことでしたわ」といったのであった。それから三年後、魯は案のじょう内乱となった。斉や楚がこの国を攻め、魯はしきりに侵略を受けた。男たちは戦闘にあけくれ、女たちは兵糧の輸送に追われ、休む暇もなくなったのである。

君子はいう、「なんと遠くを見とおしていたことだろう。漆室の女の考えは」と。『詩経』には、「わが情を知る人は斯くいわん、『わが心 憂う』と。わが情を知らぬ人はいわん、『われは何を求めてたたずむか』と」といっている。これは隣人に理解されぬ漆室の女の憂国の情を詠ったものである。

頌にいう、「魯の漆室の邑の女は、先を見ぬくその計慮いとも深し。魯の国のいまや乱れんとするとき、柱にもたれ口笛に歎きを託す。『国君は年老い嗣君幼く、愚行と悖乱に悪事は生まる』と。魯の国は果たして乱れ、斉の国その城を伐つ」と。

校異 ＊本譚と類似の譚は、おそらく筋書きの一部を提供したと思われる『韓詩外傳』巻二魯監門女嬰の譚や、本譚をもとに造られたと思われる「貞女引」序・歌（傳・後漢蔡邕撰『琴操』巻上所收）がある。（序は『後漢書』巻六十四盧植の傳にも引かれ、顧校にもその本譚の異傳たることについての言及がある）。蕭校は後者との對校をも廣く行なっているが、不可缺の一句以外は、これら二作との廣範圍にわたる對校は無益である。よって二作品は〔餘說〕に紹介する。また『論衡』等の引文對校も一部にとどめた。◎1魯漆室邑之女也、過時未適人、當穆公時、君老、太子幼、女倚柱而嘯、傍人聞之、莫不爲之慘者　諸本はこれにつくるが、『後漢書』巻五十七劉陶の傳・李註引には、魯漆室邑之女の下の也字なく、女倚柱而嘯の嘯字を啼に、莫不爲之慘者の句を心莫不慘慘者につくる。『藝文類聚』巻八十二草部下葵引は、魯漆室女、倚柱而嘯の八字につくる。『白孔六帖』巻二十女引は魯漆室邑之女、過時未適人、倚柱而嘯の十五字、同巻六十二嘯引は魯漆室邑女、過時未嫁、倚柱而悲嘯の十四字につくる。『太平御覽』巻一四七皇親部十三太子二引も『藝文類聚』におなじ。同上巻三九二（ママ）人事部三三嘯引は、魯漆室之女者、過時未適人、當穆公之時、君老、太子幼、女倚柱而嘯につくる。同上巻四八八人事部一二九悲引は、魯七室邑之四（ママ）者、（中間二十字おなじ）心莫不爲之慘慘者につくる。同上巻九七九菜茹部四葵引は、魯漆室有女、過時未適人、倚柱而嘆の十四字につくる。漆室については、『御覽』人事部・悲引が七室につくるほか、顧校引段校が、『後＝續漢書』志二十一郡國三東海郡に「蘭陵に次室亭有り」の句があり、劉昭註に『地道記』に「故魯次室邑」とあり、『列女傳』の漆室邑が、「次室邑」にもつくられているとあることを述べ、顧校自體が『論衡』實地篇、『潛夫論』にも次室につくられていることを説く。王校はこの段校を承け、梁校は段・顧兩校とおなじ對校文獻を擧げ、漆・次は一聲の轉（變化）」と指摘、さらに上記『御覽』人事部悲引の七室の例に觸れ、その註に「一邑七宮」とあり、その宮字は室の誤り、「新莽侯鉦重五十来斤」という説あり、この来字は七にも漆にもつくられるといい、『墨子』貴義にも「周公旦朝讀書百篇、夕見漆（＝七）十士」といい、晉羊叔姬（三六七ページ）にも「三室之邑」とあるから舊注（？）には據る所あらんと斷ずる。蕭校はこの梁校を引くが、『水經注』巻二十五泗水注に應劭『十三州記』の「漆鄉、郗邑」とあり、『左傳』襄公廿一年春の條の「郗庶其以漆閭丘來奔」とあり、漆は地名だが、室・邑と連ねるのは詞として不適當だという。蕭校補曹校は、さらに『太平寰宇記』沂州承縣下引『十三州志』に「蘭陵、故魯之次室邑也、其後楚取之、改名蘭陵、『列女傳』云、魯次室女倚柱而歎曰、君老太子幼、〔後七句二十七字畧〕」とあり、みな漆室を次室につくるという。ただし、この『列女傳』が『古列女傳』か否かは不明。以上、清朝諸家の校によれば、漆室邑は次室〔邑〕、七室邑、漆〔鄉〕ともしるされる所であった。（現在地は〔語釋〕1・三九二ページ參照）。嘯字については、啼（『後漢書』劉陶の傳引）・嘆（『御覽』菜茹部引）の可能性もあるが、頌中第四句句末には嘯字があり、第二句句末の妙字と押韻しあっているので、これらに對應して嘯字のままにすべきである。梁校は『後漢書』劉陶の傳引に啼、『御覽』人事部引に嘆（人事は菜茹の誤り。人事部引は嘯につくる）、皇親部引に嘯につくると指摘、後人が改めたのではないかと推測する。蕭校は梁校の指摘部分のみを襲い、さらに『琴操』に悲吟而嘯とあると指摘、字解におよんで、『詩經』召南・江有汜の鄭箋に「蹙口出聲」ことと説くという。つぎに莫不爲之慘者については、梁校が、『後漢書』劉陶の傳李註引に心莫不慘慘者に、『御覽』〔人事部悲〕引が心莫不爲之慘慘者につくることを指摘。王校も前者に言及。蕭校は王・梁二校を併擧する。いまはこのままにする。　2其鄰人婦、從之遊、謂曰、何嘯之悲也、子欲嫁耶、吾爲子求偶　『後漢書』李註引は、鄰婦從之遊、謂曰、何哭之悲、子欲嫁乎、吾爲子求偶につくる。『藝文類聚』は、鄰婦曰、欲嫁乎の六字につくる。『六帖』女引は鄰婦曰、子欲嫁乎の七字につくる。嘯引は傍人問之曰、何嘯之悲也、子欲嫁乎、吾爲子求偶の十八字につくる。『御覽』皇親部引は、其鄰人婦、從之遊、謂曰を、鄰婦謂之曰につくる。また子欲嫁耶の耶字を乎につくる。同上人事部嘯引は、鄰人婦、從謂曰、何嘯之悲也、子欲嫁乎の十五字につくる。同上人事部悲引は、從之遊謂曰を謂曰に、子欲嫁耶を欲嫁乎につくるほかは、これにおなじ。同上菜茹部引は、鄰婦謂曰、何悲也、欲嫁乎の十字につくる。　3漆室女曰、嗟乎、始吾以子爲有知、今無識也、吾豈爲不嫁不樂而悲哉、吾憂魯君老、太子幼　叢刊本は太子の太字を壞字の大につくる。『後漢書』李註引は、始吾以下の句を始吾以子爲知、今反無識也、吾豈爲嫁之故、不樂而悲哉、吾憂魯君老而太子少也につくる。なお『後漢書』李註引は次の鄰婦笑曰以下の後句なし。『藝文類聚』引は、曰、吾憂魯君老而太子少也の十一字につくる。『六帖』女引は非也、予憂者、魯君老、太子幼の十一字につくる。同上嘯引は漆室邑之女曰、吾豈爲不嫁之故而悲哉、憂吾君老、太子少也の四句二十四字につくる。なお嘯引はここまでである。『御覽』皇親部引は、女曰、吾豈嫁哉、吾憂魯君老而太子少也につくる。同上人事部嘯引は、女曰、吾憂魯君老而太子少也の十二字につくる。同上人事部・悲引は、七室女曰、豈爲嫁之故、不樂而悲哉、吾憂魯君老而太子少也につくる。嘯・悲の兩引は、鄰婦笑曰以下の後句なし。同上菜茹部引は、人事部・嘯引とおなじ十二字につくる。　4鄰婦笑曰、此乃魯大夫之憂、婦人何與焉　『藝文類聚』引は、婦曰、此魯大夫之憂の八字につくる。『六帖』女引は鄰婦曰、此大夫之憂也の九字につくる。『御覽』皇親部引は、鄰婦曰、此乃魯大夫之憂也、且魯國雖有事、婦人何與につくる。同上菜茹部引は、婦曰、此魯大夫憂焉の八字につくる。あるいは皇親部引が原型最近似の措字の可能性もあるが、いまはこのままにする。

5漆室女曰、不然、非子所知也、昔晉客舍吾家、繫馬園中、馬佚馳走、踐吾葵、使我終歲不食葵　『藝文類聚』引は、女曰、昔晉客舍我家、繫馬於園、馬佚、踐吾園葵、使吾終歲不厭葵味につくる。なお『藝文類聚』は、ここまでである。『六帖』女引は女曰、不然、昔有客過繫馬園中、馬逸踐予葵、使予終歲不飽葵の五句二十四字につくる。『御覽』皇親部引は、女曰、子知其一、不知其二也、昔者、晉客舍吾家、繫馬、馬佚、馳踐吾園葵、使我終歲不厭菜につくる。同上菜茹部引は、女曰、昔有晉客、舍吾家、繫馬於園、馬佚踐吾園葵、使吾終歲不猒葵味につくる。あるいは皇親部引が原型最近似の可能性もあるが、いまはこのままとする。梁校は『藝文類聚』『御覽』菜茹部兩引第六句の措辭を指摘。（なお梁校は人事部についても指摘するが、人事部は前條3に擧げたように、嘯・悲二部とも、この該當句はない筈である）。蕭校は梁校を襲うとともに、『琴操』には、第四句の晉客二字が楚人に、第六句の佚字が逸につくるとも指摘する。

6鄰人女、奔隨人亡、其家倩吾兄、行追之、逢霖水出、溺流而死、令吾終身無兄　考證・補注二本は第七句の令字を今につくる。『六帖』女引は鄰女奔、使予兄追之、逢水溺死、使予終身無兄の四句十八字につくる。『御覽』皇親部引は、鄰人女奔亡、借吾兄追之、溺流而死、令吾終身無兄につくる。同上菜茹部引は、鄰女奔亡、借吾兄追、霧出以求、溺流而死、使吾終身無兄につくる。王校は第三句の倩字を問題とし、字義をば借の意と解する。梁校は、清・馬瑞辰が『琴操』所收「貞女引」が倩字を請字につくること、倩は請の字體近似による譌字たることを指摘することを紹介。同時に『御覽』皇親・菜茹二部引が借字につくること、借・倩二字の音が近似することをもって馬説を非としている。しかし借は音 tsiăk 又は tsiag・倩・請はともに音 ts'ieŋ であって、梁説がかえって誤っている。倩もまた請・靚（乞う）の意味がある。蕭校は王・馬二説に、梁校の『御覽』二部の措辭指摘のみを併擧する。第七句の令字、梁校は舊本今字に誤るといい、『御覽』皇親部引により校改。蕭校もこれを襲う。　7吾聞、河潤九里、漸洳三百步　『六帖』女引は吾字を予につくる。『御覽』皇親部引にはこの二句なし。同上菜茹部引はこれにおなじ。　8今魯君老、老必將悖、太子少、少必愚、愚悖之間、姦僞互起　諸本は、今魯君老悖、太子少愚、愚僞日起の十三字につくるが、論旨が不自然である。『六帖』女引はこれらの句なし。『御覽』皇親部引は姦字を異體の奸につくるほかは、これにつくる。すでに梁校は皇親部引によってこそ「文義較ゝ完足す」と指摘している。さらに頌の第六句には愚悖之間、姦僞互起の句に相應する「愚悖なれば姦生ずといふ」の句もある。これにより校改する。同上菜茹部引は、今魯國微弱の四字につくる。　9夫魯國有患者、君臣・父子、皆被其辱、禍及衆庶、婦人獨安所避乎　諸本はこれにつくるが、承應本は、皆被以下の二句を、皆被其辱禍、及衆庶と斷句する。『六帖』女引は、今魯國有患、君臣父子、被其辱、婦人獨安所避乎の四句十九字につくる。同書女引はここまでである。『御覽』皇親部引は、夫魯國有事、禍及衆庶。婦人獨安所避之につくる。なお同部は、後句の吾甚憂之以下、何哉にいたる十四字なし、同上菜茹部引は、亂將及人の四字につくる。なお同部は吾甚憂之以下、非妾所及にいたる二六字なし。　10子之所慮、非妾所及　『御覽』皇親部引は、子之慮、非吾所及也につくる。　11居三年、魯果內亂　諸本ならびに『御覽』菜茹部引は、三年、魯果亂につくる。同上皇親部引はこれにつくる。皇親部引により、居・內二字を校增。なお菜茹部引は、齊・楚攻之以下の句なし。
12魯連有寇　『御覽』皇親部引はこの句なし。　13轉輸　『御覽』皇親部引は轉字を缺く。　14妙　叢刊・承應の二本のみ妙につくる。

語釈　○漆室　魯の邑の名。その各種の異表記は〔校異〕1（三九〇ページ）を参照。七室は、『御覧』人事部・悲引に「一邑七宮（宮は室の譌字）なり」の註がそえられており、七戸の小邑の意になるので、実名は後の漢の東海郡蘭陵に属した次室と春秋の邾国に属した漆〔鄉〕の二つとなる。現在地は、前者とすれば山東省棗荘市南方の嶧城鎮、後者とすれば山東省鄒県の東である。　○過時未適人　時は婚姻の時期、いわゆる適齢期。適は出嫁（嫁ぐ）におなじ。　○穆公　姓は姫、諱は顕。在位四〇七～三七七B.C.。祖父悼公寧の時代に、すでに魯は公族の三桓氏（孟孫・叔孫・季孫）より下位の小侯に転落しており、在位十四年目に最（山東省曲阜市東南）を斉に奪われたのをはじめ、しばしば斉の侵攻を受けていた。『史記』巻三十三魯周公世家、同上巻十五六国年表等参照。　○太子　後の共公奮。侯位在位三七六～三五四B.C.。　○嘯　王註に、「口を吹きて声を作す」という。口笛。　○莫不為之慘者　漆室女の悲しい口笛の音に痛ましく感じない者はなかった。　○従之遊　漆室女に従って外出した。　○求偶　偶は配偶者。婿を世話する。　○与　関係する。
○馬佚馳走　佚は逸（のがれる）におなじ。馳走は駆ける。　○葵　アオイ科に属する多年草。数種あるがフユ（カン）アオイとタチアオイの二種が主として食用、薬用として栽培される。　○終歳　一年ぢゅう。　○奔随人亡　奔は夜奔（駆けおち）のこと。人は男。亡は逃亡する。　○倩　請におなじ。頼みこむ。なおこの字には倩人（人をやとう）の意味もある。　○霖水　長雨による出水。
○河潤九里、漸洳三百歩　河は黄河。漸洳は湿地。蕭註に「河潤九里」の句は『荘子』に出づという。『荘子』列禦寇には「河は九里を潤し、沢は三族に及ぶ（黄河が沿岸九里を潤す。そのように恩恵は父・母・妻族の三族までおよんだ）」の語がある。一句増加のこの句も同主旨の俗諺であろう。黄河が沿岸九里を潤せば、湿地が両岸三百歩（四〇五メートル。一歩は一・三五メートル。ただし実数をいう訳ではない。広域の意）の幅にひろがる。そのように大きな存在は影響するところが広い。蕭註は漸洳については『詩経』魏風・汾沮洳の「彼汾沮洳」の句の鄭箋に見える「沮洳、其漸洳者（湿った所）」の意とおなじという。　○悖　もとる。する事が出たらめになる。
○愚　馬鹿をしでかす。　○姦偽　悪企みやいんちき。　○衆庶　大衆・庶民。　○居三年、魯果内乱、斉・楚攻之、魯連有寇　有寇は侵略を受けること。訳文は通釈のとおり。ただし史実はこれとは異り、斉の侵攻は穆公の先君たる元公嘉（在位四二八～四〇八 B.C.）の時代にすでに深刻化しており、楚の討伐が激烈化し、ついに楚に併呑されるにいたったのは、最後の第三十四代頃公讎（在位二七二～二四九 B.C.）のときである。本譚は長期にわたった魯国の衰退の歴史の中で、その頽勢の因を見ぬき、衰亡を憂えた遠識の女性も存在したであろうと仮定する虚構譚である。　○転輪　王註は転運におなじ、糧芻（食糧や家畜の飼料）を輓運（輸送）することだという。
○遠矣　矣は詠歎の語気詞。なんと遠く先を見こしていたことか。　○詩云　『詩経』王風・黍離の句。鄭箋に「知我者」とは「我の情を知る」ものといい、「我何求」とは、「我の久しく留まりて去らざるを怪しむ」という。訳文は通釈のとおり。　○計慮甚妙　計慮は対策を思案し熟考すること。妙は深遠なこと。

韻脚　○妙 miɔg.（7宵部）嘯 sög（4幽部）　◎生 sïeŋ・城 dhieŋ.（17耕部）　＊妙・嘯二字宵部・幽部通韻の換韻格押韻。

余説　魯の漆室女は日常生活の思いもかけぬ事故の因果関係の観察から、政権の頂点に立つ者の無知・放縦が国政を腐敗させ、国難に発展することを予測し、これを憂えた。劉向は無論「女不言外」（『礼記』内則）の礼の原則を覆そうとはしない。女性が政治という外事に直接加わることを望んではいない。しかし、うら若い庶民の女のいぢらしい憂国の情を描くことで、后妃・官僚の妻という政権担当者の内助をつとめる女性たちに、夫が国運と民生の安泰につくすよう目を光らせることを要請したのであろう。明末に成立した伝・王相母劉氏撰『女範捷録』の忠義・知慧の二篇は、旧時代にあって、女性が夫を助けるという立場を超え、自分自身でも国家・社会の動向にかかわるべきことを主張した文章だが、この知慧篇中にも漆室女の事跡が語られている（拙著『教育からみた中国女性史資料の研究―女四書と新婦譜三部書―』明治書院・一九八六年刊・三〇六〜三一八ページ参照)。序章に本譚が実際に女性の政治意識の涵養に資したことを示す一例として、清末の革命家・女権運動家秋瑾(一八七五〜一九〇七)の庚子義和団事変による亡国の危機を憂えた「杞人憂」の詩を挙げておいた。(序章　解題『列女伝』の成立と後続書・上巻六一ページを参照)。

ところで本譚は魯の末期を穆公一代の事のごとく、寓話を実の史話のように語っているが、原筋は『韓詩外伝』巻二第二話魯監門女嬰に借りて造られたものである。その抜抄を次に示しておこう。

魯監門(門番)之女嬰従レ績(糸績ぎをしていた)。中夜泣涕。其偶曰、「何謂而泣也」。嬰曰、「吾聞二衛世子不肖一、所三以泣二也」。其偶曰、「衛世子不肖、諸侯憂也。子曷為泣也」。嬰曰、「吾聞レ之、異二乎子之言一也。昔有三宋之桓司馬得二罪於宋君一。出二於魯一。其馬佚而騒二吾園一、而食二吾園之葵一。是歳、吾聞国人亡二利之半一。越王勾践、起レ兵而攻レ呉。諸侯畏二其威一、魯往献レ女、吾姉与レ焉(姉がその貢物に選ばれた)。兄往視レ之、道畏而死。(畧)今、衛世子甚不肖好レ兵。吾男弟三人。能無レ憂乎(戦争に駆り出されると思えば)心配せずにいられようか)。云云」。

さらに本譚は後世に『貞女引』序並歌辞(伝・後漢・蔡邕撰『琴操』巻十一『叢書集成』所収―)という作品をも生みだした。ここでは漆室女は憂国の情を披攄していても、その憂いは過去・現在の悲しみに終始している。彼女は『列女伝』や『外伝』のヒロインのごとく遠きを考え、先を思いやる遠識の女ではない。「淫心」を遂げられぬために悲歎していると誤解されて憤り、烈死(貞操固守およびそれによって得られる名声のために死ぬこと)を遂げる貞女に変質してしまっている。以下その序の抜抄と歌辞の全文を示そう。なお文中に出てくる女貞とはモクセイ科に属する常緑の小高樹。和名(トウ)ネズミモチ。(学名はLingustrum Lucidum, Ait.)厳冬にも屈せず緑を誇る姿は女性の堅貞の節操の象徴とされている。歌辞は宋・郭茂倩撰『楽府詩集』巻五十八にも『処女吟』の名で収めており、第四聯上句の不移、第五聯下句の世徹清兮はそれぞれ、不同、去微清兮につくっている。*〔校異〕序中既述の『後漢書』所収の序(三八九〜三九〇ページ)は、末尾に自経而死の四字をくわえている。

漆室女倚レ柱悲吟而嘯。鄰人見二其心之不レ楽也、進而問レ之曰、「有二淫心欲レ嫁之念一耶。何吟之悲」。漆室女曰、「嗟乎、嗟乎、子無レ志。(略)昔者、楚人得二罪於其君一走逃。吾東家馬逸、蹈二吾園葵一、使二吾終年不レ厭。吾西鄰人失レ羊不レ還。請二吾兄一追レ之。霧濁、水出、使二吾兄溺死、終身無レ兄。政之所レ致也。吾憂レ国傷レ人。(略)而為二人所レ疑」。於レ是(略)見二女貞木一、喟然歎息(ふかぶかと歎息をつき)、援レ琴而弦歌(琴の伴奏にあわせて歌い)、以二女貞之辞一云、

菁菁茂木　隠独栄兮　　麗しくゆたかに茂る木よ、人目を避けて一人花咲く
変化垂レ枝　合二秀英一兮　　日びに伸び姿変え枝をたらして、秀でたる花英たわわにぞつく

修レ身養レ行　建ニ令名一兮　身を修めて行ない練りて、芳しき名誉をここに建てたり
厥道不レ移　善悪并兮　我その道を移さざるも、善きも悪しきも併せて世に生く
屈レ窮就レ濁　世徹レ清兮　身を曲げて濁れる世につけば、世は我が清き心を砕く
懐レ忠見レ疑　何貪レ生兮　忠をいだくも疑われたれば、などて名誉汚されたる生命を貪らん

なお庶民の女性が、政治と自分の生活との関連に思いを致し、亡国を心配するという語は、『左伝』昭公廿四年夏六月の条にも見える。「嫠女　緯を恤みずして、周の隕ぶことを憂ふ（やもめが機の横糸を気にかけず、周王朝の滅亡を心配する）」である。『外伝』の魯漆門女嬰譚の成立の背景にはこうした語もあり、劉向も、この語の存在を意識していたかも知れない。

十四　魏曲沃負

曲沃負者、魏大夫如耳母也。[1] 秦立ニ魏公子政一、爲ニ魏太子一。[2] 魏哀王使下使者爲ニ太子一納上レ妃。而美、王將ニ自納一焉。[3] 曲沃負謂ニ其子如耳一曰、[4]
「王亂ニ於無一レ別。[5] 汝胡不レ匡レ之。[6] 方今戰國、[7] 强者爲レ雄、義者顯焉。今魏不レ能レ强、王又無レ義。何以持レ國乎。王中人也。不レ知ニ其爲一レ禍耳。汝不レ言、則魏必有レ禍矣。有レ禍必及ニ吾家一。汝言以盡レ忠。忠以除レ禍。不レ可レ失也」。

曲沃の負なる者は、魏の大夫如耳の母なり。秦は魏の公子政を立てて、魏の太子と爲す。魏の哀王　使者をして太子の爲めに妃を納れしむ。而れども美なれば、王は將に自ら焉を納れんとす。曲沃の負　其の子如耳に謂ひて曰く、
「王は別無きに亂る。汝胡ぞ之を匡さざるや。方に今は戰國、强者は雄と爲り、義者は顯る。今　魏は强きこと能はずして、王又義無し。何をか以て國を持たんや。王は中人なり。其の禍と爲るを知らざるのみ。汝言はざれば、則ち魏は必ず禍有らん。禍有れば必ず吾が家に及ばん。汝言ひて以て忠を盡くせ。忠以て禍を除け。失ふべからざるなり」と。

如耳未遇閒[8]、會使於齊。負因款王門而上書[9]曰、「曲沃之老婦也。[10]心有所懷、願以聞於王。」王召入。負曰、

「妾聞、男女之別、國之大節也。婦人脆於志、窳於心。不可以邪開也。[11]是故、[12]必十五而笄、二十而嫁、早成其號謚、所以就之也。[11']聘則爲妻[13]、奔則爲妾[14]、所以開善遏淫也。節成然後許嫁、親迎然後隨從[15]、貞女之義也。今大王爲太子求[16]妃、而自納之於後宮[17]。此毀貞女之行、而亂男女之別[18]也。[11'']自古聖王必正妃匹[19]。妃匹正則興、不正則亂。夏之興也、以塗山、亡也、以末喜。殷之興也、以有[20]娀、亡也、[*20B]以妲己。周之興也、以太姒、亡也、以褒姒。周之康王晏出朝、關雎預見[21]、思得淑女、以配君子。夫雎鳩之鳥、猶未嘗見乘居而匹處也。[22]夫男女之盛、合之以禮、則父子生焉、君臣成焉。故爲萬物始。君臣・父子・夫婦三者、天下之大綱紀也。三者治則治、亂則亂。今

如耳未だ閒に遇はざるに、會〻齊に使す。負因りて王の門に款りて上書して曰く、「曲沃の老婦なり。心に懷ふ所有れば、願はくは以て王に聞せん」と。王召し入る。負曰く、

「妾聞く、男女の別は、國の大節なり。婦人は志脆く、心窳し。邪を以て開くべからざるなり。是の故に、必ず十五にして笄し、二十にして嫁し、早に其の號謚を成すは、之を就さしむる所以なり。聘すれば則ち妻と爲し、奔れば則ち妾と爲すは、善を開きて淫を遏ぐ所以なり。節成りて然る後許嫁し、親迎して然る後隨從するは、貞女の義なり。今大王太子の爲めに妃を求むれども、自ら之を後宮に納る。此れ貞女の行を毀ちて、男女の別を亂すなり。古より聖王は必ず妃匹を正せり。妃匹正しければ則ち興り、正しからざれば則ち亂る。夏の興るや、塗山を以てし、亡ぶや、末喜を以てす。殷の興るや、有娀を以てし、亡ぶや、妲己を以てす。周の興るや、太姒を以てし、亡ぶや、褒姒を以てす。周の康王晏く朝に出づるや、關雎の預見ありて、淑女を得て、以て君子に配せんことを思ふ。夫れ雎鳩の鳥すら、猶ほ未だ嘗て乘居して匹處するを見ざるなり。夫れ男女の盛んなる、之を合するに禮を以てすれば、則ち父子焉より生じ、君臣焉より成る。故に萬物の始爲り。君臣・父子・夫婦の三者は、天下の大綱紀なり。三者治まれば則ち治まり、亂るれば則

大王亂二人道之始一、棄二綱紀之務一。[23]敵國五・[24]六、南有二從楚一、[25]西有二横秦一。而魏國居二其閒一、可レ謂二僅存一矣。王不レ憂レ此、而從レ亂無レ別、父子同レ女。妾恐二大王之國政危一矣」。[26]

王曰、「然。寡人不レ知也」。遂與二太子妃一、[27]而賜[28]二負粟三十鍾一。[29]如耳還而爵レ之。王勤[30]レ行自脩、[31]勞二來國家一、而齊・楚・強秦、不二敢加レ兵焉一。

君子謂、「魏負知レ禮」。『詩』云、「敬レ之敬レ之。天維顯思」。此之謂也。

頌曰、「魏負聰達、非二刺哀王一。王納二子妃一、[32]禮別不レ明。負款[33]二王門一、陳二列紀綱一。王改自脩、[34]卒無二敵兵一」。

ち亂る。今大王人道の始めを亂し、綱紀の務めを棄つ。敵國は五・六、南には從楚有り、西には横秦有り。而して魏國は其の閒に居りて、僅かに存すと謂ふべし。王此れを憂へずして、亂に從ひて別無く、父子女を同にせんとす。妾は大王の國政危きを恐るるなり」と。

王曰く、「然り。寡人知らざりき」と。遂に太子に妃を與へて、負に粟三十鍾を賜はる。如耳還るや而ち之に爵せり。王は行に勤めて自ら脩め、國家を勞來すれば、而ち齊・楚・強秦、敢て兵を焉に加へず。

君子謂ふ、「魏の負は禮を知れり」と。『詩』に云ふ、「之を敬し之を敬せ。天維れ顯る」と。此の謂ひなり。

頌に曰く、「魏の負は聰達、哀王を非刺せり。王子の妃を納れんとすれば、禮の別明かならずとせり。負は王の門に款り、紀綱を陳列す。王改めて自ら脩め、卒に敵兵無し」と。

通釈　曲沃の老婆とは、魏の大夫如耳の母のことである。秦は魏の公子政を立てて、魏の太子とした。魏の哀王は使者をして太子のために妃を迎えいれようとした。だが美貌だったので、王は彼女をわが妃として迎えいれようとしたのである。曲沃の老婆はその子の如耳にむかっていった、

「王は婚礼のけじめを忘れるほどのご乱心です。お前はどうして正して救ってさしあげぬのです。いまはまさに戦国の世、強者は勝者となり、義を守る者が名声をあげています。いま魏は強者とはなれぬうえ、王さまもそのうえ道義を欠いておられるのです。これではどうして国を支えていけるでしょうか。王は並のお方です。これが禍となることをまるでご

存じではない。お前が意見申しあげねば、魏には必ず禍がありましょう。禍があれば必ずわが家にもおよんできましょう。お前は意見を申しあげて忠義をつくしなさい。忠義によって禍を除きなさい。ときを失なってはなりません」。

　だが如耳は意見するときを得ぬままに、斉への使者として赴くことになった。老婆はそこで王宮の門に赴いて上書して、

「曲沃の老婆でございます。心中思っていることがありますので、王さまのお耳に入れたいと存じます」という。王は老婆を召しいれた。老婆はいった、

「妾は、男女のけじめは、国の大節と聞いております。婦人は意志もろく、心はよわいのです。悪意によって　もろさ・よわさを引きだしてはなりません。それゆえ必ず十五歳で笄礼をとりおこない、二十歳で嫁にやり、早く諡となる字をつけるのは、女の道の成就に専念させるためなのです。婚礼をととのえれば妻とし、婚礼をととのえず同棲すれば妾とするのは、善にみちびき愛慾をふせぐためなのです。礼節がととのってはじめて嫁ぐことを許し、親迎の礼で迎えられてはじめて夫に随うのは、貞女の道義です。いま大王は太子のために妃をお求めになったのに、みずからご自身の後宮に迎えいれられました。これは貞女の徳行をぶちこわしにして、男女のけじめを乱すものでございます。むかしから聖王は必ず伴侶を正しく選んできました。伴侶が正しく選ばれれば国家は盛んになり、正しく選ばれぬと乱れます。夏王朝が盛んになったのは、塗山氏（禹王の妃）によるもの、亡んだのは末喜（桀王の妃）によるものでした。殷王朝が盛んになったのは、有㜪氏（湯王の妃）によるもの、亡んだのは妲己（紂王の妃）によるものでした。周王朝が盛んになったのは、太姒（文王の妃）によるもの、亡んだのは、褒姒（西周・幽王の妃）によるものでした。周の康王が房事が過ぎて朝廷に遅れて出てきたときには、『詩経』関雎の歌が悖徳の機微を見て作られ、〔婚姻とは〕、淑女を得て立派な君子の伴侶にすることを思ってなされるものだと教えたのであります。そもそも鳥の雎鳩（関雎篇に詠われる鳥）すら、なお交尾するさまを人前に一度たりともさらしません。そもそも婚姻が盛んにおこなわれるときは、礼によって男女が一体となれば、正しい父子の関係も生まれ、正しい君臣関係もなりたちます。それゆえ〔婚姻は〕万物の始めなのでございます。君臣・父子・夫婦の三つの関係は、この世を大もとから緊める大綱・細綱でございます。三つの関係が治まれば国家は治まり、乱れれば国家は乱れます。いま大王は人道の始めを乱され、大綱・細綱を緊める務めを放棄してしまわれました。敵国は五・六か国、南には合従を策する楚があり、西には連衡を策す

る秦があります。魏国はその間にあってやっと生きながらえているといえましょう。王さまにはこの点を心配されずに、男女のけじめを無視されるご乱心、父と子で同じ女をわが物にしようとされました。妾は大王の国政が危険におちいっているのを恐れるのでございます」。

王は、「そのとおりだ。寡人は気がつかなかった」という。ついに太子に妃をあたえて、老婆には粟（もみつきの米穀）三十鍾を賜わった。如耳がもどってくると彼に爵位をあたえた。王は徳行に勤めて身を修め、国じゅうに勤勉を奨励したので、斉や楚や強大な秦もあえて戦をしかけてこなくなった。

君子はいう、「魏の老婆は礼（の効用）を知っていた」と。『詩経』には、「何事も敬しめ敬しめ。天道は顕らかに見とおせば」という。これは魏の老婆の教訓のごときを詠っているのである。

頌にいう、「魏の老婆は聡明にして達識、哀王の誤りを刺る。太子の妃を王がわが物とせんとするや、礼のけじめに暗しとせり。老婆は王宮の門にいたりて、人道の大綱を詳かに説く。王は誤り改めて身を修めれば、ついに国を犯す敵軍なし」と。

校異　1魏大夫如耳母也　『太平御覧』巻四五五人事部九六諫争は、魏曲沃大夫如耳母也につくる。　2秦立魏公子政、爲魏太子　『御覧』にはこの句なし。　3魏哀王使使者爲太子納妃、而美、王將自納焉　『御覧』は、魏哀王爲太子納妃、而將自納焉につくる。　4曲沃負謂其子如耳曰　諸本はこれにつくるが、『御覧』は、負謂如耳曰につくる。　5王亂於無別　『御覧』引は無別を不別につくる。王校は、於字は誤りか、亂上に脱字があろうかといい、後句（三九七ページ第三行）〔王〕從亂無別の句と一致せぬことを證據とする。『補注正譌』王紹蘭説は、於字は從字の誤り。亂從は亂順（亂を次々に順って起こさせること）の意。『左傳』昭公五年〔春〕の條に「〔豎牛〕禍二叔孫氏一、使二亂大從一」の語があり、孔疏引服虔説に「使二亂大和順一之道」とあり、哀公二年〔秋〕の條に「鄭勝（聲公）亂レ從」とあるのも亂順の意。『列女傳』はこれにもとづき、下文の「從亂無別」では從字を用いているが、又その文字を誤倒している、という。ただし、これは無益の議論。亂於無別で意は明らかであり、下文の從亂無別と措辭を一致させる必要はない。蕭校はこの王紹蘭説を引くとともに自からの斷案を示し、亂といえば卽亂從（亂が次々におこる）の意。『周禮』夏官・大司馬に「外内亂、鳥獸之行」とあるのがここの意味であり、『左傳』莊公二四年秋の條の「今男女同レ贄、是無レ別也。男女之別、國之大節也。而由二夫人（魯・莊公に齊から嫁いできた哀姜）一亂レ之、云云」に、この文はもとづいており、下文（三九六ページ第四行）の「男女之別、國之大節也」の二句により、それは證されると述べる。婚姻の大義を誤ることに對する危機意識の喚起を訴えようとした劉向は、本傳の構想にあたって、おそらく、この文を念頭においていたであろう。　6汝胡不匡之　『御覽』引は胡字を何故につくる。　7方今戰國　『御覽』引は、後句の不可失也までの六四字なし。　8未遇開　開字、叢刊・承應の二本は門につくる。『御覽』引は閑につくる。　9負因款王門而上書曰　『御覽』引は負因詣王門請見曰につくる。　10曲沃之老婦也　『御覽』引はこの句を含め、後句の負曰までの二十字なし。　11・11′也　諸本はこの三字あり。『御覽』引は三字なし。　12必　『御覽』引はこの字なし。　13妻　承應本のみ要に誤刻。　14奔　承應本のみ笄に誤刻。　15隨從　『御覽』引は隨一字につくる。　16求妃　『御覽』引は求妃匹につくる。　17而自納之於後宮　『御覽』引は於後宮の三字なし。　18男女　叢刊・承應の二本は男子に誤刻。　19自古聖王必正妃匹　『御覽』引はこの句より父子同女まで一八一字なし。　20太姒　叢刊・承應の二本は大姒につくる。　21周之康王晏出朝、關雎預見　上句を諸本は周之康王夫人晏出朝につくり、下句を備要・集注の二本はこれにつくり、他の諸本は關雎起興につくる。現行諸本の上句は、そのままでは讀めない。康王ならぬ康王夫人が出朝する（朝廷に出る）ことはあり得ない。あるいは朝字は朝廷の意ならぬ早晨の意ともとれるが、だとしても、この位置に朝字を措くことは句法上無理があり、かつ晏出の二字のみで、雞鳴時に房を出ねばならぬ后・夫人の禮制違反はじゅうぶん表現できる。主語を康王夫人とする限り、朝字は衍文と考えねばなるまい。しかし主語を康王夫人につくることは、論脈上からは無理があろう。太子妃たるべき女性を奪って己が新妃とした哀王非難の諫言中では、非難さるべきは康王（哀王）であり、康王夫人（哀王妃）ではない。傳寫者は、おそらく前文の后妃の列擧に誤られ、多くの康王夫人を主語とする文例に無意識に影響されて夫人二字を加えたのであろう。主語を康王とすれば、出朝二字に意味が出るのである。『文選』巻四十九所收の范曄『後漢書』皇后紀論・康王晩朝、關雎作諷の句李註引は康王晏出朝、關雎預見につくる。これにより校改する。すでに王校も上句については、夫人の二字を衍文と指摘、この遺文をその證とし、下句の預見二字の措辭に言及する。（王校は他にも説をなすが、後述の蕭注にも引かれており、ここでは省略する）顧校・梁校もこの遺文に注目するが、逆に夫人の二字の必要を論じて、朝字の衍字たることを主張している。蕭校は諸家の説を蒐集、次のごとく紹介する。①王校は、夫人二字を衍文といい、『文選』李註引にこの字なきことを指摘、『文選』李註引中の虞貞節（趙母。虞韙の妻、名は貞節、『列女傳』の註者）の註が、「其夫人晏出、故作關雎之歌、以感誨之」といい、『漢書』巻六十杜欽の傳も「（康王夫人）佩玉晏鳴、關雎嘆之」といい、『藝文類聚』（巻三十五人部十九婢）所收後漢・張（安）超「譏靑衣賦」も、「周漸將衰、康王晏起」といい（ただし、この語は同書引遺文中になし。『古文苑』巻六中にあり）、みな關雎の詩を「刺詩」とみており、『漢書』（杜欽傳・臣瓚）註が「此は魯詩の説」と指摘しているという。②牟校（「補注校正」）は王校を駁し、夫人二字は衍文ならず、朝字が衍字である、禮に「夫人雞鳴佩玉、去君所」とあり、ここは出朝の意ではない、虞（貞節）註（前掲）や『漢書』杜欽傳の（李奇）註により、それがわかると指摘する（なお、禮云云の文は『三禮』になし。杜欽傳の李奇註の語の小變、また③の『尚書大傳』（巻五）雑誥の語の小變である。③梁校は、『尚書大傳』〔前掲〕には、「鶏鳴大師奏鶏鳴於階下、夫人鳴佩玉於房中、告去」とあるから、ここの出字は出朝ではない、虞〔貞節〕註はその證であり、『文選』所收『後漢書』皇后紀論註引『列女傳』、王應麟『詩攷』引魯詩の遺文もおなじであるといい、朝字の衍文を唱えている。（蕭校は梁校が牟校とおなじく王校の夫人二字衍文説に反對していることを紹介し忘れている。なお梁校が夫人二字衍文説反對、朝字衍文説の證據に皇后紀論李註引を引くのは奇妙、同遺文は既述のごとく、康王晏出朝につくっている。また『詩攷』引魯詩説の遺文も、康王一朝晏起につくっており、これも反證にこそなれ、證據たり得ない。）下句の起興を誤りとし預見に校改することについて、王校は言及しない。梁校は皇后紀論李註引の他、『詩攷』引によって校改する。『詩攷』引は關雎見幾而作につくる。梁校は預見の語を「見幾微（きざし）」の意で解するのであり、『詩攷』引の他、『漢書』杜欽傳の贊にも、庶幾乎關雎之見微とあり、『後漢書』（巻五十四）楊賜傳にも、康王一朝晏起、關雎見幾而作とあると、その證を擧げ、臣瓚（『漢書』杜欽傳の註者）も章懐〔太子〕（『文選』の編者）も、預見、見微を「魯詩」と見なしているといい、既述の『文選』李註引中の虞貞節の註をも添えている。蕭校は梁校を本條上句の③と一括して紹介、梁校は王念孫説〔補注校正〕とおなじだと付説するが、王念孫説は、一歩を進めて、預見を起興につくるのは後人の「魯詩」を知らざる者の妄改ときめつけ、王應麟『詩攷』〔詩異字異義〕が『〔古〕列女傳』の語として康王晏出朝、關雎預見の句を擧げているのを證としており、梁校とは必ずしもおなじではない。梁校は獨自に王念孫校と同路線を踏んだものであろうか。「魯詩」云云はいまは惜くとして、本條は上、下句ともに條文どおりにつくるべきであろう。なお王應麟『詩攷』魯詩の關雎説の全容は〔語釋〕23（四〇三ページ）、三家詩の關雎解の一斑は〔餘説〕參照。

22夫雎鳩之鳥、猶未嘗見乘居而匹處也　諸本はこれにつくるが、梁校がすでに指摘するごとく、『文選』（巻十三）引張華・鷦鷯賦の註に、この語を周宣姜后（巻二賢明傳・第一話）の語として誤引し、雎鳩之鳥、猶未常見其乘居而匹遊につくる。　23棄綱紀之務　叢刊・承應の二本は務字を大につくる。　24敵國　叢刊本のみ大國につくる。　25從楚　叢刊・承應の二本は强楚につくる。　26妾恐大王之國政危矣　『御覽』引は、妾恐王之國危也につくる。梁校は『御覽』引には政字なしと指摘、蕭校は梁校を襲う。　27妃　この字『御覽』引はなし。　28賜　叢刊・承應の二本は賞につくる。　29粟三十鍾　備要本をのぞく諸本は粟字なし。『御覽』引はあり。梁校はこれにより校增。蕭校は梁校を襲う。なお『御覽』は如耳還而爵之以下の後句なし。　30王　叢刊・承應の二本は哀王につくる。　31自脩　備要本をのぞく諸本は、脩字を修につくる。　32王納子妃　諸本は王子納妃につくるが、梁校は字の誤倒を指摘。蕭校もこれを襲う。意味上、梁校の指摘にしたがい、これに改む。　33款　叢書本のみ报に誤刻。　34王改自脩　備要・叢書本の二本はこれにつくる。叢刊・承應の二本は王能自脩につくる。考證・補注・集注の三本は王改自修につくる。　＊20Bは四一〇ページに追補。

語釈　○曲沃負　曲沃は音キョクオク。沃をヨクと読むのは慣用音による。戦国・魏の地（山西省曲沃県）。負は顧註に老大婆・老嫗といい、王註に老嫗という。老婆のこと。　○如耳　生没年・略伝未詳。『史記』巻四十四魏世家には、魏の哀王の衛討伐にあたり、姦策を弄し、衛君を手なづけ、哀王の権臣成陵君を失脚させた謀略の士として登場する。　○魏公子政　哀王六年（三一三B.C.）に、秦の恵文王の圧力によって魏の太子になり、のち魏の宰相をつとめ、国君（昭王・在位二九五～二七七B.C.）となった。　○哀王　諱は不明。在位三一八～二九六B.C.。在位二年目に韓・趙・楚・燕と五か国合従（同盟策）して秦を伐ったが敗北。五年には曲沃を秦に奪われ、ついで公子政を秦の圧力により太子に立てた。張儀の勧める連衡策（秦との同盟）には当初は乗らなかったが、ついに秦と同盟、また翻意して斉・韓と協力して秦を伐ち、領土の保全につとめた。『史記』魏世家・同上巻七十張儀伝等。　○納妃　臣下の女を妃として後宮にいれる。

○乱於無別　別は男女の別（けじめ）。種々の意があるが、ここは婚礼のけじめをいう。乱は際限なく広がる乱心。（婚礼の）けじめを忘れるほどの乱心である。なお『礼記』経解に「昏（婚）姻の礼は、男女の別を明かにする所以なり」という。　○匡　匡救（ただし救う）におなじ。　○中人　並の人物。　○不可失　諫争の時機を失ってはならない。　○未遇間　間を王註は隙（あいま）と説き、梁註は清間（ひま）という。意見する好機にめぐりあわない。　○款王門　款を王註は叩（たたく）と説き、梁註は『御覧』に詣（いたる）につくることを挙げ、暗に、いたるの意たることを示している。いま梁註にしたがう。王宮の門に至る。　○以聞　言上する。

○男女之別、国之大節也　大節は守るべき重要な事柄。この語の出典は校異5（三九九ページ）参照。訳文は通釈のとおり。　○婦人脆於志、窳於心、不可以邪開也　窳は音ユ、弱い。開は開道（導）・開誘（みちびきだす・誘いだす）におなじ。梁註は「（婦人は）脆窳にして堅固ならざれば、宜く邪事を以て開誘すべからず（悪事でもろさ・よわさを誘いだしてはならない）」という。訳文は通釈どおり。

○十五而笄、二十而嫁　笄はこうがい（かんざし）。女性は十五歳で許嫁すると笄をつけ、成人の礼を行なった。訳文は通釈のとおり。『礼記』内則に「十有五にして笄し、二十にして嫁す。故（事故）有らば、二十三年にして嫁す」という。　○早成其号謚、所以就之　梁註は号謚を笄嫁の名（許嫁時の字―よびな―）という。『礼記』曲礼に、「女子許嫁すれば、笄して字す（よびなをつける）」という。字を号謚といったのは、その字が女徳をあらわし、死後の謚につかわれるからであろう。就は成就、之は婦徳。訳文は通釈のとおり。ただし王註は、「婦人は謚無し。『春秋』は伯姫・叔姫の類を紀す。生まれて既に号を為し、死せば便ち謚と為る（出生時に号がつけられ、死ぬとそれがそのまま謚となる）。別に謚有るに非ざるなり。就は終なり。言は伯・仲の号、其の生まるる時より已に定まり、其の卒するに終ふ（死ぬときに終る）。其の心志を専一にする所以の義なり（〔生涯〕志を〔婦徳の成就に〕専念させるためという意義である）」という。号謚は謚号に限定した解釈だが、例証とする伯・仲は婦徳をあらわしていない。「其終レ卒。所三以専二一其心志一之義也」の解は妥当だが、「生既為レ号」の解は賛成しがたい。　○聘則為妻、奔則為妾　聘は聘礼、男家から女家への正式の嫁迎えの礼。奔は聘礼をそなえずに男女が同棲すること。この句は『礼記』内則の語。　○開善遏淫　開は開誘（みちびく）、遏は防遏（ふせぐ）、淫は愛慾の意。　○節成然後許嫁　節成とは、王註が「骨節壮たるを言ふ」とするが、荒城註がいうように、礼節がととのう意であろう。訳文は通釈のとおり。なお蕭註は王註を承けて、『大戴礼記』本命の本文ならびに註を紹介。参考までに蕭註引本命篇本文抜抄を引いておく。「女は七月にして歯生じ、七歳にして歯齔し（脱けかわり）、二・七・十四、然る後、其の化成り、三に合し、小節あり。云云」。
○親迎　婚姻六礼の一つ。婿が嫁を花轎で迎える儀式。　○正妃匹　妃は音ハイ。配におなじ。妃匹は配偶者。正は正しく選ぶ。
○夏之興也、以塗山、亡也以末喜、殷之興也、以有㜪、亡也以妲己、周之興也、以太姒、亡也、以褒姒　夏を興した禹王妃塗山氏、殷を興した湯王妃有㜪氏、周を興した文王妃太姒の事蹟は、巻一母儀伝第四話・第五話・第六話等に詳しい。上巻一一〇～一三四ページ参照。夏の桀王を破滅させた末喜・殷の紂王を破滅させた妲己・周（西周）の幽王を破滅させた褒姒については、巻七孽嬖伝第一・二・三話（下巻）に譚がある。　○周之康王晏出朝、関雎予見　康王は周の第三代の王姫釗。推定在位一〇七八～一〇五四B.C.。成王姫誦在位時と併せて四十余年、天下は安寧、刑罰が行なわれぬほどの好治政を実現したといわれる。晏出朝は、朝廷に出て政務をとることがおそくなったこと。これは夫人との房事が過ぎたためといわれる。関雎は『詩経』周南・関雎の詩。予見は見機（様微を予見する）と同義、〔康王の悖徳の〕きざしを予見して作られたという意味。南宋・王応麟の『詩攷』魯詩は、『漢書』巻六十杜欽の伝に見える「是以佩玉晏鳴、『関雎』歎レ之」の句を収録して、李奇註の「后・夫人、雞鳴鳴二佩玉一、去二君所一（王后や妃妾は房事に侍っては、一番雞が鳴く頃に佩玉を鳴らして、君の寝所を退出する）。周康王后不レ然。故詩人歎而傷レ之」とその臣瓚（姓未詳）評の「此魯詩也」の句を付し、さらに、『後漢書』巻五十四楊賜の伝の「康王一朝晏起、『関雎』見レ機而作」の句とその李註音義の一部、「此事見二魯詩一。今亡失」の句をそえている。
○雎鳩之鳥、猶未嘗見乗居而匹処　雎鳩はワシ・タカ科に属する猛禽、魚鷹のこと。人前で交尾せぬ不淫の鳥といわれた（『後漢書』巻二明帝紀・永平八年の条李註引韓詩薛君章句）。古典の表現格式の下にひそむ乗居而匹処の原義は交尾して二羽ともに処ることをいう。二句訳文は通釈のとおり。ただし王註は、匹を二なりと解して、乗については四なりといい、『礼記』少儀に見える「乗壺酒（四つの壺一組でささげられる酒）」を例証としている。だがこれでは意味不明。蕭註は王念孫の説を引き、ここの乗居は、乗馬・乗禽（四頭の馬・四羽の禽）等とは異なって二の意であり、『方言』に、「飛鳥曰レ隻、雁曰レ乗」といい、『広雅』に「匹乗二也」とあるので、乗居とは匹処の同義であるとする。つまり二羽一緒にいる状態をいうのだとするのである。これが古典表現の格式上での妥当な説であろう。なお蕭註自体の断案は王念孫の説とちがい、乗は乖の誤りで、本譚のこの箇所が拠ったのは、『淮南子』泰族訓中の「関雎興二於鳥一、而君子美レ之、為二其雌雄之不一乖居一（王念孫『読書雑志』九は乗に改む）、鹿鳴興二於獣一、君子大レ之、取二其見レ食而相呼一也（『詩経』関雎篇が雎鳩という鳥に隠喩し、君子が賞めるのは雌雄が一しょにいるため―王念孫説では（仲よくとも）人前では別にいるため―であり、『詩経』鹿鳴篇が鹿という獣に隠喩して、君子が尊ぶのは、食物を見つけると仲間を呼んで一しょに食べるからである）」の文である。「不乖居」と「相呼」は〔一しょに行動する点で〕同意であり、乖字は乘たりえぬ。「雌雄各自有配偶、非其偶而相処、即背理之事、乖舛之為（誤った行為）」と述べるのだ、という。太子妃たる女性が太子から引きはなされ、哀王と一しょに暮らしているという情況に対する非難の言としては、一見適解に見えるが、乘字はやはり乘字らしく、『孔子家語』好生に、『淮南子』と同様の文を「関雎興于鳥、而君子美之、取其雌雄之有別」の形で記録しており、いまは採れない。＊王註・蕭註は他文献にも言及するが煩瑣にわたり、事の本筋に外れるので、それらについては述べない。　○男女之盛　婚姻が盛んに行なわれること。　○大綱紀　綱は大綱、紀は細綱。大もとになる諸規範。　○従楚　従は合縦の縦におなじ。当時の合縦策をとる国の中の最強国は楚であった。合縦策は当初蘇秦により提唱された秦をのぞく六国同盟策。　○横秦　横は連衡の衡におなじ。連衡策をとる秦。連衡策は張儀により考案され、秦に各国を従属的関係のもとに同盟させる政策。　○僅存　やっと生きながらえる。　○粟三十鍾　巻二賢明伝・魯黔婁妻譚〔語釈〕17（上巻二八八ページ）も参照。その註によれば約一・五キロリットル。ただし梁註は『御覧』人事部九十六諫争引の註を挙げ一鍾を六石四斗という。丘高明編『中国歴代度量衡考』科学出版社一九九二年刊一八五～一八六ページ報告の近年出土の戦国・魏の量器の一升は七・一～七・二リットル。一鍾六石四斗、一升七・一リットル。換算では四捨五入約一四キロ（一三・六三二キロリットル）となる。　○労来国家　王註に労来は事に勤むるなりという。国じゅうに勤勉を奨励した。　○詩云　『詩経』周頌・敬之篇の句。句中、顯は鄭箋に光・監・視なりという。明らかに視とおす。思は語気詞。句意は通釈どおり。　○聡達　聡明・達識。　○陳列紀綱　陳列は詳細に開陳（のべる）する。人道の大もとになる規範を詳論した。

韻脚　○王 huaŋ・明 miaŋ・綱 kaŋ・兵 piaŋ（14陽部押韻）。

余説　『礼記』昏義に、「男女別有りて、后に夫婦義有り（夫婦したしむ義理も生まれる）。夫婦義有りて、后に父子親有り（父と子の天与のしたしみも成就する）。父子親有りて、后に君臣正有り（君と臣の正しい秩序も確立する）」という。魏の哀王は、この人倫の根本たる「男女之別」「婚姻之義」の精神を淫慾によって失った。太子の妃を横どりしては、その婚姻は「父子有親」とは対極の「父子有讎」の凄惨な情況を生みだすであろう。ひいては、それが王・太子の臣下間の争いにも発展し、「君臣有正」の関係も崩れて、魏国は崩壊するかも知れぬのである。また礼は「婚姻之義」をこう説いても、男性の婚姻に関する礼感覚は、性欲の放縦が是認されるために恣意的であり、子の嫁を父が奪い、父が子の嫁の貞操を蹂躪することは必ずしも稀ではなかった。また美貌・美声ゆえに血筋・品性卑しき女性が後宮・閨房に迎えられる例も多く、礼教に規律さるべき家の秩序を乱すもととなっていた。いっぽう、宗法社会の婚姻においては、女性の主体性は否定されており、こうした環境と天性の依頼性、周囲への随順性から、女性は「志脆く、心窳き」者としてあった。劉向は、曲沃の負の哀王の礼蹂躪に対する痛烈な批判の中に、「男女之別」を厳守することを強制されつつ、その礼の推進の主導権を否定され、貞徳をつねに男性に侵害されている女性の怨恨をはからずも代辯したのであった。彼女は劉向の筆先から生まれた虚構の人物であろうが、如耳は『史記』魏世家に登場する知謀の士。世人は如耳の名によって、その母だといわれるヒロインを鮮かに意識させられ、その辯才を当然事として記憶させられるのである。劉向はおなじ手を巻六辯通伝第二話楚江乙母譚（下巻）に再演する。ここでは、ヒロインは、『戦国策』楚策に活躍する知謀の士江乙と同名の人物の母として登場。世人は江乙の名による錯覚から、その母とされるヒロインを鮮かに意識させられ、その辯才を当然事として記憶させられるのである。

ところで本譚には、『詩経』巻頭の周南・関雎の詩の形成にまつわる「康王晏出朝」譚がヒロインの諫言中に言及されている。従来、一般に論者は、本譚をもって関雎の詩に関する魯詩の解を示す一例とし、魯詩や三家詩は、この詩を「刺詩」として捉えており、「揚美の詩」として解する毛伝とは異なると理解してきた。〔校異〕21において顧・王・梁諸註、王念孫の説も古解を例証とし、本譚が魯詩の解を示すものと論じている（四〇〇ページ）。顧註はさらに王応麟『詩攷』後序が、斉・魯・韓の三家詩がともに関雎の詩は、「康王政衰の詩」と見なしていると付言している。通説は妥当である。しかし、もし毛伝の解と三家詩の解の差異を対極的なものと理解したり、「康王晏出朝」譚にもとづいて関雎の詩句を句解しようとしたり、本譚を関雎の詩の形成に直接かかわる「うた物語」のごとく理解し、劉向が創作したであろう本譚全体の情節（ストーリー）とヒロインの語る「康王晏出朝」譚にちなむ魯詩の句解までも一括して、あるいは魯詩説と見たり、逆に魯詩説ならずと断ずるとするならば、それは誤解である。解には句解と解義（意義づけ）があることを知るべきであろう。

毛伝・詩序は、「関雎は后妃の徳なり。風（化教）の始なり。天下を風して、夫婦を正す所以なり。〔畧〕是を以て関雎は、〔賢后妃〕淑女を得て、以て君子に配するを得るを楽む。憂は賢〔妃〕を進むるに在り。其の色に淫せず（賢后妃みずからは君主の愛を貪らず）、窈窕を哀ひ、賢才を思ひて（君主に配する淑徳ある妃を得ようと望み、賢才そなわる妃を得ようと思い）、善を傷るの心無し。是れ関雎の義なり」という。正風・揚美の詩にふさわしい解であり、詩中の各句は、この解によって、合理的に句解し得る。いっぽう三家の解は、どの点からも夫人（妃。特定人物としては康王夫人）の多淫や、大人（人君。特定の人物としては康王）の「晏出朝」を語る句解はでてこない。ただし「康王晏出朝」を非難して、詩人が、かかる事態を招かぬ、後宮の礼制を率先垂範し得る賢后妃のあり方を示している諷諫の詩と見るならば、詩中の各句は毛伝そのままの句解で解（意義づけ）し得る。「康王晏出朝」に対する「刺詩」は諷諫の「刺詩」なるがゆえに、「楽下得二淑女一、以配中君子上」、「不レ淫二其色一」を賛えてやまぬ「揚美の詩」となるからである。本譚中、ヒロインは次のごとくいう、「周之康王晏出朝、關雎預見、思得淑女、以配君子（訳文は〔通釈〕三九八ページ）」。ここにも毛伝・詩序の句解に通ずる婚姻のあるべき姿が語られている。王先謙『詩三家義集疏』巻一は、魯詩の解六条、斉詩の解一条、韓詩の解一条を挙げるが、そのうち魯詩の解を示す①張安超「誚青衣賦文」（『古文苑』巻六）と②韓詩の解を示す「韓詩薛君章句文」（『後漢書』巻二明帝紀永平八年の条李註引）は、三家詩の解と毛伝の解が対極的な差異を示すものではないことの証となる。また、これらは『古列女伝』より後出の文献とはいえ、関雎の詩が『古列女伝』の他にも、形を変えて「康王晏出朝」の諷刺の詩として魯・韓の詩家の中で解されていたことを示す証となるであろう。①はいう、「康王晏く起き、畢公喟然として、深く古道を思ひ、彼の関雎の、性双侶せざるに感じ、周公を得て、配するに窈窕を以てし、微に防ぎ漸むに消ぼし、君父を諷諭せんと願へり。孔氏之を大とし、篇首に列ね冠す」と。②はいう、「詩人言へらく、雎鳩は貞潔匹を慎み、声を以て相求め、無人の処に隠蔽すれば、故に人君朝を退きて私宮（後宮）に入るや、后妃御見するに度有り。〔畧〕今時、大人（人君）内色に傾く。賢人其の萌を見、故に関雎を詠ひ、淑女の容儀を正すを説き、以て時を刺る」と。三家詩の解は、関雎の詩を、「康王晏出朝」の事態に対する非難・諷刺の面から論じたものであり、毛伝・詩序は君王の「晏出朝」を招来せぬ賢后妃の容儀の賛美称揚の面から論じたものといえよう。王先謙も、これを、「匿刺揚美」の論と評する。本譚はそうした三家詩中の魯詩の解を、譚全体の中ではなく、ヒロインの諫言の一部に引きこんだものである。なお劉向は関雎の詩を毛伝・詩序の解と同一面の解によって使用、巻一母儀伝第五話湯妃有㜪譚をつくっている（上巻一一六～一二〇ページ参照）。

十五　趙將括母

趙將馬服君趙奢之妻、趙括之母也。秦攻レ趙。孝成王使下括代二廉頗一爲上レ將。將レ行[1]、[2]括母上書言二於王一曰、「括不レ可レ使レ將」。王曰、[3]「何以」。[4]曰、「始妾事二其父一。[5]父時爲レ將、身所レ奉レ飯者[6]以レ十數、所レ友者以レ百數。大王及宗室所レ賜[7]幣者、盡以[8]與二軍吏・士大夫一。受レ命之日、

趙の將馬服君趙奢の妻、趙括の母なり。秦趙を攻む。孝成王括をして廉頗に代りて將と爲らしむ。將に行かんとするに、括の母上書して王に言ひて曰く、「括は將たらしむべからず」と。王曰く、「何の以ぞ」と。曰く、「始め妾其の父に事ふ。父時に將たりて、身ら飯を奉ずる所の者は十を以て數へ、友とする所の者は百を以て數ふ。大王及び宗室の賜ふ所の幣は、盡く以て軍吏・士大夫に與ふ。命を受

不問家事。今括一旦爲將、東向而朝軍吏、吏無敢仰視之者。王所賜金帛、歸盡藏之。[9]乃日視便利田宅可買者。[10]王以爲若其父乎。[11]父子不同、執心各異。[12]願[13]勿遣。

王曰、「母置之、吾計[14]已決矣」。括母曰、[15]「王終遣之、卽有不稱、妾得無隨乎」。[16]王曰、「不也」。[17]括既行、代廉頗三十餘日、趙兵果敗、括死軍覆。[18]王以括母先言故、卒不加誅。[19]

君子謂、「括母爲仁智」。[20]『詩』曰、「老夫灌灌、小子蹻蹻。[21]匪我言耄、爾用憂謔」。此之謂也。

頌曰、「孝成用括、代頗距[22]秦。括母獻書、知其覆軍。願止不得、請罪止身。括死長平、妻子得存」。

くるの日は、家事を問はず。今括一旦將と爲り、東向して軍吏に朝するや、吏の敢て之を仰ぎ視る者無し。王の賜ふ所の金帛は、歸りて盡く之を藏む。乃ち日〻便利なる田宅の買ふべき者を視る。王以て其の父の若きと爲すか。父子同じからずして、心を執ること各〻異れり。願はくは遣る勿かれ」と。

王曰く、「母よ之を置け、吾が計已に決せり」と。括の母曰く、「王終に之を遣らば、卽し稱はざること有るも、妾隨ふ無きを得るや」と。王曰く、「不るなり」と。括既に行き、廉頗に代りて三十餘日、趙の兵果して敗れ、括は死して軍は覆る。王は括の母の先に言へるを以ての故に、卒に誅を加へず。

君子謂ふ、「括の母は仁智爲り」と。『詩』に曰く、「老夫は灌灌たり、小子は蹻蹻たり。我が言耄なるに匪ず、爾、憂を用て謔せり」と。此の謂ひなり。

頌に曰く、「孝成 括を用ひ、頗に代りて秦を距ぐ。括の母書を獻じ、其の軍の覆るを知らしむ。止めんことを願へども得ざれば、罪の身に止まらんことを請ふ。括は長平に死するも、妻子は存ふを得たり」と。

通釈 趙の将軍馬服君趙奢の妻、趙括の母の話である。秦が趙を攻めた。孝成王は趙括をして廉頗に代って指揮官とする。括がまさに出陣しようとしたとき、趙括の母は王に上奏して、「括は指揮官にしてはいけません」といった。王が「何故だ」という。母はいった、

「かつて妾は妻としてあれの父親につかえました。父親は 当時 指揮官でしたが、自分で飯を手にささげ持って配った者は幾十人もおり、友人としてつきあっていた者は幾百人もおりました。大王や王のご一族からの賜物は、ことごとく将校や士大夫にあたえたのです。任命をお受けした日からは、家の事はかまいませんでした。ところがいま、括が一旦指揮官となり、上官として将校たちを召見いたしましても、将校たちであれの顔を仰ぎみ尊ぼうとする者はおりません。王から賜った金や帛は、帰るとことごとく自分のものにしてしまいました。しばらくすると毎日、便利な田畑・宅地の買えそうなものを物色しております。王さまには括があれの父親のようだと思っておられるのでしょうか。父と子はちがい、心がけがそれぞれ異っているのでございます。お願いですから遣らないでくださいませ」。

王は、だが「母よ捨ておけ、わしの計画はすでに決定ずみなのだ」という。括の母は、「王さまがどうしても遣るというなら、もしお気に召さぬことがありましょうとも、妾を処罰に連坐せずにしていただけましょうか」という。王は、「連坐させるようなことはせぬぞ」といった。趙括が出陣してから、廉頗に代わって三十日あまり、趙の軍は案のじょう敗れ、括は戦死して軍は全滅した。王は括の母が先に上奏していたために、ついに〔趙括の家に〕誅罰をくわえなかったのである。

君子はいう、「趙括の母は仁智の人だ」と。『詩経』には、「老いたわたしが真面目に告げても、若いお前は傲って聴かぬ。老いの僻事いってはいぬのに、お前は憂いを真面目にとらぬ」という。これは、趙括の母の、わが子と趙の国を案じて括や王に意見したときの心を詠っているのである。

頌にいう、「孝成王は趙括をもちい、廉頗に替わりて秦を防がしむ。括の母は書をささげて、軍の破滅を王に知らせたり。括の登用をやめん事を願いてかなわざれば、罰を括の身にとどめん事を請う。括は長平の戦に死にたるも、かくて妻や子ら生きながらうを得たり」と。

校異　1将行　『史記』巻八十一廉頗藺相如列傳は、及括將行につくる。　2括母　『史記』は其母につくる。　3何以　『史記』もこれにつくるが、叢刊・承應二本は何也につくる。　4曰　『史記』は對曰につくる。　5父　この字『史記』になし。　6身所奉飯者　『史記』は身所奉飯飲而進食者につくる。　7所賜幣者　『史記』は所賞賜者につくる。梁校は者字は帛の誤りと疑い、『史記』の措辭を指摘。蕭校は梁校を襲う。　8與　『史記』は予につくる。　9歸盡臧之　叢書本と叢刊・承應二本は臧字を藏につくる。『史記』は歸藏於家につくる。王・梁二校は、古書は藏字を臧につくるという。蕭校は王校を紹介。　10可買者　『史記』はこの下に買之の二字あり。梁校もこれを指摘。蕭校は梁校を襲う。　11王以爲若其父乎　『史記』は王以爲何如其父につくる。　12父子不同、執心各異　『史記』は父子異心の四字につくる。　13願勿遣　『史記』は願王勿遣につくる。　14計　この字『史記』はなし。15日　『史記』は因曰につくる。　16卽有不稱、妾得無隨乎　『史記』は卽有如不稱。妾得無隨坐乎につくる。顧・梁二校は下句の『史記』の措辭を指摘。蕭校は梁校を襲う。　17王曰、不也　『史記』は王許諾につくる。　18括既行、代廉頗三十餘日、趙兵果敗、括死軍覆　『史記』は趙括既代廉頗、悉更約束、易置軍吏、秦將白起聞之、縱奇兵、（畧十八字）四十餘日、軍餓、趙括出鋭卒自博（搏）戰、秦軍射殺趙括、括軍敗、云云につくる。　19王以括母先言故、卒不加誅　叢刊・承應の二本は王以括母爲仁智につくる。集注本はこれにつくるが、斷句を異にし、上句を先言までとし、下句を故字からとする。『史記』は趙王亦以括母先言、竟不誅也につくる。　20君子謂、括母爲仁智　叢刊・承應の二本はこの贊を缺く。ただし前條にみるように、叢刊・承應二本にも本文中には前條19のごとく（王以）括母爲仁智の句があり、おそらく叢刊本は先言故、卒不加誅、君子謂の十字を傳寫のさいに落し、承應本はその誤りを襲ったものであろう。
21蹻蹻　叢刊・承應二本は矯矯につくる。　22距秦　距字を叢刊・承應二本は拒につくる。

語釈　○馬服君趙奢　戦国・趙の名将。生歿年未詳。収税吏から出世して趙の財政を安定させ、秦が韓を攻め、韓が趙に救援を求めてきたとき、将として閼与（山西省・和順鎮）で秦軍を大敗させ（恵文王の二十九年・二七〇B.C.）、馬服君に封ぜられた。『史記』巻八十一廉頗藺相如伝。　○趙括　歿年二六〇B.C.。少年時代より兵法を学び、議論では父の奢に勝ち、兵法家として名声を挙げたが、奢は将才を認めず、妻に彼が後年趙を誤る可能性を語った。重臣藺相如も彼の兵法は、「琴柱を膠づけして瑟を弾く」ような臨機応変の機略を欠くものと評した。彼の将才を誤認した孝成王に長平の役の指揮権を任されて大敗。四十五万の兵を失なった。ここから「趙括談兵（机上の空論）」の語が生まれている。　○孝成王　諱は丹。恵文王何の子。在位二六五～二四五B.C.。叔父の名相平原君趙勝や重臣藺相如・名将廉頗の活躍により秦の攻勢から国を守ったが、長平（山西省・高平鎮）の役で防禦戦法で善戦する廉頗を秦の間者の言葉を信じて趙括に替えて大敗、都邯鄲（河北省・邯鄲市）を秦軍に包囲されるという失態を犯した。前条1の文献・同上巻四十三趙世家。　○廉頗　恵文王何・孝成王丹・悼襄王偃の三代につかえた趙の名将。生歿年未詳。斉を伐って上卿、燕を撃って信平君となり、対秦外交に活躍した藺相如と刎頸の交わりを結び、趙を支えた。孝成王の五年（二六一B.C.）長平に秦軍を迎え撃ち、防塁に拠って固い防禦戦を展開したが、戦勝を焦って秦の間者に惑わされた孝成王に翌年罷免された。のち将軍の地位を回復したが、悼襄王に罷免され、魏に亡命、最後は楚で死んだ。　○奉飯　王註に奉は手持（手にささげもつ）。飯を敬意をもって捧げ配る。　○以十数　幾十人といる。　○宗室　王の一族。　○幣　幣帛におなじ。賜物。　○軍吏　軍隊の指導・事務にあたる者。将校。　○家事　家の運営に関する事がら。　○東向　東嚮におなじ。東に向く。王註に尊位に居るなりという。上官としての位置に立つ。　○朝　召しだして会合する。　○金帛　黄金と贈物につかう白絹の織物。　○臧　蔵（しまいこむ）におなじ。　○日視　毎日物色する。　○執心　心がけ。　○即有不称　即は仮設の接続詞。もし、たとい。称、訓読はかなウ。気にいる。　○得無随乎　王註に随は従におなじ。従坐。連帯責任で処罰される。処罰に連坐されずにすみますか。　○不　独立否定詞、否におなじ。そのように（連坐させるように）はしない。　○詩曰『詩経』大雅・板の句。毛伝に灌灌は款款（真心あるさま）、蹻蹻は驕る貌という。耄は毛伝に八十というが、耄碌したことをいい、匪我言耄とは、わたしの発言は耄碌していない、老いの僻事（出たらめ）をいっているのではないということ。爾用憂謔とは、鄭箋に「汝反ツテ如シトス二戯謔ノ一」という。おまえは憂いをふざけのようにしてしまうの意。訳文は通釈のとおり。　○罪止身　処罰が趙括の身のみに限定される。

韻脚　○秦 dzien・身 thien（26真部）　◎軍 kɪuən・存 dzuən。（23文部）　＊二部隔句押韻形換韻格押韻。

余説　本巻第八話の斉霊仲子とともに、「仁智」の熟語自体をもって評される趙括の母。彼女の仁智の仁とは、子に対する母性愛を意味しない。国と一族の命運に対する気遣いをいっている。趙軍の破滅を思いやっては、わが子の将才の欠如のみか、人格全体の欠点をあえて暴露し、軍の大敗がわが家に累をおよぼすことを案じては、一家を救うべく己れを冷酷な悪女にしたて、あえて利己主義的な自己救済の願いを行なっている。そのわが名を犠牲にした行動の気魄は凄まじい。〔校異〕に示したごとく、本譚はほとんど『史記』廉頗・藺相如伝から抜き書きされたものだが、長平の役の詳細の省略のほかにも、夫趙奢の趙括に対する評価の言が削られているため、『史記』では印象がやや弱い彼女の人物鑑識眼―智―の鋭さが強調されており、さらに藺相如の趙括起用に対する反対意見も削られているため、孝成王を諫めた勇敢・仁智の人物は女性の彼女一人であるという錯覚も生まれ、より括母の存在感を大きくしている。とまれ本譚は史実。四十五万もの兵を失い、亡国の瀬戸際に立たせた責任者趙括の罪の連坐から一家を救った彼女の功績には圧倒されるのみ。彼女が実践した仁こそは、まさに本伝小序〔語釈〕1が説く「利を致し害を除き、兼愛して私無き」もの（三一七ページ参照）の典型であったといえよう。

◎第十四話　魏曲沃負譚（原文三九六ページ）校異追補。

校異　20B亡也、以褒姒　褒姒を集注本、叢書本、叢刊・承應の二本は褒似につくる。蕭校は夏之興也、以塗山よりこの二句にいたる夏・殷・周三代興亡の一段を六句に斷句、『新序』〔巻一雑事一〕に見えて小異すというが、『新序』はここを楚莊樊姫譚の枕にしている。

巻四　貞順傳

小序

惟若貞順、脩道正進。避嫌遠別、爲必可信。終不更二、天下之俊。勤正潔行、精専謹愼。諸姫観之、以爲法訓。

惟れ若の貞順、道を脩めて正進す。嫌を避けて別を遠て、必ず信とすべきを爲す。終に更二せざるは、天下の俊なり。正しきに勤め行を潔くし、精専謹愼なり。諸姫よ之を観よ、以て法訓と爲せ。

通釈　この貞と順を守る女は、婦道を修めて正義に進む。嫌疑避けて男女の別を隔て、あくまで信ぜらるべき行ないをなす。世を終うるまで夫を更えざるは、天下の俊傑なり。正義に勤めて　行ない潔めて、心一筋に振舞いをつつしむ。麗しき女らよこれを観よ、これをば法と訓えとせよ。

校異　1脩道　備要本のみこれにつくり、他本は修道につくる。

語釈　○貞順　賢明伝第七話宋鮑女宗譚中に、「専一を以て貞と為し、善く従ふを以て順と為す」という。礼を守ることに専念し、わが身を汚さず、夫との堅い絆を確立する女性の性道徳。順の実義たる従は単なる随従ではない。夫と堅く結ばれることをいう。　○避嫌遠別　嫌は不正な男女の仲についての嫌疑。遠は遠隔（遠くへだてる）におなじ。別は男女のけじめ。四字一句、身持ち正しく暮すことをいう。　○更二　更は夫を更えること。再婚。　○精專　心を一筋にする。　○諸姫　姫は女性の美称。麗しき女性方。

韻脚　○進 tsien・信 sien・愼 dhien（26真部）　◎俊 tsiuen・訓 huen（23文部）　真・文二部合韻一韻到底格押韻。

一　召南申女

[1]召南申女者、申人之女也。既許₂嫁於[2]酆₁、夫家[3]禮不ㇾ備而欲ㇾ迎ㇾ之。女與₂其人₁[4]言、「以爲夫婦者、人倫之始也。不ㇾ可ㇾ不ㇾ[5]正。[6]『傳』曰、『正₂其本₁、則萬物理、失₂之[7]豪氂₁、差₂之千里₁』。是以本立而道生、源治而流清。[9]故嫁娶者、所₃以傳ㇾ重承ㇾ業、[8]繼₂續先祖₁、爲₂宗廟主₁也。[10]夫家輕ㇾ禮[11]違ㇾ制。不ㇾ可₂以行₁」。

遂不ㇾ肯ㇾ往。夫家訟₂之於理₁、[12]致₂之於獄₁。女終[13]以₂一物不ㇾ具、一禮不ㇾ備、守ㇾ節持ㇾ[14]義、必ㇾ死不ㇾ往。而作ㇾ詩曰、[15]「雖ㇾ速₂我獄₁、室家不ㇾ足」。言[16]夫家之禮不₂備足₁也。君子以爲ㇾ得₂婦道之[17]儀₁、故擧而揚ㇾ之、傳而法ㇾ之、以絶₂無禮之求₁、防₂淫慾之行₁焉。[18]又曰、

召南申女なる者は、申人の女なり。既に酆に許嫁するも、夫家 禮備はらずして之を迎へんと欲す。女 其の人と言ふ、「以爲へらく 夫婦なる者は、人倫の始なり。正さざるべからず。『傳』に曰く、『其の本を正さば、則ち萬物理まり、之を豪氂に失へば、之に差ふこと千里なり』と。是を以て本立ちて道生じ、源 治まりて流れ清し。故に嫁娶なる者は、重を傳へて業を承け、先祖を繼續して、宗廟の主と爲る所以なり。夫家は禮を輕んじて制に違ふ。以て行くべからず」と。

遂に往くを肯ぜず。夫家之を理に訟へ、之を獄に致す。女終に一物具はらず、一禮備はらざるを以て、節を守り義を持し、死を必して往かず。而して詩を作りて曰く、「我を獄に速くと雖も、室家足らず」と。言ろは夫家の禮 備足せざるとなり。君子は以て婦道の儀きを得たりと爲し、故に擧げて之を揚げ、傳へて之を法とし、以て無禮の求めを絶たしめ、淫慾の行を防

「雖速我訟、亦不女従」[19]。此之謂也。
頌曰、「召南申女、貞一脩[20]容。夫禮不備、終不肯従。要以[21]必死、遂至獄訟。作詩明意、後世稱誦」。

がんとす。又曰く、「我を訟に速くと雖も、亦た女に従はじ」と。此の謂ひなり。
頌に曰く、「召南の申女は、貞一にして容を脩む。夫れ礼備はらざれば、終に肯て従はず。要るに必死を以てして、遂に獄訟に至る。詩を作りて意を明かにせば、後世稱誦せり」と。

通釈 召南の申女とは、申人の女である。酆の男の許嫁にされたが、夫の家では婚姻の礼をととのえずに彼女を迎えようとした。女は媒氏と話しあう、

「考えてみますと　夫婦とは、人倫の基礎なのです。正しく関係づけられなければなりません。『易』の伝文にも、『その本が正しくあれば、万物は正しく治まりて、その始めわずかに狂えば、末は千里の違いとならん』といっております。それゆえに根本が立って道が生じ、水源が治まって流れも澄むのです。ですから嫁を迎えるのは、血統を伝え家産を継がせ、先祖の事業をひきついで、宗廟の〔儀式をとり行なう〕主となるためなのです。夫の家は礼を軽んじ婚姻の制度にそむいております。行くわけにはまいりませんわ」と。

ついに結婚を承知しなかった。夫の家ではこの件を裁判官に訴え、彼女を法廷に喚び出した。女は結局一つの礼物がそなえられず、一つの礼式がととのえられないため、節を守り道義を堅持して、死を覚悟して往こうとはしない。そして詩をつくり、「裁きの庭に我喚び出すとも、嫁迎えのための礼は足らず」と詠った。夫の家の礼がととのわぬ事をいっているのである。君子はこれによって、〔申女〕が婦道のよろしきを得たものだと見なし、ゆえに彼女の名をあげて讃えひろめ、後世に彼女の名を伝えて手本とし、礼儀を欠いた求婚の慣行を絶ち、淫欲の行ないを防ごうと思うものである。彼女は又、「訴訟の庭に我喚び出すとも、なんじらの意に従わず」ともいっている。これは申の女が筋を通したことを詠っているのである。

頌にいう、「召南の申の女は、貞徳一筋に立居振舞いを修めぬ。夫の家　礼を備えざれば、ついに嫁ぐことなし。生命

を賭けて非礼をさえぎり、かくて裁きの庭に引きだされたり。詩をつくりて決意を示せば、後の世の人讃えつづけり」と。

校異　＊本譚は『詩經』召南・行露の詩にまつわる〔うた物語〕としてつくられ、詩序・毛傳と時代・登場人物の特定こそ違え、解釋の基本的筋道では一致している。この詩の解は、顧校をはじめ王・梁・蕭の各校が認めるごとく、すでに『韓詩外傳』〔巻一第二話〕中に見えるものである。本譚の原話たる『外傳』の譚は〔餘說〕に一括して示し、對校は諸本と諸類書引を主とし、先學諸校が觸れる點を除き、『外傳』とは行なわない。◎1召南　『北堂書鈔』巻八十四禮儀部五婚禮引は、これにつくる。『藝文類聚』巻四十禮部・婚引、『太平御覽』巻四四一人事部八十二貞女下引、同上巻五四一禮儀部二〇婚姻下引は邵南につくる。　2酆　『藝文類聚』『御覽』人事部の兩引はこの字を豐につくる。『御覽』禮儀部引は農（ママ）につくる。　3夫家禮　『御覽』人事部引もこれにつくるが、『藝文類聚』引には禮字なし。『御覽』禮儀部引は禮一字につくる。　4女與其人言　『御覽』禮儀部引もこれにつくる。『御覽』人事部引は女蓋與其人言につくる。『藝文類聚』引はこの句より不可以行の句にいたる七十七字の該當句なし。　5不可不正　『御覽』禮儀部引もこれにつくるが、『御覽』人事部引はこの句より源治而流淸の句にいたる三十三字の該當句なし。　6傳曰　『御覽』禮儀部引はこの句より爲宗廟主也にいたる四十八字なし。　7豪釐　豪字を備要・集注二本はこれにつくる。他の諸本は毫につくる。兩字は同音・同義字だが、『說文』には豪字のみを收める。　8源治　叢刊・承應の二本のみ源潔につくる。　9故　『御覽』人事部引はこの字なし。　10也　諸本はこの字あり。『御覽』人事部引はなし。　11輕禮　『御覽』人事部引もこれにつくるが、『書鈔』引は輕我につくる。王校もこれを指摘、蕭校はこれを襲う。　12夫家訟之於理　叢書本は夫家訟之爲理につくる。『藝文類聚』引、『御覽』人事部引もこれにつくる。『御覽』禮儀部引は夫家訟之の四字につくる。　13女終以　『藝文類聚』引、『御覽』人事部引もこれにつくる。『御覽』禮儀部引は女曰につくる。　14持義　『藝文類聚』引、『御覽』人事・禮儀兩部引もこれにつくる。『書鈔』引は大義につくる。　15而作詩曰　『藝文類聚』引、『御覽』禮儀部引はこの句より亦不女從にいたる六十一字の該當句なし。　16夫家　『御覽』人事部引は夫婦につくる。　17婦道之儀　『御覽』人事部引は儀字を宜につくる。梁校はこれに言及、儀・宜は古字通用し、『詩經』小雅・角弓に「如食宜飫（食うときは吐くまで食う）」を引き、韓詩（『釋文』引）には宜字を儀につくることを指摘。儀・宜は、ともに上古音 ŋiar で同音同義である。なお毛詩には飫を饇につくるが、飫・饇は、ともに音ヨ（・iag）、『說文』に示す本字饫の異體字である。蕭校は梁校を襲う。　18又　承應本のみ詩につくる。　19雖速我訟、亦不女從　梁校は、この句が『外傳』巻一第二話にも見え、『左傳』宣公元年經・三月の條に對する正義・服虔註引「古者、禮不備、貞女不從、『詩』曰、雖速我訟、亦不女從」もこの譚に據ると指摘する。ただし『外傳』は女字を爾につくる。蕭校は梁校を襲う。　20脩容　叢刊・承應二本もこれにつくる。叢書・考證・補注の三本は修容につくる。　21稱誦　叢書本のみ稱通につくる。

語釈　○召南　陝西省岐山県の西南。周の文王姫昌のとき崇侯虎を伐ち、その領邑豊（現在地は語釈3参照）に遷都、もとの岐周の地を周公姫旦・召公奭の領邑とした。召南はその召公奭支配下の地をいう。　○申　周の国名。河南省南陽市の北部に近在。姜姓。伯夷の後裔という。　○酆　豊ともしるす。周の国名。一時、文王姫昌が都し、のち武王姫発が鄗（鎬・西安市の西）に遷都すると、文王の第十子耼（冄）季載の領邑となった。顧註は「酆は文王の都する所、京兆杜陵の西南に在り」といい、蕭注は、『左伝』僖公廿四年の「畢・原・酆・郇（みな国名）は、文（王）之昭（子孫）なり」の句の杜註により南北朝時の始平・鄠県の東の地という。陝西省西安市の西南。　○礼不備　礼は婚姻の六礼。『儀礼』士昏礼・疏に「昏礼に六有り。（略）納采（男家から女家への求婚）、問名（結婚の吉凶を占うために女の名を問う）、納吉（占って吉を得たことの報告）、納徴（男家から女家への結納）、請期（結婚の日取りの決定）、親迎（夫が花篤籠で妻を迎える）、是なり」という。王先謙『詩三家義集疏』巻二行露の詩の論によれば、この六礼のうち、「古礼に最も重んず」る親迎を男家が行なえなかったからだといい、貞順伝の第二話宋恭伯姫譚、第六話斉孝孟姫譚の例（四一七～四一九ページ・四四〇～四四三ページ）を挙げている。巻三仁智伝・第十四話魏曲沃婦譚にも、「節成りて然る後許嫁し、親迎して然る後随従するは、貞女の義なり」（三九六・三九八ページ）という。『礼記』哀公問において、孔子は、「敬之至矣、大昏為レ大（敬意を示す最高のものは、結婚の大礼が重大だ）。（略）大昏既至、冕親迎、親レ之也（結婚の大礼の日が来ると花婿が冠冕をつけて正装して花嫁を親ら迎えるのは、花嫁に親愛を示すことだ）。親レ之也者、親レ之也（花嫁に親愛を示すのは、花嫁に己れを親愛させるのだ）。是故、君子興レ敬為レ親」と述べている。それのみでない。親迎は儀礼婚主義の婚姻において、婚姻を公衆に認知させる重要な礼であった。　○其人　ここは媒氏をいう。梁註は『御覧』礼儀部引註は、「其人、媒氏、往求二命（婚約）之一」ということを指摘する。　○伝曰、正其本、則万物理、失之豪氂、差之千里　伝とは顧註・梁註が『易緯通卦験』の文といい、王註は、たんに「易伝」の文という。蕭校は梁・王二説を併記、『新書』胎教にもこの語があり、『礼記』経解引の「易」の語に相当し、『易経』繋辞伝の文というが、現今の繋辞伝にこれらに該当する句はない。『史記』巻一三〇太史公自序引の「易」には「失之」以下の八字が引かれているが、集解は「今の『易』に此の語無し。『易緯』に之有り」という。豪は万分の一尺、氂は千分の一尺。周代の一尺は二十二・五センチ。よって失之豪氂とは、極めて僅かの狂いから誤りに発展すること。差之千里とは、末は大きなまちがいになること。全句の意は通釈のとおり。　○嫁娶　嫁入りと嫁迎え。
○伝重承業、継続先祖、為宗廟主也　重は重世・重葉、すなわち代＝血統を重ねること。業は家業、すなわち家産。為宗廟主は祖霊の霊廟の祭祀をつかさどる主となること。全句の意は通釈のとおり。なおこの句は蕭註が指摘するように、「（昏姻）合二二姓好一、以継二先聖（先祖の聖人）之後一、以為二天地・宗廟・社稷之主一」を意識したものであろう。『礼記』哀公問のこの文は国君への勧告ゆえに、先聖、天地、社稷の語がもちいられているが、本句はそれを一般化したものである。　○訟之於理　訟は訴訟、理は『説文通訓定声』頤部に、吏の仮借とあり、『礼記』月令・孟秋月の「命理瞻傷（役人に命じ、罪人の皮膚の傷を調べさせる）」と鄭註の「治獄の官なり」を引いている。蕭註も月令・孟秋月の記と鄭註を引く。婚姻の不履行を裁判官に訴えでた。〇持義　道義を堅持する。〇詩曰　『詩経』召南・行露の句。速は招く。召喚する。室家不足とは、結婚して男家（室家）に入るには、婚姻の礼が不足していること。〇婦道之儀　婦道の正しいあり方。儀は宜に通ず。〔校異〕16（四一四ページ参照）。〇揚之　この事（申女の婚姻の礼不備による結婚拒否）を表揚する（讃えひろめる）。〇又曰　『詩経』前掲の句。女は汝におなじ。夫家の者たち。〇貞一　貞徳一筋であること。〇脩容　容儀（立居振舞い）を修める。〇要以必死　要は要遮（さえぎりとどめる）。『管子』君臣下に、「淫佚を要り、男女を別てば、則ち通乱隔つ（私通乱交の男女を隔離できる）という。生命賭けで礼備わらぬ結婚を断わる。〇獄訟　裁判沙汰にする。

韻脚　〇容 gïuŋ・従 dziuŋ・訟 gïuŋ・誦 dïuŋ（11東部押韻）。

余説　王応麟『詩攷』後序には、本譚を魯詩の解として論じているが、その原筋は、じつは顧広圻が指摘するように韓詩説の解とされる『韓詩外伝』巻一の第二話にある。梁端も「又曰」以下の最終段階にいたって、この事に言及している（〔校異〕18・四一四ページ）王先謙『詩三家義集疏』巻二召南・行露も『外伝』中の原筋の存在を指摘する。『外伝』の文を示しておこう。

伝曰、「夫行露之人、許嫁矣。然而未往也。見一物不具、一礼不備、守節貞理、守死不往。君子以為、得婦道之宜。故挙而伝之、揚歌之。以絶無道之求（求婚）、防汙道之行乎。『詩』曰、「雖速我訟、亦不爾従」。

『詩経』召南・行露の詩について、毛詩・詩序は、「行露は召伯（召公奭）訟を聴くなり。衰乱の俗微へて、貞信の教興る。彊（強）暴の男も貞女を浸陵する（おかす）能はず」といい、毛伝は、この詩の成立時を、殷の末世の紂王帝辛の時代であり、また周の盛徳の文王姫昌の時代と指摘する。詩序・毛伝、『列女伝』本譚は話の設定時代こそ異なるが、詩自体の解釈の基本方向にちがいはない。

夫家に嫁してはじめて社会的存在と認められ、諸礼を厳格に守りぬいてこそ、夫家における正妻の地位を得られる宗法社会の女性にとっては、規定の婚礼が完うされない婚姻はこれを拒否する必要があった。貞順の徳とは必ずしも夫や夫家の族員に対して一方的な従順の道を尽すことではない。〔語釈〕4の『礼記』哀公問の言（四一五ページ）が語るように、夫に対して己れに対する敬親の情を抱かせ、夫家における妻たる者の地位を保全し、名を汚さぬことも、その重要な内容を構成するものであった。要するに貞順とは、序賛の〔語釈〕1（四一一ページ）に述べたごとく、わが身を汚さず、夫との堅い絆を守りぬく女性の性道徳をいうものであった。婚礼の不備を理由に、己れの地位の保全のため、婚姻を峻拒した申女の行為は、まさにこうした貞順の徳を発揮したものである。後の第二話宋恭伯姫譚（四一七～四一九ページ）第六話斉孝孟姫譚（四四〇～四五〇ページ）も本譚と同様のことを教えている。

二 宋恭伯姫

伯姫者、魯宣公之女、成公之妹也。其母曰繆姜。[1] 嫁伯姫於宋恭公。恭公不親迎。[A] 伯姫迫於父母之命而行。既入宋、三月廟見、當行夫婦之道。伯姫以恭公不親迎故、不肯聽命。[B][2] 宋人告魯。魯使大夫季文子於宋、致命於伯姫。還復命、公享之。繆姜出於房、[1'] 再拜曰、[3]「大夫勤勞於遠道、辱送小子。[4] 不忘先君、以及後嗣。[5] 使下而有知、先君猶有望也。敢再拜大夫之辱。」[6]

伯姫既嫁於恭公七年、恭公卒、伯姫寡。[7] 至景公時、[8] 伯姫嘗遇夜失火。[9] 左右曰、「夫人少避火。」[10] 伯姫曰、「婦人之義、保・傅不俱、夜不下堂。[11] 待保・傅來也。」保母至矣。[12] 傅母未至也。左右又曰、「夫人少避火。」[13] 伯姫曰、「婦人之義、傅母不至、

伯姫なる者は、魯の宣公の女、成公の妹なり。其の母を繆姜と曰ふ。伯姫を宋の恭公に嫁がしめんとするに、恭公親迎せず。伯姫は父母の命に迫られて行く。既に宋に入り、三月の廟見ありて、當に夫婦の道を行ふべきも、伯姫は恭公の親迎せざるの故を以て、肯て命を聽かず。宋人 魯に告ぐ。魯は大夫季文子を宋に使せしめ、命を伯姫に致す。還りて復命すれば、公之を享す。繆姜も房より出で、再拜して曰く、「大夫 遠道に勤勞し、辱くも小子を送れり。先君を忘れず、以て後嗣に及ぼせり。下をして知る有らしむれば、先君猶ほ望む有らん。敢て大夫の辱きに再拜す」と。

伯姫既に恭公に嫁ぐこと七年にして、恭公卒し、伯姫寡たり。景公の時に至りて、伯姫嘗て夜の失火に遇ふ。左右曰く、「夫人少く火を避けよ」と。伯姫曰く、「婦人の義、保・傅倶はらざれば、夜 堂を下りず。保・傅の來るを待たん」と。保母至る。傅母未だ至らざるなり。左右又曰く、「夫人少く火を避けよ」と。伯姫曰く、「婦人の義、傅母至らざれば、夜 堂を下

夜不可下堂。越義求生、不如守義而死。[14]遂逮於火而死。[15]『春秋』詳録其事、爲賢伯姫、以爲婦人以貞爲行者也。伯姫之婦道盡矣。[16]當此之時、諸侯聞之、莫不悼痛、[17]以爲死者不可以生、財物猶可復。故相與聚會於澶淵、償宋之所喪。『春秋』善之。[18]

君子曰、「禮、『婦人不得傅母、夜不下堂。行必以燭』。伯姫之謂也」。『詩』云、「淑愼爾止、不愆于儀」。[19]伯姫可謂不失儀矣。

頌曰、「伯姫心專、守禮一意。宮夜失火、保・傅不備。逮火而死、厥心靡悔。『春秋』賢之、詳録其事」。

りるべからず。義を越えて生を求むるは、義を守りて死するに如かず」と。遂に火に逮びて死す。『春秋』其の事を詳かに録し、「伯姫を賢とす」と爲し、以て「婦人は貞を以て行と爲す者なり。伯姫の婦道盡せり」と爲す。此の時に當りて、諸侯之を聞き、悼痛せざるは莫く、以爲へらく死者は以て生かすべからざるも、財物は猶ほ復すべしと。故に相與に澶淵に聚會し、宋の喪ふ所を償ふ。『春秋』は之を善しとす。

君子曰く、「禮に、『婦人傅母を得ざれば、夜　堂を下りず。行くに必ず燭を以てす』と。伯姫の謂ひなり」と。『詩』に云ふ、「淑く爾の止を愼み、儀を愆たざれ」と。伯姫は儀を失はずと謂ふべし。

頌に曰く、「伯姫は心專らに、禮を守りて意を一にす。宮に夜失火あるも、保・傅備はらず。火に逮びて死するも、厥の心悔ゆる靡し。『春秋』は之を賢とし、其の事を詳かに錄す」と。

通釈　伯姫とは、魯の宣公姫倭の女で、成公黒肱の妹のことである。その母は繆姜といった。伯姫を宋の恭公子固に嫁がせようとしたが、恭公は親迎の礼をおこなわぬ。伯姫は〔それが不満であったが〕父母の命令に迫られて出かけた。宋に乗りこんで、三か月目の祖廟での挨拶の礼があり、夫婦固めをおこなわねばならなかったが、伯姫は恭公が親迎の礼をおこなわなかったので、命令をあえて聴こうとはしなかった。宋の恭公が魯に事態を告げる。魯では大夫の季文子を宋に使者としておもむかせ、誡めを伯姫につたえた。〔季文子が〕還ってきて報告したので、成公は食事を振舞ってねぎらった。繆姜も奥の間から出てきて、丁重に挨拶し、「大夫どのには遠い旅をよくつとめてくれ、ありがたくも女に誡めを伝えてくれました。亡き殿（宣公）を忘れず、後嗣ぎの今の殿にも尽してくれたのですね。黄泉の亡き殿にお報らせしたら、亡き殿はやはり大夫どのに期待をかけられましょう。心から大夫殿のご好意に対しお礼を申します」といった。

伯姫が恭公に嫁いでから七年目、恭公は亡くなり、伯姫は寡婦となった。景公頭曼（じつは平公成）の時代になって、伯姫は夜の火事に遭った。おつきの者たちが、「奥方には暫し避難なさいませ」という。伯姫は、「婦人の道義として、保母と傅母が揃わなければ、夜は堂を出るわけにはまいりません。保母・傅母が来るのをお待ちしましょう。」という。保母がやってきた。傅母がまだやってこない。おつきの者たちが又「奥方には暫し避難なさいませ」という。伯姫は、「婦人の道義として、傅母がこなければ、夜は堂を出るわけにはゆきません。道義をはずれて生きようとするよりは、道義を守って死んだ方がましです」といいはる。ついに火中にまきこまれて死んだのであった。『春秋』はその事を詳細に書きとり、「伯姫は賢者である」とし、「婦人は貞順をば徳行とすべき者である。伯姫の婦道は貫徹されたのである」とみなしている。このとき、諸侯はこれを聞いて悼み悲しまぬ者はなく、死者は生きかえらせられぬが、財物はもとどおりにできると考えた。それゆえ澶淵にあつまって、宋の火事の損害をつぐなってやった。『春秋』はこれを義挙として讃えている。

君子はいう、「礼によれば、『婦人は傅母が見つからぬときには、夜は堂を出ない。外を出歩くには必ず燭を携えてゆくものである』という。これは伯姫のごとき徳行をいうのである」と。『詩経』には「爾の振舞いよく慎めよ。威儀を誤ることなかれ」という。伯姫はこの威儀を失わなかった者といえよう。

頌にいう、「伯姫の心はただ一つ、礼を一筋に守ることとなり。宮殿に火事おこりし夜、保母・傅母ともに揃わず。ために火にまきこまれて死するも、その心に悔いることなし。『春秋』は伯姫を賢者と讃えて、その事をつまびらかにするせり」と。

校異 1・1繆姜 『左傳』成公九年二月の條は穆姜につくる。『公羊』『穀梁』の二傳同年同月の條には彼女に關する記述なし。 2 恭公不親迎、伯姫迫於父母之命而行、既入宋、三月廟見、當行夫婦之道、伯姫以恭公不親迎故、不肯聽命 話原を提供したであろう『春秋』三傳成公九年の條には、伯姫が恭公の「不親迎」の非禮の故に「夫婦之道」を行なう「命」を「肯て聽かず」の擧に出たことは明らさまにしるされてはいない。そこで顧校は「〔話原を〕他書より采らん」と推測している。蕭校はこの問題に肉迫、『詩經』齊風・著の毛詩・詩序が「著は時（時勢）を刺るなり。時は親迎せざるなり」を引き、『春秋』桓（じつは隱）公二年〔九月〕の「紀覆綸（紀國の大夫、『左傳』の紀裂繻）來逆レ女」の句に對する『公羊傳』の「外逆レ女、不レ書、此何以書。譏。何譏爾。譏三始不二親迎一也」を擧げ、本譚が『公羊傳』の禮制觀を基盤の一つにして成立したことを示し、さらに次條3において、『穀梁傳』の記事からも觸發されて形成されたことを示している。なお顧說は原文Bの位置にしるされ、蕭說はAの位置にしるされている。　3宋人告魯、魯使大夫季文子於宋、致命於伯姬、還復命、公享之、繆姜出於房　第二句の於字、叢書本と叢刊・承應の二本は如につくる。梁校は一本が如につくると指摘。蕭校はこれを襲う。『春秋』成公九年二月の條は伯姬歸于宋、夏の條は季孫行父如宋致女につくる。『左傳』成公九年夏の條は季文子如レ宋致レ女、復命。公享レ之、賦二韓奕之五章一。穆姜出二于房一再拜につくる。王校は『春秋』〔成公九年夏の上記經文〕の措辭を指摘。致字は致命の意に用いてはいぬと述べたいのであろう。顧校は第三句の復命二字が『左傳』〔成公九年夏の條〕に見えると指摘する。梁校は『禮記』坊記の〔昏禮、壻親迎、見二於舅姑一、舅姑承レ子以授レ壻、恐二事之違一也（子が宮事に違くことを心配するからである。）以レ此坊レ民、婦猶有二不レ至者一（婦の中には夫家に落ちつけぬ者がいる）〕の句の鄭註、「是時、宋共公不二親迎一、恐二其有一レ違、而致レ之（敕戒した）」は、本條に本づくものと指摘。致は致命（敕戒する）の意に用いられるとする。蕭校は梁校を襲うとともに、本條が『穀梁傳』〔成公九年夏の條〕の次の句に該當するが、本譚では、宋の側から、〔伯姬が夫婦之道を行なわぬことを〕魯に告げて、季文子が敕戒に赴いたといっているので、『穀梁傳』とことごとくは一致していないと指摘する。『穀梁傳』は次のごとくいう。「致者、不レ致者也（經文に致について特に述べるのは、本來ここでは致を行なうものではないからだ）。婦人、在レ家制二於父一、既嫁制二於夫一。如レ宋致レ女、是以レ我盡レ之也（父のわがままを盡したものだ）。不レ正、故不レ遭二內稱一（使者を稱することもゆるさなかった）。注二（范甯註）曰、刺下已嫁而猶以二父制一盡上レ之。內稱、謂レ稱レ使。逆者微、故致レ女（伯姬の逆え方が（親迎の儀を缺き）簡略なので、女の伯姬に對し、使者をして敕戒の言をとどけた）。詳二其事一賢二伯姬一（事件を詳述し、伯姬を賢者としたのだ）」。＊なお蕭校は范甯註の四句を引きながら、重要點の「逆者微、故致女」以下の句を擧げていない。『穀梁傳』のこの段について、これを本譚と無關係な一般論を述べた文と見れば、當然、解釋は（　）內とは違ってくるが（一例・岩本憲司著『春秋穀梁傳范甯集解』汲古書院・一九八八年刊の解・三七七ページ參照。）、ここは劉向が理解したであろう形で解釋した。　4大夫勤勞於遠道、辱送小子　『左傳』は大夫勤辱の四字につくる。

5使下而有知　『左傳』は施及未亡人につくる。王校はこの句曉り難しといい、『左傳』の措辭を指摘する。『補注校正』臧校は、下字は死の譌字、先君宣公をいうと指摘する。梁校は下字の上に〔本來は〕地字があり、それが誤脫したと指摘。地下とは「地下にある人」、宣公のこととする。蕭校は梁、臧二校を併擧する。　6敢再拜大夫之辱　『左傳』は敢拜大夫之重勳につくる。　7七年、恭公卒、伯姬寡　諸本はみな七年を十年につくる。顧校は『春秋』成公九年二月の條に伯姬歸于宋としるし、十五年夏六月の條に宋公固（恭公）

卒としるしているところから、十は七の誤りとし、王校は「說者」の語としてこの說に言及、梁・蕭二校も顧校を襲う。十・七は字體近似。ゆえに誤傳されたのであろう。諸校の指摘により改める。ただし、ここを起點に本段に入る『儀禮經傳通解』巻四内治引も十年につくる。また『通解』引は伯姫寡の下に三十五年の句をつくる。蕭校がこれを指摘、五は四の誤りと付說する。あるいは三十四年の四字がもとはあったものか。いま校增は控える。　8景公　諸本はこれにつくる。顧校は景公は平公の誤りといい、「平公、以魯成〔公〕十六年即位。宋災在魯〔襄〕〔公〕三十年、乃平公之三十三年。見『春秋』及『史記』十二諸侯年表。景公至魯〔昭〕〔公〕廿六年、始即位。上距〔魯〕襄〔公〕三十年、宋災時已廿八年矣」と理由を說明する。王・梁・蕭三校も部分的にこれを襲う。宋の火災は五四三B.C.に發生、宋の景公子頭曼の即位は五一六B.C.であり、事實はまさに顧校の指摘どおりである。ただし劉向が事實を故意か不注意によって曲げてしるした可能性は高い。本譚全體にわたり劉向の虛構が加わっている。よってこのままとする。　9伯姫嘗遇夜失火　叢書本のみ嘗字を常につくる。『通解』引は嘗遇二字を之宮につくる。蕭校はこれを指摘する。『穀梁傳』襄公三十年五月の條には、五月甲午、宋災、伯姫卒。（略）伯姫之舍失火につくる。『公羊傳』同年同月の條には、五月甲午、宋災、宋伯姫卒につくる。『左傳』同年同月の條には、甲午、宋大災、宋伯姫卒につくり、後續句を待姆也、君子謂、宋共姫（ママ）、女而不婦、女待人者、婦義事也という伯姫の死亡の理由と、その批評のみにつくる。　10左右曰、夫人少避火　『通解』引は上句の右、曰二字の閒に又字あり。『穀梁傳』は避字を辟につくり、『公羊傳』同年秋七月の條には、佳行に對する評價の句をまじえ、其稱謚何、賢也、何賢爾、宋災、伯姫存、有司復曰、火至矣、請出の八句二十三字につくる。　11婦人之義、保傅不俱、夜不下堂　叢書本のみ不俱を不來につくる。『通解』引はこれにつくる。『穀梁傳』は婦人之義、傅母不在、宵不下堂の三句十二字につくる。『公羊傳』は上の婦人之義の一句なく、不可、吾聞之也、婦人夜出、不見傅母、不下堂の五句十七字につくる。　12待保傅來也、保母至矣、傅母未至也　『通解』引もこれにつくる。『穀梁傳』はこれらの該當句なし。『公羊傳』は傅至矣、母（ママ）未至也の二句七字につくる。　13左右又曰、夫人少避火、『通解』引もこれにつくる。『穀梁傳』は避字を辟につくる他は、これにおなじ。『公羊傳』同年七月の條はこれらの該當句なし。　14伯姫曰、婦人之義、傅母不至、夜不可下堂、越義求生、不如守義而死　叢刊・承應の二本は求生二字を而生につくる。梁校は一本、求生二字を而正につくると指摘。蕭校は梁校を襲う。『通解』引はこれにつくる。『穀梁傳』『公羊傳』には、これらの該當句なし。　15遂逮於火而死　『通解』引もこれにつくる。なお『通解』引はここまでである。『穀梁傳』は遂逮乎火而死につくる。『公羊傳』は逮乎火而死につくる。　16春秋詳錄其事、爲賢伯姫、以爲婦人以貞爲行者也、伯姫之婦道盡矣　『穀梁傳』には、婦人以貞爲行者也、伯姫之婦道盡矣、詳其事、賢伯姫也の四句二十二字につくる。王校は本條四句が、この『穀梁傳』によることを指摘。梁校もおなじ。蕭校は王校を襲う。『公羊傳』にはこれらの該當句はないが、前條10の句のごとき伯姫の佳行を「賢」と評價する語が別箇所につくられている。　17當此之時、諸侯聞之、莫不悼痛　『春秋』經・襄公三十年冬十月の條には、晉人齊人宋人衞人鄭人曹人莒人邾人滕人薛人杞人小邾人、會于澶淵、宋災故の三句三十二字につくる。伯姫の烈死に對する悼痛の語はない。　18以爲死者不可以生、財物猶可復、故相與聚會於澶淵、償宋之所喪、春秋善之　諸本はこれにつくるが、『左傳』襄公卅年　秋・冬の條には、爲宋災故、諸侯之大夫會、以謀歸宋財。冬、十月（略）會于澶淵。既而無歸於宋。故不書其人（集合した人びとの名）。君子曰、信其不可不愼乎につくり、諸國の宋への財物供與がおこなわれなかったことがしるされ、諸侯の信義貫徹が問題にされており、さらに前條17の記載形式について、書曰某人・某人會于澶淵、宋災故、尤之也と、その理由が説かれている。伯姫に對する言及はない。『穀梁傳』は、不言所爲、其曰宋災故、何也。不言災故、則無以見其善也。其曰人、何也。救災以衆。何救焉。更宋之所喪財也。澶淵之會、中國不侵伐夷狄、夷狄不入中國。無侵伐八年善之也。晉趙武・楚屈建力也につくる。ここでは宋に對する財物供與がなされているように説かれているが、伯姫に對する言及はない。ただし六朝・晉の徐邈以來、趙武・屈建らが「伯姫之節」に感じて兵を息めたという説がこれらの句に付され、王校は本句が『穀梁傳』のこの一段中の更宋之所喪財也と善之也の句から成立したようにいい、梁校も本句が『穀梁傳』にもとづくというが、これは徐註以來の『穀梁傳』の恣意な解釋によるもので採れない。徐註の解釋は『列女傳』の本譚を逆用したものであろう。それに、もし『穀梁傳』のこの一段から劉向が本譚を構想したなら當然、伯姫の烈死が中國の平和に資した功も大書していたであろう。ただし春秋善之の句に『穀梁傳』の善之也の句を、劉向が伯姫の記事の有無に無關係に混入させたことはありえよう。『左傳』『穀梁傳』に對し、『公羊傳』は伯姫の佳行の結果が特筆され、此言所爲、何。錄伯姫。諸侯相聚、而更宋之所喪。曰、死者不可復生爾。財復矣につくっている。C財物猶可復は財復矣の句より、D償宋之所喪は更宋之所喪の句よりつくられたものであろう。すでに顧校はC句が『公羊傳』にもとづくことを指摘し、蕭校は王校を擧げつつ、C・D兩句が『公羊傳』よりつくられたことを指摘している。　19淑愼爾止、不愆于儀　叢書・考證の兩本のみ爾を尓につくる他、諸本・毛詩はこれにつくる。本句は『詩經』大雅・抑の句であるが、『左傳』襄公卅年十月の條の君子贊中にも、淑愼爾止、無載爾僞の句が引かれている。現行『詩經』中には『左傳』のこの句はなく、杜註は逸詩とするが、劉向は、あるいは『左傳』の君子贊の類似句を念頭においたことも考えられる。

語釈　○魯宣公　春秋・魯の第二十代国君、諱は俀。在位六〇八～五九一B.C.。　○成公　同上第二十一代国君、諱は黒肱。在位五九〇～五七三B.C.。　○繆姜　斉より嫁いで成公黒肱を生む。詳細は孽嬖伝第八話魯宣繆公譚（下巻所収）を参照。繆は諡。『逸周書』諡法解に、「名と実と爽ふは繆と曰ふ」と説かれている。　○宋恭公　春秋・宋の第二十三代国君、『春秋』三伝、『史記』巻十四・十二諸侯年表、『礼記』坊記中には共侯としるす。姓は子、諱は瑕。在位五八八～五七六B.C.。　○親迎　婚姻六礼の一段階。本伝第一話の〔語釈〕4（四一五ページ）参照。　○入宋　伯姫の入宋は魯の成公九年（宋の恭公七年、五八二B.C.）のこと〔校異〕3（四二〇ページ）参照。

○三月廟見　往時、新婦は夫家に嫁いで三か月経つと、夫家の廟に参拝し、夫家の成員としての地位を確立した。『礼記』曽子問には、「〔婦は〕三月にして廟見し、来婦と称せらるるなり（新たにきた嫁といわれる）、日を択びて祢（舅・姑の廟）に祭るは、婦の義を成すなり（新婦の礼儀をつとめあげることだ）」という。ただし鄭註は、これを舅・姑がすでに亡くなったばあいをいうのだとし、孔疏（正義）も、成婚は当夕（親迎のその晩）に成りたつという説をとる一方、「大夫以上は、舅姑の在否を問ふ無く、皆三月祖廟に見ゆるの後、乃ち始めて成昏（婚）す」という賈逵・服虔の両説を併記する。梁註は後者を『左伝』の註中の語として紹介、この説による。蕭註は『儀礼』士昏礼の「婦至成礼」「婦見舅姑」「舅姑没、婦廟見及饗婦・饗送者之礼」等の諸礼を検討し、曽子問と対照させ、『左伝』隠公八年の条や『公羊伝』成公九年の何休註等にも言及するが、夫婦が当夕（結婚の晩）に同牢（祝祭の肉料理をともに食べ）、衽席相連（寝床をともにする）すれば、婚姻は成立し、翌日に夙興して、舅・姑に見え、舅・姑歿後のさいのみ三か月後に奠菜（舅・姑の霊に対するお供え）がなされるという説をとっている。いずれにせよここでは繁瑣な礼論に捉われることはない。婚姻の実質は、当夕の同牢と衽席相連にあり、舅姑生存の場合は翌日早朝の舅姑への挨拶によって、事実に重みが加わり、舅姑の在否にかかわらず、衽席相連後三か月後に執行される祖廟への参拝・奠菜によって新婦は夫家の一員としての地位を確立し、婚姻が完成するという解釈法が自然ではあるまいか。劉向はおそらく、この観点に立って新婦三月廟見の儀礼を重視したのであろう。本伝第六話の斉孝孟姫譚にも「三月廟見し、而る後夫婦の道を行ふ」の語によって、この事は裏書きされよう。なお、この件に対する蕭註は枝葉にわたって膨大。かえって解釈に資さない。よって上記のごとき要約にとどめる。　○季文子　魯の大夫季孫行父のこと。詳細は巻七孽嬖伝第八話の〔語釈〕9（下巻所収）参照。　○致命　親の誡めの言をつたえる。『穀梁伝』成公九年の条、「季孫行父如宋致女」の范甯の註に、「勅戒の言を女に致す」という。　○復命　帰って報告する。　○享　饗応する。　○房　堂の後方の部屋。いわゆる奥の間。　○辱送小子　辱は表敬副詞。承蒙好意（ありがたくも）におなじ。送は致におなじ。誡めの言をつたえる。小子は子ども。ここでは伯姫。　○先君　先代の君宣公倭のこと。　○以及後嗣　後継ぎの成公黒肱にまでつくした。　○使下而有知　下は梁校がいうように地下（地下にある人）のこと。〔校異〕5（四二〇ページ）参照。黄泉にいる宣公にお報らせする。　○先君猶有望　亡き殿宣公も期待をかけるであろう。
○再拝大夫之辱　再拝は丁重に挨拶する。辱は名詞。好意。　○景公　春秋・宋の第二十六代の国君。姓は子、諱は頭曼。在位五一六～四六九B.C.。ただし〔校異〕8（四二一ページ）に既述のように、史実上は第二十四代の国君平公子成。在位五七五～五三三B.C.。　○失火　火災。　○保傅　貴人女性の守役と傅乳母たる保母と傅母。　○越義　道義にはずれる。　○春秋詳録其事、為賢伯姫　『春秋』は魯の年代記であるが、本文の経の襄公卅年（五四二B.C.）五月甲午の条には、「宋に災あり、伯姫卒す」としるすのみである。〔校異〕16（四二一ページ）に既述のように、これらの語は『春秋穀梁伝』の句にもとづいている。直接的には、ここの『春秋』は『穀梁伝』のこと。ただし校異10・18（四二一・四二二ページ）に既述のように、伯姫の烈死を賢として特書する文献には『公羊伝』もある。訳文は通釈のとおり。　○婦人以貞為行者也、伯姫之婦道尽矣　これらの語も『穀梁伝』中の句。貞は貞順、行は徳行。尽は貫徹する。訳文は通釈のとおり。　○可復　もとにもどせる。　○澶淵　湖の名。河北省濮陽県の西。　○礼、婦人不得傅母、夜不下堂、行必以燭　上三句に相当する語は『礼記』中にはなく、校異11（四二一ページ）に既述のように、『穀梁伝』『公羊伝』に伯姫自身の語として語られている。最終句の「行くに必ず燭を以てす」に相当する語は、『礼記』内則に、「女子は（略）、夜行くには燭を以てし、燭無ければ則ち止まる」という。訳文は通釈のとおり。　○詩云　『詩経』大雅・抑の句。止は、毛伝に「至（いたる）」と説き、「人君たらば仁に止り、人臣たらば敬に止り、云云」と論ずる一方、「容止（立居振舞い）」の意にも説いている。いずれにせよ、分に応じて振舞うことをいう。儀は威儀。句意は通釈のとおり。

韻脚　○意・ɪəg・備 bɪuəg・悔 muəg・事 dzïəg（1之部押韻）。

余説　宋恭伯姫における貞順とは、夫に随い、つくすことではなかった。女性の地位を保障し、名声を世に布くための礼を一命を賭して守ることにあったのである。本譚の前半部は第一話召南申女、第六話斉孝孟姫譚と共通する婚姻親迎の遵守による地位の保全を問題とし、婚姻の完成を告げる三月廟見の儀式の直前まで、夫家側の礼遇に拘わった一徹さを讃えている。婚姻時の親迎に拘わる伯姫の姿を明らかにする出典はないが、『左伝』にせよ『穀梁伝』にせよ、彼女の結婚が順調に進展しなかったような雰囲気を漂わせているところから、公羊兼修の穀梁学者劉向は、『公羊伝』の礼制観にもとづき、順調に進展しなかった理由に親迎問題を絡ませ、『穀梁伝』成公九年夏の条文を『左伝』の同年夏の「季文子如宋致女」譚の異伝のごとく読みとり、『左伝』の記述に大変更をくわえて、譚を構成したのであろう。後半部の生命を犠牲にしてまで貞順の徳を守りぬいた寡婦にふさわしい若き日の美談が、かくて出来あがったのであった。

後半部は災害時にも動揺せず、守礼のために縦容として火災の中に生命を散らし、己れの名声を世に布き、夫の国に名声と実益をともにもたらした壮挙を『穀梁伝』『公羊伝』によって描いている。内容は第十話楚昭貞姜譚と大筋において共通する。伯姫の行為は、生命尊重と快適平穏の日常生活の幸福を核とする今日の人道主義の倫理観からすれば、いまわしい愚行である。『左伝』も「宋の共（恭）姫は、女にして婦たらず。女は人を待つ者なり。婦は義もて事とするなり（宋恭伯姫は、貴人の女の道にかなっていても人妻の理にかなっていない。女は人の指示を待って行動する者だ。人妻は臨機応変の義＝宜を得て行動するのである）」と非難し、正義は、時に彼女は六十歳前後であったと附説して、その愚直ぶりを仄めかしている。しかし『穀梁伝』『公羊伝』がこの挙を佳行とし、とくに『公羊伝』がこの挙ゆえに諸公が結束して宋の救済にあたった事を特書し、劉向がこれを継承したのは、君公・卿・士大夫とその妻女たる者は、守礼によって自己と自己の属する集団の名声を揚げ、道義を世に確立せしめる責務があると見なしたからである。伯姫は結婚の当初は、夫との堅い絆の確立を目ざし夫家と確執をおこしたが、夫の歿後は堅貞の生涯をまっとうし、わが生命を抛って夫の国家たる宋に栄光をもたらした人物として描かれている。しかく過剰に守礼のために生きる（死ぬ）女性こそが劉向の理想の女性であった。

なお後漢・蔡邕編と伝えられる『琴操』巻上に彼女の讃歌「伯姫引」が収めてあるが、韻文部分は欠けてしまっている。

三　衞寡夫人[1]

夫人者、齊侯之女也。嫁於衞、至城門而衞君死。保母曰、「可以還矣」。女不聽遂入。持[2]三年之喪畢、弟立請曰、「衞小國也。不容二庖。願請同庖」。[3]夫人曰、「唯夫婦同庖」。[4]終不聽。[5]衞君使人愬於齊兄弟。[6]齊兄弟皆欲與後君、[7]使人告女、女終不聽。乃作詩曰、[8]「我心非[9]石、不可轉也。我心非[9']席、不可卷也」。厄窮而不閔、勞辱而不苟。[10]然後能自致也。言不失己、[11]然後可以濟難矣。『詩』曰、「威儀棣棣、不可選也」。言其左右無賢臣、皆順其君之意也。

君子美其貞壹、[12]故舉而列之於『詩』也。


夫人なる者は、齊侯の女なり。衞に嫁がんとするに、城門に至りて衞君死す。保母曰く、「以て還るべし」と。女聽かずして遂に入る。三年の喪を持し畢るや、弟立ちて請ふて曰く、「衞は小國なり。二庖を容さず。願ひ請ふらくは庖を同にせん」と。夫人曰く、「唯だ夫婦のみ庖を同にす」と。終に聽かず。衞君 人をして齊の兄弟に愬へしむ。齊の兄弟皆 後君に與へんと欲し、人をして女に告げしむるも、女終に聽かず。乃ち詩を作りて曰く、「我が心は石に非ざれば、轉ばすべからざるなり。我が心は席に非ざれば、巻くべからざるなり」と。厄窮にあれども閔へず、勞辱にあれども苟めにせず。然る後能く自ら致すなり。言は己を失はずして、然る後に以て難きを濟ふべしとなり。『詩』に曰く、「威儀棣棣、選ぶべからざるなり」と。其の左右に賢臣無く、皆 其の君の意に順ふを言ふなり。

頌曰、「齊女嫁衞、厥至城門。公薨不返、遂入三年。後君欲同、女終不渾。作詩譏刺、卒守死君。」

君子其の貞壹を美め、故に擧げて之を『詩』に列ぬるなり。
頌に曰く、「齊女衞に嫁ぎて、厥の城門に至れり。公薨ずるも返らずして、遂に入りて三年なり。後君は同にせんと欲するも、女終に渾らず。詩を作りて譏刺し、卒に死君を守る」と。

通釈　夫人（諸侯の正室）とは、斉侯の女のことである。衛に嫁ぐことになり、衛の都城の門に来たときに衛の殿さまが亡くなった。保母が「おもどり下さいませ」という。だが女は聴かずに嫁入りした。亡夫への三年の喪に服しおえたとき、弟君が即位して頼みこむ、「衛は小国です。国君の庖厨（じつは後宮）を二つもおいておくわけにはまいりません。庖厨を一つにしてはいただけませんか（わたくしの世話を受けてくれませんか）」。だが夫人は、「ただ夫婦だけが庖厨をともにするものでございます」という。ついに聴きいれなかった。衛の殿さまは人をやって斉の兄弟たちにうったえた。斉の兄弟たちは　みな彼女を後継ぎの弟君にあたえようとし、人をやって女に勧告させたが、女はついに聴きいれなかった。かくて詩を作って、「わたしの心は石ではなくてよ、転がすことはできません。わたしの心は席でなくてよ、勝手に捲いたりできません」といったのであった。どんなに行きづまっても心配せず、苦労し辱かしめられてもいい加減な生き方はしない。それでこそ己が生命をささげつくせるのだ。己を失わずしてこそ、困難を克服しぬけるといったのであった。詩中では、「まわりの者は威儀正せども、選び使える者はなし」ともいっている。周囲には賢臣がいず、弟君の意向にしたがう者ばかりだといっているのである。

君子は、その貞節一筋なることを讃え、ゆえに衛寡夫人の作品を挙げて『詩経』の中に加えるものである。
頌にいう、「斉侯の女　衛に輿入れし、その都の城門に乗りこむ。衛侯ときに亡くなるも母家に帰らず、かくて三歳の夫の喪に服せり。後継ぎの弟君が嫁に望みしも、女はついに筋とおし弟君と契らず。詩をつくり非を譏り、亡き君への貞操貫けり」と。

校異　1衞寡夫人　備要本のみこれにつくる。他の諸本は衞宣夫人につくる。だが衞宣夫人とすれば、顧校が指摘するように孽嬖傳第四話中の衞宣公姜のこととなり、本譚中の人物とは合わない。本文中においても衞公の名はしるされていない。國君位を兄弟で相續した例は衞には數例あるが、顧校は戴公姬申（在位六六〇B.C.一年のみ）と文公燬（在位六五九～六三五B.C.）の閒を考え、本譚中の夫人とは戴公夫人かもしれぬが、あえて「專輒（專斷）せず」と述べている。ときに齊の國君は桓公姜小白（在位六八五～六四三B.C.）。事實、衞との緣組みを推進している。夫人が嫁してすぐに夫君が亡くなった人物の一人として戴公が考えられても、その後で弟君が夫人の兄弟に彼女に再婚を勸告するように望んだ記事とは矛盾する。本譚は邶風・柏舟の詩をめぐる說話だが、柏舟には鄘風のそれもあり、鄘風・柏舟は明らかに女性の貞順の德を主題としている。おそらく劉向は、後者からも着想を得ているのではあるまいか。とすれば衞寡夫人とは釐公（諱未詳。在位八五四～八一三B.C.）の世子共伯餘（在位八一三B.C.）の夫人も考えられる。彼は『史記』卷三十七衞康叔世家によれば弟武公和（在位八一二～七五八B.C.）に殺され、國君位を奪われている。ただし鄘風・柏舟の詩とその毛詩・詩序に登場する共伯は、まだ少年であり、共伯夫人は母に再婚を逼られている。こうした譚構成のあり方は〔餘說〕で再說する。なお顧校は王應麟『詩攷』後序引「衞宣作ル二邶・柏舟ヲ一」の句が寡字を宣につくることをも紹介する。王校は『太平御覽』卷四四一・人事部八十二貞女下引には衞寡夫人につくること、又本傳中には、魯寡陶嬰、梁寡高行、陳寡孝婦等の例があり、寡は宣字の字形近似の誤りであろうといい、『易經』說卦の「其ノ於ケルヤレ人ニ爲リ二寡髮（ごま鹽髮）一」の寡髮を宣髮につくる例を擧げている。梁校はさらに一歩をすすめて寡字が隷書に宣につくられるため、宣に誤ったのであろうといい、『易經』序卦（じつは說卦）の宣髮を寡髮につくる例を擧げ、顧校も擧げる既述の衞宣夫人の誤りなることも指摘し、校改している。蕭校は王・梁二校を倂擧しつつ校改せず。　2持　『御覽』引は行につくる。　3願請同庖　願請の二字、備要・集注の二本のみこれにつくり、他の諸本、『御覽』引は請願につくる。『補注校正』胡校は宋・范處義『逸齊詩補傳』により校改を指示、梁校は同書により校改、蕭校は梁校を襲う。　4夫人曰、唯夫婦同庖　この八字、備要・集注二本をのぞく諸本になし。『御覽』引は唯夫妻爲同庖の一句六字につくる。王校はこの六字を引文に付した註文とみなす。『補注校正』胡校は王校が『御覽』引に夫人曰の三字がないために、これを註文とみなしたことを駁し、『逸齊詩補傳』中に、ほぼ同文のこの五字があることを指摘する。梁校は八字を校增、蕭校は梁校を襲い、胡校を倂擧する。　5終不聽　『御覽』引は終字を夫人の二字につくる。　6衞君使人愬於齊兄弟　『御覽』引は衞君と使の字の閒に乃字あり。　7後君　備要・集注二本をのぞく諸本は君一字につくる。『御覽』引はこれにつくり、梁校は『御覽』引により校增。蕭校は梁校を襲う。　8乃作詩曰　顧校は『詩攷』〔後序〕が魯詩家劉向の『列女傳』中に擧げるのによって、次條の詩句を魯詩〔の解〕という。王校も魯詩說〔解〕といい、句の鑑賞にわたるが、鑑賞の說は〔餘說〕にしるす。蕭校は王校を襲い、後漢・王符『潛夫論』を補說にくわえるが、これも〔餘說〕にしるす。（四二八ページ）。　9・9非石・非席　諸本、『御覽』引は非字を匪につくる。『詩攷』詩異字異義引はこれにつくる。顧校は『詩攷』引に非につくることを指摘。『補注校正』胡校は『詩攷』引による校改を指示、さらに、非字を匪につくるのは、後人の「毛詩」による盲改と斷じ、第十二話衞宗二順引詩の匪字も非に訂すべしという。梁校は『詩攷』引のほか『逸齊詩補傳』引も非字につくることを指摘する。いま前條8の顧・王兩校の魯詩解の指摘、顧・胡・梁三校の指摘により改校する。　10勞辱而不苟　諸本はみなこれにつくるが、王校のみが苟字は誤りならんと疑う。ただし何字の誤りかを示さず。誤りではなかろう。この語は上の句と對句で語られる古諺らしい。〔語釋〕8參照。　11言不失己　諸本はみな己字を也につくる。王校は也字は己の誤りならんと疑う。梁・蕭二校もこれを紹介。上古音、也は ḍiăg（12魚部）己は ḍiəg（1之部）の誤り易い近似音である。意味・措辭上も王説は適切。よって改めた。　12貞壹　叢刊・承應の二本は貞一につくる。

語釈　○衛寡夫人　寡は少（わか）くして夫に死別した妻。姜姓の斉から嫁した衛の国君の寡婦。その夫だった衛君が誰かは未詳。〔校異〕1（四二七ページ）参照。そもそも本譚は「夫人なる者」ではじまっており、撰者劉向自身が国君を特定せずに作った話であろう。　○三年之喪　亡夫に対する三年の服喪。身に纏う衣服に因んで斬衰（ざんさい）といわれる。　○不容二庖　庖は庖厨（だいどころ）。後宮の比喩。容は許容。衛の宮殿に、亡君となった兄の後宮と自分の後宮の二つをともに構えておくわけにはゆかない。　○願請同庖　庖厨（後宮）を一つにして欲しい。自分の後宮に入り、自分の夫人（正室）となって欲しい。　○愬　訴える。　○後君　後嗣ぎの弟君（おとうとぎみ）。　○作詩曰『詩経』邶風・柏舟。訳文は通釈のとおり。　○厄窮而不閔、労辱而不苟　厄（阨）窮は災いに苦しめられ、ゆきづまること。労辱は苦労し辱しめられること。上句は『孟子』公孫丑上・万章下にも見える句だが、後漢時の応劭『風俗通義』巻七窮通の序が「君子は厄窮にも閔（うれ）へず、労辱にも苟（かりそ）めにせず。命（めい）を知りて怨尤（えんゆう）無し」と上・下を対句で語っている。　○自致　致は致命、生命をささげつくす。ここは亡君のために貞操を守りぬくこと。　○済難　済は救におなじ。ここは克服する。難は困難。　○詩曰　この句も『詩経』邶風・柏舟の句。威儀は立居振舞い。棣棣は毛伝に「富みて閑習するなり（威儀ゆたかに習熟する）」という。立居振舞いが堂々としている。選は毛伝が音通の算と解し、従来「かぞフ」と訓じてきたが、ここは通らない。王註は、選字を選用の意味にとり、この詩の二句に対し、「言（いふこころ）は左右の人、威儀美なりと雖も、選用すべき無し（選んで使える者はない）。彼は皆群小のみ。常に我を侮辱して、之（我）をして衛に安からざらしむ（落ちつかせない）」という。後句の「言其左右無賢臣、皆順其君意也」という詩句の解や、前句の「労辱而不苟」の句に適した明解といえよう。今これによる。訳文は通釈のとおり。　○死君　亡君におなじ。　○貞壱　貞操の徳一筋に生きること。　○渾　一体となること。又濁りけがれること。弟君と再婚することをいう。

韻脚　○門 muən・渾 ɦuən・君 kıuən（23文部）　◎年 nen（26真部）　文・真二部合韻一韻到底格押韻。

余説　衛君某の夫人（諸侯の正室）たるべく斉（せい）から輿入れした姜氏は、夫たるべき人との新生活がまさに始まろうとするとき相手に先立たれた。

「至二城門一而衛君死」の一句は、簡潔にその悲運を訴えている。しかし彼女は悲運に屈しなかった。婚礼の酒食もともにせず、肌のぬくもりにも触れぬ亡夫のため、三年の大喪に服し、一生を寡婦で通そうとしたのである。その挙は「信」という「婦徳」に果敢に殉ずる壮挙である。だが第二話で貴人女性にふさわしい保母・傅母の帯道がない事を理由に、火炎の中に身を投じて果てた宋恭伯姫同様の狂気の非人道事でもあった。礼教の実践事のごとく見えて、じつは礼教を逸脱した行為でもあったのである。『礼記』郊特牲にいう、「信は婦徳なり。壹たび之と斉にしては（夫と婚礼の酒肉をともにしたからは）、終身改めず（一生再婚しない）。故に夫死すれば嫁がず」と。『礼記』曽子問にいう、「曽子問ひて曰く、『女を取るに吉日有りて女死すれば、之を如何にするか』と。孔子曰く、『壻は斉衰（斬衰の一格下の服喪。ここではその装い）して弔す。既に葬りて之を除く（埋葬さえ済めば除服する）。夫死せば（女も）亦た之の如くす』」と。ただし後の条文に対しては鄭玄は「未だ（壻は女に）期（一年）・（女は壻に）三年の恩有らず。女の服は斬衰なり（三年の大喪用の装いをする）」と註している。以上の礼制によれば、心情道徳の上からは「婦徳の信」によって離婚・再婚は忌避されても、婚礼の実質がそわぬ前の離婚・再婚は、当然事として許容されたのである。また嫁たるべき女が夫たるべき人に婚礼の吉日に先立たれたときは、着用する装いこそ異なれ、夫たるべき男が嫁たるべき人に先だたれた場合同様、埋葬さえすめば、服喪は除かれて然るべきであったのである。とはいえ、劉向は熱狂的な超礼教主義の立場に立ってこそはじめて、礼教は貫徹されると考えていた。

こうした超礼教主義の教訓は劉向のみが説いていたのではない。『詩経』鄘風・柏舟の第一節は、

汎彼柏舟、在二彼中河一／髧彼両髦、實維我儀／之死矢靡レ它／母也天只、不レ諒二人只一（ただよい浮かぶ柏の舟は、黄河の中を流れゆく　／二つの垂れ髪のあの方こそは、夫と定めし人だったのに、　／死ぬまで誓って他所には嫁がじ　／母君は天のごときも、夫への信の思いを諒したまわず）

と詠い、毛詩・詩序は、この詩について、「柏舟は、共（恭）姜自ら誓ふなり。衛の世子共伯蚤く死す。其の妻義を守るも、父母（志を）奪ひて之を嫁がしめんと欲す。故に是の詩を作りて以て之を絶つ」と述べている。ここでも許婚のままに死んだ夫たるべき人のために寡婦生活を決意する女性への讃美が謳われている。

ところで詩序がなくても、鄘風・柏舟は一読、寡婦の貞節の志をうたう詩として理解されるであろう。詩序の存在を意識するにせよせぬにせよ、劉向はおそらく鄘風・柏舟のヒロイン共（恭）姜に対して、同名にして、かつ「汎たる彼の柏舟」の冒頭句を共有する邶風・柏舟の詩句中の再婚拒絶や再婚の無理強いを行なう周囲への非難の句とも理解できる二聯を断章取義的に抜き出して結びつけ、本譚のごとき説話を創出したのではあるまいか。そのさいには、『史記』巻三十七衛康叔世家中の共伯姫余が弟の武公和によって弑殺されたという記事も連想された可能性がある。『詩経』鄘風・柏舟の世子共伯は「髧たる両髦（二つの髦を垂らした少年）」だが、『史記』の共伯は成人で

あり、やはり成人に達している弟の武公和に弑されている。兄を弑殺した弟が嫂の寡婦をわがものにしようと働きかけるのは当然事として考えられるからであり、再婚を迫る人物を実母より夫の弟君にすり替えることは、きわめて自然事だとも思われるからである。邶風・柏舟の詩からは、全段からも、各節からも周囲からの迫害に対する歎きは読みとれても、再婚を迫られる寡婦の歎きや、再婚を拒絶する寡婦の決意は読みえない。断章取義によらぬかぎりは、本譚のごとき説話は生み得ないのである。毛詩・詩序は邶風・柏舟を評して「柏舟は、仁にして不遇なるを言うなり。衛の頃公（諱未詳）の時、仁人不遇にして、小人側に在り」と、その内容を規定する。斉詩の解とされる漢・焦贛『易林』屯之乾・咸之大過も、「心（一に公につくる）に大憂を懐き、仁なるも時に逢はず、復た（一に退きてにつくる）隠れて窮居す」と内容を規定する。ともに政治的に不遇な仁者の歎きの歌とするのである。この解なら、邶風・柏舟の詩の全段を、それらしく読むことは、不可能事ではない。しかし劉向がひとたび、邶風・柏舟の「我心非レ石、不レ可レ転也、我心非レ席、不レ可レ巻也」の句を、本譚により寡婦堅貞の誓詞として解してみせると、後漢・王符『潜夫論』巻五・断訟がこの二聯から「貞女不二二心一、以二数変一、故有二匪石之詩一」と論じ、晋・湛方生「上貞女解」（『藝文類聚』巻十八人部二賢夫人引）が「志存二匪石之固一、〔畧〕守節・窮居、於レ今五十余年矣」の句をつくりあげ、これらの文献も魯詩の古解をつたえるもののごとく受けとめられていった。宋の王応麟・清の王先謙も同様であり、王先謙『詩三家義集疏』巻三上邶風・柏舟では、『易林』の「復隠窮居」の復字を伏の誤りと断じた上で、これを「上貞女解」の「守節窮居」と結びつけ、隠士と貞女の違いはあっても、斉・魯の詩解は同義だと述べているのである。『古列女伝』の校釈者たちも同様。「我心非レ石、不レ可レ転也、我心非レ席、不レ可レ巻也」の句を寡婦賢貞の誓詞と見るために、王昭円にいたっては、「憂心悄悄、慍二于羣小一」より「静言思レ之、不レ能二奮飛一」の句に対して、「女不レ聴二同庖之言一、至二於兄弟一、覯レ怒、羣小見レ侮。石席盟心、摽レ辟悲吟。観二其摘詞一、終託二奮飛一。乃知、此女遂終二於衛一、不二復帰一。良足レ悕已」という鑑賞の言まで述べている。衛寡夫人は、衛君某の寡婦として衛に終る決意をしているのである。この情節の中では、たとい弟君との再婚を迫られたにせよ、奮飛して衛を離れようと思うこと自体が自家撞着であろう。韓詩説を述べるとされる『外伝』の巻二第八話や第九話巻九の第六話が引く「我心匪レ石、不レ可レ転也」の句においても、再婚を迫られる寡婦の歎きや、再婚を拒絶するような説話は構成されていない。これを要するに「非石・非席」の二連から本譚のごとき説話が構成されるためには、邶・鄘二首の柏舟の詩が故意に一体化されるという過程が不可欠なのである。劉向は鄘風・柏舟に下された詩序同様の超礼教主義的な発想によって、衛寡夫人という「婦徳の信」に熱狂的に邁進する貞女を創作したとみてよいのではなかろうか。

　ところで、こうした礼教の貫徹に邁進せしめようとする劉向の意図は、後世には現実のものとなった。近世・近代にいたるまで中国においては、婚姻の実質が伴わぬ婚約中に死別した夫たるべき人のために寡婦生活をまっとうすることが本譚に因む「望門寡」の名称で慣行化し、為政者の旌表政策によって慣行は促進され、多くの痛ましい犠牲者を生みだしたのである。寡婦生活に入るだけではない。婚前殉死さえ行なわれるにいたった。清・呉敬梓『儒林外史』第四十八回の貧儒王玉輝の女の烈死譚こそは、虚構とはいえ、悲惨な史実の存在を告発した傑作である。この非人道的な超礼教主義に対して、礼教本来の規定を根拠に反対したのが、他ならぬ『列女伝補注』の撰者たる『詩経』の女性研究家王照円であった。王註は、「〔夫人〕遂入持三年之喪」の一句に対し、既述の『礼記』曾子問の一段に鄭註の解を加え、じつに二八五字の長文の批判をくわえ、「狂狷の行、未だ中道と為さず」と評し、「謹んで経義に依り、伝文を詮釈すれば、斉女の行は、殆んど未だ賢者の過なるを免れざるか」と論じ、「婦徳の信」に生きる「賢者」として衛寡夫人を評価しながらも、その狂気の超礼教主義と非人道性を厳しく糾弾した。彼女の議論はたんなる礼制解釈論ではない。劉向の過酷な超礼教主義に対する批判論なのである。

四　蔡人之妻

蔡人[1]之妻者、宋人之女也。既嫁於蔡、[2]而夫有惡疾。其母將改嫁之。女曰、「夫之不幸乃妾之不幸也[3]。柰何去之[4]。適人之道、『壹與之醮、終身不改[5]』。不幸遇惡[6]疾、不改其意。且夫采采芣苢之草[7]、雖[8]其臭惡、猶始於捋采[9]之、終於懷擷[10]之。浸以益親。況於夫婦之道乎。彼无大故、又不遣妾。何以得去[11]」。終不聽其母。乃作芣苢之詩[12]。

蔡人の妻なる者は、宋人の女なり。既に蔡に嫁せども、夫に惡疾有り。其の母將に之を改嫁せしめんとす。女曰く、「夫の不幸は乃ち妾が不幸なり。柰何んぞ之を去らん。人に適ぐの道は、『壹たび之と醮しては、終身改めず』となり。不幸にして惡疾に遇ふとも、其の意を改めず。且つ夫れ芣苢の草を采り采るに、其の臭惡しと雖も、猶ほ之を捋采するに始まり、之を懷擷するに終る。浸くにして以て益〻親む。況や夫婦の道に於てをや。彼は大故無く、又妾を遣はず。何ぞ以て去るを得ん」と。終に其の母に聽かず。乃ち『芣苢』の詩を作る。

君子曰、「宋女之意、甚貞而壹也」。[5']
頌曰、「宋女專愨、[13]持心不傾。[14]夫有惡疾、意猶一精。母勸去歸、作詩不聽。後人美之、[15]以爲順貞」。

君子曰く、「宋女の意、甚だ貞にして壹なり」と。
頌に曰く、「宋女専ら愨み、心を持して傾かず。夫に悪疾有るも、意猶ほ一精なり。母『去り帰れ』と勧むるも、詩を作りて聴はず。後人之を美めて、以て順貞と為す」と。

通釈

蔡人の妻とは、宋人の女のことである。蔡に嫁いだところ、夫が悪い病気にかかった。その母は彼女を嫁がせなおそうとする。女は、「夫の不幸はとりもなおさず妾の不幸です。どうして別れることができましょう。嫁入りの道は、『一たび酒杯を交わしたならば、一生夫を変えてはならぬ』と申します。不幸にして〔夫が〕悪い病気にかかったからとて、この意志を改めるわけにはまいりません。それに芣苢の草を摘むときには、芣苢の臭いが悪くとも、やはり、はじめは実をむしりとり、しまいには裳をからげて袋として大事に取りこむのです。摘めば摘むほどに親しみが湧いてくるのです。まして夫婦の道ならなおさらでしょう。夫は不品行をしてもおりませんし、また妾を離別されようともなさいません。どうして別れることが出来ましょうか」という。ついに母の吩咐を聴きいれなかった。かくて『芣苢』の詩が作られたのである。

君子は、「宋人の女の意志は、たいそう貞操堅くて一途であった」という。

頌にいう、「宋の女はひたすら物堅く、夫への心を固く守って傾かず。夫悪しき疾にかかるとも、あわれみを一途に深めたり。母は『別れて母家に帰れ』と勧むるも、詩をつくりて聴きいれず。後の世の人これを讃えて、婦順・貞淑の道を貫くとせり」と。

校異

1蔡人 『太平御覽』巻四四一人事部八十二貞女下引もこれにつくる。『御覽』巻七四二疾病部五惡疾引は蔡夫につくる。 2而 『御覽』人事・疾病の両部引にはこの字なし。 3夫之不幸乃妾之不幸也 叢刊・承應二本をのぞく諸本は夫之の之字なし。『御覽』人事・疾病の両部引にはあり。梁校はこれを指摘。蕭校もこれを襲う。この之字は下方の妾之の之字と對應するもので、措字上は不可缺である。よって校增する。也字、諸本ならびに『御覽』人事部引にはあり。『御覽』疾病部引にはなし。 4柰何去之 『御覽』疾病部引は將何去之につくる。なお『御覽』疾病部引は後句の適人之道以下、何以得去にいたる十四句六十六字なし。　5壹與之醮、終身不改　叢刊・承應の二本は壹字を一につくる。5′の壹字も同様。蕭校は『禮記』郊特牲に醮字を齊につくると指摘。齊字は或は醮につくるという。〔語釋〕3（本ページ）參照。　6不幸遇惡疾　『御覽』人事部引は上に夫字あり。　7采采芣苢之草　『御覽』人事部引は采采の二字を一字につくる。梁校はこれを指摘、蕭校もこれを襲う。　8其　『御覽』人事部引は甚につくる。梁校はこれを指摘。蕭校は梁校を襲う。　9捋采　『御覽』人事部引は將(ママ)采に誤刻する。　10懷擷　叢刊本のみ懷襭につくる。擷・襭は同義の字。承應本は擷字を頡に誤刻する。　11彼无大故、又不遣妾、何以得去　无字、備要・叢書・考證の三本はこれにつくる。補注本・集注本に叢刊・承應二本は無につくる。『御覽』人事部引はこの三句十二字なし。　12終不聽其母、乃作芣苢之詩　諸本はこれにつくる。『御覽』人事・疾病の兩部引は乃字を而につくる。顧校は、終不聽、其母乃作、芣苢之詩と斷句し、王應麟『詩攷』が韓詩章句に「芣苢傷夫有惡疾」というから、後序に「劉向『列女傳』謂『蔡人妻作芣苢』」というのは誤りとするが、梁校が駁するように、斷句を誤ったのである。この顧校の誤讀と梁校の反駁は蕭校も擧げる。　13宋女　承應本のみ之女に誤刻する。　14持心不頊　諸本はみな頊字を願字につくる。明らかに失韻。字形の近似から誤る。願はguǎn、22元部、精tsieŋ等諸字が17耕部に屬するのとは異なる。顧校は段校を引いて傾の古字たる頃に改むべしといい、王校は傾字につくるべしといい、梁・蕭二校は段校を襲い、蕭校は『說文』が頃字を「頭(かうべ)正しからず」と說くことをもって、段說を補う。いまこれにより校改する。　15後人　叢刊・承應の二本は詩人につくる。

語釈　〇蔡　殷の遺民の地に、周の武王姫発が弟の蔡叔度を封(ほう)じた国。当初は今の河南省上蔡県にあったが、のち楚に服属。独立後、最後に拠ったのは州来（安徽省鳳台県）であるが、四四五B.C.、ついに楚に滅ぼされた。　〇宋　殷の紂王帝辛の庶兄微子啓が、殷・周革命の後、殷の故地商邱（河南省商邱県）に封ぜられた国。領域は河南省東部、安徽省西部、山東省西南部にわたった。第十九代襄公子茲(じ)父(ほ)、在位六五一～六三七B.C.のときに国勢は奮い、彼は春秋五覇の一人に数えられたが、のち衰え、戦国時代の二八六B.C.、最後に王号を称した第三十二代国君康王子偃(しえん)、在位三三二～二八六B.C.のとき、斉・魏・楚三国に滅ぼされた。孔子の祖先の出身国。　〇適人　嫁にゆく。　〇壱与之醮、終身不改　之は夫をいう。醮とは冠礼・婚礼の酒杯を飲み干すこと。転じて女性の結婚をいった。不改は改嫁・再婚せぬこと。訳文は通釈のとおり。なお『礼記』郊特牲に「壹与レ之斉、（斉は夫婦が婚礼の酒食をともにすること）、終身不レ改」という類似の表現があり『白虎通』嫁娶には、「夫に悪行有るも、妻は去るを得ざる者は、地に天を去るの義無ければなり。夫　悪有りと雖も、去るを得ざるなり。故に『礼（記）』郊特牲に曰く、『壱たび之と与(とも)にしては、終身改めず』と」という。また、巻二賢明伝第七話の宋鮑女宗譚にも、鮑蘇の妻たる女宗の言として、「婦人、一醮不レ改、夫死不レ嫁」の語がのべられている（上巻二五八ページ）。礼教は、男性には「七出（七去・七棄）」という夫家側の嫁の七種の悪事・不祥事の認定による一方的な嫁に対する離婚権をあたえ、逆に、

茉苢圖（『陸氏草木鳥獸蟲魚疏圖解』巻一より。

女性には、観念上は、このように厳しく、離婚・再婚の権利を奪っていた。　○芣苢　オオバコ科の陸生多年草。今日の中国の全国名称で車前といわれる。葉は利尿・健胃剤、種子（実）は利尿・鎮咳剤につかわれ、煎じ薬は出産に効あり。毛伝には、馬舃・車前、『爾雅』釈草には馬舃・馮舃・車前といい、その晋・郭璞註、宋・邢昺疏、また疏中引文献を解説した書の一、日本・淵在寛述の『陸氏（璣）〔毛詩〕草木鳥獣虫魚疏図解』、清・徐雪樵撰、日本・小野蘭山附和名『毛詩名物図説』等によれば、道辺、とくに牛馬の舃によく生える雑草。多くの別称があるが、その生える場所から車前、当道ともいわれるらしい。本譚中に詠われる草摘み歌の『詩経』周南・芣苢にふさわしい草である。邢昺疏中には、李に似た西域の貢納品の同名の木もあるが、これは周南・芣苢に詠われる草とは別物であると説かれている。一説に『文選』巻五十四所収の劉孝標『辯命論』中の「冉耕歌其芣苢」の句の李註引韓詩叙、『御覧』巻七四二疾病部五悪疾引『韓詩外伝』附註、またこれらの文献にもとづく王註、蕭註等が沢舃を挙げるが、これはオモダカ科の水生多年草、サジオモダカ。今日の中国の全国名称でも沢舃とよばれる。形態・薬効が似るので誤られたのであろう。なお清・陳啓源『毛詩稽古編』は車前・沢舃に混同に疑問を呈し、二草ともに悪臭なしと論じているが、草にはみな刺戟臭がある。芣苢のそれを蔡女に悪臭と語らしめているのは、夫の悪疾を興える文学的技巧に過ぎない。　○捋采　種子・実をむしりとる。　○懐擷　着物の裳を帯の間にはさんで、中に物をとりこんで帰るさま。　○浸以益親　浸は漸におなじ。しだいに。臭いの悪い芣苢の実でも摘むほどにしだいに親しみが湧く。　○大故　不品行を犯す。　○遣　離婚する。　○芣苢之詩　『詩経』周南・芣苢をいう。その毛詩・第三節は、「采采芣苢、薄言袺之／采采芣苢、薄言襭（オオバコ摘め摘め、裳つまんでチョットつつめ／オオバコ摘め摘め、裳しばってチョットつつみこめ）」という。草摘み歌であるが、詩序は、「后妃の美なり。和平なれば則ち婦人　子有るを楽む（世の中がのどかなので、婦人は子どもを楽しく生み育てられる）」と詩の主旨を説明し、毛伝は「芣は馬舃、（略）懐任（妊）に宜し」と補説する。確実な受胎を願う后妃が路辺で懐妊薬のオオバコをせっせと摘むのを詠った詩だというのである。これに対し、現行本には逸しているが、〔語釈〕5に既述のように、A『文選』所収『辯命論』註引や、B『御覧』疾病部引の『韓詩外伝』叙（じつは韓詩薛君章句の誤）と附註（説）は、「芣苢は、

夫に悪疾有るを傷むなり。詩に曰く『芣苢を采り采れ、薄か言に之を采る』と。附註・芣苢は沢舄なり。芣苢は、臭悪発するの菜。詩人　其の君子に悪疾有り。人道通ぜざるを傷み、已ゆるを求むるも得ざれば、発憤して作る。事を以て芣苢は臭悪しと雖も、我猶は采り采りて已まざる者なりと興し（譬え）、以て君子悪疾有りと雖も、我猶は守りて（看病して）離去せずと興するなり」（Aによる）という。本伝同様の文義解釈を採っており、『古列女伝』の説話を魯詩説の展開とみる従来の説からは、魯・韓同説の詩とされる。ただし、状況解釈のちがいは〔余説〕を参照。　〇専愨　専一（ひたすら）で誠実（ものがたい）。　〇一精　精は心をこめこらすこと。いちづに夫へのあわれみを深める。　〇順貞　押韻上、貞順の語順を転倒したものだが、婦順・貞淑の訳語をあたえておく。

韻脚　〇頃 k'iueŋ・精 tsieŋ・聴 t'eŋ・貞 tieŋ（17耕部押韻）。

余説　崇高なる人道の発揮は、熱狂的に苛酷・非人道的な自己犠牲をはらうことによって達成される。悪疾にかかった蔡人を妻の立場にあって看病し、一生を終えようとした宋女のばあいもそうであった。「夫の不幸は乃ち妾の不幸なり」といい放つ彼女の言には固い夫婦一体の情、深い弱者への憐愍の情がこめられている。夫婦の絆を完うする意志力は、相手の伴侶の欠点・弱点を己の救済対象としていとしみ、己の助けなくしては相手が生きられぬという愛と憐愍の情をそなえることによって強固なものとなる。芣苢は懐妊のための薬草。夫婦愛の実りを得るためのその草摘み歌にことよせ、芣苢の悪臭も摘むほどにいとしく感ぜられると語る宋女の言には、女性本来の母性愛を基底とした救済愛がひしと感じられる。劉向は不幸の中に育くまれる崇高な夫婦愛を超短篇の中に美事に描いてみせたのである。だが礼教の徒たる彼は「愛」と「憐愍」を至高の徳として説かなかった。女性のみに犠牲を強いる苛酷な婚姻の礼制と、その礼制に殉ずる熱情を至高の徳として説いたのである。旧中国の女性が、まして礼教が根を張りはじめたばかりの漢代の女性が、実際にかような礼制に背を向けていたことは、宋女の母の言一つで明らかである。その無視されがちの礼制に果敢に殉ずる「狂女」の出現を劉向は望んだのである。

　ところで本譚と同様の話は〔校異〕12・〔語釈〕5（四三三・四三四ページ）に示したように韓詩の逸文の中にもあった。韓詩では悪疾を病む夫は孔子の弟子冉耕（字伯牛）に特定していた可能性が高い。『文選』所収の劉孝標「辯命論」本文は「冉耕歌二其芣苢一」であり、李注はこの句に対して、まず『孔子家語』の「冉耕〔畧〕以二徳行著名一、有二悪疾一」の句〔七十二弟子解〕を引き、そのあとに既述の「芣苢」の詩が「傷三夫有二悪疾一也」以下の韓詩の逸文を配しているからである。

五 黎莊夫人

黎莊夫人者、衞侯之女、黎莊公之夫人也。既往而不同欲、所務者異。[1]未嘗得見、甚不得意。其傅母閔夫人賢、公反不納、憐其失意、又恐其已見遣而不以時去。謂夫人曰、「夫婦之道、有義則合、無義則去。今不得意、胡不去乎」。乃作詩曰、「式微式微、胡不歸」。夫人曰、「婦人之道壹[2]而已矣。彼雖不吾以、吾何可以離於婦道乎」。乃作詩曰、「微君之故、胡爲乎中路[3]」。終執貞壹[2']、不違婦道、以俟君命。

君子故序之、以編『詩』。

頌曰、「黎莊夫人、執行不衰。莊公不遇[4]、行節反乖[5]。傅母勸去、作『詩』式微。夫人守壹[2']、終不肯歸」。

黎荘夫人なる者は、衞侯の女、黎の荘公の夫人なり。既に往きて欲を同にせず、務むる所の者異なれり。未だ嘗て見ゆるを得ずして、甚だ意を得ず。其の傅母、夫人の賢なるに、公反って納れざるを閔み、其の失意を憐み、又其の已に遣られて時を以て去らざるを恐る。夫人に謂ひて曰く、「夫婦の道、義有れば則ち合ひ、義無ければ則ち去る。今意を得ざるに、胡ぞ去らざるや」と。乃ち詩を作りて曰く、「式れ微なり式れ微なり、胡ぞ歸らざる」と。夫人曰く、「婦人の道は壹なるのみなり。彼は吾と以にせずと雖も、吾何ぞ以て婦道より離るべけんや」と。乃ち詩を作りて曰く、「微は君の故なるも、胡ぞ中路に爲さんや」と。終に貞壹を執りて、婦道に違はずして、以て君命を俟つ。

君子は故に之を序し、以て『詩』に編めり。

頌に曰く、「黎荘夫人は、行を執りて衰へず。荘公遇せずして、行節反き乖れり。傅母去らんことを勸め、『詩』の式微を作れり。夫人は壹を守りて、終に歸るを肯ぜず」と。

通釈　黎荘夫人とは、衛侯の女で、黎の荘公の夫人（諸侯の正室）であった。嫁いでみれば〔荘公とは〕望みもちがえば、日頃心がけることも異なっている。いっこうにお目どおりもかなわず、はなはだ思いは満たされなかった。その傅母は、夫人が出来物なのに、荘公がかえって受けいれてくれぬのに同情し、その失意を憐み、そのうえ　すでに黎におくりこまれて離婚のときが得られなくなるのを恐れて、夫人にむかっていった、「夫婦の道は、義理があれば結ばれ、義理が欠ければ別れるものです。いま思いが満たされぬときに、どうして別れておしまいになりませんの」と。そこで詩を作って、「侘び寝の暮らしよ侘び寝の暮らし、なんで母家にお帰りなさらぬ」という。夫人はいった、「婦人の道は〔貞順の徳〕ただ一つです。あの方がわたしにつれなくされても、わたしがどうして「婦道」を離れてよいでしょうか」と。そこで詩を作って、「侘び寝の暮らしは殿のためでも、どうして中途で別れられましょ」とこたえた。ついに貞順一筋の徳を守り、婦道にそむかず、荘公のお召しを待ちつづけたのであった。

君子はそこで事の次第をしるして、『詩経』に編入するものである。

頌にいう、「黎の荘公の夫人は、行を守りて志は萎えず。荘公のあしらい冷やかにして、行の節々にそむきたり。傅母は別れよと勧めて、「侘び寝の暮らしよ」の詩を作る。されど夫人は貞順一筋の徳を守り、ついに離婚の勧めを聴きいれず」と。

校異　1既往而不同欲、所務者異　本譚の主題を問題として、蕭道管はこの二句は漢・焦贛『易林』巻十四帰妹之蠱の「陰陽隔塞、許嫁不ㇾ答（夫婦間が隔てられ障られて、嫁入をとりきめながら、妻としてあしらわない）。旄邱・新臺（ともに『詩經』邶風の編名）、悔ㇾ往歎息」という主旨を述べたもの、これが本譚の義（主題）だと指摘する。「毛詩」「齊詩」との詩篇主題規定上の校として、一検討を要する。〔餘説〕（四三八ページ）を參照。　2・2′壹　叢刊・承應の二本は一につくる。　3中路　叢刊本のみ中露につくる。「毛詩」も中露につくる。王校は語釋にわたって中路は路中の意といい、これを魯詩の説と指摘。「毛詩」の解（〔餘説〕參照）を要約し付説する。顧・梁二校もこの措辭を魯詩のものと指摘する。蕭校は王校を襲う。王先謙『詩三家義集疏』巻三上は、路・露は音通、路が正字、露が借字、中路の語義は中道（路中・中途）とする。ちなみに毛傳では衞の邑とする。　4不遇　叢書本ならびに叢刊・承應の二本は不偶につくる。　5反乖　叢書本ならびに叢刊・承應の二本は及乖につくる。

語釈　○黎　春秋時代の国の名。子姓。殷の諸侯で耆ともよばれ、山西省長治県の西南にあったが西伯昌（後の文王）のときに周に平定され、のち河北省鄆城県の西に封ぜられた。春秋時代には赤狄の圧迫で亡国に瀕したが、晋の援助で再建されている。『詩経』邶風・式微の毛伝にいう黎侯の衛寄寓は『左伝』宣公十五年（五九三B.C.）夏五月の箋によれば、そのときのことだが、杜註が上党郡壺関県（現山西省長治市東南）を本領とするのに対し、毛伝は衛寄寓時代には、衛は二邑を割いて黎侯をおらせたという。山西省長治市の西南、同省黎城県の東北に比定される地がある。　○衛侯　謚号・諱・在位年代すべて未詳。もっとも本譚自体の史実性も疑問である。　○黎荘公　諱・在位年代未詳。　○不同欲、所務者異　欲は欲望、所務者は心がける仕事。望みもちがえば、日頃の心がける事も異なる。性格の不一致をいう。　○未嘗得見　いっこうに会うこともなく、妻としてかまってもらえない。　○傅母　貴人女性の守役。躾乳母をいう。　○義　義理。　○以時去　去は夫婦別れすること。時機を得て離婚する。　○作詩曰　詩は『詩経』邶風・式微の詩。毛詩序は本譚と異なり、この詩は黎侯が衛に亡命して寓居したとき、その臣下が本国に帰ることを勧めたものだという。　○式微式微、胡不帰　式は句首語気詞。鄭箋は発声という。「そレ」「いざ」「あゝ」と訓ずべき語である。微は鄭箋および『爾雅』釈訓に「式微式微者、微乎微者也」といい、釈訓・郭璞の註は「至微を言ふ」とし、邢昺の疏は「君逐はれ既に微、又卑賤せらる」といい、「卑しめられた」という意にとる。「毛詩」中に該当するこの解を本譚の詩にあてはめても、意味は部分的に通じるが、王註は女性の悲しみをいう語に解し、微は「隠蔽なり」という。また帰字を「大帰（離婚して母家帰りする）」と註し、二句を、「夫人　君を見るを得ず。自ら処ること幽隠たり（一人寂しく奥に暮らす）。何ぞ帰去（離婚）せざるや」と説いている。より具態的であろう。蕭註もこの解釈を襲っている。妻としてかまってもらえず、奥で一人寝・一人暮らしに苦しむことをいう。訳文は通釈どおり。　○壱而已矣　壱は貞壱、貞順一筋なことをいう。　○不吾以　蕭註は、『詩経』召南・江有汜の「之子于帰、不我以」（公主嫁いでゆかれるに、わたしを伴いたまわざりき）」という媵妾候補者の歎きの語を引き、鄭箋の「以は猶ほ与にすのごとし」の解を添えている。わたしと一緒に行動しない。わたしにつれなくする。　○微君之故、胡為乎中路　微は前条註10のごとく、妻としてかまってもらえぬこと。中路は〔校異〕3（四三七ページ参照）のごとく、路中・中道（中途）のこと。一人寝（佗び寝）は荘公のせいでも、婦道を守るためには途中で離婚はできない。ちなみに毛伝では微字を無（なカリセバ）の意に解し、鄭箋は「我若し君無くんば、何すれぞ此に処らんや（殿さまがいなければ、どうしてこの地にいられましょうか）」の意にとっている。　○侯君命　君は荘公。命はお召しの声がかかること。　○行節反乖　行節は道のふしぶし、また行動のふしぶし。反乖はそむきもとること。

韻脚　○衰 sïuər・乖 kuər・微 miuər・帰 kïuər　（21微部押韻）。

余説　劉向は、衛・黎二国の不平等の同盟という伝承を脳裏におき、式微の詩にまつわる魯・斉詩の旧解をもとに、こうした女訓説話を構想したのではあるまいか。「毛詩」によって理解される邶風・式微の詩は、王註が「黎侯、衛に寓し、其の臣勧むるに帰るを以てす」

と詩序を説くように、本譚とは違っている。同上・旄邱（丘）の詩も詩序は、「狄人、黎侯を迫逐し、黎侯 衛に寓す。衛 方伯連率の職（強国の職責）を脩むる能はず、黎の臣子以て衛を責むるなり」と述べている。毛伝では、かように両詩は狄の圧迫下に衛の保護を受けていた同時代の作、黎の忠臣たちの黎の衰微を歎き、衛の横暴を刺る編とされるが、三家詩においても、別の観点から、両詩は同時代・同一主題を詠う詩とされていた。斉詩の解を説くと考えられている漢・焦贛『易林』は巻十四帰妹之困において式微の詩を解して「隔つるに巖（嵒）山を以てし、室家分散す（高い障壁をもうけて、夫婦が分かれ住む）」ことを刺る編とし、同上・蠱において、旄丘の詩、さらには新臺の詩を解して、既述の「陰陽隔塞、許嫁するも答へず。旄丘・新臺は、往くを悔いて歎息す」る編としている。本譚はこの解に沿って、夫に黎の荘公を据え、妻に衛公の女を配したものである。おそらくは魯詩にも同類の解があったのであろう。〔校異〕1の蕭説は、この斉詩・魯詩説の一致を指摘したものである（四三七ページ）。黎侯が狄に国土を侵されながら、晋の景公姫拠に救われて侯位を復したことは『左伝』宣公十五年夏五月、秋七月の条に見えるが、衛に保護され寄寓したという記事は詩序・毛伝にしか見えない。本譚の記事はそれと軌を一にする伝承なしに成立せぬであろう。劉向は、狄の侵略によって生じた黎と衛との不平等な同盟という伝承を詩序の撰者とともに共有していたはずである。奇妙なことに式微・旄丘両詩についての詩序・毛伝・鄭箋においては、事件のあった時代の衛の国君は特定されていないが、孔疏では宣公姫晋のこととして、『左伝』〔魯〕宣公十五年の記事との時代のずれが論じられている。これは、あるいは『易林』帰妹之蠱における旄丘・新臺同主題説に曳きずられたものであろうか。新臺についての詩序は衛の宣公を譏刺している。

　保護する側の衛から保護される側の黎への出嫁。衛・黎二国間の婚姻は不平等な同盟関係の強化工作以外に考えられない。出嫁する公女の責務はその工作の貫徹にある。政略結婚のために添わされた衛の公主を忌避する不徳の君たる黎の荘公の行為は、国家の存続を至上課題として行動せねばならぬ国君としては幼稚すぎる。いっぽう黎荘夫人は己の結婚の本質が政略にあり、己の結婚が衛の黎国属国化策のためと知りながら、もっぱら婚姻において女性の果たすべき「貞順一筋」の倫理を守りぬき、公示することによって、政略の実を収めようとしたのであろう。政治を語らずとも彼女は政治世界に生きていたのであった。衛の策謀の史実という背景があっては美談は構成できない。劉向はその事実を伏せ、「貞順」の婦道のみをヒロインに力説させ、国君夫人の責務を説いたのであろう。本譚もまた不平等きわまる女性抑圧の婚姻の礼制の特質をはからずも明らかにするとともに、にもかかわらずその礼制を敢然と実践し、道徳の世界で勝利を収める女性の気迫を描いている。

　なお式微・旄丘・新臺の毛詩・三家詩の異同、三詩の主題の解については、王先謙『詩三家義集疏』巻三上をも参照。一読奇異感を覚える。『易林』帰妹之蠱の評について、王先謙は「新臺・旄丘は事同じけれども、其の陰陽隔塞、人倫禍変は則ち同じ」と論じている。

六　齊孝孟姫

孟姫者、華氏之長女、齊孝公之夫人也。[1]好禮貞壹、[2]過時不嫁。齊中求之、禮不備、終不往。不躡男席。[3]語不及外。遠別避嫌、齊中莫能備禮求焉。齊國稱其貞、孝公聞之、乃脩禮親迎於華氏之室。

父母送孟姫不下堂。母醮之房中、[4]結其衿纓、[5]誡之曰、「必敬必戒。夙夜無違宮事。」[6]父誡之東階之上曰、「必夙興夜寐、[7]無違命。其有大妨於王命者、亦勿從也。」諸母誡之兩階之閒曰、「敬之敬之。必終父母之命。夙夜無怠。示之衿纓。[8]父母之言謂何。」[9]姑姊妹誡之門內曰、「夙夜無愆。示之衿鞶。無忘父母之言。」[10]孝公親迎孟姫於其父母、曲顧而出。親授之綏。自御輪三、曲顧姫輿、[11]遂納於宮。三月

孟姫なる者は、華氏の長女にして、齊の孝公の夫人なり。禮を好みて貞壹、時過ぐるも嫁せず。齊中之を求むるも、禮備はらざれば、終に往かず。男席を躡まず。語は外に及ばず。遠別嫌を避くれば、齊中能く禮を備へて焉を求むる莫し。齊國其の貞を稱すれば、孝公之を聞き、乃ち禮を脩めて華氏の室に親迎す。

父母は孟姫を送るや堂を下りず。母は之を房中に醮して、其の衿纓を結び、之を誡めて曰く、「必ず敬し必ず戒めよ。夙夜宮事に違ふ無かれ」と。父は之を東階の上に誡めて曰く、「必ず夙に興き夜に寐ね、命に違ふ無かれ。其れ大いに王命に妨ぐる者有らば、亦た從ふ勿かれ」と。諸母之を兩階の閒に誡めて曰く、「之を敬し之を敬せ。必ず父母の命を終へよ。夙夜怠る無かれ。之を衿纓に示よ。父母の言に何と謂へるか」と。姑姊妹之を門内に誡めて曰く、「夙夜愆つ無かれ。之を衿鞶に示よ。父母の言を忘るる無かれ」と。孝公孟姫を其の父母に親迎し、曲さに顧みて出づ。親ら之に綏を授く。自ら輪を御する

廟見、而後行夫婦之道。

既居久之、公游於琅邪。華孟姫従[12]、車奔姫墮、車碎。孝公使駟馬立車載姫以歸[13]、姫使侍御者舒帷、以自障蔽、而使傅母應使者曰[14]、

「妾聞、『妃后踰閾、必乘安車輜軿、下堂必從傅母・保阿[15]、進退則鳴玉環佩[16]、内飾則結紐綢繆[17]、野處則帷裳擁蔽。所以正心壹意、自斂制也[18]』。今立車無軿、非所敢受命也[19]。野處無衞、非所敢久居也。二者失禮多矣[20]。夫無禮而生、不如早死[21]」。使者馳以告公、更取安車。比其反也[22]、則自經[23]矣。傅母救之不絶。傅母曰、「使者至。輜軿已具」。姫蘇[24]、然後乘而歸。

君子謂、「孟姫好禮。禮、婦人出必輜軿、衣服綢繆。既嫁歸、問女昆弟[25]、不問男昆弟。所以遠別也」。『詩』曰、「彼君子女、綢直如髪」。此之謂也。

頌曰、「孟姫好禮、執節甚恭[26]○。避嫌遠別、終不治[27]容○。載不立乘[28]、非禮不從○。


こと三まはり、曲さに姫の輿を顧み、遂に宮に納る。三月廟見し、而る後、夫婦の道を行ふ。

既に居ること之を久しくして、公 琅邪に游ぶ。華孟姫従ふに、車奔り姫墮ち、車砕けたり。孝公 駟馬の立車をして姫を載せて以て帰らしめんとするに、姫 侍御者をして帷を舒べ、以て自ら障蔽せしめて、傅母をして使者に應へしめて曰く、

「妾聞く、『妃后は閾を踰ゆるに、必ず安車の輜軿に乗り、堂を下るには必ず傅母・保阿を従はしめ、進退には則ち玉環の佩を鳴らし、内飾には則ち綢繆を結紐し、野處には則ち帷裳もて擁蔽す。心を正し意を壹にして、自ら斂制する所以なり』と。今 立車軿無ければ、敢て命を受くる所に非ざるなり。野處するに衞無きは、敢て久しく居る所に非ざるなり。二者禮を失ふこと多し。夫れ禮無くして生くるは、早く死するに如かず」と。使者馳せて以て公に告げ、安車を更めて取る。其の反る比には、則ち自ら經る。傅母之を救へば絶へず。傅母曰く、「使者至れり。輜軿已に具はれり」と。姫 蘇り、然る後乗りて帰る。

君子謂ふ、「孟姫は禮を好めり。禮に、婦人出づるには必ず輜軿し、衣服は綢繆す。既に嫁して帰れば、女昆弟を問ふも、男昆弟を問はず。遠別する所以なり」と。『詩』に曰く、「彼の君子女は、綢直なること髪の如し」と。此の謂ひなり。

君子嘉焉、自古寡同。

頌に曰く、「孟姫 禮を好み、節を執ること甚だ恭なり。嫌を避けて遠別し、終に冶容せず。載るに立乗せず、禮に非ずんば従はず。君子焉を嘉みし、古へより同じきもの寡しとす」と。

通釈 孟姫とは、華氏の長女で、斉の孝公の夫人（諸侯の正室）である。礼を愛して貞順一筋、婚期が過ぎても嫁がなかった。斉の国ぢゅうの男が彼女を嫁に求めたが、礼に欠けていたので、ゆかずじまいになっていたのである。男のいる席には足をふみいれない。男のことを話題にしない。男には近づかずに嫌疑を避けていたので、斉の国ぢゅう誰一人として礼をそなえて彼女を嫁に求められる者はいなかった。斉の国では彼女の貞潔ぶりが評判となり、孝公姜昭はこれを聞きつけたので、しばらくして礼をととのえて華氏の家に親迎（婿みずからの嫁むかえ）の儀式におもむいたのである。

〔親迎の日に、〕父母は孟姫を送りだすときに堂をおりず、母は彼女と閨房で別れの杯をかわして、衿と縭を結んでやり、彼女を誡めて、「かならず周囲に敬意をはらい　かならず己れを戒めるのですよ。朝早くから夜ふけまで家事に手違いのないようにね」といいつける。父は彼女を東の階段の上で誡めて、「かならず朝は早起きし、夜は遅く寝て、舅・姑さまのみ教えにそむいてはならぬ。先王の道の教えに大いに妨げになるようなことがあれば、やはり従ってはならぬ」といいつけるのであった。父の妾たちも　彼女を東西両階段の中ほどで誡めて、「周囲への敬意を忘れぬように　くれぐれも周囲への敬意を忘れぬようになさい。お父さま　お母さまの教えを守りとおすのですよ。早朝から夜ふけまで気を抜いてはいけませんよ。ご両親のみ教えを〔お母さまの結んで下さった〕衿と縭を視ては思いだすのですよ。ご両親は何といっていらしたかと」といいつける。父の姉妹筋のおばたちも彼女を門内で誡めて、「早朝から夜ふけまで落度がないようになさい。ご両親のみ教えを衿と鞶を視ては思いだすのですよ。お父さまお母さまのお言葉を忘れないようにね」といいつけるのであった。孝公は孟姫をその父母からみずから迎え受けると、つぶさにあたりに注意をはらって〔華家を〕出た。みずから彼女に乗車のためのすがり綱を授けてやる。みずから車を御して車輪が三回転したところで、つぶさに姫の車に注意をはらい、かくて彼女を後宮に迎えいれたのである。三月後には祖廟のお参りをし、夫婦の道を行なうこととなった。

それからしばらくして、孝公は琅邪に出かけた。華孟姫がお伴をしたが、車が暴走して姫も落ち、車は粉々になった。孝公は四頭立ての立車（男乗りの車）に姫を載せて帰らせようとしたが、孟姫はおつきの者に車の帷裳をひろげさせ、自分の姿を他人から障りかくして、傅母をして公の使者にこたえさせた、

「妾は、『妃たる者は外出のさいには、かならず安車（女乗りの車）の輜軿に乗り、堂を降りるときにはかならず傅母や保阿をしたがわせ、立って行動するときには玉環の佩びものを腰に鳴らし、車に乗るときは綢繆の帯を結び、野にあるときには車の帷裳で自分の姿をかくすものである。それは心を正し　意志を一つに集中し、みずからを引き緊めるためだ』と聞いております。なのに今　立車（男乗りの車）の軿のない車をあてがわれたのですから、あえておいいつけを受けるわけにはまいりません。野におりますのに護衛の者もおりませんから、あえて長くこの場にとどまるわけにもまいりません。この二件（立車・軿なし、野処・護衛なし）は礼を大いに失うものです。そもそも礼を欠いて生きるよりは、早く死んだ方がましです』。

使者は急ぎ駆けつけて孝公に告げ、あらためて安車（女乗りの車）を取りよせた。もどってきたときには、みずから頸をくくっていた。だが傅母が介抱したのでこときれずに済んだ。傅母が、「ご使者が到着されましてよ。輜軿もすでにととのいましてよ」という。姫は息を吹きかえし、やっと車に乗って帰った。

君子はいう、「孟姫は礼を愛したのだ。礼には、婦人は外出にはかならず輜軿に乗り、衣服には綢繆の帯をしめる。すでに嫁いで帰寧するときには、姉妹は見舞っても、男兄弟は見舞わぬことになっている。男女の別を厳しくつけるためなのだ」と。『詩経』には、「かのすぐれたる女子は、率直なること髪のごとし」といっている。これは孟姫のごとき礼に率直にしたがう女性の心情を詠っているのである。

頌にいう、「かの孟姫は礼を愛して、節目を守りて恭みぬけり。嫌疑を避けて男女の別を隔て、妖しく装い振舞うことなし。いかなる時にも立車に乗らず、礼にあらざれば従うことなし。君子はこれを讃えて、昔よりかくのごとき女は稀なりという」と。

校異　1孟姫者、華氏之長女、齊孝公之夫人也　諸本はこれにつくるが、『文選』巻四十九范蔚宗・後漢書皇后紀論引、『事文類聚』前集・帝系部宮嬪門引、『儀禮經傳通解』巻四内治引は孟姫の上に齊孝の二字あり。ただし、こうした體例は他にもあり、いまはこのままとする。

なお『文選』所收『後漢書』皇后紀論引、『通解』巻四內治引は好禮貞壹より既居久之までの二一四字なし。『事文類聚』引は第二句の長字なく、後句の好禮貞壹より車碎までの四十六句二二九字の該當句なし。　2貞壹　叢刊・承應の二本は貞一につくる。　3不躡男席　諸本は不字なし。顧校引段校・王校は不字の脱字を指摘、王校は『禮記』內則の「男女不同席」「女不言外」を例擧して不字の增補を主張する。梁校は段校を襲い、蕭校は王校を襲う。これにより不字を補う。　4母醮之房中　諸本は母醮房之中につくる。梁校は房之二字の誤倒を指摘。蕭校は梁校を紹介、『儀禮』士昏禮の記「父醴女而待迎者、母南面于房外」の註、「父醴之于房中。南面、蓋母薦焉」を擧げ、醮字は元來薦たるべきことをも併せいう。之房二字は本譚他句の措字例や『儀禮』の記・註によっても、これに訂すべきだが、母の役割を『儀禮』によって訂す必要はなかろう。本譚の構成では、女の指導者は、みな指導の役割を分業しているからである。

5誡之　ここの誡一字のみ叢刊・承應の二本は戒につくる。　6夙夜無違宮事　諸本はみな夙夜の二字なし。王校のみ典據文獻を擧げぬが無字の上に夙夜の二字のあるべきことを指摘。『儀禮』士昏禮の記には夙夜の二字あり。他句の例からもあるべきであろう。『士昏禮』によって校增する。　7夙興夜寐　諸本はこれにつくるが、王校のみ興・寐二字を衍文という。しかし興・寐二字を削る理由は擧げていない。蕭校も王校に言及しない。　8諸母誡之兩階之間　諸本はこれにつくるが、蕭校のみ、『儀禮』士昏禮の記に、兩階之閒を及門內につくることを指摘する。なお『儀禮』士昏禮の記には、諸母を庶母につくるほか、後句もこれと異なっている。　9敬之敬之、必終父母之命、夙夜無愆、示之衿鞶、父母之言謂何　示字は備要本も叢書・考證・補注・集注の諸本も尒につくり、叢刊・承應の二本は爾につくる。尒・爾では意味をなさぬ。顧校引段校は『儀禮』士昏禮の記と註により尒は視字の今文の示の誤寫たることを指摘。梁校はこれを襲って校改を主張するが改めず。王校も後條10中でこの點を指摘。蕭校もこれを襲い、さらにここでは衿鞶二字の『儀禮』士昏禮に衿鞶につくることを指摘している。なお『儀禮』士昏禮の記は、本節を、敬恭聽、宗爾父母之言、夙夜無愆、視諸衿鞶の四句十七字につくり、父母之言謂何の一句はない。　10姑姉妹誡之門內曰、夙夜無愆、示之衿鞶、無忘父母之言　示字を備要本はこれにつくるが、他本は前條同樣のちがいを見せる。王・蕭二校は前條のごとく示字に改むべきことをいい、蕭校は、さらにこの姑姉妹の誡の一節が『儀禮』士昏禮には見えぬことをいう。おそらく劉向自身の造句であろう。〔餘說〕（四四九～四五〇ページ參照）。　11曲顧而出、親授之綏、自御輪三、曲顧姬輿　諸本は三顧而出、親迎之綏、自御輪三、曲顧姬與につくる。顧校は「此錯誤にして讀むべからず」とその非を嚴しく批判し、第一・第二・第四句をこれに、第三句を自御輪三周につくるべしという。諸本のままでも第一・第三句は解讀し得るが、じつは第二・第四句はそのままでは解讀し得ない。そこで第四句については、承應本は曲顧姬で斷句、與字を下句につなげて、與遂納于宮と訓じている。顧校がしかく徹底した改訂を主張するのは、『白虎通』巻四嫁娶に、「天子下至士、必親迎授綏者何。以陽下陰也。欲得其歡心、示親之心也。夫親迎輪三周、下車曲顧者、防淫泆也」という句があるからである。顧校はこの『白虎通』の第一句に自字を補い、第四・第五句を省き、第六句を必親迎、御輪三周の二句七字につくって示している。第七句の下車を下輿に改めしるすことはあり得ることであり、『白虎通』のこの措辭にほぼ傚ってこそ、解讀は可能である。ただし自御輪三の句を自御輪三周の五字句に改めることは、この一節の他句がみな四字句で構成されていることからみて不自然である。また三の一字で三周の意味は表現できる。周字は除くべきであろう。王校は第一句の三顧二字は衍文であり、後句にわたって誤っているという。また第二句の親迎は『儀禮』士昏禮の記の「壻御スル㆓婦車ヲ㆒、授ク㆑綏ヲ」によって親授の誤りであり、第三句は自御輪三が一句をなすことは、『禮記』昏義に「御輪三周」というのによって明らかであり、第四句の與字は輿字の誤り、姬輿は「姬の乘る所の車なり」といい、曲顧については、『詩經』大雅・韓奕の韓侯の夫人（諸侯の正室）姞を親迎するさいの讚美の句「韓侯顧ル㆑之ヲ（姞ヲ）」の毛傳、「曲㆓顧スル道義ヲ㆒也」によるものという。梁校も第一句の三顧を衍字かあるいは曲顧の誤ならんといい、第二句の親迎は親授に改むべきこと、第四句の與は輿に改むべきことをいい、顧校が擧げるように『白虎通』嫁娶の文を證としている。ただし姬字の改訂には言及しない。蕭校は王校を擧げ、さらに『白虎通』嫁娶の說に反論を加え、親迎・親授・曲顧についての長文の補說を加えるが、この一節の校勘に關係なし。これを割愛する。いま本節を顧校により大幅に校改する。

12公游於琅邪、華孟姬從　叢書本と叢刊・承應の二本は游字を遊につくる。叢書本のみ下句の從字を後につくる。『文選』所收『後漢書』註引は、孝公遊於琅邪、華姬從後につくる。『通解』引はこれにつくる。『事文類聚』引は以歸の二字なし。　13孝公使駟馬立車載姬以歸　『文選』所收『後漢書』註引は駟馬立車の四字を駟馬二字につくる。『通解』引もこれにつくる。『文選』所收『後漢書』引は姬曰の二字につくる。　14姬使侍御者舒帷、以自障蔽、而使傅母應使者曰　『通解』引もこれにつくる。ここを起點とする『文選』（卷十六）潘安仁『寡婦賦』の命阿保而就列の句註引は齊孝孟姬曰に、おなじくここを起點とする『後漢書』（卷十四）齊・武王縯の傳李註引は、齊孝公華孟姬謂公曰につくる。『事文類聚』引は姬泣曰の三字につくる。　15妾聞、妃后踰閾、必乘安車輜軿、下堂必從傅母保阿　叢刊・承應の二本、『文選』所收『後漢書』引は、必從二字を則從につくる。他本と『後漢書』齊武王縯の傳李註引・『通解』引はこれにつくる。前條14の『文選』の『寡婦賦』註引は、后妃下堂、必從傅母保阿就列の二句十二字につくる。なお『文選』の『寡婦賦』註引の文はここまでである。『事文類聚』引は妾聞、妃下堂必從傅母保阿の二句十一字につくる。　16進退則鳴玉環佩　『通解』引もこれにつくる。『文選』所收『後漢書』註引は玉環佩を玉佩環につくる。ただしその曹大家註には、「玉環佩、佩玉有リ㆑環」につくる。『後漢書』齊武王縯の傳李註引は玉佩二字につくり、環字なし。梁校はこれを指摘、蕭校もこれを襲う。『事文類聚』引は環佩二字を佩環につくる。なお同引は後句の內飾則結紐綢繆より壹意自斂制也まで四句二十四字なし。　17內飾則結紐綢繆　『通解』引もこれにつくる。『文選』所收『後漢書』註引は、この句以下、壹意自斂制也までの四句二十四字なし。『後漢書』齊武王縯の傳李註引は結紐の紐字なし。梁校はこれを指摘、蕭校もこれを襲う。　18野處則帷裳擁蔽、所以正心壹意、自斂制也　『通解』引もこれにつくるが、叢刊・承應の二本は壹意を一意につくる。『後漢書』齊武王縯の傳李註引もおなじ。かつ野處則帷裳擁蔽の一句なし。なお同傳註引の文はここまでである。　19今立車無軿、非所敢受命也　軿字を考證・補注・集注の三本は駢字につくる。他本『通解』引はこれにつくる。王校は前條15『後漢書』齊武王縯傳註引が軿字につくることにより、これに校改すべしという。『文選』所收『後漢書』註引は所字なく、『事文類聚』引は也字なし。この二引の文はここまでである。　20二者失禮多矣　諸本はみな二者を三者につくる。顧・王・梁の三校はこの點の關心を缺くが、「失禮」の條件は、「立車無軿」と「野處無衞」の二者である。『通解』引には三を二につくる。蕭校はこれを指摘。文意と蕭校の指摘により、これに校改する。　21不如早死　不如の二字、備要本のみこれにつくる。他本は不若につくる。　22更取安車、比其反也　『通解』引は更安車、及につくる。蕭校は、『通解』引の措辭を指摘する。なお『通解』引はここまでである。　23則自經矣　自經の二字、備要・考證・補注の三本はこれにつくる。叢書本は自謚につくる。叢刊・承應の二本は自経につくる。　24姫蘇　諸本はみな姫氏蘇につくるが、王校は「姫は婦人の美稱のみ。當(まさ)に氏と言ふべからず。之を失ふに似たり」といい、衍字の可能性を疑い、梁校も衍字の可能性を主張する。蕭校は王・梁二校を併擧、古人は氏・族・姓の稱があり、華氏の長女は華孟姫といい、あるいは華は氏族稱、姫は姓の稱であろうが、ここは美稱であるという。王・梁二校により氏字を削る。　25昆弟　叢刊・承應の二本は、見弟につくる。　26甚恭　諸本はみな甚公につくるが、公字は、顧校引段校・王校は近接音の恭字の誤りであると指摘。梁校は段校を襲い、蕭校は王校を襲う。上古音においては、公はkuŋ恭はkuŋともに11東部に屬する。意味上、音の近接上、字形の近似上から考え、段・王二校により改める。
27治容　承應本のみ治容に誤刻する。治字について、顧校引段校は野字とおなじに讀むべきことを惠〔棟〕の説により指摘。治・野は上古・中古・近世にいたるまでdiag-yiă-ie-ieと對應して音を變化させてきた。別字でしるす『易經』繫辭傳上では「野容誨(おしフ)レ淫(ヲ)」とし、鄭註は「其の容を飾りて外に見(あらは)すを野(や)と曰ふ」と說いている。よって梁校は段校をさらに發展させ、冶は野にすべしと主張、蕭校もこれを襲う。ただし『說文』段註によれば、野・冶は元來別字、蠱字（上古音kag）の假借として共通の意をもつにすぎない。梁校にならって改める必要はない。　28載不立乘　備要・叢書・考證の三本は載不竝乘につくる。補注・集注の二本は並を正字の竝につくって載不竝乘につくる。叢刊・承應の二本は輦不並乘につくる。王校は竝は立につくるべしといい、立字が字形近似の竝に誤り、俗字の並に變えられたという。竝字については梁校も立に改むべしといい、『禮記』曲禮上に「婦人不二立乘(せ)一」の句があることを證とする。蕭校も王・梁二校を併擧する。これにより改める。

語釈　○華氏　子姓。宋の第十一代国君戴公（在位八〇〇～七六六B.C.）の子たる考父(こうほ)が采邑華（河南省鄭州市の南）の名にちなんで氏とした。　○斉孝公　春秋・斉の第十六代の国君。覇者桓公姜小白の子。諱(いみな)は昭。在位六四二～六三三B.C.。　○貞壱　貞潔を一筋に守った。大変堅く構えていた。　○過時不嫁　結婚の適齢期がすぎても嫁がない。　○不躡男席　男性のいる席には足をふみいれない。

○語不及外　外は男性に関する事柄。男のことを話題にしない。王註は『礼記』内則の「女不言外（女は男がかかわる国事等の外事については語らない）」の句を解釈に引くが、ここは必ずしも内則どおりの意ではない。男性自体に話題がおよぶことを言うのであろう。しかく堅物だったから婚期におくれたのである。　○遠別避嫌　遠別の別は男女の別をいう。男を遠ざけ、人から嫌疑がかからぬようにする。　○親迎於華氏之室　親迎は婚姻六礼の一。本伝第一話召南申女譚の〔語釈〕4（四一五ページ）参照。室は家。壻みずから花嫁の家に親迎におもむく。婚姻六礼の中でも、もっとも重視される礼を国君みずからが臣下筋の女に対し、執りおこなったのである。蕭註は『儀礼』士昏礼を引き、主人（女の父）が夫壻を三揖の礼で迎えるところから儀式次第を簡説するが、冗言にわたるので省略する。○母醮之房中　醮は婚姻の酒盃を飲ませる（嫁ぐ女にとっては飲む）こと。之は女、孟姫のこと。房中は閨房（婦女の居室）のうち。訳文は通釈のごとし。『儀礼』士昏礼には、「父醴女（あまざけをあたえ）而俟迎者。母南面于房外。女出于母左。父西面戒之、「必正若衣若笄」。母戒諸西階上、不降」という。蕭註は本譚とのずれを論じて、父が醴するとき、母も脯・醢を女に薦めるのだと説く。　○結其衿縭　嫁としての身なりを整える。衿は小帯。縭は褘（蔽膝、または香纓）とも、玉を飾る腰帯ともいう。だが『儀礼』士昏（婚）礼の記には、「母は衿を施し、帨（帨巾）を結ぶ」とあり、『詩経』豳風・東山には、「親は其の縭を結ぶ」とあって、毛伝は「縭は婦人の褘なり」と解しつつ、「母　女を戒め、衿を施して帨を結び、云云」とも述べており、帨とも解される。王註はさらに綏　音ズイ（ズヰ）、蔽膝の系という説を提示するが、その典拠には既述の東山の詩を挙げている。以上、縭には諸説あるが、今は家事をとりしきる婦の責務を象徴するものとして、帨巾の意にとっておく。衿と帨巾を結んでやる。　○無違宮事　宮事は姑の命じる家事。蕭註は『儀礼』士昏礼疏の記を引き、「宮事とは、姑　婦に命ずるの事」という。　○夙興夜寐　夙・夜は早朝と深夜。興・寐は起床と就寝。　○命　舅姑、とくに姑の命令。　○王命　先王の教訓。　○諸母　庶母におなじ。父の妾で子のある者。○両階　堂に昇降する東西の階段。　○示之衿縭　示は視（注視する）におなじ。（〔校異9〕四四四ページ）参照。衿や縭を視つめては父母の教えを想いだしなさい。　○姑姉妹　父の姉妹にあたるおば。　○示之衿鞶　示は既述のように視におなじ。鞶は『儀礼』士昏礼の記の鄭注によれば、鞶嚢（帨巾等を入れる袋）。鞶は縏ともしるす。衿や鞶嚢を視ては父母の教えを想いだしなさい。　○曲顧　あたりによく注意をはらう。　○親授之綏　綏は乗車のさいにつかまる綱。孝公はみずから縋り綱を手わたした。華孟姫に対して礼をあつくしたのである。　○自御輪三、曲顧姫輿　自御輪三とは、壻たる孝公がみずから花嫁孟姫の車を御して車を三回転させたことをいう。『礼記』昏義によれば、「〔壻は〕輪を御して三周し、先に門外に俟つ（花嫁の車を降り、自分の車で先に帰って自分の家の門前で待ちうける）。婦至れば、壻は婦を揖して（花嫁に挨拶し）以て入り、牢を共にし、巹を合はせて酳む（牲牢の肉をともに食べ、巹杯一対の婚礼のさかづきで酒を飲む）」とあり、壻は花嫁と花駕籠（花轎）に同乗して御者の礼をとった後、すぐに花駕籠を降り、自分の家に花嫁がつくまでは、夫婦一しょの時を持ってはならぬのである。曲顧姫輿とは、孝公が孟姫の花駕籠に対してじゅうぶんの注意をはらって点検し、みずからは下車したことをいう。ただしこの花駕籠点検の理由については、〔校異〕11（四四四ページ）の『白虎通』嫁娶には、「淫泆（勝手な性行為）を防ぐなり」という。　○既居久之　〔孟姫〕が輿入れしてしばらくしてから。　○游於琅邪　琅邪は春秋・斉の邑。山東省諸城県の東南の海岸に位し、琅邪山という名勝がある。孝公はその景勝地に孟姫をともない、巡察の旅に出たのであろう。　○駟馬立車　四頭立ての倚（＝立）乗する車。男性用の車である。　○姫使侍御者舒帷、以自障蔽　侍御者はおつきの者。帷は帷裳、安車（女性用の車）の周囲を飾り、車中の人を障り蔽す幃のこと。訳文は通釈のとおり。　○踰閾　閾は門限（門の下の横木）。閾を踰えるとは外出することをいう。　○安車　既述のように女性用の車。坐乗する型式である。　○輜軿　前後に蔽いのある女性用の幌車。後ろに幌のあるのが輜、前に幌のあるのが軿である。　○保阿　守役。王註によれば阿・ag は近似音字の倚・iar と同義、親倚（うしろだてにして倚りたのむ）の意、もしくは同音字の娿と同義、女師の意だという。いずれにせよ傅母同様に貴人女性の傍にあって教導・補佐の任にあたる者。　○玉環佩　玉製の環（平板円形）の腰飾り。動作のさいに鳴る音色を優雅にするよう心がけて立居振舞いを引き緊めた。　○内飾　車内にいるときの服飾をいう。　○結紐　王註によれば結は締めること、紐は系ぐこと。　○綢繆　王註は纏緜（まといつく）と解するが、意を得ない。荒城註は婦人の長帯で、結んで端を垂らさぬものという。綢繆という名の帯。　○野処　野にいる。　○帷裳擁蔽　王註に、帷裳は童容という。既述のように安車の周囲を飾って車中の人を蔽す幃。擁蔽は姿を見せぬように蔽す。王註が『礼記』内則の「女子は門を出づるには必ず其の面を擁蔽す」の条を引いて説くように、女性は外出時には、人前に顔や姿を見せぬのが礼とされた。　○斂制　ひき締め正す。　○無衛　護衛の者がいない。　○自経　自分で頸を吊る。　○不絶　息を引きとらない。ことときれない。　○帰寧　婦が母家にもどり、父母のご機嫌うかがいをすること。　○問女昆弟、不問男昆弟　問は省問、婦が母家にもどって家人のご機嫌うかがいをすること。昆弟は兄弟、姉妹は見舞っても、男の兄弟は見舞わない。『礼記』内則に「姑・姉妹・女子子（父の姉妹たるおば、自分の姉妹・子の女）、已に嫁して帰れば、兄弟は与に席を同じくせず」という。同書坊記にも同様の文がみえる。こうした礼制の中で、孟姫は男の兄弟のもとに、ご機嫌うかがいに行かなかったのである。　○詩曰　『詩経』小雅・都人士の句。綢直は密直におなじ。綢直如髪の句を解して、鄭箋は、「其の情性は密緻（こまやか）、操行は正直（まっすぐ）、髪の本末・降殺無きが如きなり（髪がすべて厚かったり薄かったりすることなく均一に伸びているようだ）」という。訳文は通釈のとおり。王註も「賢女の操行、細密、正直、髪の美の如し」という。　○治容　妖艶な身なりや振舞いをする。　○寡同　寡はきわめて少ない。同は孟姫同様の徳すぐれた人。

韻脚　○恭 kiuŋ・容 giuŋ・従 dziuŋ・同 duŋ（11東部押韻）。

余説 礼にこだわり、結婚前は「男」という語をさえ口にせずに出嫁の機を摑みかね、結婚後は安車（女性用の車）の手当てがないことに抗議して自殺をはかった斉孝孟姫の態度は、一見あまりにも愚直に思われる。だが彼女は礼にこだわることで、斉の孝公姜昭に陰陽逆転の「親迎授綏」の「僕礼」を執らせ、国君の夫人（正室）に迎えられて位絶頂を極め、嫁して後も、国君の夫人たる礼遇を守らせ、いかなる時にも粗略に扱われることがないようにさせた。女性抑圧の礼制下に生きる女性には、抑制の機能とともに保護の機能をも兼ねそなえる礼を逆手にとって、これを堅持して生きる（死ぬ）強さが必要であり、その強さによって、厚遇と栄誉を得ることも可能であった。孟姫はその強さをそなえた賢女として描かれている。「親迎授綏」の行為は、『白虎通』巻四嫁娶によれば、「陽（男）を以て陰（女）に下るなり。其（妻）の心を得て、親の心を示さんと欲するなり」というように、夫家側が祖先の祭祀執行、ひいては家事万端の切り盛りにおいても、強力な助手を得んがためであった。それは妻の高地位の保障行為でもあり、それゆえに親子関係の縦の関係を宗法社会の基本秩序とみなし、この縦の関係を夫婦関係にも貫徹させることを孝道の常態と考える者にとっては、孝道抵触の異常事として批判されるものでもあった。儒家の説く礼制の矛盾要素や偽善的傾向を批判する『墨子』非儒下は、「妻を取るに身迎し、祗端して（玄端という黒い方袖の服装をして）僕と為り、轡を秉り綏を授け、厳親を仰ぐが如し。昏礼の威儀は、祭祀を承くるが如し（婚礼の威厳ある儀式は祖先の祭りを執行するようで、〔おかしい〕）。上下を顚覆し、父母に悖逆す。下は妻子に則し（重視し）、妻子は上侵す（妻は僭上して親をしのぐ）。親に事ふること此の若し。孝と謂ふべけんや」と述べている。劉向は、孟姫を、斉の孝公が他国の国君の公主ならぬ身で、それほどの礼遇をあたえた賢女だとしているのである。天子・国君は、朝廷においては輔弼の賢臣を必要とする。厳格な「好礼」の徒もその賢臣の一部を構成する。それと同様に後宮においても、本来は内助の賢妃・賢夫人を必要としよう。しかし劉向が仕えた天子の一人成帝劉驁は違っていた。礼制が許容せぬ出身卑しき妖姫の趙飛燕姉妹のごときを重んじ、班婕妤のごとき「守礼」の賢女を引退させていた。「非礼」「冶容」の妃嬪を迎えた天子・国君は多い。「好礼」にして「冶容」せざる賢女をこそ天子・国君は後宮に迎えるべきである。こうした劉向の思いが、史実の是非に関係なく本譚をしるさせたのではあるまいか。劉向は、辯通伝（中巻所収）においては、「好礼」に「才智」を兼備した晋の僭主趙簡子、諱鞅の夫人趙津女娟や斉の閔王田地の妃たる宿瘤女等の美譚を語っている。

ところで、出嫁にあたって、女に対してなされる母家の指導者たちの結婚の教訓儀式「衿縭之誡」の文は、本譚と『儀礼』士昏礼との間に差があるだけでなく、他文献とも異なっている。『礼記』坊記、『孟子』滕文公下等にも簡単な要約記述があるが、『穀梁伝』桓公三年九月の条を『儀礼』外の例文として挙げておこう。

礼、送レ女、父不レ下レ堂、母不レ出二祭門一（祖廟の門）、諸母（庶母）・兄弟不レ出二闕門一（祭門の外の二基の楼棟門）。父戒レ之曰、「謹慎従二爾舅之言一」。母戒レ之曰、「謹慎従二爾姑之言一」。諸母般（鞶てふきぶくろをつけ）申レ之曰、「謹慎従二爾父母之言一」。送レ女踰レ竟（国境ヲ)、非ザルナリレ礼ニ也。

『礼記』昏義には、これとは異なる出嫁三箇月前に女師によってなされる「婦徳・婦言・婦容・婦功」の「婦順」の教訓の礼制もしるされている。

七　息君夫人

夫人者[1]、息君之夫人也[2]。楚[3]伐レ息、破レ之。虜二其君一、使レ守レ門、将レ妻二其夫人一[4]、而納二之於宮一。楚王出遊。夫人遂出、見二息君一、謂レ之曰、

「人生要一死而已。何至二自苦一[5]。妾無二須臾[6]而忘一レ君也。終不下以レ身更貳醮上。生離二於地上一、豈如下死帰[7]二於地下一哉上」。

乃作[8]レ詩曰、「穀則異レ室、死則同レ穴。謂二予不一レ信、有レ如二皦日[9]一」。息君止レ之、夫人不レ聴。遂自殺。息君亦自殺。同日倶死[10]。楚王賢二其夫人守一レ節有レ義、乃以二諸侯之禮一、合而葬レ之。

君子謂、「夫人説二於行一レ善。故序二之於詩一。

夫人なる者は、息君の夫人なり。楚　息を伐ち、之を破る。其の君を虜にし、門を守らしめ、将に其の夫人を妻とせんとして、之を宮に納れしむ。楚王出遊す。夫人遂に出でて、息君に見え、之に謂ひて曰く、

「人生　要は一死のみ。何ぞ自ら苦むに至るや。妾は須臾だも君を忘るる無きなり。終に身を以て更に貳醮せず。生きて地上に離るるよりは、豈に死して地下に帰するに如かんや」と。

乃ち詩を作りて曰く、「穀きては則ち室を異にするも、死しては則ち穴を同じくす。予を不信と謂はば、皦日の如き有らん」と。息君　之を止めんとするも、夫人聴かず。遂に自殺す。息君も亦た自殺せり。同日に倶に死す。楚王　其の夫人の節を守りて義有るを賢とし、乃ち諸侯の禮を以て、合して之を葬る。

君子謂ふ、「夫人は善を行ふを説ぶ。故に之を詩に序す。夫

夫義動君子、利動小人。息君夫人、不為利動矣」。『詩』云、「德音莫違、及爾[11]同死」。此之謂也。

頌曰、「楚虜息君[12]、納其適妃。夫人持固、彌[13]久不衰。作詩同穴、思故忘新。遂死不顧、列於貞賢」。

れ義は君子を動かし、利は小人を動かす。息君夫人は、利の為めに動かされず」と。『詩』に云ふ、「徳音違ふ莫くんば、爾と同に死なん」と。此の謂ひなり。

頌に曰く、「楚は息君を虜にし、其の適妃を納る。夫人持すること固く、久しきに彌りて衰へず。詩を作り穴を同じくせんとし、故きを思ひ新しきを忘る。遂に死して顧みざれば、貞賢に列ねたり」と。

通釈　夫人とは、息の国君の夫人（諸侯の正室）のことである。楚が息を伐ち、これを破った。その国君を捕えて、門番をさせ、その夫人を妻にしようとして、後宮に入れた。楚王熊貲が外出する。夫人はそこで後宮をぬけ出て息の国君に会い、彼にむかっていった、

「人生はとどのつまりは死に終るだけのことです。どうして自分で辛い思いをするのですか。妾はしばしの間も殿を忘れたことはございません。絶対に再婚したりはいたしません。生きていても地上で別れて暮らすだけなら、死んで地下の殿の墓におさまる方がましです」。

かくて詩をつくり、「生きては別の部屋にあっても、死ねばもろとも　おなじ墓穴。わたしの信義を疑われても、輝くあの日に心はおなじ」と詠ったのである。息の国君は自殺をとめようとしたが、夫人は聴きいれない。ついに自殺した。息の国君もやはり自殺した。おなじ日にともに死んだのである。楚王は　その夫人が貞節を守って義を通したのを賢れたことと讃え、かくて諸侯の礼をもって、〔二人の〕遺骸をあわせて葬った。

君子はいう、「夫人は善の実践を悦びとした。ゆえに胸中を詩に述べたのである。そもそも道義は君子を動かし、栄利は小人を動かすものだ。息の国君夫人は、〔自分が楚王の妃となれるという〕栄利のためには動かなかったのである」と。『詩経』には、「夫婦の誓いにそむかぬならば、殿と一しょに死にましょう」という。これは息の国君の夫人の心を詠って

いるのである。
頌にいう、「楚は息の国君を虜にするや、その正室をわがものにせんとす。夫人は貞節を固く守りて、ながく志衰えざりき。夫君と墓をともにせんと詩に詠い、故の夫君を慕いて新たなる栄位を棄つ。ついに死して利を顧みざれば、貞賢の伝に名をつらぬるなり」と。

校異　＊息君夫人譚は『左傳』荘公十年夏六月、同十四年春の條に見えるが、顧校引段校が指摘するように内容は絶だ異なっている。本譚がこの『左傳』の傳承をもとに、『詩經』王風・大車や邶風・谷風の句の作詩譚を構成したものか、原筋の似た別の傳承をもとに、同様の作詩譚に構成したものかは不明である。上記『左傳』と本譚との内容・措辭のちがいは大きいので、對校はなし得ない。よって『左傳』の文は〔餘説〕に示すことにした。　〇1夫人者　『太平御覽』巻四四〇人事部八一・貞女中引は息夫人者につくる。　2也　この字は『御覽』引はなし。　3楚　この字は『御覽』引はなし。　4將妻其夫人　『御覽』引は妻字なし。　5何至自苦　承應本のみ何字を可に誤刻。ただし訓讀は下三字を含め、「何至二自苦一」と訓む。『御覽』引は何自苦の三字につくる。なお『御覽』引は下句の妾無須臾而忘君也の句以下、地下哉までの二十八字なし。　6須臾　叢刊・承應二本は須史につくる。　7歸　諸本はこれにつくるが、『補注校正』胡承珙校は『逸齋詩補傳』は幷につくると指摘。上文に生離二于地上一と云い、下文に穀則異レ室、死則同レ穴という詩句を引いているので、幷字の方が文義長ずという。梁校も『逸齋詩補傳』に幷につくると指摘。蕭校は梁・胡二校を併擧する。　8乃作詩曰　『御覽』引もこれにつくる。顧校は王應麟『詩攷』後序に、この大車詩を魯詩に數えることを指摘。王校もこの詩を息夫人の作、魯詩説と指摘する。　9謂予不信、有如皦日　叢刊・承應の二本は有如不信、死如皦日につくる。意味上は、下句の「死して皦日の如くならん」の方が、よりわかりやすいが、他の諸本はこれにつくり、『御覽』引も謂予不信、有如皎日につくっている。叢刊・承應の二本は傳寫者の恣意による改作であろう。本句は『詩經』王風・大車の語。毛詩もこれにつくる。皦字、同一句を引く第14話梁寡高行には皎につくる。四九五ページ參照。　10同日俱死　『御覽』引にはこの句以下の文なし。　11爾　叢刊・承應の二本は尓につくる。
12息君　叢書本のみ惠君につくる。　13彌　叢刊・承應の二本は弥につくる。

語釈　〇息君夫人　春秋・息侯の夫人（諸侯の正室）。息は河南省新蔡県の西南にあった小国。『左伝』荘公十四年夏（六八〇B.C.）によれば、この年に楚に滅ぼされた。息侯の諱、即位年は不明。夫人は同上荘公十年（六八四B.C.）春の条によれば、陳国より輿入れしたので、陳の姓にちなんで息嬀と称ばれた。　〇楚伐息　楚は、姓は羋。春秋・戦国間の大国。版図は湖南・湖北・安徽・江西・浙江諸省にまたがった。息を滅ぼしたのは第二代の文王熊貲（在位六九〇～六七五B.C.）で、治世第十年のことである。　〇要　せんじつめていえば、とどのつまりは。　○弐醮　再婚する。　○豈如死帰於地下哉　地下は夫の墓穴。『詩経』唐風・葛生に「百歳之後、帰于其居」(やがて一生終ったら、あなたのお墓にまいります)」の句が見える。葛生の詩の居字は鄭箋に墳墓といい、帰字は墳墓にゆくことをいう。二句訳文は通釈のとおり。　○穀則異室、死則同穴、謂予不信、有如皦日　『詩経』王風・大車の句。穀は生きる。室は夫婦それぞれの居室。穴は墓穴。皦日は白日、ま昼の輝く太陽におなじ。『礼記』内則に、「礼は夫婦を謹むに始まる。宮室を為り、外内を辨つ。男子は外に居り、女子は内に居る」という。「穀きては室を異にす」とはこうした厳格な夫婦別室の礼制をいい、毛伝は、つづく「死しては則ち穴を同じくす」にわたって、「生きて室に在れば、則ち外内異にするも、死せば則ち神合同して一つと為る」と註している。一節の意は、生きては厳しく夫婦別室に暮らしても、死後は永久におなじ墓にともに暮らしたい。わたしの信義をもし疑われても、わが心の真実は輝く白日のように明らかである(虚偽はない)ということ。　○序之於詩　その気持を詩に述べた。　○夫義動君子、利動小人　義は道義、利は栄利。句意は通釈のとおり。『論語』里仁にも「君子は義に喩り、小人は利に喩る(君子は道義に明るく、小人は栄利に明るい)」という。　○詩云　『詩経』邶風・谷風の語。徳音は善言。句意は、鄭箋によれば、「夫婦の言、相違ふ者無くんば、則ち女と長く相与に処りて死に至るべけん(夫婦の誓いに裏切りがなければ、あなたと長くともに暮して死ぬまで寄りそいましょう)」ということ。　○適妃　正室。　○思故忘新　故の夫息君を思って、新たに提供された楚王の妃の位という栄利は眼中におかない。

韻脚　○妃 pʻiuər・衰 sïuər (21微部)　◎新 sien・賢 ɦen (26真部)　換韻格押韻。

余説　息君夫妻が対楚戦に敗れて楚王の虜となったとき、夫の息君が番犬同様に扱われて恥辱の中に苟生を貪ったのに対し、妻の息嬀は楚王の妃となって悖徳の中に虚栄を求めて生きようとはしなかった。彼女はわれ一人の貞烈の名声のために自殺せず、楚王の求愛を峻拒することなく時機を待ち、隙を見て夫婦の恩愛と国君夫妻の名誉をまっとうするために息君に会い、名誉を忘れはて瓦全の生に執着する夫の息君に心中を決行させた。妻の息嬀のこの挙によって、楚王は息君を国君の礼をもって葬り、息君は諸侯の名誉を回復したのである。劉向は、息嬀の挙動を「貞女は二夫を更へず」(『史記』巻八十二田単伝引俗諺)という定型のもとでの果敢な烈死に終らせはしなかった。女の愛の意地を冷静に、賢明に貫いた貞女の死として描き、「貞賢」の名をもって顕彰したのである。本譚は王風・大車や邶風・谷風の詩句にからまる詩話として見れば、愛を主題としているように思われる。生死もろともに一体を誓った先夫の前で後夫の愛を受けるわが身の浅ましさ、妻を奪った男によって奴隷として妻の前に生き恥をさらす前夫の惨めさに対するやりきれなさから心中を決意する女性の激情譚。本譚をこうした愛の激情の物語として読むことは可能である。だが劉向は女性の愛の讃美のために美談をしるしたのではない。国君夫人としての礼に殉じ、夫に国君としての名誉をまっとうさせた、礼教・名教の体現者の顕彰のためにしるしたのであった。

顧註・王註は王応麟『詩攷』後序によって、本譚が王風・大車の解をそのまま伝えるものといい、王註は、魯詩では、大車の詩をどの国風に列ねていたであろうかと疑問を呈している。蕭註は「〔息夫人〕乃作詩曰」に付する王註に対しては、『漢書』巻十哀帝紀・建平二年六月の条に「朕聞く、夫婦は一体なり。『詩』に云ふ、『穀きては則ち室を異にし、死しては則ち穴を同にす』。云云」の句があること、成帝劉驁の後を嗣いだ哀帝欣（在位七～一B.C.）が、陸璣『毛詩草木鳥獣虫魚疏』によれば、魯詩学者の韋玄生・韋賞より魯詩を受けていたことを補説し、「序詩於之」の王註に対しても、陳喬樅『魯詩遺説考』の「王風は諸国を統べ得る。衛・息は周の同姓。そこで衛人の黍離も息の大車も皆王風に繫けた」という説を、その解答として補説する。ただし王風・大車の詩は、全句を総体的にとらえるときは、本譚のごとき詩話は生まれにくい。劉向が断章取義的に「穀則異室、死則同穴」の句を息君夫人の語として大車の詩から抜き出し、後述の『左伝』の記事を変改したか、これと近似する別の伝承によって本譚を構想した可能性も考えられるであろう。だが、魏源『詩古微』は、第一・第二節の大車を楚子（楚王）の車、かつ息君夫妻が虜とされ載せられた車、毳衣を楚子の服と見、強引に本譚による解釈を可能ならしめ、王先謙『詩三家義集疏』巻四王風・大車も、この解を収めている。息君夫人にかかわる『左伝』の記述は荘公十年（六八四B.C.）夏・秋、同十四年（六八〇B.C.）春の条に見え、次のごとくである。

○（十年）蔡哀侯娶于陳。息侯亦娶焉。息嬀将帰、過蔡。蔡侯曰、「吾姨也」。止而見之、弗賓（引きとめて〔その美貌を見ようと〕、息嬀に会ったが、賓客として厚遇しなかった）。息侯聞之怒。使謂楚文王曰、「伐我」。吾求救於蔡而伐之」。楚子従之。秋九月、楚敗蔡師于莘、以蔡侯献舞（哀侯の諱）帰。

○（十四年）蔡哀侯、為莘役故、縄息嬀以語楚子（莘の戦いで捕虜になった仇打ちのために、息嬀の美貌を誉めて楚王に奪うことを進言した）楚子如息、以食入享、遂滅息（食物をもちこんで息侯をもてなす宴をひらき、その機に乗じて息を滅ぼし）以息嬀帰。〔息嬀〕生堵敖及成王焉。未言（先夫息君が滅ぼされた怨みで楚王と口をきかなかった）。楚子問之、対曰、「吾一婦人、而事二夫。縦弗能死、其又奚言（死ぬことは出来ずとも、〔前夫の仇の王さまと〕口をきくことができたでしょうか）」。楚子以、蔡侯滅息。遂伐蔡。

『左伝』における息夫人は、男たちの愚かな確執と色欲によって運命を翻弄され、すでに夫の息君を殺されたが、あえて仇敵の一人楚王に肌身を許して二児を儲けた。息君への道義を守るためには烈死の道を選ばず、楚王に対しては黙否の反抗をつづけて時機を待ち、彼の手によって最大の仇敵蔡侯を滅ぼさせている。ここでは、彼女は冷徹な復讐の女仙として描かれているのである。亡国の後、心ならずも二夫につかえ、忍耐の末に貞順の徳をなしとげた息夫人の伝承は、『列女伝』『左伝』のいずれによっても感動的である。後世、唐の王維（七〇一～七六一）は、後者によって五絶『息夫人』（『王右丞集』巻六）を詠じている。

莫以今時寵　能忘旧日恩　　今日の夫の愛ゆえに　むかしの情を忘れまじ

看レ花満眼涙　不下共二楚王一言上　花看る目にも涙のみ　言葉交わさじ楚の王と

『左伝』には、荘公廿八年夏の条にも、もう一譚、楚の文王亡き後、生きながらえた息嬀が、令尹子元の私通の誘惑をはねのけ、国恥復仇の念を令尹子元に思い出させ、鄭征討の戦功をあげさせた話も収められている。ここでも彼女は復讐の女仙として描かれている。

八　齊杞梁妻

杞梁妻者、齊杞梁殖之妻也。[1] 荘公襲レ[2]莒、殖戰而死。[3] 荘公歸、遇二其妻一、[4] 使三使者弔二之於路一。[5] 杞梁妻曰、[6]「今殖有レ罪、君何辱レ命焉。[7] 若令三殖免二於罪一、[8] 則賤妾有二先人之弊廬在一。[9] 下妾[11]不レ[10]得レ與二郊弔一」。於レ是、荘公乃還レ車、詣二其室一、成レ禮然後去。杞梁之妻無レ子。内外皆[12]無二五屬之親一。既無レ所レ歸、[13] 乃就二其夫之尸於城下一而哭レ之。[14] 内[15]誠動レ人、道路過者、莫レ不下爲レ之揮上レ涕。[16] 十日而城爲レ之崩。[17] 既葬曰、「吾何歸矣。夫婦人必有レ所レ倚者也。父在則倚レ父、夫在則倚レ夫、子在則倚レ子。今吾上則無レ父、中則無レ夫、下則無レ子。内無レ所レ依、以見二

杞梁の妻なる者は、齊の杞梁殖の妻なり。荘公莒を襲ひ、殖戰ひて死す。荘公歸りて、其の妻に遇へば、使者をして之を路に弔はしむ。杞梁の妻曰く、「今殖に罪有らば、君何ぞ命を辱くするや。若し殖をして罪より免れしめば、則ち賤妾先人の弊廬在る有り。下妾郊弔に與るを得ず」と。是に於て、荘公乃ち車を還し、其の室に詣り、禮を成して然る後去る。杞梁の妻子無し。内外に皆五屬の親無し。既に歸る所無く、乃ち其の夫の尸に城下に就きて之を哭す。内誠人を動かし、道路過ぐる者、之が爲めに涕を揮はざるは莫し。十日にして城之が爲めに崩る。既に葬りて曰く、「吾何れにか歸せん。夫れ婦人は必ず倚る所有る者なり。父在せば則ち父に倚り、夫在れば則ち夫に倚り、子在れば則ち子に倚る。今吾は上には則ち父無く、中には則ち夫無く、下には則ち子無し。内には依る

吾誠。外無所倚[18]、以立吾節。吾豈能更二哉。亦死而已」。遂赴淄水而死[19]。

君子謂、「杞梁之妻、貞而知禮」。『詩』云、「我心傷悲。聊與子同歸[20]」。此之謂也。

頌曰、「杞梁戰死、其妻收喪[21]。齊莊道弔、避不敢當。哭夫於城[5']、城爲之崩。自以無親、赴淄而薨」。

所無きも、以て吾が誠を見はさん。外には倚る所無きも、以て吾が節を立てん。吾豈に能く更二せんや。亦た死するのみ」と。遂に淄水に赴きて死す。

君子謂ふ、「杞梁の妻は、貞にして禮を知る」と。『詩』に云ふ、「我が心傷悲す。聊くは子と同に歸せん」と。此の謂ひなり。

頌に曰く、「杞梁戰死し、其の妻收め喪ふ。齊莊道に弔ふや、避けて敢て當らずとせり。夫を城に哭すれば、城之が爲めに崩る。自ら親無きを以て、淄に赴きて薨ず」と。

通釈 杞梁の妻とは、斉の杞梁殖の妻のことである。斉の荘公姜光が莒を襲撃したとき、殖は戦死した。荘公は帰国の途中、その妻に出遭ったので、使者に路上で彼女に弔問させた。杞梁の妻は、「もし夫に罪がございますならば、殿さまには、なぜ過分の弔問を賜わるのでしょうか。もし夫の罪を免して下さるのでしたら、賤妾には亡き夫の家につたわるあばら屋がございます。下妾は野にあって弔問をいただくわけにはまいりません」という。かくて、荘公は何と車を還し、その家まで出かけ、礼を執りおこなってから去ったのであった。杞梁の妻には子がいない。本族・親戚にもみな喪に服すべき五服の親族はいなかった。身の寄せどころもないので、夫の屍に都城のもとでとりすがって哭泣の礼をささげつづけた。内にこもる誠心は人を感動させ、道ゆく者たちは、そのため涕をふるい流さぬ者はいなかった。十日にして城壁はそのために崩れ去った。埋葬がすむと、「わたしはどこに身を寄せましょう。そもそも婦人は必ず身の寄せ場があるものです。父がいれば父に身を寄せ、夫がいれば夫に身を寄せ、子がいれば子に身を寄せるのです。いま わたしは上には父なく、中は夫なく、下には子もおりません。内には身の寄せ場がなくても、わが誠を示しましょう。外には身の寄せ場がなくとも、わが貞操を立てましょう。わたしはどうして再婚できましょうか。やはり死ぬのみです」という。ついに淄水におもむいて死んだ。

君子はいう、「杞梁の妻は、貞操堅固で礼に通じていた」と。『詩経』にはいう、「わが心は悲しみ疼く、わが夫君と黄泉にゆかん」と。これは夫の死に殉じようとする杞梁の妻の心を詠っているのである。

頌にいう、「杞梁は戦に死せば、妻は屍をおさめてとぶらう。斉の荘公　道にとぶらうも、非礼ゆえに辞して受けず。城壁のもと夫の屍にすがり哭けば、城壁はそのために崩る。みずから親族なきをもって、淄の水に身投げして果てたり」と。

校異　＊本譚は、顧校が顧炎武『日知録』（巻二十五・杞梁妻）をもとに考察するように、A『禮記』檀弓下、B『左傳』襄公二十三年冬十一月の條、C『孟子』告子下等に原筋があり、『韓詩外傳』（巻六）第十四話にも言及句がある。劉向はこれらの記事を一は本譚に、二は『説苑』（巻四）立節第十五話・（巻十一）善説第九話に細部の異なる話として改作したのであった。兩者共通の原話と違う要素は、ヒロインが城壁のもとで夫の屍にとりすがって哭泣したところ、城壁が崩れたという部分である。（顧炎武はすでにA・Cから哭泣の場景が加わることを論ずる）。原據文獻を本譚と逐條的に對校することは、劉向の資料操作のあとを見るのに必要だが、本譚中の諸本間の違い、收錄異文文獻間の差を示す膨大な句の堆積の中で、それを行なうのは有効ではない。よってA・B・C三文獻は本〔校異〕序文中に擧げることにした。また本譚は後世これに原據する詩文を續成させたが、その一部は〔餘説〕に示すことにした。

A・齊荘公襲レ莒于奪一（莒の軍を于の細道に襲撃した）。杞梁死レ焉。其妻迎二其柩於路一、而哭レ之哀。荘公使二人弔一レ之。對曰、「君之臣不レ免二於罪一、則將下肆二諸市朝一、妻妾執上（その身を市場や朝廷にさらし、妻妾もとらわれるでしょう）。君臣免二於罪一、則有二先人敝廬在一（先祖傳來のあばら屋がある。〔大夫への弔問の禮にしたがって、そちらにお越し下さい〕）。君無レ所レ辱レ命（戰功のなかった罪人の夫に對して過分の弔問をされる必要はありません）」。

B・齊侯還レ自レ晉不レ入（國に還らない）。遂襲レ莒、門二于且于一、傷レ股而退。明日、將二復戰一。期二于壽舒一（壽舒の地の攻略を決定した）。杞殖・華還載レ甲（武具）、夜入二且于之遂一（Aの奪におなじ）、宿二於莒郊一。（畧）莒子（莒の國君）重賂レ之、使レ無レ死曰、「請有レ盟」。華周對曰、「貪レ貨棄レ命、亦君所レ惡也。昏而受レ命、日未レ中而棄レ之。何以事レ君」。莒子親鼓レ之、從而伐レ之。獲二杞梁一、莒人行レ成（杞梁殖を討ちとり、莒は齊と和睦した）。齊侯歸、遇二杞梁之妻於郊一、使レ弔レ之。辭曰、「殖之有レ罪、何辱レ命。若免二於罪一、猶有二先人之弊盧在一。下妾不レ得レ與二郊弔一」。齊侯弔二諸其室一。

C・華周（Bの華還と同人物）・杞梁之妻、善哭二其夫一、而變二國俗一。

なお本譚の杞梁の寡婦の哭泣による城壁倒壊の話は、辯通傳第九話齊威虞姫譚中で虞姫の口からも語られている。（巻下所收）◎1杞梁妻者、齊杞梁殖之妻也　諸本ならびに『文選』巻十七王子淵「洞簫賦」註引には、上句四字なし。『文選』巻三十七曹子建「求通親親表(ママ)」註引にはあり。母儀傳第十話楚子發母・第十一話鄒孟軻母のごとく、「楚將子發母也」「鄒孟軻母也」ではじまる譚もあるが、こうした譚は少數である。いま校增する。なお『水經注』巻二十六沭水註引・『太平御覽』巻一九三居處部二十一城下引はこの二句なく、齊人杞梁殖襲莒の句から記述する。『後漢書』巻五十七劉瑜の傳李註引、『藝文類聚』巻六十三居處部三城引、『御覽』巻一九二居處部二十城上引、同上巻四八七人事部一二八哭、同上巻五四九禮儀部二十八屍引もこの二句なく、齊人杞梁襲莒の句から記述する。　2莊公襲莒　『文選』兩註引には句頭に齊字あり。『後漢書』註引、『水經注』註引、『藝文類聚』引、『御覽』三部引はこの句なし。　3殖戰而死　『文選』兩註引には而字なし。なお『文選』兩註引は後句の莊公歸以下、成禮然後去にいたる六十四字なし。『後漢書』註引、『水經注』註引は、（殖）襲莒戰死で一句を構成。『藝文類聚』引、『御覽』四部引は襲莒戰而死につくる。　4莊公歸、遇其妻　『水經注』註引は、其妻將赴之、道逢齊莊公につくる。顧・王・梁三校は後條5の措辭とともにこれを指摘。蕭校は王・梁二校を併擧する。なお『後漢書』李註引、『藝文類聚』引、『御覽』居處部城二十一引、禮儀部屍の二引は上句なく、下句を其妻無所歸につくり、後句の既無所歸にいたる十三句七十七字分を省約。『御覽』居處部二十引は下句を其妻就夫之死(ママ)城下哭之に、人事部引は其妻乃就夫尸於城下哭死につくり、後句の乃就其夫之尸於城下哭之にいたる八十九字分を省約する。　5使使者弔之於路　『水經注』註引は公將弔之の四字につくる。　6今　『水經注』註引には如につくる。梁校はこれにより、假設句を構成する令字の誤りであろうと疑うが、校改せず。蕭校も梁校を襲う。　7君何辱命焉　集注本のみ君何辱焉につくる。『水經注』註引もこれにつくる。　8若令殖免於罪　『水經注』註引は如殖無罪の四字につくる。　9則賤妾有先人之弊廬在　『水經注』註引は則賤妾の三字なし。なお考證本・承應本は後句の下妾の下字までを一句とみなして斷句する。　10不得　『水經注』註引は不敢につくる。顧・王二校はこれを指摘。蕭校も王校を襲う。　11莊公乃還車詣其室　『水經注』註引は公旋車弔諸室につくる。　12皆　諸本はこの字あり。『文選』求通親親表註引もあり、『文選』洞簫賦註引はなし。　13既無所歸　『文選』求通親親表註引もこれにつくる。『文選』洞簫賦註引は無字を非につくる。なお『水經注』註引は後句の成禮然後去以下、既無所歸にいたる二十三字なし。　14乃就其夫之尸於城下而哭之　備要本はこれにつくる。他の諸本は就字を枕につくり、句末の之字なし。『後漢書』註引、『文選』兩註引、『藝文類聚』引、『御覽』禮儀部引はこれにつくる。『御覽』居處部二十・人事部の兩引は前條4（本ページ）參照。居處部二十一引は其・之二字を缺く。『水經注』註引は妻乃哭於城下につくる。王校は『文選』兩註引が枕字をこの就字につくることをいい、「此字形之誤(レ)耳(のみ)(リ)」と意味曖昧な指摘をしている。梁校は上記のすべての書を擧げて校改する。蕭校は王・梁二校を併擧するが、梁校にならわず校改せず。なお尸字も諸本閒、他書引文閒に相違があり、備要・集注の二本、『後漢書』李註引、『藝文類聚』引、『御覽』居處部二十一引・人事部引はこれにつくる。他本、『文選』兩註引、『御覽』禮儀部引は屍につくり、『御覽』居處部二十引は死につくる。　15内誠　考證本ならびに『文選』兩註引は內成につくる。『後漢書』李註引、『水經注』註引、『藝文類聚』引、『御覽』四引は下の動人二字を含めて、この句なし。王校は誠字は字形近似による誠字の誤りという。梁校は『文選』兩註引に言及するが、改校を主張せず。蕭校は『僞古文尚書』大禹謨に「至誠感レ神」の語があり、孔傳は「誠は和なり」といっており、本譚は「夫の尸に就きて哭く」とあるから、和とはいえず、誠字は誤りなりというが、『說文』には「誠は信なり」と說いており、和にこだわる必要はない。梁校のごとく改校を主張せぬのが妥當であろう。　16道路過者、莫不爲之揮涕　叢刊本のみ揮涕を揮俤に誤刻する。『文選』兩註引もこれにつくる。『後漢書』李註引、『水經注』註引、『藝文類聚』引、『御覽』三部引はこの句なし。　17十日而城爲之崩　『文選』兩註引もこれにおなじ。『後漢書』李註引、『御覽』居處部二十一引は七日城崩につくる。『水經注』註引、『藝文類聚』引、『御覽』居處部二十引・人事部引・禮儀部引は七日而城崩につくる。顧校は、『文選』兩註引、『後漢書』李註引、『水經注』註引、『藝文類聚』引等が十日を七日につくることをもって、十字を壞字という。壞字說自體は一理あるが、既述のごとく『文選』兩註引は七日ではなく十日につくっている。王校は十字を七字につくる他文獻の存在に言及しつつ、『文選』兩註引がなお十字につくることを指摘する。蕭校は王校を襲う。蕭校はさらに、この句に該當する記述が『禮記』檀弓下、『左傳』襄公二十三年の條に見えず、『說苑』巻四立節・巻十一善說の兩篇にあることを補說する。梁校は『後漢書』李註引、『水經注』註引等七字につくる他文獻の存在の指摘にとどめ、『文選』兩註引を校せず。校改の要不要にも言及せず。ただし今は『文選』兩註引の存在によってこのままとする。なお『後漢書』李註引、『水經注』註引、『御覽』居處部二十引は後句の既葬曰以下、遂赴淄水而死にいたる七十八字なし。『藝文類聚』『御覽』居處部二十一・人事部・禮儀部の三引も亦死而已にいたる七十二字なし。　18外無所倚　この一句の倚字のみ、補注本は前句の內無所依とおなじく依につくる。　19遂赴淄水而死　諸本はこれにつくる。『藝文類聚』引、『御覽』居處部二十一引・人事部引は妻遂投淄水而死につくる。『御覽』禮儀部引は妻遂投於淄水而死につくる。ただし頌の最終句は諸本みな赴淄而薨につくっているから、頌を正文とすれば、ここも赴字とすべきであろう。蕭校は傳蔡邕『琴操』〔巻下〕の全文を引き（〈餘說〉四六二ページも參照）、文中に遂自投淄水而死の句があることを示し、『文選』洞簫賦引には淄字が脫落していること等にも言及。蕭校補曹校は『藝文類聚』巻十八〔人部二賢夫人〕所收左貴嬪「齊杞梁妻贊に遂赴淄河、託軀清津の句）（〈餘說〉同上ページも參照）があることを指摘する。　20我心傷悲、聊與子同歸　毛詩は上・下句句末にともに兮字を配している。王校はこれを魯詩と見るが、王先謙『詩三家義集疏』巻十一檜風・素冠はこれを斷章取義、本來の「詩恉に非」ざるものと斷じ、兮字の無いのは省文、古書には、この例が多いという。　21收喪　叢書本は取喪につくる。

語釈　○杞梁殖　春秋・斉（せい）の大夫（たいふ）。事跡は『礼記』檀弓（だんぐう）下、『左伝』襄公二十三年冬十一月の条に見える。姓は杞。会箋は殖を諱（いみな）、梁を字という。背景の詳細な『左伝』では既述のごとく斉侯が莒の国を攻めたさい、華還（字周）とともに武器の輸送のため先発。莒の国君の軍と不運にも遭遇、退去と和平の盟いの仲立ちを賄賂をもって強請されたが、峻拒したために討ちとられた。ただし異伝もあり、劉向自身の輯校した『説苑』巻四立節では、斉侯から五乗の賓（五人の勇者）に選ばれなかった杞梁と華舟（＝周）は、母親に勇者の名を揚げて五乗の賓を見返すよう諭され、対莒戦に奮戦、敵の首級三百をあげ、莒の城下に突進、その武勇を惜しむ莒の国君の寝返りの呼びかけを拒絶、なお敵兵多数を殺して戦死したという。　○荘公　春秋・斉の第二十二代の国君、姜光。在位五五三～五四八B.C.　○莒　国名。姓は盈、神人小昊の末裔といわれる。山東省莒県にあった。　○今殖有罪、君何辱命焉　有罪とは手柄なしに戦死すること。辱命は過分に声をかけてもらう。ここでは過分の弔問を受ける。夫の殖が罪を犯しているなら、どうして殿は過分の弔問を賜わるのでしょうか。　＊手柄を立てた者には丁重な弔問をなすべきなのに、不相応にぞんざいな弔問をされるのですねという皮肉。　○賤妾　女性の一人称謙称。　○先人之弊廬　先祖伝来の粗末な家。　○下妾不得与郊弔　下妾は賤妾におなじ。郊弔は野外で弔問する。庶民に対する弔問である。訳文は通釈のとおり。『礼記』檀弓下によれば、「君の大夫に於けるや、将に葬らんとするとき、宮に弔ふ（遺骸を安置した所におもむいて弔問する）出づるに及びて、命じて之を引かしめ（国君みずから人びとに命じて棺の引き綱を引かせる）。三歩にして則ち止まる（人びとは三歩進んでとどまる）。是の如くする者三たびにして君退く。云々」という。大夫杞梁殖は戦功があってもなお、こうした礼遇を受けなかったのである。　○其室　杞梁殖の家。　○内外皆無五属之親　内は本族（夫族）、外は親戚（妻族）。王註によれば、婦人は夫の家を内とみなし、母家を外とみなすものだという。王註はさらに五属之親とは五服の〔親〕属だという。五服とは内外の親疎による属員に対する五等の服喪等級をいい、着衣の形式と服喪期間により、次のごとき服制があった。斬衰（三年）、斉衰（三年・一年・五箇月・三箇月）、大功（九箇月）、小功（五箇月）、緦麻（三箇月）。「五服の親無し」とは、喪に服すべき身内がこの世に一人もいなくなったことをいう。　○所帰　身の寄せ所。　○城下　斉の都城の城壁のもと。ただし王註はこの城を莒城といい、夫が戦死した地だからという。『水経注』沭水注も莒城に擬定している。だが戦死者杞梁殖の遺骸が莒城の城壁のもとに放置されたという伏線は本譚中に張られていず、本譚の構想のもととなったであろう『左伝』襄公二十三年の条、『礼記』檀弓下にもそうした事実はしるされていない。〔校異〕序（四五七ページ）を参照。晋・崔豹『古今註』巻中音楽三の杞梁妻では、〔斉の〕都城という。譚の筋から見て斉の都城であろう。杞梁殖の妻は戻された夫の遺骸を仮埋葬した後、ふたたび斉の城下に運び、埋葬したのである。なお五代・馬縞『中華古今註』巻下音楽が長城というのは、後述「孟姜女伝説」との混同の結果である。〔余説〕（四六二ページ）参照。　○哭　哀悼の意を表現すべく哭泣の礼をささげる。　○内誠　『説文』によれば、音はセイ、意味は信。内にこもる誠心。　○帰　身を寄せる　○夫婦人必有所倚者也　夫は発語詞。この句は、後句に説かれる、いわゆる「婦人三従の義」を要約した語。「婦人三従の義」については

〔余説〕本ページ参照。　○更二　再婚する。　○淄水　山東省旧臨淄県東を流れる現在の淄河。　○詩云　『詩経』檜風・素冠の句。「聊与レ子同帰」の句に関して、毛伝は「願はくは有礼の人を見ば、之と同に帰せん」といい、邶風・泉水の「聊与レ之謀」の句の毛伝に、「聊は願ふなり」というので、聊字は「願う」の意にとり、子字については、断章取義の立場にあると解して、人ではなく、夫の意にとっておく。ただし、王註は、この詩は魯詩の解によるものだという。句意は通釈のとおり。　○収喪　遺骸をとり収めて葬る。
○避不敢当　〔礼を無視されたので〕弔問をあえて受けなかった。

韻脚　○喪 saŋ・当 taŋ（14陽部）　◎崩 peŋ・薨 meŋ（17耕部）換韻格押韻。

余説　杞梁殖の妻は、国君の礼制にかなった夫への弔問を受けるためには、国君の激怒をも恐れず、荘公姜光の非礼に抗議し、夫の忠節の死の名声を揚げ、己れの貞節を世に知らせるためには、夫の遺骸を都城のもとに運びだして哭泣しつづけ、はては淄水に投身して果てた。生命を賭して夫の名声を揚げ、夫のはらった犠牲にふさわしい礼遇を夫にあたえること、これが彼女の信奉する貞順の道であった。

『大戴礼記』本命・『孔子』本命解に説かれる「女子は〔略〕専制の義無くして、三従の道有り。幼くしては父兄に従ひ、既に嫁しては夫に従ひ、夫死しては子に従ふ」という「婦人三従の義」は、必ずしも個々の行動における女性の自主的判断・決断を欠いた服従本位の教訓ではない。母儀伝第十二話魯之母師譚中では、「〔女子は〕少きときには父母に繫がれ、長じては夫に繫がれ、老いては子に繫がる」と説かれ（上巻一九五ページ参照）、本譚では、「父在せば則ち父に倚り、夫在れば則ち夫に倚り、子在れば則ち子に倚る」と述べられ、父母・夫・子に対して「従う」よりも「一体」たるべきことの教訓として語られている。それは母家・夫家にあって、父兄と母、舅姑と夫の意向を立て、夫なき後は子の後見人として己の意向・特権を抑制するという総体的な行動の原則を示す教訓でもある。〔子に対しての教訓については、母儀伝第十一話鄒孟軻母譚の④、上巻一八八～一九四ページ参照〕杞梁殖の妻の貞順の徳の実践も、こうした観念にもとづいてなされている。夫の忠節の死に対する荘公の礼遇を求める行為も、都城の下で亡夫の遺骸に哭泣する行為も、生きては「繫倚」する者なく、子の後見の責務もない状況で夫に殉死した行為も、すべては彼女自身の果敢な決断力によっているのである。

『孟子』告子下では、華周・杞梁の妻の哭泣によって「国俗」が変ったという。彼女らの哭泣が「貞順」の「淳風美俗」の振興に資したというこの佳話は、本譚形成の重要な一因となった。だが彼女らの亡夫に対する慟哭によって城壁が崩れたという奇蹟は、劉向の創作にかかるものであろう。『孟子』のこの文にも、前掲『左伝』『礼記』『韓詩外伝』にもしるしてない。『列女伝』をのぞく文献では、蕭校が指摘するように（〔校異〕17四五九ページ）、同一撰者劉向の『説苑』巻四立節第十五話・巻十一善説第九話にしるされているからである。前者においては、「〔華周・杞梁〕遂に進みて闘ひ、二十七人を殺して死す。其の妻之聞きて哭し、城之が為めに阤れて、隅之が為めに崩る」としるされている。後漢に入ると、王充『論衡』感虚篇・変動篇、趙岐の『孟子』註が、この説話を踏襲してゆくが、後に六朝・唐の楽府の影響下に成立した『孟姜女変文』によって、長城建設に駆りだされた夫に寒衣を届けに出かけた孟姜女が、事故で死んだ夫の遺骸を求めて慟哭し、長城を倒壊せしめるという話に発展した。五代・馬縞『中華古今註』巻下音楽がこれをつぎ、北宋・孫奭の『孟子正義』がさらに元来の杞梁殖説話そのものにおいて、妻の名を孟姜女と註するにいたった。斉杞梁殖妻譚が孟姜女伝説・俗謡に変容してゆく過程については、多数の研究があるが、顧頡剛『孟姜女故事研究集』上海古籍出版社・一九八四年刊（同氏『孟姜女故事的演変』等を収める）、楊振良『孟姜女研究』台湾学生書局・一九八六年刊の二著、飯塚照平『孟姜女について―ある中国民話の変遷―』（『文学』二十六―八・一九五八年八月刊）を挙げておく。

なお本譚はA後漢・伝蔡邕編『琴操』巻下『芑梁妻歌』やB晋・左貴嬪『斉杞梁妻賛』（『藝文類聚』巻十八人部二賢婦人所収）等の作品を生んだ。『琴操』について述べる晋・崔豹の『古今註』巻中音楽によれば、Aは杞梁殖の妻ならぬ、その妹の明月が「姉の貞操」を悲しんで作ったといわれる。かように本譚は多数の異伝を続成させた。旧中国の女性に対して自然に影響した教育効果は相応に大きなものがあったであろう。

A・芑梁妻歎者、斉邑芑梁殖之妻所レ作也。荘公襲レ莒、殖戦而死。妻歎曰、「上則無レ父、中則無レ夫、下則無レ子。外無レ所レ倚、内無レ所レ倚。将何以立。吾節（貞節ゆえに）能更二哉。亦死而已矣」。於レ是乃援レ琴而鼓レ之。曰、

楽莫レ楽二兮新相知一、悲莫レ悲二兮生別離一　楽しみ極まるは知りあい初めしとき、悲しみ極まるは生きながら別るるとき。

哀感二皇天一、城為レ之墜　哀しみは天をも動かし、城壁はために崩れおちぬ。

曲終、遂自投二淄水一而死。

B運命不レ改、逢二時険屯一。夫卒二莒場一、郊弔不レ賓　不運はかわらず、時局は険し。夫は莒の戦場に死ぬも、斉の君弔いに礼をつくさず。

哀崩二高城一、訴二情旻天一。遂赴二淄川一、託二軀清津一　哀しみは高き城壁も崩し、思いを天に訴う。かくて淄の川にゆきて、軀を清き岸辺に投げぬ。

九　楚平伯嬴

伯嬴者、秦穆公[1]之女、楚平王之夫人、昭王之母也。當昭王時、楚與呉爲伯莒[2]之戰。呉勝楚、[3]遂入至郢。昭王亡、呉王闔閭盡妻其後宮。[4]次至伯嬴、[5]伯嬴持刃[6]曰、

「妾聞、『天子者、天下之表也。公侯者、一國之儀也。[7]天子失制、則天下亂、諸侯失節、則其國危』。夫婦之道、固人倫之始、王敎之端。是以、明王之制、使男女不親授、[8]坐不同席、食不共器、殊椸枷、異巾櫛、所以遠之也。[9]若諸侯外淫者絶、卿大夫外淫者放、[10]士庶人外淫者宮割。夫然者、以爲仁失可復以義、義失可復以禮、男女之喪、[11]亂亡興焉。夫造亂亡之端、公侯之所絶、天子之所誅也。[12]今君王棄儀表之行、縱亂亡之欲、犯誅絶之事。[13]何以行令訓民。且妾聞、『生而辱、不若死而榮』。若使君王棄其儀表、則無以臨國、妾有淫端、則無以生世。壹擧[14]而兩辱。妾以死守之、不敢承

伯嬴なる者は、秦の穆公の女にして、楚の平王の夫人、昭王の母なり。昭王の時に當り、楚と呉と伯莒の戰を爲す。呉 楚に勝ち、遂に入りて郢に至る。昭王亡がれ、呉王闔閭 盡く其の後宮を妻とす。次 伯嬴に至るや、伯嬴刃を、持して曰く、

「妾聞く、『天子なる者は、天下の表なり。公侯なる者は、一國の儀なり。天子制を失へば、則ち天下亂れ、諸侯節を失へば、則ち其の國危し』と。夫婦の道は、固より人倫の始め、王敎の端なり。是を以て、明王の制、男女をして親授せざらしめ、坐するに席を同じくせず、食するに器を共にせず、椸枷を殊にし、巾櫛を異にするは、之を遠ざくる所以なり。若し諸侯外淫する者は絶たれ、卿大夫外淫する者は放たれ、士庶人外淫する者は宮割せらる。夫れ然る者は、以爲ふに仁の失は復ふに義を以てすべく、義の失は復ふに禮を以てすべきも、男女の喪は、亂亡興ればなり。夫れ亂亡の端を造すは、公侯の絶つ所、天子の誅する所なり。今 君王 儀表の行を棄て、亂亡の欲を縱まにし、誅絶の事を犯す。何ぞ以て令を行ひ民を訓へん。且つ妾聞く、『生きて辱しめらるるは、死して榮あるに若かず』と。若し君王をして其の儀表を棄てしめば、則ち以て國に臨む無く、妾に淫端有れば、則ち以て世に生くる無し。壹擧にして兩辱あり。妾は死を以て之を守り、敢て命を承けず。且つ凡そ妾を欲する所

命。[15]且凡所欲妾者、爲樂也。近妾而死、何樂之有。如先殺妾、又何益於君王。[16]於是、呉王慙、遂退舍。伯嬴與其保阿、閉永巷之門、皆不釋兵三旬。[17]秦救至、昭王乃復矣。

君子謂、「伯嬴勇而靜壹」。[18]『詩』曰、「莫莫葛藟、[19]施于條枚。豈弟君子、求福不回」。此之謂也。

頌曰、「闔閭勝楚、入厥宮室。盡妻後宮、莫不戰慄。伯嬴自守、堅固專一。君子美之、以爲有節」。

の者は、樂みの爲めなり。妾に近きて死せば、何の樂みか之有らん。如し先に妾を殺さば、又何ぞ君王に益あらん」と。

是に於て、呉王慙ぢ、遂に退き舍む。伯嬴と其の保阿と、永巷の門を閉ぢ、皆兵を釋かざること三旬なり。秦が救ひ至り、昭王乃ち復れり。

君子謂ふ、「伯嬴は勇にして靜壹なり」。『詩』に曰く、「莫莫たる葛藟、條枚に施へり。豈弟の君子は、福を求むるに回はず」と。此の謂ひなり。

頌に曰く、「闔閭楚に勝ちて、厥の宮室に入る。盡く後宮を妻とし、戰慄せざる莫し。伯嬴自ら守り、堅固專一なり。君子之を美し、以爲へらく節有り」と。

通釈　伯嬴とは、秦の穆公嬴任好（史実とちがう）の女で、楚の平王羋棄疾の夫人（諸侯の正室）、昭王軫の母であった。昭王のとき、楚と呉は伯莒で戦った。呉は楚に勝ち、ついに都の郢にのりこんだ。昭王は逃がれ、呉王闔閭はことごとくその後宮の女たちをわがものにしようとした。順番が伯嬴にまわってきたとき、伯嬴は刃を握っていった、

「妾は、『天子とは、天下の手本である。公・侯とは、一国の模範である。天子が自制を失えば、天下は乱れ、諸侯が節度を失えば、その国は危うい』と聞いております。夫婦の道は、もとより人倫のはじめ、王者の教えの端緒なのです。それゆえに、英明な王者の制度においては、男女たがいに直接物を手渡しさせず、坐するときは席をともにさせず、食事には器をともにさせず、椸枷も別々にさせ、巾も櫛もちがう物をつかわせるのは、男女の別を厳しくするためなのです。もし諸侯に母方の者たちと姦淫する者がいれば家は断絶、卿・大夫に母方の者たちと姦淫する者がいれば追放、士や庶民に母方の者たちと姦淫する者がいれば宮刑を受けるのです。いったいそうした目にあわされるのは、おもうに仁が欠けて

も義で償いがつき、義が欠けても礼で償うことができるにせよ、男女の別が失われたら、家は乱れ国は亡んでしまうからです。そもそも家の乱れ国の滅亡の端緒となるような事をすれば、公・侯は家を断絶され、天子さまから誅罰を受けるのです。今　王さまには模範・手本となる行ないを棄て、家の乱れ国の滅亡を招く淫欲をほしいままにされ、天子さまの誅罰・お家の断絶の危険を犯しておられます。どうして国に命令を下して民を躾けることができましょうか。それに妾は、『生きて辱ずかしめられるよりは、死んで栄光を受けた方がよい』とも聞いています。もし王さまがその模範・手本となることを棄ててしまわれるならば、国家に君臨できますまいし、妾に姦淫の心の兆しでもあれば、この世に生きてはいけません。一挙に二人とも辱ずかしめを受けることになりましょう。妾は死を賭けてもわが身を守り、あえてご命令に承服いたしません。それにいったい王さまが妾を欲しがられるのは、楽しみのためです。妾に近づいて死なれたら、どんな楽しみがおありでしょう。もし先に妾を殺されるなら、またどんな利益が王さまにおありになるというのでしょう」。

そこで、呉王は慙じて、ついに退去したのである。伯嬴とその保阿とは、後宮の門をとざし、みな武器を手にとって三十日間も手離さなかった。秦の援軍もやってきて、昭王もやっと引き返してきた。

君子はいう、「伯嬴は勇敢で貞節を一筋に守った」と。『詩経』には、「盛んに茂る葛と虆、枝にも幹にもはってゆく。心揺がぬ君子は、道誤らざれば福を受く」という。これは伯嬴のごとく物怖じせず道を誤らぬ傑物は天佑を受けることができることを詠っているのである。

頌にいう、「闔閭は楚に勝つや、その後宮に押しいれり。後宮の女みなわが物にせんとすれば、女らはみな慄えおののく。伯嬴はみずから守り、一筋に堅く貞操を衛れり。君子はこれを讃えて、筋貫けりと思いなせり」と。

校異　1穆公　諸本はこれにつくるが、ふるく唐・劉知幾『史通』巻十四中左には、穆公は春秋初期の魯の僖公・文公間の人で、その女が春秋末の楚の平王の夫人というのはおかしいことが指摘されており、顧・梁二校はこれを紹介、王校は呉軍入郢の歳は秦の哀公の年にあたることを指摘、誤字たることを指摘する。蕭校も王・梁二校を襲う。なお文中の伯莒の戦役は春秋・魯の定公四年（五〇六B.C.）冬十一月のことで、當時の秦の國君は第十四代哀公（在位五三七～五〇一B.C.）であり、穆公は、哀公の先代たる景公（在位五七七～五三七B.C.）もしくは哀公自身の可能性もある。劉知幾説を承ける諸校の誤字説は正解に見えよう。だが劉向は史實をそのまましるしているわけではない。本譚は史實らしい記錄をもとにつくられているが、劉向が創作したに等しい話である。登場人物にも作爲がくわえられていると見るべきであろう。勇敢達辯の伯嬴の父としては、秦王は五覇の一人穆公嬴任好がふさわしく、母も（巻二）賢明傳第四話登場の賢女秦穆公姫となり（上巻二三八～二四四ページ）、姉妹には（巻五）節義傳第三話の貞女晉圉懷嬴を配せる（五二五～五三二ページ）。あるいはこうした圖式によって、史實をあえて無視した人物設定がされたのかもしれない。いまはこのままとする。なお本譚の原話となったであろう記錄は顧廣圻・蕭道管がつきとめている。後條4にその校説をしるしておく。　2伯莒　『公羊傳』定公四年冬十一月の條もこれにつくる。『左傳』、『穀梁傳』の同時の條には伯擧につくる。王校は『左傳』、梁校は『釋文』により『穀梁傳』の措辭を指摘し、蕭校は二校を併擧、さらに『公羊傳』の措辭に言及する。　3遂　叢刊・承應の二本はこの一字なし。　4吳王闔閭盡妻其後宮　『渚宮舊事』（巻二）引は吳王盡妻後宮につくる。『左傳』はこれに該當する記述なし。『穀梁傳』定公四年冬十一月の條、經・庚午吳入楚の傳文には、君居其君寢（吳王は楚王の寢間を占領し）、而妻其君之妻（楚王の妻を妻とし）、大夫居其大夫之寢、而妻其大夫妻。蓋有欲妻楚王之母者（おそらく楚王の母を妻にしようとした者もいたであろう）とするす。『公羊傳』同時の條、同上經文の傳文は君舍于君室、大夫舍于大夫室、蓋妻楚王之母也につくる。蕭校は本條において兩傳の措辭を指摘。顧校は後句の吳王悊、遂退舍の條において、兩傳の措辭を指摘、『漢書』（巻三十六）楚元王傳から、劉向が『穀梁傳』『公羊傳』を兼修していたことに言及する。　5次至伯嬴　諸本はみなこれにつくるが、『渚宮舊事』引は至乎伯嬴につくる。　6刃　叢刊・承應の二本は刀につくる。『舊事』引も刀につくる。　7天子者、天下之表也、公侯者、一國之儀也　『舊事』引には兩也字なし。　8親授　叢刊・承應二本は親授受につくる。『舊事』引はこれにつくる。梁校は叢刊本の措辭に言及、『舊事』引を證として受字は後人の增入という。蕭校もこれを襲う。　9所以遠之也　遠字を叢刊・承應二本をのぞく諸本は施につくる。叢刊・承應二本はこれにつくる。『舊事』引は絕につくる。梁校がこの措辭の違いを指摘。王校は措辭に言及せず。施字の語釋におよび、音は移、意味は易、「其（男女）の邪心を變易するなり」というが不適切である。蕭校は梁校・王註を併擧する。　10卿大夫外淫者放　『舊事』引には句頭に若字あり。　11男女之喪　喪字を、叢刊・承應二字は失につくる。梁校はこれを指摘、蕭校も梁校を襲う。　12夫造亂亡之端、公侯之所絕、天子之所誅也　叢書本のみ、第二句の所絕を所紀につくる。『舊事』引はこれらの句なし。　13犯誅絕之事　『舊事』引は犯放絕之禁につくる。梁校はこれを指摘、蕭校もこれを襲う。　14壹擧　叢刊・承應二本は一擧につくる。『舊事』引は一朝につくる。梁校はこれを指摘、蕭校は梁校を襲う。　15不敢承命　この一句『舊事』引にはなし。　16又何益於君王　『舊事』引は君王二字を君一字につくる。　17伯嬴與其保阿、閉永巷之門、皆不釋兵三旬　『舊事』引は之門、皆の三字なし。なお『舊事』の引文はここまでである。　18靜壹　叢刊・承應二本をのぞく諸本は精壹につくり、叢刊・承應の二本は精一につくる。王校は精字は靜の誤りと疑い、この句は貞靜專壹の意であろうという。意味上適解である。よって改めた。蕭校も王校を襄っている。　19葛櫐　毛詩には葛藟につくる。王校は『釋文』には藟字を虆につくることを指摘。櫐字は虆の省文という。
蕭校は王校を襄っている。

語釈　○秦穆公　姓は嬴、諱は任好。春秋・秦の第九代の国君。在位六六〇～六二一B.C.。百里奚・蹇叔らを登用、国勢きわめて振い、東は晋の河西の地を獲得、西は西戎を伐ち、西戎の覇者となる。後世には、春秋五覇の一人に算えられた（『白虎通』巻一号）。ただし、〔校異〕1に既述のように、本譚とは時代があわぬが、誤伝を犯したとはいえまい。劉向は故意に史実を枉げ、勇敢能辯の貞女たるヒロインにふさわしい父として、英傑の彼を登場させたのであろう。四六五ページ参照。　○楚平王　姓は芈、諱は棄疾。春秋・楚の第二十七代の王。在位五二八～五一六B.C.。陳・蔡二国を併呑した兄霊王芈囲、在位五四〇～五二九B.C.の後を嗣いだが、暗君の彼の代から楚の国勢は傾きはじめる。太子建の婦に迎えるはずの秦の公主を、奸臣費無忌の甘言に惑わされ、美貌ゆえに自分の夫人とした。後に費無忌の讒言から忠臣伍奢を誅殺、太子建を国外に逐った。伍奢の子の子胥は復讐のため呉につかえ、平王の死後、呉王闔閭に楚を伐たしめて都の郢を陥落させ、墓を発いて彼の屍を鞭うったという。本譚は、こうした史実を抹殺して成りたっている。　○昭王　諱は珍。平王の子、在位五一五～四八九B.C.。節義伝第四話楚昭越姫譚に彼自身と寵姫越女の美譚が語られている。呉に国都を陥されながら、秦の救援を受けて国を維持し、周辺の小国を下して一時国勢の衰退を防いだ。　○伯莒　伯挙ともいう。湖北省麻城県の北。　○郢　楚の都。湖北省沙市市の北。　○呉王闔閭　姓は姫、諱光。春秋・呉の二十四代の王。在位五一九～四九六B.C.。楚から亡命した伍子胥を重用して国力を増強、対楚・対越戦に敢闘。後世、五覇の一人に数えられた（『荀子』王覇篇）。　○尽妻其後宮　妻は動詞。配偶者にする。後宮は後宮の女性たち。　○次　順番。　○表・儀　一括して儀表ともいう。手本・模範。　○制　自制。　○夫婦之道、固人倫之始、王教之端　夫婦之道は夫婦関係の道義・秩序のこと。王教は王者の教化（感化作用における教育）。端は始におなじ。端緒。訳文は通釈のとおり。なおこの句は『詩経』周南・関雎の首聯に付された毛伝の「夫婦別有りて（夫婦間の秩序がそなわって）、則ち父子親み、父子親みて、則ち君臣敬し、君臣敬して、則ち王化成る（王者の教化が成り立つ）」を意識したものであろう。同主旨の語は『易経』序卦伝にも見え、「夫婦有りて然る後上下有り。上下有りて然る後礼儀錯く所有り。夫婦の道は、以て久しからざるべからざるなり（永久に安定させねばならない）」といい、『荀子』大略篇にも、「夫婦の道は正さざるべからず。君臣・父子の本なり」という。また『礼記』内則にも「礼は夫婦を謹むに始まる」といい、同書中庸にも「君子の道は端を夫婦に造す」といっている。夫婦関係は厳粛な諸徳の根源と説く、伯嬴のこの言は、男女関係を淫欲に任せ、女性を性の快楽の対象としている男性への厳しい抗議となっている。　○明王之制、使男女不親授、坐不同席、食不共器、殊椸枷、異巾櫛　明王は英明な王者。男女不親授とは、男女が直接、物を手渡しあわぬようにすること。椸枷は着物掛け、巾櫛は手拭いと櫛。一節の訳文は通釈のとおり。なお『礼記』曲礼上に、「男女は雑坐せず。椸枷を同じくせず、巾櫛を同じくせず。親ら授けず」といい、内則には、「〔男女は〕器を相授けず。其の相授くるには、則ち女は受くるに篚を以てす。其の篚無ければ則ち皆坐き、之を奠きて而して后に之を取る。外内井を共にせず、逼浴を共にせず、寝席を通ぜず、乞仮（貸借）を通ぜず、男女は衣裳を通ぜず」ともいう。○絶 継嗣、家系を断絶する。○遠之〔性道徳を厳守するため〕、男女の間をはっきり区別する。○外淫 母方の親戚の者と姦淫する。○宮割 男女の不義を罰する刑。宮刑におなじ。男性は去勢し、女性は監房に幽閉する。一説にその筋を剔りとる。蕭註は『尚書大伝』〔甫刑〕に「義を以て交はらざる者は其れ刑宮す」とあるという。○復 補償する。○造乱亡之端 乱亡は家や国が乱れ亡びること。造は造就する。家の乱れや国家滅亡の端緒をなす。○臨国 国家に君臨する。○退舎 舎は去におなじ。退去する。○保阿 貴人女性の守役の女性。○永巷 後宮、後宮内の牢の両意があるが、ここは後宮の意。巷をはさんで宮女の居室が永くつづく一郭なので、こう名づける。○不釈兵 兵は兵器。兵器を手ばなさない。○三旬 三十日。○乃復矣 乃は時間経過を表わす連詞。しばらくして、やっと、やっともどってきた。○勇而静壱 王註は、勇とは具体的には、「刃を持して誓ふに必死を以て」したことだといい、静壱は貞静専一の縮文という。貞順の徳を一筋に守る。○詩曰 『詩経』大雅・旱麓の句。莫莫は蔓草が茂って木にまといつくさま。葛虆、葛はマメ科のクズ、虆は藟におなじ、ウコギ科のキヅタ（常緑のフユヅタ）。ともに蔓草。条枚は枝と幹。施は音イ、迻（うつル）におなじ。豈弟は和らぎ楽しむさま。不回とは、鄭箋に「先祖の道に違はず」と説く。句意は、盛んに茂りまといつく葛や藟が枝や幹にはって伸びゆくように、艱難に遭っても物怖じせぬ傑物は、道を誤ることがなく、永遠に盛んに天佑を受けられるということである。毛詩・詩序は、「旱麓は、祖に受くるなり。周の先祖、世々后稷・公劉の業を脩む。大王・王季、申ぬるに百福をもつて禄（天佑）を干む」といい、王先謙『詩三家義集疏』巻二十一によれば、「三家も異義無し」という。とはいえ、ここではこの句は断章取義的に「先王の徳」を守って果断に行動する女性を讃える句に転用されている。

韻脚 室 thiet・慄 liet・一 ·iet・節 tset（25至質部押韻）。

余説 敗戦に、国君たる子の昭王芈珍以下の将兵が後宮女性を置き去りにして逃亡した中にあって、みずから刃を手にして能辯をもって理を説き、侵攻してきた敵軍の王闔閭の淫欲を挫いた伯嬴の行動は、まさに君子賛がいう「勇而静壱」の快挙であった。しかも彼女は死を急がず、呉王退去後も注意ぶかく敵の再侵入に対する防備を固めて子の昭王の生還を待った。これも剛胆沈着をきわめた美挙であった。この譚には貞操固守に生命を賭けても、生命を犠牲にしてしまうという結末はない。勇気は暴勇ではない。能辯と注意ぶかさという知性に支えられているのである。劉向は貞順の徳を、つねに破滅的な自己犠牲をともなうものとして説いたのではない。第十一話の楚伯貞姫、第十三話の魯寡陶嬰等（四七三～四七九、四八七～四九三ページ）もまた、道理を真正面から説き、あるいは詩に託して仄めかし、貞順の徳をまっとうしている。劉向は、道徳の達成にこうした知性をも望んだのである。

ところで、この譚には、男系血統の純化の貫徹をめざす宗法社会の夫婦間の性道徳が、他ならぬ男性、それも世の儀表たるべき国君の淫欲によって蹂躙されていることが非難されている。むろん劉向は一夫一妻多妾の宗法社会の婚姻制度を正当・当然視しているが、この制度のもつ欠陥・男性の淫欲、とくに国家の風紀を乱す王侯の淫欲に対する強い警戒者であった。その警戒の言を毅然たる女性の口を通して語らせることが、本譚にかけた劉向の説話語りの意図であったろう。

十　楚昭貞姜

貞姜者、齊侯之女、楚昭王之夫人也。[1]王出遊、[2]畱夫人漸臺之上而去。[3]王聞江水大至、[4]使使者迎夫人、[5]忘持符。[6]使者至、[7]請夫人出。[8]夫人曰、「王與宮人約。令召宮人必以符。[9]今使者不持符、妾不敢從使者行。」[10]使者曰、[11]「今水方大至。還而取符、則恐後矣。」夫人曰、「妾聞之、[12]『貞女之義、不犯約。勇者不畏死。』守一節而已。[13]妾知從使者必生、畱必死。[14]然棄約、越義而求生、不若畱而死耳。」[15]於是、使者反取符、未還、[16]則水大至、臺崩、夫人流而死。[17]王曰、「嗟夫、守義死節、不為苟生。[18]處約[19]持信、以成其貞。」

貞姜なる者は、齊侯の女、楚の昭王の夫人なり。王出でて遊び、夫人を漸臺の上に畱めて去る。王江水の大いに至ると聞き、使者をして夫人を迎へしむるも、符を持せしむるを忘る。使者至り、夫人に出でんことを請ふ。夫人曰く、「王と宮人と約す。令して宮人を召すときは、必ず符を以てすと。今使者符を持せざれば、妾敢て使者に從ひて行かじ」と。使者曰く、「今水方に大いに至る。還りて符を取らば、則ち恐らくは後れん」と。夫人曰く、「妾之を聞く、『貞女の義、約を犯さず。勇者は死を畏れず』と。一節を守るのみ。妾は使者に從はば必ず生き、畱まらば必ず死するを知る。然れども約を棄て、義を越えて生を求むるは、畱まりて死するに若かざるのみ」と。是に於て、使者反りて符を取り、未だ還らざるに、則ち水大いに至り、臺崩れ、夫人流れて死す。王曰く、「嗟夫、義を守りて節

乃號之曰「貞姜」。

君子謂、「貞姜有婦節」。『詩』云、「淑人君子、其儀不忒」。此之謂也。

頌曰、「楚昭出遊、畱姜漸臺。江水大至、無符不來。夫人守節、流死不疑。君子序焉、上配伯姫」。


に死し、苟めに生くるを爲さず。約に處して信を持し、以て其の貞を成す」と。乃ち之に號して「貞姜」と曰ふ。

君子謂ふ、「貞姜　婦節有り」と。『詩』に云ふ、「淑人君子　其の儀忒はず」と。此の謂ひなり。

頌に曰く、「楚昭出でて遊び、姜を漸臺に畱む。江水大いに至るも符無ければ來らず。夫人節を守り、流死するも疑はず。君子焉を序し、上　伯姫に配す」と。

通釈　貞姜とは、斉侯の女で、楚の昭王の夫人（諸侯の正室）である。王が出かけたとき、夫人を漸台の上にとどめたまま行ってしまった。王は長江の水が大いに寄せてきたと聞いて、使者をして夫人を迎えにやらせたが、符信をもたせることを忘れた。使者がやってきて、夫人に脱出されるようにと請う。夫人は、「王さまは後宮の女たちと約束されました。命令によって宮女を召すときは、必ず符信をもちいられるとのことでした。ところが今　使者は符信をもってこなかったのですから、妾はどうしても使者についてゆくわけにはまいりません」というのであった。使者が、「今は洪水がおしよせてくる最中です。もどって符信をとってきたりしていれば、多分逃げおくれてしまわれるでしょう」という。夫人は「妾は『貞女の信義は、約束を犯さない。勇者は死を畏れない』と聞いております。一筋に貞節を守るのみです。妾は使者についてゆけば必ず生きられ、とどまれば必ず死ぬことは心得ております。しかし約束を棄て、信義にはずれて生きることを求めるより、とどまって死んだ方がよいにきまっております」という。そこで使者がもどって符信を取りにいったが、もどってこぬうちに、洪水がどっとおしよせ、台は崩れ、夫人は流れに呑まれて死んだのである。王は、「ああ、信義を守って節に死に、いいかげんな生き方はしなかったのだ。窮地におちいっても信義を守りぬき、その貞節をなしとげたのだ」といった。かくて彼女に尊号を贈って「貞姜」といったのであった。
君子はいう、「貞姜は婦人の節をそなえていたのだ」と。『詩経』には、「淑人・君子は、儀を疑わず守りぬけり」という。これは貞姜のごとき貞順の道を守りぬいた女性について詠っているのである。

頌にいう、「楚の昭王いでしとき、夫人の姜を漸台にとどめゆけり。江の水にわかに寄するも、使者符信を携えざれば王のもとに来たらず。夫人は節を守りぬきて、流れに呑まれて死すとも躊わざりき。君子はこの事を序べて、その昔の伯姫の位にならべたり」と。

校異　1貞姜者、齊侯之女、楚昭王之夫人也　『藝文類聚』巻八水部上江水引は楚昭王貞姜、齊之女の八字につくり、『太平御覽』巻六十地部二十五江引は楚昭王貞姜者、昭王之夫人、齊女也につくる。『藝文類聚』巻十八人事部二賢夫人引、『御覽』巻四四一人事部八十二貞女下、同上巻五九八文部十四符等の諸引ともに貞姜の上に楚昭二字を加えるほかは、これにおなじ。　2王　『藝文類聚』水部上、人事部二、『御覽』地部二十五・人事部八十二、文部十四引ともに楚王につくる。　3雷夫人漸臺之上而去　『藝文類聚』人部二引、『御覽』人事部八十二引もこれにつくる。『藝文類聚』水部上引、『御覽』地部二十五引は雷夫人漸臺の五字につくる。『御覽』文部十四引は雷夫人漸臺而上之去につくる。　4王聞江水大至　『藝文類聚』人事部二引、『御覽』人事部八十二引もこれにつくる。『藝文類聚』水部上引、『御覽』地部二十五引は江水大至の四字につくる。『御覽』文部十四引は至字なし。　5使使者迎夫人　『藝文類聚』人部二引、水部上引『御覽』人事部八十二引もこれにつくる。『御覽』地部二十五引、文部十四引は介詞の使字を遣につくる。　6忘持符　備要・集注の二本はこれにつくる。叢刊本のみ忌持其符につくる。忌字は忘字の誤刻であろう。承應本もふくめて、他の諸本は忘持其符につくる。『藝文類聚』の二部引、『御覽』の三部引はみなこれにつくる。梁校は『藝文類聚』人部二引、『御覽』〔文部十四〕引によって其字を校刪。蕭校もこの校刪を襲う。　7使者至　この句より於是にいたる一〇〇字は『藝文類聚』水部上引はなし。　8請夫人出　『藝文類聚』人事部二引もこれにつくる。『御覽』人事部八十二引は請字を謂につくる。同上地部二十五引はこの句と後句の夫人曰の七字なし。　9王與宮人約、令召宮人必以符　『藝文類聚』人部二引、『御覽』人事部八十二引は、大王與宮人約、命曰、召宮人必以符につくる。王・梁二校は『藝文類聚』〔人部二〕引のこの措辭を指摘。蕭校は王校を襲う。『御覽』地部二十五引は王與宮人約、召必以符につくり、同上・文部十四引は王召人皆以符につくる。　10妾不敢從使者行　『藝文類聚』人部二、『御覽』人事部八十二、文部十四の諸引は者・行二字間に而字あり。『御覽』地部二十五引は妾不敢行の四字につくる。　11使者曰　『藝文類聚』人部二引・『御覽』人事部八十二引には、この句以下、後句の夫人曰にいたる十九字なし。『御覽』地部二十五引、文部十四引は、この句以下、後句の於是にいたる六十五字なし。　12妾聞之　『御覽』人事部八十二引のみ妾聞之矣につくる。　13守一節而已　『藝文類聚』人部二引には一の字なく、『御覽』人事部八十二引も一の字なし。ただし『御覽』は守節而已矣につくる。梁・蕭二校は『藝文類聚』『御覽』二引の一字なきことに言及するが、『御覧』には矢字が加わることに言及せず。　14雷必死　『藝文類聚』人部二、『御覧』人事部八十二の二引は雷必死也につくる。　15然棄約、越義而求生、不若雷而死耳　『藝文類聚』人部二引、『御覧』人事部八十二引は然妾不敢棄約、越義而求生の二句十一字につくる。不若雷而死耳の句以下については、『藝文類聚』引は後句の臺崩にいたる十八字なく、『御覧』引は後句の使者反取符未還にいたる十四字なし。　16使者反取符、未還　備要・集注の二本は使者反取符、還につくる。他の諸本は使者取符の四字につくる。『御覧』地部二十五引、文部十四引にはこの使者反取符、未還につくる。梁校は『御覧』引には反字があり、舊本はこれを脱したといって校増、蕭校もこれを襲ったのである。だが『御覧』の二引には、反字のほか未字もある。よって未字を加えて校増した。なお『藝文類聚』水部上引は使者還取符、未及につくっている。　17則水大至、臺崩、夫人流而死　『類聚』水部上引は臺已壞、流水而死につくり、『御覧』地部二十五引は臺已壞、沉水而死につくる。また『藝文類聚』人部二、『御覧』人事部八十二は大水至而死につくり、同上文部十四には臺弛壞、夫人流而死につくる。梁校は『御覧』地部二十五引が夫人流而死の句を沈(ママ)水而死につくることをいい、蕭校はこれを襲う。　18王曰、嗟夫、守義死節、不爲苟生　『藝文類聚』水部上、『御覧』地部二十五の二引はこれらの句より、曰貞姜にいたる二十六字なく、『藝文類聚』人部、『御覧』人事部八十二引は以成其貞にいたる二十字なし。『御覧』文部十四引は嗟夫以下を嗟乎夫守義死、不爲苟處につくる。梁校はこれを誤り、嗟夫守義死節の句を嗟乎夫人守義而死につくるといい、蕭校も誤りを踏襲する。　19處約　叢書、補注、集注の三本は處字を処につくる。王校は処字は據の壞字といい、蕭校も王校を襲うが、処は處の舊字（『説文』段注）である。

語釈　○斉侯　荒城註は春秋・楚の昭王芈(び)珍(ちん)元年（五一五B.C.）が斉の景公の三十三年に当たるので、ここの斉侯とは景公姜杵臼(しょきゅう)のことだという。在位五四七～四九〇B.C.。○楚昭王　姓名は芈珍。前節第九話の楚平伯嬴譚に登場する平王棄疾の子。楚平伯嬴譚の〔語釈〕2（四六七ページ）。彼が登場する譚は他にも節義伝第四話楚昭越姫譚がある。　○漸台　水中に設けられた遊覧の台。顔註は『漢書』巻二十五郊祀志下の漢・武帝の建章宮に設けられた漸台に関する顔師古註を引き「漸は浸（ひたス）なり。台とは池中に在りて、水の浸(ひた)す所と為る。故に漸台と曰ふ」といい、『漢書』に屢(しばしば)く見え、『文選』巻十一所収・王文考『魯霊光殿賦』にも「漸台臨レ池(ムニ)」の句があり、本書巻六辯通伝第十話斉鍾離春譚の中にも見える建物（下巻所収）であるところから、「水上の台の通名」という。　○符　符信(わりふ)のこと。王註は「竹を剖(さ)き〔て双方〕分ちて之を持し、合して以て信（証拠）と為すなり」という。　○与宮人約　後宮の女たちと約束する。　○貞女之義、不犯約、勇者不畏死　この語の典拠は不明だが、『論語』郷党・憲問の両篇に、「知者は惑はず、仁者は憂へず、勇者は懼れず」という。おそらくは、この語と共通する発想を示す句であろう。ここの義は信とほぼ同義、信義のこと。ここの約は約束。訳文は通釈のとおり。　○苟生　いいかげんな生き方をすること。　○処約持信　約は窮約（くるしむ・ゆきづまる）におなじ。持は堅持する。信は信義。窮地におちいっても信義を堅持する。処約の語は『論語』里仁にあり、「不仁者は以て久しく約に処(を)るべからず（仁の徳が身につかぬ者は長く窮地に辛抱していられない)」という。 〇詩云 『詩経』曹風・鳲鳩の語。其儀不忒とは、儀は鄭箋に「義なり」といい、道義のこと、忒は毛伝に「疑なり」という。その道義を疑わず守りぬくという意味である。 〇不疑 疑は狐疑逡巡、疑礙の意味、躇う。決然として躊わぬ。 〇上配伯姫 上代の伯姫の位置にならべた。伯姫は宋の恭公の夫人。失火のさい、「婦人の義、保・傅(もりやく・しつけうば)倶はらざれば、夜堂を下りず」という礼に殉じ、傍に保母、傅母両者が揃わなかったために、その場を逃れず焼死した女性。王註も伯姫を「宋伯姫」と註する。本伝第二話(四一七〜四一九ページ)参照。

韻脚 〇台 dəg・来 mləg・疑 ŋıəg・姫 kıəg (1之部押韻)

余説 本譚の核心は、咄嗟の事態とはいえ「符信」という重要な信義の象徴を使者に持たせ忘れた王に対し、「貞女の義、約を犯さず。勇者は死を畏れず、一節を守るのみ」と死を賭けて抗議した貞姜の宣言と、彼女の行為に対する「義を守りて節に死し、苟めに生くるを為さず。約に処りて信を持し、以て其の貞を成す」という楚の昭王の評語にあろう。第二話の宋恭伯姫譚の後半部同様、義のために死に、名声を挙げた女性の顕彰譚だが、第二話と異なり、義は信義、約束に対する信義の貫徹にある。評者は彼女の死を伯姫と同等のものとするが、必ずしもその意義はおなじではない。彼女の死は夫妻一体の約束・信義に殉じたものであり、人びとに信義の徳を覚醒させようとするものであった。平常は温和・柔弱、道義や理よりも生そのものに執着し、なりゆき任せに生きる女性が、ときに窮地にあっては、理のために危険や死を省みず狂奔する情況は往往見られることである。劉向は苟生の情に捉われ、道義や理の貫徹を忘れがちな男性の道徳的覚醒をも産み出すべく、「符信」という強烈な象徴をもちい『論語』郷党・憲問両篇の語を連想させる「勇者は死を畏れず」という壮重な句を配して、こうした「狂女」の譚を創作したのであろう。

十一 楚白貞姫

貞姫者、楚白公勝之妻也。[1] 白公死、[2] 其妻紡績不嫁。呉王聞其美且有行、[3] 使大夫持金百鎰・白璧一雙、以聘焉。[4] 以輜

貞姫なる者は、楚の白公勝の妻なり。白公死するも、其の妻紡績して嫁がず。呉王 其の美にして且つ行有るを聞き、大夫をして金百鎰・白璧一雙を持して、以て焉を聘せしむ。輜軿三

軿三十乘迎之、[5]將以爲夫人。大夫致幣、[6]白妻辭之曰、[7]

「白公生之時、[8]妾幸得充後宮、執箕帚、掌衣履、拂枕席、託爲妃匹。白公不幸而死。[9]妾願守其墳墓、奉其祠祀、以終天年。[10]今王賜金璧之聘・夫人之位、非愚妾之所聞也。[11]且夫棄義從欲者汚也。[12]見利忘死者貪也。夫貪汚之人、王何以爲哉。妾聞之、『忠臣不借人以力、貞女不假人以色』。豈獨事生若此哉。於死者亦然。[13]妾既不仁、[14]不能從死。今又去而嫁、不亦太甚乎」。

遂辭聘而不行。[15]吳王賢其守節有義、[16]號曰楚白貞姬。

君子謂、[17]「貞姬廉潔而誠信」。『論語』云、[18]「夫任重而道遠。仁以爲己任。不亦重乎。死而後已。不亦遠乎」。『詩』云、「彼美孟姜、德音不忘」。此之謂也。

頌曰、「白公之妻、守寡紡績。吳王美之、聘以金璧。妻操固行、雖死不易。

十乘を以て之を迎へ、將に以て夫人と爲さんとす。大夫は幣を致すも、白の妻之を辭して曰く、

「白公生くるの時、妾　幸に後宮に充てられ、箕帚を執り、衣履を掌り、枕席を拂ひ、妃匹に託爲せらるるを得たり。白公不幸にして死す。妾は其の墳墓を守り、其の祠祀を奉じ、以て天年を終へんと願へり。今　王　金璧の聘・夫人の位を賜ふとも、愚妾の聞く所に非ざるなり。且つ夫れ義を棄てて欲に從ふ者は汚なり。利を見て死を忘るる者は貪なり。夫れ貪汚の人は、王何をか以て爲さんや。妾之を聞く、『忠臣は人に借すに力を以てせず、貞女は人に假すに色を以てせず』と。豈に獨り生に事ふるに此の若くするのみならんや。死者に於ても亦た然くす。妾既に不仁にして、從ひ死する能はざりき。今又去りて嫁がば、亦た太甚だしからずや」と。

遂に聘を辭して行かず。吳王　其の節を守りて義有るを賢とし、號して楚白貞姬と曰ふ。

君子謂ふ、「貞姬は廉潔にして誠信なり」と。『論語』に云ふ、「夫れ任重くして道遠し。仁以て己が任と爲す。亦た重からずや。死して後已む。亦た遠からずや」と。『詩』に云ふ、「彼の美しき孟姜は、德音忘れず」と。此の謂ひなり。

頌に曰く、「白公の妻は、寡を守りて紡績す。吳王之を美し、

君子大レ之、美二其嘉績一[19]」。

聘するに金璧を以てす。妻の操行を固くし、死すと雖も易へず。君子之を大いなりとし、其の嘉績を美す」と。

通釈 貞姫とは、楚の白公羋勝の妻のことである。白公は死んだが、その妻は糸つむぎをして再婚しなかった。呉王は彼女が美貌で行ないに筋をとおしていることを聞くと、大夫をして金百鎰（一説に三十二キロ）・白玉の璧一双を持たせ、彼女を後宮に召しいれようとした。輜軿三十輛をもって迎え、夫人（諸侯の正室）にしようとしたのである。大夫が幣物をとどけたが、白公の妻は辞退していった、

「白公が生きておられたときに、妾は幸いにもその後宮にくわえられ、掃除に、お召物やお履物のお世話に、寝間のおつとめにあたらせていただき、妃匹の一人として身をお任せしてまいりました。白公は不幸にして亡くなりました。妾はその墓をお守りし、祖先の祀りを執りおこなわせていただき、天寿をまっとうしたいと願っております。いま王さまが黄金や璧玉の礼物、夫人の地位を賜りましても、愚妾はお受けいたすわけにはまいりません。それにそもそも義理を棄てて欲望のままに動く者は不潔です。利益を見て亡くなった方を忘れる者は強欲です。そもそも強欲で不潔な人物を、王さまはどうされるおつもりでしょうか。〔まさか夫人に取りたてたりなさらぬでしょう〕。妾はこう聞いております、『忠臣は才力により人につくすことなく、貞女は容色により人に身をささげず』とか。どうして夫が生きていた時だけはこうすればよいということでしょうか。亡くなった夫に対してもやはりこうするものなのです。妾は人の道にはずれ、殉死できませんでした。今その上夫の家を出て再婚するとしたら、何とまあひどいことではないでしょうか」。

かくて、お召しを辞退して行かなかった。呉王はその節を守り、義理をそなえているのを立派だと思い、尊号を賜わり、楚白貞姫といった。

君子はいう、「貞姫はきっぱりとして誠信をそなえていた」と。『論語』にはいう、「そもそも〔人として生きるには〕、任務は重くして道は遠い。仁をば己が任務とする。何と重いことではなかろうか。死んでのちやっと任務から解放されるのだ。何と遠いことではなかろうか」と。『詩経』にもいう、「かの美しき孟姜の、すぐれし徳をば忘れかねつる」と。こ

れらは貞姫の生き方のごときを語り詠ったものである。

頌にいう、「白公勝の妻なる人は、寡婦をとおし糸を紡ぎて暮らせり。呉王はその麗しき姿・行ないに感じいり、黄金と白璧もて後宮に召さんとす。この女は妻の操固くまもりて、夫死するも心を易えず。君子はこれを大いなりとし、そのすぐれし行績を讃えたり」と。

校異　1貞姫者、楚白公勝之妻也　『藝文類聚』巻十八人部二賢婦人引は楚白貞姫者、楚人白勝之妻也につくる。公字なし。『太平御覧』巻四四一人事部八十二貞女下引は『藝文類聚』引に上句はおなじ。下句は楚白公勝之妻也につくる。あるいは楚白の二字が文頭にあったかもしれぬが、君子贊には楚白貞姫を貞姫の二字でも稱んでいるので、いまはこのままとする。　2白公死　『御覧』引もこれにつくる。『藝文類聚』引は白公早死につくる。　3呉王聞其美且有行　『藝文類聚』、『御覧』の兩引は且有行の三字なし。　4使大夫持金百鎰・白璧一雙、以聘焉　聘字、叢書・考證・補注の三本は娉につくる。『藝文類聚』引は第一句の持字を操につくる。『御覧』引は使人操金百鎰・白璧一雙、以娉焉につくる。　5以輜軿三十乘迎之　『藝文類聚』、『御覧』の兩引は句頭に因字あり。　6大夫致幣　叢刊・承應の二本は大夫の二字なし。『藝文類聚』『御覧』の兩引はこの一句なし。　7白妻辭之曰　『藝文類聚』引は婦人辭曰につくり、『御覧』引は妻辭曰の三字につくる。　8白公生之時　『藝文類聚』引は白公無恙時の五字につくり、『御覧』引は白公無恙之時の六字につくる。梁校は上記兩引が生字を無恙につくることを指摘、蕭校も梁校を襲う。　9執箕帚、掌衣履、拂枕席、託爲妃匹、白公不幸而死　帚字、備要・集注・補注三本のほかは箒につくる。『藝文類聚』引は執箕帚、今白公不幸而死の二句十字につくる。『御覧』引は執箕帚、衣裳履、拂枕席、爲妃、今白公不幸而死の五句十八字につくる。　10願守其墳墓、奉其祠祀、以終天年　諸本ならびに『藝文類聚』引には奉其祠祀の四字なし。『御覧』引にはあり。楚白貞姫の夫白公勝は〔語釋〕1（四七七ページ）に示すように楚の王族。白公の祖靈の祭祀も寡婦たる貞姫の責務であった。よってこの四字を補う。梁校は校改を主張せぬが、『御覧』の措辭を指摘、蕭校も梁校を襲っている。　11今王賜金璧之聘、夫人之位、非愚妾之所聞也　備要、集注、叢書の三本、叢刊・承應の二本ならびに『藝文類聚』引はこれにつくる。考證、補注の二本は聘字を娉につくる。『御覧』引は聘字を娉につくり、第三句を非愚妾之所につくる。　12且夫棄義從欲者汚也　『藝文類聚』引はこの句以下、遂辭聘而不行にいたる十四句八十字なし。『御覧』引はこの句以下、王何以爲哉にいたる四句二十六字なし。　13於死者亦然　『御覧』引は者字なし。　14妾既不仁　『御覧』引は仁字を位につくるが、「位猶レ仁也」と註して、位字の誤寫を指摘している。梁校は『御覧』引の註に「仁猶レ人也」とあるといい、蕭校は梁校を襲うが、これでは意をなさない。梁校が據った『御覧』の一本がしかく誤刻していたか、梁端の不注意による誤寫であろう。　15辭聘　考證、補注の二本、『御覧』引は聘字を媿につくる。　16呉王賢其守節有義　『藝文類聚』引は節字の下に而字あり。『御覽』引は呉王賢其節而有義につくる。　17號曰楚白貞姫、君子謂　備要・集注の二本は號曰楚貞姫、君子謂につくる。他の諸本は號曰貞姫、楚君子謂につくる。上句のみをとどめる『藝文類聚』引は號曰楚貞姫につくり、『御覽』引は號曰楚白貞姫につくる。王・梁二校は楚字を上句の姫字の下に措き、下句の君子の上に配する舊本の誤寫・轉倒を指摘、王校は『藝文類聚』引をその證とし、校改を主張しつつ校改せず、梁校は『藝文類聚』、『御覽』兩引を證として校改におよんでいる。蕭校はこの二校を併擧する。楚字の位置轉倒説は、君子贊の他の體例から當然事として首肯され、備要本の校改處置も一應是認しうる。ただし梁校も指摘するが『藝文類聚』、『御覽』の措辭は異なる。本譚の題名は楚白貞姫であり、寡居をまっとうすることは、わが身の義理を守るためのみでなく、かような美德の實踐者を妻としたという點で、夫の名聲を揚げることでもある。白公勝は〔語釋〕1（本ページ）に詳説するごとき汚名を殘して死去した人物であった。呉王は白公勝の妻に對して、その夫の名譽の挽回をも考慮して楚白貞姫の尊號を賜與したのであろう。よって『御覽』引にもとづき校改した。　18論語云　諸本はみなこの三字なし。しかし「夫任重而道遠」以下の五句は『論語』泰伯の「曾子曰、『士不ㇾ可三以不二弘毅一。任重而道遠。』云云」の部分引用に、發語詞の夫字を添えたのみのものである。一見、君子贊中の引用語句のようにとれるが、あとに締めの句がなく、君子贊中の語としては意味が通りにくく、坐りが惡い。むしろここは他の譚中にも稀におかれている論語贊の語として捉えるべきであろう（論語贊が配されている譚には巻五節義・魯孝義保〈泰伯〉、珠崖二義〈子路〉、京師節女〈衞靈公〉等がある）。君子贊以下の句の『古列女傳』遺文を引く他文獻の確證が得られぬが、恐らくは元來「夫任重而道遠」以下の句の前には、論語云（又は曰）の三字が措かれていたのではあるまいか。いま三字を補っておく。　19嘉績　諸本はこれにつくる。王校は績字は蹟の字形の誤り、蹟は跡と同義という。梁校も績字は蹟なるべしともいうが、陳奐の「績は業なり、事なり。紡績の字と同じきも義は異れり」という説を併記している。王・梁二校がしかく改字を主張するのは頌第一聯の下句、守寡紡績の績と同字になるからであろう。蕭校は王・梁二校を併擧する。なお『説文通訓定聲』では、績字の轉注の義として業・事のほか功・成・迹・續等を擧げ、功を意味する勣字にもつくることを説いている。これによれば、梁校が陳奐説を併記、備要本が舊本のままの措辭にとどめたのは妥當であった。ちなみに兩字の音は、績がtsek・蹟がtsi̯ek。ともに上古韻16錫部に屬する。

語釈　〇白公勝　?〜四七九B.C.。楚の平王羋棄疾（びきしつ）時代の王室の内乱で、太子少師費無忌（極）の讒言で国外に亡命した太子建の子。『左伝』昭公十九年・哀公十六年の条、『史記』巻四十楚世家等に彼の父建と彼自身の記事が見える。太子建の母は建の亡命後、故郷の蔡より呉に拉致され、呉軍の楚侵攻の手引きをした女性。建は晋に寄寓して晋の鄭征服の策謀にくみして鄭に乗りこみ、事が露見して鄭で殺された人物である。平王の歿後、楚は昭王羋珍が対呉戦に大敗しながらも国力を回復、恵王章が王位を継承。令尹子西が呉に寄寓していた羋勝を召喚、居巣（きょそう）（春秋時代のそれは安徽省巣県ではなく、同省合肥市西北に位置）の大夫（たいふ）とし、白公の称号をあたえた。しかし彼は令尹子西の南方の備え強化の意図に反して、父の仇に報ずべく鄭の討伐を主張、子西の反対に遭うと、勇者石乞の援けを受けて子西を伐ち、楚の王位を簒奪。葉公子高の討伐を受け、山中で自殺した。彼については「詐而乱」（葉公子高の評）「信而勇」（令尹子西の評）の両極の評価があるが（『左伝』哀公十六年六月の条）、頑固一徹、自分の信ずる義挙を貫徹しようとして叛徒として死んだ悲劇の人物であった。彼は「直（正直者）」を以て自任し、反乱にあたり、味方につけようとした宜僚が応じなかったときも、その人物が「不二為レ利諂一、不二為レ威惕一、不下洩二人言一（反乱加担を誘った白公勝の言）、以求レ媚者上」であると断じて許している。　○呉王　この譚を背景の史実と一致させるなら、第二十五代の国君夫差（在位四九六～四七三B.C.）である。楚の王室の内乱で楚から亡命してきた伍子胥の援けを得て楚を討って大敗させ、越を会稽（浙江省紹興市）に下し、勢に乗じて中原に進出した英主であったが、詰めが甘く、越王勾践を宥して国力回復をとげさせ、中原進攻で疲弊した虚をつかれて、越に滅ぼされた（『史記』巻三十一呉太伯世家、『左伝』定公十四、哀公元・十一・十三・廿一・廿二年、『国語』巻十九呉語等）。『呉越春秋』をはじめとする稗史の伝説では、越王勾践の策略で送られた美女西施の色香に迷って政務を怠り、亡国に至らせた暗君とされている。　○金百鎰・白璧一双　一鎰は三二〇グラム又は三八四グラム。前説によれば百鎰は三十二キログラム。白璧とは白玉製の平型・中空の環状装身具。一双は一対におなじ。　○聘　求婚のお召し。　○輜軿　女性用の乗物。本巻第六話斉孝孟姫譚の〔語釈〕25（四四八ページ）参照。　○致弊　弊物をとどける。　○執箕帚　箕はちりとり、帚はほうき。掃除にあたる。転じて人の妻としてつかえる。　○掌衣履　夫の衣料や履物を管掌する。　○払枕席　原意は枕や寝床のしきものを払いきよめる。転じて寝間につかえる。　○妃匹　顧註は妃は古字、今字の配にあたるという。配匹（配偶者）におなじ。

○奉其祠祀　祖霊のまつりにあたる。この句については〔校異〕10や〔余説〕（四七九ページ）も参照。　○夭年　夭寿におなじ。

○所聞　聞は承わるの意。　○何以為哉　反問句。どうするつもりですか。まさか夫人（諸侯の正室）にとりたてはしないでしょう。

○忠臣不借人以力　借は助ける。つくす。力は才力。忠臣たる者は主君に対し才力でつくさない。才力よりも信義をもってつくすのである。　○貞女不仮人以色　仮はあたえる。ささげる。色は容色。貞女たる者は夫君に対し、容色によって身をささげない。容色よりも信義によって献身的につかえるのである。　○生　生者、生きていたときの夫。　○不仁　人の道にはずれる。　○従死　殉死におなじ。　○論語云　『論語』泰伯の語。〔校異〕18（四七七ページ）参照。訳文は通釈のとおり。　○詩云　『詩経』鄭風・有女同車の語。孟姜の孟は長女。姜は詩中のヒロインの姓。徳音はりっぱな評判。徳音不忘とは、鄭箋に「後世其の徳を伝へ道ふ」ことだという。あの美しい姜のお姉さま、そのすばらしい徳は今も忘れられない。　○嘉績　すばらしい行績（業迹）、功業。績字については〔校異〕19（四七七ページ）参照。

韻脚　○績 tsek・璧 piek・易 diek・績 tsek（16錫部押韻）。

余説　楚白貞姫は、あえて貞女の行績の極致ともいうべき殉死の道を選ばず、みずから糸を紡いで苦業自活の寡婦暮らしに耐えようとした。謀反人の悪評を負って歿した夫の墓を心ない人びとの攻撃・破壊から守ってその霊を祀るためであり、楚の王族白公家の祖霊の祀りを夫に替わって生命あるかぎり絶やさぬためでもあったろう。

呉王の後宮への召聘にあたって、貞姫は「貪汚の人、王　何をか以て為さんや。妾之を聞く、『忠臣は人に借すに力を以てせず。貞女は人に仮すに色を以てせず』」と述べている。この言は求婚峻拒の語であるばかりでなく、国君たる者は、容色によって寵愛を求めるような女性を夫人（諸侯の正室）に迎えてはならず、廉潔の人格と信義の心によって献身する女性をこそ夫人とすべきことを言外に仄めかすものでもあった。この科白は巻五節義伝第二話楚成鄭瞀譚の鄭瞀の楚の成王に対する発言とおなじく（五一六・五一九ページ参照）、劉向の天子・国君の后妃選抜に対する要求がこめられている。貞姫は「妾は既に不仁にして、従ひ死する能はず」とも告げている。これは己れの秘めたる美徳達成の決意を秘めたままにしておくための謙辞ではあるまいか。彼女は一時の激情から殉死し、寡婦暮らしの苦役から開放されるわけにはゆかない。「不仁」の汚名を進んで負い、夫の墳墓を守り、夫とその祖霊を祀らなければならぬからである。梁校が『御覧』引中から摘出しながら校増を控えた「奉其祠祀」の四字こそは、その彼女の思いをさらに深く表現するキーワードであった。劉向は女性に必ずしも決死の犠牲のみを求めてはいない。理性ある犠牲を望んでいるのである。こうした例は本巻第十三話魯寡陶嬰譚（四八七～四八九ページ）にも見られるところである。

なお楚白貞姫の実在性については疑問がある。白公勝に関する『史記』『左伝』の記事中に彼女の名が見えぬのみでなく、本譚自体も彼女の実名、求婚する呉王の名を明記せぬからである。おそらく、頑固一徹に自己の信奉する道をつき進んで謀反人として伐たれた悲劇の有名人白公勝〔語釈〕1（四七七～四七八ページ）、それも祖母も彼自身も一時は呉にいたという白公勝にちなみ、劉向はヒロインを呉王より聘される同国人のごとく暗示し、異国 楚 の地にあって亡夫の墳墓を守りつづける堅貞の節婦として案出したのであろう。

十二　衞宗二順

衞宗二順者、衞宗室靈王之夫人、及

衞宗二順なる者は、衞の宗室靈王の夫人、及び其の傅妾なり。

其傅妾也。[1] 秦滅衛君角、封靈王世家、使奉其祀。[2] 靈王死。[3] 夫人無子而守寡、傅妾有子。傅妾事夫人八年、不衰供養、愈謹。[4]

夫人謂傅妾曰、「孺子養我甚謹。子奉祭祀而妾事我。我不聊也。[5] 且吾聞、『主君之母、不妾事人』。今我無子。於禮斥絀之人也。而得留以盡其節、是我幸也。今又煩孺子、不改故節、我甚内慙。[6] 吾願出居外、以時相見、我甚便之」。[7]

傅妾泣而對曰、[8]「夫人欲使靈氏受三不祥耶。[9] 公不幸早終、是一不祥也。[10] 夫人無子、而婢妾有子、是二不祥也。[11] 夫人欲出居外、使婢子居内、是三不祥也。[12] 妾聞、[13]『忠臣事君、無怠倦時、孝子養親、患無日也』。[14] 妾豈敢以小貴之故、變妾之節哉。供養固妾之職也。夫人又何勤乎」。

夫人曰、「無子之人、而辱主君之母。雖孺子欲、爾衆人謂我不知禮也。[15] 吾終願居外而已」。

秦 衛君角を滅ぼし、靈王を世家に封じ、其の祀を奉ぜしむ。靈王死す。夫人子無くして寡を守り、傅妾に子有り。傅妾 夫人に事ふること八年、供養衰へずして、愈く謹む。

夫人 傅妾に謂ひて曰く、「孺子 我を養ふこと甚だ謹めり。子 祭祀を奉ずれども我に妾事す。我 聊からざるなり。且つ吾聞く、『主君の母は、人に妾事せず』と。今 我に子無し。禮に於て斥絀せらるるの人なり。而るに留まりて以て其の節を盡すを得たるは、是れ我が幸なり。今又孺子を煩はして、故節を改めざるは、我甚だ内に慙づ。吾願はくは出でて外に居り、時を以て相見えなば、我甚だ之を便とす」と。

傅妾泣きて對へて曰く、「夫人 靈氏をして三不祥を受けしめんと欲するや。公不幸にして早に終るは、是れ一不祥なり。夫人子無くして、婢妾に子有るは、是れ二不祥なり。夫人出でて外に居り、婢子をして内に居らしめんと欲するは、是れ三不祥なり。妾聞く、『忠臣の君に事ふるは、怠倦の時無く、孝子の親を養ふは、日無きを患ふるなり』と。妾豈に敢て小貴の故を以て、妾の節を變ぜんや。供養は固より妾の職なり。夫人又何をか勤めんや」と。

夫人曰く、「無子の人にして、而も主君の母を辱しむ。孺子は欲すと雖も、爾の衆人 我は禮を知らずと謂はん。吾終に外

傅妾退、而謂其子曰、「吾聞、『君子處順、奉上下之儀、脩[16]先古之禮。』此順道也。今夫人難我、將欲居外、使我居內。此逆也。處逆而生、豈若守順而死哉。」

遂欲自殺。其子泣而止之、不聽[17]。夫人聞之懼、遂許傅妾留。終年供養不衰[18]。君子曰、「二女相讓。亦誠君子。可謂行成於內、而名立於後世矣[19]。」『詩』云、「我心非石[20]、不可轉也。」此之謂也。

頌曰、「衞宗二順、執行咸固。妾子雖代、供養如故。主婦慙讓[21]、請求出舍。終不肯聽、禮甚閒暇[22]。」

に居るを願ふのみ」と。

傅妾退きて、其の子に謂ひて曰く、「吾聞く、『君子は順に處りて、上下の儀を奉じ、先古の禮を脩む』と。此れ順道なり。今夫人は我を難り、外に居りて、我をして內に居らしめんと將欲す。此れ逆なり。逆に處りて生くるは、豈に順を守りて死するに若かんや」と。

遂に自殺せんと欲す。其の子泣きて之を止むるも、聽かず。夫人之を聞きて懼れ、遂に傅妾に留まるを許す。終年 供養衰へず。

君子曰く、「二女相讓れり。亦た誠の君子なり。行は內に成りて、名は後世に立つと謂ふべし」と。『詩』に云ふ、「我が心は石に非ざれば、轉ばすべからざるなり」と。此の謂ひなり。

頌に曰く、「衞宗二順は、行を執ること咸固し。妾が子代ると雖も、供養故の如し。主婦慙ぢて讓り、舍を出でんことを請ひ求む。終に肯て聽かずして、禮甚だ閒暇あり」と。

通釈　衛宗二順とは、衛の国君の一族霊王の夫人（諸侯の正室）とその傅妾（そえの妾）のことである。秦は衛の国君たる角を滅ぼすと、霊王を大名として封じ、その先祖の祀りをとりおこなわせた。傅妾は遺児を産した。霊王が亡くなる。夫人は子なきままに寡婦暮らしを守り、傅妾は八年間も夫人に妾の地位にある者としてつかえ、忠勤のお世話は衰えることなく、ますます謹み励んだ。

夫人は傅妾にむかって、「孺子は丁重にわたしの世話をして下さいます。お子が先祖の祀りをとりおこなう立場におありなのに妾の地位にある者のようにわたしにつかえていらっしゃる。わたしは心苦しくてなりません。それに　わたしは、『〔衆妾も〕主君の母となりては、妾のごとく夫人につかえず』と聞いております。いま　わたしには子がおりません。礼によれば離縁されていた者なのです。それなのに家にとどまって寡婦の操をつくすことができたのは、わたしの幸福と思うところです。いまそのうえ孺子をわずらわせて、もとの分限のままでいるのは、内心たまらなく恥ずかしいのです。願えれば家を出て外に住まい、ときどきお会いできたら、何よりのことなのですが」という。

傅妾は泣きながらこたえて、「夫人は霊氏に三つも不祥事をこうむらせようとお望みなのでしょうか。殿が不幸にして早く亡くなられたのが、第一の不祥事でございます。夫人にお子ができずに婢妾に子ができましたのが、第二の不祥事でございます。夫人が外にお出になり、婢子を内にとどまらせるようになさるのが、第三の不祥事でございます。妾は、『忠臣は君につかえまつりては、手ぬきするときなく、孝子は親を世話しまいらせては、つかえる日の無くなるのを憂う』と聞いております。妾はどうしていささか偉くなったからとて、傅妾の分限を越えたりしましょうか。忠勤のお世話に励むのはもとより妾のつとめでございます。夫人は何を妾に気がねなさることがおありでしょうか」という。

夫人は、「子のない身でありながら、しかも主君の母たる人を辱ずかしめているのです。孺子が望まれたとしても、世の人びとはわたしを礼儀知らずと申しましょう。わたしはどうしても外に住むことを願うほかはありません」といった。

傅妾は夫人の前を退がると、その子にむかっていった、「わたしは、『君子は順うことをつねに心がけ、上下・主従の義理をおし戴き、先人の古礼を身に修める』と聞いています。これが『順の道』なのです。ところがいま夫人はわたしを気づかわれ、ご自分が外に住まわれ、わたしを内にとどまらせようと望んでおいでです。これは道に逆うことです。道に逆って生きるのは、どうして『順の道』を守って死ぬのにおよびましょうか」と。

かくて自殺しようとした。その子が泣いてとめようとしても聴きいれようとはしない。夫人は泣声を聞きつけて懼れ、ついに傅妾に自分がとどまることを許したのであった。〔傅妾は〕一生衰えることなく忠勤のお世話をつづけたのである。

君子はいう「二人の女は譲りあった。やはり誠の君子であったのだ。徳行をば家内に成しとげ、名声をば後の世に確立したというべきである」と。『詩経』には、「わたしの心は石ではないの。転がすわけにはまいりませんの」という。これは衞の霊王家の二人の貞女の心中のごときを詠っているのである。

頌にいう、「衞の宗室の二人の貞順の婦は、徳の行ないみな固く守れり。妾の子主君と代るとも、妾はもとのごとく夫人に忠勤を励みぬ。夫人はこれを慙じて地位譲り、己は屋敷をいでんことを願えり。妾はあえて聴かず夫人を立て、二人は礼にそいていと安らかに暮らせり」と。

校異 ＊『古列女傳』における劉向の資料輯校は當初より史實の追及を目的とはしていない。譚のほとんどが、自己の思想を語るために輯められた原資料を校合し、校勘ならぬ恣意的な統一を行ない、なかば虚構としてしまったものといってよい。中には當初より虚構として作られたものもあるらしい。ときには劉向の同時代人が共有する現代狀況の認識のまま、史實の上からはあり得べからざる事すら語られている。本譚はその典型的な例。郡國制のもとにある前漢王朝の諸王の存在という現狀認識のままに、『史記』巻三十七衞康叔世家によれば、成侯十六年（三四六B.C.）には公から侯に君號を貶している衞に、宗室につらなる靈王家（靈氏）なるものが捏造されており、秦王嬴政に國を滅ぼされ、二世皇帝により末代の國君角が庶人に貶されているにもかかわらず、衞宗室の一員たる靈王家が世家に封ぜられるという噓言がまことしやかにしるされている。秦王朝が周王朝の封建制を廢して宗室一門を分封せず、郡縣制を布いたという史實を考えれば、本譚が虚構であることは、一讀で明白である。顧校は本文中の「秦滅衞君角、乃封靈王世家」の句に對し、『史記』衞康叔世家の「君角九年、秦并天下、立爲始皇帝。二十一年、二世廢君角爲庶人、衞祀絕」の句をあげて「此れ未だ詳かにせず」とのべて校異作業を加えていない。一見識である。ただし本譚は、以上のことを念頭において、不要な部分も含む他校も紹介、諸本、他書の引文の校異を示しておく。◎1衞宗室靈王之夫人、及其傅妾也　備要本はこれにつくるが、叢書本、考證本、補注本、叢刊・承應の二本は下句の及字の前に而字あり。集注本は衞宗室靈主之夫人、及其傅妾也につくる。『太平御覽』巻四二二人事部六十三義婦引は衞宗室靈主之夫人、及傅妾也の十二字につくる。梁校は『御覽』引により而字を校刪、蕭校もこれにならい、王校は而字の衍字なることを指摘するとともに、「六國の時、衞に王を稱する者無し。此の靈王は何人なるかを知らず」といい、「封靈王世家、云云」の記事にも疑義をはさみ、『史記』衞康叔世家が、君角のときに秦に國を滅ぼされ、その後、衞祀が絕たれた事實を擧げる。さらに夫郝懿行の説を紹介、「下文に言ふ、『靈氏受三不祥』と。恐らくは靈王は卽ち靈氏の誤のみと」と指摘している。蕭校は、王・梁二校を併記、上述の而字の校刪をおこなうとともに、おそらく王校の疑義を汲んだうえ、『御覽』引の靈主の語を信じてであろう。王字を主に改めている。しかし、本譚は既述のごとく史實を無視して作ってあり、史實に卽するよう王字を改めようとするいかなる試みも徒勞である。　2秦滅衞君角、封靈王世家、使奉其祀　備要本はこれにつくる。集注本ならびに『御覽』引は第二句靈王の王字を主につくる。他の諸本は第一句句末の角字を乃につくり、第二句句頭の語としている。顧校は上二句に對して序のごとく評する。梁校は舊本諸本の乃字を『御覽』引により誤りと斷じて校改。第二・第三句に對しては、顧・王兩校が言及する上述の『史記』の句を擧げ、「此(ここ)は蓋し別に本づく所有らん」という。これも本譚の制作の基本性格に思い至らぬ不要な推測である。蕭校は梁校を襲うが、さらに『御覽』引に據ることを斷らずに靈王の王字を主に改めている。なお、備要・集注二本をのぞく舊本諸本が角字を乃字にしてきたのは、再編・轉寫のさいのいつの時點かで、本譚の史實との不整合を氣にかけた者が、不整合部分を曖昧にするために書きかえたのではなかろうか。　3靈王死　集注本をのぞく他の諸本はこれにつくる。集注本ならびに『御覽』引は王字を主につくる。　4傅妾事夫人八年、不衰供養、愈謹　諸本はこれにつくるが、集注本・承應本は傅妾事夫人八年不衰、供養愈謹の二句に斷句する。『御覽』引は代後の二字につくる。　5子奉祭祀而妾事我、我不聊也　備要・集注二本はこれにつくる。他の諸本は上句の祭字なし。『御覽』引は子奉祭祀而妾事我、我不聊につくる。梁校は『御覽』引により祭字を校增。蕭校はこれを襲う。二校ともに『御覽』引に也字なきことを指摘せず。　6且吾聞、主君之母、不妾事人、今我無子、於禮斥絀之人也、而得留以盡其節、是我幸也、今又煩孺子、不改故節、我甚內慙　『御覽』引には、この十句四十六字なし。　7吾願出居外、以時相見、我甚便之　『御覽』引は願出居外の四字につくる。　8傅妾泣而對曰　『御覽』引は而對の二字なし。　9夫人欲使靈氏受三不祥耶　『御覽』引は使字の上に豈字あり。　10公不幸早終、是一不祥也　備要・集注の二本はこれにつくる。他の諸本は公字なし。『御覽』引は公不幸蚤終、是一不祥につくる。王校は『御覽』引により公字の脫文をいう。梁校は『御覽』引により公字を校增。蕭校も梁校を襲う。　11夫人無子、而婢妾有子、是二不祥也　『御覽』引は第二句以下を而妾有子、是二不祥につくる。　12夫人欲出居外、使婢子居內、是三不祥也　『御覽』引は今夫人將出居外、妾居內、是三不祥の十四字につくる。　13妾聞　『御覽』引は、この句以下、豈若守順而死哉にいたる二十七句一二一字なし。　14忠臣事君　叢刊・承應の二本は事君を下君につくる。　15雖孺子欲、爾衆人謂我不知禮也　孺子の二字、諸本はみな子につくる。しかし夫人の傅妾に對する他の箇所の對稱（相手へのよびかけの二人稱代詞）はすべて孺子である。また夫人の自稱に妾はつかわれていない。いっぽう傅妾は夫人に對しては婢妾・妾・婢子等の自稱を稱しており、兩者の科白(セリフ)における尊卑の禮は搖ぎなきものとして表現されている。おそらく轉寫のさい、諸本みな、さきに見える子（じつは傅妾の產(な)した靈王の嗣子）奉祭祀の句にひかれて誤ったものであろう。敬稱の子字はここには本來措き得ない。よって孺字を加えた。集注本、承應本はこれに斷句する。　16脩　備要本と叢刊・承應の二本はこれにつくる。叢書本・考證本・補注本・集注本は修につくる。　17遂欲自殺、其子泣而止之、不聽　止之の二字、備要・集注の二本はこれにつくる。他の諸本は守之につくる。『御覽』引は三句を欲自殺、其子止之、不聽につくる。梁校は『御覽』引により守字を止に校改する。　18夫人聞之懼、遂許傅妾雷、終年供養不衰　叢刊・承應の二本は傅妾を傅妻につくる。『御覽』引は夫人懼、遂終年供養不替(ママ)の二句十字につくる。梁校は不衰が『御覽』引に不替につくることを指摘。

蕭校も梁校を襲う。　19可謂行成於内、而名立於後世矣　叢刊・承應の二本は可謂行成于内、而名立于夫世矣につくる。　20非石　非字を諸本はみな匪につくる。ただし第三話衞寡夫人の〔校異〕9顧校の指摘（四二八ページ）により非字に改める。石字を叢刊本のみ后に誤刻する。　21主婦慙讓　叢刊・承應の二本は夫人慙辭につくる。梁校は一本　夫人慙辭につくるといい、蕭校もこれを襲う。

22禮甚開暇　叢刊・承應の二本は禮甚有度につくる。梁校は一本が開暇を有度につくるといい、蕭校もこれを襲う。

語釈　○衞宗二順者　衛の宗室につらなる二人の貞順の婦の意。宗は次の句で説明される宗室（本家筋）のこと。　○衞宗室靈王　衛は戦国末まで命脈を保った姫姓の国。巻一母儀伝第七話衛姑定姜の〔語釈〕1（上巻一三九ページ）参照。〔校異〕序（四八三ページ）に既述のように戦国時代には国君の称号は侯に転落。よって宗室につらなる霊王家なるものは存在するはずがない。霊王は前漢王朝の郡国制下の諸王の存在を前提に作られた、史実無視の仮空の人物。なおここの宗室は本家そのものでなく、本家筋につらなる者の意。衛の本家の主人公をいうのなら、衛霊王としるせばよいからである。　○衛君角　衛の末代・亡国の君主。在位二二九～二二一B.C.。　○封世家　世家は諸侯・王。大名として封ずる。秦は亡国の国君の一族を世家に封じたことがない。よってこの一句は本譚が虚構であることを証明するものである。　○奉其祀　衛の祖廟の祀りをとりおこなう。　○夫人・傅妾　夫人は諸侯の正室。傅妾は側妾で夫人に近侍する者。王註は、傅御の妾、傅は近の意という。　○妾事　妾の地位の者として正妻につかえる。　○供養　忠勤の心をもってお世話する。　○孺子　王註は傅妾のことだといい、婦官の貴き者、大夫の妻を孺人というのに相当するという。梁註はこれを受け、『左伝』（哀公三年秋の条）には南孺子（魯の季桓子の妾）の名が見え、『韓非子』外儲説右には「斉の威王の夫人死す。中に十孺子（十人の妾）有り。皆　王に貴ばる」の句があることを例証とする。ただし本譚では〔校異〕15に既述のように、夫人の傅妾に対する対称（相手への呼びかけの二人称代詞）。「そなた」は意訳。　○子奉祭祀　ここの子は傅妾の子。その子が〔霊王の遺児・諸王継承者として〕祖廟の祀りをとりおこなう。　○我不聊也　王註は、聊は頼、頼の意は利であり、「妾の礼を以て我に事ふとも、我敢て当らず（ふさわしくない）。此れ我に於て利ならず（不都合である）」という主旨だと説く。梁註は『毛詩』（邶風・泉水の「聊与㆑子謀」の句）の毛伝により、聊は願の意だという。蕭註は『毛詩』邶風・泉水の同上句に附された鄭箋を引き、聊は且略之辞であり、姑且の意であるといい、不聊とは「姑且も之に安んずる能はず」という意味だと説く。例証に『方言』（三）の「俚聊也」や『戦国策』の「民無㆑所㆑聊」を引くがやや妥当であろう。荒城註は前者をとるが、『楚辞』王逸「九思・逢尤」には、「心煩憒兮　意無㆑聊」（王逸註・聊楽也）という。主君の生母たり得ず、正妻の資格なきまま丁重につくされると、いいかげんにできず死ぬほど苦しいという思いを述べているのであろう。「心苦しくてならない」と訳しておく。　○於礼斥絀之人　王註は絀は黜におなじく、黜は出のごとしという。礼によれば夫家から出されていた（離縁されていた）人である。『大戴礼記』本命、『孔子家語』本命解には、夫家による任意の離婚権を規定する七出（七去）

の条があるが、その二条に「無レ子去（離別する）」がある。　○節　分限。尊卑・貴賤の等差・異別にもとづく役割。　○甚便之はなはだ〔心やすまり〕都合がよい。何よりである。　○孝子養親、患無日也　孝子が親の世話をするときは、世話のできる日が無くなるのを憂える。〔どこまでも長生きしていただいて、世話をしつづけたい〕。　○小貴　〔後継ぎの男子を産したため〕いささか偉くなる。〔余説〕（本ページ）をも参照。　○爾衆人　爾は三人称代詞の彼におなじ。あの多勢の人びと。世間の人びと。　○奉上下之儀　上下は上下・主従。儀は義理。上下・主従の義理をおし戴き守る。　○夫人難我　王註は、難は猶お煩苦のごとしといい、「夫人我の供養するを以て難と為すなり」という。夫人はわたしに対して苦悶するほど気遣っている。　○詩云　『詩経』邶風・柏舟の句。句意は通釈のとおり。　○出舍　舍は屋敷。霊王家の屋敷を出る。梁註は舍は音暑という。舍・暑はともに、上古韻 thiag。　○礼甚間暇　間暇はやすらかなこと。賈誼「鵩鳥賦」（『文選』巻十三）に「貌甚閑暇」の句あり。李善註は「閑暇は驚恐せざるなり」という。夫人・傅妾の二人の礼の世界にあって心やすらかに暮らした。梁註は暇は〔上〕古音戸という。ɦăg（ɦag）。蕭註はこれに対し、頌の第三聯句末の舍・第四聯句末の暇は「自ら韻を為せば、必ずしも〔上〕古音に改めず」という。詩韻（中古韻）では舍 ʃiă 暇 ɦă は韻を共有するが、本譚は上古韻時代に作られている。蕭註はその常識を忘れ、本頌を広韻の体系のもとに固・故（去声遇部）、舍・暇（去声禡部）の換韻格によって構成されていると誤認したのであろう。

韻脚　○固 kag・故 kag・舍 thiăg・暇 ɦăg（12魚部押韻）。

余説　天子・国君の後宮内の内紛の一原因は帝位・国君位継承者の嫡母・生母間の反目・確執にあった。旧時、中国の一夫一妻多妾制下にあって、妻・妾は主従関係におかれ、妻は妾に対しては「女君」として君臨し、『儀礼』喪服・伝によれば、「妾の女君に事ふるは、婦の舅姑に事ふると等し」といわれている。しかし、妻に男子なく、妾に男子あるばあい、夫亡きあとの妻は妾腹の男子に対して、なお嫡母たり得るが、『公羊伝』隠公元年春王正月の条によれば、「子は母を以て貴く、母は子を以て貴し」といい、妾腹の男子が国君位に立ったばあい、生母は嫡母同様の称号を得られた。（何休註「礼に妾の子立たば、則ち母は夫人（諸侯の正室）と為る。云云」）嫡母・生母間の反目・確執は、ここから生まれる。劉向は、この反目・確執の解消を、嫡母の謙譲の徳の自覚、生母の卑賤の節に殉じる決意に求めたのであった。本譚は、場面を秦の統治下にある衛国の後宮という仮空の場に設定して構想されているが、譚を生みだした劉向の意図は明白であろう。前漢帝国を崩壊にみちびきかねない後宮の内紛の予防にあった。なお、詩賛の邶風・柏舟の句は、第三話衛寡夫人と共通。ここでは完全に断章取義によってもちいられている。王先謙『詩三家義集疏』巻三上邶風・柏舟も、本譚には言及しない。ただし、衛寡夫人において、魯詩の文が「我心非石」につくられていたなら、魯詩家の劉向は、本譚の句構成においても同様につくったはずである。いま、諸本の匪字を胡承珙の校説により改めたのは、そのためである。

十三　魯寡陶嬰

陶嬰者、魯陶門之女也。[1] 少寡、養幼孤、[2] 無強昆弟、紡績爲産。魯人或聞其義、[3] 將求焉。嬰聞之、恐不得免、作歌明己不更二也。其歌曰、[4]

悲黃鵠之早寡兮[5]　七年不雙[6]
宛頸獨宿兮[7]　不與衆同[8]
夜半悲鳴兮　想其故雄[9]
天命早寡兮　獨宿何傷[10]
寡婦念此兮　泣下數行
嗚呼哀哉兮　死者不可忘[11]
飛鳥尚然兮　況於貞良[12]
雖有賢雄兮　終不重行[13]

魯人聞之曰、「斯女不可得已」。遂不敢復求。[14] 嬰寡終身不改。[15]

君子謂、「陶嬰貞壹而思」。[16]『詩』云、「心之憂矣、我歌且謠」。此之謂也。

陶嬰なる者は、魯の陶門の女なり。少くして寡たるも、幼孤を養ひ、強昆弟無きも、紡績して産を爲す。魯人の或其の義を聞き、將に焉を求めんとす。嬰　之を聞き、免るることを得ざるを恐れ、歌を作りて己の更二せざるを明かにせり。其の歌に曰く、

悲し　黃鵠の早く寡なる　七年雙せず
頸を宛げて獨宿し　衆と同にせず
夜半　悲鳴しては　其の故の雄を想ふ
天命にて早く寡たれば　獨宿するも何ぞ傷まん
寡婦は此を念ひ　泣下つること數行
嗚呼　哀しいかな　死せし者は忘るべからず
飛鳥すら尚ほ然り　況んや貞良に於てをや
賢雄有りと雖も　終に重ねて行かざらん

魯人之を聞きて曰く、「斯の女得べからざらんのみ」と。遂に敢て復た求めず。嬰は寡たるも終身改めず。

君子謂ふ、「陶嬰　貞壹にして而も思し」と。『詩』に云ふ、

頌曰、「陶嬰少寡、紡績養レ子。或欲レ取レ焉、乃自脩理。作レ歌自明、求者乃止。君子稱揚、以爲二女紀一。」

「心の憂ふる　我歌ひ且つ謠ふ」と。此の謂ひなり。
頌に曰く、「陶嬰少くして寡なるも、紡績して子を養ふ。或ひと焉を取らんと欲するも、乃ち自ら脩理す。歌を作りて自ら明かにすれば、求むる者は乃ち止む。君子は稱揚し、以て女の紀と爲す」と。

通釈　陶嬰とは、魯の陶門の女であった。若くして寡婦となったが、幼い夫の遺児を世話し、強い支えとなってくれる兄弟もないままに、糸を績いで財産をつくりあげた。魯のさる人物がその偉さを耳にして、彼女に求婚しようとする。嬰はこれを耳にすると、断わりきれまいと恐れて、歌をつくって自分に再婚の意志がないことを明らかにした。その歌にいう、

悲しや羽黄ばむ鵠は若き寡婦の身よ　七年も伴侶なきままに暮らせり
頸うな垂れて　ひとり寂しく寝むよ　仲間より離れて暮らせば
真夜中には悲しく鳴きさけぶよ　もとの伴侶の雄を想いて
天命にて若くして寡婦となれるよ　ひとり寝の侘しさ耐えしのばん
寡婦は鳥のこの不運を想うよ　頬に涙を幾筋もひきて
あゝ何たる　哀しきことよ　世を去りし夫を忘れかねつ
飛ぶ鳥すらも寡婦の身を守るよ　貞操堅き女はなおさらならん
賢れし殿方　もしありとても　われはあくまで再び嫁がじ

魯人はこのことを聞くと、「この女は嫁にできぬにきまっている」といった。ついに進んで再び求婚しようとはしなかった。
君子はいう、「陶嬰は貞徳一筋のうえ聡明であった」と。『詩経』には、「心にかかるこの憂い、わたしは歌い口ずさみましょう」という。これは陶嬰が再婚話を耳にして、断わりの歌をつくったときの気持を詠っているのである。

頌にいう、「陶嬰は年若くして寡婦となるも、糸を績ぎて子を養えり。ある者これを娶らんとするも、みずから道理に拠り場を収めぬ。歌をつくりて胸中をあかせば、言い寄らんとする者思いとどまる。君子はこれを讃えひろめ、女の道のよりどころとして示せり」と。

校異　1陶嬰者、魯陶門之女也　『藝文類聚』巻九十鳥部上黄鵠引は魯陶門女者につくる。『北堂書鈔』巻一〇六樂部二歌引、『太平御覽』巻五七二樂部十歌三引、『事類賦注』巻十一樂部歌引は魯陶嬰妻者に誤って縮約。『御覽』巻九一六羽族部三鵠引『列仙傳』も同様に誤る。陶嬰はヒロインの名。『御覽』巻四四一人事部八十二貞女下引は陶嬰の上に魯寡の二字を加え十一字につくる。あるいはこれが本來の措辭の可能性もあるが、いまこのままとする。『樂府詩集』巻四十五清商曲辭引は魯陶嬰者、魯陶明之女也につくる。『儀禮經傳通解』巻二昏義引は『御覽』人事部貞女引と同様の措辭につくる。　2少寡、養幼孤　『御覽』人事部引、『通解』引、『樂府詩集』引もこれにつくる。『藝文類聚』引、『御覽』羽族部鵠引『列仙傳』は少寡養姑につくる。『書鈔』、『御覽』、『事類賦』の三樂部引は夫死、守志不二につくり、下句の無強昆弟以下、恐不得免にいたる六句二十字なし。　3無強昆弟、紡績爲產、魯人或聞其義、將求焉　叢刊・承應の二本は第二句の紡績を紡織につくる。『樂府詩集』引は强字を彊につくる。他本ならびに『御覽』人事部引『通解』引はこれにつくる。『樂府詩集』引もこれにつくるが强字を彊につくる。『藝文類聚』引、『御覽』羽族部引『列仙傳』は紡績爲產、魯人欲求之の二句九字につくる。王校は無强昆弟の句に對して、『書鈔』引には强字なしというが、前條に示したように『書鈔』樂部引にはこの一句四字すべてが缺けている。蕭校も王校を襲うが、いわゆる『書鈔』引とは何部の引をいうか。引文收錄の可能性のある巻九十五藝文部詩・賦、巻一〇〇歎賞等の各部には管見のかぎり『列女傳』の遺文はない。　4嬰聞之、恐不得免、作歌明己不更二也、其歌曰　『通解』引もこれにつくる。『藝文類聚』引、『御覽』羽族部引『列仙傳』は女乃歌曰の一句四字につくる。『白孔六帖』巻十七喪夫引は作黄鵠歌、歌曰につくり、その前に陶嬰夫死、守義の二句六字をそえる。『書鈔』、『事類賦注』の兩樂部引は其歌曰の一句三字につくる。『御覽』人事部引は嬰聞之、恐不得免、乃作歌明己之不二也、其詩曰につくる。『樂府詩集』引は第三句・第四句を乃作歌、明己之不更二庭也、其歌曰につくる。梁校は第三句について『御覽』人事部引には作歌の上に乃字があり、不字の下に更字がないことを指摘、蕭校もこれを襲っている。　5悲黄鵠之早寡兮　備要・集注の二本はこれにつくる。他本は悲字なし。『藝文類聚』引、『御覽』羽族部引『列仙傳』は黄鵠早寡につくる。『書鈔』樂部引は悲夫黄鵠之蚤寡につくり、『御覽』、『事類賦注』の兩樂部引は悲夫黄鵠之早寡につくる。『六帖』引、『御覽』人事部引は悲黄鵠之蚤寡兮につくる。『通解』引、『樂府詩集』引は悲夫黄鵠之早寡兮につくる。この八字句構成は楚調に比較的よく見られる。梁校は、悲字を舊本は脱すといい、『書鈔』樂部、『御覽』（人事部）により校增。蕭校は梁校を襲う。蕭校補曹校は『事類賦注』歌部、『通解』引には、悲字の下に夫字があることをいう。ここは梁校校増の備要本の措辭が妥當なものと思われる。□□□之□□兮や□□□以（又は而）□□兮の七言句は、楚調のもっとも基本的な上句構成の形式だからである。　6七年不雙　『藝文類聚』引、『書鈔』、『六帖』、『御覽』、『事類賦注』の三樂部引、『御覽』羽族部引、『通解』引、『樂府詩集』引はこれにつくる。『御覽』人事部引は七を十につくる。梁校は『御覽』には七を十につくるといい、蕭校もこの梁校の指摘を擧げるが、この人事部引の措辭をいうのである。　7宛頸獨宿兮　集注本、『六帖』引『通解』引、『樂府詩集』引はこれにつくる。備要本は頸字を鵾(ママ)につくる。他の諸本はすべて鵷頸獨宿兮につくる。『書鈔』樂部引は死頸(ママ)獨宿に誤刻する。『藝文類聚』引は宛脛(ママ)獨宿につくる。『御覽』人事部引は宛頸戢翼兮につくる。『御覽』樂部引は宛勁獨宿につくり、『事類賦注』樂部引は宛頸獨宿につくる。『御覽』羽族部引『列仙傳』も宛頸獨宿につくる。王校は鵷は宛におなじ、宛轉という。梁校は『書鈔』（樂部）引、『御覽』（人事部）引により舊本の誤字鵷を宛に校改したといい、『御覽』（人事部）引が獨宿を戢翼につくることにも言及する。ただし『書鈔』樂部引は上述のごとく宛字を死に誤刻している。蕭校は梁校を襲う。蕭校補曹校は『事類賦注』樂部引、『通解』引も上部二字を宛頸につくることを指摘する。曹校指摘の『通解』引、さらに『樂府詩集』引に據り、集注本の措辭に據ることにする。　8夜半悲鳴兮、想其故雄　叢刊・承應の二本、『書鈔』『御覽』『事類賦注』の三樂部引は上句の兮字なし。『六帖』引、『樂府詩集』引もこれにつくる。『藝文類聚』引、『御覽』羽族部引『列仙傳』は本聯以下、嗚呼哀哉兮、死者不可忘にいたる四聯三十七字なし。『御覽』人事部引は時則非鳴(ママ)兮、獨行惸惸につくる。『梁校』は『御覽』（人事部）引が上記のごとくつくることをいい、蕭校もこれを襲う。　9天命早寡兮、獨宿何傷　『通解』引、『樂府詩集』引もこれにつくる。『書鈔』樂部引はこの句以下すべてなし。『六帖』引は上句の天字を其につくるほか、これにおなじ。『御覽』、『事類賦注』の二樂部引は天命早寡、獨宿何傷につくる。『御覽』人事部引は天命令然兮、愧獨永傷につくる。梁校は『御覽』（人事部）引が上記のごとくつくることをいう。蕭校もこれを襲う。　10寡婦念此兮、泣下數行　諸本ならびに『樂府詩集』引はこれにつくる。『通解』引もこれにつくる。『六帖』引は上句を嗟此寡婦兮につくり、下句はこれにおなじ。『御覽』、『事類賦注』の兩樂部引は寡婦念此、泣下數行につくる。『御覽』人事部引は感鳥愊己兮、泣下成行につくる。梁校は『御覽』（人事部）引が上記のごとくつくることをいい、蕭校はこれを襲う。　11嗚呼哀哉兮、死者不可忘　備要本は上句を嗚呼悲兮につくる。叢書本、考證本、補注本と叢刊・承應の二本は嗚呼哉兮の四字につくる。集注本および『通解』引、『樂府詩集』引はこれにつくる。『六帖』引は嗚呼悲哉、死不忘兮の八字につくる。『御覽』『事類賦注』の兩樂部引は嗚呼悲哉、死者不可忘につくる。『御覽』人事部引は嗚呼悲兮、死者不可忘につくる。王校は上句について、「哉の上哀字を脱す。『書鈔』引未だ脱せず」というが、『書鈔』樂部引は前條9のごとくこの句がない。梁校は『御覽』（人事部）引により舊本の哉字を悲の誤りと見て校改している。蕭校は王・梁二校を襲い、蕭校補曹校は『通解』引が哀哉兮に、『事類賦注』（樂部）引が悲兮につくることをいう。集注本は王校によって校改したのであろう。上記のごとくつくっている。第二聯以下の上句□□□兮、下句□□□の九句一聯齊言・首聯、第六聯例外の形式によれば、哉字を悲に改めるのではなく、哉兮二字の前に哀（悲）字を補うべきであろう。いまは蕭校・『樂府詩集』引により、集注本のごとく改めておく。　12飛鳥尚然兮、況於貞良　『通解』昏義引もこれにつくるが、『樂府詩集』引は鳥字を明につくり、貞字を眞につくる。『藝文類聚』引は飛鳥尚然、況於貞良につくる。『六帖』引は鳥尚然、況其夫良につくる。『御覽』人事部引は飛鳥尚然兮、何況貞良につくる。同樂部引は飛鳴尚然、況於貞良につくる。同羽族部引は禽鳥尚然、況於貞良につくる。『事類賦注』樂部引は飛鳥尚然、況於其良につくる。　13雖有賢雄兮、終不重行　叢刊・承應の二本のみ賢雄を賢匹につくる。他本ならびに『六帖』引、『通解』昏義引、『樂府詩集』引はこれにつくる。『藝文類聚』引はこの一聯なし。『御覽』人事部引はこれにつくる。同樂部引、『事類賦注』樂部引は雖有賢雄、終不可重行につくる。『御覽』羽族部引『列仙傳』はこの一聯なし。王校は『書鈔』引は上句の雄字を匹につくるというが、『書鈔』樂部引はこの一聯なし。蕭校は上句について、王校を擧げる。下句について、蕭校補曹校は『事類賦注』（樂部）引では重字上に可字があることを指摘する。　14魯人聞之曰、斯女不可得已、遂不敢復求　『通解』昏義引もこれにつくるが、『藝文類聚』引、『六帖』引、『御覽』羽族部引『列仙傳』、『樂府詩集』引は魯人聞之、遂不復求の二句八字につくる。なおこの三引は後句なし。『御覽』人事部引は第三句句末に之字あり。　15嬰寡終身不改　『通解』昏義引もこれにつくる。『御覽』人事部引は不改の二字なし。『樂府詩集』引はこの句なし。　16貞壹　叢刊・承應の二本は貞一につくる。　17脩理　備要本はこれにつくるが、他本は修理につくる。

語釈　○魯寡陶嬰　魯の国の寡婦で陶門（地名）の住人の嬰という名の女性。魯はおそらく周公姫旦の子伯禽によって開かれた周王朝の藩屏たる魯国ではなかろう。顧註がいうように、『漢書』巻二十八下地理志下にいう前漢の藩屏たる魯国として設定されているのであろう。『漢志』には「故の秦の薛郡、高后（呂雉、いわゆる呂后）の元年（一八七B.C.）魯国を為る。豫州（刺史部）に属す」とある。周・漢の魯国はともに現在の山東省曲阜市を中心とした地域。陶門の所在地は未詳。　○幼孤　孤は父母の一方を欠く子。夫の幼い遺児。　○強昆弟　王註は強は壮なりといい、荒城註は強は大なりと解し、大きな（頼りになる）兄弟という。いま、荒城註による。　○紡績為産　紡績は字義どおりには糸を績ぐことだが、当然その先に展開される機織も含んでいるのであろう。もっとも糸（きぬいと）づくり自体すぐれた商品生産であった。為産は財産をつくる。『史記』巻一二九貨殖列伝には、魯の経済風俗を論じて、「頗る桑麻の業有り。〔略〕其の衰ふるに及んでは、賈（商売）を好み利に趨ること、周人よりも甚し」と述べられ、魯の隣国斉の富強の理由の一つに女功（紡績・裁縫・刺繡）の奨励が挙げられている。紡績（機織）の努力・工夫に加えて、仲買人との駆引きの才があれば、斉・魯の地では、女手でも一財産をつくれたのであろう。本譚はそうした状況のもとに語られている。　○義　貞節の義理。それをそなえた偉さ。　○更二　再婚する。

○其歌　この歌は後世『黄鵠曲』と名づけられる。前漢朝に流行した楚調の歌。宋・郭茂倩『楽府詩集』巻四十五清商曲辞中にも収められ、

「黄鵠は本と漢の横吹曲の名なり」といわれている。押韻は、双 sŭŋ・同 duŋ（上古韻11東部）・雄 ɦıuəŋ（同3烝部）傷 thiaŋ・行 ɦăŋ・忘 mıuaŋ・良 lıaŋ・行 ɦăŋ（同14陽部）の東・烝・陽三部通韻一韻到底格。　○黄鵠　黄ばんだ羽のクグイ。鵠は白鳥のこと。雁鴨目の大型の渡鳥で群棲し、夫婦仲もよい。黄は疲労の色。　○双　二羽が夫婦としてともに暮らすこと。　○宛頸　王註に宛は宛転（しなやかに曲げる）におなじだというが、ここは頸を曲げてうなだれること。　○独宿　相手なきままに一人（一羽）で寝ること。○故雄　死んだ夫の鳥。　○終身不改　一生寡婦暮らしを貫きとおした。　○貞壱而思　貞壱は貞徳一筋をいう。思は王註が「睿（叡）なり」といい、また「謚法に曰く、『道徳純一なるを思と曰ふ』と」とも説く。ここは謚法とは関係ない。睿（叡）は叡智、叡哲の意。聡明である。魯寡陶嬰は道徳堅固な節婦たるだけでなく、紡績により財産をなし、「黄鵠歌」を作って発表、世間に不再婚の意を表明し、自分と求婚者の双方をのっぴきならぬ立場におき、再婚を免れるという哲婦でもあった。　○詩云　『詩経』魏風・園有桃の語。詩中の「歌且謡」の句について、毛伝は「曲楽（楽器）に合はせるを歌と曰ひ、徒歌（楽器伴奏なしに歌う）を謡と曰ふ」という。歌ったり口ずさんだりする。人から求婚された胸中の苦しみを、歌ったり口ずさんで晴らそう。　○倚理　急場を道理をとおしておさめる。
○女紀　紀は紀綱。よりどころとなるつな。また、基い。

韻脚　○子 tsiəg・理 liəg・止 tiəg・紀 kiəg（1之部押韻）。

余説　夫家をおのが家とし、夫が托した舅姑や遺児の面倒を見つづけて一生を終えるには、夫家の財産を守り、再婚の誘惑や強制に打ち克つ意志力や才覚が必要である。陶嬰の腕に任せられたのは幼い遺児であった。おそらく彼女は若くして夫に先立たれたのであろう。彼女は忍耐いっぽう糊口のための紡績の業に励むだけの直情・精勤のみが取柄の女ではなかった。紡績を儲けの効率のよい商品生産の産業として財産をつくりあげる才覚をそなえていた。断わりきれない再婚話がもちあがると、謝絶の意をこめた詩を作って世間に公表し、不退転の決意を明かし、求婚者がその道義心を蹂躙できぬ情況をつくりあげるという知性の冴えをみせた。夫の遺児を守るためには、自殺して貞操を守るわけにはゆかなかったのである。彼女の貞順の徳は、才覚・知性によって達せられたのであった。

劉向は女性に対し、死や心身の損傷の苦役の犠牲による美徳の達成も要求しているが、こうした才力・知性・識見による美徳の達成をも強く望んだのである。本譚はそうした彼の熱い思いからしるされた佳話である。

背景の時代は劉向と同時代の前漢王朝期。本巻第四話蔡人之妻譚の「芣苢歌」創作譚とおなじ歌謡起源説話として語られ、多分に類型的な虚構の作の感じもあるが、「黄鵠歌」という楚調の歌謡は『詩経』周南・芣苢のごとく自由自在に解釈しうる詩ではない。陶嬰という実在人物がいて成立した歌謡という可能性は高い。おそらく劉向は自分の思想を托すのにふさわしい同時代の実話から生まれた民間歌謡を書きとめたのであろう。前漢朝に流行した楚調の歌謡を中心に構成されていることを考え、前漢朝の藩屏たる魯国の存在を考えれば、こう推定できるのではなかろうか。

なお「黄鵠歌」は〔校異〕1以下の諸条、〔語釈〕6に既述のように『楽府詩集』巻四十五清商曲辞中に、漢代の歌として収録されたが、『楽府詩集』には、この歌のほかに四首連作の作者未詳の五言斉言体の詩を収めている。次にそれらを示しておく。

①黄鵠参天飛　半道鬱徘徊
腹中車輪転　君知思憶誰

○羽黄ばむ鵠は空につき入り飛びゆくも、道なかばに心重くめぐり翔けりて進まず
腹腸のうちに憂いの車はきしりめぐる　君は知るや　誰をおもいて苦しむかを

②黄鵠参天飛　半道還哀鳴
三年失羣侶　生離傷人情

○羽黄ばむ鵠は空につき入り飛びゆくも　道なかばにもどり来ては悲しみ鳴く
三年のながきにわたり友らに離る　生きながらの別れは実にもつれなし

③黄鵠参天飛　疑翩争風回
高翔入玄闕　時復乗雲頽

○羽黄ばむ鵠は空につき入り飛びゆくも　迷いつつ羽ばたき風にさからいてもどり
高く翔けりて北の空の涯をきわむるも　時には雲に乗りつつ傾きて落つ

④黄鵠参天飛　半道還後佇
歌飛復不飛　悲鳴覓羣侶

*○羽黄ばむ鵠は空につき入り飛びゆくも　道なかばにもどり来ては佇みおれり
歌いて飛ばんとするも飛びたちかねつ　悲しみ鳴きて離れし友らをもとむ

＊第二句の佇の原文は渚（上古音 tiag 中古音 tʃio）。おそらく近似音の佇（上古音 dıag 中古音 dıo）の誤写であろう。

韻脚
①飛 pıuər (pıuəi)・回 ɦuər (ɦuəi)・誰 dhiuər (ʒıui)　21微部（上平声8微・10灰・6脂部）
②鳴 mıĕŋ (mıʌŋ)・情 dzieŋ (dzıɛŋ)　17耕部（下平声12庚・14清部）
③飛 pıuər (pıuəi)・回 ɦuər (ɦuəi)・頽 duər (duəi)　21微部（上平声8微・10灰・10灰部）
④佇 dıaǵ (dıo)・侶 lıaǵ (lıo)　12魚部（上声6語・6語）
＊上は上古音の括弧内は中古音の表示。以上四首、いずれも上古音による韻の整合関係から、成立の古さが諒解されよう。

十四　梁寡高行

高行者、梁之寡婦也。其爲人、榮於色而敏於行。[1] 夫死早寡、不嫁。梁貴人多爭欲取之者、不能得。[2] 梁王聞之、使相聘焉。[3] 高行曰、

「妾夫不幸早死。先狗馬塡溝壑。[4] 妾宜以身薦其棺槨、守養其幼孤。曾不得專意。[5] 貴人多求妾者、幸而得免。今王又重之。妾聞、『婦人之義、一往而不改。以全貞信之節。』今忘死而趨生、是不信也。見貴而忘賤、是不貞也。[6] 棄義而從利、無以爲人。」

乃援鏡持刀、以割其鼻曰、[7]「妾已刑矣。所以不死者、不忍幼弱之重孤也。王之求妾者、以其色也。今刑餘之人、殆可釋矣。」於是相以報。[8] 王大其義、高其行、乃復其身、尊其號曰高行。[9]

高行なる者は、梁の寡婦なり。其の人となりは、色に榮ありて行に敏なり。夫死して早く寡たるも、嫁がず。梁の貴人爭ひて之を取らんと欲する者多きも、得る能はず。梁王之を聞き、相をして焉を聘せしむ。高行曰く、

「妾が夫不幸にして早く死す。狗馬より先ちて溝壑に塡めらる。妾は宜しく身を以て其の棺槨に薦め、其の幼孤を守り養ふべし。曾ち意を專らにするを得ず。貴人妾を求むる者多きも、幸にして免るるを得たり。今王又之を重ねてす。妾聞く、『婦人の義、一たび往かば而ち改めず。以て貞信の節を全うす』と。今死せしものを忘れて生くるものに趨るは、是れ信ならざるなり。貴きものを見て賤きものを忘るるは、是れ貞ならざるなり。義を棄てて利に從ふは、以て人爲る無し」と。

乃ち鏡を援き刀を持し、以て其の鼻を割きて曰く、「妾已に刑せり。死せざる所以の者は、幼弱の重孤とするに忍びざればなり。王の妾を求むる者は、其の色を以てするなり。今刑餘の人なれば、殆ど釋さるべきなり」と。是に於て相以て報ず。

君子謂、「高行、節禮專精」。『詩』云、「謂予不信、有如皎日」[10]。此之謂也。

頌曰、「高行處梁、貞專精純。不貪行貴、務在一信。不受梁聘[11]、劓鼻刑身。君子高之、顯示後人」。

王其の義を大とし、其の行を高しとし、乃ち其の身を復き、其の號を尊んで高行と曰ふ。

君子謂ふ、「高行は節禮專精なり」と。『詩』に云ふ、「予を信ならずと謂はば、皎日の如き有らん」と。此の謂ひなり。

頌に曰く、「高行梁に處りて、貞專精純なり。貴に行くを貪らず、務むること一信に在り。梁の聘を受けずして、鼻を劓りて身を刑す。君子之を高しとし、顯かに後人に示す」と。

通釈 高行とは、梁の寡婦のことである。その人となりは、評判の器量よしで徳行の実践に果敢であった。夫が死んで若くして寡婦となったが、再婚はしない。梁の貴人たちには彼女を娶ろうとする者も多かったが、聴いてもらえなかった。梁の王はこの事を聞きつけると、宰相をして彼女を後宮に召し入れようとした。高行はいった、

「妾の夫は不幸にして早死にしました。短命の犬・馬よりも先に墓穴に埋められてしまったのでございます。妾はわが身を棺におさめられた夫にささげて、その幼い遺児を世話してゆかなければならぬのでございます。絶対に自分勝手に動くわけにはまいりません。貴人の方がたが多勢妾に言いよってこられましたが、幸いにして再婚を免れてまいりました。今度は王さまがさらに求婚のお声をかけてくださいました。妾は『婦人の義理は、一度結婚したからは再婚せず。かくて貞信の節操をまっとうするものだ』と聞いております。いま死んだ夫のことを忘れて、生きておいでの殿方に身を寄せるのは、信義を欠くというものでございます。貴い王さまを見て賤しい夫のことを忘れるというのは、貞節を欠くというものでございます。義理を棄てて利益に従うというのでは、真人間になれません」。

なんと鏡を引きよせて刀を手に執ると、鼻を削ぎおとしていってのけた、「妾はすでに肉刑をわが身にくわえました。死なないわけは、幼い子らが父のみか母まで亡くすには忍びないからでございます。王さまが妾にお声をかけられるのは、その容色からでございましょう。刑余の人になってしまったからには、たぶんお釈しくださいましょう」。そこで宰相は

王にこの事を報告した。王はその節義を偉大だとし、その徳行を高く評価し、かくてその身の賦税・徭役を免除し、尊号を賜わり、高行といった。

君子はいう、「高行は礼節を一心に守りぬいたのだ」と。『詩経』には、「わたしが不実と仰言るならば、あの白日に賭けて誓いましょう」といっている。これは高行の堅い不再婚の誓いのごときを詠っているのである。

頌にいう、「高行は梁の国にありて、貞節の思いは一途に曇りなし。貴位を貪り願うことなく、信一つに務めつづけぬ。梁の王の聘きを受けず、みずから劓りてわが身に刑を加う。君子はこれを高き徳行として、後世の人にあきらかに示せり」と。

校異　1高行者、梁之寡婦也、其爲人、榮於色而敏於行　諸本はみな第四句の敏字を美につくる。『藝文類聚』巻十八人部二・賢夫人引は梁寡高行者、梁之寡婦の二句九字につくる。同上巻七十服飾部下鏡引は梁寡高行者、榮於色、敏於行の三句十一字につくる。『太平御覽』巻三六七人事部八・鼻引は梁高行者、梁之寡婦、榮於色、敏於行の四句十四字につくる。ただし人事部鼻引には〔餘説〕に示すような『古列女傳』には見えぬ『列女傳』からの引文も二條收められ、書名の上に劉向の名が見えない（五〇〇ページ）。『御覽』の引文文獻の記載は杜撰で撰者名の添不添に定式はない。よってこの人事部鼻引の『列女傳』の遺文が『古列女傳』のそれか否かは確定できない。ただし、本校異は人事部鼻引はすべて記録しておく。同上巻四四一人事部八十二貞女下引は「劉向『列女傳』曰」として、梁寡高行者、梁之寡婦、敏於行の三句十二字につくる。『儀禮經傳通解』巻二昏義引は梁寡高行者、梁之寡婦也、其爲人、榮於色而美於行につくる。美字を『藝文類聚』服飾部引、『御覽』人事部の鼻・貞女の兩引が敏につくることは梁校も指摘、蕭校もこれを襲っている。『論語』里仁には「君子欲訥於言而敏於行」という。本傳のヒロインは、女の誇りたる美貌を敢て犧牲にして「割鼻」を敢行、梁王の求婚を峻拒した女性である。其爲人、美且有行とするせばすむ句を、ことさら榮於色而敏於行という句形の中で表現しようとしたのは、劉向が徳行に敏なるヒロインを「女中の君子」として『論語』の句をもじって讃えようとしたからであろう。諸本は轉寫のさいに女性讚美の常套語としての美字を迂闊に誤記したまま傳えてきたのであろう。（第四句が『論語』のもじりたることは近人歐纈芳が注目）。以上の理由により校改した。2夫死早寡、不嫁、梁貴人多爭欲取之者、不能得　叢書本、叢刊・承應の二本『通解』引は取字を娶につくる。他本はこれにつくる。『藝文類聚』人部引は早寡不嫁、梁貴人爭欲取之、不能得の三句十四字につくる。同上服飾部引にはこれらの句なし。『御覽』人事部鼻・貞女の兩引は『藝文類聚』人部引におなじ。梁校も上記三引の措辭を指摘。蕭校は梁校を襲う。　3梁王聞之、使相聘焉　叢書、考證、補注の三本『通解』引は娉字を娉につくる。備要、集注の二本、叢刊・承應の二本はこれにつくる。『藝文類聚』人部引は焉字なし。同上服飾部引は梁王聞而娉之の一句六字につくる。なお服飾部引は下句の高行曰以下、無以爲人にいたる十九句九十三字なし。『御覽』人事部鼻引は梁王聞、使娉焉の六字につくる。なお人事部鼻引も『藝文類聚』服飾部引と同様、後句の十九句九十三字なし。同上人事部貞女引は娉字を娉につくるほかは、これにおなじ。なお『通解』引は下句の高行曰の句をのこし、妾夫不幸早死の句以下今王又重之の八句四十五字なし。

4高行曰、妾夫不幸早死、先狗馬塡溝壑　『藝文類聚』人部引は高行曰、妾之夫、不幸先犬馬塡溝壑につくる。『御覽』人事部貞女引はこれにつくる。この部分のみを收める『文選』巻二十八任彦昇「爲范始興作求立太宰碑表」註引は梁寡高行曰、妾之夫、不幸早死、先犬馬塡溝壑につくり、虞貞節曰、人受命於天而命長、犬馬受命於天而命短。妾之夫、反先犬馬死矣という引文に對する註釋をそえている。おなじく、この部分のみを收める『文選』巻三十七曹子建「求自試表」註引は梁寡婦曰、妾之夫、先犬馬塡溝壑につくる。王校は『藝文類聚』〔人部〕引に早死二字がないこと、『文選』任彦昇碑註引が上記のようにつくることをいい、梁校は『藝文類聚』〔人部〕『御覽』〔人事部貞女〕兩引に早死二字がないことをいい、さらに、上記二引、『文選』任彦昇碑註引の虞貞節註を擧げ狗字が犬につくられていることを指摘。蕭校は王・梁二校を襲う。狗字は犬の可能性が高いが、いまはこのままにする。なお虞貞節とは三國・吳の虞韙の妻趙氏のこと。『趙母註列女傳』の註者である。

5妾宜以身薦其棺槨、守養其幼孤、曾不得專意　備要・集注の二本はこれにつくる。他本は第一句の宜字以下の七字なし。叢刊・承應の二本は第二句を守養其孤幼につくる。『藝文類聚』人部引は第一・第二句の其二字なく、第三句の曾字なし。『御覽』人事部貞女引は第二句の其字なく、第三句の曾字なし。王校は『藝文類聚』人部引には宜以身薦棺槨の六字があり、その下方に守養幼孤、不得專意の句があることを指摘し、不得專意とは「夫に從ふ」ということだから、宜以身薦棺槨の六字は今本が「脫去」しているのであり、「詞と義倶に窒す（通じない）」の結果になっていると述べて、校增を主張している。梁校は第一句の宜字以下の七字の誤脫を指摘。『藝文類聚』〔人部〕『御覽』〔人事部貞女〕の兩引により校增し、『藝文類聚』引に第一・第二句の其字・第三句の曾字なきことを補說する。蕭校は王・梁二校を襲う。なお王校は次條6にわたる校刪說を展開、『藝文類聚』人部引の措辭が「不得專意の句下、妾聞、婦人之義云云に直接し、以全貞信之節の句下、棄義而從利云云に直接す。是れ唐〔代〕本は此の如きも、宋〔代〕本又數句を衍ふ」と述べて、貴人多求妾者や今忘死而趨生等七句三十四字の刪去を主張している。しかし『藝文類聚』等の類書は原文を適宜縮約、削去して收錄しているのであり、類書中引文にあって本文になき重要語句を校增することは妥當だが、本文にあって類書中引文になき句を、それを理由に刪去するのは、原則的には誤りである。『藝文類聚』は唐代本までの樣相を示す部分もあれば、唐代本にあった原文を削り棄てている部分もあろう。

6貴人多求妾者、幸而得免、今王又重之、妾聞、婦人之義、一往而不改、以全貞信之節、今忘死而趨生、是不信也、見貴而忘賤、是不貞也、棄義而從利、無以爲人　備要・集注二本はこれにつくる。

他本は第七句の今字を念につくり、第十句の見字なし。『藝文類聚』人部引は第一句より第三句にいたる三句十五字、第七句の今忘死而趨生より是不貞也にいたる四句十九字なし。『御覽』人事部貞女引は第一句より第三句にいたる三句十五字なく、第六句を壹往不改の四字につくり、第七句以下はこれにつくる。『通解』引は妾聞、婦人之義、壹往而不改、以全貞信之節、今忘死而趨生、是不信也、貪貴而忘賤、是不貞也、棄義而從利、無以爲人の十句四十五字につくる。王校は第八句の念字について今字の誤りといい、第八句以下の四句を『藝文類聚』〔人部〕引が缺くことを再説、今忘死而趨生の句は或本の註文を傳寫者が正文中に誤入したものだと推論、「當に更に詳かにすべし」という。梁校は第八句の今字について『御覽』〔人事部貞女〕引により念字を今に校改、第十句の見字も『御覽』同上引により校增する。蕭校は梁校を襲い、蕭校補曹校は『通解』引が念字を今につくり、同上引が見貴二字を貪貴につくることを指摘している。

7乃援鏡持刀、以割其鼻曰　叢書本ならびに『通解』引は持刀二字を持刃につくる。『類聚』人部引は操刀につくる。同上服飾部引は乃援鏡割鼻の一句五字につくり、曰字なく、妾已刑矣以下、於是相以報にいたる八句三十六字なし。『御覽』人事部鼻引は乃授（ママ）鏡操刀、以割鼻曰の九字につくり、同上人事部貞女引は乃援鏡操刀、以割其鼻曰につくる。　8妾已刑矣、所以不死者、不忍幼弱之重孤也、王之求妾者、以其色也、今刑餘之人、殆可釋矣、於是相以報　『藝文類聚』人部引は妾已刑餘之人、殆可釋矣の二句十字につくる。『御覽』人事部鼻引は吾所以不死者、不忍幼嗣之重孤也、刑餘之人、殆可釋矣の四句二十二字につくる。同上人事部貞女引は妾已刑矣、所以不死者、不忍幼嗣之重孤也、刑餘之人、殆可釋矣の五句二十五字につくる。『通解』引は第三句までこれにおなじ。第四句王之求妾者より第七句の殆可釋矣にいたる四句十八字なし。梁校は『御覽』〔人事部〕の兩引が第三句の幼弱二字を幼嗣につくることをいい、蕭校もこれを襲う。　9王大其義、高其行、乃復其身、尊其號曰高行　『類聚』人部引は王高其節、號曰高行の二句八字につくる。同上服飾部引は梁王高其行、號曰梁高行の二句十字につくる。『御覽』人事部鼻引は王高其節、敬其身、號曰梁高行の三句十二字につくる。同上人事部貞女引は王高其節、乃復其身、號曰梁高行の三句十三字につくる。『通解』引は第二句を而高其行につくるほか、これにおなじ。梁校は『御覽』人事部鼻引が第一、第二句を上記のようにつくることをいい、蕭校は梁校を襲い、蕭校補曹校は『通解』引が第二句を上記のようにつくると補說する。　10有如皎日　「毛詩」王風・大車は皎日を皦日につくるが、「釋文」は「皦又本に皎に作る」という。顧校はこの事を指摘。『文選』巻十六潘安仁「寡婦賦」註引に、「韓詩曰、『謂余不信、有如皎日』」という。梁校はさらにこの事をも併せて指摘、蕭校もこれを襲う。王先謙『詩三家義集疏』巻四も本譚と『文選』註引の韓詩の措辭に注目。陳喬樅の『說文』に「皎は月の白、曉は日の白、皦は玉の白とあり、皎・皦は曉の假借という說を襲っている。第七話息君夫人には皦日につくるが（四五〇ページ）、いま、このままとする。　11不受梁聘　備要・集注の二本、叢刊・承應の二本はこれにつくる。叢書、考證、補注の三本は聘字を娉につくる。

語釈　〇梁寡高行　梁の国の寡婦の徳行高き者という名の女性。姓名は一切しるさないので劉向の筆先から出た仮空の人物であろうが、こうした堅貞の寡婦が劉向の在世当時に稀に実在しており、劉向がそうした実情を背景に創りだしたヒロインと思われる。後述の〔余説〕も参照。顧註によれば、梁国は、『漢書』巻二十八下地理志下に故の秦の碭郡（とうぐん）（河南省商丘市の南）の地に高帝（劉邦）五年（二〇二B.C.）に建国されている。　○栄於色而敏於行　器量で栄光（評判）を得、徳行の実践に敏捷（果敢）であった。『論語』里仁の句のもじり。〔校異〕1（四九六ページ）参照。　○先狗馬塡溝壑　短命で死んで墓穴に葬られること。狗は犬。犬や馬は短命である。〔校異〕4の任彦昇撰碑表の註引・虞貞節の解（四九七ページ）参照。塡溝壑の原意は溝にうずめられること。　○宜以身薦其棺槨　棺は内がわの柩（ひつぎ）、槨は外がわの柩。両者で柩に収められた夫のこと。わが身を死んだ夫にささげねばならない。　○曽不得専意　絶対に自分かってに行動できぬ。王註は〔死んだ〕夫に従うことだという。　○割其鼻　漢代の肉刑の一つ劓（はなきり）にあわせて鼻を削（そ）ぎおとす。○妾已刑矣　妾（わたくし）はすでに肉刑をわが身にくわえた。王の意向にそむいたからは死刑も覚悟せねばならぬが、夫の遺児を育てねばならぬ。王が自分を後宮に召聘しようと望むのは、美貌あってのこと。その美貌を自分で傷つけたので、刑罰を免（ゆる）して欲しいという意志表示である。　○重孤　孤は片親（とくに父）を欠く子。両親ともないみなし子にする。　○刑余之人　刑を受けて不具になった者。　○相以報　相は宰相。宰相は〔彼女の意向をば、王に〕報告した。　○復　賦税・徭役を免除した。一は償い、一は表彰のためである。○専精　精神を一事に集中すること。心一筋に守る。　○詩云　『詩経』王風・大車の句。皎日は真昼のきらめく太陽。白日のこと。句意は通釈のとおり。　○貞専精純　貞節の思いは飽くまで一筋であり、曇りはない。

韻脚 ○純 dhiuən（23文部）○身 thien・信 sien（梁註は申 thien におなじという）・人 nien（26真部）二部通韻一韻到底格押韻。

余説 幼い夫の遺児を世話して生きぬき、夫家を守りぬかねばならぬ高行に迫る権力者梁王の求婚。第十三話の魯寡陶嬰のごとき作詩の能力に恵まれぬ本譚のヒロインにとっては、宰相を使者に立てるという梁王の礼遇に対しては、女の誇りの美貌をみずから傷つけるほかに、その求婚の意志を断念させる手段はなかった。彼女の鼻削（そ）ぎの挙はあまりにも凄惨であり、一読はなはだ愚直に見える。しかし彼女はただ愚直に狂気に任せて事を決行したのではない。梁王の面子を立て己が生命を守りぬくためには、梁王からの求婚の拒否が万死に価することを自認し、最大級の犠牲である肉刑をわが身にくわえる以外にないと判断して、事を敢行したのである。かつ、その犠牲をもとにして、寡婦の夫家に尽すべき責務と、君主による人倫攪乱の非を辯説の才をきらめかせて説きつけたのであった。彼女の佳行は、まさに「行に敏」なる「女中君子」の業であった。劉向はこの愚直・狂気の沙汰に見えて実は理性ある「女中君子」の業を顕賞したのである。

本譚の史実性を詮索するのは無用である。高行の名も梁王の名もしるしてはいない。史実でないことはほぼ確かであろう。だが儒教倫理が士大夫社会に滲透しつつあった漢代においては、儒教倫理を無視して生きる多くの女の中にあって、こうした儒教倫理に厳格に殉ずる女も出現しつつあったことを推測することは必ずしも不可能ではない。（第十五話陳寡孝婦譚では、孝婦は死を賭して改嫁の強要に抵抗し、寡婦の貞節をまっとうしており、その〔余説〕に説くように、現実に陳寡孝婦を敬慕し、見倣おうとした女性も出現していた）。高行はそうした女たちの「代名詞的人物」として案出されたのであろう。時代が降って後漢の世ともなれば、第二、第三の高行の記録が書きとどめられる。『太平御覧』巻三六七人事部八鼻には、撰者名をしるさぬ『列女伝』の遺文が二条①・②、『列女後伝』（この書名で伝えられる『列女伝』は、晋・項原撰、晋・王接撰・王愆期再編の二点がある。拙著『教育からみた中国女性史資料の研究―『女四書』と『新婦譜』三部書―』明治書院・一九八八年刊・二十六ページ参照）の遺文一条③が、本譚の遺文とおぼしきものとともに収められている。①、②はいずれも『後漢書』志巻二十郡国志二に見える沛国（安徽省淮北市西北）の女性、③は同上志巻二十一郡国志三に見える広陵郡（江蘇省楊州市の北）の女性であり、後漢末・三国時代の人物であるが、人名を明記し、いかにも虚構風の王侯貴人の求婚者は登場せず、史実の記録の様相を示している。

① 沛国孫去病妻、同郡戴元世女。夫死、母欲レ嫁レ之、操レ刀割レ鼻。刀鈍不レ入。趨二於石上一、礪レ之然後断。郡表二其閭一。

② 梁郡夏文珪妻、沛国劉景賓女。亦割レ鼻、自誓不レ嫁。

③ 呉孫奇妻、広陵范慎女。名姫。十八配レ奇。奇亡、慎以二姫少寡無一レ子、迎二還其家一。姫不レ肯。迎者以二父命一迫レ之。姫遂操レ刀割レ鼻。

十五　陳寡孝婦

孝婦者、陳之少寡婦也。年十六而嫁、未レ有レ子[1]、其夫當レ行戍。夫且レ行時、屬二孝婦一曰[2]、「我生死未レ可レ知。幸有二老母一、無二他兄弟備一レ養。吾不レ還、汝肯養二吾母一乎[3]」。婦應曰、「諾[4]」。夫果死不レ還。婦養レ姑不レ衰、慈愛愈固[5]。紡績以爲二家業一、終無二嫁意一。

孝婦なる者は、陳の少き寡婦なり。年十六にして嫁ぎ、未だ子有らざるに、其の夫戍に行くに當れり。夫且に行かんとする時、孝婦に屬ねて曰く、「我生死未だ知るべからず。幸に老母有るも、他の兄弟の養に備ふる無し。借ひ吾還らずとも、汝肯て吾が母を養ふや」と。婦應へて曰く、「諾」と。夫果して死して還らず。婦姑を養ひて衰らず、慈愛愈〻固し。紡績

居㆑喪三年、其父母哀㆓其年少無㆑子而早寡㆒也。將㆓取而嫁㆑之[6]。孝婦曰、「妾聞㆑之、『信者人之幹也。義者行之節也』。妾幸得㆘離㆓襁褓㆒、受㆓嚴命㆒而事㆖夫。夫且㆑行時、屬㆑妾以㆓其老母㆒。既許㆓諾之㆒。夫受㆓人之託㆒、豈可㆑棄哉。棄㆑託不㆑信、背㆑死不㆑義。不㆑可也[7]」。母曰、「吾憐㆓汝少㆑年早寡㆒也[8]」。

孝婦曰、

「妾聞、『寧載㆓於義㆒而死、不㆘載㆓於僞㆒而生㆖』[9]。且夫養㆓人老母㆒而不㆑能㆑卒、許㆓人以㆒諾而不㆑能㆑信、將何以立㆓於世㆒。夫爲㆓人婦㆒、固養㆓其舅姑㆒者也。夫不幸先死、不㆑得㆘盡㆗爲㆓人子㆒之禮㆖。今又使㆓妾去㆒㆑之、莫㆑養㆓老母㆒、是明㆓夫之不肖㆒、而著㆓妾之不孝㆒。不孝不信、且無㆑義、何以生哉[10]」。

因欲㆓自殺㆒。其父母懼而不㆓敢嫁㆒也[11]。遂使㆑養㆓其姑㆒二十八年[12]。姑年八十四、壽乃盡。賣㆓其田宅㆒以葬㆑之、終奉㆓祭祀㆒[13]。淮陽太守以聞、漢孝文皇帝、高㆓其義㆒、貴㆓其信㆒、美㆓其行㆒、使㆔使者賜㆓之黄金四十斤㆒[14]、

して以て家業と爲し、終に嫁する意無し。

喪に處ること三年、其の父母其の年少く子無くして早く寡なるを哀む。將に取りて之を嫁せしめんとす。孝婦曰く、「妾之を聞く、『信なる者は人の幹なり。義なる者は行の節なり』と。妾幸にして襁褓を離れ、嚴命を受けて夫に事ふるを得。夫且に行かんとする時、妾に屬ぬるに其の老母を以てす。既に之を許諾せり。夫れ人の託を受けて、豈に棄つべけんや。託を棄つるは信ならず、死ぬるものに背くは義ならず。可ならざるなり」と。母曰く、「吾汝の年少くして早く寡なるを憐むなり」と。

孝婦曰く、

「妾聞く、『寧ろ義に載んじて死すとも、僞に載んじて生きざれ』と。且つ夫れ人の老母を養ひて卒ふる能はず、人に許すに諾を以てして信なる能はざれば、將た何をか以て世に立たん。夫れ人の婦と爲りては、固より其の舅姑を養ふ者なり。夫は不幸にして先に死し、人の子爲るの禮を盡すを得ず。今又妾をして之を去りて、老母を養ふこと莫からしめば、是れ夫の不肖を明かにして、妾の不孝を著さん。不孝不信、且つ義無ければ、何ぞ以て生きんや」と。

因りて自殺せんと欲す。其の父母懼れて敢て嫁せしめず。遂に其の姑を養はしむること二十八年なり。姑年八十四、壽乃

復之終身、無所與、號曰孝婦。[15]
君子謂、孝婦備於婦道。詩云、匪直也人。秉心塞淵。此之謂也。
頌[16]曰、孝婦處陳、夫死無子。姒[17]將嫁之、終不聽母。專心養姑、一醮不改。
聖王[18]嘉之、號曰孝婦。

ち盡く。其の田宅を賣りて以て之を葬り、終に祭祀を奉ず。淮陽の太守以聞すれば、漢の孝文皇帝は、其の義を高しとし、其の信を貴び、其の行を美えて、使者をして之に黄金四十斤を賜はらしめ、之に復くこと終身、與る所無からしめ、號して孝婦と曰ふ。
君子謂ふ、「孝婦は婦道に備なり」と。『詩』に云ふ、「直に人に匪ず。心を秉ること塞淵なり」と。此の謂ひなり。
頌に曰く、「孝婦は陳に處り、夫死して子無し。姒將に之を嫁せんとするも、終に母に聽はず。專心姑を養ひ、一たび醮して改めず。聖王之を嘉みして、號して孝婦と曰ふ」と。

通釈　孝婦とは、陳の若い寡婦のことである。年齢十六で嫁いだが、まだ子も産さぬうちに、その夫は辺境の守備に出征することになった。夫は出征しようとするときに、孝婦に依頼していうのであった、「わたしは生きて帰るか戦死するかわからない。幸いにも老いた母上がおられるが、他に世話にあたってくれる兄弟もいない。もしわたしが還れなかったとしても、おまえはあえて母上の世話をしてくれるだろうか」。婦はこたえて、「畏まりました」といった。夫ははたして死んで還ってこなかった。婦は怠ることなく姑の世話をし、ますます固く孝行心をささげた。糸を紡いで家業とし、あくまで再婚しようとは思わなかった。
夫への三年の喪が終ると、その父母は彼女が年わかく子もなく寡婦となってしまったのを不憫に思った。彼女を引きとって再婚させようとする。孝婦は、「妾はこう聞いています。『信こそは人の幹だ。道義こそは行動の節だ』と。妾は幸いに無事成長し、お父さまお母さまの命令を受けて夫につかえることができました。夫は出征するとき、妾にその年老いた母上を依頼していったのです。すでに承諾しているのです。そもそも人の依頼を受けながら、どうしてこれを破ることができましょう。依頼ごとを破るのは不実、死者に背くのは不義です。いけません」という。母親が、「わたしはおまえが年齢がわかいのに早く寡婦になったのが不愍なのだよ」という。

孝婦はいうのであった、

「妾は、『むしろ道義に安んじて死にゆくとも、不実に安んじて生きつづけてはならぬ』と聞いています。それにそもそも人の老いた母親をお世話して最後まで世話できない、人の依頼を受けいれて信をつらぬけないというのでは、どうして世間に顔むけができましょう。そもそも人妻たる者は、もとよりその舅・姑の世話をする者なのです。夫は不幸にして先に死に、人の子としての礼をつくすことができませんでした。今また妾をして夫の家を去らせて老いた母親のお世話をできなくさせたら、夫の不出来を世間に知らせ、妾の不孝ぶりを世間に暴露することになりましょう。不孝・不実、そのうえ道義も欠くとあっては、どうして生きてゆけましょうか」。

そこで自殺しようとする。その父母は懼れてあえて再婚させなかった。かくてその姑を二十八年も世話させたのである。姑は年齢八十四で、天寿がやっとつきた。田畑や宅地を売って葬儀を行ない、ついに夫家の祭祀をとり行ないつづけたのである。淮陽国の太守(官長)がこの事を上奏したので、漢の文帝劉恒は、その道義を高く評価し、その信を貴重なものとし、その徳行を讃美し、使者をして彼女に黄金四十斤(一〇・二四キロ)を賜い、終身　賦税・徭役を免除してかかわらぬようにさせ、孝婦の尊号を贈った。

君子はいう、「孝婦は婦道を周到にきわめたのだ」と。『詩経』には、「この女こそは凡人ならず、堅き心は塞ちて淵し」という。これは陳の寡孝婦のごときを讃え詠っているのである。

頌にいう、「孝婦は陳にありて、夫は死して子も産すなし。母はふたたび嫁がしめんとするも、ついに母の言葉を聴きいれず。心一筋に姑の世話にあたりて、契りの杯にそむくことなし。聖王はこれを喜び讃え、尊号を賜わりて孝婦といえり」と。

校異　1孝婦者、陳之少寡婦也、年十六而嫁、未有子　『漢書』巻九十二游俠傳中の原涉の傳付記の顔師古註引には陳孝婦の一句三字につくる。『太平御覧』巻四一五人事部五十六孝女引は上二句を陳寡孝婦者、陳之寡婦人也につくる。下二句はこれにおなじ。『司馬溫公家範』巻八妻上引は上の二句を陳孝婦一句につくる。下の二句はこれにおなじ。『儀禮經傳通解』卷一昏義引は上の一句を陳寡孝婦者の五字につくる。下の三句はこれにおなじ。

2其夫當行戍、夫且行時、屬孝婦曰　叢刊・承應の二本は屬孝婦三字を囑孝媍につくる。『漢書』註引は其夫當行、戒屬孝婦曰の二句九字につくる。『御覽』引は其夫從戍、屬孝婦曰の二句八字につくる。『家範』引、『通解』引はこれにつくる。梁校は『御覽』引が行戍二字を從戍につくることをいい、蕭校も梁校を襲う。

3我生死未可知、幸有老母、無他兄弟備養、借吾不還、汝肯養吾母乎　備要・集注の二本、叢刊・承應の二本は我生死未可知、幸有老母、無他兄弟、備吾不還、汝肯養吾母乎につくる。諸本の措辭の基本はこの五句二十四字である。ただし承應本は第三句・第四句を無他兄弟備、吾不還に斷句している。また叢書、考證、補注の三本は他字を它につくり、叢書本は第四句を借吾不還につくる。いっぽう他書引文は『古列女傳』本と異なる。唐代本の節抄改刪文とみなされる『漢書』註引は幸有老母、吾若不來、汝善養吾母の三句十三字につくる。宋代本の節抄改刪文とみなされる『御覽』引は我有老母、吾不還、汝肯善視吾母乎の三句十四字に、『家範』引は我生死未可知、幸有老母、無他兄弟備養、吾不還、汝肯養吾母乎につくり、『通解』引は我生死未可知、幸有老母、無他兄弟、儻吾不還、汝肯養吾母乎につくっている。梁校は校改を加えぬが、備要本の措辭の第四句の句頭の備字に疑義をとなえ、この句が第五句の假設句偏句とならねばならぬ點に着目。備字は儻の誤りという孫（志祖）説を紹介、既述の『漢書』註引の吾若不來の句を例證として添えている。蕭校は梁（孫）校を擧げ、蕭校補曹校は『通解』引に備字を儻につくると指摘している。同見解をとる王紹蘭『列女傳補註正譌』は「備字は難解なるも倘字の形の誤りにちがいない」といい、卷五節義傳第十一話中の「倘言之、〔則可以得金〕」（五九〇ページ）を例證に擧げている。第四句を第五句の假設句偏句とみなす説は本條の論理の運びからは妥當。吾不還の三字では文型が整わない。『漢書』註引は大幅に恣意な改刪を加えた遺文でありながら、假設句偏句の型につくっており、『通解』引もおなじ型につくっている。第四句句頭字は假設連詞の儻・倘・借であったであろう。ゆえに『家範』引のごとく、字體近似の第三句中の備養の備字とが混亂して一體化し、現存『古列女傳』のごとき措辭となったのではなかろうか。『家範』引と『通解』引ははなはだしい節抄部分もあるが、總じて現存『古列女傳』に近い措辭をとり、この一條の第三句・第四句のみに歴然たる差異を見せている。『家範』引は第四句の連詞該當字を落とし、『通解』引は第三句の備養二字を刪去したのであろう。よって第三句に備養二字を加え、第四句は叢書本の措辭により校改した。第五句の養字について、梁・蕭二校は『御覽』引に善視二字につくることを指摘するが、視字に關するかぎりは養字が本來の措辭であったことは確實。現存『古列女傳』の措辭と近似の『家範』『通解』の兩引、唐代本の改刪文たる『漢書』註引がみな養字につくるからであり、養字は本條の論理において必要な「孝養」の意味をそなえているからである。

4婦應曰、諾　叢刊・承應の二本は婦字を媍につくる。その他の諸本ならびに『家範』『通解』の兩引はこれにつくる。『漢書』註引は孝婦曰、諾につくる。『御覽』引は婦曰、諾につくる。

5夫果死不還、婦養姑不衰、慈愛愈固　『通解』引もこれにつくる。『漢書』註引は夫果死、孝婦養姑愈謹の二句九字につくる。『御覽』引は夫果死、婦養姑不衰の二句八字につくる。『家範』引は第一、第三句はこれにおなじ。第二句のみ婦乃養姑不衰の六字につくる。　6紡績以爲家業、終無嫁意、居喪三年、其父母哀其年少無子而早寡也、將取而嫁之　『通解』引もこれにつくる。『家範』引もほぼこれにおなじだが、第一句を紡績織紝以爲家業の八字につくり、第四句の其字なし。『漢書』註引は其父母將取嫁之の一句七字につくる。『御覽』引は父母將嫁之の一句五字につくる。　7孝婦曰、妾聞之、信者人之幹也、義者行之節也、妾幸得離襁褓、受嚴命而事夫、夫且行時、屬妾以其老母、既許諾之、夫受人之託、豈可棄哉、棄託不信、背死不義、不可也　『通解』引もこれにつくる。『漢書』註引はこれらの句なし。かつ後句の母曰以下、何以生之にいたる二十句百九字なし。『御覽』引は孝婦曰、受人之託、豈可棄哉の三句十一字につくる。かつ後句の上記二十句百九字なし。『家範』引は孝婦曰、夫行時、屬妾以其老母、妾既許諾之の四句十七字につくる。　8母曰、吾憐汝少年早寡也　叢刊・承應の二本は汝字を女につくる。『家範』引はこれらの句なし。『通解』引は母固欲嫁之の五字につくる。　9寧載於義而死、不載於僞而生　諸本は僞字を地につくる。梁校は地字は誤りであろうと疑い、蕭校も梁校を襲う。荒城は、この二句を「寧ろ義に載ひて死するも、地に載ひて生きず」と訓み、地字について、「誤字であろう。當然義と反對の意味の字がここにあるべきである」と理に即した自然な推測をしている。拙稿が地字を僞に定めたのは、荒城校がいうように義字の反義語を求めての結果である。僞字は義字に對立する意味をもつ語であるだけでなく、上古音はgiuarで義字の上古音giuarと音が近接して、造句の妙が演出されているからであり、孝婦が母に語る信條、「託を棄つるは信ならず」の「不信（信義にもとる）」にも一致する語である。この語が地字に誤寫されたのは、宋代の『古列女傳』再編時において僞・義・地三字がiの韻母を共有するにいたっていたからではあるまいか。なお上下二句におかれた載字は介詞の於字との關係からは「行（おこなフ、なス）」の意にはとりにくい。「安（やすンズ）」が妥當ではなかろうか。二句の解は通釋のとおり。　10且夫養人老母而不能卒、許人以諸而不能信、將何以立於世、夫爲人婦、固養其舅姑者也、夫不幸先死、不得盡爲人子之禮、今又使妾去之、莫養老母、是明夫之不肖、而著妾之不孝、不孝不信、且無義、何以生哉　『家範』引は夫養人老母而不能卒、許人以諸而不能信、將何以立于世の三句二十三字につくる。『通解』引は孝婦不從の一句四字につくる。　11因欲自殺、其父母懼而不敢嫁也　『通解』引もこれにつくる。『家範』引も因字を缺くほかは、これにおなじ。『漢書』註引は孝婦固欲自殺、父母懼而不取につくる。『御覽』引は因欲自殺、父母懼不敢につくる。　12遂使養其姑二十八年　『家範』引もこれにつくる。『通解』引は次條13にわたって造句し、遂使養其姑也、二十八年姑死の二句十二字につくる。『漢書』註引は遂使養姑の四字につくる。『御覽』引は養姑二十八年につくる。　13姑年八十四、壽乃盡、賣其田宅以葬之、終奉祭祀　備要・集註の二本はこれにつくる。他本はすべて姑死葬之、終奉祭祀の二句八字につくる。『漢書』註引はこれらの句なし。『御覽』引は姑年八十四、壽乃盡、賣其田宅以葬之につくる。かつ後句の淮陽太守以聞以下の全句なし。梁校は本條を『御覽』引に據って校改增。蕭校もこれを襲う。『家範』引は姑八十餘、以天年終、盡其田宅財物以葬之、終奉祭祀につくる。『通解』引は上二句を姑死の二字につくり、前條12の後に一括し、第三句以下を葬之、終奉祭祀の二句六字につくる。　14淮陽太守以聞、漢孝文皇帝、高其義、貴其信、美其行、使使者賜之黄金四十斤　叢刊本のみ太字を大につくる。『通解』引もこれにつくる。『漢書』註引は淮陽太守以聞、朝廷高其義、賜黄金四十斤の三句十七字につくる。『家範』引は淮陽太守以聞、孝文皇帝、使使者賜黄金四十斤の三句十九字につくる。顧校以下各校は淮陽太守と漢孝文皇帝の漢字についての考察を論じる。顧校は、『漢書』巻二十八下地理志下に陳は高祖十一年創建の淮陽國に屬し、同上巻十四諸侯王表、巻四十七文三王傳に、文帝十年（年表は十年・一七〇B.C.、傳は十二年）に梁孝王（劉武）が梁に從ったとあるので、淮陽に太守が置かれたのはその後の事とし、漢字は後人の加增だと疑う。王校は陳が『漢書』地理志（下）では淮陽國に屬するので、文帝時に郡に改めた事を史書が書き落としたのでなければ、太守の二字は誤りという。梁校は淮陽太守についての顧説を紹介する。王紹蘭『列女傳補註正譌』は『漢書』巻四文帝紀に淮陽守申屠嘉の名があり、同上巻四十二申屠嘉の傳に「孝惠時、爲淮陽守。孝文元年、擧故以二千石從高祖者、悉以爲關內侯。（略）十六年遷爲御史大夫」とあり、同上巻十九下百官公卿表（下）に「孝文十六年、淮陽守申屠嘉爲御史大夫」とある。よって守は二千石、二千石は郡・國ともにあり、同上巻三十八高五王傳に「始（齊）悼惠王（肥）得自置二千石」とあるのがその證據。淮陽國にも守があってよく、本譚の淮陽太守とは申屠嘉のことだが、太守の稱は景帝中元二年（一四八B.C.）以後の事で、太字は衍字である、という見解を述べている。蕭校は王（照圓）・梁・王（紹蘭）三校を併擧する。劉向の腦裏に本譚の淮陽守が申屠嘉として意識されていたか否かは興味がもたれるが、史料に缺け、詮索のかぎりではない。同王朝人の劉向は守から太守への改稱時期は憶えていたであろうが、彼は史實としての正確さを追求して諸譚を構成してはいない。同王朝人の皇帝號に漢の王朝名を付するのも、一見不自然なようであり、王校は漢の字、後人妄に加うという。しかし他例では、巻六辯通傳の齊太倉女に、「孝文皇帝時」の句があるが、文頭では、「齊太倉女者、漢太倉令淳于公之少女也」とあって、齊が漢王朝下の一王國であることが、この時點で明らかにされている。本譚においても陳の地名が當初語られているため、本譚をば同時代の佳話として示すため、ことさら付加したのかも知れない。よって漢の字の刪去も今は控えた。

15復之終身、無所與、號曰孝婦　諸本、『漢書』註引も無所與の三字なし。『家範』『通解』の兩引はあり。兩引により校增する。　16頌曰　叢書本のみなし。　17妣　叢刊・承應の二本は母につくる。梁校は一本母に作るといい（叢刊本のことであろう）、馬（瑞辰）校の「妣は當に三年に比及ぶの比なるべし」という説を添えている。ただし妣字を比に改める必要はない。妣とは母のこと。『說文通訓定聲』によれば、妣は「歿母」をいうが、「古者は通じて考（歿父）妣を以て生存の稱と爲せり」という。詩句づくりの美意識から同字の近接反復を避けたがための措辭であろう。　18聖王　諸本はこれにつくるが、王校は王字は主たるべしといい、蕭校も王校を襲う。巻六辯通傳・齊太倉女の君子贊に「緹縈一言、發聖主之意」の句が見えるが、聖王の語も『漢書』巻九十四上匈奴列傳上・孝文前六年の條所收の文帝より匈奴に送った書中におのれの和平の意向を論じた「比古聖王之志」とある。

語釈 ○孝婦　ここは皇帝から賜わった尊号。　○陳　前漢王朝の淮陽国に属した県名。河南省淮陽県。　○行戍　戍は音ジュ。まもる。辺境守備に出征する。　○属　依托する。　○慈愛　慈孝におなじ。孝行心をこめて愛する。王註は「慈は亦た愛なり」といい、『礼記』内則の「慈むに旨甘を以てす（美味をすすめて孝行心をあらわす）」の句を例証とする。梁註は『一切経音義』引謚法に「慈愛　労を忘るるを孝と曰ふ」の句を挙げている。　○居喪三年　夫の死に対して三年の大喪（斬衰）に服する。　○離襁褓　繦は幼児を背負うおびひも、褓は幼児に着せるうぶぎぬ。無事親の養育の手を離れるという謙辞。　○受厳命　王註によれば厳命とは父母の命令。『易経』（家人・彖伝）に「家人に厳君有りとは、父母の謂なり」という。　○背死不義　死は死者。亡き夫。亡き夫との約束に背くのは不義である。　○寧載於義而死、不載於偽而生　載は安（やすんじる）におなじ。義は道義。偽は不実、信義にはずれた生き方。句意は通釈のとおり。　○明夫之不肖　不肖は父に肖ないこと。出来そこない。夫の（妻の教育ができず、老母を世話する者も残せなかった）不出来ぶりを明らかにする。　○寿乃尽　乃は時間の経過をあらわす連詞。やっと。寿命が長年の末やっと尽きた。
○淮陽　前漢王朝の国名。河南省淮陽県を中心とした地。太守は一般に郡の知事級の長官。景帝の中元二年（一四八B.C.）前は守とのみ称ばれた。ただし〔校異〕14の王紹蘭の考証によれば、諸王国にも守はおかれたのである。（五〇六ページ）。　○以聞　上聞におなじ。臣下が天子に上奏する。　○漢孝文皇帝　漢の高祖劉邦の中子。諱は恒。在位一七九～一五七B.C.。前漢第五代の皇帝。第六代皇帝景帝劉啓とともに民力の向上につとめ、前漢朝の全盛時代招来の基礎固めを果たした明君と評される。しかし当時は匈奴の圧力が強まり、治世の十四年（一六六B.C.）には、老上単于が十四万騎をひきいて侵寇、以後、和親策をとりながらも、連年のように匈奴の侵寇に脅かされた。夫が辺境防衛戦で死して還らぬ人となったという本譚は、いかにも文帝治下にふさわしい話である。寛仁の内政につとめた一例は巻六辯通伝第五話斉太倉女譚の肉刑改廃譚にも見られる（下巻参照）。　○賜黄金四十斤　前漢朝の一斤は十六両、二五六グラム。黄金十・二四キロを賜わる。　○復　賦税・徭役を免除する。　○備　周到をきわめている。　○詩云　『詩経』鄘風・定之方中の句。匪直也人とは毛詩によれば「徒だ庸君（なみの君子）なるのみに非ざる」こと。也は語気詞。鄭箋によれば秉心は操心（心のもちよう）、塞は充実、淵は深におなじ。句意は、〔この人物は〕なみの君子どころではない、堅い心のもちようは充実して深い。　○妣　母親。〔校異〕16（五〇六ページ）参照。　○一醮不改　醮は冠婚の礼の酒、またその酒を飲む儀式。婚礼は一度かぎり、契りの杯にそむかなかった。　○聖王　ひじりのおおぎみ。文帝劉恒のこと。

韻脚 ＊梁註に、母は〔上〕古音・満以の反、婦は〔上〕古音房以の反という。○子 tsiəg・母 muəg・改 kəg・婦 bɪuəg（1之部押韻）。

余説 前近代の中国においては、至高最大の徳目は「孝」であった。媳婦が大家にあって孝行心をささげて世話せねばならぬ人物は姑であった。しかし儒教の女性道徳がいまだ確立されていなかった前漢時代には、寡婦が身寄りのない姑を棄てて母家にもどることは必ずしも罪悪視されてはいなかった。かかる罪悪感は今日の日本においてこそ強く生きつづけている。死を覚悟して辺境の防備に出征する陳の地の夫は、妻に去られては生きられぬ母の窮状を思い、妻にすがって母の世話を依頼する。案のじょう夫は戦地に散り、母家は若後家となった女の再婚工作にうごきだす。だが陳の若後家の孝行心は揺がなかった。夫家に残って姑の世話に敢然とあたったのである。むろん陳の若後家がしかく行動したのは、姑に対する憐愍と慈愛があったからであり、大任を自分に託してくれた夫の心に対する感激があったからである。彼女は姑を夫の分身として敬愛し、健気に奉養にあたったのであろう。劉向は、こうした女の愛のいぢらしさを「婦養姑不衰、慈愛愈固」という九字の短かい行文のなかに簡潔に描いている。しかし劉向は、陳の若後家の佳行を夫婦愛や姑への憐み以上の徳の力によるものとして語ったのだ。陳の若後家が心中に誓った事は、人の依頼にそむかぬ「信諾」の義の貫徹であり、夫の孝子たる名誉、おのれの孝婦たる名誉を汚さぬことであった。再婚を勧める実母に対して、彼女は身よりなき姑を棄てることの非情という「愛」の問題を論じて抗辯はしない。彼女は「今、（略）老母を養ふこと莫からしめば、是れ夫の不肖を明かにして妾の不孝を著さん。不孝不信、且つ義無ければ、何ぞ以て生きんや」と抗辯しているのである。劉向はこうした「孝」を根底に据えた名教・礼教の「義務」の徳を徳行達成の根源的な力として考え、その考えを訴えるべく本譚をしるしたのであった。

　陳の若後家は「孝婦」の尊号を文帝から賜わったというが、『漢書』巻四文帝紀にはこの記事は見えない。また王紹蘭が話中の淮陽太守に擬す申屠嘉の伝たる『漢書』巻四十二にも、申屠嘉の「陳寡孝婦」の褒賞に関する上奏文は載っていない。とはいえ、本譚をまったくの虚構事と見なすわけにもゆくまい。すべての事実を史書が書きとめているとは限らぬからである。〔語釈〕15に既述のように、文帝劉恒の治世は匈奴の侵寇に苦しめられた時代であった。（五〇七ページ参照）。おそらく対匈奴戦に出征した夫から家政の後事、舅姑の奉養の責務を委嘱されて寡居をとおした女性は、この陳の若後家にとどまらず出現していたのではなかろうか。陳寡孝婦とは、そうした後家の中の一人であろう。陳寡孝婦の名で語られる女性の佳行は劉向だけが語ったのではない。多くの人びとによって同時に語られていただろう。前漢朝の末期には彼女の佳行を慕って堅貞の生涯をまっとうしようとした女性も現実に出現した。事は『漢書』巻九十二游侠伝中の厳渉の下記の語の中に見える。厳渉は南陽郡（河南省南陽市）の太守をつとめた高官の子で、当時、父に対する三年の大喪を実行する者が稀になっていた中で三年の大喪に服し、谷口県（陝西省淳化県の南）の令をつとめた循吏であったが、叔父を殺した者に復讐するため官を辞し、以後、放縦游侠の徒に堕した人物である。彼は人から放縦游侠の徒に堕したことを非難されたときに、こういったという。

　「子独不レ見二家人寡婦一（あなたは家の使用人の寡婦のことをご存知でしょうに）。始自約敕之時、意乃慕二宋伯姫・及陳孝婦一、不幸壱為二盗賊所一レ汚、遂行二淫失一、知二其非礼一、然不レ能二自還一（はじめ自分で心を引き緊めていたときは、宋の伯姫〈本伝第二話の宋恭伯姫のこと。四一七～四二五ページ〉や陳の孝婦をしたっていたのに、ひとたび盗賊から犯されると淫行にふけり、その非礼を心得ながら、自分でもとにもどれなくなったのだ）。吾猶レ此矣」。

陳寡孝婦の佳行は、しかく後世に影響をおよぼしたのである。なお陳寡孝婦も第十四話の梁寡高行も、佳行の褒賞として「復（賦税徭役の免除）」の特典を受けているが、前漢朝において堅貞の寡婦に対する「復」の褒賞を定制化しようとしたのは平帝劉衎（在位一B.C.～五A.D.）の治下のことで、元始元年（一B.C.）に郷よりもっとも卓れた節婦一名を上申させて褒賞を加え、元始四年にも詔勅を下し、この制度を定着させようとした。これとは別に、貧窮の寡婦に対する振恤政策は文帝劉恒の十三年（一六七B.C.）に開始され、孤児・寡婦両者に対し、一定の数量を定めて布・帛・絮を下賜する詔勅が出されている。（『漢書』巻十二平帝紀、巻四文帝紀）。

（三一六ページより続く）その内容は十巻構成を取り、「巻一后妃伝」は、狭穂姫を筆頭に、吉備兄媛、光明子など十五人（附録六人）を顕彰する。ここで「后妃」とは天皇の妻の意。「巻二夫人伝」は、振媛を筆頭に、二位尼・平政子（源頼朝の妻、北条政子）など十一人を顕彰する。なお「夫人」とは、諸侯の妻の意。「巻三孺人伝」は、田道孺人を筆頭に、紫式部・和泉式部・赤染衛門・武田勝頼孺人・柴田勝家孺人・細川忠興孺人（細川ガラシャ）など二十四人（附録十一人）を顕彰する。なお「孺人」とは、大夫もしくは身分ある人の妻の意。「巻四婦人伝」は、置目を筆頭に、鎌田婦人・京極局など五十人（附録三人）を顕彰する。なお「婦人」とは士人の妻の意。「巻五妻女伝」は、車持氏女を筆頭に、菊女（本文には「島津家臣小野摂津の守の娘」とある）など二十六人を顕彰する。ここで「妻女」とは婦人より格下の女性の意。「巻六妾女伝」は、弟橘媛を筆頭に、伊勢・葵前・巴・小宰相局など九人（附録二人）を顕彰する。ここで「妾女」とは貴人の側に仕える女性の意。「巻七妓女伝」は、陸奥前采女を筆頭に、静など十人（附録三人）を顕彰する。ここで「妓女」とは歌や舞をする女性の意。「巻八処女伝」は、美濃弟媛を筆頭に二十五人（附録四人）を顕彰する。ここで「処女」とは未婚の女性の意。「巻九奇女伝」は、都藍尼を筆頭に五人（附録二人）を顕彰する。ここで「奇女」とは奇異なる行動をした女性の意。「巻十神女伝」は、倭迹迹日百襲姫命を筆頭に、衣通姫など六人（附録五人）を顕彰する。以上で附録の三十六人を加えて合計二一七人の有名無名の女性たちの伝記を収める。

冒頭を飾る狭穂姫の物語は、愛する兄狭穂彦による天皇暗殺の陰謀に巻き込まれ、愛する夫である垂仁天皇を自らの手で殺さなければならなくなってしまった彼女の葛藤が詳細に描かれていく。愛する兄・狭穂彦と愛する夫・垂仁天皇との間の板挟みに苦しみながら、とうとう彼女は自ら火に焼かれて生涯を閉じるという悲劇なのである。しかし、黒沢はこの史話の中から、妻としての努めを立派に果たし、後に残した我が子への慈しみの心がいかに偉大であるかを顕彰している。予想される女性読者に対して、間接的に良妻賢母たれとの教訓を述べようとしたと解することもできよう。

（谷中信一）

新釈漢文大系 補遺編 3
列女伝 上

令和7年1月30日 初版発行

著者 山崎純一

発行者 株式会社 明治書院
代表者 三樹 蘭

印刷者 大日本法令印刷株式会社
代表者 田中達弥

製本者 大日本法令印刷株式会社
代表者 田中達弥

発行所 株式会社 明治書院
〒169-0072
東京都新宿区大久保1-1-7
電話 03-5292-0117
振替 00130-7-4991

ISBN978-4-625-67440-2

本書は、新編漢文選４・５・６（思想・歴史シリーズ）「列女伝　上・中・下」（平成八・九年刊）を再編集したものである。